그토록 아름다운 여름

리혜 장편소설

목차

〈 프롤로그 〉 ___ 5

#01 그의 이름은 여름 ___ 6

#02 달콤 쌉싸름한 재회 ___ 14

#03 우아한 적과의 산책 ___ 22

#04 달빛 아래 밀고 당기기 ___ 32

#05 잎사귀도 햇살도 너무해 ___ 42

#06 그럼에도 불구하고 ___ 50

#07 그 날 이후의 어느 날 ___ 59

#08 짐을 짊어진 어깨 ___ 69

#09 한꺼번에 쏟아지는 마음은 ___ 77

#10 한없이 쓸쓸하고 차가운 ___ 86

#11 마지막이라는 말 ___ 95

#12 다시 제자리로 돌아온 걸까 ___ 103

#13 내가 모르는 그대의 모습 ___ 110

#14 돌아오겠다는 말 ___ 117

#15 내 마음은 그렇지 않았는데 ___ 125

#16 두려움과 잔혹함 ___ 133

#17 사랑해버린 것을 ___ 140

#18 감출 수 없는 것, 사랑 ___ 148

#19 해야 하는 일의 의미 ___ 156

#20 기다림을 위한 밤 ___ 164

#21 두 사람의 전쟁 ___ 173

#22 발아래 스며든 그림자 ___ 181

#23 진실과 거짓 사이 ___ 189

#24 그녀에게 돌아가는 길 ___ 197

#25 그늘 뒤에 숨은 마음 ___ 205

#26 사랑을 달리 부른다면 ___ 214

#27 그 한마디의 말 ___ 222

#28 상처를 낫게 하는 것 ___ 231

#29 폭풍전야 ___ 240

#30 휘몰아치는 소리 ___ 247

#31 그가 잃어버린 것 ___ 255

#32 어긋나버린 길 ___ 264

#33 차가운 적의 곁에서 ___ 273

#34 옅은 그림자 아래 ___ 281

#35 부디 무사해야 해 ___ 290

#36 너에게 뻗은 손 ___ 298

#37 감추어진 이야기 ___ 305

#38 눈빛이 교차하는 순간 ___ 313

#39 그로써 영영 잊히지 못하도록 ___ 320

#40 내일이라는 꿈 ___ 327

#41 나쁜 예감 ___ 335

#42 등 뒤의 푸른 칼 ___ 344

#43 다가오지 마 ___ 352

#44 보이지 않는 길 ___ 359

#45 믿고 싶은 것과 믿을 수 없는 것 ___ 367

#46 세상의 수많은 인연 ___ 376

#47 많고 많은 바람 중에서 ___ 383

#48 당신이 어디에 있든 ___ 390

#49 어찌 몰랐을 때와 같을까 ___ 397

#50 그대와 함께한다면 ___ 406

#51 남은 자의 속삭임 ___ 413

#52 심장이 터질 것 같아 ___ 421

#53 그들이 보는 세상 ___ 429

#54 뒤엉킨 운명 ___ 436

#55 이유를 모르는 죽음은 ___ 444

#56 고요한 밤 ___ 451

#57 선하 ___ 461

#58 재령 ___ 469

〈 에필로그 〉 ___ 476

〈 외전 〉 ___ 479

프롤로그

"다시 마주칠 일은..., 없겠지요?"

막 발걸음을 떼려는 그녀에게 그가 물었다.

오래된 나무 향기 같은 낮고 편안한 그의 목소리가 그녀의 손목을 부드럽게 붙드는 것 같았다. 가을 달빛은 촉촉하게 공기를 적셨고 귀뚜라미가 뚜르르 하고 두 사람 사이에서 속삭였다. 그녀는 잠깐 멈칫했다. 그 낯선 망설임이 당혹스러웠다. 코웃음을 치며 그럴 일은 추호도 없다고 대답해야 했다. 하지만 그녀는 망설이는 자신에게 놀란 나머지 어떤 대답도 할 수 없었다. 그녀는 겨우 침묵을 대답으로 던져놓은 채 걸어간다. 그런 그녀의 뒷모습을 그 사내가 바라보고 있을 것 같았다.

그는 여인을 바라보았다. 싸늘하게 돌아서는 그녀의 뒷모습. 오늘 일이 아니더라도 어차피 서인 집안인 그녀를 다시 볼 수 없다는 것을 잘 알고 있었지만 어쩐지 그 말을 입에 담는 순간, 묘한 아쉬움이 일렁였다. 왜 그랬을까. 그렇게 감상적인 말. 가까이에서 마주쳤던 검은 눈동자가 선명히 떠올랐다. 그는 멀어져 가는 여인의 팔랑거리는 붉은 치마의 선과 너울 자락, 그 위로 반짝이는 별을 함께 보았다. 그리고 마음속에서 새어나오는 허탈한 미소를 흩어버렸다. 시간이 가면 잊힐 수많은 가을밤 중 하나겠지, 특이한 여인을 만났던 밤. 일부러 간직하진 않겠지만, 굳이 잊고 싶지도 않다고 생각하며 그는 걸음을 옮겼다. 가을 밤하늘은 한없이 평화로웠고 가슴이 두근거리도록 아름다웠다.

#01
그의 이름은 여름

휘이이

바람 속으로 그의 숨결이 퍼져나간다.

그는 풀숲을 넘지 않도록 낮게 휘파람을 불었다. 바람은 그의 청량한 소리를 실어 하늘로 올려보냈다. 하늘과 가까운 끝없이 펼쳐진 산등성이 벌판, 풀숲에 몸을 눕힌 선하(善夏)는 유유히 흘러가는 구름을 바라본다.

그의 이름은 여름.

아름다운 여름이었다.

그의 가슴을 아련한 분홍빛으로 물들이는 해 저무는 하늘, 손을 뻗어 어루만지고 싶도록 탐스러운 저 구름. 선하는 숨을 들이쉰다. 그가 이 여름에 할 수 있는 것은 오직 그뿐인 것처럼, 정성 들여.

초여름의 싱그러운 바람이 푸른 풀밭을 파도처럼 스치고 지나가자 저 멀리서부터 풀이 한꺼번에 스스스 다가오는 소리가 들렸다. 그리고 내달려온 풀향기가 그에게 안겼다. 선하는 강아지풀 하나를 길게 뜯어 입에 물고 팔베개를 했다. 살아있다는 것은 어쩌면 이렇게 사소하지만 아름다운 감각들의 모음일지도 몰랐다. 이제는 기억 속에서만 살아있는 그의 사람들은 이렇게 아름다운 노을과 하늘과 풀냄새 모두 기억한 채 저세상으로 갔을까.

죽은 뒤에도 무언가를, 기억할 수 있을까.

땀에 젖은 옷자락에 풀향기가 스며든다. 긴장을 풀지 않는 그의 곁에는 화살이 빼곡하게 들어찬 동개와 낡아 보이지만 범상치 않은 장검이 놓여 있었고, 검은빛이 도는 활을 잡은 그의 한쪽 손에는 나이보다 훨씬 오래되어 보이는 거친 굳은살이 박여 있었다. 토시로 야무지게 묶은 낡은 소매에는 누구의 피인지도 모를 핏자국이 여기저기 검붉게 남았고 얼굴에 베인 상처에는 아직 핏기가 맺혀 있었다. 살벌하고 고달픈 모습과 어울리지 않는 그의 빼어난 얼굴은 너무나 섬세하고 아름다웠다. 그의 뺨 위로 한들한들 강아지풀 그림자가 흔들렸다. 수많은 사람이 죽은 전쟁통에도 온 벌판에 환하게 피어나 살아가는 꽃과 풀처럼, 살아있는 존재여서 그래서 서글펐다. 푸른 하늘 저편으로 솔개 한 마리가 여유롭게 날갯짓을 하며 날아간다. 살아있어 다행이었고, 또한 살아있어서 슬펐다. 이렇게 누워있자니 마치 아무 일도 벌어지지 않은 것처럼 세상은 한가하고 평화로웠다. 스르르 눈이 감기려는 그를 찬새가 흔들기 전까지는.

"도련님!"

목소리를 낮춘 찬새가 그의 어깨를 잡았다. 갓 열다섯이나 됐을까. 어린 티를 아직 벗지 못한 까무잡잡한 얼굴의 찬새는 땋아 내린 귀밑머리에 잔뜩 풀을 꽂아 우스꽝스럽게 위장하고 있었지만, 스라소니처럼 야무진 턱과 반짝이는 눈매는 여느 장정 못지않게 제법 단단했다.

"왔느냐?"

이제 일어날 때인가. 선하가 실눈을 뜨며 물었다. 눈동자가 반짝였다. 찬새가 다시 재빨리 속삭였다.

"왜놈들 보급부대 같은데 행렬이 겁나 길어요."

선하는 날래게 몸을 일으켜 찬새가 보고 있는 쪽을 바라보았다. 굽이굽이 산이 커다랗게 가로막은 저 아래 숲길에 적의 수레 행렬이 지나고 있었다. 산 그림자가 그들을 조금씩 덮고 있었는데, 멀리서 보이는 그들은 먹이를 실어 나르는 개미처럼 우스워 보였다. 선하는 눈을 가늘게 뜨고 그들과 수레에 실린 것을 자세히 관찰했다. 그러더니 씨익 미소를 지으며 찬새의 어깨를 툭 쳤다.

"오늘 포식 좀 하겠다."

"이야! 얼마 만이냐!"

한창 배가 고플 나이인 찬새가 입안에 고인 침을 꿀꺽 삼키며 눈을 반짝였다.

"행렬이 얼마나 긴지 조금 더 지켜보고 움직이자."

"우잇씨! 그냥 지켜만 보려니 손이 근질근질하네."

찬새는 칡뿌리를 질겅질겅 씹으며 이글이글 타오르는 눈으로 왜군들을 노려보고 있었다. 길을 돌아오고 있는 왜군들의 행렬이 나무들 사이로 보였다가 다시 사라졌다. 여기까지 오는 것이 수월했는지 녀석들은 얼마간 긴장이 풀린 상태였다. 제멋대로 어깨에 둘러멘 조총과 왜도(倭刀)에 식량을 가득 실은 수레들, 그 와중에 마을에서 약탈까지 해 온 듯 이것저것 짊어진 놈들, 그리고.

그리고.

선하의 눈빛에서 웃음기가 빠져나갔다.

"넌 여기 있어라. 곧 오마."

"왜요? 저기 뭐 있어요? 뭔데요?"

몸을 바싹 낮춰 쏜살같이 사라지는 그의 뒤로 풀이 차례차례 넘실거렸다.

"같이 가요! 도련님! 도련니임!!!"

찬새는 머리에 꽂았던 풀을 냉큼 뽑아버리고 잽싸게 선하를 뒤따랐다. 선하는 마치 풀숲 사이로 몸을 흘려보내는 듯 나무가 우거진 곳까지 한달음에 내려갔다. 그리고 날다람쥐처럼 커다란 바위에 멈춰 몸을 묻은 채 아까보다 훨씬 가까이서 그들을 지켜보았다. 선하를 따라 뒤늦게 도착한 찬새가 거친 숨을 골랐다.

"헉헉... 제기랄. 걸음은 겁나 빠르네."

선하가 입술에 손가락을 올리며 몸을 낮추라 손짓하자 찬새는 입 모양만으로 투덜거리며 바싹 몸을 낮춰 저편을 살폈다. 관군(官軍)들이 전멸하거나 뿔뿔이 도망쳐버린 곳곳을 왜군들은 저렇게 제집인 양 당당히 다녔다. 아무도 그들을 막아서지 못했겠지. 저렇게 한가로이 고을을 약탈하고 다닐 수 있을 만큼 쉬웠을 것이다.

"!!!"

여러 대의 수레에 뒤이어 마치 식량이나 전리품인 양 줄줄이 엮인 여인들이 그들의 눈앞을 지나가고 있었다. 다들 지친 발을 끌고 공포와 한탄이 가득한 울음소리를 삭이며 걷고 있었다. 백성들이 잡혀가는 장면을 피난민들의 말을 통해서가 아니라 직접 두 눈으로 보는 것은 둘 다 처음이었다.

"저 오살(五殺)할 놈들!"

눈을 부릅뜬 찬새의 어깨를 선하가 조용히 붙잡으며 고개를 가로저었다. 선하 도령이 다짜고짜 날래게 움직인 까닭을 알 것 같았다. 지금은 그저 울분만 토할 수밖에 없다는 것도. 앞뒤 안 가리는 성질의 찬새지만 이제 그 정도는 알고 있다. 천운(天運)을 타고난 불사신 선하 도령과 함께라도, 물찬 제비 같은 날쌘돌이 찬새 자신이라 할지라도, 단 둘만으로 저 많은 놈들을 상대하기에는 터무니없으니까. 선하 도령도 불타는 눈으로 그들을 말없이 지켜보고만 있었다.

순간, 여인들의 행렬 끄트머리에서 누군가가 불쑥 튀어 나갔다. 숨죽이고 있던 선하의 눈동자가 커졌다. 그 여인은 위태로운 산길을 쓰러질 듯 비틀거리면서도 끝내 넘어지지 않고 행렬에서 도망쳤다. 붉은 치마의 여인은 폭풍에 휘날리는 꽃잎처럼 무작정 내달렸다. 하지만 얼마 못 갈 것이다. 그리고 왜군들도 그 사실을 알고 있을 것이다. 묶인 손, 험한 산길, 지친 여인의 뜀걸음으로 왜군들을 따돌리는 것은 무리였다. 누군가 도와주지 않으면 여인은 곧 그들에게 도로 잡힐 것이 분명했다. 선하의 눈초리에 기어이 불이 맺힌다. 푸른 기운이 도는 어깨와 활을 잡은 선하의 손에 결심한 듯 단단하게 힘이 들어갔다.

"찬새야, 넌 돌아가서 본진(本陣)에 고하여라."

"예? 도련님은요?"

"위험에 처한 여인을 두고 가는 것은 사내가 아니다."

선하가 그를 보며 눈을 찡긋했다. 뒤통수를 얻어맞은 듯 찬새가 눈을 껌뻑거렸다. 말리는 쪽은 늘상 선하 도령이었는데 오늘은 거꾸로 자신이 그를 말려야 하는 상황인가. 당황한 찬새가 말을 놓친 사이, 선하는 이미 여인과 왜군들이 향한 방향으로 옷자락을 날리며 사라져 가고 있었다.

"아잇씨! 도련님! 선하 도령!!!"

이를 문 채 앓는 소리를 하며 그를 부르던 찬새는 흔적도 없이 사라져버린 자리에서 허무하게 흔들리는 풀만 보았다.

"하여튼 자기가 조자룡(趙子龍)이나 된 줄 알아... 허세야, 허세. 쯧쯧쯧."

찬새는 이내 선하의 말대로 임무를 수행하기 위해 잽싸게 자리를 벗어났다. 가는 내내 홀로 구시렁거리며 말이었다. 선하 도령을 걱정하는 것은 기우(杞憂)일 것이다. 그는 조자룡은 아니지만 어떤 위험에서도 무사히 돌아오는 귀신같은 사내니까.

"헉헉헉헉...."

그녀의 앞에 천 길 낭떠러지가 있는지 호랑이가 있는지는 중요하지 않았다. 왜놈들에게 잡혀 치욕을 당하느니 차라리 그런 것들이 낫다고 생각하니까. 하지만 죽을 때 죽더라도 할 수 있는 시도는 무엇이든 해보고 싶었다. 우거진 나뭇가지와 덥수룩한 넝쿨 숲을 헤치며 죽을힘을 다해 산속 깊숙이 달려갔다.

"잡아! 계집을 잡아!"

그들이 부르짖는 소리에서 더 빨리 멀어져야 한다. 귀에서 심장이 뛴다. 달리는 소리인지 심장이 요동치는 소리인지 알 수 없었다. 그녀가 지나간 숲의 날카로운 넝쿨과 나뭇가지들이 휙휙 지나며 그녀의 얼굴을 할퀴었다.

"헉... 헉...."

산속 깊숙이 들어서자 자신의 발소리와 덤불이 밟히는 소리만이 빠르게 들리다가 어느새 조용해지기 시작했다. 그녀를 뒤쫓는 왜군들이 보이지 않는다.

'없어.'

그 생각이 들자마자 갑자기 두 다리가 풀려버렸다. 따돌린 걸까. 그들에게서 벗어난 걸까. 이미 한계를 넘어버린 다리에 쥐가 나기 시작했다. 재령은 급히 방향을 꺾어 커다란 나무 뒤로 몸을 숨긴 후 숨을 틀어막았다. 아무도 보이지 않았고 아무 소리도 들리지 않았다.

"후웃후웃... 허억...."

한번 멈추고 나니 도저히 다시 뛸 수 없을 것 같았다. 터질 것 같은 폐에서 올라온 피냄새가 입안에 가득했다. 가슴에서 치받은 숨이 한꺼번에 밀려와 구역질이 나왔다. 결국 무릎이 꺾이며 재령은 자리에 주저앉았다. 세상이 요동치는 것처럼 어지러웠지만, 호흡은 점차 가라앉기 시작했다. 그 때였다.

"어이 계집, 귀찮게 하지 말고 가자."

알아듣지 못하는 그들의 말과 목소리. 치를 떨며 올려다본 자리에는 땀에 젖은 채로 소름 끼치는 미소를 짓고 있는 뻐드렁니의 왜군이 그녀를 내려다보고 있었다.

"아아아악!!!"

발버둥을 치며 물러선 그녀의 뒤편에서 덩치가 산만한 왜군이 성큼 다가서 그녀의 긴 댕기머리를 낚아챘다. 그는 바닥에 주저앉은 그녀의 허리를 번쩍 들어 어깨에 맸다. 몸부림을 쳤지만, 바윗덩이 같은 왜군에게 상처 하나 입힐 수 없었다.

"안 돼!!! 놓아라, 이놈들아!!!"

"네년을 손대고 싶은 맘이 굴뚝같지만, 우리 대장이 널 손끝 하나 다치지 않게 데려오랬으니 다행인 줄 알아!"

그녀를 들쳐 업은 왜군이 엉덩이를 찰싹 때렸다.

"아아아악! 이놈들! 하늘이 무섭지도 않느냐?"

재령은 분을 이기지 못한 채 목이 터져라 소리를 질렀지만, 이 깊은 산중에 퍼지는 그녀의 목소리는 공허했다.

"시끄러워 죽겠네. 이봐, 조용히 좀 시켜. 지난번 계집처럼 혀 깨물고 죽기 전에."

그러자 다른 왜군이 킥킥거리며 재령의 뺨을 움켜쥐더니 혀를 물고 자결하지 못하도록 목에 감고 있던 더러운 천을 풀어 그녀의 입을 막았다. 구역질과 함께 눈물이 후두둑 떨어져 내렸다.

두렵고 분했다. 이제 어떻게 되는 걸까.

무슨 일이 벌어질지 짐작되어 끔찍했고, 그다음에 어떤 일이 벌어질지 몰라서 두려웠다. 차라리 기회가 있을 때 자결해 버릴 것을. 벼랑이라도 있었다면 그대로 몸을 던질 것을. 그 순간 그녀의 눈에 왜군의 허리춤에 찬

단검이 들어왔다. 재령은 그가 눈치채지 못하게 손을 뻗어 단검의 손잡이를 몰래 붙잡았다. 천지신명이시여, 차라리 지금 목숨을 끊을 수 있도록 도와주시오. 능욕을 당하며 살고는 싶지 않소.

그러니 제발.

그때였다.

#02
달콤 쌉싸름한 재회

피잉-

바람을 가르는 새파랗고 하얗고 날카로운 휘파람 소리. 그 기이한 소리는 재령의 숨을 끊기 위해 귓가로 날아오는 것 같더니 둔탁하게 멈춰버렸다.

"아아아아악!"

순식간에 날아온 화살이 그녀를 들쳐 업은 왜군의 허벅지를 뚫었다. 그는 무릎을 꺾으며 바닥에 주저앉았고 재령도 그의 어깨에서 떨어져 함께 굴렀다. 또다시 휘파람 소리가 들리자 왜놈의 비명소리가 뚝 끊겼다. 이마에 박힌 화살깃이 살아있는 생물처럼 파르르 떨렸다.

"웬 놈...?"

화살이 날아온 방향을 미처 파악하기도 전에 머리털을 쭈뼛 서게 만드는 휘파람 소리는 남아있는 왜군의 목을 삽시간에 꿰뚫었다. 비명소리 하나 나지 않았다.

죽음이 가져온 정적과 함께 바람이 불었다. 짙은 녹음이 우거진 숲에서 스으으으 하고 바람이 지나는 소리만 남았다. 바닥에 쓰러졌던 재령이 간신히 몸을 추슬러 일어나자 가장 먼저 눈에 들어온 것은 죽어 널브러진 왜군의 부릅뜬 눈이었다. 바닥에는 그들이 흘린 피가 낭자했다.

"어어어억...."

재령은 입을 막았던 천을 빼고 떨리는 무릎을 일으켜 세웠다. 더 늦기 전에 어서 이곳을 벗어나고 싶었다. 아니, 반드시 그래야만 했다. 하지만 그녀가 땅을 채 딛기도 전에 우거진 어두운 숲에서부터 서서히 나뭇가지들이 흔들리며 누군가가 이쪽으로 다가오기 시작했다. 재령은 엉금엉금 기어가 왜군의 시체에서 부리나케 단검을 꺼내어 두 손으로 잡고 단단히 겨누었다. 더 늦기 전에 자신의 목을 그어야 하는 것이 현명할까. 망설이지 않고 자결할 수 있을까. 일촉즉발의 순간을 기다리며 그녀는 두 눈에 핏발이 잔뜩 선 채로 발자국 소리가 들리는 그곳을 뚫어지게 바라보았다.

"낭자, 괜찮으시오?"

목소리를 들었고, 곧 짙은 숲에서 사내가 모습을 드러냈다. 그를 보자 재령은 맥이 풀려 자리에 주저앉았다. 활을 쏠 때 거추장스럽지 않도록 어깨 아래 소매를 시원하게 잘라내고 옷자락을 뒤로 묶은, 옅은 푸른빛 헤진 융복을 입은 그는 나뭇가지를 젖히며 마치 물 위를 걷듯이 그녀에게 다가왔다. 한때는 나비 날개처럼 곱고 아름다웠을, 허리에서부터 시작되는 촘촘하고 공들인 주름이 그가 움직일 때마다 부드럽게 파도쳤다. 화살이 잔뜩 꽂힌 동개를 차고 등 뒤에는 손잡이에 붉은 수술이 달린 긴 장검을 맨 저 사내가 이 왜놈들을 처치한 것이 분명했다. 죽기를 각오한 만큼 밀려오는 안도감도 컸다. 그녀는 울음을 터뜨렸다. 진정 이 모든 위험이 다 사라진 것인지 실감나지 않아 아직도 두렵기만 했다. 어디선가에서 다시 왜군이 나타나 그와 그녀를 없애버릴지도 모를 일이었다.

"이젠 괜찮소. 괜찮소... 그러니 이건 내게 주시오."

재령은 선하의 손이 자신에게 다가오자 반사적으로 몸을 움츠렸다. 하지만 선하의 나무 향기 같은 굵고 낮은 목소리는 그녀에게 고요하게 손을 내밀었다. 그는 단검을 단단히 쥐고 있는 재령의 떨리는 손에서 조심스럽게 그것을 받아 들었다. 선하는 진중하고 친절한 몸짓으로 겁에 질린 재령을 달래며 조금 더 가까이 그녀에게 다가왔다. 사내의 알싸한 땀 냄새에 섞인 풀향기도 함께 묻어왔다. 묶였던 그녀의 두 손이 곧 자유로워지자 잊고 있었던 고통이 온몸으로 퍼지며 강렬하게 저려왔다. 자신이 울고 있는 줄도 깨닫지 못한 채 눈물방울이 뚝뚝 떨어지는 눈을 들어 재령은 그제야 선하를 바라보았다. 그의 맑은 눈동자는 그녀의 마음을 어루만졌고 그는 말없이 고개를 끄덕였다. 이제 살았구나, 그렇게 짤막한 안심이 들자마자 그제야 뜨거운 눈물의 감촉이 느껴졌다. 그리고 이제껏 재령의 몸을 지탱했던 기력도 증발해 버리고 말았다.

"어어엇!"

그에게로 푹 꺾이는 여인의 몸을 선하가 반사적으로 받아 안았다. 방아깨비가 후두둑 튀어 오르고 다시 매미 소리가 들려왔다. 바람이 부드럽게 일어 넝쿨에 얽힌 연초록 나뭇잎이 한들한들 손짓을 하며 흔들렸다.

그가 따라오지 않았더라면 아마도 이 여인은 능욕을 당했거나, 그리되기 전에 스스로 목숨을 끊었겠지. 단검을 든 채로 떨고 있었지만, 목숨을 끊을 것을 각오한 눈빛이었으니까. 그토록 단단했던 여인의 몸은 정신을 잃자 우아한 매화꽃처럼 섬세하고 여리고 가볍게 내려앉았다. 선하는 다시 한 번 주위를 살피고 나서 정신을 잃은 그녀의 파리한 얼굴을 가만히 내려다보았다.

"아무리 내가 멋있어도 이럴 줄은 생각 못 했네...."

농이라고 중얼거렸지만 선하는 웃지 않았다. 땀으로 얼룩진 얼굴이었지만 고고하고 청순한 얼굴이었다. 어쩐지 이 여인을 전부터 알고 있었던 것 같은 묘한 친숙함.

간질이듯 옅은 기억이 꽃잎처럼 팔랑거리며 내려오자 선하의 얼굴에 반가움이 물들었다. 그때의 달콤했던 기억과 현재의 떫은 순간이 겹치며 아련한 슬픔을 자아냈다.

"이렇게 다시 마주치게 되었구려, 재령 낭자."

혼란스런 악몽에서 깨어난 그녀의 눈에 들어온 첫 광경은 온화하고 고요한 불빛이었다. 그 외에는 전부 어두웠다. 재령은 천천히 눈을 깜박였다. 가물거리는 시선 너머 흐릿한 모습이 서서히 또렷해졌다.

'사내?'

"!!!"

재령은 기함(氣陷)을 하며 벌떡 몸을 일으켰다. 비명을 틀어막은 자신의 숨소리가 동굴 안으로 거칠게 울려 퍼졌다. 자신이 어찌하여 이곳에 있는지, 여기가 어디인지 알 수 없었다.

"안심하시오. 지금은 안전하니."

그녀의 맞은편에 앉아 불을 피우는 선하의 목소리가 비현실적으로 울렸다. 그는 나뭇가지를 꺾어 불 속으로 던져 넣었다. 타닥, 하는 소리와 함께 불이 붙는다. 그는 능숙한 솜씨로 무언가를 깎고 있었고 손이 움직일 때마다 은갈치 같은 단검의 날이 번쩍였다. 생각났다, 그녀를 구해준 그 사내, 곁에 놓인 저 활.

"정신이 드셨소?"

"...왜놈들은요? 제가 어찌 여기에 있는 것입니까?"

아직도 아까의 끔찍한 기억에서 벗어나지 못한 듯 재령은 불안한 눈으로 사방을 둘러보았다. 아무리 여인이라 하더라도 정신을 놓아버린 몸을 업고 험한 산을 벗어나는 것은 키가 육 척(六尺)이 넘는 그에게도 쉽지 않은 일이었다. 게다가 선하는 그녀를 어떻게 안아 들어야 할지 몰라서 한참을 고민도 했었다. 여차여차 그러다 보니 초여름의 해는 산 너머로 지고 말았고 이 동굴로 숨어들 수밖에 없었다.

"여기는 찾지 못할게요."

어떻게 장담하느냐 묻는 대신 그녀는 그를 찬찬히 살폈다. 아까의 활솜씨, 그리고 저렇게 여유 있는 모습.

"혹, 관군이시오?"

"무과(武科) 급제는 했으니 관군은 관군이겠지요."

잊었나 보다, 그녀는. 지난번에 분명 과거를 보러 간다 말했었는데. 물론 지금 다시 생각해 보니 그녀는 그 말에 차갑게 빈정거렸지만.

"관군이라니! 하늘이 도우셨소. 여기서 월성(月城)이 멀지 않다 들었으니 나를 관군이 있는 곳으로 데려다 주시오."

"그건 좀 곤란할 것 같소. 첫째, 그 발을 하고 그곳까지 걸을 수는 없을 것이오."

재령은 자신의 발을 내려다보았다. 한쪽 신이 벗겨진 발에는 검붉은 피가 버선에 눌어붙어 있었다. 아마도 발톱이 빠진 것 같았다. 아팠다. 신을 어디서 잃어버렸는지 당최 알 수 없었다.

"둘째, 해가 졌으니 길을 찾을 수도 없소. 게다가 어두워지면 늑대와 호랑이가 심심찮게 나오기도 하지요. 아까 낭자처럼 쏜살같이 뛰면 안 만날 수도 있겠지만, 그 녀석들이 워낙 빨라서."

재령은 그의 어설픈 농담을 이해하지 못하는 것 같았다. 간만에 농담이었는데 긴장을 푸는 건 실패했군, 하며 선하는 머쓱해 했다.

"그리고 마지막으로, 유감스럽게도 월성에는 관군 대신 왜군들이 있소이다."

"......"

도대체 왜군들이 어디까지 밀려와 있는지 알 수 없었다. 어디가 안전한지 그렇지 않은지도 몰랐다. 그렇다면 재령이 믿을 사람은 지금 그녀 앞의 이 사내뿐이었다. 그럼에도 불구하고, 혹은 그렇기 때문에 더욱 불안했다. 악몽 속에서 바로 튀어나온 듯 괴이하게 생긴 동굴의 기둥들. 불빛에 어른거리는 과하게 커다란 그림자. 올려다본 그녀의 이마 위로 물방울이 떨어지자 놀라 어깨를 움츠렸다. 재령은 이 동굴 안에서 그가 피운 작은 모닥불 불빛에 온전히 의지할 수밖에 없었다. 같은 이유로, 이 동굴 바깥에서도 그럴 것이었다. 그래서 재령은 다시 사내에게 시선을 멈췄다. 그를 자세히 살핀다. 그런데 어째서, 낯이 익을까. 코끝에 맴도는 옛날의 꽃향기처럼.

"자."

그가 그녀에게 무언가를 내밀었다. 캐온 지 얼마 되지 않은 듯 향기가 짙은 더덕이었다. 입안에 침이 가득 고였다. 하지만 재령은 그의 호의를 선뜻 받을 수 없었다. 더덕의 양은 한 사람이 먹기에도 충분치 않았다.

"더 이상 도령께 신세를 지고 싶지 않소. 난 괜찮소."

시선은 더덕에서 떼어냈지만, 그녀의 신경은 그럴 수 없었다. 선하는 체면으로 억눌린 재령의 마음을 눈치챘다. 그리고 그녀의 표정은 그의 기억을 더욱 선명하게 만들었다. 싸늘하고 독특한 눈동자. 처음 만났을 때도 저런 표정이었지.

"그러시다면,"

그녀를 놀려주고 싶었다. 나름의 환영 인사로. 그래서 선하는 버리려는 듯 더덕을 불 속에 툭, 하고 집어 던졌다.

"!!!!!"

체면 때문에 차마 손을 뻗어 줍지 못하는 그녀의 표정은 말로 형언할 수 없이 가여웠다. 그녀가 눈치채지 못하게 선하는 간신히 웃음을 가린다.

"구워드리지요. 더 맛있게."

그는 불 속에서 더덕을 잘 구운 후 탄 부분을 칼로 꼼꼼히 긁어내더니 그녀에게 다시 내밀었다. 재령은 못 이기는 척 그것을 받아 고개를 돌리고 더덕을 씹었다. 거칠지만 향긋하고 따뜻한 즙이 입안에 가득 찼다. 살 것 같았다. 왜놈들이 주는 것은 절대 먹지 않겠다 했던 그녀에게 이 작은 더덕은 첫 끼니였다.

"제가 잘 구운 것 같군요. 뿌듯합니다."

재령은 힐끗 선하의 표정을 보았다. 설마 자신을 놀리려고 그런 건 아니겠지. 처음 본 사이에 그럴 리가.

'처음... 본?'

그 미묘하게 익숙한 얼굴을 보는 순간, 혀끝을 맴돌던 단어처럼 잡히지 않았던 기억이 번쩍이는 별똥별처럼 뇌리를 스쳤다. 맞다. 저 사내, 장난 가득한 눈동자. 그 가을밤, 물가의 버드나무 아래에서 처음 만났을 때도 저런 표정이었지. 하마터면 더덕을 바닥으로 떨어뜨릴 뻔했던 그때, 선하가 말을 꺼낸다.

"낭자 혹시...."

"아닙니다."

"예?"

"...고맙다고요. 고맙습니다, 도련님."

재령은 그의 말을 서둘러 덮어 버렸다. 더 이상 아무것도 기억나지 않고, 사내 또한 자신을 기억하지 못하길. 혹시라는 말이 이끌어낼 더 많은 기억들을 이렇게 묻어 뭉개버리길.

"도련님은 제 생명의 은인이십니다. 마땅히 은혜를 갚아야 옳으나, 안타깝게도 난리통에 가솔들과 떨어져 이리되었습니다. 그저 송구하고 감읍할 따름입니다."

그녀에게 손을 뻗었는데 저만치 도망치는 건가. 하지만 오래지 않아 선하는 알아차렸다. 그녀는 그를 똑똑히 알아보았고, 그리고 모른 척하고 싶다는 것을.

"위험에 처한 여인을 위해서 사내대장부라면 당연히 해야 할 일이지요."

그가 정말로 자랑스러운 듯 어깨를 으쓱거렸다. 어쩐지 서운해졌다. 아직도 그녀는 자신을 '짐승'쯤으로 여기는 걸까. 하지만 그녀가 원치 않는다면 그대로 속아줘야지. 곧 죽어도 자존심만은 굽히지 않는 그런 여인임을 알고 있으니 말이었다. 재령은 그를 향해 어색한 미소를 지었다. 그와의 악연이 다시 이어졌다고 의기양양해 하지 않기를. 이렇게 더러운 얼굴과 험한 몰골의 모습이 예전의 자신이라 생각하지 못하기를.

"난 개성에 사는 윤 도령이오."

"한양 사는 서 소저(小姐)라 하오."

두 사람은 더 이상 서로에 대해 아무 말도 하지 않았지만, 그들의 기억은 함께 시간의 물결을 거슬러가 지난 가을 그 달밤에 가 닿았다.

#03
우아한 적과의 산책

“잘할 수 있겠느냐?”

얼떨결에 고개를 끄덕이는 연지의 눈에는 아까와는 달리 불안함이 가득했다. 어여쁘게 화장을 한 연지는 제법 그럴듯해 보였다. 아니, 그럴듯해 보인다고 굳게 믿고 싶었다. 재령은 그녀의 어깨를 잡으며 힘을 실어 넣었다.

“실수하면 아니 되느니라.”

연지는 여전히 흔들리는 눈동자로 그녀의 주인을 바라보며 침을 꿀떡 삼키더니 개미만한 목소리로 물었다.

“근데, 아기씨... 제가 기녀흉내를 잘할 수 있을까요?”

화장을 하고 고운 비단옷을 입는다고 하니 마냥 신이 나서 자신감이 하늘을 찌르던 연지였다. 하지만 약조한 시간이 다가오자 연지는 자꾸만 뒤꽁무니를 빼려 하는 것 같았다.

“어렵지 않다. 다시 물으마. 네 이름이 무엇이라고?”

“명월관 기녀 채, 채홍이라 하옵니다.”

“달 밝은 밤에?”

“달맞이꽃이 가득하네....”

부엉이가 우엉우엉 하고 울었고 밤의 물가는 칠흑처럼 어두웠다. 잔뜩 겁먹은 연지는 불안하기 이를 데 없었다. 비겁한 일이라는 걸 잘 알고 있지만 어리석은 내기에 정직한 원칙을 지킬 필요는 없다고 재령은 스스로에게 최면을 건다. 동인들을 이기려면 어쩔 수 없었다.

연지는 떠밀리듯 자꾸만 뒤를 돌아보며 자신 없는 걸음으로 버드나무 아래로 다가가기 시작했다. 재령은 나무 뒤에 숨어 어서 가 보라고 손짓했다. 연지는 긴장하면 하는 버릇인 듯 자리에 서서 발로 땅을 계속 비벼대고 있었다.

재령은 짧고 차갑게 한숨을 버렸다.

시국(時局)이 이렇게 어수선한데 한가하게 기녀를 사이에 두고 서인(西人)과 동인(東人)의 사내들끼리 내기를 하다니. 그럴 여력이 있으면 한 자라도 더 익혀서 가문의 영광에 보탬이 되어야 하거늘. 하지만 이해는 할 수 있었다. 이런 유치한 내기가 오히려 자존심과 승부욕을 더 자극한다는 것을. 외나무다리에서 맞닥뜨린 상대방 가마를 두고 끝까지 길을 터주지 않는 서인과 동인 여인들의 기 싸움처럼.

문제는 오라비를 믿을 수 없다는 것이었다. 그는 큰소리를 치며 잘난 체하기만 할 뿐 정작 이길 방도를 찾는 데는 무관심했다. 여인들이 어떤 사내를 좋아하는지도 모르면서. 동인 쪽 사내에 대한 기녀들의 입소문은 심상치 않았다. 점잖고 고상한 규수 체면에 저잣거리 여인들의 소문을 알음알음 취합하여 알려주기까지 했건만, 오라비는 사내들의 일에 나서지 말라는 말뿐이었다.

'오라비 때문에 질 수는 없어.'

은밀히 이 일을 수행해줄 기녀도 구해보았지만, 워낙 서로 간의 경계와 단속이 심해서 그마저도 실패하고, 결국 우여곡절 끝에 연지에게 이 일을 맡기게 되었다. 재령은 입술을 깨물며 반짝반짝 눈을 빛낸 채 말소리가 들릴 정도의 거리에 있는 버드나무 아래를 뚫어져라 노려보았다. 가슴이 두근두근 뛰었다. 냇물이 나무다리를 휘감는 잔잔한 소리로도 마음이 진정되지 않았다.

저편에서 갓을 쓴 그림자가 다가오는 것이 보이자 재령은 입으로 훅 불어 등불을 끄고 푸른 연기를 손으로 휘휘 저어 없앴다. 초롱을 든 사내는 잠깐 망설이다가 용기를 내어 신중하게 연지를 향해 다가왔다. 재령은 살짝 눈만 빼어 잔뜩 긴장한 채로 그곳을 주시했다.

"말 좀 묻겠소. 흠흠... 달 밝은 밤에?"

굵고 사내다운, 듣기 좋은 목소리였다.

"예? 예. 제가 그러니까... 달맞이꽃이니까... 윤선하 도련님 맞으시지요?"

연지는 암호를 대충 얼버무렸지만 사내는 개의치 않는 것 같았다.

"그렇다네. 자네와 내가 인연은 인연인가 보이. 아직 일각이나 남았는데 둘 다 일찍 나오다니 말일세."

재령은 나무 뒤에서 피식 비웃음을 흘렸다. 벌써부터 뻔하디뻔한 인연 운운하는군.

"그... 런가 보... 옵니다. 홋홋...."

연지의 어색한 대답에 사내는 빙긋 웃는 것 같았다.

"만나서 반갑네."

"쇤네도 그렇습니다."

인사말 다음에는 어색하고 난감한 공기가 꽉 막혀 정체되고 말았다. 무슨 말을 먼저 꺼내야 할지 서로 저울질하는 중이겠지만, 사실 연지의 머릿속은 점점 더 새하얘져 가는 중이었다.

"어두운데, 등은 어디에 두었는가?"

"등... 등이요?"

"홍초롱으로 서로 알아보는 표식을 삼자고."

연지는 예상치 못했던 사내의 말에 더욱 당황하여 어쩔 줄 몰라 했다. 숨이 가빠지는 소리가 재령이 숨은 나무 뒤까지 들렸다. 낭패였다. 홍초롱 얘기는 전혀 듣지 못했는데.

"아... 그게, 그러니까... 저, 저기. 홍초롱...."

안절부절 못하는 연지가 재령이 몸을 숨긴 뒤편을 가리키며 어설프게 얼버무렸다. 그리고 자꾸만 재령 쪽을 뒤돌아보았다. 그런 연지를 보고 사내가 의심을 담은 채 고개를 갸웃하는 게 보였다.

"자네 이름이?"

"연지입니다."

"연지?"

망쳤다. 재령은 눈을 감았다. 아까부터 불안했었다. 그렇게 당부하고 수없이 연습시켰거늘 대뜸 제 이름을 말해버리다니. 그렇다고 그대로 돌아오라고 할 수도 없는 난감한 상황이었다. 어떡해야 좋을까. 방법은 하나뿐이었다. 하지만 그 방법으로 이 상황을 무사히 넘길 수 있을까. 그럴 수 있을까. 깊게 생각할 시간이 없었던 재령은 승부에 눈이 멀어 해서는 아니 될 일을 기어코 저지르고 말았다.

"명월관 기녀 채홍, 여기 대령했사옵니다."

결국 이런 짓까지 하고 만다. 그녀는 너울을 내려쓰고 기녀 채홍인 척 나무 뒤편에서 모습을 드러냈다. 사내는 이쪽을 바라보고 있었다. 재령은 그가 들고 있는 불빛의 동그라미 속으로 침착하게 다가갔다. 너울 너머 보이는 그는 한눈에 봐도 훤칠한 키에 기골(奇骨)이 다부진 사내였다. 재령은 언젠가 연회(宴會)에서 보았던 기녀의 행동을 떠올리며 그에게 기녀스럽게 예를 갖추었다. 연지는 턱이 빠진 듯 입을 다물 줄 몰랐다.

"자네가, 채홍?"

"그러하옵니다. 윤선하 나리."

"그럼, 이 여인은?"

"저를 따르는 견습 기녀입니다."

"아, 견습. 어쩐지."

연지는 자신의 무거운 짐을 덜어냈다는 사실에 일단 마음이 가벼워졌지만, 그 짐을 얼떨결에 짊어진 재령을 겁먹은 눈으로 쳐다보았다.

"서로 통성명도 하였는데... 그 너울을 걷고, 장안에 소문이 자자한 자네의 얼굴을 보여주겠나? 영 궁금해서 말이지."

외간 사내에게 혼기가 꽉 찬 규수의 얼굴을 드러내야 하다니, 도대체 앞으로 무슨 짓을 더 해야 하는 걸까. 하지만 재령은 침착했다. 예상치 못한 바가 아니었고, 진짜 기녀 채홍이 나타나기 전에 이곳에서 벗어나는 것이 급선무였다. 어차피 오늘 이후론 다시는 만날 일 없는 사내이다. 그렇게 마음속으로 주문처럼 되뇌며, 재령은 너울을 걷어 자신의 얼굴을 사내에게 드러내었다. 초롱 속 불빛이 넘실거렸다.

처음이었다. 외간 사내에게 얼굴을 보이는 것은.

하지만 당혹감도 수치심도 느낄 겨를이 없었다. 사내가 든 붉은 등롱에서 퍼지는 불빛, 잔잔한 냇물 소리, 말라가는 나뭇잎의 짙은 향기 모두를 그냥 흘려보낸다. 다만, 마주 보았던 사내의 검은 눈동자는 생각보다 맑았고, 반짝였으며, 지금 이 순간 온전히 자신만을 바라보고 있다는 찰나의 섬세한 느낌만 남았다. 솔직해지게 하는 느낌, 사내의 눈빛은 왠지 그랬다. 그것이 무엇을 뜻하는지 알고 싶지 않았다. 선하는 아무 말도 하지 않았다. 그 순간은 아주 짧았고, 이상하게도 또한 길었다. 재령이 시선을 피하자 그는 '엣흠' 하며 어색한 헛기침과 함께 고개를 돌렸다. 그리고 마침, 선하의 뒤편 저 멀리에서부터 깜박이는 붉은 불빛이 다가오는 것을 보았다. 진짜 채홍이 들고 있을 붉은 초롱이겠지. 재령의 마음이 다급해졌다.

"나리, 자리를 옮기시지요."

"어디로 가기를 원하는가?"

불빛이 점점 가까이 다가오고 있다.

"어디든지요."

재령은 어디에서 그런 용기가 생겼는지 다급히 선하의 팔목을 끌어당겼다. 사내가 당황하는 것이 느껴졌지만 이끄는 그녀의 손에 말없이 자신의 손목을 내어 주었다.

쨍하니 떠오른 보름달이 물에 얼굴을 씻은 듯 깨끗했고 바람이 불 때마다 나뭇가지가 한들한들 흔들렸다. 국화 향기가 사방에 그윽하니 없던 연분도 만들어질 것 같은 간지럽고 청명한 밤이었다.

간발의 차이로 진짜 채홍을 따돌리는 목적을 달성하고 나자 재령은 그에게서 조금 떨어져 걸었다. 갑자기 가까워졌다가 다시 멀어져 제자리로 돌아온 마음은 민망하고 어색했다. 과했다는 것 인정한다. 하지만 그가 조금 전 자신의 행동을 어떻게 생각할지 가늠할 여유가 지금은 없었다. 연지는 조금 뒤에서 그들을 따랐지만 기분 탓인지 그 거리는 너무 멀었고, 사내와 단둘만 걷는 것 같은 조용한 밤길의 모든 소리가 예민하게 들렸다.

타박타박 두 사람이 걷는 소리에 얹힌 귀뚜라미 소리, 물에 비친 달그림자, 물가를 빙 둘러 심어진 버드나무의 낭창한 긴 가지 끝은 물결을 살살 쓰다듬었다. 공기도 달빛도 청량했다. 갓을 쓴 사내의 그림자와 너울을 쓴 채로 천 한쪽을 머리 위로 걷어 올린 여인의 그림자가 나란히 바닥에 맺혔다. 선하의 멋들어진 연보라색 철릭과 옥색의 넓은 목판깃은 그의 하얀 얼굴을 돋보이게 했다. 자수정 구슬을 꿰어 만든 갓끈과 정성껏 매듭을 지어 호박 선추(扇錘)를 단 부채까지, 잘 보이려 신경 쓴 흔적이 역력했다.

"채홍(彩虹)이라… 무지개를 뜻함이겠지?"

"그러합니다."

"어여쁜 이름일세. 내 이름은 윤선하일세. 여름, 좋은 여름. 기억하기 쉽지 않은가?"

고개를 살며시 끄덕였다. 하지만 다시는 상종하지 않을 동인 사내의 이름을 기억하고 싶은 마음은 조금도 없었다. 그는 그 이후로 몇 가지를 묻기도, 때로는 홀로 대답하기도 했고 재령은 그의 말에 맞장구를 쳐주거나 어색하게 미소로 대꾸했다. 어쩔 수 없는 상황이 아니었다면 결코 마주치지 않을 사람인데다, 재령은 기녀 행세가 벌써 고단해지기 시작했다. 하루에 고작 몇 마디, 더욱이 웃는 모습을 다른 이에게 보여준 적 없었던 고고하고 냉정한 그녀가 오늘은 말을 너무 많이 했다. 이 어쭙잖은 사내에게 일일이 상냥하게 대꾸하는 것은 평소라면 상상도 할 수 없는 일이었다.

선하는 곁에서 나란히 걷고 있는 재령을 은근히 바라보았다. 색다른 여인이었다. 기녀보다는 오히려 명문가 규수에 가까운 자태였다. 밋밋한 화장에 입술연지도 바르지 않았고 귀걸이도 가락지도 끼지 않았다. 다만 그 나이 규수들에게나 어울릴 법한 고상한 나비 문양 노리개가 그녀가 움직일 때마다 찰랑거렸다. 선하는 콧대 높기로 자자한 한양의 기녀들은 일부러 저리 단아하게 하고 다니나 보다고 쉽사리 생각해 버렸다. 어쨌든 처음 보았을 때 심장이 들썩거린 것은 부인할 수 없을 만큼, 어여뻤다. 이제껏 봐왔던 어떤 여인들보다.

그가 새소리 같은 휘파람을 불기 시작했다. 처음 들어보는 신기한 소리에 재령이 귀를 기울인다. 그는 재령의 반응에 살풋 미소를 짓더니 또다시 길게 휘파람을 불었다. 재령의 마음이 깃털로 간질인 듯 살랑거렸다.

"그 소리는…."

"마음에 드는가? 휘파람새 소리일세."

"그게 아니오라, 양반집 자제께서 그런 해괴한 소리를 내시니 의외라…."

"하하핫! 일단 자네의 흥미를 끄는 데 성공했다는 말이군. 그럼 이건 어떤가?"

가시 돋은 재령의 말을 천연덕스럽게 웃어넘긴 그가 두 손을 입으로 가져가더니 또 다른 소리를 만들어 냈다.

"부엉, 부엉."

재령의 눈이 동그래졌다. 어떻게 반응해야 할지 몰라 멍하게 서 있었다. 이런 소리는 대체 뭐란 말인가.

"망측해라…."

"본래 남녀가 만날 때는 약간 망측해야 재밌는 법이라네. 자네가 아는 어떤 사내도 이런 어이없는 짓은 아니 했겠지?"

기껏해야 오라비와 친척 사내들밖에 모르지만, 그들을 다 합해도 이렇게 황당한 사내는 처음이었다. 그런데 어이가 없는 와중에도 정색할 만큼 싫지는 않았다. 조금쯤은 신기하기도 했다. 선하는 그런 그녀의 앞에서 마주보며 천천히 뒤로 걸었다. 자신과 눈을 마주치자 빙긋하고 웃기에 재령은 민망해 하며 차갑게 고개를 돌렸다.

"우리 집 앞에 작은 산이 있는데 온갖 새들이 밤낮 계절 가릴 것 없이 정겹게 울어댄다네. 하도 들었더니 나도 제법 비슷하게 흉내 낼 수 있지. 내가 이리 화답해 주면 고 녀석들도 소리로 답해온다네."

"댁이 한양은 아니신가 보옵니다?"

"부모님은 고향에 계시고 난 한양의 사촌 형님 댁에 신세를 지고 있지. 과거를 보러 왔거든."

재령은 선하가 눈치채지 못하게 코웃음을 쳤다. 기녀로 내기나 하는 주제에 과거는 퍽이나 잘 보겠군. 본디 계집을 좋아하는 한량(閑良)이겠지. 일면식도 없는 기녀와의 은밀한 만남에도 스스럼없이 나올 정도면 그다음은 말하지 않아도 알 것 같았다.

그녀는 차가운 미인이었다. 다른 기녀들처럼 웃음이 헤프지 않아 은근히 부담 가는 유형이었다. 내기를 걸 만한 여인이란 것, 인정할 수밖에 없었다. 하긴 양반네들의 승부가 달린 일이니 어느 쪽으로 호락호락 마음을 주어버리면 안 될 것이다. 그래서 선하는 승부욕이 불타올랐다. 어떻게 해서든 여인의 마음을 사로잡고, 근사한 하룻밤을 보내고 말 것이다. 하지만 지금은 그녀의 마음을 여는 데 집중해야 했다. 다행히도 자신에게 호감을 가지고 있다는 확신이 섰다. 보이지 않게 웃었지만 웃었다는 사실이 더 중요했다. 일단 좋은 출발이었다.

새초롬한 수련이 가득한 물가, 좁은 나무다리가 보이자 선하는 그리로 성큼 올라섰다. 삐걱거리는 소리에 재령이 멈칫하자 그가 천연덕스럽게 손을 내밀었다.

“이 다리 건너 저편에 하얀 구절초가 융단처럼 깔려있는데 가보지 않겠나?”

작은 수정 구슬로 만들어진 갓끈이 그의 가슴께에서 흔들렸다. 주름이 우아하게 촘촘히 잡힌 연보라 철릭자락이 바람에 살며시 날렸다. 그와는 어울리지 않는 사향(麝香) 향기도. 이런 식으로 여인들에게 뭉게뭉게 설렘을 심어 주었군. 저런 능글맞은 미소와 눈빛, 얄팍한 핑계로 은근슬쩍 손을 잡으려는 뻔뻔함으로. 동인 사내들은 저렇게 하나같이 점잖지 못하겠지. 어림도 없어.

귀엽군. 빤한 속셈으로 내민 자신의 손에 이토록이나 당황할 이유는 없었을 텐데 규방 규수들처럼 수줍은 척하는군. 이것은 새로운 기방(妓房) 전략인가. 선하는 냉정하면서도 고아(高雅)한 그녀에게 점점 더 관심이 갔다. 비록 오늘은 저 기녀의 마음을 사로잡아야 하는 목적이 있다지만, 그렇지 않다 해도 다시 만나보고 싶은 흥미로운 여인이었다. 그의 도발에 동요하지 않는 여인의 눈빛은 차갑지만 매력적이었다.

"나리는 보통 이런 식으로 여인을 홀리십니까?"

"보통은 그렇다네."

"너무 식상한 방식이지 않습니까?"

그 말에 선하의 눈빛이 도전적으로 반짝 빛났다. 그녀는 자신을 잘못 건드렸다.

"그런가? 이것이 식상하다면...."

선하는 아슬아슬하게 유지되고 있던 재령의 경계를 불쑥 넘어들어왔다. 그는 그녀의 허리를 한 팔로 감싸 안아 자신에게로 당겼다. 장난과 진지함을 품은 그의 눈동자가 반짝반짝 빛났고, 강렬하고 낯선 찰나는 그대로 재령의 기억에 찍혀버렸다. 뒤따라오던 연지가 손으로 입을 틀어막고 새된 비명을 내뱉었다.

"꺄아아아!"

"!!!!!"

"그럼, 이런 방식은 마음에 드나?"

곁을 일렁이며 맴돌던 그의 향기 안에 재령은 속절없이 갇혀버리고 말았다. 사내에게서 오래된 나무 향기가 났다. 외면하고 싶으면서도 머물고 싶은 상반된 두 마음의 공존. 그리고 그 기묘한 마음은 선하도 마찬가지였다. 어색함을 풀기 위해 유치한 사내들이 기녀들에게 늘상 하는 장난이었지만 선하의 마음 중 몇몇은 전혀 다른 방향으로 튀어 나갔다. 하얀 포물선을 그리며 미지의 어느 곳으로 멀리 날아가 버렸다. 당황했지만 수습하기에 때는 늦어버렸다. 시위를 떠나버린 활처럼. 깜짝 놀란 그녀의 물기 어린 눈동자를 바라보니 어쩐지 마음이, 이상해졌다.

#04
달빛 아래 밀고 당기기

“이런 짐승! 이게 무슨 짓이오?”

달빛에 홀렸던 마음은 오래가지 않았다. 새빨갛게 얼굴이 달아오른 재령은 선하의 뺨을 찰싹 때렸다.

“아기씨!!! 재령 아기씨!!! 괜찮으셔요?”

너울을 저만치 내팽개친 연지가 허둥지둥 달려와 제 주인을 몹쓸 사내로부터 감쌌다. 재령은 터져버린 감정을 다스리지 못해 거친 숨을 몰아쉬고 있었다. 난생처음으로 진정이 되지 않았다. 도저히 차가운 머리를 유지할 수가 없었다.

“재령... 아기씨라니. 채홍이 아니라?”

주춤하는 선하에게서 벗어나 재령은 고개를 돌렸다. 조금 전의 여파 때문에 평정을 찾을 수가 없었다. 후회와 분노로 머릿속이 뒤죽박죽이었다. 형편없는 동인 사내에게 결국 이런 봉변까지 당하게 될 줄이야.

“그렇게 된 거였군. 그런 거였어.”

어떻게 된 일인지 선하가 파악하는 데 그리 오래 걸리지 않았다. 어쩐지 처음부터 약간씩 수상한 낌새가 나더라니, 요것 봐라. 슬그머니 화가 피어오르기 시작했다. 자신과 동인을 농락한 여우처럼 교활한 여인이자, 괘씸하고 대담하기 이를 데 없는 서인 가문의 여식이 아닌가. 저렇게 예쁘장한 얼굴을 한. 서인들에게서 정정당당함을 바라진 않았지만 적어도 양반 체면은 있는 줄 알았다.

"훗, 서인들이 생각한 방법이 고작 규방의 여인을 동원한 이른바 살신성인(殺身成仁)이오?"

"늘상 비겁한 동인 주제에 이만한 일로 서인 전체를 매도하지 마시오."

"이만한 일이라...."

"그동안 동인들의 만행을 생각해 보면 아무것도 아니란 뜻이오."

이왕 이렇게 들통 난 거 당당하겠다고 작심한 것인가. 그리고 도대체 동인들이 뭘 어찌했다고 저렇게 쌍심지를 켜는 건지, 한양에서 살지도 않았고 정치에는 영 관심 없는 선하로서는 당최 이해할 수 없었다.

"바보 같은 내기에 비열한 속임수라... 꽤 어울리는군. 과연 서인답소."

"옹색한 동인이 칭찬을 다 하다니요."

한 마디도 지지 않는 기세, 마음에 들었다.

"그건 그렇다 치고. 어찌하여 이런 맹랑한 일을 벌인 것이오? 내 참, 기가 찰 노릇이군, 기녀라니."

선하는 팔짱을 낀 채 약간의 경멸과 적당량의 빈정댐과 궁금함을 섞어 물었다. 이 여인의 머릿속에는 무슨 생각이 들었을까. 머리가 어떻게 되지 않은 이상 명문가 규수가 기녀 행세까지 한단 말인가.

"마음껏 놀리시오. 후회하지 않으니."

"놀리다니. 지금 감탄하고 있는 거요. 사내들에게 기녀가 어떤 존재인 줄 제대로 알고나 그러셨소? 내가 조금 더 과감하게 나갔다면 더한 일도 일어났을 거란 말이오. 아까처럼 안는 건 고사하고, 예를 들면 입을 맞춘다든가, 아니면...."

"그만!!!"

소름이 오싹 돋아 재령은 귀를 막았다. 조금 전 선하의 행동으로 봤을 때

충분히 있음 직했던 일이라 생각하니 눈앞이 아찔해졌다.

"풋. 어쨌든 대단한 승부욕이외다."

선하가 어이없다는 듯 웃음을 터뜨렸다. 비겁한 데다가 자칫 체면을 깎을 수도 있는 속임수까지 마다하지 않는 비열한 서인 규수라. 동인을 끌어내려 보겠다는 의지로 머릿속이 꽉 찬 서인의 족속이라 생각하면 오히려 이 미친 행동은 설득력이 있다고 생각했다.

"참으로 영광이오. 이 몸이 그렇게 위협적이었소? 시작도 전에 질 것을 걱정하여 소저(小姐)가 몸소 나서야 하다니."

"……."

위협적.

재령이 수집했던 그에 대한 소문들. 눈 내리는 풍경 속의 오죽(烏竹)처럼 수려하다는. 여인 중에 마음이 흔들리지 않는 이가 없다는. 사내다우나 무게 잡지 않으며, 자상하나 굳건한, 그래서 이제껏 알아온 사내의 모습과는 다르다는 그런 이해할 수 없는 모든 과장된 뜬소문들뿐이었다. 그에게 결코 넘어가지 않을 재령, 머리끝부터 발끝까지 동인에 대한 경멸과 냉철한 이성으로 뭉친 자신만 빼고.

"그 침묵, 서인의 칭찬으로 듣겠소."

재령은 후회했다. 이런 계획을 꾸민 것에 대한 후회가 아니라, 끝까지 냉정을 유지하지 못하고 발끈해 버린 자신에 대한 후회였다. 그 한순간 때문에 다 된 밥에 코를 빠뜨린 격이 되어 버리다니. 내기에도 지고 덤으로 체면까지 깎이고만 참패였다.

"그런데 왜 그리 싫어하시오, 동인을?"

"그럼, 서인은 동인을 싫어하지 않소?"

"그거야 벼슬아치들의 이야기고… 솔직히 난 정치에 관심이 없어 잘 모르겠소. 내게는 좀 먼 얘기 같아서."

"내게는 아주 가까운 이야기요, 한량같이 놀기만 좋아한 도령한테는 어떨지 모르겠지만. 당신네들 때문에 사촌과 제종(諸宗) 오라비께서 귀양을 가셨단 말이오."

"그렇게 따지면 서인들은 동인들에게 어찌했소?"

불리한 그 말에 재령은 고개를 쌀쌀맞게 돌렸다.

"난 모르오."

"거 보시오."

이렇게 가다가는 끝없이 말싸움이 벌어질 것 같았다. 어차피 해결되지 않을 감정만 상할 이야기. 선하는 하지만, 조목조목 대답하는 저 붉고 통통한 입술이 예쁘다는 생각을 잠깐 했다.

"그런데. 재령 낭자라고 했소?"

"……."

"대답하기 싫으면 하지 않아도 좋소."

"……."

"뒤를 돌아보시오."

슬금슬금 그가 물러나기 시작했다. 하지만 재령은 못 들은 척하며 뻣뻣하게 콧대를 세우고 그를 외면했다.

"내 말을 안 들으면 곤란해질 텐데 할 수 없군. 낭자의 사촌인지 제종인지 아무튼 귀양 간 건 매우 유감이오. 어찌 됐든, 난 이만. 만나서 즐거웠소."

가지고 온 등불을 바닥에 버려두고 인사마저 얼버무린 채 그는 어둠 속으로 쌩하니 사라져 버렸다. 그가 서 있던 자리를 달빛 공기가 밀려와 채웠고 다시 사방은 고요해졌다. 재령처럼 꼿꼿하지 못한 연지가 뒤를 돌아보더니 호들갑을 떨었다.

“아씨! 순라군이에요!”

“이런!”

나무가 시작되는 저곳에서부터 무장한 순라군 여럿이 이쪽을 향해 다가오고 있었다. 이곳은 순라군들의 순행구획이 아니라 들었건만, 일이 이상하게 꼬인 것이 틀림없었다. 통금을 어겼으니 여차하면 경수소(警守所)에 잡혀가게 될지도 몰랐다. 일이 더 커질 수 있었다. 재령은 재빨리 치맛자락을 움켜쥐고 선하가 막 들어선 어둠으로 연지와 함께 몸을 감추었다. 덩그러니 남은 붉은 홍초롱이 깜박이다가 이내 연기를 피우며 꺼져버렸다.

선하는 보이지 않았다. 연지와 재령은 구불구불한 골목길 사이로 잽싸게 몸을 숨겼다. 담벼락과 담벼락, 어둠과 그늘이 뒤엉킨 복잡한 골목 사이에서 갑자기 선하의 철릭자락이 나타났다가 연기처럼 다시 사라졌다. 비겁하게 혼자만 몸을 숨기려는 것인가. 재령은 순라군을 피하는 와중에도 그가 괘씸한 나머지 뒷모습이라도 놓치지 않으려 바싹 따라 붙었다. 자신이 잡힌다면 결코 혼자만 잡히지는 않을 것이라 다짐했다. 길은 복잡했고 꼬여 있었다. 숨죽인 발자국 소리만이 타닥 타다닥 들렸다. 마치 숨바꼭질 하듯 길이 이어졌고 그림자가 엉켰다. 이런, 너무 홀로 앞서갔나.

‘연지야?’

낯선 길에 혼자 남겨진 자신을 발견하는 것은 등골이 서늘해지는 기분이었다. 연지가 보이지 않았다. 뒤돌아서 왔던 길로 나갔지만 찾을 수 없었다. 연지는 재령의 한 발짝을 놓쳤을 테고, 복잡하게 뒤엉킨 이 골목에서 서로를 잃어버리고 말았을 것이다. 길은 거기가 거기, 다 똑같아 보였다. 낭패였다.

“연지야, 어디 있느냐? 연지야?”

담벼락을 따라 걸으며 여러 번 숨죽여 부르자 저편 어딘가에서 연지의 작은 목소리가 들렸다.

"아기씨, 움직이지 말고 거기 계셔요. 도대체 어디가 어딘지... 길이 왜 이 모양이여?"

연지는 담벼락을 몇 번이나 돌아와야 그녀에게 닿을 것 같았다. 오늘 하루 일진은 정말 엉망진창이었다.

"이게 다 그 되먹지 못한 짐승 때문이야!"

혼잣말이 채 끝나기도 전에 어둠 속에서 누군가가 그녀의 손목을 낚아채어 끌어당겼다.

"쉿! 짐승이란 말 삼가시오. 물어 가면 어쩌려고."

사라진 줄 알았던 선하였다. 그는 입술에 손가락을 얹으며 재령을 담과 담 사이에 좁은 통로로 끌었다. 그리고 어둠 너머 저쪽 뒷길을 재빨리 살폈다. 좁은 틈을 사이에 두고 빽빽하게 들어선 초가집 작은 봉창에서 희미한 불빛이 새어나왔다. 선하의 얼굴 반쪽을 비추는 불빛, 반짝이는 깊은 눈동자. 무례하게도 그녀의 손목을 잡고 있는 그의 손을 재령은 뿌리치지 못했다. 선하는 재령의 몸을 벽에 붙였다. 누군가가 다가오는 소리에 선하는 그녀의 어깨를 잡고 바싹 다가서며 몸을 숨겼다. 둘 사이의 간격은 그만큼 더 좁아졌다.

어색한 서로의 숨소리가 섞이고

사내의 울대가 꿀꺽하고 침 삼키는 것이 보이며,

여인의 고운 뺨이 눈으로도 느껴질 만큼.

다가오던 한 무리의 순라군이 그대로 지나쳐 가자 두 사람은 안도의 한숨을 내쉬었다. 재령은 기다렸다는 듯 팔에 힘을 주어 그의 몸을 밀쳐냈다.

"뒤로 물러나 주시겠소?"

“여기서 더 어떻게 물러나오?”

“아웃.... 너무 붙었잖소.”

“모르겠소? 이곳이 좁단 말이오.”

선하가 힘껏 팔을 버텼지만, 하필 그녀의 너울에 그의 갓이 걸려있어 더는 어쩔 수 없었다. 그가 머리를 당기자 재령의 너울이 딸려왔다.

“그 너울을 좀 벗어야 되겠소.”

“도령이 갓을 벗으면 될 것을.”

“갓이 망가질까 봐 그러니 하는 소리 아뇨? 이거 꽤 비싼 갓이란 말이오. 게다가 빌린 거고.”

“좋은 말 할 때 손 치우시오, 도령!”

“손? 무슨? 착각하지 마시오. 내가 미쳤소?”

둘이 거칠게 속닥거리며 티격태격하고 있을 때 갑자기 그들 머리 위의 봉창이 벌컥 열렸다.

“남의 집 지붕 아래서 대체 뭣들 하는 거요?”

두 사람은 동시에 어깨를 움찔했다. 순라군을 마주친 것보다 더 소스라치게 놀랐지만, 지금은 도망치는 건 고사하고 이 난감한 자세조차 바꿀 수도 없었다.

“아... 그게....”

재령은 이 와중에도 너울을 벗지 않은 것을 잘했다고 생각하고 있었다. 그 짧은 순간, 경수소에 끌려가면 뭐라 둘러대야 하나 두 사람의 머릿속이 각자 바삐 돌아갔다. 과거시험 보는데 지장을 받는 것은 아닐까. 혼삿길이 막히는 것은 아닐까. 모든 것이 집주인의 처분에 달려 있었다. 그런데 이상하게도 잠시 동안의 침묵 뒤에 집주인이 씨익 미소를 지었다. 불빛을 등지고 있었지만, 확실히 그렇다고 느껴졌다. 이렇게 달 밝아 좋은 야밤에 좁은 담벼락에 숨어 마주 보고 철썩 붙어선 청춘남녀라.

"아하~"

그 기묘한 감탄사는 무엇을 의미하는 걸까.

"젊은 사람들이 급했구먼. 하던 것 마저 하시구려. 에헴. 좋을 때다, 좋을 때야."

집주인은 묘하고 기분 나쁜 손짓과 여운을 남기고 봉창문을 닫았다. 문이 완전히 닫히기 전 킥킥 대는 웃음소리가 가히 인상적이었다.

"도대체 뭘 계속...? 좋을 때? 아니, 사람을 어찌 보고. 내가 눈이 얼마나 높은데."

"말 다했소?"

선하의 중얼거림에 재령의 뺨은 불타고 있는 것처럼 붉어졌다. 이런 끔찍한 오해를 사게 되다니, 그것도 상종도 못할 동인 사내와. 하지만 결정적으로 그녀의 약을 바싹 돋운 건 눈이 높다는 둥 했던 그의 마지막 말이었다. 한심하고 느물거리는 동인 같으니. 재령은 너울을 묶은 턱끈을 거칠게 풀었다. 이제 정말로 더는 엮이고 싶지 않았다.

"이제 됐소?"

선하는 얼떨결에 그녀의 너울을 받아들었다. 재령은 찬바람을 일으키며 좁은 통로를 걸어나갔고, 그는 사촌 형님에게 빌린 갓을 상처 하나 없이 구해낼 수 있었다. 뒤늦게 통로를 벗어난 선하가 그녀를 따라갔다. 쌀쌀맞게 걷고 있는 그녀의 뒷모습. 너울로 가려져 있던 길게 늘어뜨린 붉은 댕기머리가 고운 달빛 아래 선연(鮮姸)했다. 그리 뿔을 내며 걸어도 자태는 어여쁘군. 선하는 걸음을 늘려 은근슬쩍 그녀의 곁으로 다가섰다. 드러난 옆 얼굴선과 부드러운 그림자의 조화가 참으로 보기 좋았다.

"여기."

재령은 눈을 마주치지 않은 채 너울을 받아썼다. 아쉽게도 그녀의 빛나던 얼굴은 다시 칙칙한 너울로 가려지고 말았다.

"순라군에게 잡히는 것이 나을 뻔했소. 이렇게 도령과 엮이게 되어 불쾌하기 그지없소."

"후우… 뭔가 대단히 착각하고 있나 본데 적반하장(賊反荷杖)도 유분수지. 오늘 일은 내가 화를 내야 하는 것이오, 뻔뻔하기 그지없는 낭자가 아니라."

"서로가 불쾌하게 되었으니 피차일반이오."

두 사람은 다시 버드나무가 줄지어 늘어선 물가로 나왔다. 은빛으로 빛나는 달빛이 물결처럼 사방에서 일었고 달을 머금은 수면은 바람에 우아하게 넘실댔다. 마치 무슨 일이 있었냐는 듯 그들에게 짓궂게 묻는 것 같았다. 선하는 재령을 바라보았다. 그리고 시선을 피하지 않은 채 너울 너머로 빤히 마주 보는 그녀의 시선을 느낄 수 있었다. 어이없고 무례하고 뻔뻔한 여인인데, 어찌하여 화가 나지 않을까. 예뻐서인가.

"오늘 일은 함구하는 것이 사내다운 것입니다."

"쳇! 내가 왜 그래야 하오?"

그의 대답에 그녀가 쏘아본다.

"온 도성에 촉새처럼 떠들고 다니고 싶다면 마음대로 하십시오."

"낭자가 간절히 애원한다면 마음이 변할 수도 있는데."

"꿈 깨시오."

재령과 선하는 한참 동안 눈싸움을 했다. 선하는 그 도도한 눈빛이 맘에 들었다.

"아기씨, 거기 계세요?"

"그래, 여기 있다."

곧 연지가 이곳에 당도할 것이다. 멀리서 삼경(三更:밤 열한 시)을 알리는 종소리가 퍼져왔다. 벌써 시간이 이렇게 흘렀나.

“다시 마주칠 일은... 없겠지요?”

뒤돌아 발걸음을 떼려는 그녀에게 그가 물었다. 하지만 그녀는 대답하지 않은 채 잠시 멈췄다가 나무들 사이 달빛이 뿌려지는 저 너머로 멀어져갔다. 영영 그렇게, 처음이자 마지막으로. 멀어져가는 뒷모습을 바라보며 그는 슬슬 뒤로 걸었다.

“아... 이거 평생 나를 한심하고 음흉한 짐승쯤으로 기억하겠군. 쩝. 그건 싫은데.”

그는 혼잣말을 했다. 어색한 설렘, 이상한 아쉬움과 여운이 길게 남아 그를 따랐다.

#05
잎사귀도 햇살도 너무해

머리를 무릎에 기대고 까딱까딱하며 졸던 재령이 옆으로 뚝 기울어지며 선잠을 털어냈다. 불편한 자세를 고집하느라 고개가 아파서 목을 이리저리 움직이며 계속 주물렀다. 졸고 있는 그녀를 방해한 것은 물방울이 똑똑 떨어지는 소리도, 작은 불씨만 간당간당하게 남아 식어가는 모닥불도 아니라, 세상모르고 깊게 잠이 든 사내의 코 고는 소리였다. 참으로 인상적이었다. 그렇게밖에 표현할 수 없었다. 그녀의 인생을 통틀어 사내의 코 고는 소리를 바로 옆에서 듣는 것은 처음이었다. 그 소리는 지금 재령이 사내와 같은 공간에 둘만 있다는 사실을 명확하게 증명하고 있었으니, 참으로 민망했다.

참으로 세상 편한 사내군. 이 와중에도 저리 잠이 들 수 있다니 담이 크거나 생각이 없거나 둘 중 하나. 재령은 후자라고 생각해 버렸다. 그녀는 무릎에 팔을 걸치고 그를 바라보며 엄지손가락을 잘근잘근 깨물었다. 과연 저 치를 믿을 수 있을까. 관군들이 있는 곳으로 자신을 무사히 데려다 줄 수 있을까. 활솜씨를 보긴 했지만 그다지 신뢰가 가지는 않았다. 지금 그의 코 고는 소리는 그녀의 얄팍한 믿음을 한껏 더 흔들고 있는 중이었다.

'다시 마주칠 일은… 없겠지요.'라고 그가 물었던 지난 가을까지만 해도 이렇게 되리라 생각지도 못했는데. 천만다행히도 그는 자신을 기억하지 못하는 것 같았다. 기억했다면, 보자마자 그녀에게 온갖 생색을 내느라 바빴을 테니까. 만약 그랬다면 재령은 서인 집안으로서의 체면 때문에 동인인 그에게 목숨 빚을 지게 된 것을 두고두고 후회했을 것이다. 또한 그의 도움 일체도 거절할 수밖에 없었을 것이다.

그녀는 잠든 그의 얼굴을 살며시 살폈다. 그때보다 얼굴은 그을렸고 야위었다. 야생에 어울리는 들짐승에 좀 더 가까워졌고 그리고.

'이 사내는 그래도. 죽지 않고 살아남았군.'

이라고 생각했다. 혈기 넘치던 젊은 사내들의 비보(悲報)를 듣는데 그녀는 너무 익숙해져 버렸다. 잊고 있었던 슬픔이 울컥 밀려왔다. 저 사내와 유치한 내기를 했었던 오라비는 이젠 생사조차 알 수 없었다.

"좀 더 주무시오. 여명(黎明)까진 아직 멀었소."

곯아떨어진 것이 아니었나. 도깨비 같은 사람이라 생각했다. 혹시 자신이 그를 계속 보고 있었다는 것도 눈치 챘을지도 몰랐다. 선하는 그녀를 향해 옆으로 돌아누우며 눈을 떴다. 길고 서늘한 눈초리, 그 안에 담긴 눈동자는 막 잠을 깬 사람 같지 않게 선명했다.

"그리고 충고하는데, 잘 수 있을 때 푹 주무시오. 몸이 굳으면 얼마 걷지 못하고 지쳐버리고 말테니."

"이게 편하오."

재령의 대답에 그가 희미하게 미소를 지었다. 아무렴, 그러시겠지. 전쟁통이라 할지라도 어찌 사내와 동숙(同宿) 따위를 하겠는가. 그것도 동인과.

"물론 그렇겠지만, 더 편히 계시란 말이오. 내가 돌아누워 주리다."

그는 몸을 반대편으로 돌리고 채 얼마 지나지 않아 다시 코를 골기 시작했다. 정말 잠이 든 것 같았다. 재령은 여전히 고집을 부리며 눕기를 거부했지만, 시간이 지날수록 무거워지는 눈꺼풀을 견딜 수가 없었다. 결국 그녀는 몸을 동그랗게 웅크리고 바닥에 살며시 몸을 눕혀 접은 팔로 머리를 받쳤다. 기절한 듯 잠으로 빠져들기까지 그리 오래 걸리지 않았다. 선하는 짙어지는 재령의 고른 숨소리를 등 뒤로 듣고는 빙그레 미소를 짓더니 다시 잠을 청했다. 첫 번째 밤이었다.

재령은 자신의 발을 내려다보았다. 한쪽 발에는 그녀의 때 묻은 당혜, 그리고 다른 발에는 나뭇가지와 넝쿨, 재령의 속치마 자락을 찢은 천으로 급조한 형편없는 발싸개. 과연 이걸 신고 걸을 수나 있을는지. 하지만 생각보다 튼실해 보였다.

그는 장검을 등에 둘러메고 다시 반대편 어깨에 활을 메어 최대한 양손을 자유롭게 했다. 출발하기 전 내내 활과 화살을 손질하고 지금도 충분히 시퍼런 검의 칼날을 꽤 오랜 시간 정성 들여 갈던 그였다. 다시 왜군을 마주칠지도 모른다는 사실을 그 행동이 말해주고 있었다. 재령은 그런 선하를 보며 마음을 다잡았다. 가히 긴장되었다. 동굴을 나서기 전 그는 재령에게 당부했다. 다부지지만 걱정이 섞인 말투로.

"꽤 빠르게, 그리고 가급적 소리 내지 않고 움직여야 하오. 많이 힘들겠지만 그리해야 하오."

재령은 제대로 기억하기 위해 그를 똑바로 올려다보았다. 그의 눈빛이 한동안 그녀의 눈동자에 닿았다. 재령은 힘을 주어 고개를 끄덕여 대답했다.

"발, 괜찮겠소?"

"잘 걸어보겠소."

"치마는… 조금 더 올려야겠소. 여긴 길이 없으니."

그 말에는 망설일 수밖에 없었다.

"소저 속치마나 다리에 신경 쓸 이, 여기 아무도 없소."

체면을 따질 때가 아니라는 것쯤은 재령도 잘 알고 있다. 허나 그렇다고 해서 부끄러움을 잊을 수 있는 것도 아니었다. 이 고비만 넘기고 무사히 산을 벗어나 관군이 있는 안전한 곳으로 가기만 한다면 다시 그를 만날 일은 없으리란 사실만이 아주 작게 위로가 될 뿐이었다.

"갑시다."

그가 뒤돌자 재령은 눈치채지 못하게 치마를 조금 더 치켜 올려 묶었다. 허리를 굽혀 낮은 통로를 지나 드디어 동굴 밖으로 나선다. 초여름이지만 새벽에는 아직 공기가 서늘했다. 동굴이 생각보다 꽤 높은 곳에 있다는 것을 지금 깨달았다. 산은 희부연 안개에 잠겨 있었고 빽빽한 소나무는 아직 단잠에서 깨어나지 않는 것처럼 고즈넉했다. 재령은 크게 숨을 들이쉬었다.

경사가 급한 길을 나무를 붙잡으며 걸었다. 길이 끊어지면 길이 아닌 길을 무작정 타고 올라갔다. 미끄러운 바위 위에서 한쪽 팔로 나무를 붙잡은 그가 그녀에게 손을 내밀었고, 재령은 처음에는 기함했지만 그 손을 붙잡지 않고는 이 험한 산길을 갈 수 없다는 것을 곧 깨달았다. 그는 몇 번의 거절에도 불구하고 넉살 좋게 다시 재령에게 손을 내밀었다. 결국 재령은 그가 내민 손을 쭈뼛거리며 붙잡았다. 어색했지만 이내 그의 손길에 익숙해져 갔다. 그렇게 얼마나 걸었는지 알 수 없었다.

빼곡하게 들어찬 수풀을 헤치고 어두운 숲을 걸어 나오니 오전의 찬란한 햇살이 쏟아지는 작고 평화로운 계곡이 모습을 드러냈다. 계곡 사이를 시원하게 쏟아져 내리는 물줄기가 커다란 바위를 한 바퀴 돌았다. 투명하게 맑아 바닥이 들여다보이는 냇물, 그 위로 새파란 나무그늘이 풍성하게 드리워져 있었다. 선하가 다시 손을 내밀었고 재령이 그 손을 잡고 계곡으로 내려왔다. 쏴아하고 물이 힘차게 흐르는 소리. 갑작스러운 친밀함 뒤로 밀려오는 새초롬한 어색함 때문에 선하는 저쪽에서, 재령은 이쪽에서 각자 숨을 돌린다. 그는 손으로 물을 떠 마시고 가죽 물주머니를 꺼내 물을 채워

넣었다. 여전히 긴장을 풀지 않은 채 사방을 경계한다. 재령은 기운이 빠져 덜덜 떨리는 손으로 물을 떠 마시고 달아오른 얼굴을 물에 적셨다. 물방울이 그녀의 목을 타고 내렸다. 손끝이 마비될 정도로 차가웠다. 땀으로 촉촉해진 저고리 사이를 바람이 간질이며 식혔다. 여기까지 내내 그를 놓치지 않기 위해 정신없이 걸었는데 이제 한숨, 돌린다. 그는 간간이 뒤를 돌아보며 속도를 늦춰주었지만 그래도 힘들기는 매한가지였다. 내내 힘을 주어 걸어서인지 발목이 뻐근하여 다리를 주무르려 손을 뻗었다.

"아... 앗!"

종아리를 관통하는 통증이 벼락같이 밀려왔다. 결국 다리에 쥐가 나버린 것이었다. 무척 아팠다. 앉아있던 선하가 부리나케 다가와 그녀 앞에 무릎을 꿇었다.

"쥐, 쥐!"

"어느 쪽이오?"

"오... 오른쪽. 아앗."

인상을 찌푸리며 재령이 간신히 대답했다. 그러자 선하는 다짜고짜 그녀의 종아리에 손을 가져갔고 재령은 기함하며 그의 손을 만류했다.

"내가, 내가 하겠소. 아아앗!"

쥐가 나는 게 이렇게 아픈 것이었나. 선하는 그녀의 발목과 다리를 잡고 당기더니 커다란 손으로 정성 들여 주물렀다. 그리고 당혜를 벗기고 재령의 엄지발가락을 잡아 부드럽게 폈다. 그러자 놀랐던 근육이 제자리를 찾으며 조금씩 진정되었고 동시에 민망함도 같이 밀려왔다.

"이제 됐소. 됐으니 그만해도 되오."

그가 고개를 들어 그런 재령을 바라보았다. 이런 걸 신고도 여기까지 그의 걸음을 놓치지 않은 것만 해도 그녀는 예상외로 정말 잘해주고 있었다.

사실 그녀가 못 가겠다고 뻗어버리면 업고 갈 각오까지 한 참이었는데. 그의 시선을 받아 살짝 붉어진 볼이 눈에 들어왔다. 그녀는 냉큼 눈을 피했다.

'쌀쌀맞기만 한 줄 알았는데 수줍어할 줄도 아네.'

"고맙긴 한데, 사심을 섞은 것 같은 이 느낌은 괜한 기분 탓일 테지요?"

선하는 싸늘하고 익숙한 재령의 말투에 저도 모르게 피시식 웃으며 중얼거렸다.

"어이쿠, 또 짐승이라고 매도하겠군."

'또'라니.

다리를 주무르던 선하도, 그에게 다리를 맡겼던 재령도 얼음처럼 멈췄다. 눈동자조차 움직일 수 없었다. 서늘한 바람이 등 뒤를 훑고 지나간 침묵 뒤에 마침내 그녀의 눈썹이 파르르 떨렸다. 설마 아닐 거야. 그렇다고 해주오.

"…내 말은, 어떤 여인이 그런 말을 했단 얘기인데 어쨌든! 사내들이 늘 그렇지는 않다는 것을 알아주었으면 좋겠소."

그는 그 가을, 차마 하지 못했던 말을 담은 한없이 능청스런 얼굴로 재령을 올려다보았다. 들킬 뻔했다는 아슬아슬함보다 이 앙큼한 여인의 눈동자에서 당황을 끌어낼 수 있었다는 것이 어쩐지 짜릿했다. 그런 그들을 훔쳐보며 숨어있던 바람이 나뭇가지를 살살 흔들었다.

"충분히 풀어줘야 다시 쥐가 나지 않소. 민망하겠지만 좀 참으시오. 다른 오해는 말고."

재령은 모른 척을 끝까지 유지하기로 했다. 자신이 잘못 들은 걸까 단순한 말실수였을까. 아니면 능청스런 시치미, 혹은 자신이 과민한 것일 수도. 골똘히 생각에 잠긴 채 그를 바라보았다. 내리깐 속눈썹과 그 위에 내려앉은 초록빛이 눈부셨다. 선하가 재령의 시선을 느끼고 다시 고개를 들었다. 수면에 반사된 영롱한 햇빛이 서로의 얼굴에 맺혔다. 어색함과 당황스러움

너머, 처음 느껴보는 기분이 언뜻 그림자처럼 비쳤다.

'어떡하지?'

두 사람은 잠시 시간이 멈춘 듯 서로를 그렇게 바라보았다. 아무 생각이 들지 않았지만 그렇다고 눈길이 떼어지지도 않았다. 선하는 어떡해서든 이 순간에서 빨리 벗어나고 싶었다. 더 진지해지지 않으려면 돼먹지 않은 장난이라도 쳐야 했다. 이게 도대체 무슨 마음인지. 재령의 시선을 피한 그가 갑자기 그녀의 어깨너머 무언가를 뚫어지게 노려보았다. 좀 전과는 판이하게 달라진 선하의 낯선 표정에 재령이 당황했다.

"어찌 이러시오?"

선하는 아무 말도 않았다. 그의 눈동자가 점점 더 커지는 것 같았다. 무언가를 발견한 표정이었다. 분명 그녀 뒤에 무언가가 있는 것이 분명했다. 뒷덜미가 근질근질했지만, 그녀는 꼼짝도 못 하고 눈동자만 굴렸다.

"뭐가, 있소?"

온 신경이 팽팽하게 당겨진다. 숨이 가빠졌다.

"뱀이다!!!"

"까아아아악!!!"

재령이 메뚜기처럼 펄쩍 뛰어오르더니 선하의 품으로 안겨들었다. 그의 앞섶을 꼭 붙잡은 채 양 발등을 딛고 올라서서 머리를 묻었다. 엉겁결에 그녀를 안아버린 선하의 심장도 덩달아 마구 쿵쾅거렸다. 자신의 발등에 실린 그녀의 무게도 느껴졌다. 가엾은 그녀는 눈조차 뜨지 못하고 바들바들 떨었다. 이래 갖고는 장난이라고 죽어도 말 못하겠는걸. 마음이 간지러워진다. 그 이상한 어색함을 피하려 했던 장난 때문에 애꿎은 심장이 내려앉을 뻔했군.

"어디 있소? 갔소? 어서 해치우시오!"

"어떻게 왜군 시체보다 더 무서워하오?"

"그놈들은 죽었지만 배... 뱀은 살았잖소. 대가리를 댕강 잘라 버리시욧! 당장!!"

재령은 자기가 지금 무슨 말을 지껄이는 줄도 모르고 그에게 더 절실히 매달렸다. 대가리를 댕강이라. 선하는 웃음을 터뜨렸다. 이렇게 활짝 웃어본 것이 얼마나 됐는지 기억나지 않았다. 이렇게 평상시 같은 마음이 되어본 것도 까마득히 오래전의 일인 것만 같았다.

"지금, 날 비웃는 거요?"

그녀가 눈물이 그렁그렁한 눈으로 그를 쏘아보았다.

"뱀은 갔소."

"진짜 갔소?"

선하가 그쪽을 다시 한 번 슬쩍 넘겨보는 척했다.

"갔소."

그 말이 떨어지기가 무섭게 재령은 냉큼 그의 품에서 벗어났다. 그리고 뱀이 있었던 흔적조차 보고 싶지 않다는 듯 고개를 돌렸다. 아직도 마음이 진정되지 않는 듯 손가락을 쥐락펴락하면서 숨을 골랐다. 선하가 그 모습을 보더니 허리에 찬 가죽 물주머니를 내밀었다. 재령은 목이 탔던 듯 그것을 받아 몇 모금 마셨다.

"우리도 갑시다. 이제 진터까지 얼마 남지 않았소. 오시(午時) 전에는 도착할 수 있을 것이오."

어서 이곳을 벗어나고 싶은 재령은 선하의 곁에 냉큼 붙어 뒤를 따랐다. 선하는 앞서 걷다가도 계속 뒤돌아보게 되었다. 어쩐지 처음보다 더 신경이 쓰였다. 초록은 짙어졌고 달아오른 열기를 품은 풀향기는 산새처럼 날아올랐다.

#06
그럼에도 불구하고

“선하 도령이 아직 안 왔습니다.”

번쩍 손을 올린 찬새가 퉁명스럽게 덧붙였다. 열 살 때부터 누군가를 걱정해본 적 없는 혈혈단신 고아는 팔짱을 낀 채 세상에서 가장 불만인, 반항기가 가득한 얼굴로 그들의 우두머리를 올려다보았다. 어쩌다 백여 명 남짓한 이 무리를 이끌게 된, 낙향한 전직 첨정(僉正)은 찬새의 그런 애타는 마음을 알면서도 모른 척할 수밖에 없었다. 산채 사람들 전체를 우선시해야 했다. 대부분은 다치거나 낙오했던 관군들이었지만, 왜군을 피해 도망친 여인과 아이들도 섞여 있었기 때문이었다.

“시간이 많지 않다. 언제 이곳으로 왜군이 들이닥칠지 알 수 없는 노릇이니 우리는 지금 떠난다. 모든 짐은 최소화하고 안협(安峽)으로 가서 합류한다.”

사람들은 할 수 없다는 표정으로 고개를 저었다. 선하를 두고 가는 것은 모두에게 괴로운 일이었지만 그들은 손쓸 겨를도 없이 왜군 부대를 맞닥뜨리는 것이 더 두려웠다. 사내들이 지나가며 찬새의 어깨를 툭툭 쳤다.

“할 수 없다. 괴공(魁公) 말이 저러시니 따라야지.”

“…….”

“행여나 우리 가는 곳을 알리면 안 되는 거 알지? 선하 도령이 아니라 왜놈들이 그곳까지 따라올지도 몰라.”

“찬새 이놈이 뭘 남길 수나 있나? 글도 모르는데.”

찬새는 화가 치밀었다. 글도 몰라 선하 도령에게 행선지조차 알릴 수도 없는 자신에 대한 것이었지만, 바보같이 여인을 따라 사라진 후 여태껏 돌아오지 않는 선하 도령 때문이기도 했다. 얼굴도 모르는 계집 때문에 한심하게 이게 뭐람. 뭣 때문에 이렇게 늦는 건지, 이러다 영영 그를 다시 못 보게 되는 건 아닌지 불안한 마음은 더 커졌다. 조자룡처럼 무적의 선하 도령이었는데 뭐가 잘못된 걸까. 찬새는 들고 있던 나뭇가지를 바닥에 내동댕이쳤다. 거칠게 부딪친 나뭇가지가 위로 튀어 올라왔다.

"바보천치!!! 죽었기만 해봐라!!!"

기분이 좋지 않았다. 이런 건 정말 싫었다. 숙소로 돌아오는 내내 욕을 한 바가지 섞어 걸었다. 재수 없는 생각은 하지 말자 생각하며 찬새는 울긋불긋한 얼굴로 움집 출입구를 문 삼아 막아놓은 천을 아무렇게나 들췄다. 펄럭펄럭하고 여운이 일었다.

'펄럭...?'

무언가 생각이 날 듯 말 듯한 찬새가 최대한 그 옅은 느낌에 집중하며 천을 다시 펼쳐 들었다. 좋은 생각이 좋은 향기처럼 코끝을 스쳐 갔다.

똑똑한 선하 도령이라면 자신이 남기고 가는 표식을 알아볼 수 있을 것이다. 다른 건 걱정하지 않는다. 제발 표식을 알아볼 수 있도록 무사히 이곳까지 돌아오기만을 바랄 뿐이었다.

해는 중천에 올라 벌써부터 쨍하게 타오르는데 그 진한 열기 속에 갇혀버린 것 같은 텅 빈 진터는 기이하리만치 고요했다. 겹겹이 바위와 나무들로 가려진 길 아닌 길에서 문득 선하는 멈춰 섰다. 몸에 밴 조심성이 본능적으로 그를 바위 뒤로 숨게 했다. 예감이 좋지 않았다. 선하를 쫓아오던 재령이 뒤늦게 살금거리며 그를 따라 눈치껏 몸을 숨겼다. 그가 보고 있는 저쪽, 바람조차 숨죽이고 있는 움집의 군락에는 사람이라고는 그림자조차 찾아볼 수 없었다. 뜨거운 공기에 귀신 치맛자락처럼 힘없이 부풀어 오르는 누런 천이 을씨년스러웠다. 그가 긴장하면 재령은 더 긴장할 수밖에 없었다.

"무슨 일인지 알아보고 올 테니 낭자는 여기 계시오."

하지만 재령은 일어나려는 그의 옷자락을 붙잡으며 고개를 가로저었다. 그녀의 손과 눈에는 힘이 잔뜩 실렸다.

"위험할 수 있으니 나 혼자 다녀오겠소."

재차 그가 일어나려 했지만, 그녀는 단단히 붙잡은 손을 풀지 않았다.

"도령이 가버린 뒤에 홀로 남아 있다가 나만 위험해질 수도 있지 않소?"

"그럴 리...."

"어디에 있건 위험한 건 매한가지요. 하나보단 둘이 낫겠지. 짐이 되진 않겠소."

어차피 둘밖에 없었으니 그녀의 말도 일리가 있었다. 그래서 선하는 짧게 고개를 끄덕이고 자신에게 바싹 붙으라는 손짓을 했다. 그는 마을 근처에 가까워지자 장검을 뽑아들었다. 스르릉, 하는 소리는 한겨울 서리처럼 근엄하고 두려웠다.

산속 깊숙한 곳에 숨은 마을에는 아무도 없었다. 무섭게 자란 무청과 토란대의 짙은 초록이 밭에 가득했다. 아무렇게나 굴러다니는 대바구니와 바닥에 떨어져 시든 깻잎, 사람의 발길이 하루만 닿지 않아도 땅을 뚫고 나오는 초여름 잡초 위로 방아깨비가 뛰어갔다. 그 위로 진한 햇볕이 내리쬐는 광경은 기이했다. 이곳에 살았던 사람들은 급한 썰물처럼, 무언가를 피해 이곳을 벗어난 듯했다.

선하는 긴장의 끈을 늦추지 않은 채 저쪽의 어딘가로 시선을 고정시켰다. 재령은 그의 옷자락을 붙잡고 싶었지만, 행여나 움직이는 데 방해가 될까 싶어 꾹 참는 중이었다. 선하는 자신의 움집 입구에서 펄럭이는 조잡한 황색 천을 유심히 바라보았다.

'이건 당보기(塘報旗) 같군.'

그것은 정찰할 때 쓰는 깃발을 흉내 낸 것 같았고, 땅에 닿아 끌리도록 매달린 천은 북동쪽을 가리키고 있었다. 북동쪽 어딜까. 철원, 아니다. 작정하고 움직였다면 관군이 있는 안협. 찬새는 적들 모르게 진터 사람들의 행선지를 선하에게 알려주려 했다. 기특하게도 가르쳐준 것을 잘 기억하고 있었군.

'녀석.'

발소리를 죽이며 줄곧 그의 뒤를 따르던 재령이 바싹 다가서서 재빨리 속삭였다.

"저기."

그녀가 가리킨 곳에 누군가가 있었다. 선하는 검을 단단히 쥔 채 몸을 최대한 숨기며 돌담이 둘러진 움집으로 다가갔다. 막 나오고 있는 수상한 사내에게 선하가 칼을 겨누었다.

"누구냐?"

그가 우뚝 멈추더니 서서히 뒤로 돌았다. 조선 백성이었다. 이 전쟁통에 어울리지 않게 너무나 말끔한 차림의. 선하가 재차 물었다.

"뭘 하느냐?"

"왜군에게서 도... 망친 가, 가엾은 백성입니다."

선하가 여전히 검을 겨눈 채 경계를 풀지 않자 사내는 초조한 눈알을 이리저리 굴리며 말을 더듬었다.

"아무도 없기에, 먹, 먹을 게 있나 싶어."

재령은 여전히 마음을 놓을 수가 없었지만 선하는 선뜻 검을 거두며 턱으로 부엌을 가리켰다.

"부엌은 저쪽인데."

"아... 예."

그가 어색하게 발걸음을 돌리는 척하다가 갑작스럽게 선하에게 돌아서는 순간, 번개처럼 선하의 검이 움직였고 사내는 단말마(斷末魔)를 지르며 쓰러졌다.

"흐흐읍!"

그녀가 아는 누군가가 사람을 검으로 베는 장면을 보는 것은 처음이었다. 검에서는 흐르는 검붉은 피가 흙바닥으로 뚝뚝 떨어졌다. 어떤 일이 있어도 놀라지 않겠다고 단단히 마음을 먹었지만, 비명을 삼키기가 힘들었고, 갑자기 사내를 죽인 선하의 행동도 이해할 수 없었다. 그런 재령에게 답하듯 그가 말했다.

"왜놈이오."

"예?"

선하는 한쪽만 남아있는 자신의 귀걸이를 가리키며 대답했다.[1)]

"뚫은 자국이 없소."

죽은 왜군을 들추자 선하를 공격하려던 듯 품 안에 단검을 쥐고 있었다. 선하는 그자의 몸을 뒤져 진터가 표시되어 있는 지도와 신호용 피리, 수리검(手裏劍:표창)과 작은 망원경을 찾아냈다. 아마도 이 자는 백성들 사이에 섞여 관군의 진터를 알아내려는 간자(間者)였을 것이다. 그때였다. 재령의 시야 저 위편, 반짝이는 불길한 무엇. 그녀가 소리를 질렀다.

---

1) 그 당시 조선 사내는 일반적으로 귀를 뚫었음.

"피해요!!!"

재령은 자신이 맞을 것도 생각 못 하고 재빨리 그를 밀쳐냈다. 하지만 쏜살같이 날아온 수리검을 피하기에는 역부족이었다.

"으으윽!!!"

선하가 입술을 깨물어 고통을 참으며 그 방향으로 정확하게 화살을 되날렸다. 수리검과는 비교도 할 수 없을 정도로 빠르고 강한 선하의 화살은 적의 가슴에 박혔다. 그는 소름 끼치는 비명을 지르며 맞은 편 지붕 위에서 떨어졌다. 다시 정적이 흘렀다. 재령은 수리검이 박힌 어깨를 부여잡고 있는 선하에게 허겁지겁 다가갔다.

"윤 도령, 괜찮으시오?"

"후우... 오랜만이군, 이 느낌."

그녀는 떨고 있었지만 이런 상황, 피 흘리는 그의 앞에서 기절은 하지 않았다. 몸을 낮춘 채 또 다른 공격에 대비했지만, 사방은 고요했다. 재령이 밀친 덕분에 뒤에서 날아온 수리검은 다행히도 급소를 피해 어깨에 박혔다. 그리 깊지는 않았다. 하마터면 죽을 뻔했겠군, 그것도 볼썽사납게 이 여인 앞에서. 재령은 베이지 않도록 치맛자락으로 손을 감싼 채 그 흉물스러운 것을 뽑아냈다.

"흐윽...."

피가 흐르며 순식간에 그의 옷을 붉게 적셨다. 재령이 그를 부축했다.

"아까 행동은 바보 같은 짓이었소. 낭자가 맞았으면 어찌할 번했소?"

"......."

그저 반사적인 행동이었다 해도 지금 생각해보니 아찔했지만, 재령으로서는 가장 합리적이고 냉정한 판단이었다고 생각했다.

"헌데 다치니까 좋군. 자진해서 부축도 해주고."

“도령!”

“걱정 마시오. 이깟 수리검 따위로 죽지는 않….”

허세 가득히 그렇게 대답하려던 선하는 순간 세상이 빙글빙글 도는 것 같아 그녀에게 몸을 기댔다. 재령이 온 힘을 다해 지렛대처럼 그를 지지했다.

“젠장… 독이군.”

“독이라 했소?”

휘청이기 시작하는 선하를 재령은 간신히 움집에 들어 앉혔다. 독이 퍼지고 있었기 때문에 서둘러야 했다. 어서 상처 치료를 해야 하지만 도저히 자신의 손으로 그의 옷을 벗길 수 없었다.

“옷고름을 풀어야겠소.”

“내 벗은 몸을, 조신한 소저가, 윽… 감당할 수 있겠소?”

선하는 혼미해지는 정신에 식은땀을 흘리면서도 어울리지 않는 농담을 던졌다. 하지만 이제는 농담하기에도 점점 버거워지고 있었다. 창백해진 그가 이를 앙다문 채 옷을 풀어헤치자 그녀의 앞에 사내의 맨몸, 상처투성이에다 군살 하나 없이 단단한 몸이 드러났다. 하지만 민망해 할 겨를이 없었다. 괴물의 이빨 자국처럼 선명하게 패인 어깨의 상처에서는 검붉은 피가 계속 흐르고 있었다. 재령은 덜덜 떨리는 손으로 상처에서 피를 짜냈다. 울컥, 하고 피가 주르르 흘러내렸다. 피비린내. 재령은 침착했지만, 한편으로는 비명을 지르고 싶었다. 곁에 다른 이가 한 명이라도 더 있었다면 자신은 절대로 이런 험한 일을 하지 않았을 것이다, 절대로. 동시에 재령은 자칫 그가 잘못될까 봐 무서웠다.

선하는 정신을 차리려 노력했다. 그녀는 최선을 다해 피를 짜내고 있을 것이다. 등 뒤의 그녀를 볼 수 없어 아쉬웠고, 독기운이 퍼지는 것인지 점점 몽롱해진다.

'더는 손으로는 안 돼. 어떻게 하면 되지?? 어떻게?'

시간이 없었고, 재령은 망설였다. 피에 섞인 독을 뽑아낼 가장 빠른 방법을 알고 있었지만 그래서 망설일 수밖에 없었다. 이렇게까지 해야 할까. 그런데 그랬다. 마음을 재차 단단히 먹어야 했다. 재령은 자신의 입안에 상처가 없음을 확인한 후, 검은 피가 흐르는 끔찍한 상처에 입술을 가져갔다. 그리고 힘껏 독을 빨아냈다.

"아윽...."

무언가 부드럽고 따뜻한 감촉이 그의 상처에 닿았다. 그리고 정신이 번쩍 들만큼 고통이 뒤따랐다. 선하는 곧 깨달았다. 그녀는 그를 살리기 위해 할 수 있는 모든 것을 다하고 있다는 것을. 그녀가 입으로 그의 몸에서 독을 직접 빨아내고 있었다.

"...저승 갈 때 가져갈 마지막 기억으로는 훌륭하군. 장가도 못 가보고 죽는 게 억울하진 않겠소."

"퉤... 그 입 다무시오. 말하면 독이 금방 퍼지니까."

그녀가 바닥에 피를 뱉어내며 냉정하게 대답했다.

"훗."

"내가 이렇게까지 했는데, 퉤... 죽어버리면 가만두지 않을 것이오."

'어쩌지? 점점 마음에... 드는걸, 이토록 담대한 여인이라니.'

"...첫 여인인데 그대가. 두 번 이상 생각난 여인은. 재령, 재령 낭자..."

그가 횡설수설하며 그녀의 이름을 불렀지만, 경황이 없는 재령은 알아채지 못했다.

"참으로 이상하지 않소? 그날 이후... 왜 그대 얼굴이 자꾸만 머릿속에서 떠...."

선하는 말을 잇지 못하고 옆으로 푹 꼬꾸라졌다.

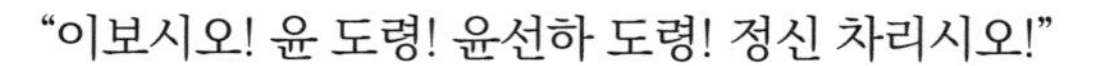

“이보시오! 윤 도령! 윤선하 도령! 정신 차리시오!”

재령이 뺨을 때렸지만, 그는 깨어나지 못했다. 자신이 그의 이름을 불렀음도 깨닫지 못했다.

“…….”

“아직 죽는 건 아닐 게야. 너무… 너무 빠르잖아?”

재령은 쓰러진 그의 맥을 집중하여 짚었다. 약하지만 당장 죽을 것 같지는 않다고 생각하며 다시 그의 어깨에 입술을 가져갔다. 더 이상 검은 피가 고이지 않을 때까지 그녀는 포기하지 않았다.

#07
그 날 이후의 어느 날

버드나무에서 새로 돋은 파란 초록이 넘실거리고 분홍빛 꽃잎이 바람에 날려 발등으로 흩날리기 시작한 따스한 봄날이었다.

“훌륭한 집안의 반듯한 자제이다. 하루빨리 그쪽 집안의 가풍(家風)을 바르게 익혀야 할 것이다. 알겠느냐?”

“명심하겠습니다. 아버님.”

재령은 부친의 말에 표정없이 고개를 숙였다. 혼기가 찼으니 정혼하는 것은 당연했고, 오는 가을 좋은 날을 택일(擇日)하여 혼례를 올리게 될 것이다. 이 혼례로 가문과 부친은 든든한 힘을 얻게 될 것이라 들었다. 또래 규수들처럼 정혼을 앞두고 과도하게 설레거나 속상하지 않고 오히려 담담해서 재령은 다행이라 생각했다. 가문에 내 할 몫을 하는 거야, 그렇게 생각했다. 너무나도 차분한 자신의 딸아이를 보며 그녀의 부친은 한편으로는 걱정이 되었지만, 다른 한편으로는 고상하고 품격 있는 며느릿감이라 든든하기도 했다.

우아하고 외진 별당, 열어놓은 둥근 창문으로 햇살이 스며들어와 부드러운 그림자를 그렸다. 꽃이 가득 핀 정원은 실바람에 향기를 실어 보냈고, 빛을 반사하는 작은 연못에는 형형색색의 물고기들이 한가롭게 노닐었다. 톡, 톡, 하고 바늘이 붉은 비단을 통과하는 우아한 소리와 함께 이내 한 땀씩 꽃잎이 피어났다. 재령은 섬세한 손놀림으로 은은하게 흔들리는 풍경소리에 맞춰 자수를 놓았다.

그러다가 무심코 창밖을 바라보았다. 무슨 마음이었는지는 몰랐다. 전에 한번도 느껴본 적 없는 쓸쓸한 마음이었으니까. 몸이 햇살 속으로 가느다랗게 흩어지는 것 같은 이 기분은 무엇일까. 수놓는 데 집중할 수가 없었다. 그리고 그 미세한 틈을 비집고 정제되지 않은 눈빛이 떠올랐다. 유난히 빛나던 지난 가을밤, 생생한 눈빛으로 그녀를 바라보던 사내. 얼굴은 잊었지만, 그 눈빛과 미소가 주던 느낌은 잊히지 않았다. 그가 내던 휘파람새 소리, 그리고 우스꽝스럽고 망측했던 부엉이 소리. 갑자기 푸후훗 웃음이 터져 나왔다.

가까이 다가선 그에게서 나던 향내가 물씬 풍겨오는 것 같았다. 재령은 놀라며 그의 흔적을 지워버리고 다시 자수에 집중했다. 바늘 끝이 떨린다. 그가 생각난 것이 왜 지금인지, 어찌하여 정혼이 확정된 지금인지. 웃고 나니 더욱 쓸쓸해지는 이 마음은 도대체 무엇인지. 이 흔들림이, 아무것도 아닌 경박한 동인 사내 때문이라 하기에는 자존심이 상했다. 이제 이 꽃이 지고 나면 신록이 푸르러지는 여름이 올 것이다. 댕그랑, 댕그랑. 풍경소리는 그렇게 그녀에게 말해주고 있었다.

'내 이름은 윤선하일세. 여름, 좋은 여름.'

선하가 정신을 차렸을 때는 해가 저물고 어둠이 내려앉아 개구리 소리가 들리기 시작한 때였다. 단 위에 깔린 거적 위에서 깨어난 그는 어깨를 부여잡고 끙끙거리며 자리에서 일어났다. 온몸은 식은땀으로 젖어 있었지만, 초여름 밤바람에 곧 식을 것이다. 상처 부위가 뻐근했지만 정신이 든 걸 보니 곧 죽지는 않을 모양이었다.

"휴우..."

자신의 어깨는 하얀 무명천으로 잘 처치되어 있었다. 독을 맞고도 살아남다니 찬새에게 들려줄 무용담이 하나 더 늘었군. 그럴싸하게 좀 더 살을 붙이면 진터 식구들 사이에서 최고로 근사한 얘깃거리가 될 것이다. 게다가 어여쁜 여인이 어떻게 자신을 살렸는지 덧붙인다면, 늑대 같은 사내 녀석들은 숨도 안 쉬고 집중해서 듣겠지. 피시식 웃음을 흘리며 고개를 돌린 자리에 쓰러져 잠든 재령이 있었다.

"……."

그리고 더는 웃을 수 없었다. 속치마를 뜯은 천들, 여기저기 피를 닦은 천 뭉치들과 지혈과 해독을 위한 민들레 이파리들. 입가에 묻은 핏자국을 말끔히 닦지 못한 채로 기절하다시피 잠이 들어버린, 그를 살리려던 재령의 처절한 몸부림의 현장을 마주하고는 기분이 이상해졌다. 곱게만 자랐을 귀한 집 규수가 그런 험하고 민망한 일을 기꺼이 감수해주다니. 그것도 끝까지 모른 척하고 싶어 했던 자신을 위해. 이 여인은 그의 생각보다 더 괜찮은 여인일 수도 있겠다는 느낌이 들었다.

잠든 얼굴을 가만히 내려다본다. 어쩐지 마음속에서 하얀 눈이 내리는 것 같았다. 손바닥에 살며시 내려앉는 눈송이같이 조심스러운 마음. 이렇게 떨어져 바라보고 있는데, 성큼 그녀에게 가까이 다가간 것 같은 느낌. 선하는 이번만큼은 그녀에 대한 이야기를 다른 녀석들에게 자랑삼아 하고 싶지 않았다. 자신만의 기억으로 간직하고 싶었다.

"미치겠군."

갑자기 심장이 멎었다가 울렁거리며 다시 뛰기 시작했다. 이 괴이한 느낌은 독의 여파가 남아서인가. 마침 재령이 불편한 자세를 뒤척이다가, 깨어나 앉은 선하를 보고는 눈을 비비며 일어났다.

"괜찮소? 정신이 든 게요?"

방금 전까지의 마음 상태를 외면하며 선하가 고개를 끄덕였다. 그녀의 얼굴은 반나절 만에 핼쑥해진 것 같았다. 하지만 눈을 뜨니 더, 예쁘군.

"독은 웬만큼 다 빼낸 것 같소. 죽진 않겠소."

다행이라고 재령이 길게 한숨을 내쉬었지만, 그 날숨 끝에 자신이 그를 어떤 방법으로 살렸는지가 떠올라 숨을 죽였다. 그 어색함을 선하가 읽었다.

"민망한 방법이었지만 그리 해주지 않았다면 난 이 세상 사람이 아니었을 것이오."

"……."

"고맙소. 사람 하나 살렸소."

그가 진심으로 말했다. 그녀도 느꼈다. 하지만 그렇게 진지한 눈빛은 어색했다. 마치 그녀가 알고 있는 한량과는 완전히 다른 진중한 사람 같아서 어찌 대답해야 할지 모르겠다. 게다가 그는 아직 아까 쓰러졌던 상태 그대로 맨몸이었다. 게다가 땀범벅이었고. 재령은 얼른 다시 고개를 돌렸다.

"…괜찮다면 일단은 옷을 입어 주었으면 좋겠소."

눈을 피하는 그녀의 붉어진 얼굴을 보고 선하가 씨익 웃었다. 그 사이 진지함은 흔적도 없이 사라져 버렸다. 좀 전까지 사내의 맨몸에 입술을 대어 독을 빨아준 담대한 여인이 이제 와 뒤늦게 수줍어하다니. 선하는 피 묻은 옷을 주섬주섬 걸쳤다. 팔을 올릴 때 아픔을 간신히 감추는 표정이 스쳤다.

"장소를 옮깁시다. 어떤 손님이 또 들를지 모르니까."

선하는 밭에서 무 몇 개, 그녀가 신을 짚신과 그 밖에 다른 무엇들을 챙겨 조금 더 위쪽, 바위와 나무 뒤에 숨어있는 작은 움막으로 향했다. 어디선가 졸졸졸 물이 흐르는 소리도 들렸다. 그가 어둠 속을 더듬어 작은 기름등을 켜자 불빛이 닿는 그 작은 공간이 다였다. 두 명이 간신히 다리를 뻗어 누워 잘 만큼 좁았고 퀴퀴한 냄새까지 났다.

"이곳이라면 좀 편하게 쉴 수 있겠군."

편하다는 정의가 그에게는 조금 다른 것인지도 몰랐다. 누워서 눈을 붙일 수만 있으면 편한 것일까. 재령은 그가 들리지 않게 한숨을 내쉬었다. 하지만 그 모든 것들은 이것에 비하면 아무것도 아닌 일이 되어 버렸다.

또다시. 단둘이.

두 번째 밤이었다.

뱃머리가 물결을 가르는 건지, 하늘을 가르는 건지 그를 감싼 세상은 쪽빛으로 가득했다. 선하는 소맷자락을 걷고 손을 뻗어 그 푸르게 흐르는 물결을 부드럽게 쓰다듬었다. 기녀가 부르는 청량한 시조(時調) 가락이 노 젓는 물결소리에 실렸다. 하늘은 푸르렀고, 바위에 얹힌 꽃나무에서는 실바람에 꽃잎이 눈송이처럼 날렸다. 선하는 물결에 떠내려온 꽃송이 하나를 건져 올렸다. 그는 연분홍색의 그것을 손에 들고 빙그레 웃었다. 향이 좋군. 그의 사촌은 거나하게 술에 취해서 시조를 따라 부르고 있었고, 다른 사내들은 두런두런 이야기를 하거나 시조를 감상하며 잔을 비웠다. 생황(笙簧)을 불던 나긋나긋한 기녀가 선하의 귓가에 입술을 바싹대고 속삭였다.

"물속에서 건지신 것이 무엇입니까?"

"이것 말인가?"

그는 꽃잎을 가둔 손을 살짝 흔들어 보였다.

"자네 마음일세."

"호호홋."

화려한 트레머리의 기녀가 낭창한 허리를 비틀며 꽃망울처럼 웃음을 터뜨렸다. 입에 발린 말인 줄 잘 알고 있지만, 그마저도 상대방에게 예쁘게 들리도록 하는 사내였다. 박하향처럼 향긋한 외모의 사내가 말도 청산유수처럼 기가 막히게 잘하네. 기녀는 미소를 지으며 선하에게 상냥하게 술을 따랐다. 하얀 차양에 반사되는 햇살이 아름다웠다. 실눈을 뜨고 바라본 저편 기암절벽의 근사한 정자에도 그들처럼 꽃놀이를 나온 무리들이 있었다. 봄은 걱정 없이 평화롭고 느긋하게 무르익고 있었다. 선하는 달게 술잔을 비우고 봄의 강가 풍경을 그윽하게 바라다본다. 까르르하고 터지는 웃음소리. 저쪽은 여인들이군. 배는 천천히 푸른 기와가 멋들어진 정자 쪽으로 돌기 시작했다. 그 정점에서 선하의 눈동자는 그중 한 여인에게 멈췄다.

'재령 낭자?'

이렇게 우연 같은 운명처럼 마주치게 되다니. 반가웠다. 벌써 두 계절 전의 일이었지만 그녀의 모습은 기억 속에 생생했다. 물론 그녀는 자신을 보지 못할 테지만. 선하는 손에 쥐었던 부채를 펴 얼굴을 가렸다. 지난가을, 달빛으로 물든 어둠 속에서 보았던 그녀는 미소에 야박했었다. 하지만 사실은 저렇게 아름답게 웃을 줄 아는 여인이었군.

"누굴 그리 넋 놓고 빤히 보나?"

"……."

물었던 친구가 선하의 시선을 따라가 그녀를 보았다.

"캬아. 역시 자네가 절색(絶色)을 알아보는군. 헌데 안타깝게도 서인일세."

"그냥 보는 걸세."

"누구나 그렇게 얘기하지. 항아(姮娥)처럼 어여쁘지만, 저 얼굴에 속지 말게. 얼음처럼 차가운 데다 동인이라면 밥상 위 쥐 보듯 하는 여인이니."

그랬었지, 아쉽게도. 그 아름답던 가을밤에.

"그래도… 어여쁘지 않은가."

"정혼자가 누군지 알면 오만 정이 다 떨어질걸?"

"정혼자가 있어?"

선하의 눈동자가 커다래졌다. 하지만 이내 다시 제자리를 찾고 만다. 그럴 테지. 그건 당연한 일이겠지.

"누군지 알려주랴?"

"됐네. 내가 알아서 뭐하려고. 난 임자 있는 몸은 싫네."

퉁명스럽게 대답한 후 선하는 자리에서 일어나 배의 뒤편 차양 안으로 들어갔다. 햇살은 여전히 눈부시고 꽃은 만발하여 물결에 떠내려오는 아름다운 봄날인데 어찌하여 마음은 불을 끈 듯 어두울까. 아무런 상관없는 저 여인에게 무엇을 기대했기에 이런 실망감이 드는 것일까.

선하는 다시 술 한 잔을 비웠다. 아까와는 달리 쌉싸름했다. 며칠이 지나면 곧 한양을 떠날 테고 부모님께 하직인사를 드린 후 첫 부임지(赴任地)로 가고 나면 당분간 정신없이 바쁠 것이다. 그러다 보면 어느 날 자신도 동인의 어떤 규수와 정혼이 되어 버리겠지. 정해진 길이 있다면 그대로 살아지게 된다. 무엇이 그의 인생을 송두리째 흔들지 않는 한 그 바깥에 있는 모든 것들은 그저 지나갈 뿐. 재령, 그 여인 또한 그 가을밤처럼 지나갈 것이라 믿었다.

수풀에서는 개구리 소리가 들렸다. 풀벌레와 밤새소리도 시끄럽게 들렸다. 여름 산은 온갖 것들의 소리가 섞여 소란스러웠다. 어디선가 물이 돌돌돌 흐르는 소리도 들렸다. 얼기설기 엮은 나무문에서는 풀향기와 바위냄새가 스며들어왔다. 안쪽에 바싹 붙은 채 그에게서 최대한 떨어져 등을 보이고 돌아누웠는데, 눈을 떠보니 선하와 얼굴을 마주한 채 있었다. 그리고 재령의 손은 그의 소맷자락마저 꼭 쥐고 있었다. 놀라며 그것을 몰래 뿌리친다. 잠결에 붙잡았겠지만, 자신의 행동은 적절치 못했다. 다행히 그는 깊이 잠들어 있었고 상처 때문에 왼쪽으로 돌아누울 수밖에 없어 일부러 등에다가 봇짐을 괴어 놓은 상태였다. 자신에게도 그에게도 오늘은 고된 하루였다. 그는 잠든 와중에도 장검과 활을 손 가까이 둔 채였다.

'칫. 동인치고는 용맹하다 인정하겠소.'

뿌듯함 뒤로 살랑거리는 느낌이 이어졌다. 마주 누워있는 그를 숨죽여 바라본다. 나무 문틈 사이로 새어 들어오는 만월(滿月)의 달빛이 그의 얼굴에 살포시 내려앉았다. 아무 생각 없이 바라보게 만드는 그런 생김새였다. 장난기와 허세를 뺀 그의 잠든 얼굴은 난초처럼 기품있고 청초했다.

'눈 내리는 풍경 속의 오죽(烏竹)이라....'

비유 한번 근사하군.

떠올리지 말자 할수록 더 생생해지는 그날의 기억들. 그날의 분위기. 부인하고 싶었지만, 재령은 그를 궁금해했던 것 같았다. 한 번쯤은, 살면서 한 번쯤은 서로가 탄 가마가 스쳐 지나가거나 뒷모습을 마주칠 수 있을는지. 그때 마주치게 되면 서로를 모른 척해야 하겠지. 만약 선하가 그때의 자신을 기억한다면, 어떤 여인으로 기억하고 있을까.

워우우우.

멀리서 늑대 우는 소리가 들렸다. 재령은 몸을 움찔하며 그 소리에 귀를 기울였다. 한 마리가 울자 여기저기에서 다른 녀석들이 길게 따라 울었다. 그가 그랬었다. 어두워지면 늑대가 나타난다고. 왜군을 해치우니 뱀, 뱀을 피했더니 수리검, 수리검을 뽑아내니 독이 있었고 이젠 늑대. 재령은 겁을 먹었다. 더는 그 어떤 무서운 것을 더 견뎌내기에는 선하도 자신도 너무 지쳐 있었다. 이곳까지 오진 않겠지. 만약 늑대가 떼를 지어 몰려온다면 다친 몸으로 선하는 그것들을 해치울 수 있을까. 재령도 가만히 있으면 아니 될 텐데 어떻게 해야 할까. 잔뜩 일어나는 걱정과 두려움을 누르며 팔짱을 끼고 몸을 잔뜩 웅크렸다.

"괜찮소. 여기는 저 녀석들 영역이 아니니까."

그가 눈을 떴다.

"……."

"그러니 겁먹지 마시오. 낭자와 내가 서로를 지키고 있으니."

그녀는 그의 눈동자 안에서 무엇인가를 읽었는지도 몰랐다. 잠시 멈춘 그 찰나, 시간보다 더 많은 것들이 눈빛을 타고 서로에게 옮아갔는지도 몰랐다. 재령은 도로 반대편으로 몸을 돌렸다. 하지만 돌아누우려는 그녀의 어깨를 그가 붙잡았다. 놀라움으로 돌아본 사내의 눈빛은 그때처럼 선명하게 반짝였다.

"등 돌려도 안심이 되지 않을 바에야 마주 보는 편이 낫지 않소?"

선하가 자신의 옷자락을 그녀에게 도로 쥐어 주었다. 차마 손을 잡아주지는 못하니까. 재령이 잠결에 그의 옷자락을 붙잡았을 때 그는 이미 잠에서 깨어 버렸다. 곁에 가까이 누워 잠든 여인의 얼굴은 그에게도 처음이었다. 생소한 작은 숨소리, 달싹거리는 입술. 그녀가 어찌하여 이곳에 있게 되었는지, 어찌하여 식솔들과 떨어져 홀로 왜군에게 붙잡힌 것인지. 자신이 겪은 죽음들만큼이나 힘든 일을 겪었을 그녀가 잠시라도 안심했으면 좋겠다고 생각했다. 이 낡고 피 묻은 옷자락이라도 꿈결에 위로가 되었으면 좋겠다고.

재령은 선하가 쥐어준 채로 그대로 있었다. 다시 늑대 우는 소리가 들리자 그의 옷자락을 꼭 쥐었다. 그가 그녀에게 조금 더 가까이 다가왔다. 그가 숨 쉴 때마다 그의 숨결이 그녀의 이마 위에 불었다. 어쩐지 마음이 포근하게 진정되는 것 같았다. 그가 말한 대로 잠을 청해 본다. 내일 또다시 많이 걸으려면 기운을 축적해야 하니. 그렇게 조금씩 꿈속으로 다가가고 있을 때 아련하고 몽롱한 잠결 속에서 그가 속삭였다. 혼잣말인지 재령에게 건넨 말인지는 알 수 없었다.

"나, 그대에게 반했나 보오."

재령이 눈을 떴다. 무엇에 홀린 듯, 무례하고 가당치 않은 그 말에 대답도 뿌리침도 할 수 없었다. 선하의 목소리를 정말 들은 걸까. 어둠과 달빛과 그의 목소리 모두 꿈결 같았다. 다만 새로 시작된 두근거림이 울리고 있을 뿐. 반한다는 것이 무엇일까. 그게 정녕 무슨 뜻일까. 다시 늑대가 울었다. 재령은 못 들은 척 다시 눈을 감았다.

#08
짐을 짊어진 어깨

여기저기서 쏟아져 들어온 피난민 때문에 안협 남산성(南山城) 앞은 발 디딜 틈이 없었다. 지치고 굶주린 피난민들은 줄지어 가는 산채의 무리를 보며 의아한 눈빛을 보냈다. 저 사람들은 꾀죄죄한 것이 관군도 아니고 그렇다고 도망친 백성들도 아닌 것처럼 보이는데, 어찌하여 제법 그럴싸한 무기들을 들고 있을까 궁금해하는 표정이었다. 찬새는 어깨를 폈다. 핏속에서 끓어오르는 짜릿한 흥분을 느끼며 봇짐을 재차 단속하고 행색을 다듬었다. 그리고 허리에 찬 칼자루에 보란 듯이 손을 올렸다. 왜군을 죽이고 얻은 자신의 첫 전리품이었다. 함부로 보지 마라, 난 애송이가 아니다, 해치운 왜군 숫자만 해도 양 손가락과 발가락을 다 써야 센다, 이런 뜻임을 우쭐거리며 보여주고 싶었다. 하지만 찬새가 그렇게 당당히 걸을 수 있었던 건 오래지 않았다. 굳게 닫힌 성문 앞에서 산채 사람들은 엄중한 목소리에 가로막히고 말았다.

"너희는 누구냐? 무장을 하고는 성안에 들 수 없다!"

무뚝뚝하게 굳은 얼굴의 장수가 외쳤다. 그는 갑주(甲冑)를 입고 있었으며, 성문 안팎과 위쪽으로는 완전무장하고 고슴도치처럼 활과 창을 든 군사들로 빼곡했다. 제대로 정비된 군사들을 보고 다들 혀를 내둘렀다. 산채의 괴공이 맨 앞으로 나와 그들을 마주했다. 긴장한 찬새가 침을 꿀꺽 삼켰다.

"나는 훈련원(訓鍊院) 전 첨정(僉正)이었던 여주 사는 이돈형이라 하오. 우리는 왜군과 싸우다가 피치 못할 사정으로 이곳까지 왔소. 여인과 어린아이들을 위해 성문을 열어주시오. 사내들은 관군에 합류하려 하오."

"벼슬을 했다면 호패(號牌)가 있을 것이니 호패를 내보여라."

"호패를 가져오지는 못했소."

"말 뿐으로는 신원 확인을 할 수 없으니 성안으로 들일 수 없다."

"전쟁통에 호패 챙길 만큼 제정신인 사람이 어딨소?"

답답한 말에 누군가가 가슴을 치며 대답했다. 괴공이 그를 만류하고 다시 말을 이었다.

"우리는 위험한 무리가 아니오. 여기 있는 장정들은 대다수가 관군이었고 모두가 선량한 백성들이오."

"다시 한번 말하지만, 신원 확인을 할 수 없으니 성안으로 들일 수 없다. 만약 패잔군(敗殘軍)과 탈영자(脫營者)라면 국법(國法)으로 엄히 다스릴 것이다."

참고 있던 산채 사람들이 그 말에 흥분하기 시작했다.

"아수라장에서 살아남은 사람들한테 그리 말하지 마쇼!!!합류하려 왔다는데 대우가 뭐 이렇소?"

"댁네가 우리 살아남는데 뭐 보태준 거나 있어???"

"진정들 하게! 여보게들!!!"

상황이 험악해지자 성안의 무장한 관군들은 인정사정없이 그들을 향해 활을 겨누었다. 날카로운 활촉의 끝이 빛에 반사되어 여기에서도 보였다.

"괴공! 우리가 왜놈이오? 저 관군들, 왜놈들한테나 그리 용맹하게 해보지? 애꿎은 제 백성들한테 활을 겨누는 거잖소?"

누군가가 바닥에 침을 탁 뱉으며 덧붙였다.

"임금은 백성들 다 버리고 꽁무니를 뺐는데 무슨 국법? 쳇, 국밥이겠지!"

"옳소!!!"

"그냥 죽이 되든 밥이 되든 돌아갑시다. 우리끼리 이제껏 잘 싸우고 잘 살지 않았소?"

사람들은 발걸음을 돌렸다.

"멈춰라. 감히 주상을 능멸하고도 살아남을 성싶으냐?"

추상같은 목소리가 그들의 뒷덜미를 움켜쥐었다. 임금을 능욕했으니 곱게 보내지 않으리란 뜻이었다. 서로를 향한 적대감이 점점 더 커지기 시작했다.

"무기를 버려라!"

"버리면 우리를 다 죽이려고?"

팽팽하게 대치하여 숨 하나, 소리 한 줌 제대로 낼 수 없었다. 살얼음판을 걸으며 누가 먼저 물에 빠지기만을 기다리는 것 같았다. 바람마저 을씨년스러웠다.

"그만 멈춰라."

누군가의 목소리가 들리자 산채 사람들을 겨누던 화살과 창이 철컥하는 소리와 함께 일사불란하게 거두어졌다. 성문이 열렸다. 또각또각 말발굽 소리. 성곽에 부딪히는 규칙적인 그 소리가 긴장의 흐름을 깨뜨리고 있었다. 그리고 누군가가 말을 타고 나왔다. 될 대로 되라 싶었던 사람들은 누가 나오는지 보기나 하자고 잔뜩 벼르고 그쪽을 노려보았다. 왜군들 손에 죽으나 관군들 손에 죽으나 죽는 건 매한가지니 몸부림이라도 쳐보고 죽으련다 하고 생각했다.

성문의 그늘을 벗어나 그들 앞에 모습을 드러낸 사람은 화려한 갑주를 입었지만 찬새와 엇비슷한 나이의 앳된 사내였다. 그는 능숙하게 말에서 내려 괴공과 그 뒤편에 잔뜩 대기하고 있는 시퍼렇게 무장한 산채의 무리들에게 저벅저벅 다가왔다. '누군지는 몰라도 애송이 주제에 담력은 든든하군'이라고 찬새는 생각했다.

"왕실은 결코 백성을 버리지 않았다. 너희가 누구든 모두 나의 백성들이다."

사람들은 이제까지의 험악한 분위기와는 달리 어쩐지 그에게 막 함부로 대답할 수 없음을 본능적으로 깨달았다. 하지만 그렇다고 기세를 굽히기에는 자존심이 허락지 않아 조금 얼쯤하게 서 있을 뿐이었다. 사람들을 조용히 둘러보는 그 애송이의 눈빛은 반듯하고 형형했다. 그가 산채의 괴공에게 말을 건넸다.

"이돈형, 기억하네. 훈련원에서 몇 번 마주쳤었지. 호패는 필요 없네."

그가 흐릿하게 미소를 지었다. 이돈형이라 불린 산채의 괴공은 비로소 그를 알아보고 깜짝 놀라며 털썩 무릎을 꿇었다.

"광해군(光海君) 대감! 존체(尊體) 만안(萬安)하셨습니까?"

들끓던 사람들이 물을 끼얹은 듯 삽시간에 조용해졌다. 괴공이 무릎을 꿇고 절을 올려야 하는 분이라면 분명 엄청 높은 사람이 틀림없는데 저렇게 말간 얼굴의 애송이라니. 여기저기서 수군거리는 소리가 파도처럼 울렸다. 괴공은 엎드려 일어나지 않았다. 분위기가 심상치 않음을 느낀 사람들이 하나둘 그를 따라 절을 올렸다. 찬새도 엉겁결에 무릎을 꿇고 바닥에 엎드리며 곁에 있던 자에게 은근슬쩍 물었다.

"뉘래요?"

"나도 몰러."

"난 들었어. 광해군 대감이라는데? 그게 누구야?"

"군 뭐시기라면 임금 아들 아녀?"

"흐미... 참말로 우리 죽게 생겼구먼."

찬새는 기함을 하며 코가 땅이 닿도록 머리를 숙였다. 앳된 사내의 곁에 섰던 호위무장(護衛武將)이 때맞춰 벽력같은 큰소리로 그의 호칭을 정정했다.

"이 나라의 세자 저하시다. 모두 무릎을 꿇어라!!!"

밤이 깊었다. 할 일이 태산같이 쌓였는데 피곤함이 그의 어깨를 무겁게 짓눌렀다. 피곤함보다 초조함이 더 컸기에 멈출 수 없었다. 혼(琿)은 두 손으로 지친 눈을 눌렀다. 몸보다 마음이 더 무거웠다. 오늘은 너무 많은 일들이 있었다. 요동치는 감정과 수많은 생각들로 점철된 하루였다.

'임금은 백성들 다 버리고 꽁무니를 뺐는데 무슨 국법!'

내내 그 외침이 혼의 귓가에 맴돌았다. 입 밖으로 내지 않았지만, 백성들은 세자인 자신에게 고개 숙인 내내 그런 생각을 하고 있는지도 몰랐다. 왕실을 능멸(凌蔑)한 것이 맞지만 그들을 처벌하기에는 면목이 없었다. 그 말은 끔찍하지만 지극히 사실이었고 임금에게 버림받은 그들의 울분이 고스란히 담겨있었기 때문이었다. 부왕은 그 말에 한 치의 어긋남도 없이 종묘사직(宗廟社稷)과 그의 백성을 버리고 명(明)으로 피신할 것이다. 그 증거가, 바로 자신이었다.

"저하. 수침(睡寢)하실 시간이 지났나이다."

저하, 그 생소한 부름. 혼은 대답 없이 고개만 끄덕였다. 그리고 저 멀리를 바라본다. 적막만이 가득한 남산성 아래 불빛은 숨죽인 채 어둠 속으로 숨어들었나 보다. 아니면 불을 켤 여유조차 되지 않는 것인가. 그가 짊어진 짐의 무게는 수많은 백성들의 목숨을 다 합친 것이었다. 그들을 살릴 수 있을까, 유린(蹂躪)당한 조선의 명예를 되찾아올 수 있을까. 자신이 과연 잘할 수 있을까. 한숨마저 떨리며 무겁게 흘렀다.

참혹하고 엄중한 현실과는 달리 초여름 저녁 공기는 개구리 소리를 타고 그에게 다정하게 흘러들어왔다. 옛 기억과 지금 이 순간이 잠시 섞였다가 지나갔다. 시원한 대청에 앉아 벗들과 함께 부채를 부치며 책을 읽던 어느

풍요롭고 차분했던 밤. 그 순간으로 돌아간 것 같았다. 그래서 가슴을 쓸어 내리며 아, 진정으로 다행이다, 이렇게 말할 수 있는 꿈이라면 좋으련만. 혼은 슬프게 미소를 지었다. 초여름의 밤은 풀냄새를 가득 안고 이렇게 그 때처럼 속삭이는데, 행복했던 시절은 다시 오지 못할 저 멀리로 가버렸다.

그가 겪은 모든 것들이 다 허깨비였다면 좋겠다. 아니면 누군가가 자신의 어깨를 툭툭 치며 이 모든 게 곧 괜찮아질 거라 곁에서 말해주었으면. 생사도 알 수 없는 벗이 그리워졌다. 그에 대해 묻고 싶지만 차마 두려워 묻지 못했고, 그 사이 너무 많은 이들이 목숨을 잃어서 또한 묻지 못했기에 혼은 그 간절함의 이름을 속으로만 되뇌었다.

찬새는 칼잠을 자다가 반대로 몸을 돌려 팔을 괴었다. 익숙한 잠자리가 아니라서 그런지 영 잠이 오지 않았다. 얼기설기 대충 지어 바람이 숭숭 들던 진터의 움막이었다고 해도 그의 집이라면 집이었을까. 곁에 누워 신 나게 코를 골던 선하 도령이 없어서일까. 코 고는 소리라면 물론 찬새의 양옆으로 길게 한 줄로 누워 잠이 든 사람들이 각기 다른 소리의 코골이를 하고 있었지만. 하긴 그래서 시끄러워 잠이 안 오는지도 몰랐다. 찬새는 양어깨를 좁은 자리로 억지로 밀어 넣으며 바로 누웠다. 이불은 언감생심이었다. 세자가 명하여 급히 설치한, 바람과 이슬만 막을 수 있는 임시 천막에 밤바람이 흔적을 남기고 있었다. 펄럭거리는 움직임. 그 사이로 총총 하늘을 밝히고 있는 별이 슬며시 보였다. 선하 도령은 지금쯤 어디만큼 오고 있을까. 그 여인은 구하기는 구했을까. 자신에게 그랬던 것처럼 구해주고 싶었을까.

"같이 가련?"

피와 때와 쑥대강이 마냥 산발한 머리를 하고 동네 똥강아지보다도 더러운 거지 소년에게 그는 굳은살이 박인 손을 내밀었다. 자기 살기 바쁜 난리통에 자신과 같은 고아 거지들 목숨은 아무도 신경 쓰지 않는 게 정상이었다. 그래서 그 멀쩡하게 생긴 양반님이, 물론 피투성이의 갑주를 입고 있었지만 그래도 꽤나 근사했던 그가 자신에게 말을 걸었을 때 찬새는 바보 같은 표정으로 뒤를 돌아다보았다. 자기 말고 다른 누군가겠지. 하지만 돌아본 자리에는 아무도 없었다. 그제야 찬새는 살쾡이처럼 바싹 털을 세운 채 경계의 눈빛으로 대꾸했다.

"왜요? 나리. 전 아무 짓도 안했는뎁쇼."

"일행은 있느냐?"

찬새는 고개를 가로저었다. 일행이랄 것도 없는, 먹을 것을 찾아 같이 몰려다니던 아이들 대부분은 죽었고 그나마 살아남은 거지들은 어디로 갔는지 도망가다가 놓쳐 버렸다. 슬프고 가엾은 일이지만 그것이 일상인 찬새는 그저 무덤덤했다.

"몇 살이냐? 열넷? 열다섯?"

왜소하고 바싹 마른 몸에 키는 자라다 만 찬새는 자존심을 상해하면서도 그에게 대뜸 대답한다.

"열여섯."

그 양반님의 눈빛은 이상하게도 잔뜩 날을 세웠던 마음을 흐물거리게 만드는 것 같았다. 눈동자가 맑고 깨끗해서 그런가.

"혼자 이곳에 있으면 큰일 난다. 나와 함께 가자."

"그럼, 나리 먹다 남은 거... 맘껏 먹어도 돼요?"

"......."

그 물음에 보여주었던 선하의 침묵의 눈빛을 찬새는 아직도 잊지 못하고 있었다. 그는 웃는 것 같기도 했고, 우는 것 같기도 했다. 함께 있으면서 그 이후로도 그런 눈빛은 본 적은 없었다. 그때의 선하 도령은 자신의 부하들을 대부분 잃은 직후였다. 본영(本營)의 관군들이 선하와 그의 부하들을 사지(死地)에 남긴 채 후퇴해 버렸다고 누군가가 얘기해 주었다. 그것도 모른 채 사력을 다해 싸우다 머리를 맞아 기절해 있던 그를, 다른 이들이 시체 더미에서 겨우 끌어냈다고 했다. 그는 깨어난 뒤 부하들의 시체를 앞에 둔 채 칼을 짚고 한참을 귀신처럼 무릎을 꿇고 앉아있었다 했다. 꼭 바위가 되어 버린 것처럼. 그 피비린내 진동하는, 왜군과 관군의 시체가 얽혀 널려있던 죽음의 자리에서 찬새를 발견했던 그의 마음은 어땠을까. 지금에서야 어렴풋이 그 마음을 짐작하고 있지만. 멀리서 사경(四更)을 알리는 북소리가 들렸다. 찬새는 입술을 깨물었다.

'내가 표시해놓은 당보기 봤으면 빨랑 오셔요. 이렇게 늦을 리 없잖아요, 선하 도련님. 예?'

그는 올 것이다. 찬새는 굳게 믿고 있다. 단 한번의 전투에서 부하들을 모조리 잃었던 불운의 장수였겠지만, 그 이후로 선하 도령과 함께였던 자는 단 한 명도 죽지 않았으니까.

#09

한꺼번에 쏟아지는 마음은

그가 손을 내밀었다. 전날 밤 그녀가 들은 말은 모른 척했지만, 어쩐지 몰래 마음을 훔쳐 본 듯한 아슬아슬함 때문에 선하의 손을 태연하게 붙잡을 수는 없었다. 하지만 또한 이상하게도 어제보다, 그제보다 더 다정해 보이는 저 손을 붙잡고도 싶었다. 전날 밤 늑대가 우는 내내 비몽사몽 간 그의 옷자락을 당겨 붙잡았고, 어쩌면 그녀가 붙든 것이 옷자락뿐만은 아니었을 것 같은 느낌. 마음의 중심추는 일말의 가능성 하나만으로도 이미 좌우로 심하게 흔들리고 있었다. 자신의 손을 바라만 보며 머뭇거리는 재령에게 그가 대뜸 물었다.

"어제 일 때문에 그러오?"

"뭐라 했소?"

그는 나룻배가 다가와 부딪치듯 그녀의 마음을 쿵, 하고 친다. 그 말을 하는 선하는 알 듯 모를 듯한 미소를 지었다. 그의 눈동자에 담긴 자신의 모습이 보였다.

"어제 일이라니. 무슨 일이 있었소? 난 고단하여 머리를 대자마자 깊이 잠들었소."

"그랬소?"

옅게 스치는 표정에 실린 것이 실망일까, 안심일까. 하지만 재령은 이런 대답밖에 할 수 없었다. 그리고 모른 척하느라 되레 그가 내민 손을 붙잡을 수밖에 없었다. 그녀의 손을 움켜쥔 손의 단단함. 선하가 재령을 힘껏 자신 쪽으로 끌어당겼다. 팽팽한 근육의 느낌. 디딤돌과 디딤돌 사이, 둘을 떨어뜨려 놓은 넓은 공간은 빠른 속도로 좁혀진다. 그리고 그 속도에 실린 여인의 무게는 그에게로 성큼 다가왔다. 비틀거리는 재령을 그가 다른 팔로 감싼다. 숨결이 일렁였다. 선하의 시선은 그녀의 이마 위로 흐트러진 땀에 젖은 머리칼에 닿았다. 풍부한 계곡물이 바위 사이를 둥글게 감아 안고 흘러갔고 그 물결에 나뭇잎이 섞여 떠내려갔다. 새소리와 물소리만이 들렸다.

똑. 똑.

이마로 떨어지는 굵은 빗방울. 재령이 하늘을 올려다보며 손바닥을 폈다. 곧이어 뚝뚝, 마른 바위 위로 엽전처럼 둥근 자국이 짙게 생겨났다. 자국들은 한데 합쳐지더니 이내 물기가 맺히기 시작했다. 잔뜩 비를 품고 있었던 꾸물꾸물한 하늘에서 결국 비가 쏟아져 내렸다.

"빨리!"

선하가 내민 손을 재령이 냉큼 잡았다. 계곡을 건너고 비를 피할 나무그늘을 찾아 달렸다. 비는 계속 쏟아진다. 나뭇잎을 밟아 미끄러지려는 재령을 선하가 일으켜 세웠다. 빽빽하게 들어찬 숲을 뚫고 내린 굵은 빗방울은 그들의 옷을 초록의 향기로 적셨다. 바위가 탁자처럼 고여진 그 아래로 선하가 그녀를 이끌었다. 그들이 들어서자 먼저 비를 피해 숨어들었던 비둘기가 푸드덕하며 날아가 버렸다. 그 바람에 재령이 깜짝 놀라 몸을 움츠렸다. 겨우 두 사람이 앉을 자리는 마음 놓고 놀랄 공간마저 비좁았다. 아직 잡고 있던 그의 손도 함께 놓았다. 재령이 젖은 저고리를 손으로 쭉 짜자 물이 주르륵 흘렀다. 선하도 철릭을 적셨던 물을 짜냈다. 그리고 바깥으로 고개를 빼어 하늘을 올려다본다.

"장맛비라 금세 그칠 것 같지는 않구려."

"어떡하오?"
"지름길이라서 자시(子時)쯤에는 안협에 도착하게 될 줄 알았는데 안 되겠소."
"안 되겠다는 건 무슨 뜻이오?"
"비가 잦아드는 걸 봐서 판단해야겠지만 오늘 밤을 또다시 산속에서 보내야 할 것 같다는 뜻이오."
그렇게 대답하며 그녀를 돌아보았다. 저렇게 물에 빠진 생쥐처럼 젖어서야 이 산속에서 버틸 재간이 없었다.
"옷 입은 채 빨래를 한 셈이구려. 쩝. 일단은 최대한 물을 짜내어 옷을 말려 봅시다."
하지만 그들의 바람과는 달리 비는 금방 그치지 않았고 젖은 옷도 쉽게 마르지 않았다. 몸에 착 달라붙은 옷은 체온을 빼앗아가 점점 추워지기 시작했다. 불이라도 피웠으면 소원이 없겠지만 젖은 나뭇가지로 불을 피울 재간은 없었다. 선하는 이를 달달달 부딪치며 무릎을 감싸 안은 재령에게 바싹 다가갔다. 그의 눈썹에 빗방울이 맺혔다가 또르르 흘러내렸다.
"잘 들으시오."
잔뜩 웅크린 상태에서 재령이 고개를 끄덕였다.
"급격히 체온이 떨어지면 몸이 견뎌낼 수 없을 것이오."
"그럼 어찌하면 체온을 올릴 수 있겠소?"
"……."
"방법이 있소?"
선하가 그녀를 똑바로 바라보았다. 행여나 그의 의도를 오해할 것 같아 더 단단히 믿게 하려는 것처럼 눈빛이 결연했다.
"난 어디까지나 이 산에서 무사히 살아나가는 것을 원하는 것이오. 절대로 낭자에게 선비답지 못한 의도를 가져서가 아니오. 오해는 금물, 아시겠소?"

불안했다. 저렇게 재차 다짐하는 이유가 무엇일지, 은근한 두려움이 성큼성큼 재령에게 다가왔다.

"이야기를 들어보고 판단할 테니 빙빙 돌리지 마시오. 무슨 방법이오?"

"옷을 벗어서,"

"아니 되오!"

그의 말이 채 끝나기도 전에 단칼에 끊은 재령은 이제까지 봤던 중에서 제일 놀란 눈으로 경악하며 선하를 벌레 보듯 보았다.

"그러니 이렇게 길게 설명하는 것 아니겠소. 자, 다시 말하겠소. 절대 사심이 있는 것이 아니오. 젖은 옷은 체온을 떨어뜨리고 잘 마르지도 않소. 불 피울 것이 없으니 가장 좋은 방법은 젖은 옷을 벗어 말리고 서로의 체온을 나누는 것이란 말이오. 내 말 이해하고 있잖소?"

재령은 부지불식간에 자신의 저고리 앞섶을 단단히 움켜쥐고 있었다. 고개를 도리도리 저으며 계속 거부했지만 선하의 말이 맞기도 했다. 재령은 울상에다가 놀라 붉어진 뺨을 하고 다시 그에게 물었다.

"...다른 방법은 없겠소?"

"더 좋은 방법이 있으면 말해주시오. 제발."

정말 사심이 없을까. 어제 그의 말, 똑똑히 들었는데.

"...흐흠... 난 그냥 견뎌보겠소."

"그럼 난 웃옷을 벗어야겠소. 젖은 옷보다는 맨몸이 낫지. 바지는 입고 있을 것이니 너무 놀라지는 마시고."

"아읏."

상상조차 하기 싫은 재령이 몸서리를 치며 눈을 질끈, 이를 꾸욱 물고 고개를 돌린 채 몸을 웅크렸다. 그가 주섬주섬 옷을 벗는 소리가 들렸다. 몸이 달달달 떨렸다. 재령의 체온뿐만이 아니라 내리쬐었던 초여름의 열기가 비에 씻겨 흔적도 없이 사라져 버린 것 같았다. 견디기가 더 힘들어졌다.

"맹세할 수 있소?"

견디다 못한 재령이 이를 딱딱거리며 마지못해 다시 물었다. 선하는 재령에게 등을 돌리고 그나마 덜 젖은 옷의 마른 쪽으로 몸을 닦으며 대답했다.

"무얼 말이오?"

"사심이 없다는 말, 맹세할 수 있소?"

"이래 봬도 내가 여인 보는 눈이 꽤 높,"

"……."

장난을 칠 분위기는 아닌 것 같았다. 선하는 입을 닫았고 나머지 말은 고개를 끄덕이는 걸로 대신했다.

"…맹세하오."

"절대 보지 마시오."

"명심하겠소."

그러자 결심한 듯 크게 한숨을 내쉰 재령이 옷고름을 풀기 시작했다. 손이 곱아서 옷고름조차 잘 풀리지 않았다. 젖은 옷은 벗을 때도 쉽지 않았다.

역시나 이 여인은 결단이 서면 주저함이 없다 생각했다. 어쩌면 자신보다 더 담이 클 수도 있겠다 싶었다. 선하는 숨을 참았다. 예전에 풍류객(風流客) 소리깨나 들었던 선하였다 할지라도 재령의 옷 벗는 소리에는 초연해지지 못했다. 사심이 없다는 말, 완전히는 아니었으니까. 가급적 그 사심을 드러내지 않으려 할 뿐.

재령은 단속곳과 가슴 가리개만 남겼다. 선하가 고개를 돌리고 내민 그의 옷으로 젖은 살결을 닦았다. 그리고 다행히 끝 부분만 젖은 너른 바지를 끌어다가 이불 삼아 덮었다.

"자, 그럼 바싹 붙어 앉겠소."

재령은 두 팔로 가슴을 가리고 잔뜩 웅크렸고 선하는 고개를 돌리고 바싹 다가왔다. 어찌 된 일인지 벌써 몸에서 열이 오르는 것 같았다. 선하의 맨팔이 그녀의 차가운 팔에 닿았다. 몸의 한쪽만 서로에게 붙인 채였지만 젖은 옷보다는 훨씬 따뜻했다. 비가 후두둑 떨어지는 소리가 이어졌다. 계곡 물이 불어나 힘차게 흐르는 소리도 들렸다. 두 사람은 어색하여 말없이 그 소리를 듣고 있었다. 몸이 점점 따뜻해지기 시작했다.

"저거."

"?"

"여인들 옷 속에 저렇게 많은 속옷들이 더 있었다니. 여름에 덥지도 않소?"

"저건 양반 여인들의 체면이오."

"내 상처에 그 속치마를 몽땅 찢어 썼어도 충분했겠구려. 큭큭큭."

"망측하게 선비가 여인 속옷을 입에 올리다니."

"재밌지 않소?"

"이 상황에 그 말을 재밌자고 하는 것이오?"

자신의 말이 웃겼는지 웃음을 참느라 선하의 어깨가 들썩거리자 얼떨결에 재령도 어이없이 그를 따라 웃게 되었다. 물론 헛웃음이었다고 생각했다.

"하여간 도령은 하나도 변치 않았구려."

"내가 그전에는 어땠소?"

그가 재령을 바라보고 짧게 물었다. 그녀는 자신이 실수를 했다는 것을 깨닫자 덮고 있던 너른 바지를 끌어올려 코 아래를 슬며시 가렸다.

"……."

서로의 체온과 맨몸에 닿은 살갗의 부드러움이 도드라지게 느껴졌다. 이렇게 마음을, 제멋대로 흘러가게 두어서는 아니 되는데. 그가 은근슬쩍 그녀에게 몸을 기댔다.

"낭자에게 거짓말을 했소."

"무슨?"

처음부터 자신을 기억하고 있었다는 그런 거짓말일까.

"사심이 없다는 말, 낭자에게."

어젯밤 재령이 들은 그의 목소리가 다시 기억 속에서 꺼내어졌다. 재령은 침착하려 애썼다. 어제는 못 들은 척 넘어갈 수 있었지만 이렇게 훅, 빠져나갈 틈도 주지 않고 마음을 들이미는 사내에게서는 쉽사리 도망칠 수 없었다. 그 마음을 받거나, 아니거나. 둘 중 하나를 선택해야 했다. 아닌 것이 분명한데 왜 아니라 대답하지 못할까. 그에게 감당 못 할 정도로 많은 것을 기대고, 또 앞으로도 기대야 해서 그런가. 목숨을 빚진 자에게 매몰차지 못해서 그런 건가. 그렇게 인정에 휘둘리는 성정은 아니리라 믿었는데.

"내 마음이 너무 빠른 것이오?"

이토록 복잡한 머릿속의 재령은 그의 마음이 비정상적이냐는 반문에 책임을 얹을 수밖에 없었다.

"당... 연하지 않소? 도령은 내가 누군지도 모르고, 또 만난 지 겨우."

"사흘째, 아니 사실은 나흘이던가?"

"그러니... 어떻게 마음이 그리 빨리 생겨날 수 있겠소? 그건 진심이 아니오. 도령은 아직 독에 취한 것 같소."

"또다시 낭자의 도움이 필요하다는 뜻이오?"

"짐승 같으니! 내 말은 그런 뜻이 아니지 않소?"

재령이 눈을 가늘게 뜨며 그를 냉랭하게 흘겨보았다.

하지만 이렇게 마주 보고 있으니 그들이 함께했던 기억들이 물씬 풍겨올랐다. 그가, 그녀가 내뱉는 단어 하나하나가 그 가을밤에서 맴돌았다. 서로가 서로의 그날을 기억하고, 둘 중 누구도 그것을 먼저 입에 올리지 않을 뿐임도. 함께 있는 동안만큼은 동인과 서인으로 돌아가고 싶지 않았고 그 생각만큼은 상대방이 알아채지 못하기를 바랐다.

“마음을 강요하진 않소. 하지만 낭자는 머지않아 나를 좋아하게 될 것이오.”

“착각은 그만.”

“내기하겠소?”

반은 진지했지만, 나머지 반은 장난처럼 꺼낸 고백이었기에 결국은 이렇게 보란 듯이 거절당할 줄 알았다. 괜찮을 줄 알았는데 씁쓸했고, 씁쓸했지만 선하는 빙긋 웃어 보였다. 재령은 빙긋 웃는 선하에게 찬물을 끼얹는 듯 냉랭한 미소를 보내주었다. 선하는 그래도 희망을 놓고 싶지 않았다. 그리 거절하면서도 여전히 그녀의 맨팔은 자신에게 닿아 있었으니까. 그가 어깨로 그녀의 어깨를 툭 쳤다. 그러자 그에게 물러서지 않겠다는 듯 그녀도 그의 어깨를 맞받아쳤다. 그래, 재령에게 기다린 반응은 이런 거였어. 조금 더 함께할 시간이 있다면 좋을 텐데. 안협에 도착해서도 이렇게 지낼 수 있을까.

“비가 잦아들고 있소.”

“그렇소.”

많이 어색해질 줄 알았는데 생각보다는 괜찮았다. 그의 말처럼 만약 조금 더 함께 지낸다면 그를 좋아하게 될 수 있을까. 서인의 여인이 동인 사내를 사랑하게 되는 일이 가능할 수 있을까.

“오늘 밤을 지낼 곳을 찾아봅시다. 불 피울 것도 찾고. 그리고 낭자의 저 많은 옷 중 몇 벌을 불쏘시개로 써야 하니 좀 빌려 주시겠소?”

“나더러 의복을 갖추지 말라는 소리요? 어떻게 그런,”

“저걸 다 껴입고는 전쟁 중에 살아남지 못할 것이라 내 장담하지. 도망치는 데도, 걷는 데도 불편한 옷이오. 옷으로 체면이 살려지는 것이 아니니 그런 것은 나중에 되찾으시오. 살아남은 다음에."

그는 소매를 잘라낸 자신의 철릭을 자랑스럽게 들어 보이며 재령에게 눈을 찡긋했다. 이 사내는 변함없이, 망측했다.

#10
한없이 쓸쓸하고 차가운

"바보 같은 놈들!"

"죽여주십시오. 부장(部將)!"

"수많은 계집 중에 어떻게 그년만 놓쳐! 내가 계집이 필요하여 데려오라 한 줄 아느냐?"

"……."

"사촌과 맞교환할 중요한 인질을 네놈들이 놓쳐버렸어!!!"

요시히데(義榮)는 주안상을 엎으며 불같이 화를 냈다. 금으로 문양을 새겨 넣은 그의 비취색 하오리(羽織)와 그들의 눈에 생소한 조선의 병풍이 이상한 조합을 이루고 있었다. 그는 당장에라도 칼을 뽑아 앞에 앉은 무장들의 목을 벨 것 같았다.

"부장. 기회는 또 올 것입니다."

쌍둥이 동생 야스나리(康成)가 그를 조용히 부르며 말렸다. 끓어오르던 물처럼 위태롭던 그가 홀린 것처럼 겨우 흥분을 가라앉혔다. 무장들은 그것이 참으로 다행이라 여기면서도 조용한 야스나리의 침묵이 그들의 상관인 부장의 잔혹함보다 더 어려웠다. 같은 얼굴임에도 그들이 풍기는 분위기는 사뭇 달랐다.

"다들 나가!!!"

"예, 부장."

그들은 뒷걸음질로 썰물처럼 방을 빠져나갔다. 사방이 조용해지자 다시 그의 곁에 있는 조선의 기녀에게 잔을 내민다. 기녀는 무릎걸음으로 기다시피 다가와 덜덜 떨면서 그에게 술을 따랐다. 그것이 마음에 들지 않았는지 요시히데가 갑자기 그녀의 손목을 끌어당겼다. 그 바람에 소매에 술이 쏟아졌고 기녀는 잔뜩 겁에 질려 눈물을 뚝뚝 흘렸다.

"웃어라, 계집. 매일 그렇게 떨고 있으면 내가 굉장히 나쁜 놈 같잖아?"

말도 알아듣지 못하니 기녀는 더욱더 겁을 집어먹은 것 같았다. 그녀는 바닥에 머리를 박고 절을 반복했다. 정수리에 얹었던 커다란 트레머리가 쏟아져 내렸다.

"살려주십시오... 살려주십시오."

"아, 정말 흥이 깨지는군!!!"

이런 건 정말 마음에 들지 않았다. 야스나리는 살짝 인상을 썼다.

"부장은 잠시 기분이 좋지 않을 뿐이다. 걱정 마라."

보다 못한 그에게서 조선말이 들려오자 기녀가 흠칫 놀라며 그를 바라보았다. 한 가닥 희망을 품은 눈빛의, 지난 사월 히메지성(姬路城)의 눈부셨던 벚꽃을 떠올리게 하는 얼굴이었다.

"우리말을 할 줄 아십니까?"

"......."

야스나리는 대답하지 않았다. 요시히데는 동생의 흙 씹은 듯한 얼굴을 살피더니 피식 웃었다. 그리고 기녀에게 나가보라 손짓했고 둘만이 남았다.

"왜? 언짢아?"

"요시히데. 다시 말하지만 난 조선에 오고 싶지 않았어. 이런 불쾌한 장면 보고 싶지 않아. 네가 아니었다면 절대 오지 않았을 거야. 그것만 명심해줘."

"나도 이런 걸 즐기는 편은 아니야. 고상한 너처럼. 하지만 어쩔 수 없잖아? 적이야. 잔인하게 굴어야지."

그가 빈정댔지만 야스나리는 더는 대답하지 않았다.

"얼굴 펴. 야스나리. 아까 그 기녀 유심히 보던데, 맘에 들면 방으로 들여 줄까? 난 징징대는 계집은 싫거든."

"……."

야스나리는 침묵으로 일관하고 자리에서 일어서 바깥으로 나섰다. 성곽의 높은 곳에 자리하고 아래를 내려다본다. 기와선을 타고 달빛이 흘러내렸고 강물은 그 빛을 싣고 저쪽으로 흘러갔다. 이곳의 산은 우뚝하고 달은 더 밝은 것 같았다. 풀향기도 나무들도 고향의 그것과 닮은 듯 달랐다. 사신(使臣)으로 왔다가 동경해 버리게 된 이 나라를, 이런 식으로, 적으로서 다시 밟게 될 줄이야. 몇 년 전 그를 맞이해 주었던 조선의 벗이 요시히데의 손에 죽는 광경을 눈앞에서 보게 될 줄 몰랐다. 그를 알아본 벗의 눈동자에서 찰나의 반가움과 증오와 죽음의 고통을 한꺼번에 볼 수밖에 없었다. 하지만 이건 전쟁이야. 사사로운 마음은 허용되지 않는다. 그렇게 생각했다.

야스나리는 뒷짐을 지고 익숙한 듯 익숙하지 않은 이곳을 걸었다. 마음이 복잡했다. 이 나라는 단연코 그의 적이지만, 그것을 바꿀 수 없지만, 진심으로 아꼈던 무엇인가가 자신들의 손에 부서져 내리는 것을 보는 것은 슬픈 일이었다. 그의 침잠한 생각 속으로 어딘가에서 들리는 쓸쓸한 후에(笛:일본 관악기의 일종) 소리가 스며들었다. 잠시 그의 고향으로 돌아온 것 같은 착각이 일었다. 가슴의 빈 곳으로 파고드는 허허로운 음색. 그는 눈을 감고 잠시 그 소리를 듣는다. 아니, 빠져든다. 돌아가고 싶어. 이런 무모한 짓은 이제 그만두고 싶어.

한 곡조가 끝나자 어둠 속에 잠긴 저편 계단에서 부스럭거리며 누군가가 다가왔다. 여인이었다. 그리고 오직 달빛에만 의지해야 함에도 불빛도 없는 어둠을 걸어 그에게 다가왔다. 그녀를 이곳까지 데려다 준 요시히데의 시종이 야스나리에게 인사를 하고 뒷걸음질로 사라졌다.

아까 방에서 보았던 그 기녀였다.

"왜 여기 있느냐?"

"……."

그녀는 알아듣지 못했다. 야스나리가 이번에는 그녀에게 익숙한 언어로 물었다.

"넌 왜 여기 있느냐?"

"그쪽 우두머리가 나를 당신에게 보냈소."

요시히데, 이런 건 제발.

"난 그런 천박한 일, 좋아하지 않는다."

"천박… 하다?"

그녀는 쓴웃음을 지었지만 몰려드는 치욕스러움을 감추지 못했다. 기녀 주제에. 자신의 표정이 상대방에게 어떻게 보일지도 잊었나 보다. 사소한 그 표정 하나 때문에 죽을 수 있다는 것도 잊었겠지.

"……."

"나도 그런 치욕, 좋아하지 않소. 특히나 적장(敵將)에게 몸을 더럽히는 일 따위는."

그녀의 말을 누가 들을까 오히려 그가 더 두려워져 사방을 조심스럽게 살폈다. 다행히 어둠 속은 그와 그녀를 제외하고 텅 비어 있었다. 뒷짐을 지은 손에서 까닥 대던 그의 부채가 멈췄다.

"네 말은 못들은 걸로 한다. 내 손을 피로 더럽히고 싶지 않다."

그 말을 하고 나니 입안이 씁쓸해졌다. 그에게 익숙한 이 말투는, 아무 힘 없는 자를 앞에 두고 칼을 뽑아든 요시히데의 말처럼 들렸다. 그는 그녀를 지나쳐 길을 계속 걸어갔다. 저벅저벅. 여인이 다급히 말을 꺼냈다.

"내가 그냥 돌아가면 죽일 거요. 그가."

"……."

걸음이 결국 멈춰졌다.

"그쪽을 유혹하여 밤새 잡아놓지 못하면 목을 벤다고."

결국 요시히데의 잔인한 장난은 가엾은 한 여인을 죽게도 살게도 할 수 있군. 상관없다. 어차피 전쟁 중이니 어떻게든 목숨을 잃는 적국(敵國)의 여인은 많다. 그리고 그와는 아무 상관 없는 일이다.

"치욕을 당하는 것이 싫다 했지? 그럼 깨끗하게 자결하면 될 것."

냉랭한 그의 말. 여인은 옷섶을 붙잡고 부르르 떨었다.

"죽음이… 그리 쉬운 줄 아오?"

"……."

"살 것이오. 당신네들은 더럽고 구차하여 죽어도 될 천한 목숨이라 할 테지만 그래도 살고 싶소. 그러니 나를 돌려보내지 마시오. 난 살아야겠소."

야스나리가 그대로 지나치자 여인은 바닥에 털썩 주저앉아 그의 바짓가랑이를 붙들었다. 그 손의 떨림이 느껴졌다. 누군가의 애원을 이런 식으로 비참하게 받은 적이 있는가. 누군가의 목숨을 부탁받은 적이 있는가. 그는 모든 것이 귀찮아졌고 자신에게 애원하는 그녀의 비굴함에 마음이 상했다.

"이번뿐이다. 그러나 그 이상은 나를 방해하지 마라."

그의 말이 떨어지자 그녀가 더듬거리며 자리에서 일어났다. 야스나리는 천천히 성곽을 걸었다. 여인의 꽃신 소리가 툭툭 하고 돌로 만든 성곽에 부딪히는 소리가 들렸다. 신경 쓰이면서도 여인의 존재는 까맣게 잊은 것처럼 그는 달이 흐르는 강을 감상하고, 개구리 소리와 별을 즐겼다. 그리고 한참 뒤에 바깥 공기를 가득 묻히고 자신의 방으로 돌아왔다. 여인은 그를 따라 방안으로 들어섰다. '불편하군'이라고 생각했지만 한번 내뱉은 말을 주워담을 수는 없었다. 잠자리 날개 같은 그녀의 치마는 움직일 때마다 사각거리는 소리가 났다. 방안에는 이미 두 사람분의 이부자리가 깔려 있었다. 그는 우울하게 책상 앞에 앉았고 여인은 방의 끄트머리에 앉았다. 한손에는 여전히 누군가의 것인지 모를 후에, 이제 보니 그것과는 조금 다른 모양의 악기가 들려 있었다.

"손에 든 그건 네 것이냐?."

"이건 소금(小芩)이요."

다시 듣고 싶다, 그게 무엇이든. 끝이 보이지 않는 쓸쓸함과 정처 없는 그리움을 불러일으키는 그 음색에 오늘밤은 깊게 빠져들고 싶다. 적국의 기녀에게서 듣는 피리소리로 향수를 달래게 되다니.

"다시 불어 보라."

여인은 그를 바라보았다. 그리고 모든 감각을 다 써 속을 알 수 없는 그의 심중을 헤아린다.

"그럼, 나를 매일 이곳으로 불러주시오."

"건방지군. 기녀."

"매일매일 달라지는 그자의 기분에 목숨을 휘둘리고 싶지는 않소."

"나는 쉬워 보인다는 뜻인가?"

"적어도 말은 통하니까."

여인은 자신의 증오와 욕망을 숨기지 않았다. 그리하면서 온전히 살고자 하다니 이율배반적이었다. 그는 감정을 숨기면서 살아왔기에 그런 그녀가 이상했다. 딴은 나쁠 것 없었다. 어떤 여인이라도 가까이 두면 요시히데도 더는 이런 불쾌한 장난을 반복하지는 않을 테니.

"네 이름은?"

“부르고 싶은 대로 부르시오. 어차피 기억하지도 않을 이름 아무려면 어떻소.”

“후에(不壞:일본 고어로 견고함을 뜻함. 일본 피리와 동음). 넌 그냥 후에다.”

그녀는 상관없다는 표정을 머금고 소금을 불기 위해 팔을 들었다. 문득 그의 시선에 소금에 새겨진 글씨가 보였다.

‘네 이름인가?’

하지만 그는 모른 척했다. 그녀의 말처럼 진짜 이름은 중요치 않았으니까.

온종일 비가 내렸다. 기나긴 장마에 접어들은 것이다. 왜군들의 진군 속도가 늦춰질 것이고, 아군들도 그럴 것이다. 잠시 멈춰서 전열을 가다듬을 시간이 필요했다.

이렇게 의병을 독려하고 모아 왜군에 맞서 싸우려는 일들이 무의미한 것일지도 몰랐다. 하지만 다른 이들 모두가 포기한다 해도 자신은 그래서는 아니 된다. 지도를 열심히 내려다보지만, 집중이 되지 않았다. 대신 코피가 뚝뚝 지도 위 산맥으로 떨어져 붉게 번졌다.

“저하!!!”

내관이 다급히 수건을 가져왔고, 차가운 물을 담은 대야가 들어왔다.

“저하, 옥체를 보전하셔야 하옵니다.”

“괜찮다. 좌찬성, 계속하시오.”

좌찬성은 젊은 세자의 까칠한 옥안(玉顔)이 안타까웠지만 계속 보고를 이어갔다. 이곳의 누구도 단 하루도 편한 맘으로 다리 뻗고 잠이 든 적이 없을 것이지만 그중에서도 세자가 가장 그러할 것이었다. 세자마저 멈춘다면 조정과 백성들은 더는 의지할 곳이 없었다.

“이순신의 수군이 한산도(閑山島)에서 대승(大勝)을 올렸고 경상지방에서는 곽재우와 윤인로 등이 현풍과 창녕, 합천에서 승리를 거두었다 하옵니다."

"이억기와 원균이 함께하였으니 전부 이순신의 공이라 할 수는 없사옵니다."

"......."

이 와중에, 여기에서까지 정신 못 차리고 여전히 당파싸움이란 말인가. 혼은 화가 치밀어 올랐다. 한심하고 한심한 대신들. 이들 모두를 내치고 싶었지만, 또한 이들 없이는 이 난관을 극복할 수도 없다는 현실이 뼈저리게 아팠다.

"흠흠... 전라지역은 비교적 온전하옵고 김천일, 고경명 등이 의병을 일으켜 활약하고 있사옵니다."

"지금은 모두가 힘을 합쳐야 할 때임을 명심하시오."

"예, 저하."

"우리가 급히 지원해야 할 것이 무엇이오?"

혼은 문득 성문을 열어 달라 외쳤던 그 허름한 무리들을 떠올렸다. 무기도 갑주도 제대로 갖추지 못한 채 모두들 각자 자신의 고향에서 누구의 지원도 받지 않고 싸우고 있는 것이었다. 부끄러웠다, 이 모든 상황이. 그런 백성들을 뒤로하고 떠났던 모습이. 이 지경에 이를 때까지 살피지 않고 당파싸움에만 골몰했던 조정이. 뒤늦게라도 백성들에게 힘을 실어 주어야 했다. 백성들을 하나로 묶어야 했다. 임금을 대신하여 모두를 규합할 수 있는 구심점. 알고 있다, 자신뿐이었다. 그리고 그것은 세자라는 불쏘시개를 짊어진 채 불타오르는 사지(死地) 한가운데로 나아가야 함을 의미했다.

그의 시선이 바깥으로 향했다. 들쑥날쑥한 융복(戎服)의 색깔이 빗속에 젖어 처연했다. 그들의 전립(戰笠)에서는 빗방울이 후두둑 떨어졌다. 군사들은 갑옷에 떨어지는 빗방울조차 느끼지 못하는 것처럼 날카롭게 사방을 경계하고 있었다. 하지만 다들 지쳐있었다. 대신들, 군사들, 백성들. 이들은 자신만을 보고 있을 텐데 그 핏빛 목숨을 과연 책임질 수 있을까. 그들에게 자신을 믿고 따르라 할 수 있을까.

"차자(次子)인 네가 나를 제치고 세자라... 전쟁이 끝나도 과연 그럴까?"

분조(分朝)를 이끌고 떠나려는 혼에게 그의 혈육은 그토록이나 싸늘한 말로 작별인사를 대신했다. 날은 너무도 화창했고 그래서 형제의 가시 돋은 말은 더 날카롭게 가슴에 박혔다.

"형님, 저는...."

"살아 돌아오너라. 네가 보위(寶位)에 오르는지 기필코 보고 싶구나. 세자, 저하."

형님은 어떤 표정으로 그 말을 뱉었을까, 같은 어미에게서 태어난 형제에게. 차라리 죽으라는 뜻의 그 말에 무어라 대답해야 할지 몰랐다. 그 얼굴을 마주 봐야 함이 두려워 한참을 등을 보이고 서 있었다. 혼이 뒤를 돌았을 때는 그는 이미 사라졌고 목소리의 여운이 물든 자리에는 아무도 없었다. 쓰디쓴 마음은 그대로 맥이 풀렸다. 목화솜처럼 하얀 구름이 가득하고 연한 쪽빛의 잔인하도록 아름다운 하늘로, 투명한 나비 같은 빛조각이 날아올랐다.

그리고 그 기억은 현실 속 잿빛의 비로 변해 주적주적 하늘에서 내리고 있었다. 지금 그가 발 담근 현실처럼 우울했다. 흠뻑 젖은 세상은 그의 검은 융복(戎服)에 무겁게 감겼다. 하지만 혼은 어깨를 폈다. 그는 세자다, 수많은 임금의 아들 중 하나가 아니었다, 이제는.

#11
마지막이라는 말

"자, 받으시오."

선하는 비를 맞아 물기가 어린 머루포도와 개자두를 두 손 가득히 따 그녀에게 내밀었다. 나뭇잎에 고였던 빗물이 흩어지며 그의 이마 위에서 흘러내리는데도 그는 개의치 않았다. 재령은 들뜬 마음으로 치맛자락을 펼쳐 그것들을 하나라도 흘릴세라 조심스럽게 담았다. 검붉고 푸른색이 그녀의 치마에 수를 놓은 것 같았다. 여름 산은 먹을 것이 풍족했다. 그는 다시 손을 뻗어 나무 위쪽에 열린 것들을 부지런히 땄다.

나뭇가지에 연두색의 작은 새가 앉자 그가 특유의 휘파람 소리를 내며 새를 불렀다. 노란빛 깃털이 섞인 새싹 같은 날개가 무척 아름다웠다. 그가 다시 한 번 소리를 내며 손을 들자 새는 포르르 날아와 손가락 위에 앉았다. 재령의 눈이 두근거림으로 가득했다.

"자, 어서 손을."

그가 속삭이자 그녀는 조심스럽게 손가락을 내밀었다. 그러자 그에게서 그녀에게로 어여쁜 작은 새가 옮겨 앉았다. 선하가 다시 새소리를 내자 화답하듯 뾰로롱 하고 새가 울었다. 재령은 감탄을 참았다. 날개를 푸드덕거리며 놀던 새가 다시 저편 하늘로 날아갔다.

"무슨 새요?"

"동박새. 귀엽지 않소?"

“사람을 따르다니 정말 신기하오.”

선하는 빙긋 웃었다. 재령의 얼굴을 발그레하게 만든 것이 꽤나 기분이 좋았다. 그녀는 지난번 선하가 자신에게 들려주었던 이야기가 생각났다. 그가 자신의 방 창문을 열고 새들을 불러 모으는 장면을 잠시 떠올려 본다.

“저쪽에 산 복사나무도 있군! 어서 가봅시다.”

재령은 열매가 담긴 치마를 그대로 들고 종종걸음으로 그를 따라갔다. 마치 즐거운 소풍을 나온 것처럼, 재미있는 소꿉놀이를 하는 것처럼 발걸음도 마음도 가벼웠다. 그는 미끄럽지도 않은지 능숙하게 나무를 타고 올라가 새나 다른 동물들이 닿지 못한 곳, 잘 익은 복숭아를 두어 개 땄다. 물방울이 사방으로 튀면서 재령에게로 흩어졌다. 나무에서 펄쩍 뛰어내린 선하가 복숭아를 자기 옷에 쓱쓱 닦더니 재령에게 내밀었다.

“자, 드셔 보시오.”

“나중에.”

그녀가 열매로 가득한 치맛자락을 붙잡은 양손을 보여주며 사양하자 그는 거리낌 없이 그녀의 입가로 복숭아를 들이밀었다.

“내가 먹여줄 테니 그러지 말고 한 입만 드셔 보시오.”

그는 기필코 이 맛난 걸 꼭 먹여야겠다는 듯이 맑게 웃고 있었다. 보기만 해도 군침이 도는 분홍빛깔, 향긋한 복숭아 향기. 갑자기 배가 고파졌다. 재령은 아주 잠깐만 망설이다가 그가 들고 있는 복숭아를 염치 불구하고 앙, 베어 물었다. 달큰한 육즙이 입안 가득 고였다. 어금니가 얼얼할 정도였다.

“으으음, 정말 달구려.”

한쪽 눈만 감기는 표정을 감출 수가 없었다. 새콤하고 달콤한 맛이 마음까지 가득 채워주었다. 그런 재령을 바라보며 선하는 흐뭇하게 미소를 지었다. 그리고 그녀의 턱을 타고 흐르는 복숭아즙을 닦아주었다.

"!"

그는 그런 것조차 아무렇지도 않은 듯이 여전히 맑게 웃고 있었다. 이렇게 공중에 붕 뜬 것 같은 이상한 기분이 무엇인지 잘 모르겠다. 설마 이런 간지러운 느낌이 반한다는 것일까. 재령은 붙잡고 있던 치맛자락을 스르르 놓아버렸다.

"어머나!"

치맛자락에 담아 두었던 열매들이 바닥에 흩어졌다. 재령은 다시 정신을 차리고 그것들을 줍는다. 그도 함께 주웠다. 그와 손이 닿고, 그의 손이 자신의 뺨에 닿고, 맨 어깨와 팔을 맞대는 것이 어찌하여 싫지 않을까. 그가 미소 지으면 기분이 좋아지고 그가 뒤돌아 있으면 섭섭해지는 이 마음. 어느새 정이 담뿍 들어 버렸나. 함께 지낸 며칠 동안 지금 이곳에 있는 선하 이외의 다른 세상은 까맣게 잊어버리고 만 걸까.

자신이 선하를 나무랐던 말처럼, 이토록이나 빨리.

조금씩 어두워졌고, 잠깐 멈췄던 비가 다시 내리기 시작했다. 간신히 불을 피웠다. 나뭇가지에 줄줄이 꽂아 걸쳐놓은 옷에서도 차차 물기가 잦아들고 있었다. 엄청나게 심했던 연기는 아직 다 빠지지 않았는지 매캐한 기운이 가시지 않았다. 재령과 선하는 나란히 앉아 바로 입어야 할 웃옷을 들고 말렸다. 재령은 제멋대로 춤추고 있는 붉기도 하고 노랗기도 한 불꽃을 하염없이 바라보았다. 다른 생각은 나질 않고 다만 온기를 쬐니 좋았다. 바깥에서 주룩주룩 비 내리는 소리가 들리니 또한 운치 있었다. 비록 전쟁 중이었고 이런 상황, 이런 곳에서 한뎃잠을 자야 함에도, 화톳불의 따뜻함과 말라가는 젖은 옷에 잠깐이라도 행복해질 수 있음이 신기했다.

"내일 해 넘어갈 즈음이면 도착할 수 있을 것이오."

"그렇군요."

타닥. 타다닥.

그럼 오늘 밤이 마지막. 그 뒤로 이어진 긴 침묵이 빗소리에 섞여 내렸다. 침묵 뒤에 숨은 서로의 마음은 여리게 흔들렸다. 선하는 부러 아쉬움을 감추지 않았고 재령은 망설임을 애써 숨겼다. 그 묘한 접점에서 그렇게 침묵할 수밖에 없었는지도 몰랐다. 다시 예전으로 돌아가겠지. 그곳에서는 다시 서인과 동인으로 존재하겠지.

"우리, 언젠가 다시 마주칠 수 있겠지요?"

그가 물었다. 그리고 그것은 재령에게 다시 묻는 같은 질문이었다. 재령은 타오르는 불꽃만을 유심히 바라보았다. 그리고 담담히 대답했다.

"그럴 수는 없을 것이오."

그때의 대답을 이제야 제대로, 확실하게 그에게 답했다. 그것이 무슨 의미인지 더 설명하지 않아도 그는 잘 알아들었을 것이다.

"혹시 마주친다면... 모르는 척은 말아주겠소? 그러면 낭자 때문에 상처입을지도 모르니까."

그는 마음을 거절당한 사내의 쓸쓸함과 안타까움을 감추고 장난을 담아 미소를 지었다. 지금도, 안협에 도착할 훗날에도, 이유는 다르지만 여전히 서로는 모르는 척해야 하는가. 이렇게 가까워졌는데, 함께 있는 것이 이처럼 좋아졌는데. 그리 생각하자 안개가 낀 듯 마음이 막막해졌다.

대답을 주었지만 재령의 진심은 그 대답과는 달랐다. 그의 저런 촉촉한 눈빛이 그리워질 것 같기도 했다. 저렇게 웃는 모습도 조금쯤은 생각이 날 것 같았다. 자수를 놓던 어느 날 그렇게 무심코 떠올랐듯이 예상치도 못한 어느 순간 갑자기.

"도령은 돌아가면 무엇을 할 것이오?"

"관군에 합류할 것이오."

"다시... 전투에 나가게 되겠군요."

정말로 마주치지 못할 수도 있겠다. 다시 전장에 나가면 그는, 목숨을 잃은 수많은 사내들처럼 그렇게. 갑자기 덜컥 겁이 났다. 다시 볼 수 없게 될지도 모르다니. 심장이 아파왔다.

"설마 나를 걱정하는 것이오? 후훗. 이거 황송한걸."

"......."

재령은 그의 농에 반응하지 않았다. 그녀의 내리깐 속눈썹을 보니 어쩐지 선하도 마음이 이상해졌다.

"그때 일은 그때 가서 생각하고... 추우니까 불 쪽으로 더 가까이 오시오. 자."

사내의 그 눈빛은 다정했다. 햇살처럼, 바람처럼 늘 있었지만, 새삼스레 깨달아지는 모든 것처럼 그의 눈빛은 그랬다. 비는 계속 내리고, 하염없이 마음도 내렸다. 함께 지냈던 날들이 길면서도 참으로 짧았다. 서로의 목숨이 오가는 긴박한 상황을 겪으며 감정이 이성을 앞서는 것이라 생각했다. 어쩌면 오늘, 아니면 내일 죽을 수도 있으니 서로를 합리화하는 것일 수도 있었다.

하지만 자신 때문에 상처받을지도 모른다는 말처럼 그에게 그런 기억으로 남고 싶지 않았다. 그리고 오늘, 이제는 오늘뿐이니까. 다시는 이렇게 지내서는 안 된다는 명백한 당위는, 반대로 재령의 마음을 그것에서 도망치게 만들고 만다.

따뜻한 온기에 몸도 마음도 말랑말랑해졌다. 불빛과 온기, 비 내리는 소리, 어둠 그리고 마지막이라는 말. 그 모든 것에 취한 듯 재령은 살며시 선하의 어깨에 머리를 기댔다. 이것으로 위로가 될 수 있을까. 앞으로 그를 마주쳤을 때 모른 척하더라도 자신의 마음이 사실은 이랬다는 것으로 상처

입지 않을 수 있을까. 아니. 그를 위해서가 아니라 그와의 마지막 시간을 평생 간직하고 싶은 자신의 진심 때문이었을 것이다. 반대쪽 바위벽에 비치는 자신의 그림자가 자신이 아닌 것만 같아 재령은 눈을 감으며 말리고 있던 속치마를 끌어 덮는다.

선하는 어깨에 사뿐히 얹힌 그녀의 무게에 흠칫 놀랐다. 마음이 일렁였다. 그에게 기대곤 했던 수많은 기녀들의 느낌과는 달랐다. 한 번도 이렇게 깊은 일렁임은 없었는데. 그리고 그 일렁임의 끝이 이렇게 마음을 아프게 할 줄도 몰랐는데. 그에게 기댄 건 그녀의 머리뿐만이 아니라, 말할 수 없고 표현할 수도 없는 그런 안타까운 마음이었다. 그녀의 정수리에서 따뜻한 향기가 난다. 안다. 그녀는 오늘로써 정말 마지막이고 싶은 것임을. 그래서 단 한 번만 선하에게 마음을 보여주고 있음을. 이 분홍빛 마음이 얼마나 갈지, 다시 만나게 될 때는 이 순간조차 기억나지 않게 될는지 지금으로써는 아무것도 알 수 없었다. 분명한 것은 자신에게 기댄 그녀의 머리를 조용히 받아주고 싶은 마음뿐이었다. 선하는 조심스럽게 자신의 어깨를 재령에게 더 가까이 기울였다. 따뜻했다. 그리고 그렇게 밤은 다시 찾아왔다. 비는 여전히 운치 있게 내렸다. 함께 있어 좋았다.

세 번째 밤이었다.

그리고 흐린 아침이 밝았다.

밤새 내린 비 때문에 불어난 물소리가 크게 들렸다. 공기에 섞인 눅눅한 습기. 잿빛 구름은 여전히 비를 머금고 있었다. 흐린 하늘 아래 새로 돋은 초록의 빛은 더 진했다. 선하는 늘 그랬던 것처럼 눈을 뜨자마자 검을 손질했고 활과 화살을 다듬었다. 그는 가죽 위에 그려진 지도를 보며 방향과 거리를 가늠했다. 곁에서 지켜보던 재령은 그가 가리킨 그곳까지 그리 멀지 않음을 깨달았다. 어젯밤 일에 대해서는 서로 함구했다. 그러자고 한 것은 아니었지만 침묵하고 있는 복잡한 서로의 마음이 피부로 느껴졌다. 밤새 마주 누워 바라보던 서로의 눈빛. 그 밤, 조여 오는 긴장감과 쏟아질 것 같은 감정 사이에서 그들은 선을 넘지 않으며 아슬아슬하게 균형을 잡았다.

아무 말도 없는 선하와 역시 그와 눈을 마주치지 못하는 재령이 함께 산을 내려간다. 길이 험한 곳에서 평소처럼 그가 내민 손을 잡았다. 하지만 선하는 평탄한 길로 접어든 이후에도 재령의 손을 놓지 않았다. 이제 조금만 더 가면 안협에 도착하겠지만, 그 순간이 너무 빨리 오지 않기를 빌었다. 하지만 모든 길에는 끝이 있었고 길의 끝이 저기 보였다. 굽은 고개 끝에 자리한 남산성의 성문과 깃발들, 멀리 지붕의 선이 보인다. 그곳으로 가는 사람들의 무리가 짙은 나무숲 사이로 띄엄띄엄 지나갔다.

"드디어... 남산성이군."

그가 그녀의 손을 잡은 채 자리에 멈춰 섰다. 재령은 나란히 그의 곁에 섰다. 바람이 불었다. 무슨 말을 해야 하나. 이곳까지 함께여서 즐거웠다고 해야 할까. 고맙다고, 강녕하라고, 전쟁이 끝날 때까지 무사히 살아남으라고 그리 말해야 할까.

"재령 낭자."

그녀의 손을 잡은 손에 힘이 들어간다. 그리고 선하는 재령을 내려다보았다. 마주 본 그녀의 눈동자에는 선하만큼이나 만감이 교차하여 흐르고 있었다.

"선하 도령."

마침내 가슴속에 감추어 두었던 서로의 이름을 부르고야 말았다. 며칠 만에 이런 감정이 생길 수도 있는 걸까. 그게 무엇이든 지금 이 울컥하며 뜨거워지는 감정을 다 설명할 수 없었다. 더는 서로의 눈빛을 버티고 있을 수도 없었다.

“마지막일 수 있으니까, 어쩌면.”

선하가 그녀를 자신의 품으로 당겼다. 재령은 여전히 그에게서 시선을 떼지 않았다. 선하의 손이 재령의 뺨을 감쌌다. 그리고 그녀의 입술에 자신의 입술을 가져간다. 재령은 그의 입술에서 퍼져오는 온기를 입술로 느끼고 있었다. 서로의 심장 소리는 북을 치는 것처럼 내달았고 숨죽인 호흡이 뒤섞였다.

“나를 기억해 주오.”

마지막 순간에 그가 속삭였고 재령은 대답하듯 팔을 뻗어 그를 안았다. 마지막 입술 한 치의 거리는 결국 그녀가 좁히고야 말았다. 달콤하고 뜨거웠다. 그의 입맞춤에서는 아찔해지도록 향기로운 나무 향기가 났다.

#12
다시 제자리로 돌아온 걸까

“재령아! 살아있었느냐? 무사했느냐?”

“아버님…?”

부친이었다. 그의 목소리였다. 재령의 부친은 죽은 줄로만 알았던 딸과의 재회에 버선발로 나와 눈물을 흘리며 그녀를 맞았다. 융복과 전립 차림을 한 부친을 알아보고 재령은 그제야 눈물을 쏟았다. 생각지도 못했다. 이곳에서 부친을 만나게 될 줄은. 동헌(東軒) 건물에 꽂힌 깃발을 유심히 바라보던 선하가 재령을 이곳까지 바래다줄 때까지만 해도 무슨 이유인지 묻지 않았다. 선하는 이곳에 재령의 부친이 있다는 것을 어찌 알았을까. 그는 마지막까지 그녀를 성실히 구한 셈이었다. 그간의 고된 시간이 서러워서 부친의 손을 맞붙잡은 채 재령은 울음을 삼켰다.

“어머니는요? 다른 가족들은 어찌 되었습니까?”

“모두 무사하다. 다행히 강화로 몸을 피했다.”

“오라버니 소식은요?”

부친은 고개를 저었다. 그의 아들이 참전한 전투는 치열한 공방전 끝에 왜군에게 함락당했다. 그것이 그가 들은 아들의 마지막 소식이었다.

“무사할 게야. 그리 믿는다. 네 외가가 있는 곳이 함락당했다는 얘기를 듣고 너마저 죽은 줄로만 알았구나….”

“은인이 있었지요. 저분이 구해주지 않았다면 소녀는….”

재령은 고개를 돌려 선하를 가리켰다. 하지만 그 자리에는 이미 아무도 없었다. 그는 어느새 흔적하나 남기지 않은 채 그녀의 시간에서 사라져 버리고 말았다. 눈을 깜박이자 채 닦지 못했던 눈물방울이 뺨을 타고 주르르 흘러내렸다. 재령은 서둘러 눈물을 지웠다. 아직 시야가 흐릿했다. 다시 보아도 그가 보이지 않자 결국 마음이 텅 비워졌다. 제대로 된 작별인사도 없이 그렇게 가버리다니.

가버리다니. 그런 입맞춤만 남기고.

읍성(邑城) 안으로 들어오기 전에 선하는 재령의 손을 가만히 놓았다. 놓기가 쉽지 않았다. 그녀의 손가락 끝 마지막까지 놓은 순간 가슴이 먹먹해진다. 보는 눈들은 차고 넘쳤다. 젊은 사내와 댕기머리의 여인이 손을 잡은 채 걸어오는 장면은 아무래도 이상하게 보일 것이다. 어색하게 떨어진 둘은 조금 간격을 두고 걸었다. 마주치는 사람들이 많아질수록 둘만의 기억들은 멀어져간다.

산채 사람들은 이곳 어딘가에 있을 것이다. 몇몇 사람에게 물어보면 찾는 데는 그리 오래 걸리지 않을 것이다. 완전무장한 군사들이 교대하러 무리 지어 지나가고 저편 너른 터에서는 무예 연습이 한창이었다. 문득 선하는 동헌에 높게 걸린 깃발을 올려다보았다. 흐린 하늘 아래 펄럭이는 커다란 깃발에 그려진 용. 임금께서 이곳에 계신가. 관군과 대신들도 모두 이곳에 있겠지. 그렇다면 그녀도 자신도 생각보다 빨리 제자리를 찾을 수 있을 것이다. 그녀는 부친에게로, 자신은 관군의 일원으로.

재령이 부친과 재회하는 장면을 가슴에 담으며 선하는 발걸음을 돌렸다. 걸음이 쉽게 떨어지지 않았지만. 선하는 안심하기로 했다. 이제 그녀는 안전할 것이다. 왜군에게 잡혀갈 일도, 산속에서 헤맬 일도 없이. 그리고 동인에게 도움받을 일도 없이. 그녀의 흔적이 남은 입술에 가만히 손가락을 가져갔다. 첫 입맞춤이었다.

“저기, 선하 도련님 아녀?”

누군가가 큰소리로 외치자 산채 식구들이 여기저기서 나와 그를 반갑게 맞았다.

“거봐, 걱정 안 해도 된다고 했잖아.”

“아이고, 무사하셨으요?”

“도련님, 왜 이리 늦게 왔소? 하마터면 못 보는 줄 알았잖소.”

“왜놈을 백 명쯤 죽이고 오느라 늦었소. 후후후.”

그들의 환호를 받고 선하는 너스레를 떨며 미소를 지었다. 시끌벅적했다. 그리고 그 환호 소리와 그의 이름을 들은 누군가가 움막 사이 어딘가에서 번개처럼 튀어나왔다. 발도 빠르고 귀도 겁나 밝은 찬새였다. 선하 도령이 드디어 돌아왔다, 무사히.

‘젠장, 저리 멀쩡할 줄 알았으면 걱정 안 해도 되는 거였는데.’

찬새는 그게 하도 억울하여 분을 참지 못하고 그의 앞으로 씩씩거리며 다가왔다.

“어이! 찬새야. 오랜만이다.”

화가 난 듯 선하에게 직진하여 다가오던 찬새는 선하 앞에 멈춰서더니 주먹을 불끈 쥐고 그를 한 대 칠 듯 노려보았다. 이제껏 누구를 이토록 기다려본 적이 없었는데 그런 귀찮은 일이 자신에게 일어나다니. 찬새에게 그런 사람이 생겨버리고 만 것이다.

“어? 화난 것이냐?”

“…….”

부들부들 떨던 찬새는 난데없이 그를 덥석 끌어안았다. 그 기다림의 절절함에 선하의 마음이 짠해졌다. 전쟁 중에 돌아오지 않는 사람을 하염없이 기다린다는 것이 어떤 의미인지 잘 알고 있다. 선하가 찬새의 머리를 쓰다듬었다.

"곧 온다고 했던 사람이 뭐 이리 늦게 와요?"

"미안하다. 어쩌다 보니 그리됐다."

"왔으니 됐어요."

"그래."

"그나저나 도련님! 내가 만든 당보기, 봤어요?"

"제법이더구나. 네 덕에 예까지 잘 찾아왔다."

그 말에 뿌듯해지며 울컥했지만 찬새는 북받치는 마음을 꿀꺽 삼켰다. 그는 여전히 조자룡처럼 멋있고 적진 한복판에서도 살아나오는 윤선하, 찬새의 영웅이었다.

"근데, 도련님이 구하러 갔던 여인은 어찌 되었어요?"

"여인? 무사히 구하여 여기까지 같이 왔다. 부친에게 데려다 주고 오는 길이다."

"이렇게 늦게 온 걸 보니 엄청 이뻤나 봐요?"

찬새는 푸념을 돌려 말하며 그에게 물었다. 선하는 잠시 그녀를 떠올리며 쓸쓸하고도 행복한 미소를 지었다. 눈이 시릴 정도로 아름다운 재령.

"아니, 하나도 안 예뻤다."

"저하. 이것을 보시옵소서."

늦은 시간, 핏물이 든 낡은 가죽 지도가 혼에게 바쳐졌다. 첨정으로 복직한 이돈형이 올린 지도는 왜군의 것이었다. 혼은 유심히 그것을 살폈다. 깜박이는 불빛에 비쳐 본 제법 정교한 지도에는 관군이 머물고 있는 위치와 규모, 이동 방향 등이 너무도 자세하고 세밀하게 표시되어 있었다. 이 정보가 적에게 새어 나갔다면 의병과 관군의 작전에 치명적이 될 것이 분명했다. 혼의 얼굴에서 핏기가 사라졌다.

"이것을 어디에서 났느냐?"

"뒤늦게 합류한 소신의 일원이 간자(間者)의 시체에서 취득했다 하옵니다."

"이토록이나 자세한 정보라니...."

"게다가 우리 백성의 옷차림을 했다 하옵니다."

"......."

"거리로 보아 이곳 또한 안심할 수 없사옵니다."

"속히 그를 들여라."

혼의 명이 떨어지자 곧바로 그가 안으로 들었다. 촛불이 바람에 일렁였다. 소매를 잘라낸 낡고 피 묻은 철릭. 죽다 살아나온 듯했지만, 여전히 싱싱한 기운을 품은 사내가 그의 앞에 무릎을 꿇었다. 눈에 익은 모습. 살아왔다면 분명 저런 모습일 거라 생각했던 그런.

"불충(不忠)한 패군지장(敗軍之將) 윤선하, 부끄럽게도 살아 저하를 뵈옵니다."

혼이 자리에서 벌떡 일어섰다. 그의 두 눈이 커졌다. 꿈은 아닐 테지. 혼은 성큼성큼 다가와 무릎 꿇은 그의 어깨를 잡았다.

"윤선하!!! 정녕 네가 맞느냐?"

선하가 고개를 들었다. 그리고 이제는 세자가 되어버린, 임금이 해야 할 일을 대신하고 있는 그의 벗을 바라보았다. 불빛에 비춰보니 둘 다 얼굴이 말이 아니었다. 혼의 눈가에 눈물이 고이기 전에 선하가 먼저 선수를 친다.

"세자저하가 되셨군요. 옷이 근사하십니다."

"...너를 잃은 줄 알았다."

"염치도 없이 이리 명이 길 줄은 소신도 몰랐사옵니다."

시답잖은 농이었지만 혼은 피식 웃음을 보였다.

"여전하구나. 좋아 보인다."

"소신보다는 저하께서 훨씬 더 좋아 보이십니다."

선하도 혼을 바라보며 미소를 지었다. 사실은 얼굴이 많이 상했다고, 어깨에 물든 핏자국은 무엇이냐고, 얼마나 마음고생이 심하였냐고 묻고 싶었지만 두 사내는 서로에게 그렇게 말하고 있었다. 그것이 그들의 방식이었다.

"윤선하는 퇴직한 동인 윤인로 대감의 아들 아니요?"

윤선하라니. 그의 이름이 방문 너머로 들리는 바람에 재령은 막 부친에게 고하려다가 그대로 멈췄다. 객사(客舍)의 방안에는 다른 대신들의 그림자가 함께 있었다. 이대로 물러났다가 조금 뒤에 다시 와야 했지만, 재령은 자신도 모르게 살그머니 귀를 기울인다. 윤선하, 그의 이름이 왜 지금 이곳에서 입에 오르내리는지 자못 궁금했다.

"저하께서 왕자이셨던 시절 함께 무예를 연마하며 가까워졌다 들었소."

"하필이면 서인이 아니라 동인이란 말이요?"

"세자 저하께서 이제 마음 붙일 데가 있어 다행이긴 하지만 그렇다고 마냥 안심할 수도 없으니, 원."

"어찌 되었건 동인이니 사람을 쓰는데 그쪽 입김이 실릴 것이 분명하오."

"허나 아직 애송이고 중앙 정치는 잘 모를 터이니 걱정은 크게 하지 않아도 될 것 같소."

"하지만 견제해서 나쁠 건 없지. 게다가 윤인로 대감의 아들 아니요. 만만히 보아서는 아니 되오. 잘 지켜봐야 할 필요가 있소."

재령은 서서히 발길을 돌렸다. 그랬다. 잊고 있었는데 윤선하 그는 동인이었고 자신은 서인이었다. 부친의 그 말은 재령에게 그 사실을 다시 강하게 환기시켰다. 그녀는 확실하게 깨달았다. 그가 자신을 구해주었다고 아비에게 절대로 말할 수 없다는 것을. 사실을 밝힌다 해도 부친은 선하 도령을 정적의 일원으로밖에 생각하지 않겠지. 동인이고, 서인이니까. 그리하는 게 정상이라고 태어났을 때부터 배웠으니 재령에게도 당연한 일이었다. 그런 사내에게 잠시 마음이 쏠렸다 해서 이렇게 켜켜이 오래 묵은 것들이 하루아침에 달라지는 건 아니었다. 하지만 왜군과 싸워야 하는 이런 비상시국에서도 여전히 그것들이 그토록 이나 중요한 것이었을까.

'그래, 잠시 홀린 것이었어.'

그렇게 기억을 털어내고자 한다. 잠시 본분을 잊고 그에게 의지했을 뿐, 그 이상도 이하도 아니라고.

재령은 고개를 들었다. 비가 그친 밤하늘로 구름이 빠르게 지나갔고 바람은 뺨을 스쳤다. 물기를 머금어 바삭거리는 편편한 자갈길을 천천히 걸었다. 연꽃 가득한 연못에서 개구리가 한꺼번에 울어댔다. 연잎은 고인 물의 무게를 못 이기고 추르륵 물을 쏟아냈다. 때로는 자신도 어찌할 수 없는 마음이 있을 뿐.

그렇게 생각하지 않고서는 이렇게 정처 없이 떠도는 마음을 가라앉힐 수 없을 것 같았다. 같은 하늘이고 같은 밤인데 어제와 오늘이 이리도 다르게 느껴질 줄이야. 어서 제자리로 돌아와야 할 텐데.

#13
내가 모르는 그대의 모습

비가 그치자 눅눅한 공기가 가득 밀려들었다. 들문을 다 걸어두어 사방으로 열려 있었지만 바람은 조금도 불지 않았고 정체된 공기 속으로 수많은 땀 냄새들이 뒤섞였다.

야스나리는 그들의 보고를 참을성 있게 듣더니 지도를 찬찬히 살폈다. 요시히데는 성급하게 야스나리에게 대답을 구했지만, 그는 조용했다. 뭔가 중대한 실마리를 잡을 듯 무거운 침묵을 이어가던 그가 마침내 입을 열었다. 인내를 요하는 견디기 힘든 침묵이었다.

"부대를 이탈한 두 명의 시체가 발견된 곳을 표시해라."

지시를 이행하는 부하는 무릎걸음으로 바닥에 넓게 깔린 지도에 붉은 표시를 그렸다. 하지만 성미에 맞지 않는 기다림을 견디고 있었던 요시히데는 불안하기만 했던 침묵을 터뜨려버렸다.

"야스나리! 시간이 없어. 내가 원하는 것은 번개 같은 일격, 아무도 생각 못 했던 작전! 그런 거야. 헌데 왜 그깟 작은 일에 신경을 쓰는가!!!"

"부장, 잠깐만. 내게 시간을 주겠소?"

"그렇습니다, 부장. 야스나리 님의 말씀을 끝까지 들어 보시는 것이...."

주변에서도 만류했다. 그는 느긋한 동생이 불만이었지만 그 제언들에 결국 입을 닫았다. 하지만 동의하진 않는다. 매복한 무리들에 의해 보급선이 끊기는 바람에 주요부대가 황해도로 진격하는 데 큰 차질이 빚어지고 있었다. 공(公)은 다른 이들이 벌써 다 차지해 버려서 요시히데는 초조하기 그지없었다. 더 늦기 전에 무언가를 해야 한다. 그는 마음이 바빴지만 뛰어난 책사(策士)인 야스나리의 판단을 무시할 수 없었다.

“서둘러, 야스나리! 도대체 하고 싶은 말이 뭐야?”

요시히데가 결국 제 초조함을 못 이기고 소리를 지르자 곁에 앉아 부채를 부치던 후에와 다른 기녀가 화들짝 놀라 손을 멈추고 슬금슬금 눈치를 봤다. 같은 얼굴의 두 사람이 이렇게 다를 수가 있을까, 하는 표정이었다. 야스나리가 그녀들에게 시선을 던지며 미간을 찌푸렸다. 엄연히 작전을 논하는 공적인 자리인데 이곳에까지 여인들을 들여 놓은 것이 불만이었다. 요시히데를 주목하는 사람이 많으니 모함하는 자나 노리는 자들도 많을 것이다. 그런 야스나리의 속마음을 요시히데가 눈치챘다.

“이 여름에 부채를 부칠 사람은 있어야지. 그리고 저 계집들은 어차피 못 알아들어.”

“어찌 되었건 내보내는 것이 좋겠소, 중요한 일이니.”

“부장인 내게 충고하는 거야?”

심기가 상했는지 역시 삐딱한 억양이었다. 요시히데의 과격해진 마음을 차갑게 식힐 필요가 있었다.

“충고가 아니라, 경고입니다.”

그는 자신의 형제보다 더 차갑게 대답한다. 가끔이지만, 그럴 때의 야스나리의 눈빛은 소름 끼치도록 두려웠다. 요시히데는 주춤하며 한 말 물러나 입을 삐죽거렸다.

“알아듣더라도 어쩌겠어? 우리가 떠날 때 다 죽이고 갈 텐데. 괜찮아, 계속해.”

자신이 물러난 데에 화풀이하듯 피식 웃으며 빈정댄다. 결국 그는 고집을 꺾지 않을 셈이었다. 아마도 자존심이 상한 탓일 것이다. 짜증을 섞어 내뱉는 죽음들. 가까운 이들의 잔인함은 그들을 일상에서 늘상 마주하기 때문에 더 두려운지도 몰랐다. 그들은 좋은 사람이지만, 또한 무섭도록 잔인한 사람이었을 수 있다는 것. 멀리 있는 상상 속의 잔혹함이 아니라, 언제고 일상의 얼굴을 하고 그에게 얼굴을 들이민다는 사실. 요시히데를 보는 그의 두려움은 결국 그것이었다. 야스나리는 그녀들을 바라보았지만, 여전히 알아듣지 못하는 불안감에 사로잡힌 행동은 조금 전과 변함없었다. 후에와 야스나리의 눈이 마주쳤다. 흔들리지 않는 그의 눈빛을 보고 그녀는 요시히데의 고함이 여느 때와 마찬가지로 큰일이 아니라 생각했는지 곁에 선 다른 여인에게 괜찮아, 라고 말하며 달랬다. 어떻게든 살고 싶어 하지만 자신들이 이곳을 떠날 때 다 사라질 여인. 야스나리는 그녀에게서 시선을 거두었다. 부질없으니 마음을 쓰지 않으리라 다짐했다. 다시 그에게 닥친 현실에 집중한다.

"내가 보냈던 밀정(密偵) 시체들이 발견된 곳."

야스나리는 집중하며 눈을 가늘게 떴다. 그는 에보시(帽子:일본식 관모)를 쓴 단정한 이마에 손가락을 짚었다.

"마지막으로 다른 밀정이 보고한 부대의 이동 흔적."

그가 말했던 곳이 모두 지도에 붉게 표시되자 야스나리는 그제야 고개를 끄덕였다. 멈춰있었던 그의 부채가 다시 살랑살랑 움직이기 시작했다. 모두가 그의 입술을 주목했다.

"작은 것들의 연관성을 꿰뚫는 것이 얼마나 중요한지. 이제 지도를 잘들 보시오, 이 표시들이 향하고 있는 곳."

띠를 이루는 것처럼 일렬로 늘어선 표시의 끝을 여럿의 시선이 따라간다. 요시히데의 눈빛이 기묘하게 번뜩였다.

"안협? 거기에 뭐가 있지?"

“또 다른 첩보에 의하면 조선의 왕자들이 군사를 움직이기 시작했다 합니다. 남쪽으로 내려갈 길이 막혔으니 북쪽을 거쳐 움직일 것입니다. 두 명은 함경도, 나머지 한 명은 영변을 거쳐 강원도. 아마도 이곳 안협.”

“왕자라… 훌륭해. 드디어 조선을 항복시키는 건가? 잘했다. 야스나리, 대단하다!”

요시히데의 표정이 급격히 밝아졌다. 다른 이들이 꿈도 못 꿨던 대어(大漁)를 낚게 될 것 같아 벌써부터 세상을 다 가진 듯 짜릿해 죽을 것 같았다.

“나, 구로다 요시히데(黒田義榮)가 조선의 왕자를 사로잡아야겠군. 전쟁을 주도하는 거다. 준비가 갖추어지는 대로 즉시 안협으로 진격한다.”

“옛, 부장!!”

야스나리의 얼굴은 변함없이 딱딱했다. 좋지도 싫지도 않았다. 늘 누군가의 관심을 받길 원했던 요시히데는 이제 행복할까. 큰 공을 세우면 곧바로 고향으로 돌아갈 수 있을까. 이쯤에서 이 괴로운 전쟁이 끝날 수 있을까. 야스나리는 다시 후에를 바라본다. 그녀는 여전히 맑은 얼굴로 앉아 있다. 그러다가 그와 눈을 마주쳤고 그렇게 한참을 서로를 바라보았다. 자신이 어떤 마음으로 보고 있는지 아무것도 모르겠지. 무슨 생각을 하고 있을까. 죽게 될 것도 모르는 저 가련한 여인은.

여름밤은 끈끈하고 텁텁했다. 땀방울이 바닥으로 뚝뚝 떨어졌다. 그림자들이 엉키고 떨어졌다가 다시 맞붙기를 수차례. 혼과 선하는 마지막 초식을 마무리하고 목검을 제자리에 꽂아 놓았다. 거친 숨소리가 고요한 뜰에 퍼졌다. 처마 아래로 걸어 들어와 몸에서 뿜어 오르는 열기를 식힌다. 하얀 마른 수건으로 땀을 닦고 옷에 붙은 풀을 털어냈다. 행전(行纏)과 철릭 옷자락 아래에 젖은 풀들이 가득 붙어 있었다. 습한 밤공기와 뜨거운 땀으로 축

축하게 옷이 젖어들었다.

선하는 물이 가득한 대나무 물통에 입을 대고 한참을 마시다가 급기야는 머리 위로 쏟아 부었다. 시원한 물줄기가 머리를 타고 뜨거운 옷 속 살결로 파고들었다. 혼이 물통을 달라는 듯 손을 내밀자 평소 하던 것처럼 대수롭잖게 자신이 입을 댄 물통을 세자에게 건넸다. 벗에게 늘 그리했던 것처럼 선하는 혼이 세자라고 해서 태도를 달리하지 않았다. 그를 편히 대하는 선하의 행동에 혼의 딱딱하게 굳어있던 마음에서 헛된 힘이 빠져나간 것 같았다. 그러자 세자라는 짐이 별것 아니라고 느껴졌다. 이제야 조금 편하게 숨을 쉴 수 있겠다. 혼은 선하의 물통에 입을 대고 마셨다. 입가 양옆으로 물이 흘러내린다. 선하가 헐떡이는 말을 차츰 고르며 말했다.

"연습, 많이 하셨군요."

"싸워야 하니까."

"후훗. 저하께서 손수 검을 들고 싸우시게 됐다면 이미 전쟁에 진 것이지요."

"세자라고 안전한 곳에 숨어있지만은 않겠다."

"맞붙어 싸울 일을 만들어서는 아니 됩니다. 이제는 저하십니다, 일개 군(君)이 아니라."

"아니, 맞붙을 일이 있을 것이야."

"?"

"직접 의병을 독려하러 가겠다."

선하는 얼굴에 흐르는 물을 닦아내다 말고 혼을 바라보았다. 전세(戰勢)를 뒤집기 위한 최선이자 유일한 방안이겠지. 전장 한복판에 나타난 용감한 세자는 백성들의 사기를 돋우는 극적인 계기가 될 것이다. 그래서 세자가 되어 이곳으로 돌아온 것일까. 하필 수많은 왕자 중에 그 역할을 자신의 벗이 맡아야 한단 말인가. 인품으로든 실력으로든 혼이 가장 뛰어나긴 하지만. 아마도 전하께서는 가장 아끼는 아들은 꽁꽁 숨겨둔 채, 목숨을 구걸하지 않고 그대로 죽어도 괜찮을 만한 왕자에게 세자자리를 맡겼는지도 모른다. 벗은 그런 사실을 알고 있을까. 알고도 지금 이 자리에 있는 것일까. 그렇지만 혼의 얼굴은 그 모든 정치와 계산은 잊겠다는 듯 순진한 의지로 빛나고 있었다.

"내가 가지 못하는 곳에는 친서(親書)를 보내 사기를 북돋을 것이다. 백성을 모아야 해. 전국 각지로 친서를 먼저 보낼 것이야. 그리고 황해도는 내가 직접 간다."

"위험한 건 아시지요?"

"안다."

"왜군들이 눈에 불을 켜고 저하를 노리고 있습니다."

"사로잡혀 이용당하지는 않을 것이다. 각오하고 있다."

혼은 굳은 결심을 보여주는 듯 손에 감은 붕대를 단단히 고쳐 맨다. 그리고 짧은 휴식 후에 곧바로 목검을 다시 집어 들었다. 피가 맺힌 굳은살이 그 사이 제법 단단해져 있었다. 그는 점점 아픔에 무뎌가고 있었다.

"조선의 세자가 범처럼 무섭다는 것을 왜군들에게 일깨워줄 것이다."

"따끔하게 알아듣도록 말이지요."

선하도 목검을 집어 들었다. 허공에 검을 여러 번 돌려 잡는다. 심장이 쓰라렸다. 검을 잡는 순간순간 마음 한구석에는 그가 잃었던 부하들의 그림자가 두려움처럼 엉겨 붙어 나타났다. 그건 죄책감인지도 몰랐다, 홀로 살아남았다는. 선하는 그날의 두려움이 자신을 집어삼키기 전에 끊임없이 곁에 있는 자를 구하고 또 구했다. 지키지 못했던 목숨들을 지금 지켜 내듯이, 살아있는 이유를 증명하듯이. 그래야 견딜 수 있었다.

선하는 자신에게 물었다. 세자를 무사히 지킬 수 있을까. 다시 누군가를 잃지 않을 수 있을까. 패장은 목숨으로 죄를 씻어야 함에도 구차하게 아직 살아남은 이유를 모두와 스스로에게 제대로 납득시킬 수 있을까.

“소신이 모시겠습니다. 벗이 아니면 누가 약골인 저하를 챙겨드리겠습니까?”

“그래, 약골이라 영 다리가 아프면 네게 업힐 테니 각오하여라. 후훗.”

혼이 코웃음을 뿜으며 선하의 어깨를 장난스럽게 툭 치자 잊고 있었던 통증이 밀려와 그가 다쳤었다는 사실을 일깨워주었다.

“흡!”

“왜 그러느냐? 다친 게야?”

“…예, 그게 사연이 좀 깁니다.”

혼이 걱정스러운 눈으로 그를 바라보다가 선하의 입술 끝에 맺힌 작고 반짝이는 설렘을 보았다. 그의 얼굴에 온기가 어린다. 그런 것이군.

“어떤 여인이냐?”

“헛, 참나… 저하, 무슨….”

과장되게 웃었지만 더는 덧붙이지 못했다. 남의 목숨을 지키기만 했던 자신이 처음으로 목숨을 빚진 여인. 두 번 이상 같은 여인을 떠올려본 적 없는 선하의 머릿속을 늘 가득 채우고 있는 유일한 여인. 그녀가 떠올라 선하는 빙긋 웃었다.

“후훗. 말 돌리는 거 보니 진지한가 보군.”

“…아마도 그런가 보옵니다.”

떠나기 전에 재령을 한번만 더 보고 싶었다. 떠나기 전이지만 어쩌면 죽기 전일 수도. 지금 그에게는 모든 순간이 늘 마지막이었고, 그런 절박함은 사람을 본질에 더 가깝게 끌어당겨 버린다. 그는 전쟁터에서 죽음에 가장 가까이 있을 수밖에 없는 무신(武臣). 그런 그에게 마음을 밀고 당기는 가식적인 시간은 더는 의미 없는 일이었다.

#14 돌아오겠다는 말

멀리서도 알아볼 수 있었다. 저 뒷모습은 선하였다. 주름이 잡힌 못 보던 검은 철릭을 입고 있었지만, 어깨선과 걸음걸이는 분명히 그였다. 혹시라도 마주친 그가 예전에 그랬던 것처럼 불쑥 다가올까 봐 늘 뒷길로만 다녔었는데. 이제는 전처럼 그리해서는 아니 된다는 사실을 굳이 그에게 각인시키고 싶지도 않았는데.

그가 지나간 자리, 초록 풀이 푸르게 빛났고 하얀 별꽃들이 무더기로 돋아났다. 비가 그치고 잠시 갠 하늘은 시원한 바람을 몰고 와 그의 옷자락 사이를 지나갔다. 철컥. 철컥. 철컥. 규칙적인 그의 발자국 소리. 허리에 찬 검과 화살을 가득 담은 동개, 손에 든 활. 공작의 꼬리 깃발처럼 빽빽한 화살 깃이 정중하면서도 수려했다.

그는 재령이 가려는 곳과 같은 방향으로 가고 있었다. 군사들에게 나누어줄 주먹밥이 든 바구니를 허리에 끼고 재령은 행여나 그가 뒤돌아볼까 봐 발소리를 죽이며 멀찌감치 떨어져서 뒤따라 걸었다. 그를 어떻게 지나쳐야 할지 모르겠다. 며칠 만인가. 그는 달라 보이기도 했고 여전해 보이기도 했다. 그리고 그 시간 동안 재령의 마음 밑바닥에서 숨죽이고 있던 어떤 것이 지금 다시 봄 새싹처럼 돋아남을 느낀다. 그것은 말이자 소리이고, 감촉이자 생각이었다. 그것이 정확히 무엇인지 몰라 재령은 그가 반가웠기도 했고 또한 피하고 싶기도 했다.

"나리!"

갑자기 튀어나온 소리에 재령은 바구니를 덮은 광목을 들추며 주먹밥을 세는 시늉으로 딴청을 부렸다. 댕기머리를 팔랑거리며 다 큰 계집애 둘이 선하에게 곧장 다가와 허리를 굽혔다. 계집애들이 그에게 무어라 말을 걸었다. 그러더니 배시시 웃음을 흘렸다. 볼이 붉어진 계집애 하나가 몸을 배배 꼬며 들꽃으로 엮은 무언가를 그에게 건넨다. 선하는 사양도 않고 그것을 받아들더니 그녀들에게 다정하게 웃어주었다.

자신에게 해사하게 웃었듯이.

"……."

계집애들은 치마를 말아 쥐고 저 멀리 도망치듯 가버렸고 선하는 그쪽을 바라보며 빙긋 웃더니 다시 걷기 시작했다. 바구니를 든 손에 뻐근하게 힘이 실렸다. 더 이상은 그의 뒤를 따라 걷고 싶지 않았다. 다른 길로 돌아가고 싶었지만 안타깝게도 길은 하나뿐이었다. 재령은 바닥으로 시선을 내렸다. 그는 그때의 선하가 아니라 이제는 그저 동인 사내일 뿐이다. 더는 그녀의 목숨을 의탁한 사람도 아니었다. 그리고 선하도 재령을 그리 생각할 것이다. 왜냐하면, 이젠 둘뿐이 아니니까.

재령은 고개를 들었다. 아무래도 서둘러 그를 지나쳐 가야겠다. 혹여 그가 자신을 부르더라도 듣지 못한 듯 곧장 앞만 보고 빠르게 지나가리라. 아니, 알아보지 못할 수도 있었다. 그와 함께 지내며 느꼈던 짧았던 유대감을 사랑이라 생각지 않으려는 재령의 다짐을 시험하듯이, 마음은 국자로 휘저은 것처럼 빙빙 돌았다.

그의 발걸음이 점점 느려지더니 잦아든 바람처럼 스르륵 멈춰 섰다. 기다랗게 올라온 꽃대처럼 풀밭 위에 하늘거리듯 그 자리에 서 있었다. 지붕과 성곽 사이를 지나는 바람에 옷자락을 맡긴 채. 재령은 그와의 거리를 그대로 두고 발걸음을 멈췄다. 선하는 발아래 피어난 작은 꽃을 발등으로 툭툭 건들다가 허리를 굽혀 꺾어 들었다. 그리고 성곽 아래 수묵화처럼 펼쳐진 먼 산을 오랫동안 응시했다. 침묵이 구름처럼 둘 사이를 서서히 지나갔다. 멀리서 나무숲이 쏴아 하며 흔들리는 소리가 들렸다.

"왜 부르지 않소?"

그리고 그는 재령에게 말을 걸었다. 지금 와서 뒤돌기에는 너무 늦었다는 것을 안다. 그를 외면하지도 마주하지도 못한 어정쩡한 마음이었다. 어느새 그가 뒤돌아 재령을 바라본다. 여전히 기다란 눈매와 맑은 눈동자. 더 서늘해지고 더 넓어진 그의 어깨선. 여름 햇살처럼 강렬하게 쏟아졌던 입맞춤의 기억.

"그건...."

"몰랐단 말은 마시오. 줄곧 따라오고 있던 거 다 알고 있었으니."

"그대야말로 난 줄 어찌 알았소? 보지도 않았으면서."

그 말에 묻은 알 수 없는 섭섭함을 에둘러 지운다. 피한 건 재령이었는데 왜 섭섭한 건지도 몰랐다. 재령이 모르는 그의 모습이 그리 느껴진 것뿐일 테다.

"우리, 얘기 좀 합시다."

"할 얘기가 더 무에 있소?"

"왜 나를 피하는 것이오?"

"피하지 않소."

그러자 그가 뚜벅뚜벅 다가왔다. 당당했던 대답과는 달리 재령은 뒤로 물러선다. 선하는 더 가까이 재령에게 다가선다. 갑작스럽게 밀려온 파도처럼. 물러서도 어느새 발목을 적시는 하얀 거품의 파도처럼 그가 재령의 마음을 또다시 침범해 버렸다. 풀향기가 가득 다가왔다.

"보고 싶었소."

"난... 아니오."

재령은 그를 외면했다. 마음은 그의 앞에 남겨둔 채였지만 시선만 거두면 그리될 줄 알았다. 그때는 알 수 없었던 마음, 이제는 확신한다. 확신해야 한다. 그건 성급한 호감이었다. 닫힌 세상에 갇힌 남녀는 그 마음이 세상의 전부일 줄 착각했던 것이다. 그와 너무 많은 시간을 함께 보낸 탓이었다.

"우린, 성급했소...."

"그땐 좋았고, 지금은 아니다?"

"지금은,"

"낭자가 늘 강조했듯 지금은 동인과 서인이겠지. 그 얘기를 하고 싶은 것 아니오?"

그의 눈동자에는 서운함과 반감과 안타까움의 여운이 하나로 엉겨있다. 설마 아직도 그는 그 설익은 마음이 진심이었다고 믿고 있을까.

"...도령도 깨달았을 것이오. 너무 성급했다는 것을."

결국 그렇게 선을 그어 버린다. 그녀는 서인의 여인일 수밖에 없고 그는, 부친이 말했던 것처럼, 전쟁 중임에도 한 치의 양보도 해서는 아니 될 동인. 켜켜이 쌓인 그 미움이 어떤 부류의 것인지 알기에 재령은 단호해져야 했다. 그래서 그에게 목숨을 빚진 사실조차 부친에게는 영원히 비밀로 해야 할지도 몰랐다. 이대로 세월이 가면 자연스럽게 잊히는 기억이 되기를 바랐는데. 다시 마주치지 않았으면 아프게 내뱉지 않았을 사실이었는데.

선하는 재령에게서 눈을 떼지 않는다. 그녀의 머릿속에 어떤 생각이 담겼는지, 말 뒤에 다른 뜻을 감추었는지 보고 싶어 하는 것처럼 눈동자 안쪽까지 뚫어지게 바라보았다. 뜨거웠다. 눈빛도 호흡도 선하다웠다.

"난 아직도 그대만 생각하는데."

그가 여인들에게 배시시 웃어주었던 아까 그 장면이 떠올라 재령은 코웃음을 치며 싸늘하게 고개를 돌렸다. 참으로 이상한 마음이었다. 그래서 얼굴이 붉어진다.

"이렇게 질투까지 하고 있으면서."

"질투라니? 그게 무슨 망발이오?"

발끈하며 자신을 노려보는 재령의 뺨을 어루만지려 손을 가져갔다. 사랑해버리게 된 여인을 만지고 싶었다. 하지만 선하는 결국 손을 다시 거둔다. 마음으로는 이미 수십 번 입을 맞추고 여느 정인들처럼 애틋한 작별인사를 나누었지만, 지금의 재령에게 그런 것까지 기대할 수는 없을 것 같았다.

"다시 만나게 되면 낭자에게 사내답게 고백할 것이오."

"그러지 마시오, 우리는 그래서는 아니 되오."

"동인, 서인 난 그런 건 상관 안 해!"

"……."

"내겐 그대 대답이 중요할 뿐이오, 재령 낭자."

직선으로 날아와 가슴에 꽂히는 말이었다. 그가 쏜 화살처럼 재령의 심장에 박힌 그 말은 파르르 깃을 떨었다. 한꺼번에 마음의 둑을 허물어 버릴 것처럼 세찼다.

"기다려주시오. 살아서 돌아오겠소. 돌아오면, 그때는 솔직하게 답해주오, 재령."

눈동자에 그녀를 담았다. 웃어주지 않아 아쉬웠지만 대신 눈물 흘리는 모습이 아니어서 그나마 다행이었다. 그녀에 대한 마지막 기억으로는 그다지 나쁘지 않았다. 선하는 몇 걸음 뒷걸음질 치다가 돌아서 간다. 재령을 감싸고 있던 풀향기도 멀어져 간다.

철컥, 철컥, 철컥.

기다려 달라니. 살아서 돌아오겠다니.

살아서.

"……그게 무슨 말이오?"

"……."

"선하 도령!"

그는 멀어졌다. 재령의 시야에서 완전히 사라질 때까지 그녀는 자리에 오도카니 서 있었다. 정체를 알 수 없는 불안과 초조가 가슴속으로 스며들었다. 왜 그런 말을 하는 거지, 마치 돌아오지 않을 곳으로 가는 것처럼. 재령은 눈살을 찌푸렸다. 그리고 그가 사라진 방향을 한참 동안 노려보았다.

'마지막일 리 없어. 그럴 리가.'

잠이 오지 않았다. 찬새는 곁에 누운 선하를 슬쩍 넘겨보았다. 웬만한 양반님네들은 하다못해 허물어져 가는 초가에서라도 자기네들끼리 지낸다는데 그는 여전히 산채 식구들과 함께 천막 신세였다. 눈을 감고 팔베개를 하고 있었지만, 그는 잠이 들지 않은 것이 분명했다. 왜냐하면, 아직 코 고는 소리가 들리지 않으니까.

"주무세요, 도련님?"

"왜?"

눈을 감은 채로 선하가 대답했다.

"그게, 나 같은 천것이 세자 저하와 함께 다닌다니까 설레서 잠이 안 와요."

"설레긴. 불구덩이로 물귀신처럼 끌고 가는데 입이 나와야 정상 아니더냐?"

"크크크. 제가 미친놈인가 보쥬."

"미친놈 맞구나."

찬새는 몸을 훽 돌려 엎드리더니 대뜸 턱을 괴고 선하를 바라보았다.

“제 걱정은 마셔요. 도련님 곁에만 찰싹 붙어 있음 절대로 안 죽으니까 잘 따라다닐게요.”

그래, 언제부터인가 산채 사람들의 정설(定說)이 되어버린 그 미신(迷信)이 이번에도 잘 듣기를 빌었다.

“이번 임무를 무사히 마치고 돌아오면 넌 어엿한 양민(良民)이 되는 것이야. 저하께서 약조하셨다.”

“것도 좋은 일이지만 그게 다가 아닙니다요! 아, 바늘이 가시는데 당연히 실이 따라 붙어야지. 내가 아니면 우리 도련님 누가 챙겨줄까?”

자신이 세자에게 했던 말을 그대로 찬새가 선하에게 하고 있었다. 서로 닮은 그 마음이 어떤 것인지 알고 있어 가슴 한구석이 찡하고 울렸다.

“그래, 이 녀석아. 참으로 든든하구나.”

“근데, 도련님.”

“그만하고 어서 자거라. 내일 일찍 일어나야 한다.”

선하는 옆으로 돌아누우며 눈을 감았다. 하지만 찬새는 입술을 쩝쩝거리며 계속 물었다.

“궁금한데요, 양민이 되면 막 농사도 짓고 집도 지을 수 있고 그런 거여요?”

“저하께서 작은 땅도 내리신다고 하셨다.”

“따, 땅이요??”

“그렇다.”

“우왓!”

찬새의 부들거리는 주먹이 허공을 갈랐다. 소년의 짜릿한 설렘이 선하의 등줄기를 타고 느껴지는 것 같았다. 자기 것이라고는 변변한 것 하나 가져본 것이 없는 거지 소년 찬새에게 땅은 꿈만 같은 선물이었다.

“왜놈들 다 때려잡고 얼른 전쟁 이겨버려야겠다. 땅이 생기면 농사짓고 배 두드리며 살겠네. 흐흣. 땅이라…."

선하는 웃고 있을 그를 따라 슬그머니 미소를 지었다. 신이 난 찬새는 더욱 말똥말똥해진 눈을 깜박이며 부푼 가슴으로 천장의 펄럭임을 바라보았다. 일찍 잠들기는 다 틀린 것 같았다.

"도련님은 전쟁 끝나면 가장 하고 싶은 게 뭐여요?"

"나? 바로 장가갈 거다."

"어이쿠야. 하여간 여인들은 겁나 좋아한다니깐. 참한 색시감이나 먼저 찾고 그런 얘길 하셔요. 뭐 도련님이 대뜸 꼬시면 아무나 다 넘어오나?"

"이 녀석아, 이렇게 잘 생기는 게 쉬운 줄 아느냐?"

선하는 다시 천장을 바라보고 찬새처럼 똑바로 누웠다. 숨을 크게 들이켜 본다. 이미 마음에 둔 그 여인과 정말로 혼인할 수 있을지는 전쟁이 끝나도 여전히 미지수겠지만, 생각만으로도 좋았다. 선하는 중요한 출정(出征)을 앞두고 좋은 생각만 하기로 했다. 비록 실상은 냉랭한 작별이었다고 할지라도 그녀의 하얗고 눈부셨던 미소만 기억하기로. 누군가는 농사를 짓고, 누군가는 장가를 가고. 사랑하는 여인을 떠올리거나 사내놈들끼리 아웅다웅하면서 시답잖은 이야기를 나누는 것. 그가 목숨을 걸고 싸워야 하는 이유는 아마도 그런 소소한 일상을 되돌려받기 위함인 것 같았다.

#15

내 마음은 그렇지 않았는데

세자를 상징하는 깃발도 화려한 수행도 없는 대신 눈에 띄지 않게 움직일 수 있도록 평범하게 변복(變服)을 한 젊은 사내들이 있었다. 그들은 다부진 변복 안에 찰갑(札甲)을 입어 몸을 보호했고 검과 활로 중무장을 했다. 어슴푸레한 새벽, 푸른 안개가 끼었고 푸르륵 하며 말이 내뿜는 콧김이 하얗게 그림을 그렸다.

"저하, 옥체(玉體) 보전(保全)하시어 무사히 돌아오시옵소서."

"이곳을 잘 부탁하오. 좌의정. 남은 분비변사(分備邊司) 일원들은 의병들에게 지원물자를 조달할 방안을 마련해 주기 바라오."

"예, 저하. 심려 놓으소서."

혼이 말에 올랐다. 옅은 연둣빛 철릭이 말의 등으로 넓게 펴졌다. 고되고 위험한 길이 될 것이다. 길이 없을 수도 있고, 오랜 장마에 산이 무너져 내릴 수도 있었다. 왜군들을 피해 숨어 가야 하는 길은 험할 것이고 그들을 맞닥뜨리면 물리쳐야 할 것이다. 전투가 벌어진다면 세자의 목숨이 위험해질 수도 있었다. 수많은 위험이 따를 테지만 그것이 단 하나의 방도라면 세자는 모든 것을 짊어지고 해내야 했다. 하지만 그런 세자마저 잃는다면 앞으로 조선은 어찌해야 할까.

"좌찬성, 부디 세자 저하를 잘 보필해 주시게."

"예. 좌의정 대감."

그리고 좌의정은 자신의 시선 끝에 선 젊고 건장한 장수를 바라보았다. 잘 알지는 못하지만, 요 며칠 세자의 근거리에서 밀접하게 지냈던 그는, 비록 자신의 반대편에 선 동인임에도 불구하고 탐나는 재목(材木)이었다. 윤인로 대감의 아들이라지. 그가 서인이 아닌 것이 안타까웠고, 그가 서인이 아니기 때문에 훗날을 경계해야 했다.

"가자."

새벽안개를 헤치며 열댓 명 남짓한 무리가 움직이기 시작했다. 행렬은 단출했다. 또각거리는 말발굽 소리는 안갯속으로 낮게 흡수되었다. 숨어서 움직이기에 좋은 날이었다. 성은 고요했고 성 밖은 더 고요했다. 아직 잠이 덜 깬 산새가 이쪽에서 저쪽 가지로 날아갔다. 선하는 허리를 펴고 내내 앞만 바라보다가 문득 뒤를 돌았다. 자욱한 안개 어디선가 재령이 자신을 보고 있지 않을까. 그건 선하만의 바람이었지만 그는 보이지 않는 어떤 곳을 향해 무작정 손을 흔들었다. 찬새가 그런 선하를 보고 물었다.

"누구에게 손을 흔드셨어요? 누가 있어요?"

"마치 누가… 있을 것 같아서."

하얀 안개 냄새가 스민 초록 숲 사이로 멀리에서부터 장작 타는 냄새가 섞여들었다. 일찍 일어나 세숫물을 받으러 가려던 재령은 성을 감싸 도는 구불구불한 길 위를 가고 있는 행렬을 보았다. 점점 옅어지는 안개가 슬그머니 길을 터주었고 그들은 도깨비불처럼 소리 없이 성문으로 다가가고 있었다. 시선이 그들을 좇는다. 어찌 된 건지 마음속 깊은 곳의 불안함이 자꾸만 흔들렸다. 사람들 사이로 누군가의 뒷모습을 본 것만 같아 마음이 시렸다.

"일찍 나왔구나."

"아버지. 기침(起寢)하셨어요?"

곁에 선 그녀의 부친은 이른 새벽임에도 융복과 전립을 갖추었고 이는 재령의 이유 모를 예민함을 더욱 부추기고 있었다.

“저기 저 행렬, 어떤 행렬인지 아십니까?”

재령이 멀어져가고 있는 무리를 가리키며 물었다. 손가락 끝이 유난히 떨렸다.

“저하를 모신 숙위군(宿衛軍)이다. 저하께서 몸소 험지(險地)로 가시는구나.”

“저하께서요? 아버지, 혹시 저 숙위군에,”

“그리 만류 드렸건만 기어이 저기에 그 동인을 끼워 데려가시다니 원....”

그는 마치 동인이 왜군보다 더 위험하다는 듯 혀를 차며 길게 한숨을 쉬었다. 그래서 떨리는 말끝, 그다음은 잇지 못하고 삼켰다. 세자 저하를 모신, 부친이 염려해 마지않는 그 동인은 아마도 윤선하를 말하고 있겠지. 더는 묻지 않아도 그가 저 무리 사이에 있으리라는 것을 재령은 알 것 같았다.

‘기다려주시오. 살아서 돌아오겠소.’

그가 했던 말. 그것은 결국 이런 뜻이었단 말인가.

심장이 쿵, 바닥으로 떨어져 내렸다. 재령은 대야를 내려놓고 치맛자락을 움켜쥐었다.

그것이 작별인사였어.

그의 마음을 받아주지 못한다고 해도 적어도 무사히 돌아오라는 말은 했어야 했다. 그것이 함께 목숨을 기대었던 이들의 의리였다. 의리든 무엇이든 그를 그렇게 보낼 수는 없었다. 두려움이 한기처럼 엄습했다. 그가 돌아오지 않으면 어찌하나 두려웠지만, 그것이 자신에게 어떤 의미인지 알 수 없었다.

하지만 재령은 달렸다. 그녀를 달리게 만든 마음은 그에 대한 의리 때문일까, 구해준 은혜 때문일까. 그가 내밀었던 손, 다정한 눈빛, 복숭아, 함께

했던 시간의 그 모든 것들 때문일까.

행렬을 향한 시선을 놓지 않으며 정신없이 달렸지만 안타깝게도 그들은 이미 성문을 빠져나가고 있었다. 가파른 숨이 턱까지 닿았다.

'조금 천천히 가주시오. 제발.'

이렇게 해서는 그들을 놓쳐버릴 것 같았다. 성 아래로 난 길을 따라 달려가던 재령은 급기야 다시 몸을 틀어 성안에서 가장 높은 곳을 향했다. 가파른 경사길, 돌로 된 계단을 오르는 다리가 부서질 듯 아파져 왔다. 콧잔등에 땀방울이 송골송골 맺혔다. 이제 다 왔다. 하지만 성곽을 지키는 군사들이 그녀의 접근을 단단히 제지했다.

"함부로 오면 아니 되오. 이곳은 군영(軍營)이오. 소저."

"부, 부탁이오. 저기, 가는 저 행렬 뒷모습이라도 보려 하니 잠깐만, 그냥 잠깐만 보게 해주면 아니 되겠소?"

그는 성 아래쪽을 잠깐 넘겨보았다. 길 떠나는 저 행렬 속 어느 한 사내의 남겨진 정인이거나 누이, 혹은 딸인가. 행여 살아 마지막일지도 모르는 배웅일 테지. 그가 자신의 가족을 떠나왔을 때처럼. 거칠게 숨을 토하는 재령의 모습이 하도 간절하게 보여서 그는 가로막고 있던 창을 슬그머니 내렸다.

"잠깐이오."

"고맙소."

재령은 커다랗고 단단한 성곽에 기대어 몸을 길게 빼고 저 아래를 내려다보았다. 보인다. 행렬이 보인다. 하지만 사람이 손톱만큼 작게 보이는 이곳에서는 누가 선하인지 알아볼 수 없었다.

'제발 뒤돌아보시오. 나 여기 있으니 좀 돌아보시오. 선하 도령! 윤선하!!!'

눈물이 맺혔다. 그를 다시 만날 수 있겠지. 이것이 마지막이진 않겠지. 이래가지고는 평생 미안해서 견디지 못할 것 같았다. 애타는 그녀의 부름을 들었는지 혹은 우연이었는지 누군가가 언뜻 뒤를 돌아보더니 손을 흔들었다. 재령은 선하라는 것을 직감했다. 저 어깨선은 분명 선하일거라 생각했다. 그가 자신을 본 것일까. 그렇게 믿고 싶었다. 다행이었다, 제대로 된 작별인사는 할 수 있어서. 재령은 그를 향해 크게, 온 힘을 다해 아주 크게 손을 흔들었다.

"무사히 돌아오시오. 선하 도령."

그녀의 목소리는 저기까지 들리지 않을 것이다. 자신이라는 것을 모를 수도 있었다. 하지만 재령은 계속해서 손을 흔들었다. 멀어져가는 행렬이 숲을 돌아 보이지 않을 때까지.

길게 이어지는 소금의 소리는 숨결 같았다. 대나무 숲 사이를 지나는 바람 같았다. 얇은 잠옷을 입은 야스나리는 깊은 상념에 잠겨 장침(長枕)에 몸을 기댄 채 그 처연한 음색에 몸을 실었다. 한 곡조가 끝났어도 그 여운은 아직 짙었다. 공기가 파르르 하고 떨렸다.

요 며칠 어느 순간부터인가 불면(不眠)의 밤이 줄어들기 시작한 것은 그녀 때문인지도 모른다. 눈을 떴다. 후에의 내리깐 속눈썹은 얼굴에 긴 그림자를 만들었다. 어른거리는 불빛에서 바라보니 그 얼굴은 미로 같은 히메지성에서 함께 숨바꼭질하던 아름다운 시녀와 닮았다. 구름같이 커다랗고 풍성한 검은 머릿단과 붉은 치마의 대비가 강렬했다.

"후에, 넌 어디 출신이냐?"

소매 속에서 부드러운 무명천을 꺼내 손에 든 악기를 닦으며 그녀가 대답했다.

"한양이오. 가본 적 있소?"

있었지. 이제는 바랜 기억 속에만 남아있는 곳. 우아하고 품위 있는 궁궐 건물과 붉은 기둥들, 서책들로 가득 찬 성균관(成均館) 존경각(尊經閣), 뛰어난 학자와 유생들, 아름답고 담백한 그림과 고고하고 하얀 백자, 친절한 사람들이 있던 곳. 자신들이 지른 불에 그 모든 것들은 끔찍하게 불타 없어져 버리고, 남은 것은 죽어 널브러진 시체들과 잿더미로 폐허가 되어버린 곳.

그때부터가 그의 불면의 시작이었는지도 몰랐다.

"당신은?"

"어차피 들어도 모를 텐데."

"신분을 묻는 것이오. 칼 쓰는 쪽은 아닌 듯하여."

"어찌 그리 생각하지?"

"피를 보는 것을 싫어하잖소."

야스나리는 자신의 방에 걸린 투구와 갑옷, 그리고 검을 새삼스레 바라보았다. 어울리지 않는다 생각한 지 오래였다. 몇 년 전 조선에 다녀온 이후 그것들은 다 부질없어 보였다. 그런 자신의 속마음을 이 여인은 알아차린 것인가.

"피를 보는 것은 가장 마지막에 할 일이라 생각하기 때문이다. 하지만 베어야 할 때는 가차 없이 벤다."

"여기를 떠날 때 하찮은 이 몸도 가차 없이 베고 가겠군. 아니 그렇소?"

"……."

사실이기에 대답할 수 없었다.

"역시 그쪽은 거짓말을 못 하는군. 그럴 거라 짐작은 했소."

슬프고 아픈 대화였다. 그녀를 바라본다. 죽음과 삶의 사이에 아슬아슬 서 있는 여인의 표정은 미묘했다. 그에게 간절히 애원하면서도 지독하게 미워하는 그런 모순. 사랑하는 이 나라의 적으로 돌아온 자신처럼. 야스나리는 손을 뻗어 그녀의 얼굴을 매만졌다. 후에는 그가 내민 손에 뺨을 기대며 눈을 감았다. 구름이 산을 넘어가는 소리가 들린다. 습기를 머금은 더운 공기는 끈적이며 그의 몸에 감긴다.

"당신도 당신 나라에 사랑하는 여인을 두고 왔겠지?"

"사랑 따위는 믿지 않는 편이 좋다."

사랑해봤자 상처 입히고 떠나는 것이 그다음 순서니까.

"그럼 무엇을 믿소?"

"아무것도."

후에가 그에게 몸을 기대어왔다. 그녀의 몸에서 나는 따뜻한 향내가 그를 슬프게 만들었다. 자신을 바라보는 여인은 깨끗하지만 간절한 눈동자였다.

"아무것도 믿지 않으면, 모든 것에 쉽게 속을 텐데."

"……."

"그럼, 부디 내게 속아 주겠소?"

그녀의 눈에 눈물이 고이는가. 불빛이 비쳤을 뿐인가.

"당신을 사랑하게 되었다는 거짓말에 속아주시오."

그렇게라도 해서 목숨을 부지할 셈인가. 여인의 눈빛과 입술은 그를 슬프게 유혹하고 있었다. 무엇으로 속아도 사랑이라는 핑계보다 더 그럴듯하지는 않을 것 같았다.

"거짓 사랑으로 목숨을 구걸하다니."

"…기녀란 이제껏 그리 살아온 여인이오."

그 말을 하는 붉은 입술이 너무도 화려해서 또한 한없이 서글퍼 보였다. 왜 모든 게 이런 식이 되어버리는 걸까.

"그 거짓말에 속아주지, 후에."

야스나리는 그녀의 뺨에 흐르는 눈물을 입술로 닦아 주었다. 그리고 쏟아지는 마음을 실은 그의 입술을 후에의 입술로 가져갔다. 그리고 격렬하게 입을 맞추었다. 그는 그녀를 바닥에 눕히고 서둘러 옷고름을 풀었다. 불도 채 끄지 못했다. 누군가가 그들의 어른거리는 그림자를 작은 틈으로 지켜보다가 어둠의 안개처럼 빠져나갔다.

#16
두려움과 잔혹함

“야스나리. 넌 여기 남아.”

예상 밖의 말이라 야스나리는 잠시 멍하게 서 있었다. 도움을 받으며 갑옷을 입고 있는 요시히데의 표정은 그가 선 자리에서는 보이지 않아 무슨 생각인지 알 수가 없었다. 야스나리는 주춤했다가 다시 말을 이었다.

“부장, 나도 같이 가.”

“아니, 넌 여기에서 성을 지켜. 다른 부대가 알기 전에 왕자를 사로잡으려면 신속히 정예만 움직여야 하니까.”

“하지만 요시히데. 내가 없으면,”

“네가 없어도 충분해. 걱정하지 마.”

물론 야스나리가 확보한 첩보에 의하면 안협에 있는 군사들의 숫자는 그들의 십분의 일 정도밖에 되지 않았다. 게다가 조선 왕의 도주로 인해 더욱 흉흉해진 백성들의 민심은, 적인 왜군들에게 오히려 자국의 군사들이 숨은 곳을 발고(發告)하기도 했다.

그 모든 얘기는, 결국 조선의 모든 것들이 지독히도 엉망이 되어버렸기 때문에 그 덕에 요시히데는 무사하리라는 뜻이었다. 그런 안일한 핑계를 대며 한쪽으로 치우친 마음의 편을 드는 이유는, 사실은 잠깐만이라도 목이 잘린 시체나 바닥에 고인 핏물을 보지 않아도, 전쟁이라는 명목하에 수많은 살인을 저지르고 난 뒤의 의미 없는 죄책감에 시달리지 않아도 되었기 때문이었다. 그리고 또 다른 이유는, 적어도 야스나리가 요시히데를 대신한 이곳에서는 무의미한 죽음은 없을 것이기 때문이었다. 예를 들자면, 아무 힘도 없는 후에처럼.

아름다운.

“무슨 생각해?”

“아무것도.”

요시히데가 동생의 대답에 의미심장하게 피식 웃었다. 그는 검은색으로 빛나는 화려한 갑옷을 곁의 도움을 받아 거의 입어가고 있었다. 금빛으로 선명하게 찍힌 가문의 등나무 문장이 번쩍거렸다. 요시히데는 초승달 모양의 마에다테(前立:일본 투구 장식품)로 장식된 가부토(兜:투구)를 받아들며 말했다.

“네가 좋아하는 것 같아서.”

“무엇을?”

“누구를, 이라고 물어야지.”

요시히데는 그 이상 말하지 않고 이를 드러내 웃으며 그의 어깨를 툭툭 쳤다.

“난 네 쌍둥이 형이야.”

그는 동생의 모든 생각을 읽을 수 있다는 듯이 자신의 관자놀이를 검지로 툭툭 가리키며 웃다가 가부토를 쓰고 멘포(面具:일본 투구에 딸린 가면)를 내렸다. 멘포로 가려진 죽음의 얼굴은 요시히데의 눈동자를 한 사신(死神)을 보는 것 같았다. 자신도 저 멘포를 쓰면 저런 무자비한 얼굴로 보일까.

“제발 몸조심해, 요시히데.”

“잔소리는 그만. 배웅은 여기에서 끝.”

그는 철컥철컥 무거운 갑옷 소리를 남기고 갔다. 그가 가는 길에 또다시 짙은 피안개가 스밀 것이다. 이 어리석고 무의미한 싸움에서 자신의 쌍둥이 형을 끌어내고 싶었지만, 그는커녕 정작 자신조차 참전을 거부하지 못했다. 만약 요시히데가 전쟁에서 목숨을 잃는다면 그 책임은 누구에게 물어야 할까.

날은 하염없이 느리게 갔다. 낮은 엿가락처럼 길게 늘어졌는지, 흙바닥을 아무리 들여다봐도 그림자 방향은 그 자리에 박혀 꼼짝도 않는 것 같았다. 달아오르는 햇볕은 그림자마저도 열기로 녹여버릴 만큼 뜨거웠다.

재령은 오늘도 임시 동궁(東宮)으로 쓰고 있는 객사(客思) 앞을 서성였다. 세자가 돌아온다면 그도 돌아왔을 테니. 혹시 무슨 작은 소식이라도 들을 수 있지 않을까 하는 기대와 조바심을 늘 가진다. 제법 낯을 익힌 나인에게 조심스레 물었지만 그녀는 고개를 가로저었고, 의아한 표정으로 며칠 동안 되묻고 싶었던 질문을 기어이 묻고 만다.

"어찌하여 제게 물으십니까, 소저? 부친이신 대감께서 더 잘 아실 텐데요."

"아...."

마땅히 대답할 변명거리를 찾지 못한 채 재령은 입을 다물고 말았다. 그녀가 부친에게 묻지 못하는 이유를 나인이 알 턱이 없었다. 그리고 그녀의 부친은 지금도 의주(宜州)에 있는 주상에게 보내는 장계(狀啓)에 동인이 세웠던 공과(功過)의 시시비비(是是非非)를 따지고 있었으니까. 그래서 재령은 나인에게 그저 고개를 까딱 숙이고 다시 걸어갔다. 분명 자신은 이상하게 보일 것이다.

매미 여러 마리가 한꺼번에 쌔애하고 귀가 따갑도록 울어댔다. 지친 개미는 바닥을 맴돌았고 무당벌레는 날개를 딱딱거리며 뜨거운 바닥을 기어간다. 갑주를 입은 병사들의 턱으로 땀이 뚝뚝 떨어지는 것은 예사였다. 무서우리만큼 몸집이 불어난 저 멀리 숲은 짙은 초록으로 빽빽했다.

몸소 먹을 것을 찾아 나서는 것에 익숙해진 재령은 여느 때처럼 바구니를 옆구리에 끼고 바닥을 바라보며 걸어간다. 뜨거운 공기는 폐의 깊숙이까지 후끈 달궜다. 바구니를 잡은 손가락에 땀이 스몄지만, 재령은 생각에서 헤어 나오지 못했다. 그가 무사히 돌아온다 해도 그것은 그뿐. 그가 호언장담했던 고백이라는 것도 받아주지 않을 것이고 둘 사이는 서인과 동인으로 갈라져 그 간극은 여전히 좁혀지지 않을 것이다. 그렇기에 역설적으로, 이곳에 그가 없는 지금이야말로 그를 진지하게 떠올릴 수 있는 시간이었다. 그의 부재는 그 존재를 더욱 선명하게 만들어 갔고, 누군가의 빈자리를 생각하고 기다린다는 것의 진짜 의미는 그런 것이었다.

'다시 만나게 되면 낭자에게 사내답게 고백할 것이오.'

'제발 그리할 수 있도록 우선은 무사히 돌아오오, 선하 도령. 그다음은 다음 문제이니.'

그때 저 멀리 뜨거운 아지랑이 사이로 등에 깃발을 꽂은 이들이 끄는 느린 수레 하나가 성문을 향해 다가오는 것이 보였다. 내딛는 발걸음은 느리고 엄숙해서 그들이 가까워질 때마다 알 수 없는 불길함과 두려움의 파도가 밀려왔다. 그 움직임을 유의 깊게 주시하던 군사들이 점점 술렁이기 시작했다. 재령도 그 무언의 술렁임에 휩쓸려 걸음이 점점 느려졌다. 저 깃발과 수레가 의미하는 것이 무엇인지는 모르겠지만 분명 좋지 않은 일이 벌어진 것이 분명했다.

"또 전사자인가?"

"그런가 보입네."

"시신을 수습한 걸 보니 어지간한 신분이었나 보네. 어드래로 보냈던 척후(斥候)일까?"

"휴우, 글쎄 올세다. 죽은 마당에 그게 뭐이 중하드래?"

군사들이 저들끼리 낮게 수군거리는 그 말 때문에 재령의 다리는 꽁꽁 얼어붙었다. 설마 저 수레에 실린 시신이 그는, 아니겠지. 세자 저하와 함께 갔으니 주변에 무예에 뛰어난 이도 많을 텐데 그 많은 사람 중에 유독 윤선하만 죽지는 않았을 것이라 굳게 믿었다. 아닐 거야, 하며 뒤돌아서려는데 그런데도 더는 발걸음을 뗄 수가 없었다. 만에 하나 때문이었다.

결국 재령은 뒤를 돌았고 저도 모르게 밭은 걸음으로 길을 따라 내려갔다. 눈으로 직접 확인해야 했다. 한여름임에도 내딛는 걸음마다 온몸의 털이 쭈뼛 서는 한기가 들었다. 윤선하는 허무하게 죽을 만큼 어설픈 사내가 아니었다. 무과에 급제했다 들었다. 빽빽한 나무 사이로 화살을 명중시키고 눈에 보이지 않을 만큼 빠른 검술을 지닌 그였다. 그래, 아닐 거야.

하지만 뒤에서 날아오는 수리검을 피하지 못했던 것처럼 전쟁은 어찌할 수 없는 상황의 연속이었고, 그 누구도 그것에서부터 자유롭지 못하다는 것을 아주 잘 알고 있었다. 세자에서부터 백정까지, 동인과 서인, 재령도 선하도 모두 마찬가지였다.

사람들이 모여 있었다. 그 장면에 몸이 부들부들 떨렸다. 무슨 정신으로 그곳까지 걸어갈 수 있었는지 몰랐다. 아니리라 믿고 있지만 선하일지도 모른다는 두려움과 이 상황을 외면하고 싶은 두려움이 동시에 혼란스럽게 엉켜 들었다.

성에서 제법 떨어진 너른 터에 모여든 인파 사이를 비집고 재령이 겨우 앞으로 나왔다. 왜군에게 목이 잘리기에 십상인 마당에 사지가 멀쩡히 붙은 시신이 돌아왔다고 사람들은 그나마 다행이라 말한다. 어떻게, 그것이 어떻게 다행한 일이 되어버린 것인지 재령은 아직도 이해할 수가 없었다. 시신은 모두 세 구였고 시신을 덮은 거적 아래로 죽은 이의 팔과 다리가 보였다. 시신을 확인하기 위해 주욱 늘어선 사람들은 행여나 자신의 가족일까 봐 차례를 기다리며 두려움과 초조함에 떨었다. 재령은 언뜻 보이는 시신의 소맷자락을 그녀의 기억과 대조해보았다. 하지만 막상 그날 그가 입었던 철릭 색깔이 검은색이었는지, 짙은 청색이었는지 확실하게 기억이 나지 않았다. 초조해져서 재빨리 눈을 감고 그를 떠올린다.

'그는 어땠었지? 떠나기 전 어떤 차림이었지?'

바싹 마른 입술을 깨물어보지만 생생하게 기억나는 것은 자신을 향해 빙긋 웃던 그의 환한 얼굴뿐. 게다가 저 손. 거적 바깥으로 나온 저 손의 모양이 아무래도 선하 같았다. 한번 그리 생각하니 정말 그의 손 같았다.

선하인가. 선하 도령인가.

점점 그녀의 차례가 다가온다. 쿵쿵, 쿵쿵. 귀가 먹먹해지더니 삐이 하는 소리만 들렸다. 사람들의 소리는 멀어지고 입 모양만 벙긋거렸다. 해는 뜨거웠고 시야는 점점 좁아졌으며 몸은 추웠다. 짙은 흙냄새와 정체 모를 비릿한 악취들이 뒤섞여 코끝을 비틀었다.

"아이고!!! 아이고, 우리 아들이오."

누군가의 외침에 잔뜩 움츠렸던 긴장감은 꽈리처럼 툭 터져 흘러나와 버린다. 바들바들 떨고 있던 나이 든 부인이 그 말만 남기고 혼절하여 바닥에 주저앉았다. 그리고 이어서 울부짖는 다른 줄의 또 다른 사람들.

끝났다. 남은 자들에게 안도감이 밀려왔다.

신원이 확인된 시신은 죽은 뒤에라도 그들의 혈육을 만나 다행이라 말한다. 빽빽하게 모였던 나머지 사람들은 한편으로는 애도를, 다른 한편으로는 다행과 불안을 똑같이 품은 채 하나둘 돌아가기 시작했다. 사람들이 서 있던 그림자에서 수십 마리의 방아깨비가 튀어나왔다. 다시 햇볕이 차오르고, 시신을 실은 수레와 곡소리는 멀어져 간다.

"흑... 흐흐흑...."

선하가 아니었다. 다행이었다.

그럼에도 재령은 자리를 뜰 수 없었다. 만약 저기에 누워있는 시신 중에 그가 있었다면 재령은 어떻게 해야 했을까. 가족도 아니고 그 무엇도 아닌 자신이 슬퍼할 자격이 있는 걸까. 동인의 시체를 두고 서인이 진심으로 슬퍼한다고 누가 제대로 믿어나 줄까. 울게 된다면 대체 왜 울게 된 건지 대답할 수 있을까. 재령은 이렇게 무릎을 꿇은 채 멍하니 주저앉아버린 자신의 모습이 낯설었다. 그가 자신에게 어떤 존재인지에 대한 물음에 처음으로 깊이 파고들었다. 흙바닥은 불구덩이처럼 뜨거웠고 그림자는 무섭도록 짙었다. 오늘은 너무나 지쳐서 그 어떤 일도 더는 일어나지 않은 채 가만히 흘러가 주었으면 더할 나위 없을 것 같았다.

#17
사랑해버린 것을

밤은 유달리 환했다. 둥글게 차오르기 시작한 달빛 때문이었기도, 유난히 더 밝아진 등불 때문이었기도 했다. 헤진 부친의 융복 솔기를 꿰맨 후에 나인에게 반짇고리를 돌려주고 재령은 막 방으로 돌아가던 참이었다.

객사 앞이 환했고 사람들이 일렬로 나와 서 있었다. 그들은 한곳을 바라보며 누군가를 기다리고 있었다. 멀리서 개문(開門)하라는 북소리가 들렸다. 늦은 시간임에도 문을 활짝 열고 여기 모인 모든 이들이 맞이해야 할 사람이란. 재령은 기둥 뒤로 몸을 숨기고 그 누군가가 돌아올 저곳을 뚫어져라 바라보았다. 세자와 함께 온 무리 가운데 분명 그도 있겠지. 심장이 마구 뛰었다. 드디어 그들이 뜰 안으로 들어서자 모든 이들이 허리를 깊숙이 숙였다. 재령은 눈을 깜빡할 수조차 없었다.

"저하!!! 하늘이 보우(保佑)하사 옥체 보전하시어 무사히 돌아오셨으니 감격이 그지없사옵니다."

세자는 눈물을 글썽이는 대신들과 일일이 손을 맞잡으며 미소를 지었다. 내관과 나인들 모두 술렁이는 기쁨으로 들썩거렸다. 처음 출발했던 그대로 한 명도 잃지 않고 모두가 무사히 돌아왔기에 기쁨은 더욱 컸다.

그 사실을 모르는 재령의 불안한 시선은 오직 단 한 사람만을 찾고 있었다. 사람들 틈에 서 있는 낯익은 어깨. 저 이인가. 빠르게 움직이던 그녀의 눈동자가 멈췄다. 더럽고 낡아빠진 옷을 입고 검게 탄 뺨의 저 키 큰 사내가, 바로 선하인가. 마침 그 사내가 재령이 몸을 숨긴 기둥으로 시선을 돌린다. 등불이 평소보다 몇 배 밝아졌다는 사실을 그녀는 잠시 잊고 있었나 보다. 그가 단번에 재령을 알아볼 수 있을 정도로 환했다.

선하가 눈빛으로 그녀를 불렀다.

'재령 낭자.'

재령은 여러 가지 감정이 뒤섞인 심정으로 그의 무사함을 눈으로 확인한다. 가까이 다가가서 아는 체 할 수 없고 그렇게 하고 싶지도 않았다. 이렇게 멀리 떨어져 그저 '무사하니 되었소'라고 담담하게 이 상황을 받아들이고 싶었다. 자신이 선하 때문에 그토록 마음 졸였다는 사실을 들키고 싶지도 않았다. 그래서 선하가 여전한 투로 빙긋 웃으며 미소를 보냈지만, 재령은 몸을 획 돌려 방으로 돌아간다.

'됐어. 무사하니 됐어.'

하아, 하고 한숨이 길게 흘렀다. 저도 모르게 고개를 계속 끄덕이며 빠른 걸음으로 걸었다. 그 뒤로 누군가가 철컥거리는 소리와 함께 그녀에게 달려오고 있는데도 알아차리지 못했다.

"재령 낭자!"

성큼 다가온 그는 재령의 팔을 부드럽게 잡아 그녀의 몸을 돌렸다. 이름을 부르는 저 목소리. 뭉클하고 따뜻한 것이 울컥 가슴을 치고 올라와 목을 잠기게 만들었다. 재령은 힘겹게 평정을 유지하며 그를 바라보았다.

"……."

"나 무사히 돌아왔소."

자신의 눈동자에 비친 반가움을 행여 그가 보았을까. 그동안 무던히 마음 졸였던 날들을 읽었을까. 그의 꺼칠해진 얼굴을 마주하고 놀랐지만, 그녀는 온 힘을 짜내어 안 그런 척 차갑게 눈을 부릅뜬다.

“.......”

하지만 제대로 대답도 하지 못한 채 재령은 선하를 점점 노려보게 되었다. 인상이 구겨졌다. 왜냐하면 자꾸만 쏟아지려는 눈물을 참을 방법이 그것뿐이었기 때문이었다.

“무사히 돌아온다고 했잖소.”

선하는 뿌듯하고 다정하게 속삭였다. 돌아오기만 하면 그만인가. 사람을 하염없이 미안하게 만들고, 기다리게 하고, 애태우게 하고서는 무사히 돌아왔으니 그뿐인가. 재령은 북받치는 강렬한 감정에 두 주먹을 쥐고 그의 가슴을 힘껏 밀쳐냈다. 반갑기도, 슬프기도, 화가 나고 밉기도, 그립기도 한 이 감정을 무어라 해야 할지 몰랐다. 어떻게 해야 이 마음이 달래질지 알 수 없었다.

“재령....”

다시 그를 밀쳐냈고, 다시 그는 재령에게 다가왔다. 그가 미웠다. 아무리 밀쳐내도 결국 다시 제자리, 급기야 조금씩 더 가까이 다가오는 그를 이젠 무슨 수로도 막을 방법이 없는 것일까. 미쳤나 보다.

미쳤나 보다.

“도대체 왜 나를 이리 화나게 만드시오?”

“낭자.”

“그깟 도령의 소식 때문에... 매일... 기가 막혀서....”

“.......”

“내 머릿속을 어떻게 이리 엉망으로... 해 놓은 것이오?”

그녀는 떨고 있었다.

“난 미친 것이 분명하오. 미치지 않고선 어떻게...!”

“재령!”

그가 재령을 와락 끌어안았다.

오래된 바람과 흙과 나무, 해와 달빛의 향기를 담아온 그의 그리웠던 체취.

"오래 기다리게 해서 미안하오, 재령."

하아, 이젠 미쳤다 해도 어쩔 수 없어.

재령은 더는 아무것도 하고 싶지 않았다, 한 줌 남은 명분 혹은 자존심을 지키려 억지로 버텨왔던 둑이 무너져 버리고 말았으니 그의 품에 스르르 몸을 맡길 수밖에. 그는 충분히 미안해해야 했다. 진심으로 그러하다면 그만큼 자신을 힘차게 안아주어야 했다. 재령은 그를 끌어안았다. 두 팔로 힘껏 안으며 그를 실감했다. 심장소리가 들렸다. 살아있는 그가 미치도록 고마웠다. 이렇게 안기고, 만지고, 눈을 마주치고 말을 나눌 수 있는 무사한 몸으로 돌아와 줘서. 윤선하라는 사내가 서재령에게 어떤 존재인지 비로소 알 것 같았다.

"오자마자 코빼기도 안 보이시더니, 이제야 오셔요?"

"아잇, 깜짝이야!"

우물가 어둠 속에서 어둠처럼 찬새가 나타나자 선하는 깜짝 놀라며 뒤를 돌았다. 찬새는 나무숲 어둠 속에서 반짝반짝하는 눈빛만 보였다가 슬며시 달빛 아래 그 모습을 드러냈다. 같이 다니는 사이 귀신같은 매복 솜씨가 더 늘었다. 머리칼이 쭈뼛할 정도로.

"여... 여태 안 잤느냐?"

"누구처럼 제가 의리 없는 놈은 아니거든요. 그런데 왜 말을 더듬으시는데요? 도련님."

"안 그랬다. 내가 언제."

선하는 물을 길어 나무 대야에 부으면서 딴청을 부렸다. 찬새가 그의 곁에 쭈그리고 앉아 바싹 붙었다.

“어딜 다녀오셨어요?”

“저하께 뭐 좀 고… 고할 것이 있어서.”

“아항, 그러셨구나. 그런데 저하께서는 이곳에 오셨다가 곧장 주무시러 가셨는데요.”

“…….”

“아, 수상해. 마치 여인 만나고 온 얼굴이란 말이지.”

선하는 어푸어푸하며 더 열심히 얼굴을 씻었다. 그리고 나무 대야를 비우고 물이 주르륵 흐르는 젖은 얼굴을 들어 달을 올려다보았다. 감춰지지 않는 웃음이 절로 빙글빙글 새어 나왔다. 고된 여정에 곧 죽을 것처럼 피곤함이 급격히 밀려왔지만, 발걸음은 그렇게도 가벼울 수가 없었다.

“아~, 달이 좋구나.”

찬새가 그런 선하의 얼굴을 물끄러미 바라보았다. 덩달아 기분이 참으로 좋았다. 바로 얼마 전까지 목숨이 왔다 갔다 했던 전쟁 중이라 해도, 지금 이 순간은 행복해해도 될 것 같았다. 선하는 천천히 뚜벅뚜벅 막사로 돌아가기 시작했다. 찬새도 나란히 그와 걸었다.

“돌아오니 겁나 좋네요. 집도 아닌데 집처럼.”

“그러게 말이다.”

투명한 피부였다. 맑은 물에 비친 그녀의 살결.

얇은 목욕옷으로는 아무것도 가릴 수 없었다. 후에는 숲 사이를 돌아 잠시 머물러 있는 깊은 계곡 물에 몸을 담그고 있었다. 바닥에 깔린 돌들과 물 위로 비치는 나무숲의 초록, 그 사이로 유유히 헤엄치는 여인은 한 폭의 근사한 풍경화가 되었다. 그가 다가가자 후에는 가슴께를 가리며 뒤돌아보았다가 인기척의 주인공이 야스나리라는 것을 확인하자 그에게 옅게 미소를 보낸다.

“들어오시오.”

“싫다.”

“참으로 시원한데. 설마 헤엄을 못 치시오?”

“새로 갈아입은 비단옷을 버리기 싫다.”

후에는 뒷짐을 지고 떨어져서 자신을 빤히 바라만 보는 그에게 장난스러운 표정을 지었다.

“이래도 저래도 옷을 버리는 건 마찬가진데?”

그러면서 그녀는 그를 향해 물장구를 끼얹었다. 작은 물방울들이 그의 얼굴을 차갑게 간지럽혔다. 야스나리는 고개를 돌려 피하면서도 저도 모르게 미소를 지었다.

“앗! 차가워.”

그 모습을 본 후에가 즐거운 듯 짧게 웃음을 터뜨렸다. 그녀의 웃는 소리는 처음이었고 매우 듣기 좋았다. 야스나리는 아주 오랜만에 설렘이라는 것을 느낀 것 같았다.

“알고 있소?”

“뭘 말이냐?”

“그쪽 웃는 모습, 보기 좋다는 거?”

자신이 웃었다고.

웃은 건 그녀가 아니었던가.

싸늘한 모습이 자신이 보여줄 수 있는 전부라 생각했는데 다른 이들처럼 자신에게도 감추어진 미소가 있었을까. 이 여인이 보기 좋게 느낄 만큼 달달한 미소가. 괜스레 겸연쩍어진다.

바람이 날갯짓을 하자 나뭇잎들이 그늘을 흩뜨렸다. 야스나리는 부채를 펴 햇볕으로부터 얼굴을 가린다.

뜨겁고, 눈부신 여름. 이 숲에서 전쟁은 잠시 잊혀졌다.

그는 그늘진 바위 위에 자리를 잡고 앉았다. 시원한 그늘, 물가에서 바라보는 여름 풍경은 한없이 너그러웠다. 이름 모를 새들이 쪼로롱 거리며 난리법석이었다. 그 아래로 가슴속을 씻겨 내리는 계곡물소리가 가득 흘렀다.

후에는 물가로 헤엄쳐 오더니 벗어둔 옷으로 젖은 몸을 가린 채 그에게 다가왔다. 그리해도 몸의 아찔한 굴곡과 눈부신 살결의 빛깔은 가릴 수가 없었다. 길게 땋은 검은 머릿단에서 주르륵 물이 흘러 내렸다. 그녀가 걸어올 때마다 뜨거운 바위 위로 맨발의 물기가 찍혔다. 후에가 그의 앞에 앉자 계곡물의 차가운 기운이 그에게도 느껴졌다. 그녀는 발뒤꿈치를 세운 채로 앉아 양손으로 바닥을 짚었다. 그녀가 만든 발자국은 어느새 뜨거운 열기에 증발해 버려 흔적도 없이 사라졌다. 후에가 야스나리를 빤히 쳐다본다. 농염하면서도 순진한 눈빛으로. 바람이 불자 나뭇잎 그림자가 그녀의 얼굴을 어루만졌다.

"당신을 무어라 부르면 좋겠소?"

입술에서는 향긋한 단내가 풍겼다.

"선(扇)."

"부채 말이오?"

그는 자신의 손에 든 부채를 활짝 폈다.

"후후훗. 난 후에, 당신은 선이라...."

그녀를 바라보며 야스나리는 눈을 가늘게 떴다. 이런 장난 같은 이름. 하지만 그렇게 부를 수밖에 없다. 더는 진지한 관계가 되지 않기 위해서는 말이었다. 내일 죽어 없어진다 해도 서로에게 미련 갖지 말고 금세 잊어야 하니까. 지난번 보았던 그녀의 이름 같았던 기억이 문득 그에게 떠올랐다.

"선."

그를 부르는 후에의 젖은 팔이 야스나리를 감쌌다. 그의 비단옷은 점점 물기를 흡수해 축축해졌다.

"나를 너무 쉽게 잊으면 섭섭할지도 모르겠소."

"네 거짓 사랑에 여지를 주면 아니 되지."

그의 차가운 대답과 뜨거운 눈동자는 서로 어울리지 않았다. 그런 그를 바라보는 후에의 표정이 묘해졌다. 둘 중 한 명은 거짓을 말하고 있을지도.

"그렇더라도 이 입맞춤만은 기억해주면 좋겠소."

후에는 입술로 그의 입술을 간질이다가 마침내 쏟아지듯 몸을 깊게 기울여 입 맞췄다. 저릿하고 차가운 기운이 야스나리의 입안으로 뜨겁게 밀려들었다.

#18
감출 수 없는 것, 사랑

땅거미가 내리기 시작했다. 해거름 무렵의 풍성한 뭉게구름은 노을에 흠뻑 젖어 붉게 물들어 갔다. 재령의 거칠어진 손도 아름다운 장밋빛으로 붉게 물들어 있었다. 비록 하얬던 뺨은 햇볕에 타고 손은 거칠어졌어도 예전보다 더 행복했다. 먹을 것을 구하러 다니는 다른 여인들에 뒤섞여 제법 굵은 칡뿌리와 머루를 얻을 수 있어서 옆구리에 낀 작은 바구니가 든든했다.

저 너른 터의 사람들, 길게 늘어진 그림자 여럿이 움직이며 하나로 합쳐졌다가 다시 갈라지기를 반복한다. 땅바닥은 낮에 흡수해 둔 뜨거운 열기를 고스란히 뿜어내어 따뜻했고, 산을 타고 불어오는 식은 바람이 땀에 젖은 옷을 말려주었다. 그 실바람에 하얗고 노랗게 피어난 들꽃들이 여기저기서 고개를 까딱였다.

군사들에게 궁술을 가르치던 그가 어두워지기 시작해서야 수업을 끝내는 모습이 이곳에서도 보였다. 그는 저기 있는 사내들 사이에서 가장 눈에 띄었다. 그의 검은 철릭이 매의 날개처럼 당당히 바람에 일었다. 선하만큼 근사하고 훤칠한 사내는 보이지 않았다. 함께 있던 여인들도 그를 두고 저들끼리 쑥덕거리며 부산을 떨었다.

"선하 도령이 우리 쪽을 보는 거 아니래?"

"참말???"

아무것도 모르고 설레어 하는 그녀들을 보며 재령은 남몰래 미소를 감추었다. 그의 눈길은 재령의 것. 그의 시선이 여인들 사이에서 정확히 재령을 찾아내고 있음을 안다. 그는 군사들의 자세를 잡아주는 사이사이 그녀의 움직임을 의식했고, 마음이 담긴 눈빛을 재령에게 보냈다. 아무도 몰래 선하와 재령은 멀리서 눈을 마주치며 서로를 어루만진다. 선하가 자리를 뜨기 시작했으니 이제 재령도 돌아가야겠다.

성곽과 산 사이로 난 좁은 길에 접어들었다. 아마 선하도 이쪽 길로 오겠지. 다른 여인들이 재령을 스쳐 지나가고, 숨을 고르고, 그가 저편에서 걸어올 순간을 기다리며 천천히 걸어간다. 어여뻐 보이고 싶은 마음에 재령은 남몰래 입술을 깨물고 볼을 꼬집어 발그스름하게 만들었다.

사람들이 다 지나가고 재령 혼자 길을 걷고 있었지만 아무리 천천히 걸어도 그는 오지 않았다. 이상하다. 아직 그곳에 남은 일이 있는 걸까. 짙어지는 어둠, 지붕과 지붕 사이로 접어들며 실망감에 고개를 갸우뚱하는 재령의 허리를 다정한 누군가의 팔이 뒤에서 감싸 안는다.

"나를 찾고 있었소?"

반가움과 설렘이 함박꽃처럼 재령의 볼에 피어났다. 콧소리가 섞인 간지러운 웃음이 터져 나왔다. 쏟아질 것 같은 마음 때문에 가슴이 사정없이 두근두근했다.

"누가 보면 어쩌려고 이러시오...."

재령은 주변을 둘러보며 조심스럽게 살폈다. 들킬까 봐 불안했지만 그런 만큼 더 절박하고 행복했다. 그의 숨결과 살결이 닿을 때마다 심장이 짜릿짜릿했다. 선하가 그녀를 돌려세우며 부드럽게 손을 잡아끌었다. 그의 손은 여름 햇볕처럼 뜨거웠다.

"그럼 보지 못할 곳으로 숨어야지."

선하가 은근하게 재령의 귓가에 속삭였다. 참지 못하는 기침처럼 봇물

터지듯 샘솟는 사랑을 도저히 누를 수가 없었다. 사랑에 빠져 한없이 좋을 때인 청춘남녀는 그 언제인가처럼 좁고 어두운 곳으로 몸을 숨겼다. 그때는 아니었지만, 지금은 완전히 그런 마음으로. 재령은 그에게 이끌려 인적이 드문 캄캄한 길목, 나무 뒤로 숨어들었다. 그는 너무나 오래 참았다는 듯 곧바로 재령에게 사정없이 입을 맞추기 시작했다. 시큼한 땀 냄새와 달큼한 입술이 엉켰다가 다시 풀어졌다. 재령은 발뒤꿈치를 들고 그의 목을 끌어안았다. 그의 숨결은 거칠어졌다가 다시 부드러워지기를 반복했고, 재령이 선하의 입술을 깊이 느낄 때마다 새로운 감각이 열렸다. 선하는 그녀의 뺨과 눈두덩에도 뜨거운 입술을 퍼부었다. 머릿속에서 번쩍이는 번개가 치는 것 같았다.

"하아... 하아...."

입맞춤 후 두 사람은 이마를 맞대고 눈을 감은 채 예민해진 입술과 마음을 다독였다. 그가 다시 살짝살짝 몇 번이고 그녀에게 입 맞추었다. 둘은 서로의 손을 꼭 잡고 어둠 속에서의 감각만으로 서로를 느꼈다.

"더 늦기 전에 돌아가야 하오."

재령이 속삭였다.

"조금만 더."

선하는 꿈을 꾸는 것처럼 그녀에게 입술을 가져갔다.

"늦으면 아버지께 들킬지도 모른단 말이오...."

하지만 말과는 다르게 재령은 여전히 그의 가슴에 머리를 파묻고 있었다. 아주 힘겹게 재령이 그의 품에서 벗어나 나무 뒤로 돌아가려 했지만, 선하는 여전히 그녀의 손을 붙잡고 놓아주지 않았다.

"선하 도령...."

그가 장난스레 미소를 지었다. 그리고는 다시 팔을 당겨 재령을 품에 안았다. 재령은 눈을 감았다. 어떡하나. 이제 이 마음을 어떡하나.

"사랑하오."

듣고 말할 때마다 눈앞을 아찔해지게 만드는 그 말. 재령은 대답하듯 그의 품으로 더 깊게 파고들었다. 조금만 더 이렇게 있고 싶었다. 그들이 함께 있는 시간은 늘 너무나 짧았다. 그러니 열 숨만 더, 스무 숨만 더.

하지만 그나마 눈 깜짝할 사이의 짧은 밀회도 오늘은 이쯤에서 접어야 할 것 같았다. 저편에서 선하를 찾는 찬새의 새된 목소리가 들렸다.

"아. 도대체 또 어디로 가신 거야, 선하 도련님은? 분명 같이 끝나서 돌아왔는데. 또 이거, 여인 만나러 가신 거 아냐?"

그 목소리가 더 가까워지기 전에 누가 먼저랄 것도 없이 재령은 재빨리 바구니를 챙겨 모퉁이를 벗어났고 선하는 몸을 낮춘 채로 반대편 어둠 속으로 쏜살같이 꽁무니를 내뺐다.

"어디를 다녀오느냐?"

객사에 딸린 행랑으로 돌아온 재령을 마침 그의 부친이 기다리고 있었다. 그녀는 도둑이 제 발 저린 것처럼 유난히 화들짝 놀라 자리에 덜컥 서 버렸다.

"어찌 그리 놀라느냐?"

"아, 아닙니다. 아버지. 찾으셨어요?"

재령은 고개를 숙인 채 잰걸음으로 부친에게 다가갔다. 붉어졌을 얼굴을 어둠에 반쯤 가리고, 고개를 숙여 그 나머지 얼굴을 가렸다. 부친과 눈을 마주쳤다가는 자신이 조금 전까지 누구와 무슨 일을 저지르고 있었는지 대번 들켜버릴 것만 같았다. 사내의 입맞춤도 얼굴에 흔적을 남길까.

부친은 평소와는 다른 딸의 행동에 꺼림칙한 마음이 들었다. 요즘 들어 그녀는 과도하게 표정이 많았고 다른 곳에 정신이 팔려있는 것 같았다. 눈빛은 별처럼 반짝였고 뺨은 발그레했다. 그건 마치.

"솔기가 또 뜯어졌구나. 꿰매어다오."

그 불안의 이유가 확실치 않아 그는 그대로 입을 다물었다. 묻는다 해도 구체적으로 무엇을 물어야 할지 몰랐고 주변에서 들리는 이상한 말은 자신의 딸과는 아무 상관 없는 일이라고 믿고 싶었다.

"주십시오, 소녀가 금방 꿰매겠습니다."

재령은 그에게서 옷을 받아들고 금세 자리를 떠났다. 마치 그에게 무언가를 숨기는 것처럼 서투르게 서둘렀다. 그는 저편으로 걸어가는 딸의 뒷모습을 유심히 바라보았다. 어쩐지 불안했다.

'윤선하와 자네 딸이 혹시 아는 사이인가? 그냥 그렇다는 얘기일세. 물론 그런 일은 없을 테지만.'

설마 그럴 리가 있겠는가. 평생 두 사람은 만난 적도 없었다. 설사 서로가 이름 정도 아는 사이라 쳐도 현명한 재령이 윤선하가 동인의 패거리임을 알고도 그렇게 생각 없이 처신할 리가 없었다. 하지만 동료 대신이 그렇게까지 얘기하는 마당에 확인해볼 필요는 있었다. 재령과 윤선하가 한 날에 갑자기 이곳에 나타난 것을 보아 분명히 그전에 둘 사이에 어떤 이음새가 있는 것이 확실했다.

둥둥.

파루가 울렸다. 동이 터오기도 전인데 선하의 눈이 번쩍 떠졌다. 검술 연습 시작시간 전 아직 이각(二角:30분) 정도 짧은 여유가 있었다. 곁을 돌아보니 찬새는 뒷간에 갔는지 보이지 않았다. 이때를 놓칠까 싶어 선하는 재빨리 의관을 갖추어 짙은 어둠 사이로 파르스름한 빛이 새순처럼 돋아나는 길을 나섰다. 빨리 가야 그녀를 조금이라도 오래 볼 수 있었기에 발걸음은 자꾸만 빨라졌다. 검은 산등성이 위, 어두운 하늘에서 커다랗게 반짝이는 샛별이 아름다웠다. 우물가에 거의 다 왔다.

아직 어두운 그곳에는 아무도 없어 쥐죽은 듯 고요했다. 선하는 두레박으로 물을 퍼 올려 한손으로 급히 고양이 세수를 했다.

"간밤에 잘 주무셨소, 선하 도령?"

선하는 물방울이 조로록 떨어지는 얼굴로 그녀를 맞았다. 재령은 좀 전에 잠에서 깨어났을 테지만 어제보다 더 어여뻐진 얼굴로 그를 올려다보고 있었다. 나무 대야를 허리에 낀 채로 그녀는 살짝 수줍은 미소를 띄우며 젖은 얼굴의 선하를 바라보았다.

"낭자는 편히 주무셨소? 난 한잠도 못 잤소."

"무슨 일 있었소?"

재령은 걱정이 담긴 손길로 때꾼해 보이는 그의 얼굴을 쓰다듬었다.

"그대 생각하느라."

재령이 새초롬하게 눈을 흘겼다. 아침부터 선하의 가슴이 저렸다. 매일 매일 더 고와져 버리면 자신더러 어떡하라고. 다른 사내놈들이 눈독을 들이기 전에 어서 자신의 사람으로 만들어야 한다는 생각에 마음이 초조해진다. 그녀는 팔에 걸치고 있던 목면 수건으로 그의 얼굴을 찬찬히 닦아 주었다. 선하는 그런 그녀의 손을 잡고 만지작만지작하다가 그녀를 품에 안았다. 아무 말 없이 서로를 안은 채 푸르게 변하는 어둠을 지켜보았다.

"곧 연습이 시작될 시각이오."

"벌써?"

아쉬워하는 재령을 쓰다듬다가 선하는 누가 볼 새라 번개처럼 그녀의 볼에 입술을 가져다 댔다.

“조금 이따가 봅시다.”

깜짝 놀라 뺨을 감싸 쥔 그녀에게 눈을 찡긋해 보이고는 선하는 사람들이 모이고 있을 연습장을 향해 뒤돌았다. 하지만 얼마 가지 못한 길모퉁이 뒤에는 의기양양하게 팔짱을 끼고 서 있는 찬새가 있었다. 당황한 재령은 치맛자락을 날리며 벌써 행랑 쪽으로 뛰어가는 중이었다. 이제야 꼬리를 밟혔군, 하는 찬새의 얼굴은 신이 나 죽을 것 같았다. 하지만 빙글거리며 웃기만 할 뿐 정작 불안하게도 그에게 뭣 하나 묻지 않았다. 연습장에 거의 도착할 즈음에서야 선하가 먼저 물었다.

“혹시 뭐, 본 거 있느냐?”

“저분이에요? 도련님의 색시감?”

“…….”

“혹시 그때 구해준 그 여인이, 저?”

선하에게서 아니라는 대답이 없자 찬새는 그럴 줄 알았다는 듯이 무릎을 쳤다.

“연분이네, 천생연분이야! 근데 도련님, 안 이쁘다고 했잖아요.”

“…….”

“확, 지금 색시 삼아 버리지 왜 뜸을 들이셔요? 아님, 혹시 벌써?”

“예끼! 이 녀석, 못하는 소리가 없구나.”

“칫, 저도 알 건 다 알아요.”

찬새의 투덜거림과 함께 도착한 무예 연습장에서는 괴공과 산채 사람들, 팔도 각지에서 합류한 장정들이 벌써 모여 열심히 검법을 다듬고 있었다. 그들을 지켜보는 대신들 가운데는 재령의 부친을 비롯한 서인 출신의 당상관들도 함께 있었다. 잊고 싶지만 그래지지 않은 현실이 다시 아프게 떠올랐다.

“그러고는 싶지만 말이다. 마음처럼 쉽지가 않구나.”

찬새가 어이가 없다는 듯이 혀를 끌끌 찼다.

“하여간 양반님네들은 이해할 수가 없어. 이것저것 재고 뜸들이다가 놓치고 나서 땅을 치고 후회한들.......”

찬새의 말이 맞았다. 언제까지 이렇게 도둑질하듯 몰래몰래 만날 수는 없었다. 하지만 어디서부터 어떻게 해야 할지 답은 보이지 않았다.

“정 뭣하면 누구더러 중신을 서달라고 하세요. 세자저하 같은 분이면, 그럼 아무도 토를 못 달 거 아녜요?”

찬새의 지나가는 그 말에 선하가 자리에 우뚝 멈춰 섰다. 왜 여태 그런 생각을 못 했을까. 얼이 빠진 듯 서 있는 선하를 찬새가 이상하다는 듯 보았다.

“왜 그러셔요?”

“너, 천재구나.”

#19
해야 하는 일의 의미

짧은 단잠을 깨운 이른 호출에 피곤한 기색이 역력한 부비변사 대신들과 숙위군을 포함한 장수들이 동헌으로 모였다. 새벽공기를 가르며 은밀한 서신(書信)이 도착했다.

기다란 탁자를 따라 앉거나 주위에 둘러선 그들에게 긴장감이 맴돌았다. 황해도 남부의 세작(細作:간첩)이 보낸 밀서(密書)라 했다. 매우 화급한 첩보임이 분명했고 봉투에는 채(采:캘 채)라는 붉은 글씨가 선명하게 박혀있었다.

"흑전의영(黑田義榮:구로다 요시히데)의 기마 정예부대 삼천이 이곳을 공격하기 위해 출발했다 하옵니다."

동헌 안의 사람들이 술렁술렁했다. 왜군의 공격에서 자유로울 것이라고는 생각하지 않았으나 이렇게 빨리 그들을 맞닥뜨릴 시기가 도래하게 될 줄은 짐작하지 못했다.

"저하께서 이곳에 계신 것을 알았단 말이냐?"

"그런 듯하오."

혼이 대답했다. 한 번도 왜군과 대적해보지 못했던 대신들은 입안의 침이 바싹 마르는 것을 느꼈고, 그들과의 전투에서 피비린내 나는 고초를 치렀던 장수들은 무겁게 침묵했다. 게다가 그가 거쳐 갔던 곳에는 오직 피안개만 남는다는 흑전의영이라니. 적장의 이름을 들은 선하가 빠득 어금니를 깨물었다. 그의 얼굴은 흙을 씹은 듯했다. 어찌 그 이름을 잊을 수 있겠는가.

"저하, 이곳은 더는 안전하지 않으니 어서 다른 곳으로 몸을 피하시는 것이...."

겁에 질려 서두르는 목소리에도 혼은 담담하게 고개를 가로저었다. 아직 스물도 채 되지 않은 그에게서 나이 많은 장수와 대신들을 부끄럽게 만드는, 그 누구보다 단단한 결연함이 느껴졌다.

"......이곳의 백성들을 두고 홀로 피할 수는 없소. 나 때문에 백성들을 희생하자는 제언은 허(許)할 수 없소."

"저하께서 행여나 좋지 않은 일을 당하신다면 적들의 기세는 더 등등해지고 백성들은 절망할 것이옵니다."

"백성들이 다 죽고 나라가 없어지면 세자가 다 무슨 소용이오? 난 맞서 싸울 테요."

"하오나 저하. 삼천의 정예 기마부대를 대적하기에는 아군의 숫자가 절반밖에 되지 않사옵니다."

다시 물속으로 가라앉는 듯한 침묵.

"가장 가까이에 있는 의병부대들은 어떠하오?"

혼은 팔짱을 끼며 넓게 펼쳐진 지도를 심각하게 내려다보았다.

"가장 가까이가 신계(新溪)이온데, 그곳의 의병부대 숫자는 대략 천 명 정도이옵니다. 허나 그들이 이곳까지 도착하기에는 시간이 다소 부족하옵니다."

"흑전의영은 어떠한 인물인가?"

혼의 질문에 선하가 조용히 입을 열었다.

"잔악하기 이를 데 없고, 지는 것을 극도로 싫어하는 자이옵니다. 그의 곁에는 흑전강성(黑田康成:구로다 야스나리)이라는 뛰어난 책사가 있어 지략에서도 무시할 수 없사옵니다."

"자네는 그를 어찌 알고 있는가?"

우의정이 물었다.

"전투에서... 맞붙은 적이 있습니다."

악몽 같았던, 그의 부하들을 모두 잃었던.

"헌데, 이 첩보에 따르면 무슨 이유인지는 모르지만, 이번 출정에 흑전강성이 동행하지 않았다 합니다."

"홀로 움직였다?"

"예, 저하. 아마도 기마 정예군만으로 이곳을 함락시킬 수 있을 거로 생각한 듯하옵니다."

혼의 머릿속이 바쁘게 움직였다.

"그렇다면, 이런 방법은 어떻겠소?"

혼은 넓은 탁자에 한쪽 팔을 짚고 지휘봉으로 지도를 가리켰다.

"우리가 이곳 학봉산(鶴峰山) 길목에서 미리 그들을 맞는 것이오. 그리고 싸우는 척 도망치면서 남산성에서 멀리 떨어진 곳으로 유인하여 시간을 최대로 번다면 그 사이 지원부대의 합류가 가능할 것이오. 어찌 생각하오?"

"흑전의영의 성급한 성정을 건드리며 유인한다면 그대로 우리의 계책에 넘어올 것이옵니다. 게다가 책사도 없다고 하니 상황파악을 제대로 못 할 수 있사옵니다."

"그러하옵니다. 이곳의 백성도 지키면서 지원군의 도움도 받을 수 있는 묘책이옵니다."

"그렇다면 그들을 유인할 정예의 날랜 부대를 뽑아야 할 것이옵니다. 저하께서는 이곳에서 백성들과 함께 만일을 대비하시고, 저하로 변복한 이로 부대를 이끄시게 하심이,"

"저하, 이에 적합한 자가 있사옵니다."

이제껏 듣고만 있던 재령의 부친인 좌윤(左尹) 서형남이 갑자기 입을 열었다.

"부사정(副司正) 윤선하가 더할 나위 없사옵니다."

혼은 선하를 바라보았다. 그의 벗 윤선하의 무예와 지략이 우수하긴 하지만, 사지에서 돌아온 지 얼마 되지 않고 직급도 낮은 그를 이 전투에 반드시 투입해야 하는지 확신이 서지 않았다.

"윤 부사정보다는 전장경험이 많은 고위급이 어떻겠소?"

하지만 서로 간의 눈치를 보던 서인들은 좌윤 서형남의 의도를 읽은 듯 너도나도 그의 의견에 찬동하고 나섰다. 눈엣가시였던 동인을 제거할 절호의 기회였다.

"흑전의영과 전투경험이 있으면서 무예가 뛰어나고 날랜 장수로는 젊은 인재가 필요하옵니다. 게다가 저하로 변복하려면 비슷하게 보여야 하옵고."

"그렇사옵니다. 지난번 저하의 숙위군으로 함께 하면서 지략과 순발력이 뛰어난 장수라 생각하였사옵니다."

"허나 중요한 전투인 만큼 전장경험이 풍부한 자에게 일을 맡기시는 것이...."

좌찬성을 비롯한 동인들에게서 반박 의견이 나오려 하자 불쑥 좌윤은 선하를 돌아보았다.

"윤 부사정은 할 수 있겠는가? 패장인 자네의 명예를 회복할 절호의 기회일세."

선하의 눈이 좌윤과 마주쳤다. 갑작스럽고 은근한 압박이 실린 질문이었다. 게다가 자신을 바라보는 좌윤의 눈빛에는 경멸과 미움이 숨겨져 있었다. 그가 무슨 이유로 경험 많은 뛰어난 장수들을 제치고 그를 지명했는지 불안한 마음이 들었다. 그가 재령의 부친이기 때문에 더욱 그랬다. 그러나

한편으로 든 생각은 이번이야말로 흑전의영에게 제대로 복수할 수 있는 절호의 기회라는 것은 부인할 수 없는 사실이었다.

하지만.

하지만 이 이야기를 재령에게 어떻게 말해야 할까.

"소신에게 맡겨 주시옵소서, 저하. 그자의 목을 베어 그간의 치욕을 갚아 줄 것입니다."

좌윤 서형남은 굳게 결의를 다지는 선하의 모습을 비웃음과 분노를 누르며 바라보았다. 그는 경련이 이는 듯 부들부들 떨리는 얼굴을 간신히 펴고 있었다. 지난밤 재령의 뒤를 밟으라고 보냈던 이가 전해 온 소식은 그를 청천벽력과 같은 치욕적인 충격 속으로 빠뜨렸기 때문이었다.

'내 결코 너를 살려두지 않을 것이다. 감히 순진한 내 딸을 꼬드겨 농락하다니. 더러운 동인 주제에.'

야스나리는 꾸준히 서찰을 써서 요시히데에게 보냈다. 자신에게서 멀어지고 있는 그에게 이 서찰이 도착하는 시간은 점점 더 오래 걸릴 것이었다. 도착한 답신에 의하면 아직은 어떤 저항도 없다고 하니 수월하게 안협을 칠 수 있을 것으로 판단하고 있었다. 기습이 성공하기 위해서는 그들이 그곳으로 가고 있다는 사실이 최대한 늦게 알려져야 했다. 하지만 야스나리는 만에 하나 그 전에 기습이 탄로 날 경우를 대비하여 또 다른 계책을 요시히데에게 전해야 했다.

'혹여 숫자가 적은 그들이 다른 곳으로 유인할 수 있을 테니 휘말리지 말고 곧장 본성(本城)을 공격....'

"선, 무얼 하시오?"

여인의 목소리에 야스나리는 팔로 조심스럽게 서찰을 가렸다. 얇은 잠옷을 입은 후에가 눈을 비비며 일어나 그의 등을 감싸며 턱을 어깨에 기댔다.

"아무것도 아니다."

후에는 서찰을 가리는 그의 어색한 자세를 눈치채고는 피식 웃음을 보였다.

"중요한 일이라면 혼자 있을 때 해야 하는 것 아니오? 잠시 나를 내보낸다 해도 섭섭해 하지 않을 것이오."

하지만 요사이 야스나리의 곁에는 늘 후에가 있어야 했다. 그것은 후에의 의지라기보다는 오히려 그녀와 늘 함께 있고 싶어 하는 야스나리 자신 때문이었다.

"이 차림의 너를 바깥으로?"

후에는 그의 뺨을 끌어 참새처럼 입을 맞추었다.

"나를 욕심 내기라도 할까 봐 그러오? 감히 야스나리 님과 잠자리를 하는 기녀를?"

그녀의 뽀얗고 부드러운 가슴 속살이 투명한 잠옷 사이로 비쳤다. 달님처럼 깨끗한 얼굴의 후에는 눈동자를 반짝이며 자신을 보고 있었다. 처음으로 자신의 이름을 불렀다. 야스나리라고. 기분이 이상하게 설렌다. 그는 결국 서찰을 접어 책상 한쪽으로 밀어놓은 후 그녀를 끌어안았다.

"후에 너에 대해 아는 것이 없군. 네 얘기를 해보라."

"별로 좋은 이야기는 없는데."

"아무거라도."

후에는 그의 무릎에 앉아 깍지를 끼었다 풀었다 장난을 치며 짧게 생각에 잠겼다.

"흉년이 든 어느 해, 하도 먹을 게 없어 온 식구가 다 굶어 죽겠다 싶었던 아버지가 보리쌀 석 되에 나를 기방에 팔았소."

"……."

"푸훗. 그런 눈으로 보지 마시오. 난 좋았소. 같이 속절없이 굶어 죽는 것보다야 나았지. 지금 당신과 있는 것도 또한 그렇고."

"……."

"이번에는 그쪽 얘기를 해보시오. 아무거라도."

"난,"

야스나리는 잠시 뜸을 들였다.

"난, 이 전쟁이 싫다."

"설마 나만큼이나 싫을까."

그는 웃을 수가 없었다. 그 순간만큼은 진심으로 후에에게 미안한 마음이 들었다. 대상이 불명확한, 그저 막연한 죄책감이 아니라 후에라는 여인을 이렇게 절박하게 만든 상황에 대한 미안함이었다. 자신의 손에 직접 피를 묻히지 않았다고 해서 이 상황에 일조했음을 결코 부인할 수 없었다.

"싫으면 다 내버려두고 돌아가면 그뿐이잖소. 갈 때 내 주검도 이곳에 남기고."

그녀는 팔을 들어 등 뒤에 앉은 그의 뺨을 쓰다듬었다. 소매가 스르르 미끄러지며 그녀의 맨팔이 드러나자 야스나리가 그 위로 입술을 가져갔다. 죽게 내버려두지 않을 것이다. 그녀를 데려갈 것이다. 요시히데에게 청해서 고향으로 돌아갈 때 함께 데리고 갈 것이다. 후에에게 아름다운 히메지성의 달과 벚꽃을 꼭 보여주고 싶었다.

"나 돌아갈 때, 함께 가겠는가?"

그를 쓰다듬던 그녀의 손이 멈칫했다.

"나를 사랑하시오, 선?"

예상치 못했던 그녀의 진지한 질문에 그의 마음이 촛불처럼 파지직 흔들렸다. 모르겠다. 무엇이 사랑인지. 그녀의 눈빛에는 사랑도 있었고 동시에 거짓 사랑도 있었다. 그것을 알면서도 혼란스러웠다.

"……네 거짓 사랑에 기꺼이 속아준다 하지 않았느냐?"

"만약에 내 마음이 거짓이 아니라면… 진정 나를 사랑해줄 수 있겠소?"

야스나리는 한참 동안 그녀를 바라보았다. 헤아릴 수 없었다. 그녀의 마음도 자신도.

"모르겠다."

"……."

"모르겠어."

#20
기다림을 위한 밤

별빛이 아름다운 날이었다. 너른 들판에 펼쳐진 쏟아질 것 같은 별의 향연이 서럽도록 찬란했다. 융단을 깔아놓은 듯 끝없는 달맞이꽃으로 가득한 들판은 바람이 불 때마다 짙고 옅은 노란 빛깔이 가득 차올랐다가 다시 흩어지기를 반복했다. 그 위를 깜박이며 날아오르는 반딧불이의 불빛이 아련하게 하늘을 수놓았다.

삼경(三更)도 중반이 지난 터라 사방은 고요했고 다만 이름 모를 풀벌레 소리와 컹컹 울리는 고라니 소리가 멀리서 들렸다. 선하와 재령은 손을 잡고 그 벌판을 나란히 걸었다. 선하는 노란 달맞이꽃 한 송이를 따다가 재령의 귓바퀴에 꽂아 주었다.

“이렇게 늦게까지 놀다가 내일 검술 연습할 때 졸리면 어떡하려고 그러시오.”

“괜찮소. 내일은 연습이 없으니까.”

“참말이오?”

재령은 은근히 신이 나는 듯 눈을 반짝였다. 이렇게 늦은 시간에 바깥에 나와 본 것은 처음이라서 괜스레 흥분이 되었다. 늦은 밤이 좋았던 건, 사람들의 눈치를 보지 않고 이렇게 손을 잡고 눈을 마주칠 수 있어서였다.

“새소리 좀 내보시오, 도령. 오랜만에 듣고 싶소.”

선하는 빙긋 웃어 보이고선 구르르 하는 밤새소리를 냈다. 재령이 두 손을 부딪치며 좋아했다.

"자, 잘 들어보시오. 이번에는 낭자가 제일 좋아하는 부엉이 소리."

두근두근 기대되는 재령의 눈빛. 부엉부엉. 그녀는 여전한 그 소리에 눈을 동그랗게 떴다가 까르르 웃음을 터뜨렸다. 그녀는 다정하게 선하의 손을 꼬옥 잡으며 팔짱을 끼고 다른 한 손은 그의 팔 위에 부드럽게 얹었다. 그리고 고개를 들더니 밤하늘을 보며 걷기 시작했다. 숨을 크게 들이쉬더니 '아, 정말 좋다.'라고 속삭였다. 재령은 행복해 보였고 선하는 그런 재령을 아련하게 바라본다.

"이리 오시오. 안아봅시다."

그는 재령을 따뜻하게 품에 안았다. 이제는 말을 꺼내야 하는데 어떻게 시작해야 할지 몰랐다. 그 말을 꺼내기에는 재령은 너무 행복해 보여서 그 순간을 망치고 싶지 않았다. 그래서 선하도 하늘을 바라보았다. 어디엔가 계신다면, 상제님, 성황님, 부처님. 그는 이번에도 그녀에게 무사히 돌아올 수 있도록 해 달라 간절히 빌었다.

"재령 낭자."

그녀를 안은 채로 이름을 불렀다.

"응."

"전투에 나가게 되었소."

재령이 스르르 얼굴을 들어 그를 올려다보았다. 언제고 다시 그런 말을 그에게서 듣게 될 것이고, 그럴 때는 어찌해야 하는지 늘 생각하고 있었지만. 그랬지만.

"언제... 가시오?"

"내일."

"저하와 함께?"

"이번엔 좀 다르오. 저하께서는 이곳을 지키시고, 난 이 성을 공격하러 오는 왜군을 다른 곳으로 유인하는 책무를 맡았소. 저하로 위장하여."

"위험한... 일이겠구려."

선하는 고개를 끄덕였다. 위험하지 않다는 말로 덮으며 거짓으로 안심시키고 싶지는 않았다. 그렇지 않다고 해도 영특한 재령은 믿지 않을 것이다.

"알다시피 내가 위험한 일 전담 아니오. 왜군들 손에서 어여쁜 여인을 구해낸다든지."

그가 과장되게 너스레를 떨었지만, 분위기는 그다지 가벼워지지 않았다. 이번에도 또 실패군, 하고 생각했다. 재령은 선하 모르게 숨을 고르고 있는 것 같았다. 잡은 그녀의 손에 잔뜩 힘이 들어갔다.

"무사히 돌아와 준다고 약조해 주시오."

"약조하오."

"털끝 하나 다치지 않고 돌아오겠다고."

"다치지 않고."

"너무 오래 기다리게 하지 말고."

"곧바로 낭자에게 돌아올 것이오."

그를 보내는 순간을 떠올릴 때마다 재령은 다짐하곤 했다. 절대 울면서 보내지 않겠다고. 이 헤어짐이 마지막이 된다면 우는 모습을 마지막 기억으로 남기고 싶지 않다고. 하지만 너무 겁이 났다. 왜 얼마나 겁이 나는지 생각하고 싶지 않을 정도로 겁이 났다.

마음이 강한 여인이라 잘 견뎌낼 수 있을 거라 믿고 있지만 그럼에도 재령은 떨고 있었다. 어떻게 달래야 할까. 누군가를 남겨두고 전쟁터에 나가는 사내들의 마음이 이런 것일까. 초개(草芥) 같은 목숨, 자신은 그렇게 죽은들 그것으로 끝이지만, 자신이 없는 자리에 남겨진 사람은 어찌 되는 걸까.

이토록 사랑하는 재령을 슬픔과 눈물 속에 남겨둔 채로 마지막 숨을 거둘 수 있을까. 돌아온다는 말 뒤에, '만약 내가 죽더라도 너무 오래 슬퍼하지 마시오.'라고 덧붙일 수 없었다. 재령을 미치도록 사랑하지만, 사랑하는 마음만으로 혼인을 기약할 수 없었다. 홀로 남겨진 여인에게, 앞으로 살아날 날이 더 많은 여인에게 자신을 잊을 수 있는 기회마저 앗아가고 싶지 않았기 때문이었다.

이제 저 건물을 돌아 모퉁이로 접어들면 그것으로 작별인가. 그 둘에게 다음번 만남이란 것이 있을까.

"이제 들어가시오."

재령이 고개를 끄덕였다. 의연하려고 노력한다.

"잘 다녀오겠소."

미소를 지으며 또다시 끄덕였지만, 그녀의 턱이 바르르 떨리는 것을 보아 버렸다. 재령을 다시 품에 안았다. 그리고 길게 작별의 입맞춤을 했다. 난생처음으로, 잠시뿐이었지만, 전장에 나가고 싶지 않다는 생각을 했다.

꼬옥 붙잡았던 마지막 손가락 마디 끝마저 놓은 뒤, 떨어지지 않는 발걸음으로 어둠 속으로 천천히 걸어가는 그녀의 뒷모습을 지켜보았다. 가는 것보다 보내는 것이, 뒷모습을 보는 것이 이토록 더 아픈 것인가.

우리 다시 볼 수 있겠지. 그렇겠지.

하지만 선하는 이제야 두려워졌다. 더는 아무렇지 않은 척할 수 없었다.

"재령."

그의 부름에 그녀는 자리에 우뚝 멈춰 섰다가 숨을 참으며 뒤돌았다. 희미한 달빛에 비친 그녀의 얼굴은 이미 한참을 울고 있었다.

"선하 도령...."

"젠장, 도저히 안 되겠어!"

선하가 재령에게 성큼 다가갔다. 그리고 온몸에 흔적을 남겨 기억하려는 듯이 절박하고 깊게 안았다. 전쟁이 완전히 끝나기 전까지는 이렇게 수많은 마지막을 반복해야 하는 걸까, 언제까지.

선하는 재령을 번쩍 안아 들고 비어 있는 창고로 들어갔다. 어둡고 좁았다. 봉창의 창살 사이로 쏟아지는 달빛만이 네모나게 밝았다. 퀴퀴한 지푸라기 냄새가 가득한 창고에서 서로의 실낱같은 향기가 피어올랐다. 거칠고 짙은 숨소리가 창고 안에 가득히 채워졌고 두 남녀는 달빛이 가라앉은 옅은 어둠 속에서 서로를 탐닉하며 끌어안았다. 옷자락이 바닥으로 떨어지는 소리가 들렸다. 그는 묵직한 나무 향기로, 뜨거운 촉감으로, 젖은 눈빛으로 재령에게 다가왔다. 그는 그녀가 느낄 수 있는 세상의 모든 감각이었다. 선하는 그녀의 여린 살결에 빠져들 듯 눈을 감고 향기를 맡았다. 그녀의 체취, 그의 뜨거운 살결. 부드럽지만 때론 강한 입맞춤. 뺨에 붙은 젖은 머리카락. 그렇게 뜨겁고 저릿한 감각만이 서로에게 가득히 새겨졌다. 그가 자신을 깊게 품자 재령은 새어나오는 신음소리를 땀에 젖은 그의 쇄골에 묻었다. 선하의 낮은 목소리가 재령의 귓가에 바람처럼 머물렀다.

함께 보냈던 세 번의 밤과는 달랐던,

그들의 뜨겁고 절절한 첫 밤이었다.

깜깜한 새벽이슬을 밟고 돌아온 지 얼마 되지 않아 동이 텄다. 그리고 그의 출정식이 시작되었다. 아직 재령에게 남은 그의 체취와 온기가 생생한데 그는 어느 순간 저기에 있다. 모든 일이 그저 한여름 밤의 꿈같기만 했다.

재령은 멀리서 그의 모습을 지켜보았다. 일찍 돋아난 해는 출정하는 모든 군사들을 비장하게 물들였고, 그 맨 앞 금빛의 철비늘로 된 두석린갑(豆錫鱗甲)을 입고 투구를 쓴 선하는 첫 빛을 받아 찬란하게 빛났다. 투구에 매달린 붉은 삭모(槊毛)가 한 올 한 올 바람에 날리는 모습까지 생생했다. 선하는 세자에게 절했고 무릎을 꿇은 채 그가 내리는 부월(斧鉞:출정 전 내리는 의례용 도끼)을 받들었다.

"적들의 목을 남김없이 베어 피로 단죄하라!"

"반드시 승전보(勝戰譜)를 올리겠나이다! 저하!!!"

혼은 선하의 어깨를 굳게 붙잡았다가 결국 진하게 부둥켜안았다. 세자로서의 위엄과 벗으로서의 염려가 뒤섞여 혼의 목소리는 낮게 떨렸다.

"윤선하, 부디 몸조심하여라."

그리고 드디어 북소리가 울렸다. 지축을 울리는 소리는 그를 떠받들었고 선하는 힘찬 울림을 딛고 당당히 말에 올랐다. 수많은 깃발이 바람 속에서 소리 없이 포효했다. 굳건하게 제 자리를 지키고 있는, 이곳에 남은 다른 군사들은 출정하는 그들을 결연한 눈빛만으로 소중히 배웅한다. 이번에는 그들이 가지만, 다음번에는 자신들이 가게 될 길이었다. 이제 그가 떠난다. 성문밖에 다다를 때까지 기나긴 백성의 행렬이 출정하는 군사들을 따라갔다. 긴 행렬의 대다수는 저 군사들의 식구들, 혹은 벗, 정인, 이웃. 그 안타깝고 절절한 무리 속에 섞여 재령도 따라간다.

안다. 그는 뒤돌아 볼 수 없다. 저 갑옷을 입고 저 말에 오르는 순간 그는 재령만의 사람이 아니었다. 수많은 군사들의 목숨, 성 안의 백성들, 세자저하, 그 모두의 운명을 짊어진 장수. 그렇기에 그녀의 사랑하는 정인임에도 맘껏 울지 못하고, 품지 못하고 그를 사지(死地)로 보낸다. 그는 이미 어디에선가 재령이 보고 있다는 것을 알고 있을 것이다. 그래서 저리 더 당당하게 어깨를 펴고 자신에게 가장 근사한 모습을 보여주는 것이라 믿었다. 절절한 바람을 담은 믿음이 현실이 되어주길 바라며 아지랑이처럼 멀어져가는 그의 뒷모습을 재령은 하염없이 지켜보았다. 그리고 더는 보이지 않았다.

재령은 기도하듯 두 손을 모았다. 숨을 고른다. 다시 숨을 고른다.
절대로 먼저 울지 않을 것이다, 그가 돌아올 때까지.

"저하, 부탁이 있습니다. 들어주셔야 합니다."
뜬금없이 툭 던진 말.
옆에 목검 하나씩 내려두고 뜨거운 해를 피해 나무 그늘 아래 나란히 앉아있던 그의 벗이 한 말이었다. 한 번도 먼저 부탁이란 것을 해본 적이 없는 선하였기에 혼은 다짜고짜 자신에게 던져진 그의 말에 어리둥절하면서도 반색했다.
"뭔데 그러느냐?"
"그냥 덮어놓고 들어주신다고 하십시오. 저하께 드리는 사사로운 청탁이 아니라… 아, 물론 저하시기 때문에 들어 주실 수 있긴 하군요."
혼은 선하의 어깨에 팔을 얹었다. 스승의 아들이었던 윤선하는 그의 공부 벗이자, 놀이 벗이자, 세상 재밌고 즐겁고 외로웠던 날들을 늘 함께 했던 그런 존재였다. 무서웠던 부왕께 혼이 나 잔뜩 기가 죽어있던 날도, 선하는 어깨를 툭 치며 '그런 날도 있는 거죠, 내일은 괜찮아질 거예요.' 하며 그를 위로했었다. 선하보다 두 살 어린 혼은 친형제보다 선하를 더 형처럼 따랐다. 그런 벗은 세자가 된 지금도, 훗날 왕위에 오를 미래에도 가질 수 없는, 딱 그 어린 시절에만 가질 수 있는 벗이었다.
"생각해 보니 사사로운 부탁이기도 하고요…."
"말해 보아라. 얼마나 사사로운 부탁인지 들어나 보자."
팔을 짚으며 몸을 뒤로 기댄 채 그가 물었다. 선하도 혼과 똑같이 팔을 뒤로 짚었다. 푸르게 내려 자란 버드나무 가지가 바람에 한들거렸고 매미들이 귀가 따갑게 울어댔다. 손등 위로는 개미가 기어갔고, 코가 아리도록 진한 풀냄새가 피어올랐다.

“제 여인을 지켜주십시오.”

선하는 무슨 생각을 하고 있는 걸까. 이번 출정에서 죽을지도 모른다고 여기는 걸까. 혼은 잠시 선하의 옆얼굴을 바라보았다가 허튼 얘기는 말라는 듯 푸싯, 하고 웃음을 터뜨린다. 그리고 다시 앞을 바라본다. 마음이 이상했다.

“네 여인은 네가 무사히 돌아와서 지켜라. 난 세자 자리만으로도 바쁘다.”

사실은 네가, 늘 좋은 얘기만 했었던 윤선하가 이런 얘기를 해서 겁이 난다는 뜻이었다.

“사랑하는 여인이 생겨서 세상 행복한데....”

“.......”

“혹시라도, 홀로 남겨질까 봐 그게 제일 걱정입니다.”

“선하야.”

처음으로 선하의 눈가에 물기 어린 빛이 맺히는 것을 보았다.

“이번 출정에서 제가 무사히 돌아오면 저하께서 통 크게 중신을 서 주십시오.”

“중신을?”

물기를 떨친 선하가 예의 그 장난스러운 얼굴로 대답한다.

“서인 집안의 딸이거든요.”

“......재주도 좋구나. 그리하마.”

그는 다시 저기 먼 산을 바라본다. 아니 구름을 바라본다. 바람을 바라본다.

“제가 아니 돌아온다면....”

"……."

"너무 오랫동안 슬퍼하지 않도록, 너무 깊게 절망하지 않도록 지켜주십시오, 저하."

혼은 고개를 끄덕였다. 그래야 그의 벗이 안심하고 무사히 돌아올 수 있을 거라 믿었기 때문이었다. 선하는 그제야 빙긋거리는 미소를 지을 수 있었다.

#21
두 사람의 전쟁

한가로이 솔개가 하늘을 나는 조용한 날이었다. 군사들이 반 이상 빠져 나간 성에는 중간중간 빈자리가 생겼다. 모자란 숫자를 어떻게든 메우기 위해 보초를 세우는 간격을 더 넓힐 수밖에 없었다. 하여 이제는 재령이 성곽 언저리까지 올라가도 그녀를 제지하러 오는 자는 너무 멀리 떨어져 있었다.

경비를 서는 군사들을 제외하고 나머지는 백성들과 함께 성을 보수하고 방비를 단단히 하였다. 선하의 군사들이 실패한다면 왜군들은 곧장 남산성을 공격할 것이었기 때문이었다. 여인들은 치마에 돌을 담아 날랐다. 재령은 하루에도 몇 번씩 돌을 담아 나르며 성곽 언저리까지 올라갔다. 그리고는 먼 곳을 내려다보며 저 성곽 아래 길로 돌아올 사람을 기다렸다.

"재령아!"

저편에서 그녀의 부친이 손짓을 했다. 그의 하얀 손수건이 펄럭이는 것이 보였다. 재령은 치마에 담았던 것을 돌무더기 위에 쏟아 붓고 그에게 다가갔다. 그녀의 이마에는 송골송골 땀이 맺혀 있었고 두 손은 먼지로 가득 더러워져 있었다. 손톱 밑에는 검게 흙이 끼어 있었다. 그녀의 부친은 그런 그녀의 모습을 인상을 찌푸리며 바라보았다.

"아버지. 찾으셨어요?"

"넌 잠깐 나를 따라오너라."

“예? 무슨 급한 일이라도....”

재령이 물었지만, 그녀의 아비는 대답하지 않으며 먼저 휘적휘적 앞으로 걸어갔다. 그녀는 말없이 그의 뒤를 따랐다. 인적이 드문 곳으로 간 그가 냉큼 뒤를 돌았다.

“넌, 저 일에서 빠져라.”

“예?”

“언제까지 저 천것들과 어울려 허드렛일을 하고 있을 것이냐? 아무리 전쟁 중이라고는 하나 네가 할만큼은 다했다. 넌 서 씨 집안의 귀한 규수야.”

“허나 아버지. 성을 지키는데 양반 상놈이 어디에 있,”

“발칙한 것! 감히 아비를 가르치려 드느냐? 내게 대들라고 윤선하가 그리 꼬드기더냐?”

재령의 얼굴에서 핏기가 사라졌다.

“아, 아버지.”

“너를 농락한 동인 그놈은 벌써 죽었을지도 모른다. 그러니 돌아올 것을 기대하지 마라. 넌 그 못된 꼬임에 잠시 넘어간 것일 뿐이야.”

“아버지!”

“정신 차리고 잘 들어라. 그놈을 선봉(先鋒)으로 추천한 사람이 바로 나다.”

재령은 자신의 귀를 의심했다. 하늘이 노래졌다. 다리가 풀려 휘청거렸지만, 가까스로 정신을 수습했다. 하지만 머리를 때리는 것 같은 커다란 충격에서 벗어날 수 없었다. 선하를 사지로 몬 사람이 다름 아닌 자신의 아버지였다니.

“어떻게, 아버지께서 그리하실 수가... 그 사람은 제 생명의 은인입니다. 왜놈들 손에서 저를 구해준 사람이란 말입니다!”

“동인에게 목숨을 빚진 것이 그리 고맙더냐? 차라리 자결을 해버리지!”

"아버지…."

증오에 사로잡힌 부친의 귀에는 아무것도 들리지 않는 것 같았다. 진심이 아니시겠지. 너무 노여우신 나머지 하신 저 말은 진심이 아니실 거야. 눈물이 흘러내렸다.

"하지만 아버지, 저는 이미 그와…."

그러자 뒤돌아서던 그가 마지막으로 일침을 날리며 그녀의 입을 막았다. 그는 머리끝까지 치밀어 오르는 분노를 꾹꾹 누르려 이를 악물었고 얼굴은 벌겋게 달아올랐다.

"부녀의 연을 끊기 전에 그 입 다물어라. 난 그놈과 너 사이에 무슨 일이 있었는지 아무것도 모르는 것이야! 만약 그놈이 살아 돌아와 네 곁에 얼쩡거린다면 그놈이 죽을 때까지 계속 사지로 보낼 것이니 그리 알아."

흘러내리던 눈물조차 하얗게 말려버리고 마는 잔인한 말이 가슴을 갈기갈기 찢어놓았다.

"어리석고 가여운 것. 네 더러운 꼴을 좀 보아라. 어서 가서 몸과 얼굴을 깨끗이 하고 기다려라. 네가 해야 할 중요한 일이 있으니."

"……."

"당장!"

재령은 부친이 전해준 서찰을 들고 방 윗목 한끝에 오도카니 앉아 있었다. 그분께 전해드리라 들려준 서찰은 단단히 봉해져 아비의 도장까지 찍혀 있었다. 반드시 그 사람에게 이것만 전해주면 된다 했다. 하지만 누구인지도 모르는 사람을, 금침까지 깔린 빈방에서 혼자 기다린다는 것은 참으로 석연치 않은 일이었다. 설마 자신이 모르는 무슨 일이 벌어지고 있는 건 아니겠지.

'왜 아버지는 이것을 직접 전해드리지 않으신 걸까?'

불안했다.

무릎 위에 놓아둔, 깨끗해진 자신의 손을 가만히 내려다본다. 새로 내온 치마저고리를 억지로 입고 단장한 자신의 모습이 허망한 꿈같았다.

부친은 완강했다. 그가 말한 대로 선하가 이번 출정에서 무사히 돌아온다고 하더라도 계속해서 작정하고 그리할 것이다. 하지만 재령은 부녀의 연도 끊을 수 없었고, 사랑하는 선하를 저버릴 수도 없었다. 그래서 단 하나 그녀가 매달릴 구석은 선하의 벗이라 들었던 세자의 인정에 호소하는 것뿐이었다. 하지만 재령은 세자가 어떤 사람인지 알지 못했기에 두려웠다. 반대로, 그녀의 그런 행동이 부친에게 악영향을 미치지 않을까도 염려되었다. 깊게 한숨을 내쉬며 고개를 젓는다.

그리고 심려 가득한 눈으로 바라본 저기, 나란히 놓인 베개가 오싹 소름이 끼쳤다. 촛불이 파르르 춤을 추었고 그때마다 바싹바싹 침이 말랐다. 지키는 사람도 없으니 이것만 전해주고 재빨리 이 불편한 방을 빠져나가야겠다는 생각만 가득했다.

밤은 초조하게 점점 더 깊어지고 있었다.

저벅 저벅 저벅.

그리고 드디어 이 방 주인의 것인 듯한 발자국 소리가 가까워지자 재령은 자리에서 벌떡 일어섰다. 그림자가 점점 다가오더니 조용히 문이 열렸다. 사시나무가 바람에 떨리듯 몸이 사정없이 떨렸지만, 재령은 손에 들고 있는 서찰을 단단히 쥐었다.

방으로 막 들어서던 혼이 자신의 침소에 서 있는 여인을 의아한 눈으로 바라보았다. 방안에서 좋은 향내가 났고 정갈한 금침(衾枕)마저 깔린 묘한 분위기였다.

"넌, 누구냐?"

'젊은 사내?'

하지만 분명히 존귀한 분이라 했으니 재령은 허리를 굽혀 예를 갖추었다. 그리고 고개를 숙인 채 그에게 불쑥 서찰을 내밀었다.

"뉘의 허락을 받아 내 침소에 있는 거지?"

"좌윤 서형남이 소녀의 아비이옵니다. 이것을 긴히 전해드리라 하였기에...."

혼은 어리둥절했다. 무슨 서찰이기에 이것을 전해주기 위해 침소까지 은밀히 자신의 딸을 보낸단 말인가. 혼은 그 내민 것을 물끄러미 보다가 그것을 든 채 떨고 있는 손의 주인을 살폈다. 귀를 가린 머리를 등 뒤로 정갈하게 땋아 내린, 청초하고 아름다운 여인이었다. 그는 서찰을 건네받아 단단히 봉한 봉투를 뜯고 주르륵 훑어 읽어 내려갔다. 시간이 흐를수록 그의 표정이 묘하게 바뀌었고, 혼은 결국 서찰을 반으로 접어든 채 재령을 바라보았다.

"이것이 네 의지이냐, 네 아비의 의지이냐?"

"예? 그게 무슨 말씀이신지...."

재령은 고개를 들어 알 수 없다는 표정을 지으며 그를 빤히 바라보았다. 어쩐지 사내가 낯이 익은 듯했다.

"모르고 있었군. 내가 누군지, 네가 왜 이곳에 있는지."

그제야 재령의 눈에 사내의 용복 가슴에 박힌 선명한 용의 문양이 들어왔다.

치열한 백병전(白兵戰)이었다.

백병전은, 하나가 하나를 죽이는 것이었다. 자신이 마주친 그 하나를 저

진흙탕에 넘어뜨리면 사는 것이고 그렇지 않으면 자신이 죽는 것이었다. 도망칠 곳은 없었다. 자신 앞으로 수없이 나타나는 그 하나들을 계속해서 끝날 때까지 쓰러뜨리는 수밖에 없었다.

둔탁한 금속끼리 부딪치는 소리, 비명소리, 뒤엉킨 깃발들과 말 울음소리, 북소리가 귀를 멀게 만든다. 그 소리가 지날 때마다 사방은 피안개로 물들었다. 하지만 전쟁터에서는 그 무엇보다도 자신의 거친 숨소리가 가장 크게 들렸다.

그의 갑옷에는 적의 피인지 선하의 피인지 모를 검붉은 색이 가득 번졌다. 하나를 베고 나면 그의 검 날에서 주르륵 피가 흘러내렸다. 저기 그를 향해 또다시 다가오는 다른 상대. 검을 쥐고 마주 오는 적도, 그에게 마주 다가가는 선하도 상대를 두려워하고 증오한다. 적이라서가 아니라, 서로가 서로에게 피할 수 없는 죽음의 존재였기에 그랬다. 목을 베고 피가 튀길 때마다 선하는 안도한다. 그 핏구덩이 속에서 아직 자신이 살아있음에.

끝까지 살아남아야 한다.

어딘가에 있을 찬새도, 산채 사람들도.

모두 살아야 있어라. 살아있어야 한다.

"지원군이 도착했다!!! 지원군이 도착했다!!!"

나팔소리가 들렸다.

조선군의 나팔소리에 왜군들이 당황하여 뒤로 밀리기 시작했다. 그리고 선하의 시야에 화려한 검은빛 갑옷을 입은 자가 들어왔다. 그의 투구는 황금색으로 번쩍이는 초승달 문양으로 장식되어 있었다. 눈에 익은 깃발문양. 흑전의영이었다. 선하는 어금니를 빠득 깨물었다. 지금과 과거의 지옥 같았던 모든 것들은 저자의 피로 끝나게 될 것이다. 생각보다 몸이 먼저 반응했다. 자신 있었고 이 기회를 놓쳐서는 안 됐다. 선하는 점점 무너지고 있는 그곳의 방어선을 향해 거칠게 말을 달렸다. 달려오는 그를 발견한 흑전의영의 호위 군사들이 조총을 재기 시작했다. 일부는 그를 향해 마주 달려온다. 선하는 달리는 말 위에서 화살을 재었다. 심장이 터져나갈 것 같았지만 무섭도록 집중한다. 빗겨 가면 자신이 먼저 죽게 될 것이다.

슈욱.

화살을 맞은 자가 말에서 떨어졌다.

다시 또 한 발. 또 한 발.

그들이 쏜 탄환이 날아왔지만, 천만다행으로 선하의 견고한 갑옷을 빗겨 맞추고 튕겨져나갔다.

슈욱. 슉슉.

조총을 든 자들은 더 쏘아보기도 전에 선하의 날랜 화살에 쓰러졌다. 선하의 군사들이 진흙탕으로 떨어진 그들을 덮친다. 드디어 금속의 가면으로 얼굴을 가린 흑전의영의 눈동자가 보였다.

슈우욱.

선하의 치명적인 화살을 피하려던 그가 말에서 떨어져 굴렀다. 선하는 말 잔등에서 펄쩍 뛰어내리며 검을 뽑았다. 바닥에 떨어졌던 흑전의영이 일어나 검을 들고 선하에게 마주 달려왔다. 다른 것은 아무것도 보이지 않고 들리지 않았다. 검끼리 치열하게 부딪친다. 손으로 전해오는 거센 살기와 충격. 살고자 하는 본능, 머리와 몸이 기억하는 모든 경험과 힘을 낱낱이 쥐어짠다. 아주 작은 허점이라도 곧 죽음을 의미했다. 그의 검이 선하의 목을 예리하게 겨냥했고 선하는 그것을 가까스로 걷어내며 그의 옆구리를 노렸다. 흑전의영이 재빨리 몸을 돌리며 피하지만, 곧이어 휘두른 선하의 검에 맞아 그의 초승달 투구가 벗겨졌다. 바닥에 떨어져 데구루루 구르는 투구. 흑전의영은 파리해진 얼굴로 당황했다. 얼굴이 드러난 그는 피안개라는 무시무시한 별명과 어울리지 않는, 선하 또래의 평범한 청년이었다. 지극히 평범해서 참으로 허무했다.

"네놈이었구나."

다시 검을 휘두르려는 그때 누군가가 몸을 날려 선하의 팔을 베었다. 팔을 움켜쥔 선하가 주춤한 사이 또 다른 호위군사가 가까스로 흑전의영을 말 뒤에 태우고 말머리를 돌렸다.

"퇴각하라! 퇴각하라!"

때마침 왜군의 퇴각 북소리가 들렸다. 북소리를 들은 자들은 퇴각하기 시작했고, 듣지 못한 자들은 계속해서 검을 휘둘렀다. 하지만 왜병들의 검에서는 점점 힘이 빠지기 시작했다. 선하는 자신을 방해하는 자를 베고 난 후 마지막 힘을 쥐어짜 활에 화살을 재었다. 팔에서 피가 뚝뚝 떨어졌다.

기다린다, 절호의 순간을.

그리고 지금.

슈우우욱.

그의 화살은 집요하게 날아가 결국 흑전의영의 등 가운데에 꽂히고야 말았다. 퇴각하는 왜군들의 뒷모습들이 느린 동작으로 천천히 그를 스쳐 갔다.

이겼다.

선하는 하늘을 향해 힘차게 검을 치켜들었다.

#22
발아래 스며든 그림자

"야스나리 님!!! 야스나리 님!!!"

처절한 울음이 담긴 목소리가 경내를 울렸다. 야스나리는 불안함을 움켜쥐고 침착하게 걸어나갔다. 하지만 창백함만은 감출 수 없었다. 돌아왔다면, 무사히 돌아왔다면 제일 먼저 철컥거리는 갑옷 소리와 함께 자신을 부르는 요시히데의 목소리가 들렸어야 했다. 그런데 다른 이의 부름이 먼저라면 그것은. 자신이 생각했었던 최악의 일이 벌어져 버린 걸까.

어디에도 요시히데의 모습은 보이지 않았다. 대신 덩그러니 서 있는 수레가 있었다. 수레 주변의 모두가 얼굴을 바닥에 묻은 채 야스나리의 확인만을 기다리는 이 섬뜩한 광경. 저 수레에 실린 주검은 그가 생각했던 최악의 상황을 의미하는 것인가. 야스나리는 한 걸음씩 수레로 다가갔다. 하얀 광목으로 덮인 주검의 가슴께에는 채 다 뽑지도 못한 뾰족한 화살촉이 올라와 있었다. 화살을, 맞았어. 그는 덜덜 떨리는 손으로 피가 번져 있는 광목천을 내렸다.

"요시… 히데…."

자신과 같은 얼굴을 한 주검이 거기 뉘어 있었다. 가슴에 단단히 화살이 박힌 채로. 피안개라 불리던 공포의 대상은 평범한 그의 형제의 주검이 되어 돌아왔다.

"흐흐흡…."

야스나리는 숨을 삼키며 손으로 입을 막았다. 요시히데는 더는 거기에 없었다. 형형한 눈빛도 빈정대는 웃음도 없는 그는 생기 없는 껍데기에 불과했다. 요시히데가 늘 입버릇처럼 말했듯이 그의 바람대로 전쟁터에서 죽었다. 그토록 막고자 했는데, 그 일을 막고자 요시히데를 따라 이곳 조선까지 왔건만 그는 결국 아무것도 막지 못했다.

"어떻게 된 일이냐? 어떻게 요시히데가...."

"함정에 빠졌습니다. 안협에 다다르기 전에 이미 조선군이 기다리고 있었고 결국 그들을 쫓다가....... 조선군에 지원부대가 있어 도저히... 이길 수가 없었습니다. 겨우 백여 명만 살아나왔습니다. 야스나리 님, 죽여주십시오!"

눈물을 뚝뚝 흘리며 야스나리가 소리쳤다. 슬픔과 분노가 마구 뿜어져 나오며 목소리 끝이 거칠게 갈라졌다.

"왜 아무도 부장을 말리지 않았느냐? 누구 하나 말리는 사람이 없었어? 내가 분명... 계략에 넘어가지 말고 곧바로 본성을 공격하라고 장계를 보냈는데, 그것을 받지 못했단 말이냐!"

"송구하오나 장계에는 아무것도...."

"뭐라고?"

"저희가 마지막 받은 장계는 그냥 백지였습니다."

"백... 지?"

머리 꼭대기서부터 찬물을 부은 듯 소름이 쏟아져 내렸다. 그는 빈 종이를 보낸 적이 없다. 무언가 잘못되었다. 무언가 이곳에서부터 단단히 잘못된 것이었다. 그의 눈빛에 얼음이 서렸다. 눈물마저 얼음조각으로 바뀐 것처럼 그의 뺨에서 차갑게 떨어져 내렸다.

'간자(間者)가 있다.'

재령은 세자를 따라 침소에서 바깥으로 나왔다. 온몸이 떨렸다. 텁텁한 한여름 밤의 공기가 서늘하게 느껴졌다. 세자가 내민 서찰에는 미천한 여식을 거두어 달라는 부친의 글이 담겨 있었다. 그렇게까지 해서라도 선하와 자신을 기어이 떼어놓고 싶었을까. 아비의 미움이 그렇게 깊었던가. 차라리 이 전쟁 통에는 세자의 후궁이 되는 것이 더 나은 선택이라 생각한 걸까. 그 글을 받아 읽은 순간 재령은 바닥에 철퍼덕 주저앉을 수밖에 없었다.

"저하, 차라리 소녀를 죽이실지언정 그리는 못하겠사옵니다. 통촉하여 주시옵소서."

"좌윤도 그 여식도 다들 제멋대로군. 나를 천하에 한심하기 짝이 없는 세자로 만들고 있어."

혼은 이 황망한 상황과 서찰에 대한 불쾌함을 숨기지 않았다.

"죽여주시옵소서."

혼은 재령을 싸늘한 눈으로 내려다보았다.

"나라가 어찌 되든, 내가 너를 취함으로 안전을 도모하는 것이 네 아비가 그토록 바라던 바가 아니더냐?"

혼은 차분한 얼굴로 좌윤 서형남을 비꼬았다.

"아비는 그런 뜻이 아니었을 것이옵니다."

"그렇다면?"

"...아뢰옵기 황공하오나 저하, 소녀에게는 아비가 반대하는 정인이 있사옵니다."

"......."

"윤선하, 이번에 출정한 윤선하가 소녀의 정인이옵니다. 저하의 곁을 지키던 그 윤선하 말이옵니다."

그에게서 아무런 반응이 없자 재령은 발칙하게도 고개를 들어 그녀의 모든 것을 다 걸고 혼을 바라보았다. 그의 표정에는 경멸과 분노와 안타까움이 뒤섞여 있었다.

"네 아비란 자는 참으로...."

"......."

그가 치밀어 오르는 역정을 간신히 접으며 말했다.

"이 방을 나가자. 어서."

그렇게 두 사람은 숙위군과 사람들의 시선을 피해 방을 나왔다. 그들이 다다른 곳은 객사 뒤뜰에 있는 작은 연못이었고, 하얗고 분홍빛으로 물든 연꽃들은 만개한 달처럼 밝았다. 혼은 뒷짐을 지고 하늘을 바라보았다. 그의 주름 잡힌 철릭 자락이 바람에 한들거렸다. 그가 무슨 말을 할지 몰라 재령의 마음은 불안하기 그지없었다.

"네 이름이 무엇이냐?"

"서재령이라 하옵니다."

"...내, 너를 이미 알고 있었구나."

"예?"

혼이 길게 한숨을 내쉬었다. 저편에서 인기척이 다가오자 객사에서 멀어지려는 듯 다시 발걸음을 옮겼다. 재령은 그대로 그를 따랐고 그곳을 한참 벗어나 어둡고 한적한 성곽 길로 접어들었다. 저쪽으로는 띄엄띄엄 불을 밝힌 군사들이 보초를 서고 있는 것이 보였다. 사람들에게서 벗어났다 생각한 혼이 다시 말을 이었다. 그는 이렇게 멀어지고서야 한결 부드러워진 듯했다.

"선하가 가기 전에 너를 내게 부탁했다."

"소녀를... 말이옵니까?"

선하는 세자에게 자신에 대해 무슨 말을 했을까. 하지만 알 것 같았다. 세자는 따스함이 담긴 눈빛으로 재령을 바라보고 있었으니까. 그리고 그런 눈빛으로 선하의 이름을 부르고 있었으니까.

"그러니 안심해라. 그런 일은 일어나지 않을 것이다."

"성은이 망극하옵니다, 저하."

"네 아비에게는 거절의 뜻을 전할 것이다. 하지만 둘 사이에 어떻게 중신을 서야 할지는 고민을 좀 해봐야겠군."

"중신이라시면....?"

혼은 선하를 닮은 청량한 미소를 지었다. 중신이라는 말에 재령의 얼굴이 붉어졌다. 세자는 다행히 좋은 사람이었고 선하와 세자는 서로에게 좋은 벗이라 느껴졌다. 참으로 다행이었다.

저쪽에서 무장한 갑사(甲士) 한 명이 마침 이쪽으로 다가오고 있었다. 세자같이 높은 이가 사람들의 눈을 완전히 피하는 것은 어려운 듯, 놓쳐버린 세자의 자취를 따라왔다가 성곽에서 배회하고 있는 그들을 발견하여 오는 것 같았다.

"먼저 자리를 떠라. 나는 나중에 갈 테니."

"저하, 이 은혜는 잊지 않겠사옵니다."

재령은 세자에게 허리를 굽히고 먼저 자리를 피하며 다가오는 그를 스쳐 갔다. 어둠 속에서 이쪽을 향해 마주 오는 갑사는 재령에게는 눈길조차 주지 않고 지나치며 곧장 세자 쪽으로 다가갔다. 재령은 스쳐 가는 그의 얼굴을 잠깐 보았다. 지나쳐 가는 바람이 무언가 이상했다. 이 석연찮은 느낌은 도대체 왜일까. 다를 것이 없었는데.

"!!!"

무엇이 이상한 것인지, 무엇이 다른 것인지 이제 깨달았다. 재령은 황급히 뒤로 돌며 소리쳤다.

"저하!!!"

혼이 재령의 외침에 놀라는 모습과 동시에 그자가 갑자기 세자 쪽을 향해 전속력으로 달려가기 시작했다. 순식간에 벌어진 일이었다. 저편에서 재령의 목소리를 들은 군사들이 서둘러 이쪽으로 오고 있었다. 호각(號角)소리가 귀 따갑게 들렸다.

"피하세요!!! 자객입니다!!!"

재령은 미친 듯이 소리를 질렀다. 달려가는 자객이 품에서 무언가를 꺼내는 것이 보였다. 분명, 선하에게 던졌던 종류의 수리검일 것이다.

"수리검!!!"

그에게서 수리검이 막 날아가려던 찰나, 군사 중 하나가 긴급히 쏜 화살이 자객에게 박혔다. 그 충격으로 자객의 몸은 바닥으로 쓰러져 몇 번을 구르다가 자리에 멈췄다. 다행히 세자는 숙위군에 이중 삼중으로 둘러싸여 안전했다. 달려온 군사들은 자객에게 다가가 검을 겨누고 몸을 뒤집었다. 그는 이미 숨이 끊어졌다.

"저하, 무사하십니까?"

뒤늦게 도착한 숙위군 대장이 세자에게 물었다. 혼은 고개를 끄덕였다.

"용서하시옵소서, 저하."

"홀로 움직인 내 잘못이다. 자객은 죽었느냐?"

"그러하옵니다."

"흠... 할 수 없군, 뒷배를 캐야 했는데. 어찌 적이 이곳까지 들어올 수 있었단 말이냐?"

"송구하옵니다."

혼은 그 와중에 저편에 넋을 놓은 듯 서 있는 재령을 보았다. 그녀가 아니었다면 아마도 자객의 손에 목숨을 잃었을지도 몰랐다. 혼은 뚜벅뚜벅 그녀에게 다가갔다. 아직도 충격에서 벗어나지 못한 듯 재령은 가쁜 숨을 몰아쉬고 있었다.

"저하, 무... 무사하십니까?"

"네가 날 살렸구나."

"다행입니다. 하아... 재빨리 알아차릴 수 있어서."

"자객이라는 것을 어찌 알아보았느냐?"

재령은 붉게 상기된 뺨을 손등으로 문지르며 대답했다.

"귀, 저자는 귀를 뚫지 않았사옵니다. 저하."

"귀?"

"저하께서도, 다른 군사들도 모두 귀를 뚫었지요. 선하 도령이 가르쳐 주었습니다. 귀가 멀쩡한 사내는 조선인이 아니라고."

야스나리는 후에를 뚫어지게 바라보았다. 허리에 차고 있는 단검의 느낌이 평소보다 더 도드라졌다. 그의 곁 가장 가까이에서 장계에 대해 알고 있던 사람.

'후에, 너인가?'

의심하고 있다는 것을 알아채게 해서는 안 된다. 만약 그녀가 도망치려 하면 베어야 하나. 칼을 들이대서라도 자백을 받아내야 하는 것인가.

후에는 여느 때처럼 그의 잠자리를 준비했다. 낮은 좌등(坐燈)에서는 온화한 불빛이 비쳤고 그녀의 그림자는 엷고 부드러웠다. 어깨 위로 내린 땋은 머리는 이국적인 아름다움을 탐스럽게 풍겼다. 그가 입 맞추었던 붉은 입술도, 절정의 순간에 마주 보았던 눈동자도 여전히 그대로였다. 그는 그녀에게서 떨어져 문갑에 기댄 채 뚫어져라 그녀를 노려보았다. 평소와 달라진 그를 모르는 것인지 모른 척하는 것인지, 후에는 여전히 부드러운 미소를 지으며 그에게 가까이 다가왔다.

"오늘은 마음이 좋지 않을 테니 그냥 돌아가겠소."

'거짓말.'

타오르는 의심과 원망으로 그녀를 본다.

"아니. 가지마."

몸을 돌리려는 후에의 손목을 억지로 틀어잡았다. 짙어지는 의심과 그만큼 선명해지는 부정(否定). 모른 척 이대로 있으면 아니 될까. 야스나리는 그녀의 손목을 움켜쥔 채 거칠게 입을 맞췄다. 그 입맞춤으로 무엇을 확인하고 싶었는지 몰랐다. 후에는 입에서 피가 날 정도로 세찬 그의 입맞춤을 고스란히 받아준다. 그 입술이 너무나 따뜻해서 마음이 약해진다. 모르겠다, 아무것도. 그녀가 간자가 맞는 것인가. 그는 입맞춤을 멈추고 그녀를 다시 바라본다. 후에는 그런 야스나리의 손에 조용히 자신의 손을 올려놓았다.

"잠들 수 있도록 금(琴)을 불어드리리까?"

다정한 눈빛이었다. 저렇게 맑은 눈동자의 그녀가 자신을 배신했을까. 지금도 자신을 위로하려 애쓰는 저 여인이 철저하게 자신을 속이고 요시히데를 죽음으로 몰아간 장본인일까. 야스나리는 차마 후에를 아까처럼 노려보는 눈으로 볼 수 없었다. 그럴 리 없었다. 믿고 싶지 않았다. 어디엔가 분명 진짜 간자가 있을 것이다. 하지만 모든 증거는 하나같이 후에를 향하고 있었다. 가지고 있는 모든 정보력을 다 동원하여 색출해낸 연락책, 그리고 그의 품에서 나온 밀서. 이곳 사정을 자세히 적은 그 내용은 자신 가까이에서 들은 자가 아니고서는 알 수 없었다. 하지만 후에는, 아닐 것이다. 그녀는 자신의 모국어를 알아듣지 못한다. 야스나리는 손에 넣은 그 결정적인 증거를 단단히 쥔 채 다시 소매 안으로 밀어 넣었다.

#23

진실과 거짓 사이

"후에. 나를 사랑한단 말 진심인가?"

결국 묻고야 말았다. 그 밀서를 앞에 두고 수백 번 고민하던 야스나리는 결국 그렇게 할 수밖에 없었다. 바깥에는 그의 마음속처럼 바람 소리가 거셌다. 나무들의 그림자는 동물이 몸부림을 치는 것처럼 쉴 새 없이 창을 할퀴었다. 방안은 고요했고 후에는 그를 마주 보며 방긋 웃었다. 문풍지를 훑고 가는 바람 소리만 뺀다면 평온한 해 질 녘이었다. 하지만 평소와는 달리 그녀의 미소는 한없이 쓸쓸하게만 느껴졌다. 마치 마지막처럼.

"언제는 거짓 사랑이라 못 박았으면서 오늘은 어찌 그리 물으시오?"

"다시 한 번 묻겠다. 나를 진정으로 사랑하나, 후에?"

"……."

사랑이라는 아주 좋은 핑계로 그녀를 살리고 싶었다. 거짓으로 사랑한다고 대답한다 할지라도 그 말을 믿고 싶었다. 사랑한다는 대답으로 모든 것을 모른 체 덮고 지나가고 싶었다. 요시히데를 죽인 건 그녀가 아니라, 가슴에 꽂힌 적의 화살이었다고 합리화할 수 있었다.

하지만 후에는 끝내 대답하지 않았다. 대답하지 않음으로써 거짓 사랑임을 그에게 각인시켜 주었다. 진정. 저런 다정한 미소는 다 거짓인가. 야스나리는 작심한 듯 입을 열었다.

"안협으로 가는 밀서를 내가 가로챘다. 심한 고문을 당한 연락책은 한쪽 손을 잃기 전에 모든 것을 발설했지. 채(采)라고 적힌 단 한 글자가 적힌 하얀 봉투와 함께. 내 말, 무슨 뜻인지 알지?"

그는 자신의 모국어로 혼잣말하듯 그녀에게 말했다.

성 밖으로 반출되기 전에 가로챈 밀서, 그 겉봉에 찍힌 붉은 글자가 주검에서 흘러나온 피처럼 검붉고 우울하게 빛났다. 야스나리는 그녀의 표정을 살핀다. 미세한 숨소리까지 듣는다. 마침내 그녀의 눈빛이 흔들렸다. 그녀의 달라지는 눈빛에 야스나리의 마음도 무너졌다.

후에는, 그가 하는 모든 말을 알아듣고 있었던 것이다.

믿고 싶지 않았다. 처음부터 자신을 속인 걸까. 어디서부터 어디까지가 거짓이고 진실일까. 제발 모른다고 대답해 줘. 만약에 알고 있다면, 그저 다른 이가 시킨 것이라 해줘. 네가 한 것이라면 협박에 못 이겨서 그런 것이라 구차한 변명이라도 해줘. 야스나리는 손에 쥐었던 그것을 후에에게 내밀었다. 후에는 그것을 물끄러미 바라보았다.

"난, 네가 간자라고 생각하고 싶지 않아."

침묵. 목을 조이는 끔찍한 무게였다. 야스나리는 어쩌면 눈물을 글썽였을지도 모르는, 붉게 충혈된 눈으로 그녀를 뚫어지게 바라보았다. 후에의 눈은 하염없이 담담했다. 그래서 슬프고 아팠다. 죽음과 삶 사이에 서 있었던 그때처럼.

"......우리, 좀 걸을까요?"

그녀는 야스나리의 모국어로 정확히 대답했다.

험상궂게 생긴 구름이 하늘을 빠르게 훑고 지나가고 있었다. 성급히 다가온 습기가 그들이 걷고 있는 성곽을 가득 채웠다. 후에는 말이 없었다. 거세게 불어온 바람에 치마와 옷고름이 펄럭거리며 흩날렸다. 나무들은 쏴아 하며 이리저리 괴로운 듯 몸부림쳤다. 바람에 들썩여 생겨난 하얀 파도가 뒤덮은 강이 내려다보이는 곳. 그곳에 다다르자 그녀는 그대로 바람을 맞으며 눈을 감고 제자리에 섰다. 숨을 깊게 들이쉰다.

거센 바람의 끝을 따라 후두둑, 후두두둑. 소나기가 내리기 시작했다. 야스나리는 그녀를 거칠게 끌어안았다. 그녀의 온기가 느껴졌다. 부드러운 향기와 살결도. 후에는 위로하듯 한참 동안 그의 등을 쓰다듬었다. 그리고 작심한 듯 조용히 두 팔을 늘어뜨렸다. 그것은 두렵고, 서러운 선 긋기였다. 그것이 무엇을 뜻하는지 야스나리는 알고 싶지 않았다.

"너를 사랑해, 후에."

처음으로 애걸한다. 처음으로, 사랑한다고 말한다. 그 절절한 고백에 거짓으로라도 사랑한다고 대답해주길. 그녀의 눈동자에 슬픈 기운이 흘러갔다. 하지만 그뿐이었다.

"난, 후에가 아니오."

"후에."

"내 이름은… 채홍."

그녀가 손에 들고 있던 작은 악기에 새겨진 이름. 처음부터 알고 있었던 그녀의 이름은, 무지개였다.

"더는 말하지 마, 제발!"

"채홍(彩虹)이오, 캘 채(采) 자가 있는."

그리고 후에, 아니 채홍은 그런 그의 품을 가만히 뿌리쳤다.

"그대에게 미안하지 않아. 난 할 일을 했을 뿐이오."

이렇게 하여 모든 것은 되돌릴 수 없게 되어버렸다. 간자일 뿐인 이 여인을 자신의 손으로 죽여야 할지도 몰랐다. 동시에, 그녀와 함께했던 모든 시간들이 지독히도 아름답게 스쳐 지나갔다. 그렇게 맑게 웃었던 그녀, 깊게 품에 안아주었던 그녀, 그의 무릎에 앉아 자신의 손가락을 쓰다듬던 그녀.

사랑했는데.

"거짓이었어?"

채홍은 그와 눈을 마주치지 않았다.

"......모두 다 거짓이었던 거야?

"말했잖소. 내게 속아달라고."

담담하게 말하는 그녀의 양어깨를 야스나리는 거세게 움켜쥐고 흔들었다.

"나를 조금도, 사랑하지 않았단 말이지...."

차가운 물방울은 그들의 몸으로 떨어지며 화살처럼 박혔다. 그녀가 간자였다는 사실보다, 그녀로 인해 요시히데가 목숨을 잃었다는 그것보다, 자신을 바라보던 그 눈빛들이 거짓이었다는 것에 죽을 만큼 고통스러웠다.

그는 신음했고 채홍은 그 손을 뿌리쳤다. 그리고 그에게서 벗어나 아래가 까마득한 성곽 위로 올라섰다. 구름이 해를 할퀴고 지나갔고, 바람은 채홍의 연약한 몸을 세차게 후려쳤다. 서 있는 곳은 위태했지만, 그녀는 아무것에도 개의치 않았다. 바람에 날리는 붉은 치맛자락과 연초록 저고리의 여인은 더는 그가 알던 후에가 아니었다.

"위험해, 후에. 거기서 내려와."

채홍은 야스나리를 지그시 바라보았다.

저렇게 많은 의미가 담긴 눈빛이라면. 수많은 기억들을 반추(反芻)하는 저 모습이라면. 그는 자신을 대했던 그녀의 마음이 거짓이 아니었다는 것을 믿는다. 믿고 싶다.

"함께 가자. 히메지성으로 나와 함께. 사실대로만 얘기하면 돼. 그러니 무모한 짓은 하지 마, 제발."

그녀는 고개를 가로저었다.

"후에! 그러지 마!!!"

그녀가 희미한 미소를 지었다.

"이제 당신, 홀가분하게 돌아갈 수 있겠지."

"...안 돼, 후에! 채홍!"

그는 그녀에게 손을 뻗었다.

"부디, 야스나리."

채홍은 그대로 몸을 허공으로 뉘었다. 바람이 불었고, 그녀가 서 있던 자리는 이제 비어있었다. 그에게 남은 것은 채홍의 눈빛과 붉은 치마, 마지막으로 불러준 그의 이름이었다.

죽기 전 떠오른 마지막 기억은, 야스나리.

그였다.

애초에 그녀의 목표는 요시히데였다. 그는 폭력적이고 충동적이었지만 그녀가 다루기에 쉬운 상대였다. 요시히데가 채홍을 의심하지 않았던 까닭은, 그가 천한 신분인 기녀를 경멸했기 때문이었다. 함부로 다뤄도 아무 저항할 수 없는 그런 약하고 우매하고 천한 존재. 그래서 그는 빼어난 미모의 채홍의 몸뚱이만을 취하면서 수많은 정보를 부주의하게 흘렸다.

하지만 어느 날 정작 가장 중요한 정보는 요시히데가 아닌 야스나리에게서 나온다는 것을 채홍은 알게 되었다. 그 뒤로 요시히데의 곁에서 술을 따르며, 늘 단정한 자세로 흐트러짐 없이 앉아있는 야스나리를 훔쳐보았다. 같은 얼굴, 다른 영혼. 그는 조심성이 많고 빈틈없어 보였지만 간간이 비치는 마음의 결핍을 읽을 수 있었다.

그리고 어느 날, 화를 주체하지 못하는 요시히데가 주안상을 엎었을 때 깨달았다. 늘 차가워 보였던 야스나리가 하찮은 적국의 기녀를 그 나라 말로 안심시켰을 때, 딱딱해 보였던 그 마음의 속살로 깊숙이 파고들어 갈 수 있음을.

그러니 처음부터 거짓이었다.

그에게 접근하기 위해 요시히데의 하인에게 가락지를 쥐여주는 것 정도는 아무것도 아니었다. 채홍은 신중하고 또 신중하게 조금씩 그에게 다가갔다. 그리고 결국 그를 유혹하는 데 성공하고야 말았다. 그가 옷고름을 풀고 자신의 허리를 감아 안은 순간 그의 마음을 뿌리에서부터 통째로 흔들어 놓았음을 기녀의 직감으로 확신했다. 그의 마음을 이용하는 것에 대해서 아무런 감정도 들지 않았다. 그는 그녀가 이용해야 할 적의 장수였을 뿐이니까.

거짓이었던 채홍의 마음에 작은 균열이 생긴 계기는 지금 생각해 보니 아주 작은 사소한 순간 때문이었던 것 같았다.

달은 무섭도록 밝아서 하늘 아래가 환했고 창은 바람을 향해 열려 있었다. 열기가 가시지 않은 여름밤, 방울벌레 소리가 뚜르르 하고 마루 밑 어딘가에서 자그맣게 들렸다. 격렬한 정사 뒤의 허무함을 달래려는 듯 그 밤 야스나리는 그녀의 품으로 파고들었다. 채홍은 당황했지만, 자신의 가슴에 묻은 그의 생소한 머리를 가만히 안아주었다. 자신과 그의 그림자가 낯설었다. 야스나리는 아기처럼 가슴에 안겨 그녀의 냄새를 맡았다. 생각나지는 않지만 어떤 그리운 기억을 찾는 듯 절절하게.

"집에 가고 싶어."

반쯤은 꿈을 꾸는 듯 내뱉은 그 말.

집. 그녀도 돌아가고 싶었다. 예전에 떠나왔던 집도, 그녀가 몸담았던 기방도 집은 아니었다. 그나마 가장 최근까지 지냈던 기방 마저 아마도 전쟁으로 난장판이 되어 버렸겠지. 그러니 이제 그런 곳은 이 세상에는 없었다. 그런 곳은 아련하고 막연한 기억과 감각 속, 그런 곳에만 존재하는 것이다.

"네게서는 집 냄새가 나."

야스나리가 속삭였다. 기분이 이상해졌다. 이 낯선 옷차림의 적군이 처음으로 그녀와 똑같은 사람으로 느껴졌다. 적장으로 이 나라에 쳐들어와 지금에 이르기까지 그도 수많은 사연이 있었을지도 몰랐다. 그에게도 다른 삶이 있었겠지. 꽃핀 시절을 마음껏 웃을 수 있었던 날들이 있었겠지. 그것들을 두고 오기 싫었을까. 자신이 어떤 짓을 저지르게 될는지, 어떤 끔찍한 일을 겪게 될는지는 알고 왔을까.

"나도 돌아가고 싶소...."

이제 돌아갈 곳은 없지만, 웃는 것에 죄책감을 느낄 필요가 없었던 시절로 돌아가고 싶었다. 양반네들끼리의 바보 같은 내기에 끼어들거나, 봄날 댓돌 아래 피어난 민들레를 보며 눈을 가느다랗게 떴던 고즈넉한 그때로. 돌아올 수 없는 사소한 날들로.

그런 마음이 지금 내뱉은 그 말투에 고스란히 묻어 버렸을까. 야스나리는 채홍의 쓸쓸한 푸념에 아무 말 하지 않았다. 적장으로서 정당하다고 믿었던 자신의 행위에 반하는 어떤 말이라도 할 수는 없었을 것이다. 하지만 그는 채홍을 안은 팔을 더 가까이 끌어당겼다. 그것은 그가 적국의 기녀에게 절대로 할 수 없는 말, 미안하다는 말 대신이었을지도 몰랐다. 채홍은 그의 등을 안고 가만히 토닥토닥 해주었다. 방울벌레의 울음소리에 맞춰 아기를 재우듯 그렇게.

달은 은빛이었고 그 밤은 이상한 여운을 남겼다.

거짓이었다.

하지만 어디까지가 거짓인지는 알 수 없었다. 야스나리가 마음을 담은 눈빛으로 자신을 바라보았을 때, 여느 여인들처럼 뻐근하게 설레던 심장의 울림. 그것마저 거짓으로 만들어내는 것은 불가능했다. 그와 함께 지내는 그 짧은 시간 동안 채홍은 돌아가야 할 곳을 잠시 잊고 행복했었다. 순수가 남아있는 야스나리의 그 담담한 눈빛이 좋았던 것 같았다. 여기가 아닌 다른 곳에서, 다른 이유로 서로를 만났더라면 좋았을 것을.

사랑은 아니었겠지만, 채홍은 마지막 스러져가는 의식으로 빌었다. 야스나리가 이 괴로운 전쟁에 더는 휘말리지 말고 돌아가고 싶은 곳으로 돌아갈 수 있기를.

부디.

#24
그녀에게 돌아가는 길

드디어 남산성이 보였다.

"돌아왔다."

피 흘리고 다친 자들마저 멀리 성문이 눈에 들어오자 팔을 치켜 올리며 환호했다. 그들은 자신들이 잃은 것보다, 지켜낸 것이 무엇인지에 감격하고 또 감격했다. 수레를 타고 가는 그들 가운데는 다리 한쪽을 못 쓰게 된 찬새도 있었다. 그는 이제 더는 날랜 찬새가 될 수 없었지만, 환호하는 자들과 같은 마음으로 힘차게 손을 흔들었다.

혹은 죽었고, 혹은 살아있는 전우들을 왜군들의 시체 속에서 찾아내는 것은 고통스러운 일이었다. 함께 간 칠백의 군사 중 다치거나 목숨을 잃은 이는 이백 명 남짓. 들것에 실려 온 자들 중에는 찬새도 있었다. 그것은 다행이기도 했고, 불행이기도 했다.

다친 이들을 치료하기 위해 임시로 세운 천막 안에는 피비린내가 가득했다. 다행히 그들의 승전보를 듣고 돌아온 백성들이 부상자들을 돌봐주었다. 다친 자들 중에 의식이 있는 자들은 그 와중에도 선하에게 목례를 했다. 이겼지만 바로 돌아갈 수 없는 까닭은 그들 때문이었다. 선하는 일일이 부상자들의 상태를 살피고 격려했다. 그리고 그 가운데에서 겨우 찬새를 찾아낼 수 있었다. 옆에 놓인 반쯤 부서진 투구와 여기저기 찍힌 자국투성이의 엄심갑(掩心甲)이 찬새가 얼마나 치열한 싸움을 치렀는지 말없이 보여주고 있었다.

"찬새야...."

어금니 사이에 나뭇가지를 물고 고통을 참던 찬새는 땀으로 범벅이 된 얼굴로 선하를 바라보았다.

"도련님, 무사하셨어요?"

"난 멀쩡하다."

붕대를 감은 그의 팔을 찬새가 유심히 본다.

"팔, 다치셨잖아요."

"괜찮다."

한쪽 다리를 영영 못 쓰게 된 새파란 열여섯의 소년에게 선하가 더 해줄 말은 없었다. 그래서 그저 찬새의 손을 굳게 잡아줄 뿐이었다.

"미안하다. 너를 데려오는 것이 아니었는데."

"그런 말 마셔요. 그래도... 그래도 나 안 죽었잖아요. 도련님 주위에 딱 붙어 있었거든요. 이만한 것도 역시 도련님 덕이에요."

"내 덕이 아니라, 네가 훌륭하게 살아남은 거야."

입술 끝을 당기며 미소 짓던 찬새의 눈에 결국 물기가 어렸다.

"도련님, 저 용감하게 잘 싸웠어요?"

"그래, 참으로 장하고 기특하다."

"......어엿하게 한번 살아보고 싶었거든요. 거지로 죽으면 너무 억울하잖아요."

흐느끼는 소년의 말은 주변 어른들의 마음을 숙연하게 만들었다. 그리고 주위에서 하나, 둘 용감한 찬새를 칭찬하는 말들이 들려왔다.

"찬새라고 했냐? 너 정말 대단했다."

"장군님, 저 어린 것이 얼마나 독종이던지 저희도 놀랐습니다."

"찬새보다 못해서는 영 면(面)이 안설 것 같아 더 열심히 싸웠습니다요. 껄껄."

그 말들로 위로받을 수 있을까. 그것으로 다 보상이 되지는 않겠지만 찬새는 든든했다. 비록 다리는 이렇게 되었지만, 예전보다 떳떳한 진짜 사내가 된 것 같았다.

백성들은 성문 밖까지 나와 길 양옆으로 길게 서서 그들을 맞았다. 말을 탄 선하는 당당히 그들 맨 앞에 있었다. 금속으로 테를 두른 상처투성이의 투구가 햇빛에 빛났다. 총알이 스쳐 간 그의 갑옷에는 팬 자국이 역력했다. 치열한 전투의 흔적이 고스란히 남아 있었지만, 자랑스러움으로 어깨를 활짝 편 군사들은 늠름하게 그 길을 걸었다. 성을 지키던 모든 군사들도 다 나와 기쁨의 환호성을 질렀고 개선장군을 맞이하기 위한 수많은 깃발이 끊임없이 펄럭였다. 뜨거운 날씨조차도 그들의 환호를 꺼뜨리지 못했다.

눈 부신 햇살에 눈썹을 찌푸리는 대신 선하는 눈을 감았다. 가슴이 뛰었다. 점점 더 그녀에게 가까워지고 있었기 때문이었다. 그때 누군가 그를 부르는 소리가 들렸다. 선하는 눈을 뜨고 황급히 좌우를 둘러보았다. 수많은 사람들 사이에서 그를 그렇게 부를 단 한 사람을 찾는다. 어디에서 들리는 소리일까. 초조하고 절박한 시선은 사람들의 무리를 샅샅이 훑었다. 저기 한 여인이 사람들 사이를 헤치며 그를 다시 불렀다. 내내 그를 따라오면서 까치발을 들고 그에게 손을 흔든다.

"선하 도령!"

그녀였다. 치맛자락을 꼭 붙잡고 빛나는 눈으로 그를 부른다. 선하에게 보내는 사람들의 환호에 그녀의 모습이 사라졌다가 다시 보였다.

'재령!'

다음 순간 선하는 말에서 훌쩍 뛰어내렸다. 그를 기다리고 있는 세자와 대신들, 이곳에 모여 있는 수많은 사람들의 시선을 더 생각할 겨를도 없었다. 아무것도 필요 없었다. 죽음에 맞선 그 절박한 순간에 떠올랐던 그리운 얼굴에 지금 당장, 가야 했다. 선하는 사람들 사이를 헤치고 힘차게 그녀에게 다가간다. 영문을 몰라 눈을 둥그렇게 뜬 관중들이 그를 위해 길을 터주었다. 그 끝에 재령이 있었다. 그리고 그에게 달려왔다. 선하는 휘몰아치듯 그녀를 품에 안았다. 그녀를 안고서야 비로소 선하는 자신이 살아 돌아왔다는 것을 실감했다.

"무사해 주어 고맙소... 고맙소...."

재령은 내내 그 말만 되풀이했다. 그녀의 두 눈에서 눈물이 흐르고 있어도 마냥 좋았다. 그에게서는 피 냄새와 철 냄새와 땀 냄새가 났다. 하지만 깊게 안은 그의 목덜미에서는 여전히 나무 향기 같은 특유의 그의 냄새가 났다. 그가 없었던 그 시간, 그녀를 괴롭혔던 일들과 견딜 수 없을 것 같았던 기다림의 고초들도 이제 아무것도 아닌 일이 되어 버렸다.

왜냐하면 그가, 살아 돌아왔으니까.

그날은 밤하늘마저 총총하였고 잔뜩 설레던 별똥별들도 살랑이는 바람에 오소소 떨어졌다. 천막 주변에 크게 피워놓은 모닥불 주위 풀밭에는 기분 좋게 타는 장작냄새가 그득했다. 어엿한 관군이 되어 나갔던 출정, 짜릿했던 첫 승리의 흥분에 취해 잠들지 못하는 산채 사람들은 그곳에 모여 이야기를 나눴다. 점잖았던 괴공까지 그날은 함께였다. 찬새는 목발을 곁에 놓은 채 전장에서의 무용담을 침을 튀기며 쏟아내고 있었고 장정들은 그 말을 한두 마디씩 거들며 무릎을 쳤다. 그 주위에는 숨죽인 어린애들이 모여 눈을 동그랗게 뜨고 듣고 있었다.

선하는 모닥불에서 조금 떨어진 어두운 나무 아래 커다란 둥치에 기대어 앉아 그 광경을 꿈꾸듯 지켜보고 있었다. 오랜만에 이런 분위기를 그 테두리 바깥에서 즐겨보고 싶었다. 그는 시끌벅적한 그들의 웃음소리에 간간이 따라 웃기도 했다. 재령은 늦도록 돌아가지 않고 여전히 그와 함께였다. 돌아가야 한다는 것을 까맣게 잊은 듯했다. 갖은 신분의 사람들이 뒤섞인 이런 장면과 그들의 이야기는 모두 생소했지만 재밌었다. 재령은 선하의 가슴에 나른하게 등을 기댔고 그는 두 팔 안에 그녀를 안고 어깨에 턱을 고였다. 불빛에 비쳐 발그레한 얼굴의 그가 웃자 재령의 어깨도 같이 흔들렸다. 실눈을 뜬 그녀의 귓가로 그의 웃음소리가 불어왔다. 간지러웠다.

누군가가 그들을 발견하고 손을 흔들어 불렀다.

"선하 도련님! 아, 거기 어둔데서 뭐하셔요? 이리 오셔요!"

"오세요!"

들킬 거라 생각 못 해 당황한 선하는 두 손을 들어 그들을 만류하며 자리에서 일어섰다. 산채 사람들의 시선이 온통 재령과 선하에게 쏠리자 그는 그녀의 손을 잡고 다시 어둠 속으로 숨어 들어간다.

"도련님! 색싯감 데리고 도망가시는 거여요?"

"어두운 데가 좋으신가 보드래."

"어여쁜 처녀를 들킬까 봐 그러지 않네."

"뭐, 아까 낮에 진즉 다 들통이 났구먼. 새삼스럽게."

다정한 두 남녀를 놀리며 한바탕 왁자지껄한 웃음이 터졌다.

"녀석들 짓궂기는."

선하는 싫지 않은 듯 피식 웃으며 재령의 손을 단단히 잡고 그곳에서 내뺐다. 은근슬쩍 그녀의 얼굴을 살핀다.

"악의는 없으니 낭자가 이해해 주오."

"훗, 괜찮소. 누구 땜에 나도 이제 익숙해졌다오."

재령의 시선이 붕대를 감은 그의 팔에 가 닿았다. 행여 아플까 봐 조심스레 손을 가져가 얹는다.

"많이 다쳤소? 어떻게 다친 것이오?"

"괜찮소."

"……많이 아프오?"

팔을 감싼 그녀의 손에 자신의 손을 얹으며 선하는 고개를 가로저었다. 그녀는 세상에서 가장 걱정되는 표정으로 그를 바라보며 엄포를 놓았다.

"다음에는 무슨 일이 있어도 내가 상처를 봐줄 것이오."

"그때처럼?"

"그때처럼."

그들이 함께 생각하는 그때의 기억이 물결처럼 흘러갔다. 여름밤은 고즈넉했다. 몰아치는 폭풍의 가장 가운데처럼 세찬 바람 속에 서 있다는 생각을 잊게 하는, 맑고 평화로운 밤이었다. 풀이 무성한 벌판에는 풀벌레 소리가 가득했고 그리로 너구리 가족이 줄지어 풀밭을 지나갔다. 어디선가 밤의 소리와 향기가 흘러들었다. 저쪽 성곽 아래 어둠의 풍경은 반짝이는 불빛으로 근사했다. 사람들과 불빛들에서 멀어지자 선하는 별 하늘을 병풍 삼아 재령을 끌어안고 입을 맞추었다. 달콤하고 새콤했다. 스르르 저절로 눈이 감겼다. 깍지 끼어 잡은 그의 손이 전율했다.

"좋은 냄새."

재령이 향긋한 미소를 지었다.

"내게서?"

그러더니 대뜸 자신의 몸냄새를 맡는다.

"다녀와서 목욕은 했긴 했소만… 걱정된다오. 혹시 피 냄새가 나지 않을까."

그런 걱정말라는 듯이 선하의 품으로 재령이 파고들며 그의 향기를 담뿍 마셨다. 기억해야지. 잊지 말아야지.

"아니오. 도령에게서는 나무냄새가 나오. 여름처럼."

그의 이름은 선하, 좋은 여름이었다.

그 말을 하고 나서 사랑스럽게 눈을 뜬 재령을 선하가 고개를 기울이며 바라본다. 그녀의 이마 위로 흩어진 잔머리를 곱게 넘긴다. 부하들의 복수를 위해, 세자의 명을 받들기 위해, 전쟁에 이기기 위해. 그 모든 거창한 이유보다도 선하를 사력을 다해 싸우게 만든 가장 큰 이유는, 그녀가 있는 이곳을 적들의 손으로부터 지키기 위해서였지 않았을까. 그녀를 위해서라면 수백 번의 전장이라도 기꺼이 나갈 것이다. 그리고 살아 돌아올 것이다. 이 전쟁이 끝나고 마침내 더는 이별하지 않아도 될 때까지. 선하는 다짐하듯 그녀의 이마에 소중하게 입을 맞추었다.

그리고 다시 걷기 시작한다. 밤새워 이렇게 손을 잡고 걷기만 해도 좋을 것 같았다. 슬픈 생각은 하지 말아야지. 심각해지지도 말아야지. 왜냐하면 오늘은 돌아온 첫날이니까. 선하는 그제야 다시 장난기가 슬슬 발동한다.

"발밑을 조심하시오."

"새삼스레...."

"여기는 풀밭이라서 아마도, 짐승들이 많을 것 같소."

"????"

"예를 들자면 낭자가 제일 싫어하는 짐승이라든가...."

"......."

"아, 발밑에,"

"어맛!!!"

재령은 놀라서 입을 틀어막았다. 발밑을 기어 다닐 것만 같은 뱀을 피해 펄쩍 몸을 날려 그의 목덜미에 매달렸다. 선하는 기다렸다는 듯 그녀의 몸을 가볍게 받아 안고 제자리에서 빙글빙글 돌았다. 그녀의 치마가 둥글게 퍼져 날렸다. 그러다가 풀밭에 털썩 누워버리자 풀잎이 하늘로 퍼져 올랐다. 결국 선하는 웃음을 터뜨리며 너스레를 떨었다.

“후훗, 내가 그리도 좋소?”

“배, 뱀 때문에 그런 것이오.”

“발밑이 고르지 않다고 얘기하려던 참이었는데 낭자가 오해했구려.”

“…장난이었소?”

“응.”

“설마, 지난번도?”

그는 가타부타 말이 없이 미소만 지었다. 어쩐지 뿌듯해 보이는 얄미운 그의 표정. 그를 깔고 그 위에 올라앉은 재령이 눈을 새초롬하게 떴다. 그러더니 다짜고짜 그의 멱살을 쥐어 일으키고 길게 입을 맞췄다. 빗방울이 어린 꽃잎처럼 부드럽고 촉촉했다.

“벌이오.”

“이런 벌이라면 얼마든지 달게 받겠소.”

재령은 허리를 숙여 그의 심장 위로 귀를 가져다 댔다. 힘차게 뛰는 소리가 듣기 좋아 눈을 감는다. 선하는 한 팔로 팔베개를 하고, 다른 한 팔로 재령의 머리를 감싸 안았다. 하늘에서는 별똥별이 떨어졌고 금방이라도 벌판에 쏟아질 것처럼 가득한 빛이 아름다웠다.

“보고 싶었소.”

“나도. 무척.”

#25
그늘 뒤에 숨은 마음

처음의 기억은 마치 하얀 종이 위에 찍힌 붉은 인장처럼 기억에 선명하게 찍힌다. 이후에 무수히 많은 기억들이 그 위로 찍힌다 하더라도 처음의 것만큼 강렬하지도 선명하지도 않다. 그것이 첫 기억의 힘이었다. 세자가 되고 나서 그의 주도하에 이루어진 첫 출정이자, 첫 승리를 혼은 소중히 기억했다. 이 나라에는 희망이고, 자신에게는 굳건한 디딤돌이 될 기억이었다.

혼은 마루에 앉아 연꽃 사이로 보이는 작은 수면에 비친 달을 바라보았다. 손톱처럼 뾰족하게 예쁜 달이 물 위에 떠 있었고 그 위를 소금쟁이가 미끄러져 지나갔다.

"저하. 찾아계시나이까?"

어깨를 싸맨 붕대가 불빛에 더욱 하얗게 보였다. 목욕을 하고 깨끗한 옷으로 갈아입은 선하는 이제야 좀 사람 같아 보였다. 어디에 들렀다 오는 듯 옷자락에 풀잎이 붙어 있었다.

"아까 몰골로는 곰인지 호랑이인지 구별이 안 되었는데, 이제 보니 윤선하 네가 맞았구나. 앉거라."

선하는 공손하게 예를 갖춘 후에 그 곁에 앉았다.

"그럼, 곰인지 호랑이인지 구분도 안가는 녀석에게 부사직(副司直) 벼슬을 내려주신 겁니까?"

"축하한다, 윤선하. 이런 날 술 한 잔 해야 하는데."

“맞습니다. 술이 당기는 날이지요. 아쉽지만, 물이라도 술 삼아 드시겠습니까?”

그는 대나무 물통을 그에게 바쳤고 혼은 피식 웃으며 마치 술을 마시듯 그럴듯하게 물을 마셨다.

“캬아, 네 물통의 물맛은 언제나 참 좋구나.”

“제걸 빼앗아 드셔서 그럽니다.”

“큭큭큭. 그런 것이었나?”

입술을 오므린 연꽃에서 그윽한 향기가 피어올랐다.

“보고 싶었던 이는 보고 왔느냐?”

“아… 예… 뭐….”

빰이 붉어진 선하의 겸연쩍은 모습이 사뭇 재미있었다.

“네 여인, 서재령이라 했지?”

“그러하옵니다. 혹시 보셨나이까?”

“어여쁘고 총명한 여인이었다, 강단도 있고. 비로소 네 짝을 제대로 만난 듯하구나. 잘 어울린다.”

선하는 흐뭇함을 티 내지 않으려 입술을 오므렸다.

“헌데 너 없는 사이 서재령으로 인해 황당한 일 하나, 다행한 일 하나가 있었다. 이 얘기는 해주어야겠구나.”

혼은 선하의 궁금증을 배가시키려는 듯 잠시 간질간질 뜸을 들였다.

“다행한 일은 네 여인이 자객으로부터 내 목숨을 구한 것이고. 아, 자세한 얘기는 재령에게 들어라.”

“그런 큰일이 있었습니까?”

하지만 그녀였기에 그런 놀라운 활약이 충분히 이해가 되는 일이라 생각했다. 입으로 독을 빨아내거나, 날아오는 수리검으로부터 선하를 구한 신통한 여인 아닌가.

"황당한 일은."

"?"

"...그 아비가 너를 상당히 마음에 안 들어 하더구나. 그 얘기 듣지 못하였느냐?"

"그 여인은 좋지 않은 일을 시시콜콜 말하는 성정이 아니라서... 다 들킨 것입니까?"

혼은 고개를 끄덕였다. 그 부친이 딸을 속여 자신의 침소에 들인 참담한 일까지는 굳이 이야기하고 싶지 않았다. 선하는 길게 한숨을 내쉬며 뒷머리를 쓸어내렸다. 앞으로의 두 사람의 여정이 순탄치 않은 만큼 생각이 많은 듯했다.

"곧 성천(成川)으로 분조를 옮길 계획이다."

"현명한 결정이시옵니다. 평양성과 가깝고 의병과 관군을 모으기에 충분한 지역이지요. 언제쯤 가실 계획이십니까?"

"사나흘 후에. 준비랄 것도 없다. 마땅한 짐도 없으니."

어쩐지 이곳을 떠난다니 아쉬웠다. 이곳에서의 이토록 근사하고 평화로운 밤도 얼마 남지 않았으니.

"성천에서 분조가 어느 정도 정비되면 더 늦기 전에 너와 네 여인 사이에 정식으로 다리를 놔주마. 동인과 서인의 화합이니 더욱 의미 있는 혼사가 되지 않겠느냐?"

도와주고 싶었다. 세자로서가 아니라 벗으로서. 물론 말처럼 쉬운 일이 아님을 자신도 선하도 잘 알고 있을 것이다. 동인과 서인의 화합이란 불가능을 가능하게 만들 수 있을까. 그래도 희망을 버리고 싶지 않았다. 전쟁도 극복할 수 있고 당파도 무너뜨릴 수 있다. 그렇게 믿지 않으면 아무것도 이

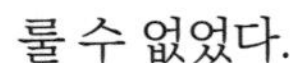

룰 수 없었다.

“소신, 지금 마음껏 감동해도 되는 것이지요?”

“물론이지. 자, 술 같은 물 한 잔만 더 다오.”

“얼마든지요, 저하.”

사랑에 빠진 벗은 진심으로 행복해 보였다. 문득 그런 선하가 부럽다는 생각이 들었다. 자신도 그렇게 사랑에 빠질 수 있었을까. 정치적 입지나 계산을 다 버리고 순수한 마음으로 대했더라면. 위로하고 싶어도 위로할 수 없고, 다가가고 싶어도 그럴 수 없는 그녀를.

“빈궁 마노라.”

그녀는 저기 앉은 그에게 다가가지 않고 자리에 멈춰 섰다. 밤안개가 깔린 작은 연못은 먼발치에서 보아도 아련하게 반짝반짝 거렸다. 윤선하가 돌아와 있었군. 세자는 그를 바라보며 편안하게 웃고 있었다. 저렇게 평범하고 낯선 표정으로.

“돌아가자.”

세자빈은 발자국 소리를 죽이며 뒤돌았다.

그는 강건하다. 비록 윤선하 때문일지라도 저 모습이라도 보았으니 그의 안위 때문에 불안했던 그녀의 마음을 조금쯤 내려놔도 되겠지. 그렇게 스스로를 위로한다. 그를 걱정하는 것이 아니라, 그의 안위를 걱정한다. 운명을 함께하는 자로, 서로는 서로에게 그랬다. 그렇게 언제부터인지는 모르지만, 그녀는 그의 곁에 없었고, 그도 그녀의 곁에 없었다. 처음부터 그런 관계였는지도 기억나지 않는다. 마주 보지는 않지만 같은 곳을 보고 있다고 생각하려 한다.

그녀는 세자가 유일하게 마음을 여는 시간을 방해할 생각은 추호도 없었다. 차라리 이렇게 먼발치에서 바라보는 것이 낫겠지. 하지만 이미 꽃잎이 지고 있는 매화의 향기를 절실히 좇듯이 예전의 기억을 되새겨본다. 지금껏 한 번쯤은 저런 얼굴, 그녀도 본 적이 있었을까.

초례(醮禮) 전 그녀의 모친은 열두 살의 어린 그녀에게 당부했다. 무슨 일이 있어도 그에게 여인의 마음을 가져서는 안 된다고. 행여나 그리되면 마음을 다치게 된다고. 어렸던 그때는 그 뜻을 정확히 이해하지 못했기에 눈을 살포시 내린 채 명심하겠다고 대답했었다. 그것이 왕가 여인의 도리라 굳게 믿으며. 그리고 깨달았다. 왕의 아들들 중 한 명이 아니라 어느 날 당당히 세자가 되고 보위(寶位)에 오르는 마지막 그 순간까지, 저 사내는 그녀의 사사로운 낭군이 아니라는 것을. 그녀와 그녀의 낭군은 오직 서로의 세력을 지켜주는 정치적 동반자여야 했다. 그것이 그녀의 사명이었다. 그런 그녀가 갓 태어난 첫 아기를 피난길에 잃었다는 사실은 두 사람의 안위에 치명적일 수밖에 없었다. 그래서 아기를 잃은 어린 어미는 슬픔을 느낄 겨를도, 마음껏 울 시간도 없이 그저 숨죽이고 이 순간만이 지나가길 바랄 뿐이었다.

밤이 늦도록 혼은 바깥을 내내 걸어 다녔다. 달이 새초롬하게 예뻐서였는지 들뜬 기분에 잠이 오지 않았다. 아니면 여인에 푹 빠져버린 눈동자를 감추는 데 실패한 선하 그 녀석 때문인지도. 여러 종류의 풀벌레 소리가 뒤섞여 밤을 가득 채웠다. 마치 하늘에 떠 있는 별들이 내는 소리 같았다. 그의 정처 없는 발걸음은 하얀 천으로 둘러싸인 서쪽 객사에 도달했다. 걸음을 멈추고 그곳을 바라본다.

그의 여인은 저기에 있었다. 내려진 발과 희미한 방안의 불빛 안쪽에. 혼은 그곳에 있을 그녀를 바라보고 있다고 상상한다. 도란도란 얘기하는 소리가 들린다. 그녀의 목소리일까. 그가 알고 있는 그녀의 목소리는 어땠는지 기억이 나지 않는다.

전쟁이 난 후 오랫동안 곁에 있어주지 못했다. 아기가 태어났을 때도, 그리고 두 달 뒤에 죽었을 때도. 전쟁에 맞서야 할 세자로서의 책무 때문에 그는 자신의 가족을 미처 챙기지 못했다. 그리고 전쟁 중에 태어난 수많은 아이처럼 세자의 아기도 죽음을 피해갈 수 없었다. 참담히 슬퍼할 그녀가 걱정되었지만, 그는 끝끝내 아무런 위로도 되어주지 못했다.

그녀를 처음 보았을 때 빈궁은 그에게 힘이 되어준다고 했다. 앳된 열두 살의 소녀는 그 말이 무슨 뜻인지 알고 그리 말했을까. 자신 역시 그 말의 뜻을 제대로 알고 고맙다고 대답했을까. 험한 궁궐에서 뒷배가 되어줄 후궁 어미조차 없는 그에게는 그 누구라도 필요했다. 실제로 그녀와 그녀의 부친, 그리고 그들이 속한 서인들은 자신을 위해 많은 힘을 충실히 보탰다. 그랬기에 혼이 가지게 되었던 그 비루한 부채의식은 오히려 그녀에게 향하는 마음조차 싹트지 못하게 했는지도 몰랐다. 냉랭한 서로의 관계는 처음부터 예견되어 있었을지도.

방의 불이 꺼졌다.

어둠에 남긴 빛의 여운을 조용히 숨 쉬었다. 그리고 발길을 돌린다. 이렇게 보는 것만으로 만족한다.

'빈궁, 잘 견디고 있군요.'

그녀를 사랑하고 싶었다. 속마음을 보여주고 싶었다. 하지만 어린 부부는 사랑이 어떤 것인지 깨닫기도 전에 너무도 일찍 다른 파도에 휩쓸려 버렸다.

염(殮)을 한 요시히데의 시신이 고향으로 돌아간다. 그토록 돌아가길 원하던 자신은 여기에 남고 그가 먼저 돌아가고 있다. 개선장군(凱旋將軍)으로 위풍도 당당히 이 성문을 지났던 그는, 이젠 아무리 치장을 한다 해도 결국은 배에 실릴 거추장스러운 짐이 되어 저 문을 나간다.

'안협으로 가지 않았더라면 지금 넌 살아있을까? 이 전쟁에 참전하지 않았더라면 넌, 고향에서 전혀 다른 삶을 살고 있었을까?'

원망한다. 고집 센 요시히데를 원망하고, 그를 전쟁터로 데려온 작은아버지도 원망하고, 그를 죽인 적의 장수, 그곳으로 함께 가지 않았던 자신, 모두 원망했다. 요시히데의 죽음은 모두의 책임이었다.

행렬의 끝이 보이지 않을 때까지 야스나리는 못 박힌 듯 자리에 서 있었다. 허허로웠다. 하지만 그는 어떤 표정도 짓지 않았다. 그를 살아있게 했던 무언가가 한꺼번에 빠져나간 것처럼, 그리고 그 무언가는 그동안 야스나리를 찬란하게 빛내던 것이었기에, 그는 죽은 요시히데와 마찬가지로 빈 껍데기만 남았다.

"야스나리 님."

작은아버지의 명을 받으라는 얘기겠지. 요시히데의 복수를 위한 칼날 운운(云云)하며 그 잔인한 굴레를 당연히 받으라는.

"…오늘은 아니야. 내일, 다른 건 내일 생각하겠다."

그는 아무도 따르지 못하게 하고 단호하게 뒤돌았다.

"그럼 죽은 계집의 시신은…?"

생각 없이 그리 묻는 자에게 누군가가 크게 눈치를 주었다. 지금 이 참담한 순간에 그런 하찮은 일까지 시시콜콜 그에게 묻지 말라고. 하지만 늦었다. 물었던 자의 의도치 않은 실수는 야스나리의 가슴을 깊게 후벼 파고 말았다.

그녀도 이젠 죽은 계집일 뿐. 그리고 요시히데를 죽게 한 간자의 시신일 뿐. 하지만 야스나리의 발걸음은 여전히 자리에 멈춘 채였다. 더는 앞으로 걸어나갈 수가 없었다. 한 발짝만 더 갔다간 그녀처럼 끝이 없는 바닥으로 떨어져 내릴 것 같았다.

누군가에게는 천한 적국의 기녀, 누군가에게는 악랄한 적의 간자. 하지만 자신에게 그녀는 누구였을까.

"그대로... 버려두어라."

야스나리는 간신히 그 말만 남기고 방으로 돌아왔다. 초연할 수 있다고 생각했다. 이제껏 그래 왔듯이. 텅 빈 방안은 고요했고 여전히 제자리에 그대로인 사물들은 아무 일도 없었다는 듯 평온했다.

"......."

울컥하고 치밀어 오르는 무엇.

견디지 못하고 뒤돌았다. 잔인하게도 방안에는 그녀의 향긋한 체취가 아직 남아있었다. 부르르 몸이 떨렸다. 야스나리는 다시 몸을 휙 돌렸다.

'후에.'

사랑했던 여인의 시신이 들짐승에게 먹히도록 그대로 버려두라 했다. 그렇게 해야 했고 할 수밖에 없던 자신과 이렇게 모든 것을 엉망으로 만들어 버린 그녀를 지독히도 증오한다.

"네가 어떻게 나한테 그럴 수 있어!!!"

그녀의 체취가 가득한 공기에 대고 소리를 지른다. 이곳에 남은 그녀의 자취에 분노하여 울부짖는다. 야스나리는 방에 걸린 칼을 빼어 들고 방안의 모든 것을 닥치는 대로 베기 시작했다. 수 놓인 병풍, 보료와 책상, 그녀의 경대, 그의 눈에 보이는 모든 것을 엉망으로 부숴버린다. 방안은 그의 마음처럼 처참하게 부서졌다. 모든 기운을 다 소진해 버릴 때까지 칼을 휘두르고 나서야 결국 야스나리는 자리에 힘없이 주저앉았다.

"어떻게... 그렇게...."

더는 그녀의 이름을 부를 수가 없었다. 그녀는 후에도 아니었고 채홍도 아니었다. 이제 어떤 이름으로도 그녀를 부를 수 없었다.

저기, 어디엔가 그의 앞으로 굴러 나온 그녀의 소금. 땀과 눈물로 범벅이 된 채 야스나리는 그것을 집어 들었다. 그녀와 그의 사이에는 이것만이 남았다. 하지만 이것조차 부러뜨릴 것이다. 더는 아무것도 남지 않도록. 야스나리는 그것을 들고 바라보았다. 소금의 끝에 작게 새겨진 그녀의 이름, 그리고 그 뒷면에 다른 글씨가 그의 손가락에 느껴졌다. 야스나리는 천천히 그것을 돌려 그 글씨를 확인했다. 그리고 입을 틀어막았다. 찌푸린 눈썹과 희미한 미소가 뒤엉키다가 결국 억눌린 울음이 그 사이로 새어나왔다.

"흐흐흐흑, 너는…."

그 글씨는, 강성(康成). 자신의 이름인 야스나리였다.

#26
사랑을 달리 부른다면

매미는 귀가 따갑게 울어댔다. 하지만 여름은 조금씩 가을로 옮겨가고 있었고 거칠기만 했던 햇살은 열매처럼 농익어 한결 부드럽게 빛났다. 잔혹한 전장에서도 시간은 가고 계절은 바뀌고 열매가 익는다. 그렇게 어느 틈엔가 세상은 시간에 물들어갔다. 아직은 여름의 짙은 초록에 잠겨 있었지만, 숲에서는 간간이 실바람 같은 가을의 빛깔이 느껴졌다. 숲 너머 보이는 너른 벌판, 갖은 색깔의 찬란한 들꽃들은 온 벌판에 까마득하게 피어났다. 마치 이 전쟁으로 죽은 사람들 모두가 꽃으로 다시 태어난 듯이. 하늘을 희롱하던 잠자리떼가 흔들리는 꽃 벌판에 그림을 그린다.

하얀 허리에 눈부신 초록 머리칼이 아름다운 자작나무 숲, 뻐꾸기가 숲 사이를 날며 말을 걸었다. 재령은 가로로 쓰러진 나무 위에 털썩 걸터앉았고 선하는 그녀의 무릎을 베고 누웠다. 그는 재령의 손을 잡아 자신의 가슴 위에 올려놓았다. 깃털 같은 구름이 유유히 흘러가고 나뭇가지 사이로 쏟아지는 황금빛 햇살은 선하의 얼굴에 알록달록 그림을 그렸다. 눈을 감은 그는 세상에서 가장 편안해 보였다.

잠시만 이렇게 시간이 멈추어주었으면 좋겠다. 전쟁으로 얼룩진 저 바깥 세상의 시간에서 벗어나 고요하게 흐르는 이런 바람과 햇살. 그리고 사랑하는 선하. 어찌하여 그런 것들이 가득했던 순간에는 이런 간절함이 없었을까. 어찌하여 언제고 마음만 먹으면 다시 누릴 수 있을 거라 여기며 당연하게 생각했을까.

전쟁도 없고, 동인 서인도 없고, 눈물도 비명도 없는 이 순간이 언제고 계속되었으면.

한없이 평화로운 이 사내의 얼굴처럼.

그는 감았던 한쪽 눈을 떠 실눈으로 재령을 보았다.

"아, 깜박 잠이 들었나 보군. 낭자의 품이 참으로 편안하오."

선하는 자신의 뺨을 그녀에게 비볐다. 그리고 다시 두 눈을 활짝 뜨고 그녀를 보았다. 하늘을 배경으로 보이는 그녀의 얼굴이 청량해서 좋았다.

"그나저나 큰 활약을 하였더이다."

재령은 어깨를 으쓱하며 씽긋 웃었다. 약간 우쭐해 하는 미소에서 알싸한 박하향이 났다.

"훗, 어디서 들었소?"

"저하께서 말씀해 주셨소. 덩달아 나도 어깨가 으쓱해져서 하마터면 저하께 그대 얘기를 마구 자랑할 뻔했소. 독에 중독된 나를 어찌 살렸는지부터 해서...."

그녀가 그를 흘겨보았다. 선하는 그런 재령의 뺨을 어여뻐 죽겠다는 듯 살짝 꼬집었다.

"하지만 이번에도 몸을 사리지 않았겠지?"

"그런 건 생각할 겨를이 없었소. 너무 급박하여."

그 말을 들은 선하의 장난스러운 눈빛은 금세 진지해져 깊은 빛으로 바뀌었다. 자신이 전장에 나가 곁에 없을 때 행여 그녀에게 위험이 닥친다면 어떻게 해야 하지. 그런 일은 결코 일어나서는 아니 되지만. 그는 그녀의 무릎에서 벌떡 몸을 일으켰다.

"아니 되겠소. 일어나 보시오."

“무엇을 하려는 것이오?”

“활은 쏠 줄 아시오?”

“배운 적은 있소만 잘은….”

“그럼 활은 됐고, 가장 쉽고 간단한 몇 가지만 가르쳐 주겠소.”

어리둥절 하는 재령의 손을 이끌어 일으킨 후 선하는 어깨에 걸었던 끈에서 팔을 빼고 장검을 칼집에서 꺼냈다. 스르릉 하는 차가운 소리와 함께 잘 손질된 검날이 그녀의 얼굴과 하얀 자작나무 몸통을 비췄다. 숲 속이 순식간에 추워지는 것 같았다.

“한번 들어보겠소?”

재령은 호기심으로 눈빛을 빛내며 그가 내민 검을 조심스럽게 건네받았다.

“어쩐지 기분이 아슬아슬하오!”

“어떻게 뱀은 무서워하면서 비슷하게 생긴 칼은 안 무서워하는구려.”

“앞으로는 이것으로 뱀을 잡아보려 하오. 단칼에!”

“하하하하핫.”

“이다음은 어떻게 해야 하오?”

“이런 식으로 단단히 잡고 팔을 쭈욱 펴보시오.”

보기에도 무거워 보였지만 손에 실린 무게는 아찔하도록 더 강렬했다. 자꾸만 땅바닥으로 처박히려는 검을 꼿꼿하게 세우는 것조차 만만치 않았다. 아무것도 하지 않고 그냥 들고만 있어도 검의 끝이 갈대처럼 흔들흔들거렸다. 식은땀이 주르륵 등을 타고 흘렀다.

“쉽… 지 않구려. 이런 걸 들고 싸운단 말이오?”

재령은 팔을 바들바들 떨면서도 끝끝내 그 동작을 버티고 있었다. 선하는 그런 그녀가 사랑스러워 죽을 지경이었지만 와락 끌어안지 않으려 노력했다. 행여나 검을 들고 있는 그녀를 놀라게 했다가는.

그 생각을 하자마자 아니나 다를까. 재령이 호기롭게 그녀의 앞쪽을 향해 휘이익 하고 칼을 휘둘렀다가 그 힘을 못 이기고 휘청거리며 한 바퀴 돌았다.

"어어어!"

선하는 지레 놀라며 몸을 뒤로 빼어 그녀가 휘두른 검날을 피했다.

"조심! 조심하시오!"

"어머낫! 선하 도령! 다치진 않았소?"

놀란 재령이 칼을 내려놓고 그에게 헐레벌떡 다가왔다. 휴우. 이렇게만 해도 서넛은 다쳤을지도 몰랐다.

"괜찮소. 낭자의 칼을 피하지 못하면 무관이 아니지."

그녀는 흥분해서인지 놀라서인지 뒤죽박죽 감정이 뒤섞여 붉어진 얼굴이었지만 다시 심호흡을 하며 그가 가르쳐준 대로 다시 검을 세워 들었다. 하지만 장검은 그녀에게는 너무 버거웠다.

"아니 되겠소. 좀 더 가벼운 것으로 해봅시다."

선하는 그보다 날이 짧고 예리한 패도(佩刀)를 그녀에게 내밀었다. 손잡이 부분의 검은 가죽은 비록 닳았지만 튼튼했고 정교한 백금으로 치장되어 있었다. 그가 동굴에서 그녀에게 주려고 더덕을 깎던 바로 그것이었다.

"...이걸 왜?"

재령은 패도와 함께 그것을 내미는 선하를 번갈아 바라보았다.

"이것을 들고 싸우라는 뜻이 결코 아니요. 낭자의 힘으로는 그렇게도 할 수 없소. 하지만 잘 배워두면 결정적인 순간에 단 한번, 위기를 벗어날 수는 있을 것이오."

재령은 고개를 끄덕였다. 그런 일은 두 번 다시 일어나서는 아니 되지만 선하가 어떤 마음으로 그것을 재령에게 주었는지 알 것 같았다. 어느 곳이

든 전쟁터가 될 수 있었다. 그는 지난번처럼 왜군에게서 그녀를 구해줄 수도 있지만 그렇지 못할 수도 있었다. 재령은 그것을 야무지게 받아들고 곧바로 의지 충만하여 칼자루를 잡았다. 그가 그녀의 곁에 있든, 혹은 없든 제 목숨은 제 손으로 지키고 싶었다. 선하가 진땀을 빼는 듯 웃으며 그녀를 만류했다.

"아니, 아니. 아직은 칼집에서 꺼내지 말고... 일단 나뭇가지로 먼저 연습해 봅시다. 안전하게."

누군가가 물었을 때 서형남은 그건 그의 딸이 아니라고 부인했다. 누군가가 다시 물었을 때는 결국 참지 못하고 불같이 화를 냈다. 그리고 이를 갈며 다짐했다. 이대로 가만두어서는 아니 된다고. 백주대낮에 사내와 그런 입에 담지 못할 짓을, 그것도 백성들 앞에서 벌인 그 근본 없는 여인이 자신의 딸이라는 되지도 않는 뜬소문은 결코 사실이 아닐 것이다. 하지만 그저 뜬소문이라 하더라도 서인의 자존심은 땅바닥으로 떨어져 버리고 만 것이다.

'찢어 죽여도 시원찮을 동인 놈....'

전투에서 이긴 것은 그저 그 동인 녀석이 지독히도 운이 좋았던 것뿐이었다. 어떻게 해서든 그곳에서 죽었어야 했는데. 그랬다면 이런 불상사를 막을 수 있었는데. 비가 내리기 시작한 바깥에서 증오하여 마지않는 자가 다가왔다.

"부사직, 윤선하."

"좌윤 영감. 강녕하셨습니까?"

선하가 두 손을 앞으로 모으고 서형남에게 공손하게 고개를 숙였다. 그는 분노를 삭이며 윤선하를 노려보았다. 그 젊은 사내의 태도는 사뭇 예의가 바르지만 동시에 꼿꼿하고 당당했다. 그래서 그가 서인이 아닌 것은 위협적이었고 그런 그가 자신의 딸과 함께 사람들 입에 오르내린다는 수치심에 자신의 손으로 죽이고 싶을 만큼 미웠다. 하지만 서형남은 체면을 지키기 위해 이런 복잡한 자신의 감정을 최대한 삭였다. 그랬음에도 그의 눈썹과 수염은 파르르 떨리고 있었다. 화를 내는 것조차 자존심이 허락지 않았다.

"내가 자네를 왜 보자 했는지 짐작하고 있겠지?"

"그러하옵니다."

윤인로 대감의 타협하지 않는 강직한 성품을 닮았겠지. 위험한 적이었다.

"단도직입(單刀直入)하여 말하겠네. 자네와 내 딸이 더는 한입에 오르내리지 않도록 하게. 더는 우리 가문과 서인을 욕보이지 말란 말일세."

좌윤의 눈썹이 파르르 떨리는 모습이 보였다. 그는 이 상황을 수치스러워했다. 뿌리 깊은 증오. 정녕 바꿀 수는 없는 걸까. 재령을 그의 아내로 맞이하는 것은 불가능한 일일까. 빗방울이 전모 위로 또르르 떨어졌다. 선하는 그에게 무릎을 꿇었다. 비로 젖은 바닥은 아랑곳하지 않았다.

"어르신, 따님을 제게 주십시오."

빗방울이 땅에 처박히는 모습이 보인다.

"어떻게 감히 그런 식으로 내 딸을 우롱하는 것인가?"

결국 좌윤의 인상이 심하게 일그러졌다. 어떻게 해야 선하의 진심을 보여줄 수 있을지 막막해졌다.

"우롱하는 것이 아닙니다. 제 마음은 진심입니다."

"당치않은 소리. 지금 전쟁 중이라고 뭔가 착각하고 있는 것 같은데 우린 적일세. 동인과 서인이 어찌 피를 섞을 수 있겠나?"

"재령 낭자를 진심으로 은애하고 있습니다."

"닥치지 못할까?"

"부디 넓은 마음으로 저희를 보아주십시오."

"네 이놈!!!"

"……."

"헛허허허허."

그는 분노가 섞인 쓴웃음을 지었다. 고집스럽게 무릎을 꿇은 윤선하의 모습에서 어이없게도 진심이 느껴져서 더 기가 막혔다. 아직 새파랗게 젊고 세상 물정을 몰라 젊은 치기로 가득했다. 자신의 힘으로 이 복잡한 구도를, 이 세상을 바꿀 수 있다고 믿는 건가.

"자네 보기보다 순진하구먼. 이 문제를 한낱 남녀 간의 혼인으로 풀 수 있다고 보는가? 수많은 세월 동안 쌓인 골일세. 이 엉킨 매듭은 전하께서도 못 푸시네."

"하오나 언제까지 동인 서인이 이렇게 척을 지고 지내야 하는 것입니까? 정녕 화해할 길은 없는 것이옵니까?"

"화해? 훗후후후. 그럼 자네가 속한 동인들부터 먼저 설득해 보시게. 춘부장(春府丈)이신 윤인로 대감께서 어떤 대답을 주실지 기대되는군. 서인인 우리 재령이를 맏며느리로 들이는 것을 과연 허락하실까?"

"……."

"난 절대로 동인에게 내 딸을 넘길 수 없네. 차라리 평생 혼자 늘지언정."

그리고 그는 재령을 세자에게 들이는 것이 실패한 그 날, 자신의 딸이 한 말을 떠올렸다. 지금의 선하처럼 그녀도 바닥에 무릎을 꿇었었다. 하지만 그는 딸을 바라보려고조차 하지 않았다.

"곧 다른 혼처를 알아볼 것이다."

재령은 아비의 참담한 마음을 충분히 이해할 수 있었다. 하지만 자신도 뼛속까지 서인이었음에도 불구하고 선하만큼은 그런 편 가름에서 배제하고 싶었다. 그를 어느 한쪽에 서야만 하는 사람이 아니라 좋은 사람 그 자체로 보아주었으면 하고 바랐다. 그녀의 아비는 완강했지만 포기할 수는 없었다.

“아버지, 윤선하 도령은 좋은 사내입니다.”

“이 아비도 안다. 훌륭한 무관이지. 하지만 동인이다. 우리와 적이란 말이다.”

“지금 조선에 왜군 말고 적이 또 있다 하시는 것입니까?”

“닥치지 못할까?”

“허락해 주십시오, 아버지.”

“윤선하가 자신의 가문과 동인으로서의 신념에 등을 돌린다면 기꺼이 그를 들일 것이다. 네가 직접 물어보아라, 그리할 수 있는지. 헌데 나는 그 녀석이 그렇게 할 거라 생각지 않아.”

“…….”

“전쟁 중이라 할지라도 아직 무사한 서인 청년들이 있을게다. 그러니 그들 가운데서 혼처를 알아볼 것이다. 그리 알아라.”

그때 재령은 그랬다. 그 눈동자가 참으로 단단했다. 이토록 고집부린 일이 없었는데 그런 딸의 모습은 낯설었다.

“소녀, 죽을 때까지 다른 이의 짝이 되지 않겠습니다.”

“지금 이 아비를 겁박하는 것이냐?”

“차라리… 그리할 것입니다. 아버지. 그리할 것입니다.”

그는 차갑게 고개를 돌렸다. 어리석은 것.

“내가 윤선하를 반대하듯, 너도 그 집안에서 그런 존재일 것이다. 그는 동인이고 우린 서인이다. 그 사실은 절대 변하지 않아.”

#27
그 한마디의 말

갑자기 대령하라는 세자빈의 명을 받았다. 재령은 나인의 뒤를 따라 서둘러 서쪽 객사에 도달했다. 세자빈이라니. 아마도 이런 갑작스러운 의외의 일은 부친이 일부러 만든 것만 같았다.

"빈궁 마노라, 좌윤 서형남의 여식 대령하였나이다."

열두어 살 적에 빈궁을 본 적은 있었다. 그러고 보니 그 바랜 기억 속에서 새삼스럽게 자신이 광해군 군부인을 뽑는 초간택(初揀擇)에 들었었다는 일이 떠올랐다. 생각해 보니 아찔하기도 하고 우습기도 했다. 만약 재령이 간택되었더라면 어땠을지. 하지만 이미 지금의 빈궁이 간택자로 내정되어 있었기에 재령에게는 처음부터 의미 없는 자리였었다. 빈궁은 재령과 같은 서인이었고 그녀의 먼 친척이라고 했지만 그 날 만나 몇 마디 이야기를 나눈 것이 다일 뿐 별다른 기억은 없었다.

상궁의 지시에 따라 그녀에게 절하고 분부를 기다린다. 부채를 부치는 지밀나인의 모습과 방 가운데에 앉은 우아한 여인의 모습을 언뜻 스쳐보았을 뿐이었다.

"나를 기억하느냐?"

"예, 그러하옵니다."

"재령이라 했지? 초간택 때 내 옆자리에 앉았었다. 어렸을 적 기억에도 참으로 단아하고 총명한 소녀로 인상이 깊었다."

“.......”

“이 황망한 전쟁 중에 무사하였다니 나도 기쁘구나.”

“황공하옵니다, 빈궁 마노라.”

“헌데, 어찌하여 거절하였느냐?”

무슨 뜻일까. 무엇을 거절했다는 것인가. 하지만 그녀는 침착하게 숨을 고르고 빈궁이 그리하는 이유를 생각해 보았다.

“...빈궁 마노라, 소녀 아둔하여 하명하신 말씀이 무슨 뜻인지 알지 못하나이다.”

악의는 느껴지지 않았다. 하지만 그녀는 재령에게 설명하는 대신 차분하게 다음 말을 이어갔다. 빈궁의 목소리는 종을 치는 것처럼 맑았지만 조금씩 떨리고 있었다.

“어찌하면 그럴 수 있었을까 궁금하더구나. 저하를 모시는 것을 거절하였다지?”

아, 그 일. 결국 빈궁의 귀에까지 들어갔단 말인가.

“실은....”

“탓하는 것이 아니다. 고개를 들어보아라.”

재령은 얼굴을 들어 조심스럽게 그녀를 바라보았다. 피난길이라 궁중에서처럼 화려한 차림은 아니었다. 고급스러운 재질의 치마저고리만 낯설었을 뿐, 대갓집의 평범한 어린 부인처럼 보이기도 했다. 가느다랗지만 날카로운 눈초리에 매끄러운 창백한 얼굴을 한 재령 또래의 여인이었다.

“안타깝구나. 한 집안인 네가 저하의 후궁이 되었다면 나도 안심했을 텐데. 네가 나 대신 간택되었다고 하더라도 잘했을 것으로 생각했으니까.”

“마노라, 어찌 그런 참담한 말씀을 하시나이까? 몸 둘 바를 모르겠습니다.”

저렇게 차분하게 남 얘기를 하는 것처럼 그런 종류의 일을 입에 올릴 수 있게 되려면 도대체 얼마나 마음을 숨기고 다스려야 하는 걸까. 재령과 비슷한 또래일 뿐인 창백한 낯빛의 그녀가 가엾다는 생각이 들었다. 선하를 만나기 전 자신의 모습도 저랬을까. 고고한 눈빛으로 부자연스럽게 진심을 숨긴 듯한 얼굴이었을까.

"내 여러 가지 일로 몸이 좋지 않아 저하를 모실 수가 없는 차에 마침 네 아비가 그리하자 청하더구나. 좋은 생각이라 여겼다. 그것이 저하와 우리 가문을 위한 일이었음을 총명한 네가 모를 리 없었을 텐데. 적어도 내가 기억하고 알고 있는 넌 그리했다."

"……."

"그때 네가 재간택에 든 내게 그랬었지. 서인과 가문을 위해 부디 힘써 달라고."

자신이 그런 말을 했단 말인가. 그럴 수도 있었다. 하지만 지금은 무엇이 옳은 것인지 명확하게 구분할 수 없었다. 이제껏 그렇게 살아왔지만 실은 서인과 가문의 영광, 그보다 더 중요한 것이 있지 않았을까.

"마노라, 그 마음은 지금도 변함이 없사옵니다. 다만 아뢰옵기 황공하오나…."

그 순간 망설여지는 직감이 재령의 입술을 붙잡았다. 그의 이야기가 빈궁의 귀에 들어간다면 어떤 결과가 닥칠까. 알 수 없었지만, 적어도 뼛속까지 서인인 빈궁은 그 일을 순순히 받아들이지 않으리라는 것은 확실했다. 그녀는 선하와 자신에게 어떤 영향이든 미칠 수 있는 신분이 아닌가, 자신의 부친이 그랬던 것처럼. 재령은 재빨리 말을 돌려 빈궁이 받아들이기에 가장 무난한 대답을 찾는다.

"저하께서… 소녀에게 그냥 돌아가라 하셨습니다."

"너를 싫다 하셨다는 말이냐?"

“예… 그런 듯하옵니다.”

빈궁은 한동안 침묵했다.

재령은 그 담담한 침묵이 어쩐지 빈궁의 안심하는 마음이라 느껴졌다. 아무리 보살 같은 심성이라 하더라도 세상 어느 여인이 낭군의 시앗을 보는 일을 쉽게 받아들일 수 있을까, 비록 그런 평범한 아낙의 마음을 버려야 할 세자빈이라 할지라도 말이었다.

“…….”

돌아가라 했다니. 여러 가지 이유가 있었을 것이다. 세자가 그리한 데는 아마도 전쟁과 나랏일에만 집중하고자 한 이유가 가장 컸을 것이다. 사사롭게 마음을 위로할 만한 여유가 없었겠지. 그는 현명한 판단을 내렸다.

빈궁은 그렇게 여겼지만, 한편으로는 그가 아주 조금쯤 자신을 떠올려주지 않았을까 허허로운 기대가 들었다. 아직도 사가의 아녀자들처럼 헛된 마음을 버리지 못한 것일 테지만 희미하지만 따뜻한 감정에 그녀는 짧게나마 설렌다. 그래서 아무도 눈치채지 못하게 쓸쓸하고 옅게 미소를 지어 보았다.

“야스나리.”

“구로다 총대장님.”

수많은 장군과 부장들이 길게 도열해 있었다. 무릎을 꿇은 야스나리는 그에게 깊게 머리를 숙여 바닥에 붙였다. 번쩍이는 갑옷이 시야에 층층이 길게 자리를 잡고 있었다. 차가운 금속이 나무 바닥에 부딪히는 소리가 났다. 그건 자신의 갑옷에서 나는 소리인가.

결국 이곳, 그의 앞까지 오고야 말았다. 요시히데가 참전하는데 결정적인 역할을 했던 그의 숙부, 구로다 총대장. 무자비한 피 냄새가 방안에 그득했다. 그 야만과 폭력의 가운데에서 야스나리의 유약한 생각과 흔들리는 눈빛은 아무런 존재감이 없었다. 그들은 마음속으로 자신을 무시하고 있었다. 전쟁에서 가장 쓸모없는 사람은 붓을 들고 말이 많은 학자였으니까.

"데루모토를 잃은 상황에 엎친 데 덮친 격이구나. 둘 다 멍청하기 이를 데 없군. 한 놈은 포로가 되고 다른 한 놈은 개죽음."

그는 짜증이 섞인 혼잣말을 털어냈다. 그의 진군(進軍)에 커다란 차질이 생긴 것만 중요하다는 듯, 실패한 자들에 대해 어떤 감정도 품지 않은 듯했다. 죽은 요시히데에게도, 형제를 잃은 참담함을 안고 온 야스나리에게도 그는 냉정했다.

"개죽음이 되느냐 아니냐는 네게 달렸다, 야스나리. 이제부터 네가 요시히데의 군사를 이끌어. 너를 새로운 부장으로 임명한다. 구로다 가문의 명예를 드높여라."

"하지만 총대장님."

"네 형을 죽인 놈들에게 피로서 되갚아 주어야지. 복수! 네가 가는 길에 거추장스러운 것들은 전부 다 죽여도 좋다. 네 원수가 누군지 넌 이미 알고 있지? 그 맹랑한 조선 왕자."

"……."

"복수는 물론이고, 네가 승리한다면 네 형도 명예롭게 눈을 감을 수 있다. 그러니 안협을 쳐라."

구로다 총대장이 지키고 싶은 명예. 이 전쟁의 승리가 곧 그런 명예일까. 구역질이 났다. 하지만 거절하지 못한다. 이제 요시히데도 없는 전쟁터에 홀로 남았지만 비어있는 명분으로 내려진 명령이라 할지라도 야스나리는 그에게 고개를 숙인다. 누군가를 지키려는 것이 아니라 이번에는 복수를 위해. 하지만 무엇을 위한 복수인가. 구로다 총대장? 요시히데? 아니면 후에를 간자로 이용한 사람들? 자신을 몰아친 이 상황? 생각하지 말자. 이미 그의 의지로 되는 것은 아무것도 없으니. 비겁하다 해도 할 수 없었다. 거역하지 못한다면 그대로 휩쓸려 갈 뿐이다.

'부디, 야스나리.'

물감처럼 번져오는 그녀의 목소리, 자신이 돌아가기를 바랐던 채홍이 마지막으로 남긴 그 말을 머릿속에서 지운다. 마음속 그녀도 함께 지운다.

"명을 받들겠습니다. 총대장님!"

이제 그의 손에도 붉은 피를 묻히게 되겠지.

'후에, 나는 이제 돌아가지 못하게 되었다. 너처럼.'

젖은 몸으로 선하는 밤늦게 숙소로 돌아왔다. 습기를 없애려 천막 안에 피워놓은 모닥불은 작게 열기를 뿜어냈다. 열린 천막 문으로 비 내리는 바깥소리가 들려왔다. 비에 젖은 철릭은 무겁게 다리에 감겼고 그의 눈썹 위로 물방울이 흘러내렸다. 쉽지 않을 것을 알았지만, 그 견고한 벽에 부딪히고 나니 얼마나 어려운 일을 시도하려 하는지 알 것 같았다. 선하는 잠든 찬새를 깨우지 않기 위해 살금 거리며 벽에 검을 걸고 젖은 옷을 벗었다.

"도련님. 겁나 쫄딱 젖으셨네요."

어둠 속에서 찬새의 목소리가 들렸다.

"이 늦은 시간까지 아니 잤느냐?"

찬새는 불편한 몸을 일으켜 주섬주섬 닦을 것을 가져다 그에게 주었다.

"고맙구나."

그는 불빛을 등진 어둠 속에 표정을 숨긴 채 선하답지 않게 길게 한숨을 쉬었다.

"도련님."

“응.”
“이번에 저하께서 성천으로 가실 때 도련님도 가시죠?”
“그래.”
“저도 갈래요. 데려가 주세요.”
“곧 갔다가 다시 올 것이야. 넌 다리가 아물 때까지 무리해서는 아니 된다.”
찬새는 자신의 다리를 물끄러미 내려다보았다. 이제는 날랜 찬새가 될 수는 없을 것 같았다. 이 다리로는 적을 정탐할 수도, 소식을 물어다 줄 수도 없었다. 그렇게 선하에게 짐이 되고 싶지는 않았는데.
“제가 도련님 곁에 있어야 하는데 다리가 이래서....”
씩씩하던 찬새의 풀죽은 목소리. 젖은 몸을 닦던 선하가 문득 멈췄다. 이 아이는 늘 선하를 챙긴다고 한다. 곁에서 그를 지켜주겠다고 한다. 늘 반은 농담, 반은 걱정으로 그의 곁에 있었던 찬새였다. 그는 여전히 어둠 속에서 뒤돈 채 생각에 잠겼다. 저 아이를 데리고 가지 말았어야 했나. 저렇게 다리를 다친 채로 험난한 세월을 맞으며 어른이 된 찬새는 남은 삶 동안 이 모든 것을 후회하지 않을 수 있을까. 그때 고집을 꺾어서라도 이곳에 남겨두었더라면 여전히 멀쩡한 다리로 날랜 찬새로 남았을 것을. 선하는 찬새의 저 다리가 마치 자신의 책임인 것만 같다. 그를 따르다 목숨을 잃은 부하들도 오직 자신의 명령에만 따랐을 뿐. 누군가를 사지로 보내기 전 그 결정이 올바른 것이었는지 어떻게 알 수 있을까. 올바름과는 상관없는 그저 운에 따라 변하는 것이었을까.
그럼에도 불구하고 또다시 찬새에게 이 일을 맡겨도 되는 것인지 확신이 서지 않았다. 저 아이를 위험한 소용돌이로 끌어들이는 것은 아닐지 선하는 망설였다. 하지만 찬새는 분명 잘할 수 있을 것이다.

“찬새야.”

“예, 도련님.”

자신의 판단을 얼마나 믿어야 할까. 찬새에게 이 일을 맡길 만큼 정확한 판단인가.

“...아무것도 아니다.”

눈치가 백단인 찬새는 그가 아무것도 아닌 일 때문에 자신을 그런 목소리로 불렀다고는 생각하지 않았다.

“도련님, 저 잘할 수 있어요.”

“.......”

“뭔진 모르지만 잘할 수 있다고요. 찬새를 믿으시죠?”

믿고말고. 하지만 믿는 것과 걱정되는 것은 다른 거야. 찬새의 저 눈빛. 풀죽었던 목소리는 어느덧 예전으로 돌아와 있었다. 시들거렸던 잎사귀가 물을 머금은 것처럼. 선하는 결국 결심했다.

“네가 중요한 일을 해주어야겠다.”

“예, 말씀하세요.”

“이젠 몸이 날랜 찬새가 아니라 머리가 날랜 찬새가 되어야 한다.”

“머리가 날랜... 찬새요?”

“그래.”

찬새는 어깨를 으쓱해 보였다.

“저하께서 성천으로 옮기시는 것은 함께 갈 대신들과 숙위군 외에는 아무도 모른다. 만약 저하를 염탐하는 자가 있다면 그 소식을 어떻게 해서든 왜군에게 전하려 하겠지.”

“왜놈 간자가 있다는 말씀이세요?”

“그래, 하지만 왜놈일 수도 아닐 수도 있어. 차라리 왜놈이라면 드러나는 행동은 하지 않을 테지만, 아니라면... 네가 위험해질 수도 있다. 이곳에 남아있는 누구도 믿을 수가 없어."

"걱정 마셔요."

"자객이 저하께 접근할 수 있었다면 분명 이 가까운 곳에 간자가 있을 것이다. 관군들이 샅샅이 찾고 있지만 분명 놓친 부분들이 있을 거야. 하지만 절대 맞부딪치진 말고 은밀히 알고 있어라. 알겠느냐?"

#28

상처를 낫게 하는 것

물레방아가 물을 싣고 도는 소리가 잔잔하게 들렸다. 퉁퉁, 하며 반복되는 방아 찧는 소리도 함께 들렸다. 그림자는 한 자리에서 깜박거리며 계속 맴돌았다. 해가 산을 넘어가고 남은 빛은 아직 산 위에 보랏빛 잔영으로 묻어 있었지만, 곧 칠흑 같은 어둠이 내릴 것이다. 그때가 되면 선하는 또다시 말을 타고 떠나야 하겠지.

서로는 서로가 입은 마음의 상처를 숨긴 채로 한 공간에 있었다. 재령의 부친이 던진 말로 두 사람 모두 상처를 입었다. 하지만 그건 사실이 아니라고 부인할 수 없었다. 그의 말처럼 선하의 부친 역시 재령을 반대했을 것이고, 가문과 동인들에게 등을 돌린 채 재령을 맞이할 수도 없을 것이다. 그런 모든 것을 묻지도 답하지도 않았지만, 그들이 함께 있음은 그 누구에게도 축복받을 수 없을 것 같았다.

그는 저고리를 벗어 그녀에게 다친 팔을 드러냈다. 하얀 광목을 두른 팔에는 이제 진물이 묻어나지 않았다. 재령은 새롭게 생긴 다른 상처는 없는지 꼼꼼하게 그의 몸을 살폈다. 그리고 그의 몸에 난 흉터들을 손가락 끝으로 부드럽게 쓰다듬었다. 수많은 크고 작은 상처들. 돌아올 때 이 상처에서 더는 늘지 않기를.

광목을 풀기 시작했다.

드러난 상처는 아물고 있었지만 커다란 칼자국은 여전히 핏빛으로 물들어 있었다. 저절로 인상이 찌푸려졌다. 깊게 패인 흉터, 얼마나 아팠을까. 한편으로는 그 커다란 상처가 팔에만 그쳤다는 것이, 생각해보면 얼마나 다행인지. 재령은 숨을 죽이고 정성스럽게 상처를 소독했다. 선하는 재령에게 팔을 맡긴 채 상처를 치료하는 그녀를 물끄러미 보았다. 독을 맞은 어깨를 치료할 때도 재령은 저런 표정이었겠지. 두 눈은 상대의 아픔을 고스란히 느끼는 것처럼 흐릿한데도 반대로 입술은 앙다물어 흔들림을 숨기는 표정. 그녀가 안쓰러운 만큼, 그런 사랑을 받는 선하의 마음은 실바람에 보들보들해졌다. 그녀의 손을 가만히 잡았다.

“보기보다는 안 아프오.”

“그런 거짓말은 마시오. 차라리 도령답게 잔뜩 엄살을 부리는 것이 어울리오.”

“제대로 싸운 무관이라면 이런 상처쯤은 다들 하나씩 있다오. 아픔에는 익숙해졌으니 걱정 마시오.”

“난 앞으로도 영영 익숙해지지는 않을 것 같소. 도령이 어딘가에서 이렇게 다쳐서 올 때마다....”

말을 삼키고 숨을 뱉는다. 어색하고 묵직한 침묵이 내려앉았다. 재령의 머릿속으로 수만 가지 걱정이 흘러간다. 자꾸만 침울해지는 재령을 위해 선하는 심하게 엄살을 부려야겠다고 생각했다. 함께 있을 때 그녀가 항상 행복했으면 좋겠다. 그녀의 웃는 모습을 보고 싶었다.

“아야야얏!”

“아프오?”

눈이 동그래진 재령이 광목을 감던 손을 멈췄다.

“욱신거리오... 그대가 살살 호호 불어주구려.”

물기가 어린 눈의 재령은 엉뚱한 그의 제안에 얼굴을 빤히 쳐다본다. 그는 가볍게 콧잔등을 찡긋했다.

"불어주면 안 아플 것 같아서."

이렇게 해서라도 재령의 기분을 나아지게 하고 싶었다. 불어준다고 하여 안 아플 리 만무하겠지만, 재령은 세상 진지하게 그의 상처에 입술을 가져가 동그랗게 말았다.

"호오오오오…."

"어?"

선하가 깜짝 놀라는 시늉을 했다.

"많이 아프오?"

"낭자의 입김이 닿으니 갑자기 하나도 안 아프오!"

장난인 것을 알면서도 재령은 다시 정성을 들여 입김을 불어주었다. 정말로 그녀의 입김에 누군가를 치유할 수 있는 능력이 있었으면 좋겠다고 생각하며.

이어서 그녀의 생각은 오후 내내 손질한 그의 갑옷에 가 닿았다. 이렇게 아물지 않은 팔을 한 채로 선하가 다시 입을 저 갑옷. 팔이 아물 때까지만이라도 아무 일 없어야 할 텐데. 재령은 그에게 갑옷을 달라 청하여 꼼꼼히 손질했다. 한 땀 한 땀 꿰매는 손길마다 그의 무사귀환을 빌었다. 이 갑옷이 막아줄 위험의 순간들을 생각했다. 그 덕에 손끝은 다 갈라졌지만 괘념치 않는다. 다친 팔이 아프지 않도록 안쪽에 천을 덧대었고 왜군의 총알이 치고 간 찌그러진 부분을 정성 들여 폈다. 부디, 그를 지켜줘. 내내 그토록 속삭이면서

열린 헛간 지붕 저편으로 별이 내리기 시작했다.

보랏빛이 물들기 시작한 밤하늘은 품었던 별을 드러내고 있었고 햇빛은 붉은 옷자락을 끌며 사라지고 있었다. 벌판에 한바탕 피었던 꽃들이 밤이

면 하나둘 하늘로 승천하여 별이 되는 걸까. 잔혹한 이 시절에도 세상은 어쩌면 이토록 아름답게 빛나는 건지. 그녀의 마음과는 상관없이 꽃은 천진하게 피었고 별은 찬란하게 빛난다.

"왠지 억울하오. 내가 괴롭고 힘들 때 세상도 그리될 줄 알았는데. 저 벌판, 저 하늘은 얄밉게도 하나도 변하지 않는구려."

그가 죽어도 여전히 아름다운 세상이라면 재령은 결코 견딜 수 없을 것 같았다. 선하는 그녀를 가만히 끌어안아 머리에 입 맞추었다. 재령은 그의 향기를 깊게 들이마신다.

"곧 돌아오겠소."

치열한 전장이 아니었고 며칠 만에 금방 돌아오는 여정이었지만 재령은 그마저도 안심하지 못하겠다. 그래서 그의 품으로 파고들었지만, 그 불안함을 애써 입 밖으로 내지 않았다. 선하에게 무슨 일이 일어나서는 아니 될 텐데. 그 사이 부친이 다른 혼처를 알아보게 되면 어떻게 해야 하나. 어디론가 숨어 버릴까.

"재령?"

"……아니오."

"뭐가 아니오. 머릿속으로 이 생각 저 생각 잔뜩 걱정하고 있으면서."

"아니란 말이오."

"보시오. 걱정 한 다발이 이렇게 많이 새어 나와 뭉게뭉게 피어난걸?"

그가 그녀의 머리 위로 구름 모양을 크게 그렸다. 남의 속도 모르고 한없이 태평하기만 한 선하. 재령은 뿔이 난 듯 고개를 들어 그를 보았다. 선하는 다정하게 웃고 있었다. 어떡하지. 이 사람을 잃는다면 재령은 어떻게 살아야 하지. 이 세상을 저주하게 될지도 몰라. 솟아오르는 눈물로 그를 와락 끌어안았다.

"나, 어떡하오?"

"재령…."

"난 너무 무섭소. 어딘가에서 주검을 실은 수레가 올 때마다, 전령들이 전장의 소식을 가지고 올 때마다 세상이 무너지는 것 같소. 혹시 당신이 아닐까. 당신이면 어떡하지…."

"쉬잇…."

울먹이며 가슴속으로 파고드는 재령을 끌어안고 달랜다. 선하는 그녀의 두려움을 보듬어 안았다. 하지만 어떻게 하면 그녀의 두려움을 덜 수 있을지는 선하도 알 수 없었다. 돌아오겠다는 어떤 말도 약속할 수 없었으니까. 다행히도 살아남게 되기를 바란다. 다만 이 삶이 계속되기를 바란다. 그 바람은 힘이 되고, 그 힘은 그를 살게 만들 것이다.

"그대가 돌아오지 않는다면, 난 그대라는 긴 꿈을 꾼 것이겠지. 내가 사랑한 사람은 꿈일 뿐이었다고 그렇게 말하게 될까…."

"재령 낭자. 나 좀 보시오."

그렁그렁한 눈의 재령은 눈물이 그냥 흘러내리도록 내버려 둔 채 선하를 바라보았다. 그는 손가락으로 재령의 눈물을 세심하게 닦으며 다정하게 말을 이었다.

"재령 낭자. 난 언제든 죽을 것이오. 그것이 오늘일지 내일일지 모를 뿐이지."

"죽는다는 그런 말 하지 마시오!"

선하는 재령의 손을 가만히 쥐었다.

"…죽는 것은 하늘에 달려 있으니 바꿀 수는 없잖소."

그의 눈빛은 촉촉했지만 담담했다. 장난기가 사라졌지만, 과도하게 심각해지지는 않았다. 죽음을 이야기하면서도 마치 달빛이 아름답다 말하는 것처럼 사소했다.

“사람들이 죽음을 슬퍼하는 이유는, 살아있을 때 해주지 못했던 아쉬움 때문이 아니겠소? 그러니 재령 낭자, 지금은 활짝 웃어 주시오. 그대와 난 지금 싱싱하게 살아있고 이렇게 곁에 있으니. 자!”

그는 재령의 뺨을 살짝 꼬집더니 손가락으로 그녀의 입꼬리를 싱긋 올려 주었다.

“바보....”

그만 웃고 말았다. 그는 언제라도 가장 행복할 준비가 되어 있는 사람 같았다. 동굴에서 밤을 지새울 때도, 독을 맞아 죽을 고비를 맞았을 때도, 자신의 마음을 그녀에게 거부당할 때도 그는 늘 소슬바람처럼 맑게 웃고 있었다. 재령은 그의 뺨을 손으로 감쌌다. 마음이 벅차올랐다. 그래서 지금 그에게 사랑한다 말하지 않으면 이 순간을 영원히 놓칠 것만 같았다.

“선하 도령, 사랑하오. 내 삶에 그대를 맞이하고 난 후 모든 것이 다 빛난다오.”

마주 보는 그의 눈동자는 파르르 하는 따뜻한 불빛이 스민 것 같았다. 세상에서 가장 행복한 것처럼. 선하는 재령을 꼭 끌어안고 몸을 좌우로 흔들었다. 그의 체온과 몸의 부딪침, 그녀를 감싸는 팔의 느낌이 설레고 좋았다. 그래서 재령도 곧 행복해졌다. 오늘 눈감는다 해도 행복할 것 같았다. 선하는 그렇게 언제나 진심이고 그의 진심은 상대의 마음을 열게 만든다.

“아, 역시 당신에게 반하지 않을 수 없군. 이토록 힘차게 고백하는 여인이라니.”

그는 환한 얼굴로 그녀를 바라보았다. 재령이 고개를 끄덕였다. 이제는 완전히 해가 져서 어둠이 깔려 버렸다. 떠날 시간이었다.

혼은 불이 켜진 서쪽 객사를 한참 동안 바라보았다. 떠날 채비는 마쳤고, 성천의 안전이 확보되면 그때 빈궁을 데리러 올 것이다. 새삼스레 작별인사는 나누지 않을 것이다. 평양에서 영변으로, 곡산에서 다시 이곳 안협으로, 그 길고 험한 여정을 빈궁은 잘 견뎌주었다. 그래서 겨우 몸을 추스른 그녀를 검증되지 않은 곳으로 또다시 끌고 갈 수는 없었다. 혼은 어떻게 해서든 그녀에게는 조금이라도 시행착오를 줄여보고 싶었다.

그녀를 생각하면 어색했다.

늘 다물고 있는 그 입술에서 간혹 들을 수 있는 말들은 언제나 세자로서의 안위, 그녀의 부친을 비롯한 서인 세력들의 지원, 다른 왕자들과 동인들을 경계하는 것뿐. 서로는 사랑할 대상이 아니라 협력할 대상일 뿐임을 분명히 각인시켰다. 혼은 자신을 세자로 추대한 세력인 서인들이 고마웠지만, 그렇다고 하여 그들의 적인 동인들을 무턱대고 배척할 수 없었다. 게다가 빈궁은 그가 윤선하와 가까이 지내는 것을 탐탁지 않게 여겼다. 그럼에도 불구하고 그녀의 우려 섞인 말을 듣지 않고 차갑게 대할 뿐인 자신 또한 그녀에게도 편안한 존재가 아닐 테지. 그 모든 것들로 인해 그녀는 동지 이상도 이하도 아닌 채 혼의 마음 귀퉁이에 머물 뿐이었다.

곧 그녀의 방에 불이 꺼질 것이다. 지금 이렇게 느껴지는 알 수 없는 감정은 힘든 시기에 함께 있어주지 못했던 미안함 때문일 것이다. 혼은 서서히 발걸음을 돌렸다. 내딛는 걸음마다 자박자박 자갈이 조용히 울었다. 그리고 그의 생각을 헤치며 마주 다가오는 자갈의 또 다른 울림소리. 혼은 동쪽 객사에서부터 가까워지는 불빛을 바라보았다. 불빛은 서서히 자리에 멈췄다. 아주 오랜 세월 떨어져 있던 것처럼 어색하고 낯선 순간이었다. 그녀였다. 반가움보다 더 먼저 가깝게 다가온 것은 미안함이었다. 도망치고 싶을 정도로. 다가오는 그녀의 마지막 모습이 기억나지 않았다. 저렇게 작고 가녀린 사람이었나. 빈궁은 혼이 머물고 있는 동쪽 객사에서 오는 길이었을까.

떠남을 앞둔 그에게 행여나 짐을 지우는 것이 아닐까 싶어 빈궁은 말 하나 눈짓 하나 조심해야 했다. 그녀를 데리고서는 신속하게 움직이기 어려울 것임을 잘 알고 있었다. 성천으로 분조를 옮기는 일은 관군과 의병을 규합하기 위한 매우 중요한 일이라 들었다. 그러니 그가 그곳에 터를 다질 때까지 자신은 이곳에 남는 것이 더 나은 일이었다. 두려움이나 외로움이 자신을 약하게 만들 수는 없었다. 그 누구도 그가 진정한 세자가 되리라 기대하지 않고, 전쟁 중에 사라져주기를 바라겠지만, 어떻게든 버텨낼 것이다. 이 고난을 견뎌내고 전쟁을 끝내는 날 온 조선 백성들, 왕실 모두에게 그가 진정한 세자임을 각인시킬 것이다.

"이제 거둥(擧動)하십니까?"

"그렇소."

냉랭하게 대답하지만, 목이 잠긴다. 할 수 있는 말이 이 말뿐이었다. 잘 있었소, 라고 묻기에는 그동안의 무심함이 드러나고, 잘 계시오, 라고 고하기에는 너무 건조한 작별인사였다. 그 어느 쪽도 지금의 두 사람에게는 틀린 말이었을 것이다.

고즈넉하게 들리던 귀뚜라미 울음소리도 어느 순간 그치고 말았다. 빈궁은 세자를 바라본다. 가까이서 본 그의 얼굴은 꺼칠해졌고 눈빛만이 형형했다. 마음은 촛농처럼 녹아 켜켜이 초의 뿌리 아래로 쌓인다. 서로 가까워지지는 않겠지. 이렇게 멀리서만 바라보는 것이 더 편해져 버렸으니. 서로가 서로에게 속했다는 연대감은 마음을 품지 않는 한 생겨나지 않는다. 운명을 함께할 사람이 기본적으로 가져야 할 그런 공통의 마음이 그들에게는 없었다. 그래서 슬프지만 이게 최선이었다.

"이곳은 걱정하지 마시고 성천에서의 과업을 무사히 이끄시옵소서, 저하."

"여기 남은 이들을 잘 챙겨주시오."

"심려 놓으소서."

"그럼, 가보겠소."

할 말이 이것뿐일까. 정녕. 이것뿐이 아니라 할지라도 그는 더는 말하지 않았다. 아니, 하지 못했다. 이제 와서 새삼스럽게 마음을 비치는 말이 무슨 의미가 있을까. 서로는 그렇게 차갑게 지나쳐갔다. 또한 그렇게 멀어져갔다. 혼은 뒤돌아볼까도 생각하며 발걸음을 늦췄지만, 그저 생각뿐이었다.

'부디 몸조심하십시오, 저하.'

그 한 마디가 이토록 어려웠을까. 아무것도 아닌 이 말을 할 수 없어 속으로만 바란다. 빈궁은 바람이 담긴 눈빛으로 그의 가는 뒷모습을 보기만 했다.

#29
폭풍전야

비류강으로 휘몰아치는 비바람이 그를 깨웠다. 마치 일어나라는 것처럼. 문풍지를 세차게 뒤흔들고 가는 그 소리에 선하는 흠칫 잠에서 깨어났다. 눈에 들어온 것은 온통 먹색의 어둠이었다. 어둠이 가득한 방안은 누워있는 자신 외에는 아무것도 없었다. 누군가가 왔다 간 것처럼 이상한 불안감이 그를 엄습했다. 휘이이. 강을 건너온 바람은 객사를 뒤흔든다.

생각보다 귀환이 늦어지고 있었다. 평양성을 탈환하려는 관군의 시도가 실패로 끝나고 말았기에, 군을 다시 재정비하고 후방을 든든히 하는 데 많은 힘이 소모되었기 때문이었다.

연한 숨을 내쉬며 어두운 천장의 서까래를 바라본다. 이 초조함은 귀환을 지키지 못한 약속 때문일 수도 있다. 그녀가 있는 안협은 괜찮겠지. 다행히 별다른 소식이 들려오지 않았으니 그곳은 평안하다는 뜻이었다. 하지만 재령은 길게 목을 뺀 채 늦어지고 있는 그를 하염없이 기다리고 있을 것이다. 그녀를 떠올린다. 어둠 속에 새겨지는 그녀의 얼굴. 미안해 죽을 것만 같았다.

"재령."

그녀를 불러본다. 그의 마음이 바람을 타고 먼 길을 달려가 그녀에게 닿을 수 있다면 얼마나 좋을까. 늦어지고 있소, 걱정하지 마시오. 조금만 더 기다리면 만날 수 있소. 사랑하오. 미치도록 보고 싶소. 그런 말들을 저 거센 바람에 실어 보낼 수 있다면.

선하는 다시 잠을 청해 보았다. 하지만 정신은 점점 맑아졌고 한번 깨어난 심장은 다시 얌전해지지 않았다. 언제쯤 안협으로 돌아갈 수 있을까. 뒤척뒤척 생각만 많아졌다. 강선루(降仙樓)에 나가서 비류강을 내려다보고 있으면 답답했던 마음이 한결 편해지지 않을까. 선하는 주섬주섬 융복을 입은 위에 마루에 걸어놓은 도롱이를 걸쳤다.

비바람은 거셌다. 빗방울은 바닥에 떨어지지 않고 공중으로 흩뿌려졌다. 강선루까지 그 얼마 되지 않는 거리까지 그새 도롱이가 흠뻑 젖었다. 이런 비에는 지붕조차 제구실을 하지 못했는지 그 안쪽에서 입초(立哨)를 서는 군사마저도 도롱이가 완전히 젖은 채였다. 그는 한밤중 갑자기 나타난 선하에게 고개를 숙여 예를 표했다.

선하는 갈모를 들어 올리고 바람에 하얗게 파도가 이는 비류강을 내려다보았다. 빗방울이 그의 뺨으로 불어왔다. 마음이 뻥 뚫리는 것 같았다. 차가웠다. 그래서 정신이 번쩍 들었다. 이곳에서의 일이 하루빨리 정리되어 안협으로 가기를 바랄 뿐인 자신이, 두 다리 뻗고 편하게 잠들었던 자신이 한심하게 느껴졌다. 선하는 비바람 속에 대고 큰소리로 외쳤다.

"아, 이제 좀 보내주라! 남의 속도 모르고 날씨마저 이 모양이냐?"

보초가 눈을 흘낏 굴려 그를 훔쳐보는 것 같았지만 선하는 아랑곳하지 않았다. 우웅 거리며 울리는 산은 말없이 그 자리에서 버티고 있었다. 비바람이 채찍처럼 세차게 지붕을 때렸다. 그때 저 어두운 땅의 끝, 높은 산봉우리에서 작은 불빛 하나가 피어오르다가 곧 꺼졌다. 그의 외침에 대한 대답인지 잘못 본 것인지. 순간 머릿속에 스치는 생각. 혹시 봉화(烽火).

"너도 보았느냐?"

"예!"

긴장한 보초의 대답에 선하도 다시 뚫어져라 그곳을 바라보았다. 기다림이 초조해질 때쯤 다시 불빛이 비쳤다. 비바람에 힘을 잃은 봉화는 위치를 바꿔가면서 번갈아 깜박이고 있었다. 봉화가 분명했다. 보초는 재빨리 기억을 더듬어 불빛의 뜻을 헤아렸다.

"나리. 안협입니다. 안협이!"

보초는 명을 받은 대로 이 사실을 고하러 부리나케 달려나갔다. 선하는 망연자실한 채 그곳에서 눈을 떼지 못했다. 번갈아 피우는 봉화는 그곳을 떠나기 전에 약속한 것이었다. 어찌하여 안협인가. 어찌하여 군사가 주둔한 이곳이 아니라 아무도 없는 그곳이란 말인가. 다리가 풀려 주저앉을 것만 같았다. 그가 이 한밤중에 깨어난 것은 일종의 육감 같은 것이 작동했었는지도 모른다.

'재령!'

제발 무사하기를. 그가 무언가 할 수 있을 때까지 버텨주기를. 선하는 그 불빛을 놓치지 않으며 곧장 세자가 기거하는 동명관(東明館)으로 달려갔다. 그의 갈모가 바람에 벗겨져 하늘로 날아올랐다. 비가 화살처럼 쏟아져 내렸다.

"나리! 나리! 쇤네 말을 들으셔야 합니다! 나리!!!"

옥에 갇힌 찬새가 목이 터져라 외쳤지만 아무도 돌아보지 않았다. 분통이 터질 것 같았다. 찬새는 얼굴이 시뻘겋게 될 때까지 계속 소리를 질렀다.

"앗, 쫌!!! 쫌 들어요! 진짜라니까요! 그놈이 아직 성안에 있다니까요!!! 켁켁... 켁, 젠장!"

목소리마저 갈라졌다. 찬새는 불같이 성질을 내며 옥 창살을 세게 때렸다. 답답하고 꽉 막힌 멍청한 양반들. 억지도 이런 억지가 없었다, 마치 일부러 그러는 것처럼. 지체 높은 양반이라고 해서 다 똑똑한 것은 아니었구나. 하지만 그렇게 욕한다고 해서 끝날 일이 아니었다. 정말 심각하게 큰일이었다. 어찌하여 자신의 말을 듣지 않는 것인가. 자신이 천하고 보잘것없다고 정보마저 보잘것없지는 않건만. 그 높으신 좌윤이란 작자는 자신의 말을 귓등으로도 듣지 않고 오히려 이렇게 옥에 가두고 말았다. 지금 이 순간에도 세작(細作)이 이곳 어딘가를 마음대로 헤집고 다닐는지 알 수 없었으니 피가 바싹바싹 말랐다.

선하 도령의 말이 옳았다. 왜놈이 아니라 하급무관 복장을 한 조선 사람, 그자가 세작이었다. 하지만 좌윤은 오히려 찬새와 선하 도령을 의심하는 것 같았다. 찬새의 말을 듣지도 않고 이렇게 옥에 가둔 것을 보면 말이었다. 마르던 피가 이제는 거꾸로 솟을 노릇이었다. 눈을 뜨고도 제대로 보지 못하니 답답함에 미칠 것 같았다. 그 좌윤이란 양반은 싸늘한 눈초리로 찬새를 내려다보며 이렇게 말했다.

"세작인지 아닌지 어린 네까짓 것이 어찌 아느냐?"

어린 네까짓 것. 그런 무시는 참을 수 있었다.

"비록 어리지만, 쇤네는 지난번 전투에 군사로 참전했었고, 그전에는 왜놈들 정찰도 해서 제법 익숙합니다요. 며칠 전부터 객사를 배회하던 겁나 수상한 놈이 있어서 몰래 미행했습죠. 헌데 그놈이 나리들께서 계신 곳에 숨어들어 엿듣는 것을 제가 두 눈으로 보았습니다."

"네가 그걸 어찌 알고 미행했단 말이냐?"

"예? 그건 선하 도련님이 가시기 전에,"

"선하 도령이라면, 윤선하?"

좌윤에게서 그의 이름이 나오자 찬새의 얼굴이 밝아졌다. 자신의 말은 믿지 못한다 해도 부사직인 선하 도령의 말이라면 분명 믿어줄 것이다.

“예!! 부사직 윤선하 나리가 제게 당부하며,”

“그만.”

전쟁 중에도 동인과 서인이 서로를 모함하는 데 매진하고 있다는 것을 모르는 찬새는 그가 왜 말을 끊으며 묘한 쓴웃음을 지었는지 알 수가 없었다.

“윤선하가, 은밀히 객사를 훔쳐보라 일렀단 말이지?”

“그렇고 말굽쇼. 세작을 찾으라고....”

“수상하구나. 방비를 철저히 하여 객사를 지키고 있거늘 왜놈이 어찌 이곳까지 침투한단 말이냐? 여기 있는 모든 군사가 샅샅이 찾았지만, 왜놈의 흔적은 본 적도 없다. 네가 이곳을 엿듣다 들키게 되니 되레 발고하는 척하는 것이 아니냐? 네놈이 수상하다!”

찬새는 기겁을 하여 두 손을 들어 손사래를 쳤다.

“나리, 천부당만부당 합니다요. 쇤네는 진짜 세작을 미행했습니다!!!”

“시끄럽다. 뭣들 하느냐? 저 녀석을 당장 옥에 가둬라.”

그렇게 하여 질질 끌려오다시피 이곳에 갇혀버린 찬새는 하도 소리를 지르느라 기운이 다 빠져버려 털썩 자리에 주저앉았다. 다친 다리가 욱신거리며 아파져 왔다. 큼큼한 쇳내와 눅눅한 지푸라기 냄새가 가득한 습한 옥사(獄舍)는 찬새를 제외하고는 텅 비어있었다. 아니, 커다란 쥐 한 마리가 있었지. 쥐는 찍찍거리며 벽을 타고 지나갔다. 여기서 큰소리로 욕을 해도 쥐나 벼룩 외에는 아무도 듣지 못할 것 같았다.

“새대가리처럼 멍청한 양반놈들. 내가 그래서 양반을 별로 안 좋아해. 아.... 젠장, 어떡하지? 그놈이 분명 뭔 일을 저지를 텐데. 아읏!!! 차라리 괴공한테 가서 고할걸! 여기서는 이제 다 틀렸어. 선하 도령, 이제 어떡해요? 제발 빨리 오셔요!”

찬새는 벽에 머리를 기대고 저 멀리 창살 너머로 보이는 달을 무기력하게 바라보았다. 비록 글을 못 읽지만 잘 생각해 보면 방법을 찾을 수는 있을 것이다. 찬새는 흥분한 머리를 식히려 천천히 숨을 들이쉬었다.

야스나리는 그의 앞에 머리를 조아린 자를 차가운 얼굴로 내려다본다. 이런 천박한 종자들은 어디에나 있었다. 제 한 몸의 영달(榮達)을 위해 기꺼이 다른 이들을 팔 준비가 되어 있는 자. 말하는 투로 보니 글깨나 읽었던 것 같았다. 야스나리로서는 참으로 써먹기 좋은 도구였다. 저자는 돈 몇 푼에 모든 것을 팔 준비가 되어 있었다. 제 발로 걸어 들어와 몇 번씩이나 정보를 가져다 바치니, 세작보다 더 수월한 건 적의 배신자였다.

그렇지만 차마 입술 끝으로 밀려오는 혐오감을 참기가 힘들었다. 번들거리는 저 탐욕스런 얼굴. 공격하고자 하는 안협 남산성에 관한 필요한 정보를 얻었으니 더는 마주하고 싶지 않았다. 무엇인가가 그의 가슴을 틀어쥐고 있는 것처럼 답답했다.

그래, 그녀의 그림자였다. 그가 아는 어떤 바보 같은 여인은 다른 이들을 위해 자신의 삶을 절벽으로 던졌는데, 그녀와 같은 또 다른 조선인은 이렇게 모두를 거리낌 없이 적장에게 팔았다.

넌 무엇 때문에 그렇게 처절히 죽었는가. 이렇게 아무 소용도 없거늘.

'보아라, 후에. 네 죽음은 아무것도 아니었어.'

구역질이 나올 것 같았다.

"저자에게 충분히 사례하라."

그는 불빛을 받아 번쩍거리는 은자(銀子)를 받고서는 이를 드러내며 좋아했다. 그리고서는 은밀하게 한 마디 더 거들었다.

"장군님, 한 가지 더...."

"......."

"혹시 여인들을 좋아하시면… 천한 기녀들보다는 지체 높은 여인이 장군께 어울리실 것 같아서 말입니다. 쉬쉬하고 있지만, 객사에 세자빈이 남았다는 얘기도 얼핏 들었습니다."

마치 굉장히 중요한 정보를 바친다는 듯 속삭이던 그가 동의를 구하며 히죽 웃었다. 자리에서 일어서 돌아서던 야스나리는 우뚝 자리에 멈춰 섰다.

"좋은 정보로군."

"그렇습니까? 으흐흐흐흐. 그럼, 은자를 더 주시면 정확한 정보를…."

야스나리는 뒤돌았다. 음탕한 눈을 한 저 더러운 얼굴을 더는 보고 싶지 않았다. 자국의 세자빈뿐만 아니라 그는 야스나리 자신까지 욕보이고 있었다. 그리고 기녀였던, 그가 사랑했던 후에까지.

촤악.

순식간에 칼이 번뜩이고 피가 튀었다.

"야, 야스나리 님!"

부하들이 그를 만류할 새도 없이 그자의 머리가 몸에서 분리되어 떨어져 구른다. 아무도 야스나리가 직접 칼을 들리라고는 생각지 못했다. 전율이 스민 적막이 가득했다. 그의 얼굴에 시뻘건 핏방울이 묻었다. 그는 차갑게 굳은 얼굴로 피가 흐르는 칼을 그의 부하에게 건넸다. 보아라, 후에. 이제 나는 예전의 야스나리가 아니야. 손에 피를 묻히는 것을 주저하지 않겠다.

"시체는 들짐승에게 주어 버려라. 그리고 곧바로 안협을 치러 간다."

그는 그 말을 남기고 얼음장처럼 차가운 발걸음을 뗐다.

#30
휘몰아치는 소리

세찬 북소리는 이제껏 재령이 들었던 어떤 천둥소리보다 더 크고 두려웠다. 갑옷과 투구로 완전무장한 관군들이 횃불을 밝힌 채 줄지어 성곽으로 달려갔고, 몰려오는 적을 막기 위해 서둘러 나무로 만든 철책을 설치했다. 멀리서 지진이 난 것처럼 땅이 울렸고 그 소리는 조금씩 가까워지고 있었다. 왜군들이었다. 적들이 들이닥쳐 성을 완전히 포위하기 전에 어서 여인과 아이들을 내보내야 했다. 지키려는 자도 도망치려는 자도 모두가 필사적이었다. 비명을 지르며 반쯤 넋이 나간 혼란스러운 사람들을 거슬러 오르며 재령은 갑옷을 입은 자신의 부친을 간신히 찾아냈다.

"아버지!!!"

흙빛이 되어 버린 얼굴이었다. 그는 딸의 손을 붙잡았다. 하지만 함께 가지 못한다. 그는 결연했고 또한 두려워했다. 왜군으로부터 이 성을 지킬 책임. 선하가 심은 소년의 말을 무시했던 경솔함에 대한 책임. 좌윤 서형남은 뒤늦은 후회와 동시에 그 책임들을 짊어지고 적들을 이겨내야 함을 잘 알고 있었다. 그 사이 세자빈을 어서 탈출시키고 있는 힘껏 성을 지켜야 한다. 그의 목숨을 다해서. 그래서 지금 이 순간이 어쩌면 재령 부녀의 마지막일 수도 있었다. 그는 물기가 어린 딸의 눈동자를 바라보았다.

"어서 가라! 빈궁 마노라를 모신 호위군을 따라 어서!!! 아비는 걱정하지 말고!"

"아버지!!!

"어서 이 아이를 데리고 가게!"

그는 그렇게 재령에게 야속하게 등을 돌리고 다른 부장들과 함께 저편 대낮처럼 불 밝힌 성곽으로 나아갔다. 성을 빠져나가려는 아비규환에 섞여 재령은 그런 아비의 뒷모습을 오래 볼 수는 없었다.

"아버지! 부디 무사하시어요! 무사하시어요!!!"

다만 그렇게 목이 터져라 외칠 뿐이었다.

어디선가 성안에서 펑, 하고 무언가가 폭발하는 커다란 소리가 들렸다. 이어서 따다당, 하는 귀 따가운 조총소리가 들리기 시작하자 놀란 사람들은 공포에 사로잡혀 비명을 지르며 이리저리 마구잡이로 흩어졌다. 이러다가 왜군이 들이닥치기 전에 사람들에게 깔려 먼저 죽을 지경이었다.

"마노라! 빈궁 마노라!"

그녀의 조금 앞에는 몇 명 되지 않는 상궁과 나인들이 넘어진 빈궁을 간신히 에워싸고 있었다. 다른 이들은 다 어디로 흩어졌는지 이 무리 속에서는 도저히 찾을 수가 없었다. 한순간에 빈궁의 무리를 놓친 호위 무관들이 그들에게 닿으려 했지만 미친 듯이 달리는 사람의 파도에 휩쓸려 점점 더 멀어졌다. 저쪽으로는 나갈 수 없는 것이 분명했다. 조총소리에 놀라 머리를 감싸 쥐고 자리에 주저앉았던 재령이 벌떡 일어나 빈궁에게 달려갔다. 어서 그녀를 피신시켜야 했다.

"마노라! 이쪽입니다!"

"어, 어디로 가는 것이냐?"

"이 뒤편에 북문(北門)으로 가는 샛길이 있습니다!"

사람들을 피해 숨바꼭질 하듯 선하와 함께 숨어다녔던 그 길들을 이렇게 밟게 될 줄은 몰랐다. 재령은 빈궁의 손을 잡고 사람들이 몰려있는 반대편 텅 빈 작은 통로로 향했다. 넘어졌던 상궁들과 무관들 몇몇도 몸을 일으켜 그들을 겨우 따라오기 시작했다. 조금 돌아가긴 하겠지만, 북문으로 나가는 길에 확실히 닿을 것이다.

재령은 집기가 흩어져 엉망진창이 된 텅 빈 건물 사이를 건너 저편으로 쉼 없이 달려갔다. 하지만 충격으로 놀라 약해질대로 약해진 빈궁은 더는 달리는 것을 힘겨워하며 무릎을 짚고 가쁜 숨을 뱉어냈다. 얼굴이 창백했다. 뒤늦게 그들을 따라잡은 지밀상궁이 그녀를 부축했다. 여인들의 머리는 흐트러지고 온몸은 땀에 젖었다.

완전히 포위되기 전에 어서 성문을 빠져나가야 하기 때문에 한시가 급했지만 탈진 직전까지 간 빈궁을 걷게 할 수는 없었다.

"마노라, 업히십시오."

무관 하나가 그녀에게 등을 보이고 앉았다. 그녀가 업히는 와중에 뒤편 어딘가에서 그들을 부르는 소리가 들렸다. 옥사에서 들리는 소리였다.

"여기요!!! 여기 사람 있소!!! 거기 누구 없소? 좀 꺼내 주셔욧!!"

재령은 조금도 망설이지 않고 그곳으로 달려갔다. 그녀가 불쑥 옥사 안으로 들어서자 찬새가 눈이 휘둥그레지며 허공으로 허겁지겁 손을 뻗었다.

"아기씨? 재령 아기씨!!!"

낯익은 얼굴. 선하의 곁에 늘 함께 있었던 얼굴이 까무잡잡한 소년이었다.

"찬새?"

"저 좀 꺼내 주세요! 얼른요!!"

하지만 문은 커다란 자물쇠로 굳게 잠겨 있었다. 부술 것이 필요했다. 재령은 재빨리 주위를 둘러보다가 옥사 바깥에서 커다란 돌을 가져와 자물쇠를 있는 힘껏 내리쳤다. 그 안에 있는 찬새가 조마조마하여 입술을 깨물었다. 한 번, 두 번. 세 번째에 마침내 철커덩 소리와 함께 자물쇠가 부서졌다.

절룩거리지만 여전히 재빠른 찬새와 함께 재령은 샛길로 접어들었다. 이제 오르막길이 시작되고 있었다. 빈궁을 업어 한층 느려진 걸음은 재령이 찬새를 구하느라 지체한 와중에도 얼마 못 가고 있었다.

"이쪽이오!"

이제 조금만 더 가면 성을 나갈 수 있을 것이었다. 울창한 나무숲으로 가려진 문이 보였다. 숨이 턱까지 찼지만 멈출 수는 없었다.

"저쪽이다! 도망친다, 잡아라!"

왜군이 외치는 소리. 뒷골이 서늘해지며 온몸에 소름이 돋았다. 두려웠다. 언젠가 왜군에게서 도망쳤던 그 끔찍했던 순간이 재령에게 떠올랐다. 다시금 그 끔찍한 악몽의 연장선에 서 있게 되다니. 그리고 그녀의 기억처럼 그들을 쫓는 그 소리는 점점 더 가까워질 것이다. 그때와 다른 점이라면 지금은 그녀를 구해줄 선하가 없다는 것. 재령은 품 안 깊숙이 숨겨둔 그의 패도를 생각했다. 이제 곧 이 검을 쓸 일이 생길지도 몰랐다.

"어서 가십시오! 저희가 막겠습니다!"

시간을 벌기 위해 결국 호위 무관 둘이 그들에게 등을 돌리고 칼을 뽑았다. 그 말과 결연한 눈빛만을 남기고 그들은 저 아래로 뛰어 내려갔다. 올라왔던 속도보다 더 빨리 적들에게 달려간다. 그들은 목숨을 잃을 것이다. 부디 될 수 있는 대로 오래도록 버텨주었으면 하고 바랄 수밖에 없는 자신이 참으로 보잘것없었고, 그들에게 미안했다. 이름도 모르는 두 무관에게 시간과 목숨을 빚졌다는 사실을 죽을 때까지 기억할 것이다. 그래서 더 멀리 더 빠르게 이곳을 벗어나야 했다.

빈궁을 업은 무리는 온 힘을 다 짜내어 숲 속 고갯길을 올랐다. 하지만 한동안 들리지 않았던 왜군들의 외침이 다시 들리기 시작했다. 이대로 가다가는 얼마 못 가 모두 붙잡힐 것이 분명했다.

재령은 생각했다. 어찌해야 좋을까. 방법은 하나뿐이었다. 시간을 끄는 것. 그리하면 이 상황을 무사히 넘길 수 있을까. 깊게 생각할 시간이 없었다, 기시감이 드는 그 어느 때, 연지를 대신해 채홍이 되었던 가을밤처럼.

재령은 찬새의 팔을 단단히 붙잡았다.

"찬새야. 너 북문으로 나가는 샛길을 알고 있지?"

"예, 아기씨."

"빈궁 마노라를 업은 저 무관을 그곳으로 안내해라."

"예, 그... 근데 아기씨는요?"

"지체할 시간이 없다, 어서!!!"

찬새는 그녀가 무슨 짓을 할 것인지 대번에 눈치챘다.

"저 빈궁인지 뭔지는 하나도 안 중요해요. 난 우리 선하도련님의 각시가 더 중요하단 말예요!!!"

선하. 그의 이름을 듣게 되다니. 그것도 이 참담한 순간에. 재령은 그의 이름으로 약해진 마음을 떨쳐낸다. 지금은 왜군의 수중에서 빈궁을 끝까지 지켜내야 했다. 그들이 빈궁을 인질로 삼으면 무슨 일이 벌어질지 아무도 몰랐다. 그러니 강해져야 했다. 아마 선하였어도 이런 결정을 내리지 않았을까.

'미안해요, 선하 도령.'

"다 생각이 있다. 그러니 먼저 가거라. 빈궁 마노라가 왜군에게 잡히면 세자저하도 선하 도령도 나도 너도 모두 끝이야. 무슨 말인지 알지? 어서!!!"

"하지만 아기씨...."

재령은 다시 빈궁에게 다가갔다. 그녀는 백지장처럼 창백했고 충격을 받아 핏기를 잃어가고 있었다.

“빈궁 마노라. 그 비녀, 제게 빌려 주시옵소서.”

빈궁은 떨리는 손으로 머리에서 비녀를 뽑아 재령에게 건넸다.

“재령아, 대체 네가 어찌하려 그러느냐?”

재령은 그것을 받아서 단단히 손에 쥐고 빈궁을 바라보았다. 그녀는 흔들림 없이 굳건했다.

“어서 가세요! 어서요!”

그리고서는 왜군을 유인하기 위해 그들이 있는 곳 반대쪽 길로 달려갔다. 재령의 붉은 치마가 펄럭였다. 그리고 이내 어둠 속으로 사라져 보이지 않았다.

봉화는 다급했고 그 즉시 소집된 분조는 안협에 들이닥친 예상치 못했던 적군 때문에 발칵 뒤집어졌다. 왜군들이 세자가 있는 성천을 공격해 오리라 예상했었는데 이렇게 허를 찔리고 말다니. 그들이 안협을 공격할 이유가 없었다. 혹시 세자빈이 남아 있다는 기밀이 유출된 것이란 말인가. 선하는 세자 혼의 얼굴이 백지장처럼 하얘지는 것을 보았다. 자신도 얼굴 또한 그렇다는 것을 깨닫지 못했다. 하지만 그들의 절박함에도 불구하고 성천의 군사를 함부로 움직일 수는 없었다. 그랬다가는 평양성을 지키고 있던 왜군이 그 기회를 놓치지 않고 이곳을 함락시킬 수 있기 때문이었다. 서둘러 선봉대(先鋒隊)를 보내고 다른 군영에서 군사들을 꾸려 뒤따르기로 했다.

선하는 이를 물었다.

너무 늦은 것은 아닐까.

늦어진다는 그것이 어떤 의미인지 지금은 생각하고 싶지 않았다. 이렇게 온 힘을 쥐어짜 달려가고 있는 이 순간에는 그들이 아직 무사하리라 생각해야 했다. 그래야 더 빨리, 더 힘을 내어 달려갈 수 있으니까. 그것은 선하뿐만이 아니었다. 함께 가고 있는 병사들 중에는 남산성에 식솔을 두고 온 자들이 많았다. 그랬기에 모두는 하나같이 같은 눈빛과 마음으로 서둘렀다. 칠흑 같은 어둠의 빛깔이 옅어질 무렵, 드디어 선봉대가 힘겹게 안협에 도착했다. 저 멀리 고개 너머 보이는 남산성.

"연기입니다…."

멀리서 피어오르는 연기가 불길했다. 아니야. 그럴 리 없어. 버티지 못했을 리 없어. 선하는 자신의 몸이 덜덜 떨리는 것을 느꼈다. 이미 그의 손은 검에 가 있었지만, 그는 재령 하나만 구하러 온 것이 아니었음을 상기한다. 분노와 불안으로 땅이 흔들리는 것 같았지만 선하는 조용히 척후병을 보냈다.

피를 말리는 것 같은 기다림 동안 얼마나 많은 생각들이 스쳐 갔는지 모른다. 그녀를 데리고 갔었어야 했는데. 여기에 남겨놓는 것이 아니었는데. 무슨 일이 있더라도 다시 돌아왔어야 했는데. 수많은 후회가 그를 괴롭게 감쌌다. 그리고 멀리서 깃발이 흔들린다. 아직 희망이 있었다. 척후병은 그곳이 안전하다고 신호를 보내고 있다.

"가자!"

선하는 말을 달려 정신없이 언덕을 내려갔다. 성이 가까워질수록 그들의 불안과 기대가 한꺼번에 커져갔다. 제발 무사해 주기를. 어디엔가 안전하게 숨어있었기를.

하지만 그들을 맞이한 사람은, 성을 맡은 좌윤이 아니라 그를 보좌했던 부장이었다.

"사직 나리!"

선하는 급히 말에서 내려 그에게 다가갔다. 한쪽 어깨 부분이 떨어져 나간 갑옷을 입은 그는 참담함을 누르며 간신히 그의 손을 잡았다.

"성은 구했으나... 빈궁께서...."

"......."

"세자빈 마노라를 노린 것 같았네. 마치 어디 계신지 아는 것처럼 순식간에 성안에서 나타나더니 다시 빠져나갔네. 도대체 이해할 수가 없어, 왜 그런 것인지."

"빈궁께서 납치되셨단 말씀이십니까? 당장 전서구(傳書鳩)를 보내야겠습니다. 좌윤 영감은 어디에 계십니까?"

사직은 눈물이 고인 채 씁쓸하게 고개를 저었다.

"......그만 자결하셨다네."

#31
그가 잃어버린 것

방안에 모셔진 좌윤의 시신은 흰 천으로 덮여 있었다. 덩그러니 놓인 그의 신위(神位)가 선하를 내려다본다. 죽음의 냄새를 지우기 위해 향이 피워진 방안에는 매캐한 연기와 떠다니는 먼지만이 혼백처럼 가득했다. 방안을 환하게 밝힌 아침 햇살은 그에게 미처 닿지 못했다. 칼을 품고 자결한 그의 시신은 아직 어둠의 그늘 아래 있었다. 성이 함락당할 위기에 처하게 하고 세자빈마저 행방불명된 모든 책임을 안는다는 유서를 남겼다 들었다.

그의 주검을 바라보는 선하는 복잡한 마음이었다. 자신을 증오하며 쏘아보던 그의 마지막 눈빛이 떠올랐다. 끝까지 동인에게 딸을 허락할 수 없었던 완고한 그의 입장을 선하는 이해해보려 했다. 재령을 무사히 찾아내면 눈감은 좌윤도 저승에서 결국 두 사람을 허락해 주지는 않을까. 선하를 적대시했지만 그리해도 사랑하는 여인의 아버지였거늘.

'따님을 찾아내 끝까지 지키겠습니다. 따님을 어엿한 문중의 며느리로, 제 아내로 맞겠습니다. 어르신. 그리할 수 있도록 부디 도와주십시오.'

선하는 비장하고 간절한 마음으로 좌윤의 시신에 절을 올리고 그곳을 벗어났다. 마음이 납덩이처럼 무거웠다.

"혹시 이곳에 머물던 좌윤 영감댁 규수를 못 보았소?"

선하는 급하게 나인 하나를 붙잡고 물었다. 훌쩍거리며 울기만 하는 나인은 고개를 가로저었다. 그렇게 조금 더 절망에 가까워진다. 그는 미친 사람처럼 객사 안을 다시 헤맸다. 어쩌면 그들은 충격에 휩싸여 선하의 말을 제대로 듣고 있지 않을 수도 있었다. 세자빈을 지키지 못했다는 죄책감에 금방이라도 부서져 버릴 만큼 절망하고 있었기에 그들에게 사소한 재령의 행방 같은 것은 안중에도 없을 것이다.

성 바깥과 연결되어 있던 수로(水路)를 통해 왜군이 들어왔는지 그곳은 완전히 부서져 피 섞인 물이 흐르고 있었다. 내부자가 알려주지 않았더라면 결코 알아낼 수 없는 수로였다. 그의 직감이 옳았던 것이었다. 모든 것이 순식간이었을 것이다.

살아남은 사람들은 수건으로 코와 입을 막은 채 성 곳곳에 널린 성치 않은 시체들을 옮겼다. 여름은 뜨거웠고 사방은 피로 물들었다. 시야를 가리며 피어오르는 자욱한 연기가 차라리 다행이었다. 다친 이들이 내뱉는 비명소리와 끔찍한 광경에 넋을 놓고 울부짖는 소리가 가득했다. 이런 곳 어딘가에 그녀가 있을 거라고는 상상조차 하고 싶지 않았다.

선하는 절망하며 두 팔로 머리를 감쌌다. 아니, 이곳 어디에서도 그녀의 주검이 발견되지 않았다는 것이 다행인 걸까. 머릿속은 혼란과 두려움으로 가득 찼다. 시간이 촉박했다. 그는 무관으로서, 또 세자의 벗으로서 세자빈의 행방을 찾는 데 힘을 보태야 했기에 재령을 찾을 여력을 낼 수 없었다.

그럼에도 불구하고, 세자빈이 그 누구보다도 중요하다는 사실은 변함없을 테지만, 재령이 그녀보다 중요하지 않다고 누가 함부로 말할 수 있을까. 어느 누군가에게는 조선 전체보다 그 여인이 훨씬 더 소중하거늘. 아무도 관심 두지 않는 그의 소중한 여인은 그가 아니면 찾을 수 없을 것이다.

온 성안을 다 뒤졌지만, 그녀는 보이지 않았다. 피가 말라붙는 것 같았다. 미쳐버릴 것 같았다. 자책하고 또 자책했다.

찬새가 갇혔다는 옥사에 갔었지만, 그 아이 역시 그곳에 없었다. 그곳은 텅 비어있었다. 혹시 그가 시킨 위험한 일 때문에 화를 입은 것은 아닐까. 하지만 부서진 자물쇠와 그 곁에 떨어진 돌덩이가 의미하는 것은 탈출뿐이었다. 찬새는 무사할 것이다. 그 아이는 영리하니까 지금 어딘가에 분명 살아있으리라는 확신이 들었다.

하지만 재령은. 어디서도 발견되지 않았다면 세자빈과 함께 납치된 것이 분명했다. 귀가 먹먹해져서 아무 소리도 들리지 않았고 이대로 주저앉고 싶었다. 그때 나이 어린 생각시 하나가 그의 앞으로 다가와 작게 속삭였다.

"나리, 제가 본 것 같습니다."

"어디서, 어디서 보았느냐?"

선하는 커다래진 눈으로 단 하나 남은 동아줄을 붙잡듯 아이의 어깨를 붙잡았다.

"객사 행랑에 계시던 그 고운 낭자 말씀이시지요?"

"그래, 재령 낭자다. 보았느냐?"

아이는 침착하게 북문으로 난 샛길을 가리켰다.

"예, 그 낭자가 빈궁 마노라의 손을 잡고, 지밀상궁 마마님과 저쪽으로...."

"북문?"

선하는 쉬지도 않고 숲으로 가려진 고갯길을 올랐다. 습기를 토해내는 울창한 숲이 길을 가리고 있었다. 겨우 그 끝에 도달하자 양쪽 문 사이를 비집고 새어드는 아침 햇살이 그의 얼굴에 세로로 선을 그었다. 그것은 그의 마음을 절망에서부터 구원하는 반가운 빛이었다. 문이 열려있었다. 넝쿨로 덮이고 오랫동안 닫혀 있었던 북문의 두꺼운 빗장은 바닥에 내려져 있었고 문이 열려 있었다. 바닥에는 문을 끈 흙자국과 짓이겨 누운 풀자국

이 남아있었다. 누군가가 나간 흔적이었다. 그의 얼굴이 밝아졌다. 언젠가 두 사람이 몰래 숨어들었던 숲길이 바깥으로 통해 있다는 것을 그녀는 기억하고 있었던 것이다.

'함께 무사히 몸을 피한 것이야! 빈궁께서도, 재령 낭자도, 찬새도.'

선하는 희망을 붙잡으며 북문을 열었다. 저 길, 산 아래 어디쯤인가에서 그들을 금방 찾을 수 있을 것만 같았다.

지난번 간자가 제공해준 내부 정보는 매우 쓸모 있었다. 최소 병력의 투입으로 최대의 효과를 올렸다. 성을 공격하는 척하며 수로를 통해 기습을 한 것은 전적으로 야스나리의 비열한 계획이었다. 처음에는 성을 함락하기를 원했던 구로다 총대장도 세자빈을 납치했다는 전갈에 오히려 더욱 기뻐했다. 그깟 성은 처음부터 의미 없었을 것이다. 아무것도 건질 것 없는 성 하나보다 돈이 될만한 왕족을 사로잡는 데 혈안이 되었으니까. 그는 흡족해하며 앞으로도 그에게 중요한 임무를 맡기겠다고 선언했다. 하지만 야스나리는 기쁘지 않았다. 의미 없이 많은 사람들을 죽이고 성을 탈취하는 것보다야 나았지만, 그의 손에 더러운 것을 묻힌 것처럼 깨끗하게 닦아내고 싶을 뿐이었다. 어서 숙부에게 그녀를 넘기고 이 짐을 내려놓고 싶었다.

"세자빈의 손을 풀어드려라."

야스나리는 주변을 모두 물렸고 막사 안에는 두 사람이 남았다. 이 자리에 앉아 있으니 마치 요시히데가 된 것 같았다. 파지직하고 타오르는 불빛 소리만이 들렸고 내려진 천막 문이 바람에 펄럭거렸다. 바깥의 너른 풀밭에 숨은 귀뚜라미가 차례로 울었다. 의자에 앉은 여인은 허리를 곧게 펴고 입을 굳게 다물었다. 틀어 올린 머리에 꽂은 금으로 만든 화려한 봉황 비녀가 불빛에 반짝였다. 엉성하게 올린 머리가 어색해 보였지만 정확히 무엇 때문인지는 알 수 없었다. 야스나리를 외면한 그녀의 얼굴은 여느 여인들처럼 겁에 질려 있지 않았다. 사로잡혀 이곳까지 오면서 제 발로 걸어갈 테니 몸에 손끝 하나 대지 못하게 호통을 쳤다고 들었다. 세자빈의 직위에 걸맞은 담대한 여인이었다. 흐트러진 머리칼과 더러워진 치마임에도 범접할 수 없는 아름다움이 있었다.

"그대가 세자빈입니까?"

"……."

"불편하지 않도록 최대한 예우해 드리겠습니다. 우리에겐 귀한 손님이니."

"……."

귀한 손님 운운하는 자신이 가식적으로 느껴졌다. 어쨌든 그녀는 인질이었다. 힘없는 여인을 인질로 잡다니 수치스러운 일이었다. 수단과 방법을 가리지 않는다고 다른 이들을 비난할 자격이 이로써 그에게도 없었다. 야스나리의 숙부는 그녀를 두고 조선 왕실과 협상할 것이고 무엇을 거래할 것인가는 이미 자신의 손에서 벗어났다.

세자가 어떤 인물인지는 정확히 모르겠지만, 첩보에 따르면 그는 자신의 형제인 다른 왕자가 붙잡혔어도 눈 하나 깜짝하지 않은 냉혹한 자라 들었다. 그랬기에 여인 하나 때문에 쉽게 물러나지는 않으리라 생각했다.

그렇게 적군에게 사로잡힌 순간 여인은 버림받는다. 그것은 아마도 감추고 싶은 수치였을 것이다. 제 여인조차 지키지 못한 못난 사내들의 수치. 하지만 목숨을 내놓으며 여인을 되찾아올 생각보다는, 그 여인을 부인하고 버리는 것으로 손쉽게 해결하려 하겠지. 야스나리의 여동생에게 그랬듯이, 채홍에게 그랬듯이. 비겁하게.

"난 구로다 야스나리. 흑전강성이라 합니다."

재령의 시선이 처음으로 야스나리에게 향했다. 눈동자가 깨끗하고 맑았다.

"그대들이 나를 협상의 도구로 쓸 것이라면 착각이오. 절대 그런 일은 일어나지 않을 것이오."

"……."

"그러니 더는 나를 욕되게 하지 마시오."

재령은 야스나리를 노려보았다. 두려움보다는 분노가 더 강했다. 그는 그녀의 증오를 무심히 바라보았다. 익숙한 분노, 익숙한 증오. 떠오르는 여인의 눈빛. 야스나리는 결연한 재령을 바라보았고, 팔걸이를 붙잡은 그녀의 거친 손도 물끄러미 내려다보았다.

"우리를 죽일 수는 있어도, 이길 수는 없소."

"……."

"절대로."

확신에 찬 눈빛이었다. 지킬 것이 있는 사람들은 절대 두려워하지 않는다. 저 연약한 여인은 무엇을, 누구를 지키고 싶어 하는 걸까.

"내가 마주한 조선의 여인들은 하나같이 어리석군요. 그런 희생을 누가 알아주기나 합니까?"

채홍처럼.

마치 아무렇지도 않은 일이었다는 듯이 채홍에 대한 기억을 냉정한 말투와 표정에 싣는다.

"당신은 버림받고 잊힐 것입니다. 어느 누구도 당신의 희생을 값지게 여기지 않습니다."

그의 앞에 앉은 여인에게 하는 말인지 자신의 마음속에 있는 여인에게 하는 말인지 감정이 뒤섞여 흘러나왔다. 재령은 대꾸하지 않고 고개를 돌렸다. 그렇지 않아, 라고 적의 장수에게 소리 없이 외치고 있었다.

"게다가, 그대는 세자빈도 아니지 않습니까."

"……."

"아무리 전쟁 중이라 해도 세자빈의 손이 그 지경은 되지 않았을 것입니다."

재령은 왜국의 장수를 바라보았다. 익숙한 우리말만큼이나 그녀의 생각을 꿰뚫어 보는 것 같은 깊이를 알 수 없는 눈매. 하지만 그녀를 바라보는 눈에 조롱 같은 것은 없었다. 믿을 수 없지만, 그는 그저 묻고 있었다.

이제 끝이군. 그녀가 시간을 벌어준 만큼 세자빈은 안전해졌을까. 그렇다면 이제 그녀가 할 일은 다 했다. 재령은 입술을 깨물었다. 가슴 안쪽에 숨겨둔 패도를 떠올렸다. 단 한번, 필요한 순간에 쓸 수 있도록. 선하를 떠올린다. 심장이 부서져 버릴 것만 같았다.

"그렇다면 더는 나를 살려둘 필요가 없겠군요."

그 말을 내뱉으며 재령은 순식간에 품 안에서 패도를 뽑았다. 그리고 선하에게 배운 대로 앞에 앉아있는 야스나리를 노리고 깊숙이 찔렀다. 그는 반사적으로 그녀가 휘두른 칼을 두 손으로 잡았다. 피가 뚝뚝 떨어졌다. 야스나리는 피투성이 손으로 재령의 팔목을 움켜쥐었다. 그녀의 팔목이 피로 젖어들었다. 야스나리는 재령을 덮쳐 바닥에 눕혔고 손목을 비틀어 칼을 바닥으로 떨어뜨렸다. 재령은 몸부림을 쳤지만 결국 사내의 힘을 이겨낼 수는 없었다. 거친 숨을 내쉬는 그가 재령을 누르고 두 팔을 제압한 채 내려다보고 있었다. 야스나리는 어쩐 일인지 그 검으로 재령을 해치지도 않았고 소리를 질러 다른 이들을 부르지도 않았다.

"퉤!"

재령이 그의 얼굴로 침을 뱉었다.

"더는 능멸하지 말고 어서 나를 죽여라!"

왜 위험한 이 여인을 베지 않았을까. 어찌하여 망설이게 되는 걸까. 세자빈도 아닌데. 야스나리는 말없이 얼굴을 닦았다.

"아무리 화를 돋워도 난 여인을 베지는 않습니다."

"……."

"그리고 지금은 어디까지나 한 몫 단단히 받을 수 있는 인질인 귀한 세자빈이니까요."

"비열한 놈."

"맞게 보셨군요."

어떻게 해도 그를 흔들 수 없을 것 같았다. 그는 그녀를 일으켜 의자에 손목을 묶었다. 그리고 손수건을 이로 물고 길게 찢어 베인 손을 감쌌다. 야스나리는 다시 그녀가 앉은 의자로 다가왔다. 그의 옷에는 향을 피웠던 냄새가 배어 있었다. 죽은 누군가를 애도한 듯한. 그가 가까이 다가와 재령의 귓가에 속삭였다.

"세자빈이 아니라는 사실이 알려지면, 당신은 끔찍한 일을 당할 것이오."

"……."

"겁탈당하고 살해당할 것입니다. 그래도 상관없습니까?"

"그전에 혀를 깨물고 죽겠다!"

눈을 부릅떴지만 흐릿한 안개가 끼고 있었고, 눈물이 고였지만 분노로 감추고 있었다. 힘겹게 애쓰고 있었다.

"언제까지 비밀이 지켜질지는 모르지만, 당분간 당신이 세자빈이 아니란 사실은 함구하겠습니다."

"나는 아무것도 모르니 이용 가치가 없다."

"……그건 중요하지 않습니다. 당신이 세자빈이든 아니든 달라지는 건 아무것도 없으니까."

재령은 적장의 말과 행동을 이해할 수가 없었다. 문득 슬퍼 보이는 눈매도.

“나를 죽이든지, 아니면 풀어주시오.”

“둘 다 불가합니다. 세자빈이 아니라 해도 당신은 높은 신분의 여인이겠지요. 차림으로 보아 궁녀도 아니고. 그렇다면 당신은 누구입니까?”

여인은 야스나리를 노려보다가 매몰차게 고개를 돌렸다.

“대답하지 않아도 상관없습니다. 성에서 잡아온 몇 명만 추궁하면 알아낼 수 있는 일입니다.”

“…….”

“부관! 들어와 세자빈을 공손히 모셔라.”

천막 안으로 들어선 그는 피투성이가 된 그의 손을 놀란 눈으로 살폈다.

“야스나리 님, 손이….”

“아무것도 아니다. 나가보아라.”

“당장 의원을 들이겠습니다.”

부하는 부랴부랴 그에게 절하고 재령을 데리고 천막을 나갔다. 사방은 다시 고요해졌고 귀뚜라미가 이어서 울기 시작했다. 야스나리는 그녀가 휘두른 패도를 집어 들었다. 그의 붉은 피가 묻어 있었다.

아마도 자결용이었겠지. 하지만 자세히 보니 손때 묻은 그 물건은 칼을 쓸 줄 아는 자의 것이었다. 높은 신분의 여인들이 장식품으로 차고 다니는 그런 류가 아니었다. 새파랗게 날이 선 그것은 그녀를 끝까지 지키지 못해 서러운 것처럼 서늘하게 울었다.

이것을 저 여인에게 건넨 자는 어떤 마음으로 그리했을까. 치욕을 당하지 말고 목숨을 끊으라는 의미였을까, 아니면 절대 포기하지 말라는 의미였을까. 야스나리는 바닥에 떨어진 칼집을 주워 검을 꽂았다.

‘세자빈이 아니라는 사실은 아직은 아무도 모르는 일, 그전까지 당신을 내가 마음껏 이용해야겠소.’

#32

어긋나버린 길

“아니, 그니까. 그쪽이 아니라니까요!”

“허허, 참나. 이 녀석 말이 많구나! 머리에 피도 안 마른 녀석이 어찌 아느냐?”

“머리에 피가 마르면 죽거든요? 그리고 이래 봬도 열여섯이어요! 우리 도련님하고도 얼마 차이도 안 난다고요.”

호위 무관은 저편 나무 등걸에 앉아 잠시 쉬고 있는 세자빈의 눈치를 보면서 찬새를 윽박질렀다. 짝다리를 짚은 찬새는 물론 다리가 불편해서 그런 것이겠지만, 조금도 양보하지 않겠다는 듯 굽히지 않았다. 늦더위는 찌는 듯했다. 돌이 많은 산은 미끄러지기에 십상이었고 숨을 들이쉴 때마다 더운 공기가 턱턱 막혔다. 체력은 금방이라도 바닥날 것 같았다. 조금 진정된 세자빈은 걸어보려고 노력했지만 험한 산을 빨리 벗어나기에는 역부족이었다. 해는 곧 지겠고 바싹바싹 타들어 가는 남의 속도 모르고 숲 속에서는 뻐꾸기가 기가 막히도록 근사하게 울었다.

“나리, 산에서 살아 보셨어요? 아니잖아요. 쇤네는 산이라면 도가 튼 놈이에요. 산에 딱 들어가면 호랑이랑 늑대가 여어, 이놈 오랜만이구나 그런다니까요? 그러니까 제 말 좀 들으셔요. 이쪽으로 가면 더 깊은 골짜기라니까요!”

“이 녀석아! 글도 못 읽는 녀석이! 지도에 이렇게 나와 있지 않으냐?”

보다 못한 지밀상궁이 그들의 말을 끊었다.

"언성을 낮추시게! 빈궁 마노라 안전(案前)에서 이 무슨 추태인가?"

"왜 다들 내 말은 듣지 않는 거여요? 글 못 읽어도 눈치는 누구보다 빨라요. 세작이 있다고 그렇게 고했는데 좌윤이란 사람도 날 옥에 가두고... 우씨! 억울해 죽겠어!"

겨우 숨을 돌린 세자빈이 지밀상궁의 팔을 잡았다. 그리고 세상 억울해 죽을 듯한 찬새를 바라보았다.

"세작 얘기며, 산을 읽는 것이며. 그런 것은 어찌 알았느냐?"

그제야 세자빈을 제대로 보게 된 찬새는 기세를 누그러뜨리고 그녀를 흘끔거리다가 호위 무관이 어깨를 세게 누르자 엉거주춤 불편한 무릎을 꿇었다. 하도 높디높은 사람이라 이렇게 숙일 수밖에 없지만, 성안에 그녀 대신 남은 재령 낭자 때문에 찬새는 세자빈이 그리 곱게 보이지 않았다. 찬새는 지금 여기 있는 그 누구보다 한시가 더 급했다. 어서 선하 도령을 만나 재령 아씨의 일을 일러주어야 했기 때문이었다.

"우리 도련님께서 가르쳐주셨지요."

"네 이름이 무엇이냐?"

"차... 찬새입니다요."

"어느 집 노비이냐? 네 주인에게 치하해야겠다."

노비라니. 해도 해도 너무한다 싶었다. 어딜 봐서 노비로 보이는 것일까. 아무리 거지로 살았을지언정 어디에 매인 몸은 아니었는데. 뿔이 난 찬새가 볼멘소리로 대답했다.

"쇤네는 어느 집 노비도 아니고 그냥 찬새입니다, 찬새. 어엿하게 전투에도 나가서 공을 세우고 숙위군으로도 있었던 찬새입니다!"

"네가 저하를 모셨단 말이냐?"

“아무렴 입쇼. 지난번에 군사들 독려하려고 가셨을 때 저도 따라갔었습니다!”

“그럼 네가 말한 도령이란 사람은?”

“우리 선하 도련님은, 쇤네가 겁나 좋아하는 분입니다. 예, 그니까 동무처럼, 형님처럼.”

윤선하를 말하는 것인가. 빈궁의 눈빛이 흐릿해졌다. 그는 세자부터 평민까지 모두를 벗으로 두었을까. 그런 위험한 생각이라면 더더욱 저하의 곁에 가까이 두어서는 아니 되겠다고 생각했다. 그런 식으로 저하의 마음을 흐트러뜨릴 수 있는 거였을까.

“어찌 양반과 평민이 그런 사이가 될 수 있단 말이냐? 네가 말하는 것은 상전에 대한 충심(忠心)이다. 그것을 착각해서는 아니 될 것이다.”

“…….”

그녀는 찬새의 대답을 비웃는 것이 아니었다. 그녀가 살아온 방식으로는 그렇게밖에 이해할 수 없는 것 같았다. 하지만 그것은 비웃는 것보다 더욱 할 말을 잃게 만드는 것 같았다. 세상에 없는 일을 묻는 듯이. 글도 모르는 찬새지만 그것이 무엇을 뜻하는지는 알 것 같았다. 주제넘지 말라는 것.

어쩌면 세자빈의 생각처럼 세상 모두는 선하와 찬새를 그렇게 생각할지도 몰랐다. 하지만 선하는 한번도 찬새를 비루한 존재로 대한 적 없었고 찬새도 선하를 양반에 대한 아랫것들의 의무로 대한 적 없었다. 만약 그런 마음뿐이었다면, 기다리지도 걱정하지도 목숨을 걸지도 않았을 것이니까.

“아무리 상전이라도 그런 까닭으로 목숨을 내놓지는 않지요. 선하 도련님이 쇤네한테는 겁나 소중한 사람이니까 진심으로 죽을 각오가 되는 것입니다!”

“그런데 이놈이! 천하디천한 것이 감히 하늘 같은 마노라 앞에서 강상(綱

常)의 죄를 짓는구나! 자네는 어서 이놈을 베지 않고 무얼 하느냐?"

지밀상궁의 말에 무관이 검을 뽑았다. 엎드렸던 찬새가 발끈하며 고개를 쳐들었다. 하나도 무섭지 않았다.

"쇤네는 배운 게 없어 강상 뭐 그런 게 뭔지도 모르겠습니다요. 하지만 무사히 성을 빠져나오니 이제 쇤네 같은 건 필요 없다 이 말씀이십니까요?"

호위 무관이 바로 찬새를 베어버릴 것처럼 스르렁 하고 검을 뽑았다. 듣고만 있던 세자빈이 그를 만류했다.

"그만하여라. 이 백성이 아니었으면 이곳까지 올 수 없었을 것이다."

"명을 받잡겠나이다!"

검이 거두어지자 찬새는 다시 그녀를 바라보았다. 이러고 있을 시간이 없었다.

"마노라, 쇤네는 한시가 급합니다. 재령 아기씨가 그리 된 걸 알면... 빨리 선하 도령께 알려드려야 합니다."

자신 대신 왜군에게 붙잡혔을 재령. 그녀의 얼굴이 다시 어두워졌다.

"서재령의 소식을 어찌 윤선하에게 전한단 말이더냐?"

"우리 도련님 각시 되실 분이셨는데 그만...."

"각시?"

그래, 세자가 재령을 물리친 것은 그런 이유가 컸을 것이다. 재령이 결례를 무릅쓰고 세자를 거부한 것도, 좌윤 영감이 왜 그렇게 황급히 그런 제안을 했는지도, 모두 윤선하 때문이었다. 이렇게도 얽히고 꼬일 수 있는 것이구나. 자신과 세자, 재령과 선하.

결국 이런 식으로 윤선하에게 빚을 지게 되다니, 윤선하에게. 그녀의 표정은 더욱더 어두워졌다.

그를 싫어하게 된 이유는 무엇이었을까. 정확히 무엇이었는지는 빈궁은 지금도 기억나지 않았다. 하지만 그 순간은 분명 존재했다. 그것이 윤선하의 잘못이었는지, 낭군에 대한 섭섭함이었는지 자신에 대한 실망이었는지 모르겠지만, 윤선하 그에게 자신의 자리를 빼앗겼다고 느꼈던 그날을 기억한다. 더는 흔에게 다가가지 못하고 이렇게 차갑게 식어버린 마음이 되어버린.

두 해 전이었을까. 하얗게 눈이 내린 밤이었다. 어린 시절 한때 함께 공부했던 사람이라는 대수롭지 않은 설명과는 달리, 낭군은 윤선하라는 자가 온다는 기별을 받은 날, 손이 시린 줄도 모르고 정원을 왔다 갔다 하며 그를 기다렸다. 그의 하얀 입김이 차갑고 어두운 겨울밤으로 퍼져갔다. 그의 그런 모습은 처음이었고 무척이나 당황스러웠다.

"서방님, 내일을 위해 이만 안으로 드시지요."

보다 못한 그녀가 넌지시 그에게 권유했다. 안다. 그녀는 이렇게밖에 말재주가 없다는 걸. 그에 대한 사소한 걱정은 그녀의 몫이 아니기에 주제넘는 관심을 그에게 말하는 것은 어색했다. 내일 부왕께서 한 달에 한번 왕자들을 대상으로 시험을 보는 날이었는데, 그녀의 생각으로는 그것보다 더 중한 일은 없었고 그녀마저 초조함으로 안절부절못하고 있었다. 그의 부모가 강조했던 다짐 때문에 늘 마음속으로 그에게로부터 선을 그어야 했다. 실은 그가 고뿔에 걸릴까 염려되었지만 적당한 이유로 그 풋내 나는 시시한 마음을 덮어 버렸다.

지금껏 흔은 그녀의 말에 성실하게 귀 기울였고 꼼꼼한 챙김과 배려에 고마워했다. 사랑받는 것은 애초부터 기대하지 않았지만, 그녀는 그의 든든한 지원자이자 가장 가까운 벗이었다. 그런 자부심만으로 이 살얼음판을 걷는 것 같은 불안한 날들을 잘 견딜 수 있었다. 그리고 언젠가 좋은 시절이 오면 그도 자신을 사랑하게 될 수 있을까 아주 조심스레 기대해 보곤 했다.

“괜찮소, 소혜. 아니 부인.”

세자빈이 되기 전 그녀의 낭군은 가끔 그녀의 이름을 그렇게 불렀었지. 다른 이들의 눈과 귀가 두려워 그에게 늘 삼가시라 하며 무안을 주었지만 그러면서도 또한 가슴 설렜던 기억. 그 이후 절대로 들을 수 없었던 자신의 이름.

“아! 저기 오는군!!!”

소혜의 시선이 그와 함께 이동했다. 동인이라니. 하필. 감출 수 없는 경계심이 번쩍거렸다. 그자가 혼과 무슨 이야기를 나누는지 엿들어 아비에게 고해야 했다. 어리석고 어린 마음에 이상하게 질투가 느껴져 그가 형편없고 못난 사내라 단정해 버렸다. 하지만 저기에서 불빛과 함께 걸어오는 사내는 깎아놓은 듯 수려했고 걷는 발자국마다 바람을 품고 오는 듯 가벼웠다. 혼은 얼굴 가득히 미소를 가득 채웠다.

“윤선하!”

“광해군 대감!”

낯선 풍경이라 느낀 건, 두 사내가 서로를 부르는 호칭을 넘어서는 더 단단하고 끈끈한 무언가가 있다는 느낌 때문이었다. 자신에게 보인 낭군의 눈빛보다 더 강한.

하지만 소혜는 그런 본능적인 경계심을 감추며 미소를 지었다. 그의 벗은 곧 그녀의 벗이기도 하다는 듯이.

아무리 절친한 벗이라 해도 그녀만큼 혼에게 실질적인 힘을 실어주는 사람은 없었다. 그를 세자로 만들어 줄 사람은 오직 그녀의 집안이었다. 자신에 대한 낭군의 속마음을 엿듣기 전까지는, 그런 확신에 차 있었다.

사랑채에 든 윤선하와 혼은 아주 길게 이야기를 나눴다. 그쳤던 눈이 다시 내리고 다시 그치기를 반복하여 하얗고 소복하게 밤을 덮은 시간, 소혜는 소반에 다과를 담아 사랑채로 향했다. 그들이 하는 말을 엿들으려는 의도를 교묘하게 감춘다.

"대감, 이제부터 제가 띄엄띄엄 뵈러 와도 고얀 놈이라 하진 마십시오."

"어찌하여 그런 섭섭한 말을! 너마저 당파에 얽매여 나를 멀리하려 하느냐?"

"발걸음을 삼간다고 하여 제 마음이 변하겠습니까? 하지만 주상께 눈총 받으실 일은 될 수 있으면 피하시는 편이... 요즘 동인들을 의심하고 계시니 말입니다."

"그리 말하니 꼭 내 안사람 같구나."

"군부인께서 저만큼이나 현명하시군요."

"현명이라... 그걸 현명이라 해야 하나? 그녀가 내게 원하는 것은 단 한 가지뿐인걸."

"대감! 아직 총각인 벗에게 은근히 혼인했다는 자랑을 하시는 것입니까?"

선하의 농담에도 그는 한참을 우울한 침묵에 잠겼다. 그리고 동짓날의 어둠보다 더 어둡게 대답했다.

"그녀가 원하는 것은 내가 아니라, 내가 얻을지도 모를 권력일 뿐이다."

"......."

"...그러니 평생 그녀에게는 너에게 하듯이 진심을 보이고 싶지 않구나."

소혜는 소반을 든 손에 힘을 주었다. 듣지 말아야 할 것까지 듣고 말았다. 이 엿들음이 언젠가 자신에게 상처를 입히리라고는 왜 생각하지 못했을까. 그가 언제부터 알고 있었는지 알아채지 못했다. 아니, 너무 안심하고 있었다. 가문의 이익을 위해 그를 속이면서도 낭군이 자신을 진심으로 사랑해 주기를 바라는 것은 이처럼 어불성설이었다.

소혜는 한참 방문 앞에 서 있다가 그대로 안채로 돌아왔다. 마음은 좌우로 심하게 흔들리고 있었다. 부부라는 끈으로 이어진 가문의 목숨줄. 그런 생각으로 그와 혼례를 올렸다. 그렇건만 이건 무엇일까. 담담해지려 했지만 소용없었다. 무언가가 와르르 무너지는 느낌. 세상이 차갑게 깜깜해지는 이 느낌은.

멍했다. 아무 소리도 들리지 않았고 사람들은 그저 입을 벙긋거린다. 물에 잠긴 것처럼 느리게 느리게 시간이 지나간다. 정신 차려야 해, 그는 그렇게 마음속으로 되뇌인다. 냉정함을 유지해야 했다.

"저하!"

그는 사사로운 그녀의 지아비가 아니라 세자로서 명령을 내려야 한다. 이들은 모두 자신의 입만을 바라보고 있었다. 지금 흔들리면 아무 결정도 내릴 수가 없었다.

"…즉시 선봉대를 보내 남산성을 지원하고 모을 수 있는 모든 군사를,"

그 순간 같은 상황이 생각났다. 형제들이 적군의 포로가 되었다는 소식을 들었을 때 자신의 놀랍도록 냉정했던 반응이. 혼은 자신의 입으로 이렇게 말했었다.

'우리에겐 적에 사로잡힌 왕족을 구하느라 허비할 군사도 시간도 없다.'

그런 결정을 내렸던 진심이 경쟁자로 자라 은연중에 미워했을지도 모를 혈육들에 대한 감춰진 마음이었을까, 아니면 냉정하게 판단할 수밖에 없는 세자로서의 마음이었을까. 그토록 단칼에 끊어낸 혈육의 정인데 그녀라고 다를 리 없었다. 그렇다면 지금 같은 상황에서 그녀를 냉정하게 버려두어야 하는 것이 옳을까.

그녀. 소혜를.

그 이름을 떠올리기까지 헤아릴 수 없이 많은 날이 지나버렸다. 그녀에 대한 애틋한 마음도 없었고 함께 한 즐거운 추억도 없었거늘 완전히 냉정해질 수 없는 자신이 혼란스러웠다. 허울뿐이지만 그의 아내라는 이유에선가. 혼은 최대한 사적인 감정을 모두 배제했다. 그리고 세자로서 안협을 잃었을 때 상황의 유불리를 따진다. 마치 그녀 때문이 아닌 것처럼.

"당장 군사를 보내시오. 그곳이 점령당하면 아군의 뒤편에 적이 칼을 들이대는 격이 될 것이오. 그러니 반드시 안협을 구해야 하오. 최대한 비밀리에."

"예, 저하!"

아마도 사람들은 속으로 자신을 욕할지도 모른다. 형님을 제치고 세자가 되더니 형제들을 사지(死地)에 내버려 두고 위협을 제거하려 한다고. 서인들의 세력을 업고 세자가 되었으니 서인 출신의 빈궁을 무슨 수를 써서든 구하려 한다고. 혼은 자신의 결정 어디까지가 감정이고 어디까지가 이성인지 구분할 수 없었다. 감정을 지우는 것에 익숙해져야겠지만 아직도 그는 완전히 그러지는 못하는 것 같았다. 더 냉정해져야 한다. 할 수 있는 한 최선을 다해.

#33
차가운 적의 곁에서

점령당한 땅이 참혹한 까닭은 무수히 많은 죽음의 비참함이 가장 큰 이유겠지만, 살아남은 자들을 옥죄는 굶주림과 공포, 그리고 적의 편에 서버린 이웃의 모습을 마주하는 것도 똑같이 참혹했다. 그렇게 쉽게 배신할 수 있는 사람이었다는 사실을 본 순간, 함께 했던 한때 아름다웠을 시간과 마음의 가치마저도 형편없이 퇴색해버리게 된다. 그들의 결정에 어떤 감춰진 까닭이 있다 하더라도.

그녀가 끌려온 황해도 어디쯤 왜군의 점령지에도 그런 자들이 있었다. 개중 낯익은 사람들. 얼굴을 너울로 가린 재령을 세자빈이라 알고 있는, 얼마 전까지 남산성에서 재령과 함께 나물을 캐던 몇몇들. 평범하고 순진한 백성이었던 그자들은 괴이하고 교묘한 눈으로 재령의 그림자를 흘겨보았다. 재령은 너무도 놀랐다. 함락된 성에는 하루아침에 적군에 빌붙은 그런 자들이 수두룩했다. 적들은 증오하면 그만이었지만, 그런 자들은 사람에 대한 근본적인 믿음을 잃게 만들었다. 관군들에게 환호하던 자들이었는데, 적에게도 똑같이 환호하고 있는 모습을 보는 것은 가히 충격적이었다. 그들을 위해 목숨을 걸고 피 흘리며 싸웠던 선하 같은 사람들의 노력이 허사가 되는 느낌이었다. 차라리 이 광경을 보지 못하는 편이 나았다.

방안에서도 재령은 얼굴을 가린 얇은 면포를 벗지 않았다. 답답하지만 표정을 들키지 않는 것이 나았다. 정갈한 방. 누군가가 쓰던 방이었겠지.

이 방의 주인은 지금 어디에 있을까. 왜군의 화를 피했을까, 아니면 목숨을 잃었을까. 주인 없는 방에 함부로 머물러도 아무것도 할 수 없는 무력감을 재령이 대신 느끼고 있다. 바깥에 어른거리는 낯선 그림자들과 알아들을 수 없는 왜의 말이 그녀를 불안하게 만들었다.

굶주리고 지친 재령의 앞에 놓인 저녁 식사 그릇은 뚜껑을 열어보니 텅 비어있었다. 당황하는 그녀를 훔쳐보며 문밖에서 키득거리는 소리가 이어졌다.

"어디 굶어보라지. 굶으면 왕족이고 뭐고 바닥에 코를 묻고 우리에게 빌게 될걸?"

세자빈을 모욕한다고 믿으며 뿌듯해 하는 목소리. 그녀더러 들으라는 듯 또렷했다. 비느니 차라리 굶어 죽을 것이다, 어림도 없지. 배고픔에 자존심을 팔아넘기지 않겠다. 재령은 도로 뚜껑을 닫아버리고 상을 저만치 밀어놓았다. 그리고 보란 듯 방안의 불을 모두 꺼버렸다. 하얗게 피어오르는 연기가 길게 그림을 그렸다. 재령이 울음을 터뜨리는 장면을 보려던 구경꾼들은 만만치 않은 재령의 대응에 분해하며 하나둘 사라졌다. 이제야 비로소 혼자 남았고 사방이 조용해졌다. 숨을 짓누르는 것 같은 어둠이 차라리 편했다.

'저런 천박함에 질 수는 없어.'

재령은 미워할 대상을 향해 분노를 내뿜으며 자신을 두려움 속에서 일으켜 세운다. 눈동자는 어둠에 익숙해졌고 방안의 사물들이 하나둘 그녀의 시야에 떠올랐다. 그리고 희미하게 은빛으로 빛나는 달빛이 방안에 차올랐다. 달이 떴었구나. 그와 함께 보았던 그 달이 그녀의 기억 속 마지막 달이었다. 어떻게 자신이 이곳까지 와있게 되었을까. 여태까지의 모든 과정은 지독한 악몽을 꾸는 것 같았다. 지금이라도 선하 그 사람이 재령을 다정히 흔들어 깨워주길 바라고 있었다. 하지만 꿈은, 아니었다.

이제껏 잘 참았는데.

결국 눈물이 주르륵 흘러내렸다. 재령은 울음소리가 새어나가지 않게 입술을 깨물었다. 뺨을 타고 흐르는 눈물을 손바닥으로 거칠게 연거푸 닦는다. 늦은 여름이었지만 방안에서는 한기마저 느껴졌다. 정녕 이대로 선하를 다시 볼 수 없을까. 그 행복했던 시간으로 돌아갈 수 없을까. 지금의 절망을 생각하면 두렵기만 할 뿐이었다. 두려움은 더 큰 두려움을 불러일으켰다.

재령은 눈을 감았다. 행복했던 순간을 떠올리자. 그녀는 선하와 함께했던 시간에 온 정신을 집중했다. 그러자 조금씩 생생하게 떠오른다. 눈동자와 미소부터 그려진다. 그리고 푸른 하늘, 더 푸른 풀밭, 알싸한 입맞춤, 그의 목덜미에서 나던 여름의 향기, 부드럽고 따뜻한 눈빛, 목소리.

'선하... 좋은 여름.'

잠시 행복해진다. 그가 왜 그녀더러 웃어달라고 했는지, 마지막 기억으로 웃는 모습을 보여달라고 했는지 이제야 알 것 같았다. 이런 순간 어김없이 마지막 그의 미소가 떠올랐으니까.

눈물을 닦으며 웃고, 웃으면서 흐느낀다. 후회한다. 빈궁 대신 사로잡힌 자신의 판단이 틀렸다고 말하고 싶었다. 다시 그 순간으로 돌아간다면 같은 결정을 내리지 않았을지도 모른다. 용감하게 사로잡혔지만 실은 그만큼 용감하지 않았을지도 몰랐다. 다만 끊임없이 용감 하고자 사력을 다하고 부끄럽지 않기 위해 노력할 뿐이었다. 그래도 불 꺼진 직후가 가장 어둡듯이 행복한 기억 마지막에는 절벽 같은 현실이 뒤따랐다.

"왜 그런 선택을 했습니까? 두렵지 않습니까?"

그녀를 회유하려는 듯, 이곳에 도착하기 전 차를 마시는 자리에 그녀를 초대한 어느 날, 왜장(倭將)이 물었다. 그는 붕대를 감은 손으로도 익숙하고 우아하게 차를 내렸다. 생소한 옷차림과 검은 일본식 갓. 그녀는 적진의 한가운데 있었고 인질로 사로잡혀 있었지만 마치 오랜 벗을 초대한 듯 그는 갑옷도 입지 않은 무방비 상태로 아무렇지도 않게 행동했다. 그것은 오만이자 허세였다. 무자비하게 사람을 죽이려 검을 들었을 그자의 손은 무슨 일이 있었냐는 듯 시치미를 뗀 채 찻주전자를 들고 있었다.

차향은 그윽했고 바람에 실려 온 이름 모를 꽃향기는 적에게도 그녀에게도 공평하게 향긋했다. 이런 절망적인 상황에서도. 하지만 그가 앉은 곁에는 보란 듯이 선하의 패도가 전리품처럼 놓여 있었다. 재령은 마음을 다잡는다. 그가 적군임을 잊지 말라고, 평온해 보이는 이 풍경은 모두 거짓이라고.

"두렵지 않다고 하면 거짓일 것이오. 하지만 그게 내가 할 수 있는 최선이었소."

식어가는 차를 앞에 두고 재령은 담담하게 대답했다. 야스나리는 그녀를 물끄러미 바라보았다. 아름답고 용감한 여인이었다. 이렇게 대해야만 해서 안타까웠다. 그는 그녀의 시선이 닿아있는 패도를 물끄러미 바라보며 차를 음미했다. 차가운 얼굴은 점점 알 수 없게 되어가고 있었다.

'난, 엉망이 되어가고 있어.'

야스나리는 마음을 단단히 묶었다. 이제 그녀의 마음을 휘저어야겠다, 자신이 원하는 대로.

"당신은 세자빈도 아니고, 관군에 대해 아는 것이 없겠지요. 하지만 이것을 당신에게 준 이가 내가 찾는 사람과 동일하다면, 그것도 대단한 인연일 것입니다."

그는 곁에 놓인 패도를 들어 칼집에서 꺼냈다. 그리고 조용히 음미하며 그 날카로움을 감상했다. 번뜩이는 검날에 그의 표정 없는 얼굴이 비친다.

흑전강성이라 했던가. 속내를 알 수 없는 그의 눈동자는 적에 대한 단순한 무시와 증오가 아니라서 더 두려웠다. 그가 알고 있는 것은 무엇이며, 그것으로 어떤 일을 하려는 걸까. 자신을 떠보는 걸까, 정말로 선하를 알고 있는 걸까.

"거짓말. 당신은 그 사람을 알 리가 없소."

"글쎄요, 조선군 측에서 공식 부인할 때까지 그대는 여전히 세자빈이지만."

그는 결정적인 단어를 바람처럼 흘리듯 말하며 다시 찻잔에 입술을 가져갔다.

"……개선장군의 정인이라 하더군요, 당신을."

"누가 그런 얘기를? 무… 슨 말인지 난 모르겠소."

"윤선하."

"!!!"

"그 전투에서 내 형님을 죽인 자의 이름이었지요. 난 그를 직접 만나고 싶습니다. 당신을 잡고 있으면 그렇게 될 수 있을 거라 확신합니다."

흐린 하늘 아래 거친 말발굽 소리가 들렸다. 그 먼 길을 쉬지 않고 말을 달려 성천객사에 도착하자마자 선하는 말 등에서 펄쩍 뛰어내렸다. 그의 푸른 철릭 옷자락이 거칠게 펄럭였다. 나무 바닥을 쿵쿵 울리는 그의 급한 발자국 소리. 숨을 돌릴 새도 없이 마음은 그것보다 훨씬 더 급했다.

"그는 어디에 있느냐?"

안내를 받은 선하가 곧 그곳으로 들이닥쳤다. 먼 길을 달려오느라 잔뜩 지쳐 자리에 앉아 쉬고 있던 호위 무관이 일어나 그에게 절했다.

"세자빈 마노라를 찾았다고?"

"예, 부사직 나리! 소인이 마노라를 모시고 성을 빠져나왔습니다. 지금 안전한 곳에 숨어 계시고 그곳으로 이미 관군들이 출발했습니다."

그렇다면 재령도 무사할 것이었다. 짧게 숨을 내쉰다. 다행이다. 일단 다행이다.

"좌윤 영감의 영애도 함께 계신 게지?"
"예… 에?"
영문을 모르는 그가 되물었다. 하지만 곧 그는 자신들을 쫓던 왜군을 따돌리고 세자빈 대신 잡혀갔던 용감한 그 여인을 떠올렸다. 난리통에 뒤섞여 좌윤 영감에게 무사하시라 소리쳤던 그 모습도 함께 기억났다. 그래서 그는 쉽게 대답하지 못했다. 선하의 얼굴에 스민 절박함이 느껴져서 너무도 망설여졌다.
"함께 있지 않았는가?"
"그 낭자께서는…."
눈을 피하며 대답을 망설이는 무관의 모습에 선하의 얼굴이 점점 창백해졌다. 그를 붙잡는다.
"대답해 보게! 빈궁 마노라와 함께 있지 않았는가?"
"그 낭자께서는, 홀로 왜군들에게 붙잡혀 가셨습니다."
무슨 말이냐. 그녀가 왜.
선하는 눈을 깜박였다. 듣고 있지만 무슨 뜻인지 모르겠다. 머리가 빙빙 돌았다.
"낭자께서는 세자빈 마노라의 비녀를 들고 그들을… 그들을 유인했습니다. 그게 마지막이었습니다."
"젠장!
선하는 머리를 감싸 쥐었다. 세자빈이라니. 어떻게 세자빈 대신 재령이 희생되어야 했나. 그곳에는 그녀밖에 없었나. 왜 아무도 재령을 도와주지 않은 걸까. 구해주지 않은 걸까.

그날은 오랜만에 혼을 만나 밤새워 이야기하다가, 깊게 잠든 벗 몰래 달빛을 즐기러 잠시 바깥으로 나왔었다. 눈이 내린 세상은 달빛을 받아 반짝반짝 빛나서 가슴 시리도록 아름다웠기에 잠이 오지 않았다. 뽀드득 소리가 나는 눈밭을 조심스레 밟다가 하아, 하는 입김을 하늘로 그려 보냈다. 멀리서 개 짖는 소리. 눈 쌓인 가지에 바람이 불자 한들한들 그림자가 섬세하게 흔들렸다. 조용하고 눈부신 밤이었다. 코끝을 스치고 가는 가느다란 눈송이를 느낀다.

"당신을 무어라 불러야 할지 모르겠군요."

뜻밖의 목소리였다. 뒤돌아본 그곳에는 높은 옷깃 목덜미까지 하얀 담비털을 두른 장저고리를 입은 여인이 서 있었다. 오랫동안 바깥에 서 있던 듯 차가운 공기가 그녀를 감싸고 있었다. 본 적은 없었지만, 누군지 짐작이 갔고, 그랬기에 자신을 바라보는 그녀의 눈빛이 의아했다. 그녀는 처음 본 자신을 미워하고 있었다.

"군부인이시지요? 처음 뵙겠습니다. 윤선하라 합니다."

"......."

그녀는 그의 인사에 대답하지 않았다. 대신 낮고 날카롭게 그 눈빛의 이유를 직설적으로 밝혔다. 오랫동안 갈았던 칼을 뽑아든 것처럼 서늘하게.

"난 서인입니다."

"......."

선하의 얼굴에서 그나마 남았던 웃음기가 서서히 사라졌다. 인사말 대신 먼저 내민 말이 이것이라니. 단지 그 말 한마디로 모든 것이 명확해지는 이 순간이 싫었다. 허탈한 쓴웃음이 독처럼 퍼졌다.

"모두가 지금의 상황을 매우 우려하고 있습니다. 더는 그분의 마음을 흔들지 마십시오. 지금이 그분께 아주 중요한 시기라는 것을 모르십니까?"

"잘 알고 있습니다만, 처음 뵙는 군부인께서 이렇게 콕 집어서 각인시켜

주시는군요."

"난 동인들과 그분이 엮이는 것이 싫습니다. 그러니 진정으로 그분의 벗이라면 발걸음을 끊어주세요."

그렇게 칼을 휘두르듯 그의 마음을 긋지 않아도 되었다. 돌려 말해도 그 속에 품은 뜻은 충분히 아플 것이었다. 하지만 그날 소혜는 자신을 제어할 수 없었다. 그것은 진심으로 미움이었기 때문이었다. 할 수만 있다면 그를 낭군에게서 영영 떼어내고 싶었다. 평생 자신은 보지 못할 낭군의 진심을 볼 수 있는 윤선하라는 자를.

"......정치와는 상관이 없다, 제 마음은 그렇지 않다고 말씀드려도 소용없겠지요?"

"어찌 그리 순진하시오? 아니면 그런 척하는 것이오?"

"주제넘은 말씀이겠지만.... 정쟁(政爭)에 너무 깊게 간여하시다가는 마음을 다치실 겁니다. 군부인."

선하의 날카로운 충고에 소혜는 발끈했다. 이미 마음을 다쳤다. 그래서 아프고 아프다. 이렇게 아플 줄은 몰랐다. 당신이 아니었다면, 당신이 오지 않았더라면 영원히 낭군의 진짜 마음은 모르고 지낼 수 있었는데.

"내 마음은 내가 알아서 하오! 당신과 당신 집안의 안위나 챙기시오. 그분께 더 다가서면 나도 손을 쓸 수밖에 없소."

"부인, 지금 무어라 했소?"

그 목소리에 소혜는 뒤돌았다. 선하의 놀란 눈도 그에게 향했다.

"내 벗에게 무슨 짓을 하고 있냐는 말이오?"

이 광경을 믿을 수 없다는 듯 두 사람을 바라보며 서 있는 혼. 그가 거기 있었다. 경멸과 분노에 가득 찬 눈으로 몸을 떨며 그녀를 바라보고 있었다. 고요하고 아름다웠던 겨울밤은 그렇게 두 조각으로 부서져 버렸다.

#34
옅은 그림자 아래

여기저기에서 웃음소리가 들린다. 춤을 추는 저들은 어디에서 온 기녀들일까. 음식을 나르는 저자들은 또 어디 사람들일까. 전쟁 중이라는 것을 잊을 만큼 환한 등불이 밝혀졌다. 왜 자신을 여기까지 끌고 나왔는지 재령은 이 상황을 도저히 견딜 수가 없었다. 붉은 얼굴의 왜군들은 곁에 앉은 여인들을 희롱하고 비틀거리고 술을 들이켰다. 재령은 상석의 가운데 앉아 큰 소리로 웃고 있는, 정수리 머리를 만질만질하게 밀어버린 자를 노려본다. 갈고리 모양으로 휜 눈매와 잘 다듬어진 턱수염이 무자비하면서도 교활해 보였다.

"전쟁에서도 승승장구하고 몸값도 두둑하게 챙겨갈 수 있으니 일석이조(一石二鳥) 아니겠습니까? 총대장군! 감축드립니다!"

그의 주변에 있던 다른 자가 취한 몸을 일으키며 과장된 몸짓으로 거침없이 웃었다. 무슨 말인지 알아듣지 못하지만, 저절로 인상이 찌푸려졌다. 그 맞은편에 앉아있는 야스나리는 그의 너스레를 외면한 채 상위에 차려진 술잔만 바라보고 있었다. 그는 그들 사이에 보이지 않는 장막을 친 것처럼 달라 보였다.

"협상에 응한다는 전갈이 곧바로 온 걸 보니 어지간히 세자도 급하긴 급했나 봅니다. 형제들마저 내버려둔 그자가 말입니다."

또다시 한바탕 게걸스런 웃음. 그들이 잔치를 여는 것은 재령한테는 그다지 좋지 않을 징조임이 분명했다. 원하는 것을 얻게 되었기 때문일 텐데 그들이 얻게 될 것이 과연 무엇일까. 그리고 이런 치욕스런 자리에 재령을 억지로 데려다 앉힌 뜻은 그녀를, 아니 세자빈을 우롱하기 위함이 아닌가. 재령은 이를 문 채 자리에서 일어나려 했지만, 양옆에 서 있던 우악스러운 왜군이 그녀의 어깨를 짚고 억지로 눌러 앉혔다.

"협상이 잘 끝나면 무사히 돌아갈 수 있게 되는데 함께 축하해야지. 어딜 가시오, 세자빈?"

구로다 총대장이 이를 드러내며 웃자 다른 이들도 모두 따라 웃었다. 너울로 얼굴을 가린 재령은 어떤 반응도 보이지 않고 손톱자국이 새겨질 만큼 단단히 양손을 움켜쥘 뿐이었다. 그녀는 수치심과 분노로 떨고 있었다.

"얼마나 반반한 미색(美色)이기에 세자가 사족을 못 쓰나 한번... 확인해볼까?"

술에 취해 눈이 풀린 왜군 장수 하나가 비틀거리며 그녀에게 다가왔다. 재령이 자리를 벗어나려 했지만, 양옆에서 어깨를 붙들린 채로 꼼짝도 할 수 없었다. 재령은 부들부들 떨며 너울을 움켜쥐었다. 얼굴을 보이고 치욕을 당하느니 이 자리에서 죽고만 싶었다.

"놓아라! 놓아라, 이 더러운 놈들!!!"

그자는 멈추지 않았고 그녀의 앞으로 다가와 기어이 재령의 너울자락을 움켜쥐었다. 부욱, 하고 무자비하게 천이 찢어지는 소리가 들렸다. 그녀를 비웃는 왜군들의 웃음소리. 재령은 눈을 감고 얼굴을 돌렸다. 흑전강성 그자가 말했던 참혹한 일이 시작된 것이겠지. 얼마나 어디까지 더 견뎌야 하는 건지 끝이 보이지 않았다.

"적당히 하셨으면 그만두시지요!"

예상 밖의 목소리에 흥겨웠던 장내는 찬물을 끼얹은 듯 조용해졌다. 사람들의 시선이 그에게로 향했다.

"야스나리?"

이런 일에 관여하지 않던, 늘 차갑고 속을 알 수 없는 야스나리였다. 그 자리에는 그가 언성을 높이는 것을 처음 듣는 사람도 있었다. 그는 자리에서 일어나 중앙으로 나왔다. 황족들과 함께 교육받은 재자(才子)답게 기품 있는 걸음걸이였다. 그곳에 있는 무사들 대부분은 그의 우아함을 뒤에서 비웃었지만, 그 마음 밑바닥에는 은근한 부러움과 시기가 깔려 있었다. 야스나리는 그런 시선을 한몸에 받으며 구로다 총대장에게 정중하게 무릎을 꿇었다.

"무례를 용서해 주십시오."

"할 말이 있느냐?"

"이런 저속한 행위들이 감히 숙부님 눈앞에서 벌어지고 있는 것을 참을 수 없었습니다."

재미있는 구경을 기대했던 구로다 대장의 입술이 씰룩거렸다. 그 말을 마냥 무시할 수만도 없는 불편한 상황이 되어버렸다. 그는 옳은 말을 하는 야스나리 때문에 비스듬히 기대어 있던 몸을 바르게 일으켰다. 야스나리는 늘, 너무나 바르고 진지한 것이 흠이라고 생각하며.

"숙부님께서는 무사의 품위를 소중히 여기는 분이십니다. 비록 적이라 할지라도 품위를 지켜주셨던 숙부님의 그간의 고귀한 의지가 더럽혀지는 것을 볼 수 없었습니다. 하여 이 구로다 야스나리가 이자들 대신 용서를 구합니다."

그는 바닥에 이마를 대고 깊게 절했다. 구로다 총대장은 그의 감춰진 속내가 무엇인지 대강은 알 것 같았다. 황족의 공자(公子)들과 함께 지내던 수준에 이런 저속한 자리가 불편하다는 뜻이겠지. 하지만 자신의 비위를 맞추는 말에 실린 그 속내는 과히 나쁘게 들리지는 않았다. 역시 영리한 야스나리, 죽은 요시히데보다 훨씬 뛰어난 녀석이 틀림없다. 그래서 구로다 대장은 큰 소리로 웃음을 터뜨렸다.

"야스나리, 네가 굳이 그럴 필요는 없었다. 안 그래도 나무랄 참이었으니."

그는 수염을 쓰다듬으며 재령의 떨고 있는 모습을 내려다보았다. 다분히 가식적이지만 마치 자비를 담은 듯이. 조선군이 협상에 응하기로 한 마당에 굳이 긁어 부스럼을 만들어 일을 그르칠 필요는 없지.

"놓아드려라."

"참으로 고귀하신 결정이십니다."

입에 꿀을 바른 듯 달콤한 야스나리의 칭찬이었다.

"세자빈이 많이 놀랐을 테니 자비로운 나의 배려를 야스나리 네가 조선말로 잘 설명해주어라."

"예. 명을 받들겠습니다."

떨고 있는 재령에게 그가 다가갔다. 그녀는 찢어진 너울자락을 두 손으로 부여잡고 있었다. 분노와 공포가 가시지 않은 그녀의 눈빛이 보이는 듯했다. 아직도 거친 숨이 가라앉지 않고 있었다.

"저와 함께 가시지요. 방까지 모셔다드리겠습니다."

"당신을 어찌 믿소? 이자들이 나를 어찌할 생각이오?"

그는 말없이 단지 고요한 눈빛으로 대답했다.

"……."

재령은 조금 뒤 순순히 자리에서 일어섰다. 그로 인해 무언가가 바뀌었고 그래서 이 무례한 자들에게 더는 모욕당하지 않을 것임을 그녀도 느끼고 있었기 때문이었다. 야스나리가 먼저 나서자 그의 부하들이 재령을 양옆에서 호위하고 뒤를 따랐다. 그들이 완전히 문을 벗어나자 다시 흥겨운 풍악이 울리기 시작했고 고고하지만 불편한 야스나리가 없는 그들만의 저속한 잔치가 계속되었다.

아무도 없는 방안에 들어서고 나서야 재령은 겨우 떨리는 몸을 진정할 수 있었다. 딱 하나뿐인 좌등의 불빛은 수많은 그림자를 만들어냈다. 그리고 서로 겹쳐진 그림자 중에는 야스나리의 것도 있었다.

그가 가져오라 했던 음식과 물대접을 올린 작은 소반이 재령의 곁에 놓였다. 재령을 조롱하던 하인은 야스나리가 그녀와 함께하자 할 수 없이 제대로 된 음식을 고스란히 내어 놓았다. 야스나리는 재령이 제대로 먹지 못했다는 것을 이미 눈치채고 있는 듯 보였다.

"어찌하여 나를 도와주는 것이오?"

저만치 떨어져 앉은 그는 여전히 수많은 생각에서 헤어 나오지 못한 눈빛으로 재령을 마주 보았다.

"특별히 당신을 도와주는 것은 아닙니다. 제가 불편해서 그런 것일 뿐."

"당신은 이상한 사람이오. 아니면 철저히 가식적이거나."

"……."

"고맙다는 말은 하지 않겠소. 난 당신의 진짜 속마음은 모르니까."

어쩐지 그녀의 말투에서 채홍이 생각났다. 그래서였나. 그래서 무지막지한 그 손길에서 벗어나려던 이 여인의 발버둥이 숨이 막힐 만큼 견디기 어려웠던가. 자신을 만나기 전 채홍에게 저런 모욕은 일상이었겠지. 그녀를 모욕한 건 자신의 형제였고. 야스나리는 무표정 아래 마음의 균열을 감춘다. 한번 흔들렸던 연약한 마음, 두 번 다시는 보이지 않겠다.

"협상에 응하겠다는 연락이 왔습니다. 그 비녀는 확실히 세자빈의 것이었군요."

세자빈이 아니라는 건 조만간 밝혀질 테고 정해진 순대로 협상은 결렬될 테지만 그 후 자신의 운명이 어찌 될지는 아무도 몰랐다. 자신을 이곳에 버려두지는 않으리라 믿고 싶었다. 하지만 야스나리는 그녀의 바람과는 다른 전혀 다른 기대를 하고 있었다.

"전 기대하고 있습니다. 제가 비녀와 함께 보냈던 그 패도가 윤선하의 것이기를. 그것이 그자를 이곳으로 불러오기를."

그의 입술에서 버석거리는 서리가 섞인 바람이 부는 것 같았다. 그 차가운 바람은 재령의 심장을 움켜쥔다. 그런 목적이라면 차라리 아무도 자신을 구하러 오지 않아도 좋았다. 선하가 자신에 대해서 끝까지 모르길, 제발 그래 주길 바랐다.

동굴까지 오는 길에 찬새는 보이는 대로 부지런히 열매를 따서 모았다. 검게 익은 산딸기나 산다래, 버섯 같은 것들을 능숙하게 캐어 상궁에게 내밀었다. 많지는 않았지만, 허기를 달랠 수는 있을 것 같았다.

소혜는 찬새가 부지런히 꺾어 나르는 나뭇가지를 유심히 보았다. 다리가 불편해 보였지만 중심을 잘 잡더니 능숙하게 나뭇가지를 발로 부러뜨렸다. 땔감으로 쓸 것은 이미 충분해 보였는데도 찬새는 나뭇잎이 풍성하게 달라붙은 가지만을 골라 한곳에 모았다.

"무엇을 하는 것이냐?"

소혜가 물었지만 찬새는 산등성이를 지그시 바라보며 해지는 것을 가늠하더니 다시 하던 일을 계속했다. 그녀의 질문이 민망해지는 순간이었다.

"어허! 마노라께서 물으시는데 어서 대답하지 못할까?"

제멋대로인 찬새를 향해 지밀상궁이 다시 역정을 내었다. 하지만 워낙에 예의범절도 모르는 천둥벌거숭이 같아 그녀의 말을 알아먹는 시늉이라도 할지 몰랐다.

“고만 물으시고 안에 들어가 계셔요. 쇤네가 이것만 끝내고 얼른 불 피워 드릴 테니.”

그러다가 문득 자신을 바라보고 있는 소혜와 눈이 마주쳤다. 딴은 궁금하고 안쓰러워서 물어봤겠지. 아무리 마음에 들지 않는다 해도 하늘같이 높은 빈궁 마노라 아닌가. 게다가 소탈한 세자저하의 각시이기도 하고. 그녀는 처음 당해보는 난리에 몹시 겁먹고 지쳐있었다. 그래도 몸을 펴고 꼿꼿하게 앉아 품위를 지키려고 무척이나 노력 중에 있었다. 찬새는 조금 수그러든 말투로 공손하고 넌지시 대답했다.

“쇤네가 이 나뭇잎 많이 달린 가지로 동굴 입구를 될 수 있으면 안 보이게 가릴 거예요. 밤이면 불빛이 겁나 잘 보이거든요.”

“여름이라 춥지 않으니 굳이 불을 피우지 않아도 될 것 같구나.”

“아녀요. 여긴 산이어요. 들짐승이 득실득실 산다굽쇼. 불빛이 보이면 사람이 오고, 불빛이 안 보이면 들짐승이 오지요. 제발 호랑이나 늑대 같은 녀석들만 안 마주치면 좋겠는데.”

“호… 호랑이?”

목소리가 사그라지는 지밀상궁의 얼굴이 창백해진다. 당황한 척하지 않으려 했지만 소혜의 얼굴에서도 핏기가 사라졌다. 그들이 성천으로 먼저 보낸 호위 무관은 지금 어디쯤 가고 있을까. 벌써 목이 빠지게 기다려졌다. 하루 반나절만 동굴에서 참으면 관군들을 불러올 수 있다고 했다. 호랑이가 나타나기 전에 어서 그들을 이 산에서 데려가 주기를.

해가 지기 시작하자 찬새는 작게 부러뜨린 나뭇가지 더미에 부시를 부딪쳐 불을 붙였다. 번쩍하는 불꽃이 몇 번 튀더니 마른 나뭇잎에 서서히 붉은 불이 피어나기 시작했다. 연기가 피어오르자 좁은 동굴 안은 매운 냄새로 가득 찼고 모두가 콜록거리며 기침을 해댔다. 찬새는 아랑곳하지 않고 부채질을 하며 열심히 불을 붙였고 한번 제대로 불이 붙자 연기는 더 이상 나지 않았다. 소혜는 아직도 아까의 여파가 남아 조금씩 콜록거렸고 지밀상궁은 모닥불 곁에 앉아 낮에 구해온 칡뿌리와 버섯, 열매를 다듬고 있었다. 그녀의 능숙한 솜씨는 아마도 어릴 적 수라간 나인에서부터 궁궐 생활을 시작했기 때문일 것이다.

그런 두 사람을 바라보며, 앉아있는 것밖에 아무것도 할 줄 모르는 자신이 조금 부끄러워졌다. 이 아이가 아니었다면, 대신 희생한 재령이 아니었다면 자신은 이곳에 이렇게 버젓이 살아있을 수 있었을까. 만약 재령이 아니라 자신이 왜군에게 잡혔더라면 세자에게 짐이 되지 않기 위해 그 자리에서 자결을 선택해야 했을 것이다. 아마도 혼은, 그리해주길 내심 원했을지도 몰랐다. 자신은 이제 그 누구에게도 아무 도움이 되지 못했다. 세자에게도, 이들에게도, 스스로에게도.

그래서 소혜는 슬퍼졌다. 이렇게 많은 희생을 치르며 살아 돌아갔는데 막상 그가 자신을 반겨주지 않는다면 어쩌지. 그녀를 대신해 세자를 서인 세력과 이어줄 다른 규수들은 많았다. 생각해보니 자신이 아니면 안 될 것 같았던 일들은 너무도 쉽게 다른 이로 대체될 수 있는 것들뿐이었다.

재령은 무사할까. 너무나 미안했지만, 그것 외에는 달리 방법이 없었다. 자신에게 적대감을 숨기지 않는 찬새는 아마 그 이유 때문이었을 것이다. 불 피울 때의 매운 기운이 다 가시지 않았는지 눈가가 따끔거리며 젖어왔다.

"마노라, 이것이라도 젓수어 보십시오."

지밀상궁이 칡뿌리를 그녀에게 올렸지만 소혜는 고개를 가로저었다. 아무것도 먹고 싶지 않았다. 그녀는 빈궁에게 깊게 허리를 숙이고 고했다.

"마노라, 제발 조금이라도 젓수시옵소서. 여태 아무것도 젓수시지 않으셨으니 옥체가 상할까 저어되옵니다."

"그리하고 싶지 않구나."

관심 없는 척 나뭇가지로 이리저리 불을 쏘시며 그들의 이야기를 듣던 찬새가 생기 없는 그녀의 대답에 대뜸 한마디 덧붙였다.

"쇤네가 버릇없게 이런 말씀드릴 입장은 아니지만, 이제나저제나 걱정하는 사람 심정도 좀 생각해 주셔요."

"……."

"그리고 세자 저하께서 겁나 목 빠지게 기다리고 있을 거 아니어요? 보고 싶으시죠? 그러니 그거 드시고 기운을 차리셔야죠."

그럴 리 없어, 하는 눈빛으로 소혜는 말없이 모닥불만 바라본다.

"오래 뫼시지는 못했지만, 세자저하는 참 좋으신 분이셔요. 우리 같은 아랫놈들에게도 잘해주시고."

그는 그녀를 제외한 모든 이에게 다정한가 보다.

"하여튼 쇤네는 천하게 살아서 그런지 이해를 할 수가 없습니다요. 좋으면 좋다, 걱정되면 걱정된다, 무섭다, 보고 싶다, 화난다, 그런 마음들을 다 감추고 높으신 분들은 어떻게 사는가 모르겠습니다. 아무리 내외한다 해도, 하늘 같은 세자 저하라 하시더라도 함께 사는 가시버시는 실은 다 비슷한 거 아닙니까요?"

"……."

실은 그렇지도 않다고 마음속으로 답하며 소혜는 울컥했다. 찬새의 말처럼 세자와 세자빈이 아니라 그냥 평범한 부부였다면 혼과 자신도 그렇게 살 수 있었을까. 어릴 때 혼인하여 내내 친구처럼 정인처럼 그런 부부가 될 수 있었을까. 무사히 돌아가 그를 마주하게 되었을 때, 그가 자신을 애타게 기다렸다고 말해줄까.

#35
부디 무사해야 해

각지에서 일어난 의병들과 군사들은 때로는 패배하고 때로는 승리하면서 조금씩 세를 규합하고 있었다. 밀려들어 오는 왜군에 저항하는 것도 모일 힘과 노력이 있어야 가능했다. 누군가는 위험을 무릅쓰며 흩어진 백성들을 설득하고, 용기를 주고 저항할 마음을 심어주어야 했다. 혼은 힘닿는 데까지 백성들을 모으고 또 모았다. 도망친 부왕이 부끄러운 만큼 더 필사적으로 움직였다. 갈 수 있는 모든 곳으로 가고, 닿을 수 있는 모든 곳으로 어찰을 보냈다. 그의 피부는 저기 땡볕에 보초를 서는 병사들처럼 검게 그을렸고 입술은 갈라지고 터졌다. 그렇게 힘겹게 어린 세자는 조선이라는 나라의 마지막 희망이 되어가고 있었다. 아니, 그들에게 혼은 이미 임금이었다.

그래서 두려워할 수 없었다. 흔들려서도 안 되었다. 그녀를 잃을까 봐 마음이 타들어 갔지만, 이 전쟁에서 그런 고통은 새삼스러운 것이 아니었다. 왜군들에 의해 비참하게 죽고 다치고 겨우 살아남은 백성들이 이제껏 숱하게 겪었고, 지금도 겪고 있는 일이었으니까. 혼은 비류강을 바라보았다. 검푸르게 짙은 강물과 그 위에 드리운 숲의 그림자는 애달프고 아름다웠다. 남몰래 눈물을 닦는다. 그는 아직 열여덟. 마음을 짓누르는 압박감과 두려움을 버티기에는 여린 마음이었다.

부디 무사해야 해. 소혜. 어쩌다가 우리는 이렇게 서로를 마음 놓고 걱정할 수도 없는 관계가 되어버린 걸까. 그날, 그 밤 이후로 어색해져 버린 그녀와의 관계는 쉽사리 회복되지 않았다.

아무리 그녀의 세력을 업고 있는 혼이라 하더라도, 선하를 그런 식으로 대하는 것은 참을 수 없었다. 그래서 얼음보다 더 차가운 얼굴을 한 채로 결코 해서는 안 될 말로 그녀의 가슴에 대못을 박았다.

"다시는 내 아내인 척하지 마시오!"

그렇게 돌아서는 자신의 뒤편에 힘없이 주저앉은 그녀를 모른 척 외면했다. 선하가 몇 번이고 그녀의 잘못이 아니라 혼에게 고했지만 듣지 않았다. 그건 자존심의 문제였다. 그리고 다시는 그녀를, 소혜라 부르지 않았다.

이후로 혼과 소혜는 서로에게 웃지 않았고 대화다운 대화도 나누지 않았다. 함께였지만 늘 혼자인 것처럼. 그녀와의 잠자리는 허울뿐인 부부의 의무를 지키기 위한 것이었을 뿐, 감정 없이 안고 감정 없이 방을 나왔다. 그렇게 생겨서 낳은 아기는, 그래서 그렇게 허망하게 죽고 말았을까. 마치 사랑하지 않는 싸늘한 부모의 마음을 알았던 것처럼.

시간이 지나고 이제 와 생각해보니 너무 화가 나서 그랬던 자신처럼 그녀도 그날 무언가에 화가 나서 그랬을 텐데 서로는 서로에게 어찌 그리 모질었을까.

어느 날 몰래 눈물을 닦고 있는 그녀에게 다가가 사과하고 싶었지만 얼어붙은 듯 입술은 떨어지지 않았고, 수백 번 망설이다가 겨우 다가선 그녀 역시 말을 삼키고 있음이 알았다. 어리석은 두 사람은 알면서도 다가갈 수 없었다. 그렇게 긴 시간 동안이나.

"저하, 세자빈께서 막 방선문(訪仙門)으로 드셨습니다."

혼은 고개를 끄덕이고 천천히 발걸음을 옮겼다. 내딛는 발끝을 바라본다. 무릎 아래 펄럭이는 융복자락을 바라본다. 발걸음을 내디딜 때마다 조각난 기억과 마음을 조금씩 이어 붙인다. 그녀에게 오랫동안 하지 못했던 말, 이제는 할 수 있지 않을까.

무사히 안전한 땅으로 들어섰다. 소혜는 가마의 쪽문을 열어 하늘과 구름을 보았다. 그리고 가만히 머리를 기댔다. 피곤함과 안도감이 한꺼번에 밀려들었다. 지독한 악몽을 꾼 것처럼. 아직도 그녀의 연약한 근육은 긴장을 풀지 못해 딱딱하게 굳어 있었다. 왜군들을 피해 도망치던 순간과 힘겹게 숨어든 깊은 산, 동굴에서의 유숙과 굶주림이 차례로 떠올랐다. 그리고 매 순간 혼, 그 사람이 떠올랐다. 함께 있었지만 멀어지고 있던 그 시간들을 자꾸만 반추(反芻)했다. 그 시간 동안 자신의 어설픈 마음은 반대로 그에게 다가가고 있었음을 지금에서야 깨닫고 있었다. 그래서 지금 이 귀환이 두려웠다. 드디어 방선문을 지나고 성천객사의 너른 뜰에 가마가 내려졌다. 소혜는 양옆에서 부축을 받으며 가마에서 내렸다.

붉은 융복과 전립을 쓴 그가 저기에서 다가오고 있다. 햇볕은 쨍쨍했고 하늘은 새파랬다. 눈 부신 햇빛 때문에 그의 표정이 어떠한지 보이지 않는다. 바닥에서 나는 싸한 풀 비린내에 지친 속이 울렁거렸다. 가마에서 내린 소혜는 이제 더 걸을 힘조차 없었지만, 지밀상궁의 부축을 받으며 그에게 한 걸음씩 다가간다. 무사히 돌아왔다는 안도감보다 그가 자신에게 어떤 표정을 지을지에 겁이 났다. 가까워지고 있다. 여전히 흔들림 없는 눈빛의 그는 무척 피곤해 보였다. 얼굴은 떠나기 전보다 수척했다. 눈을 마주칠 수가 없었다.

"소첩, 저하께 심려를 끼쳐드렸으니 몸 둘 바를 모르겠습니다."

잔뜩 쉰 떨리는 목소리로 그에게 미안하다 말한다. 이런 일들로 자신에게서 더 멀어지게 될 그에 대한 솔직한 마음이었다. 그녀가 아는 잘못, 알지 못하는 잘못, 먼저 다가서지 못하고 그를 외면했던 모든 날들, 너무 늦었겠지만 할 수만 있다면 지금이라도 용서를 구하고 싶었다. 그에게 얼마나 돌아오고 싶었는지 말하고 싶었다.

혼이 그녀의 앞에 섰다. 아무 말 없이 그녀를 바라본다. 소혜는 눈물이 나올 것 같았다. 이렇게 오랫동안 자신을 바라봐준 것이 언제였을까. 어떤 이유로도 좋으니 그저 이렇게 눈동자를 바라봐준 기억이.

그가 와락 그녀를 안았다. 그의 품은 여름 햇볕처럼 뜨거웠다. 그는 여전히 말이 없었고 소혜는 그의 품에 안도하듯 기댄다. 주변은 모두 고개를 돌렸다. 놀라움으로 겨우 숨을 내쉬는 소혜의 뺨을 타고 눈물이 방울방울 흘러내렸다. 걱정했을까. 애타게 기다렸을까. 이런 자신을, 용서해줄까.

"...소혜."

"흑흑흑...."

그가 그녀의 이름을 불렀다. 잊은 줄 알았던 자신의 이름을. 이제는 마음껏 울어도 될 것 같았다.

"찬새야! 무사하였구나!!!"

"도련님!"

얼마나 마음고생을 했는지 그 얼굴은 반쪽이 되어 있었고 눈빛은 온통 절박함으로 가득 차 있었다. 어떤 상황에서도 흔들림 없고 마치 바위 같았던 그의 이런 모습은 생소하고도 가슴 아팠다. 선하는 엉거주춤 서 있는 찬새를 힘차게 부둥켜안았다. 하지만 찬새는 반가움과 안도감을 압도하는 커다란 미안함 때문에 마음 놓고 이 순간을 누리지 못할 것 같았다.

"미안하다. 내가 빨리 돌아가지 못해서 이렇게 되었어... 정말 미안하구나."

그에게서는 외로움과 죄책감의 소용돌이가 느껴졌다. 아마도 그의 눈동자는, 찬새가 그를 처음 만났을 때의 그런 슬픈 빛으로 물들어 있을 것만 같았다. 찬새는 마음이 아팠다.

"아녀요. 도련님, 참말로 죄송해요. 제가 더 똑똑했으면 이런 일도 없었을 텐데...."

선하는 흐린 미소를 지으며 찬새의 어깨를 두드렸다.

"고얀 녀석! 말도 참 곱게도 하는구나! 네가 똑똑했으니 세자빈 마노라도 무사히 모셔올 수 있었지. 나는 무엇보다 네가 무사히 돌아온 것이 얼마나 다행인지 모른다."

하지만 찬새는 고개를 들지 못했다. 고마움과 미안함이 마음을 마구 때렸다. 세자빈이 아니라 재령을 데려왔으면 더 좋았을 텐데. 세자빈이 말했던 것과는 달리, 선하에게 찬새는 그냥 아랫것이 아니었음을 그의 따뜻한 포옹으로 다시 한 번 느꼈다. 이런 그의 눈동자를 한번이라도 보았으면 그녀도 쉽게 그런 소리 못했을 것이다. 울컥하고 마음이 젖어들면서 눈가도 함께 젖어들었다. 이런 말이 그에게 위로가 될지 모르겠지만 찬새는 자신이 보았던 재령의 마지막 모습을 말해주고 싶었다.

"재령 아기씨는 겁나 용감했어요. 제가 보았던 어떤 사내보다도. 도련님보다도 더요."

선하는 고개를 끄덕였다. 그가 알고 있는 재령은 어떤 순간에서도 최선을 다해 용기를 내는 그런 여인이었다.

"안다... 그녀는 분명 그리했을 것이다."

찬새는 흔들리고 있는 그에게 확신에 찬 목소리로 또렷하게 말했다. 지금은 이렇게 한가히 머뭇대고 있을 시간이 없었다.

"도련님! 어서 갑시다! 아, 서두르셔요. 위험에 처한 여인을 두고 가는 것은 사내가 아니라면서요!!"

찬새는 씽긋 웃어 보였다. 여인 하나 갖고 목숨을 건다 하겠지. 가봤자 죽기밖에 더하겠냐고 하겠지. 선하 도령에게 재령이 얼마나 중요한 사람인지 그들은 죽었다 깨도 알지 못할 것이다. 남들은 다 말릴 테지만 그건 선하 도령을 모르고서 하는 말일 것이다. 그는 무사할 것이다. 그는 조자룡보다 더 멋있는, 절대 죽지 않는 윤선하 도령이니까.

비녀와 패도.

나란히 놓인 그것이 의미하는 것은 단 하나였고 그들은 협상을 원했다. 하지만 쉽게 단정할 수 없었다. 비녀만이 아니라 선하가 재령에게 건넸던 그 패도가 함께 왔다는 것은 여러 가지 가능성을 의미했다. 그들은 인질의 진짜 정체를 모르고 있을까. 아니면 알고 있을까.

"함정이다."

"그럴 수도, 아닐 수도 있습니다."

"상대는 총대장 흑전장정(黑田長政)이야. 결코 만만히 보아서는 안 돼."

"그는 소신과 재령 낭자의 관계를 알지 못하니 패도에 의미를 두어 보내지는 않았을 것입니다. 저하, 소신이 그곳으로 가는 것을 제발 윤허(允許)하여 주십시오."

"절대 아니 된다."

"저하!"

혼은 선하의 어깨를 붙잡았다. 빤히 보이는 함정으로 자신의 벗을 밀어 넣을 수 없었다. 수많은 고비 속에서 살아남은 그를 다시는 잃고 싶지 않았다.

"윤선하, 너를 노리는 것이야. 모르겠느냐? 지난번 전투에서 네가 쏘아 맞힌 자의 숙부란 말이다. 그러니… 재령은 그만,"

"절대로!"

절규였다. 그의 타오르는 눈빛은 절규하고 있었다. 사랑하는 사람을 잃지 않겠다는, 혼과 같은 이유로 그에게 맞서고 있었다.

"절대로 재령 낭자를 포기하지 않을 것입니다. 그만 잊으라는 말은 잔인한 말씀은 하지 마십시오, 저하."

"선하야!"

"가겠습니다."

"윤선하! 어명이다!"

날카로운 둘의 목소리가 부딪쳐 불꽃이 튀고 있는 강선루에 또 다른 한 사람의 목소리가 물길처럼 스며들어왔다. 긴 치맛자락이 촘촘한 나무 바닥을 부드럽게 쓸었다.

"그를 보내주십시오."

"빈궁."

선하는 그녀에게 고개를 숙였다. 언젠가 이렇게 셋이 있었던 그 우울한 밤이 다시 떠올랐다. 모두에게 여지없이 불편했던 기억이 겹쳐진다. 하지만 그때와는 조금 다른 공기가 흘렀다. 뜻밖이었다. 그동안 빈궁은 일부러 이런 자리를 피했던 것이 아니었던가. 게다가 지금 상황에서 자신의 편을 들어주고 있다니.

"윤선하를 재령에게 보내 주십시오."

"벗을 위험에 빠뜨릴 수 없소."

"아뢰옵기 송구하오나 그때 재령은 어떻게 될지 알고 있으면서도 소첩 대신 몸을 던졌습니다. 그 아이는... 그랬습니다."

"......"

"때로는 위험이 보일지라도 해야만 하는 일이 있다는 것을, 소첩은 너무 늦게 깨달았습니다."

처음으로 그녀는 그 누구도 아닌 자신만의 생각을 말했다. 가문의 영광을 위해 하는 말도, 세자빈으로서 하는 말이 아니라 한때의 어리석음으로 자신의 삶을 망친 소혜로서 하는 말이었다.

"재령도 그를 기다릴 것입니다. 오지 않기를 빌겠지만 그래도 마지막 순간까지... 기다릴 것입니다. 윤선하에게 그 아이를 버리라는 그런 잔인한 명은 내리지 마시옵소서, 저하."

#36
너에게 뻗은 손

바람이 불었다. 그는 이곳에서, 왜군은 저편에서 서로가 상대방의 깃발을 주시하고 있을 것이다. 그들이 멀리 떨어져 마주 보고 선 까마득한 벌판은 하늘과 맞닿을 만큼 넓었고 바닥은 잡초와 흙이 섞인 진창이 되어 발이 깊게 빠졌다. 벌판을 뒤덮은 잿빛 구름은 거대한 파도처럼 그들을 집어삼킬 듯 낮게 깔려있었다. 을씨년스러운 공기는 풀밭을 흔들며 울렁였다.

멀리 있던 깃발이 점점 가까워진다. 그쪽에서 다섯 명, 그리고 천막을 씌운 수레 하나. 선하 쪽에서도 다섯 명이 대기하고 있었다. 갑옷의 장식품이 흐린 하늘 아래에서도 기묘하게 번쩍였다. 선하는 앞으로 나아간다. 진흙 바닥을 뚜벅뚜벅 디디며 말은 푸르르륵 숨을 내쉬었다. 깃발이 바람에 펄럭이는 소리가 새의 날갯짓처럼 퍼득 퍼득 들렸다.

맨 앞에 선 자가 쓴 표정 없는 가면의 모습이 점점 선명해진다. 그것이 생소한 공포감을 불러오는 이유는 금속으로 만든 무생물처럼 아무 감정을 느낄 수 없기 때문일 것이다. 가면 뒤로 숨긴 얼굴은 얼음 호수처럼 단단한 마음의 방어막을 만들었다. 투구에 달린 초승달 모양의 장식품이 어쩐지 눈에 익었다.

그들은 자신을 방어할 만큼의 거리에 멈춰 서서 서로를 탐색한다. 말고삐와 검 손잡이를 잡은 손바닥에는 긴장으로 땀이 고였고 호위하는 자들은 세차게 피를 뿜어대는 심장을 진정시키려 호흡을 가다듬었다. 그자가 얼굴을 가린 금속의 가면을 들어 올렸다. 그것은 아마도 작심한 일이었을 것이다. 선하가 마주하고 있는 적이 누구인지 보여주기 위한.

"!!!"

지난 전투에서 자신과 맞붙었던 자와 똑같은 얼굴을 하고 선하의 눈앞에 부활한 자. 다시 마주한 그 얼굴은 그에게 이상한 무기력을 불러일으켰다. 죽여도 죽여도 끝이 나지 않는 이 지독한 전쟁의 잔혹한 현실처럼 두려웠다. 이런 상황을 원했던 것인가. 선하는 시선을 움직여 그의 뒤에 멀찌감치 서 있는 수레를 살폈다. 저 안에 그녀가 있을 것이다.

"난 흑전강성이다."

그는 또렷한 우리말이었다. 이름을 들은 선하는 그가 왜 얼굴과 신분을 밝혔는지 알 것 같았다. 무성한 소문과 비밀에 감싸있던 책사 흑전강성은 선하가 죽인 자의 형제가 확실했다. 그것은 이제부터 그의 행동에 복수가 섞일 것임을 선언하는 것이었다.

"윤선하다."

선하의 대답에 야스나리는 그를 조용하게 훑었다. 생각보다 어렸고, 섬세한 눈매를 가졌다. 투구의 삭모가 바람에 날렸다. 그리고 겹쳐지는 희미한 장면. 아득한 몇 년 전의 기억이 첫눈처럼 내리기 시작했다. 그때 그 사람이었군. 윤선하라는 이름이었고. 이젠 아무 의미 없지만.

"……."

정말로 그가 직접 오다니. 이 협상의 진짜 목적과 그 패도가 의미하는 노골적인 의도를 몰랐을 리 없었을 텐데. 그의 뜻대로 움직여 주었지만 그래서 조금은 놀라웠다. 죽을 자리인 것을 알면서도 와야 했을 만큼 저 여인이 그런 존재였나.

"확인해 보겠나?"

그가 손짓하자 수레가 가까이 다가왔다. 수레에 쳐진 장막이 거둬지자 그녀가 보였다. 수척해진 뺨, 오직 눈빛만이 강하게 살아있는 것 같은 그녀가 선하를 바라본다. 심장이 조여 온다. 지금 당장 검을 뽑아들고 이자들을 다 베어버리고 그녀를 구해 이곳에서 벗어나고 싶은 마음을 가까스로 붙잡았다. 말고삐를 잡은 그의 손에 파르르 힘이 들어갔다.

'재령.'

'선하.'

결국 당신은 오고야 말았군요, 오지 않기를 바랐는데. 하지만 매일 매 순간 눈을 감고 그토록 수없이 떠올렸던 당신의 눈동자를 마주한 순간 그 마음이 한꺼번에 흩어져 버리는군요.

가슴이 터져버릴 것만 같았다. 자신도 모르게 눈물이 흘러내렸다. 하지만 둑이 터지듯 한꺼번에 밀려오는 마음을 의연하게 모른 척한다. 자신이 동요하면 그도 그럴 것이고 그것은 자칫 저기 있는 그를 위험에 빠뜨릴 수도 있었다.

'돌아가요.'

그녀는 입 모양으로 그에게 말했다. 선하는 고개를 가로저었다. 그리고 뗄 수 없는 시선을 겨우 옮겨 야스나리를 노려보았다. 분노를 누르고 또 누른다.

"원하는 것이 무엇이냐?"

"세자빈이 맞는다면 그에 합당한 몸값을 지불하면 되겠지만, 만약 아니라면... 저 여인을 다른 인질과 맞바꾸도록 하지."

흑전강성이 원하는 것은 단 하나, 자신에 대한 복수일 뿐이다. 다른 인질을 원한다면 기꺼이 재령 대신 가겠다. 패도를 받았던 그 순간부터 선하는 이미 그렇게 하는 것으로 마음을 굳혔다. 그의 눈빛을 본 재령은 고개를 가로저었다. 선하는 지금 무슨 생각을 하고 있는 거지. 절대로 안 된다. 절대. 붉은 피가 하얗게 탈색되는 것만 같았다. 그리고 슬픈 예감은 늘 적중한다.

"대신 내가 가겠다."

"아니 되오!!! 그리하지 마시오! 제발!!!"

수레에 양팔을 묶인 재령이 필사적으로 소리쳤다. 곁에 섰던 왜군이 천으로 그녀의 입을 막아 뒤에서 묶는다. 재령은 멈추지 않고 소리를 내지르며 몸부림을 쳤다. 손목을 묶은 밧줄이 부드러운 살결을 파고들었다. 야스나리의 표정은 조금도 변화가 없었다.

"당신의 말은... 저 여인이 세자빈이 아니란 뜻인가?"

"...정확히 원하는 것을 말해라, 몸값이냐, 아니면 다른 것이냐?"

선하는 교묘한 그의 유도를 피해갔다. 자칫 그에게 말려들 수도 있었다. 세자빈이라 대답하는 순간 몸값은 천정부지로 오를 것이고, 아니라고 대답하는 순간 그녀는 최소한의 안전조차 보장받을 수 없었다. 선하는 그의 치밀한 덫에 걸리지 않기 위해 분노를 드러내지 않으려 침착하게 붙잡고 있어야 했다. 하지만 얼굴은 점점 흙빛이 되어가고 있었다.

자신의 질문을 피해갔지만, 또한 쉽사리 대답하지 못하는 선하를 야스나리는 가만히 지켜보았다. 그의 괴로움과 분노를 피부로 느낄 수 있었다. 하지만 그녀를 쉽게 내어주는 것으로 그렇게 끝내주지는 않겠어. 저런 종류의 사람에 대한 복수는 육체적 고통이 아니라 마음의 고통임을 잘 알고 있었다. 할 수 있는 가장 비참한 복수를 해주겠다. 요시히데의 죽음을 비롯한 이 모든 고통에 대한. 하지만 아직은 아니야.

"내일 이 시간까지 말미를 달라."

선하의 제안에 야스나리가 고개를 끄덕였다.

"좋다. 그럼 그때까지 저 여인은 여전히... 세자빈인 것으로 해두지."

바람이 차가웠다. 손톱처럼 가느다랗게 뜬 푸른 달은 어느 순간 구름 뒤로 숨어버렸다. 등 하나만을 밝힌 어두운 방으로 스산한 바람이 스며들어 왔고, 불꽃이 흔들릴 때마다 두 개의 그림자가 파르르 떨렸다. 재령은 맞은편 어둠 속에서 마치 넝쿨을 가득 뻗어 내린 등나무처럼 은밀하고 숨 막히는 존재감의 야스나리를 노려보았다. 좌등 곁에 앉은 그녀의 그림자가 일렁이며 그의 자리를 커다랗게 침범했다. 시간이 깊어지고 있었지만, 그는 그 자리를 떠나지 않을 듯 보였다. 아주 섬세하고 고요한 불안함이 그녀와 그가 앉은 사이를 불어왔다.

"여기 있는 이유가 무엇이오?"

"난, 기다리고 있습니다."

무엇을 기다리고 있다는 말인지 그 진짜 속뜻은 알 수 없었다. 다만 재령은 불안했다. 어둠 속에 숨은 채 묘한 기운이 감도는 그의 눈빛만이 재령에게 닿았다. 자꾸만 좋지 않은 예감을 불러일으킨다. 그가 재령이 머문 이 자리를 지키고 있는 이유, 그것이 설마 그녀의 뇌리에서 떠오르고 있는 그것일까. 재령은 초조한 마음으로 방문 너머 바깥의 상황에 귀를 기울였다. 세상은 고요했고 일상적인 밤의 소리만이 평소처럼 들릴 뿐이었다.

"밤이 지나기 전에 윤선하, 그가 올 것입니다."

"그럴 리 없소."

하지만 그녀를 만났던 그 자리에서 무슨 일이라도 저지를 것만 같았던 선하의 눈빛이 생생하게 떠올랐다. 그래서 재령의 대답은 확신이 아니라 그래야만 하는 바람이 되고 있었다. 살얼음이 낀 듯 위태로운 공기는 금방이라도 금이 가 깨져 버릴 것 같았다. 새어 들어오는 바람은 재령의 등줄기를 서늘하게 물들였다. 야스나리는 그 자리에서 바위가 된 듯 눈을 감았고 동면에 들어간 뱀처럼 도사렸다 그렇게 밤은 깊어갔다. 재령은 시선을 떨어뜨린 채로, 마지막 등마저 꺼진 어둠 속에서 가느다랗게 숨 쉬었다. 시간이 얼마나 지났을까. 새벽까지는 아직도 멀었을까. 이제 야스나리의 모습은 완전히 어둠 속에 잠겨 보이지 않았다. 하지만 그는 여전히 그곳에 있을 것이다. 이대로 아무 일도 일어나지 않을 듯한 그때.

휘이이익.

휘파람 소리 같은 화살 소리가 들리더니 나무 기둥에 강하게 박히는 소리가 후드드득 연달아 들렸다. 재령은 놀라 고개를 들었다. 정말로 그가 온 것일까. 바깥에서는 소란스런 외침과 발자국 소리가 들렸고 이어서 여기저기에서 횃불이 환하게 밝혀진다. 무장한 왜군들의 철컥거리는 소리가 그곳을 가득 에워쌌다.

"야스나리 님! 자객이 침투했습니다!"

문밖에서 고하는 다급한 목소리가 그를 재촉했다. 그는 가만히 눈을 떴고 전혀 동요하지 않은 채 차분하게 되물었다.

"어느 쪽이냐?"

"야스나리 님의 처소입니다!"

"그쪽으로 속히 군사를 보내되, 너와 네 부하들은 이곳에 조용히 매복하라."

"예!"

그런 은밀한 명령을 내리며 야스나리는 눈조차 깜박하지 않고 재령을 뚫어지게 바라보았다. 마치 자신이 어찌할 것인가를 말해주듯이. 그리고 야스나리는 때가 된 듯 그녀에게 다가왔다. 발소리조차 내지 않았다. 어둠에 젖은 그의 눈동자가 빛을 받아 반짝였다. 그의 옷에서 나는 특유의 향나무 냄새에 숨이 막혔다.

"입을 막을 것입니다."

“아니 되오… 아니,”

미쳐 말을 끝마치기도 전에 야스나리는 그녀의 입을 헝겊으로 막았다.

“쉬잇. 소리를 내면 당신을 해칠 수도 있습니다.”

“…….”

“그럼, 윤선하가 살아있는 시간도 그만큼 짧아지겠지요.”

재령은 분노와 애원이 뒤섞인 눈으로 그를 바라보았다. 그리고 묶인 손으로 불쑥 그의 옷소매를 붙들었다. 일어나려던 그가 그런 재령을 빤히 바라보았다. 그리고 자신의 옷자락을 잡은 손목도 바라보았다. 떠오르는 그녀의 기억. 울컥하고 감정이 치밀어 오른다.

‘이제 그만해, 후에.’

마음속으로 그녀에게 외친다. 그리고 자신에게 일깨운다. 이제는 언제든 너를 뿌리칠 수 있어. 야스나리는 부드러운 손가락으로 재령의 뺨을 쓰다듬었다.

“당신을 다치게 하고 싶지는 않소.”

그가 마음을 바꾸지 않을 것임을 깨달은 재령은 맥이 풀려버렸다. 차가운 습기로 가득 찬 방은 숨이 막혔다. 다시 사방은 고요해졌고 기다림으로 숨 막히는 침묵이 이어졌다. 그가 아니기를. 이곳을 찾지 못하기를. 그렇게 오늘을 넘기고 내일을 맞이할 수 있기를. 다시 바람이 불기 시작했다. 그리고 어디에선가 들려오는 작은 움직임 소리. 재령의 눈동자가 커졌다. 바깥 어딘가에서 서성이던 소리는 정확히 방향성을 갖고 살며시 이쪽으로 가까워지고 있었다. 드디어 문에 희미하게 그림자가 비쳤다. 재령은 재갈을 물고 있음에도 불구하고 몸부림을 치며 힘껏 소리를 질렀다. 그가 붙잡히게 둘 수는 없었다. 그가 자신의 울부짖음을 듣고 부디 몸을 피하기를 바라며.

‘선하 도령, 도망쳐요!!! 함정이에요!!!’

#37
감추어진 이야기

그림자는 재령의 작은 소리를 듣고 그 자리에 멈췄다. 재령은 크게 뜬 눈으로 그곳을 바라보았다. 더는 다가오지 마시오. 어서 빨리 이곳을 벗어나야 하오.

하지만 재령의 마음과는 반대로 그림자는 움직이지 않았다. 재령의 뒤에 앉은 야스나리는 사냥의 때를 기다리는 것처럼 어둠 속에 숨어 고요하게 다가오는 그림자를 지켜볼 뿐이었다. 결국 스르르 문이 열렸다. 그리고 어둠을 딛고 누군가가 방안으로 들었다. 그는 몸을 숨기지도 않았고 심지어 발걸음 소리조차 숨죽이지 않았다. 그리고 다시 문을 닫고 방 끝에 서서 이쪽을 바라보았다. 그가 들어온 것 외에는 방안의 그 무엇도 달라지지 않았다. 캄캄한 방이었지만 재령은 대번에 그를 알아볼 수 있었다. 저 익숙한 몸의 선과 느낌은 단 한 사람의 것.

"재령 낭자, 그곳에 있소?"

그의 목소리였다. 결국 그녀의 노력은 허사가 되어버렸고 그는 제 발로 함정 속으로 들어오고야 말았어. 재령은 안타까움과 허탈함이 섞인 눈물을 왈칵 쏟아내며 흐느끼는 신음소리로 대답했다. 선하가 잠시 숨을 고르는 것 같았다.

"그리고 당신도 그녀 곁에 있겠군."

선하는 그녀의 뒤쪽 어딘가를 주시하며 말했다.

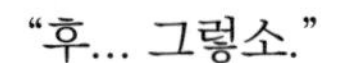

"후... 그렇소."

너무 빨리 들켜 아쉽다는 듯 야스나리가 대답했다.

"내가 오늘 나타날 것을 알고 있었군."

"당신도, 내가 기다리고 있는 것을 알고 있던 모양이군."

"흑전강성은 절대 적에게 말미를 주지 않는 자이거든."

"나에 대해 잘 알고 있군. 그렇다면 사로잡은 적은 절대 살려두지 않는다는 것도 알 텐데?"

"그래서 방비를 단단히 하고 왔지."

그 말과 함께 선하는 검을 꺼내어 들었다.

스르릉.

칠흑 같은 어둠 속에서도 아주 작은 빛을 흡수해 칼날로 뿜어내는 것처럼, 번쩍이는 검날이 차가웠다.

"그녀를 풀어주어라."

"풀어준다 해도 어차피 빠져나가지 못한다. 이미 이곳은 포위되었거든."

"그렇다면 왜 이리 조용한 걸까?"

선하가 장난스럽게 툭 던진 말이었다. 비록 표정을 볼 수는 없었지만, 재령은 야스나리의 얼굴이 점점 굳어지고 있다고 느꼈다.

"부관!!!"

하지만 선하의 말처럼 바깥에서는 아무런 대답도 들리지 않았다. 두려운 적막이 가득히 흘렀다. 그녀는 숨을 꿀떡 삼켰다.

"당신의 부관은 왜군에 섞여 매복한 나의 군사들을 의심하지 않더군."

"......"

"서로를 상대할 사람은 오롯이 우리 둘뿐이다."

그 말이 허튼소리가 아님을 감지한 야스나리는 서서히 자리에서 일어섰다. 그리고 검을 뽑았다. 끝이 휘어진 검날은 가벼우면서도 소름 끼치도록 예리했다.

"너는 나를 겨누겠지만, 난 네 여인을 겨눌 것이다. 그래도 하겠느냐?"

"너와 나의 문제에 그녀를 끌어들이지 마라. 그 정도로 비겁한 자는 아니라 들었는데."

"잘못 알았다. 난 수단과 방법을 가리지 않는다."

"그렇다면 채홍이 너를 잘못 보았군."

선하는 검을 다시 단단히 잡으며 흘리듯 말했다. 멈칫, 하고 야스나리의 검이 흔들렸다. 분명 그 이름을 들었다. 다시 들으리라고는 생각지 못했던 그 이름. 윤선하의 입에서 나오는 그녀의 이름을. 잘못 들었을 것이다. 지금 눈앞에 있는 그는 신기루일까. 자신의 마음속을 들여다보는 또 다른 자신일까. 채홍의 이름은 그의 목을 조였다. 숨이 막혔다. 이 어둠이 두려워지기 시작했다.

"……네가 어찌?"

"이곳으로 잠입하도록 도와준 사람이, 바로 나니까."

"으아아아아아!!!"

야스나리는 검을 겨눈 채 곧장 선하에게 달려갔다. 죽여 버릴 것이다. 목을 벨 것이다. 이유를 모른 채 참아왔던 막연한 분노는 이제 그 대상을 찾아 사방으로 뻗어 나갔다. 그녀를 그렇게 만든 상황, 그것은 자신이 아니라 바로 이자였다. 요시히데를 죽음으로 몰아넣었던 후에의 결정도 모두 윤선하 때문이었다.

챙강… 챙강.

어둠 속에서 칼날이 또 다른 칼날과 부딪쳤다. 번개처럼 푸르게 번쩍이는 불꽃이 튀었다. 야스나리는 선하의 검을 밀어내고 다시 머리에서부터 검을 베어 내렸다. 선하는 몸을 돌려 그 검을 막아내고 야스나리의 빈 곳을 찔러 들어갔다. 다시 팽팽하게 두 힘이 맞붙었다. 어둠 속에서 두 사람은 서로를 노려보았다. 검자루를 쥔 손은 서로의 살기를 힘겹게 버티고 있었다.

"네가 후에를 죽게 했어!"

"아니!"

다시 검이 맞붙었다. 재령은 머리를 감싸 쥐고 구석으로 몸을 숨겼다.

"그녀가 죽은 건 너 때문이다!"

야스나리는 복수심에 눈이 멀어 아무것도 들리지 않는 것 같았다. 그는 오직 선하를 죽이겠다는 일념만으로 가득했고 그의 눈에는 시뻘건 살기가 흘렀다.

"채홍은 너를 살리려고 죽었어!"

"거짓말!"

팽팽한 검의 기운은 방안의 모든 이들을 죽일 것처럼 불타올랐다. 이성을 잃은 야스나리의 검이 자신을 방어하는데 소홀한 그 순간을 선하는 놓치지 않았다. 선하의 검이 야스나리의 심장을 노렸다.

"흑!"

무언가가 쪼개지는 느낌. 야스나리는 왼쪽 가슴을 움켜쥐고 무릎을 꿇었다. 선하는 무언가에 걸린 검을 거두어 냈고 다시 재빨리 그의 다리를 베었다. 설컹, 하는 살을 베는 소리와 함께 피가 튀었다.

"으으으윽."

야스나리는 자리에 쓰러졌다. 그는 고통조차 느낄 수 없었다. 가슴을 통과하는 고통보다, 흐르는 피보다 더 아픈 것은 그녀의 이름이었다. 자신이 왜 이러고 있는지 이제는 모르겠다. 누구를 위한 복수인지, 누구를 위한 분노인지. 땀과 피를 흘리며 숨을 헐떡이는 그에게 선하가 검을 겨누었다.

"그녀의 마지막 서찰에 이렇게 쓰여 있었다. 사랑하는 이를 차마 죽일 수 없기에 자신이 죽겠다고."

그녀는 불타는 눈동자로 선하를 올려다보았다. 산채 사람들 모두가 이 산 속에서는 절대로 만날 수 없을 만큼 아름다웠던 그 여인을 구경하러 나왔던, 여름이 시작되던 어느 날이었다. 난감한 표정을 지으며 선하가 고개를 가로저었다. 그러자 그녀는 무릎걸음으로 기어이 그의 바짓가랑이를 붙들었다. 사람들은 웅성웅성거리며 두 사람의 실랑이를 마음 졸이며 지켜보았다.

"이년도 함께 보내주시오!!!"

"자칫 목숨을 잃을 수도 있는 일이오."

"죽어도 상관없소. 내가 갈 것이오. 내 동무가 눈앞에서 왜놈들에게 겁탈당하고 비참하게 살해당했소. 그놈들을 찢어 죽일 것이오! 한 놈이라도 더 죽일 수 있다면 난 뭐든지 할 수 있소!!!"

"……."

여인의 두 눈에서는 눈물이 흐르고 있었지만, 결코 선하에게서 눈을 떼지 않았다. 그녀는 슬픔과 증오로 가득 차 있었고 그 모습은 애잔하고 가슴 아팠다.

"내가 결정할 수 있는 문제가 아니오."

"그럼 누가 결정할 수 있소? 누가 나를 보내줄 수 있소?"

"그것은 괴공께서…."

"괴공은 어디 계시오? 부디 날 보내 주시오!"

"밖에 웬 소란이냐?"

결국 이돈형이 막사에서 모습을 드러냈다. 은밀히 세작을 뽑아 침투시키려던 계획을 이 여인이 어찌 알았는지는 모르겠으나 매우 곤란한 상황이었다. 더 많은 사람들이 알기 전에 그녀를 안으로 들여야 했다. 이돈형은 주위를 둘러보다가 할 수 없이 그녀를 허락했다.

"잠시 드시겠소?"

여인은 그 말이 떨어지자마자 눈물을 닦을 생각조차 하지 못한 채 냉큼 안으로 들었다. 그 안에 앉았던 다른 장정들은 예상치 못했던 여인의 출연에 적잖이 놀랐고, 숨겨지지 않는 그 아름다움에 한 번 더 놀랐다. 자리에 앉은 괴공은 여전히 난감한 표정을 지으며 상황을 차분하게 설명했다. 분노로 가득 찬 사람이 할 수 있는 종류의 일이 아니었기 때문이었다.

"이 일은 매우 위험한 일이오. 단언컨대 소저처럼 복수심에 불타는 마음으로는 정체를 감출 수도, 임무를 수행할 수도 없소. 자칫 우리 모두를 위험에 빠뜨릴 수 있단 뜻이오."

"이년은 기녀입니다. 마음을 감추는 데는 자신 있습니다. 복수심 때문에 사사로이 굴지는 않을 것입니다. 믿어주십시오."

"그뿐만이 아니오. 세작을 하려면 어느 정도 그들의 말을 알아들어야 하오. 이번에 가는 이들은 부산의 왜관에서 왜인을 접해본 적이 있는 이들이오."

"어릴 적에 동평관(東平館)에서 일했습니다. 예, 왜말을 우리말만큼이나 할 줄 압니다. 그러한데 저보다 더 나은 이가 있습니까? 기녀로 지내며 못 알아듣는 척 왜놈들의 정보를 수집할 수 있습니다."

사람들은 모두 입을 다물었다. 어쩌면 그들이 바라던 가장 완벽한 세작의 조건을 갖추었는지도 몰랐다. 적 장수들의 일거수일투족이나 작전계획과 같은 고급정보에 접근하기도 다른 이들보다 훨씬 수월할 것이었다.

"아주 힘든 일이 될 것입니다. 목숨을 잃는 것보다 더 끔찍한 일을 겪을 수도 있어요, 소저."

선하가 슬픈 마음으로 그녀를 보며 말했다. 하지만 그녀의 눈동자는 흔들림이 없었다.

"가겠습니다. 내 비록 이제껏 천한 기녀로 살았지만 남은 삶은 사람답게 값어치 있게 쓰고 싶소."

모두가 그런 마음으로 이곳에 모였지만 그녀의 입을 통해 그 말을 듣고 있는 지금, 새삼스럽게 숙연해졌다.

"…고맙소. 이제 소저는 우리 의병의 일원으로 중대한 임무를 맡게 되는 것이오."

"저 같은 것을 받아주셔서 제가 더 고맙습니다."

그녀는 결연한 눈동자로 선하를 바라보았다. 선하는 그녀를 보고 빙긋 웃었다. 이런 순간은 차라리 어색한 웃음이라도 지어 서로를 위로해야 했으니.

"우리 통성명이나 합시다. 난 윤선하라고 하오."

"저는 채홍이라 합니다."

찡하게 울리는 마음을 안으며 선하는 그녀를 다른 눈으로 다시 바라보았다. 채홍. 선하의 지난 기억 속에 익숙했던 이름. 어쩌면 그 가을밤 만났을지도 몰랐을 한양의 그 기녀였을까. 참으로 기묘한 인연이라 생각했다.

선하와 재령이 방을 빠져나갈 때까지 야스나리는 천장을 보고 누워 움직일 수 없었다. 마치 관 안에 누운 것처럼 캄캄한 어둠과 죽어가는 몸뚱어리만 있을 뿐이었다.

'부디, 야스나리.'

그녀를 의심하는 자신의 마음을 알았으면서도 아무것도 하지 않았다니. 믿을 수 없었다. 자신을 혼란에 빠뜨리려는 윤선하의 교묘한 말에 현혹되었다 생각했다. 하지만 진위를 알 수 없는 그 말 한마디는 야스나리의 가슴에 박혔다. 이토록 쌓이는 회한은 어찌해야 하나. 그렇게 사랑하게 되어버린 얄궂은 운명 속의 그녀와 자신의 가여움은 어찌해야 하나. 이 빌어먹을 전쟁.

'후에, 나를 진정 사랑했느냐?'

희미해지는 의식 속에서 야스나리는 물었다. 그녀가 그리웠다. 그녀의 말대로 이제 그만, 어디로든 돌아가고 싶었다. 볼 수 있을까. 이대로 죽는다면 후에 또는 채홍. 그 어떤 이름이든 그녀를 만날 수 있을까.

"야스나리 님!"

선하의 군사들이 썰물처럼 빠져나가고 한발 늦게 도착한 그의 부하들이 엉망이 된 방안으로 들이닥쳤다. 횃불로 환하게 밝혀진 방안에서 그들은 다리와 가슴에서 피를 흘리고 있는 야스나리를 발견했다.

"어서, 놈들을 쫓아라!!! 어서!!!"

지혈을 하기 위해 그의 가슴을 헤집은 그들은 두 조각으로 부러져 있는 무언가를 발견했다. 야스나리의 피가 묻어 있었지만, 중간에 이것이 완충하면서 상처가 그리 깊지 않았던 것 같았다. 천만다행이었다. 그들의 얼굴에 화색이 돌았다.

"이것이 야스나리 님을 살렸습니다!"

그래서 선하의 찌르는 칼끝이 깊지 않았던 것이었나. 야스나리는 흐릿한 의식 너머로 그들이 내민 것을 받아들었다. 그것은 깨끗하게 두 동강이 나 있었다. 떨리는 손으로 받아든 그것은 작은 피리. 후에가 불던 그 소금이었다. 자신을 살린 그녀의 유품. 아마도 그것이 자신의 물음에 대한 그녀의 마지막 대답 같았다.

#38
눈빛이 교차하는 순간

숨소리조차 들리지 않을 만큼 그들은 은밀하고 재빠르게 움직였다. 재령의 손을 단단히 잡은 선하는 가장 앞으로 나아가 길을 살피는 자의 수신호를 기다렸다. 재령에게는 보이지도 않는 신호를 낚아챈 선하가 그녀를 이끌어 나무 뒤로 숨었다. 그들은 어둠 속에서 오직 눈빛과 손짓만으로 말했다.

성안으로 침투했던 선하의 군사들은 겨우 서른 남짓밖에 되어 보이지 않았다. 왜군의 복장을 했던 그들은 어느 사이엔가 옷을 벗어 던지고 오랫동안 손발을 맞춰 사냥해온 늑대무리처럼 본능에 따라 움직였다. 그들은 앞서가는 누군가를 따라 물이 다 말라버린 물레방앗간 안으로 숨어 들어갔다. 칠흑 같은 어둠 속에서 지푸라기로 덮인 나무판자를 들어내니 그곳에는 어둠보다 더 검은 출입구가 입을 벌리고 있었다. 이내 누군가가 먼저 그 안으로 들어가 불을 밝히자 숨통을 겨우 트는 듯 구불구불 이어진 동굴이 보였다. 몇 명이 내려가고 다음으로 선하가 재빨리 내려가더니 재령에게 팔을 벌렸고 그녀는 조심스럽게 사다리를 밟고 아래로 아래로 내려갔다. 모두가 비밀통로로 내려갔고, 마지막 사람이 그들을 이곳까지 안내한 누군가와 인사를 하는 것이 보였다.

"함께 갑시다!"

고개를 가로젓는 여인.

"나까지 갈 수는 없어유. 어서 가셔유! 어서!"

재령의 시선이 그녀와 마주쳤다. 뜻밖의 얼굴이었다. 재령에게 밥상을 들이며 조롱했던 무리 속 여인 중의 하나였다. 여인은 여러 가지 뜻이 담긴 눈빛으로 재령에게 알은 체를 했다. 무슨 사연으로 왜군의 편인 척하며 이곳에 남았는지, 그리 모질게 대한 여인의 진심을 마지막에 알게 되어 재령은 다행이라고 생각했다. 그녀 역시 들키지 말고 무사히 살아남기를. 전쟁이 끝날 때까지.

마지막 사람마저 무사히 내려오자 곧 비밀통로는 닫혔고 길게 구불구불 이어진 동굴의 어둠을 한참 따라갔다. 바닥에는 발목까지 물이 흐르고 있었다. 앞뒤로 밝혀진 횃불과 탁한 공기를 겨우 쉬어내는 숨찬 숨소리만이 들렸다. 보이지 않는 통로를 횃불의 불빛에 의지하며 기다시피 계속 앞으로 나아가는 수밖에 없었다. 어느덧 오르막 경사가 시작되었고 맨 앞에 섰던 이가 불쑥 바깥으로 몸을 내보냈다. 그가 내민 손을 잡고 하나둘 바깥으로 올라왔다. 선하는 재령을 먼저 올려보내고 맨 마지막에 그곳을 빠져나왔다.

비밀통로는 울창한 나무 숲 속으로 연결되어 있었다. 그들은 비로소 거칠게 숨을 들이쉬었다. 저편의 어둠으로 불을 환하게 밝힌 성의 윤곽이 보였다. 일단 한고비를 넘긴 셈이었지만 지체할 시간이 없었다. 그들을 뒤쫓는 왜군들이 언제 이곳까지 내려올지 몰랐다. 통로를 나온 그 자리에는 타고 왔던 말들이 한가롭게 풀을 뜯고 있었다. 그들은 재빨리 말 등에 올랐고 선하는 먼저 말에 올라 재령에게 손을 내밀었다.

“꽉 잡으시오!”

재령은 고개를 끄덕이고 선하의 발등을 밟아 지지하였고 그의 팔 힘에 당겨져 순식간에 말 등에 올랐다. 그녀는 선하의 허리를 단단히 끌어안았다.

“하!”

선하는 바로 속도를 내기 시작했다. 그의 등에 얼굴을 묻은 채로 점점 속도를 내며 휙휙 그녀를 지나가는 나무들의 빠른 움직임을 숨죽여 보았다. 성을 둘러싸고 있는 숲을 막 빠져나와 야스나리와 마주했던 그 벌판에 다다른 순간 저쪽 멀리에서 그들을 뒤쫓는 왜군들의 소리가 들렸다. 이제는 몸을 숨길 수도 없이 오직 앞만 보고 달려야 했다.

“저쪽이다!!! 잡아라!!!”

저 멀리에서 횃불을 잔뜩 밝히고 말을 탄 왜군 군사들이 몰려오는 것이 보였다. 선하와 그의 군사들은 필사적으로 말을 몰았다. 말을 타고 이런 속도를 버티는 것은 생각보다 훨씬 더 힘들었다.

“단단히 잡으시오!!!”

재령은 떨어지지 않으려 선하의 허리를 끌어안고 몸을 바싹 낮췄다. 땀냄새와 가죽냄새, 철냄새가 뒤섞였다. 선하의 긴장한 근육과 뒷덜미를 잡아채는 듯한 두려운 소리에 재령의 심장은 터질 것만 같았다. 다른 군사들이 탄 말들은 대형을 펼쳐 선하와 그녀가 탄 말을 에워싸며 보호했다. 탕탕, 하고 멀리서 조총을 쏘는 소리가 들렸다. 이렇게 가다가는 본진에 도착하기도 전에 사로잡힐 것 같았다. 그들은 사방에서 출몰하는 왜군에게 잡히지 않기 위해 순간순간 말의 방향을 꺾으며 갈지자로 달렸다. 선하가 뒤를 돌아보았을 때 그들을 맹렬히 추격하는 왜군의 얼굴이 보일 정도로 거리는 좁혀지고 말았다. 더 는 속력을 낼 수는 없었다. 게다가 두 사람을 태운 선하의 말은 점점 지쳐가고 있었다. 선하는 갈등했다. 멈춰서 검을 뽑아야 할까. 아니면 본진이 있는 곳까지 계속 달려야 할까. 멀리 아군이 불화살을 겨누고 있는 것이 보였지만 그 거리는 아직 까마득했고 화살은 이곳까지 닿지 못할 것이다. 곧, 붙잡힐 것만 같았다.

그때였다. 휘릿, 휘릿.

어둠을 뚫고 번개같이 날아온 화살은 쓰라린 소리를 내며 왜군의 가슴에 가 박혔다. 선하가 달려가고 있는 맞은 편 방향에서 다시 한 번 화살의 구름이 몰려와 왜군들 사이로 떨어졌다. 그리고 곧 어둠 속 안개처럼 몰려오는 군사들의 모습이 보였다.

'지원군?'

무슨 일이 있어도 안전한 거리에 도달할 때까지 적에게 모습을 드러내지 말라 당부했는데 그렇다면 저들은 누구일까.

"여기는 내가 맡겠다! 어서 가!!!"

앞장서 달려오는 말 탄 이가 선하의 말을 스쳐 지나가며 외쳤다. 그리고 그들은 내달리는 바람처럼 곧장 왜군들에게 진격했다. 두 번째 활. 화살은 번개처럼 날아 왜군들을 쓰러뜨렸다. 화살로 조총을 든 앞쪽의 왜군이 제압되자 곧 검을 휘두르며 거침없이 적의 종심을 향해 말을 내달렸다. 뒤편의 왜군들은 총을 장전할 여유도 없이 그들을 맞을 수밖에 없었다. 너른 벌판에서 국지 전투가 벌어졌다. 현란하게 칼과 칼, 방패와 칼이 부딪치는 소리와 치열한 말의 울부짖음이 뒤엉켰다. 맨 앞에서 용맹하게 검을 휘두르는 젊은 사내의 모습이 유달랐다. 붉은 두정갑을 입은 그는 유연했고 또한 강했으며 그를 따라 지원군 모두가 사기충천하여 폭풍처럼 적과 맞섰다. 왜군들은 뜻하지 않았던 지원군의 출현에 크게 당황하였고 단호하고 용맹한 기세에 눌려 대열이 흩어지기 시작했다. 그들은 대항하는 왜군을 가차없이 베었다. 적들의 사기는 순식간에 바닥으로 떨어졌고 이내 서둘러 철수할 수밖에 없었다.

"성안으로 후퇴하라! 후퇴하라!!!"

왜군들은 뒷덜미를 잡히지 않으려 필사적으로 도망쳤고 그들은 그 모습을 바라보다가 말머리를 돌렸다. 후퇴하는 자들을 엄호하기 위해 멀리서 왜군들이 조총을 쏘았지만, 그들에게 닿지 않았다.

"돌아가자!"

선하의 일행이 탈출하기에 충분히 시간을 끌었다고 판단한 지원군은 그 사내의 명령에 더는 왜군의 본진과 맞붙지 않고 재빨리 썰물처럼 빠져나가기 시작했다. 그 모습을 멀리서 지켜보고 있던 성안의 왜군 본진은 그들의 건너편 어둠 속에 얼마나 많은 조선군이 있는지 알지 못한 상태에서 더는 그들을 쫓지 못했다. 그렇게 무모하고 예리한 공격을 감행할 정도라면 그들을 대적할 만한 충분한 군사가 어딘가에 더 숨어있는지도 몰랐다. 게다가 그들의 대장인 야스나리는 부상을 입은 상태였다. 그렇게 선하와 세자빈이었을 여인은 이쯤에서 포기할 수밖에 없었다.

"모두 다친 데 없소? 재령 낭자, 괜찮소?"

재령은 고개를 끄덕였다. 안전한 본영(本營)에 도착한 그는 재령의 허리를 받아 안으며 말에서 내려주었다. 선하는 그녀를 여기저기 살폈고 무사함을 두 눈으로 확인하고 나서야 안심할 수 있었다. 어설프게 올린 낯선 머리, 이마 위로 흐트러진 머리칼과 야윈 뺨을 쓰다듬었다. 그간의 고초야 이루 말할 수 없었을 테지만 그녀는 그녀답게 의연했다.

구해내지 못하면 함께 죽으려고 했소.

하지만 반드시 구해낼 것이라 맹세했소.

그 절절했던 마음으로 선하는 와락 재령을 끌어안았다. 그제야 비로소 제대로 숨 쉴 수 있을 것 같았다. 선하와 함께한 이들 역시 모든 일이 다행이라 생각하며 한시름 놓았다.

"고맙소. 모두들 진심으로 고맙소."

그들은 고개를 까딱하며 선하의 감사에 뿌듯하게 응답했다. 선하를 따라 성안으로 잠입한 군사들은 모두 산채 사람들이었고, 그들은 기적처럼 모두 무사히 살아 돌아왔다. 선하가 자신을 돕기 위해 목숨을 걸어 달라고 부탁할 사람은 오직 그들뿐이었다. 선하가 아니라 그들 중 누구 한 사람의 가족이었다고 해도 모두가 힘을 합쳐 도왔을 것이다. 그것이 죽을 고비를 함께 넘기고 산채에서 버텨왔던 그들의 힘이었다.

성천을 출발할 때 선하에게 급조된 군사들의 숫자는 왜군과 맞서기에는 턱없이 부족했다. 그마저도 세자의 고집이 아니었다면 보낼 수 없었을 것을 잘 알기에 선하는 어떻게 해서든 군사들의 피해를 최소화하면서 재령을 구해낼 수밖에 없었다. 그리고 그의 무모한 계획은 아슬아슬하게 성공했다. 마지막에 그들을 도운 지원군의 도움이 없었더라면 실패했을 것이 자명했지만.

그들을 도왔던 미지의 지원군이 막 본진으로 돌아왔다. 흥분한 말들의 고삐를 잡아 겨우 열기를 가라앉혔고 그들은 여기저기에서 훌쩍 말에서 내렸다. 선하는 그들에게 다가갔다. 낯익은 얼굴들이 그를 맞이했다. 세자의 곁을 지키던 숙위군들이었다. 그리고 하얀 말에서 내린, 복면을 한 사내. 눈매만 봐도 그가 누군지 대번에 알아볼 수 있었다.

"저… 하!"

혼은 복면을 내리고 손가락을 입술로 가져갔다.

"쉬잇. 내가 여기 온 것은 극소수만이 알고 있다."

"어찌 이 위험한 싸움터에 몸소 오셨습니까? 저하… 다시는, 다시는 이런 일 마십시오."

하마터면 세자의 생명까지 위태롭게 할 수도 있었다. 고마움에 이어 자책감이 일었다. 사사로운 일에 세자를 끌어들인 셈이 되고야 말았으니 이토록 황공한 일이 어디 있을까. 혼은 그런 선하의 어깨를 툭 치며 막사 안으로 이끌었다.

“그러니 몰래 왔지. 너를 혼자 보낼 수는 없었다.”

“하오나.”

“안다. 하지만 대의를 위해서 사소한 일은 버리라는 둥 대신들이 하는 뻔한 잔소리는 말아라. 내게 사소한 목숨은 하나도 없다. 게다가 너는 내 벗이다.”

“…….”

선하의 벗 혼은 이제 점점 진짜 세자가 되어가고 있는 것 같았다. 백성들이 보호해야 할 세자가 아니라 그들이 믿고 따를 수 있는 세자, 그들의 진정한 군주.

“어떠하냐? 내 검술 실력이 많이 늘었더냐?”

“소신의 목숨을 맡겨도 될 만큼… 훌륭하셨습니다.”

혼은 선하의 말에 빙그레 웃었다. 위험을 무릅쓰고 누군가를 구한다는 일. 그 두려움을 극복하고 몸을 내던졌을 때의 당당함이 그를 고무시켰다. 이제야 비로소 온전한 사람이 된 것 같았다. 모두에게 당당할 수 있게 되었다. 누군가의 목숨으로 제 목숨을 지켰던 자신이 검을 들어 처음으로 다른 이를 지켰다. 그 순간을 위해 손에 굳은살이 박일 때까지 수많은 시간 검을 들었고 그 시간은 이것으로 헛되지 않았음이 증명되었다. 그렇게 한 명의 벗을 시작으로 자신이 구한 백성이 두 명이 되고, 백 명이 되고, 천 명, 만 명이 되기를 혼은 간절히 바랐다.

#39
그로써 영영 잊히지 못하도록

가을 날씨처럼 하늘이 푸르른 날이었다. 하얀 뭉게구름은 유유히 숨을 쉬었고 고추잠자리는 기다란 꽃대에 앉아 흔들리고 있었다. 볕이 잘 들고 포근한 곳이었다. 재령은 아직 떼가 올라오지 않은 편편한 민둥무덤 앞에 앉아 흐르는 눈물을 닦았다. 그녀의 조금 뒤편에 선 선하는 바람에 몸을 맡긴 채 그녀의 뒷모습을 지켜보았다.

날은 더웠고 그래서 주검은 바로 매장해야 했다. 좌윤의 부하들이 그래도 예를 갖춰 상을 치러주었다고 들었다. 뒤늦게 무사히 돌아온 재령에게는 곡을 할 여력도 시간도 남아있지 않았다. 그저 다른 이들이 겨우 형태만 갖춰준 아비의 초라한 무덤에 절하고 한참 동안 흐느낄 뿐이었다. 선하가 커다란 나무둥치를 다듬어 비목(碑木)을 세우자 그나마 겨우 제 모습을 갖춘 듯 보였다.

마지막 기억이 떠올랐다. 무사하시라 외치던 자신의 모습도 생생했다. 그때 아비의 뒷모습이 마지막이 될 것 같아서 더 처절하게 외쳤던 바람은 결국, 이렇게 허사가 되어 버렸구나. 아비의 뜻을 따르지 않겠다고 처음으로 대들었던 그 순간이 내내 가슴을 후벼 팠다. 그가 결단코 반대했던 사내와 나란히 그의 무덤 앞에 서 있는 지금을 아비는 어떻게 생각할까. 아비가 바라는 대로 예전의 재령으로 돌아오지 못한 자신은 불효녀였고, 앞으로 그럴 것 같았다. 재령은 선하와 함께하기로 이미 마음을 굳게 정했으니. 아비는 결코 자신을 용서하지 않겠지.

'하지만 아버지. 그는 좋은 사람입니다. 소녀는 그와 함께하겠습니다.'

언젠가는 알아주실 것이라 믿었다. 이 지긋지긋한 전쟁이 끝나고 동인과 서인이 서로 화해하게 되면, 그때는 선하가 재령의 좋은 배필임을 인정하고 받아 주시게 되기를.

재령은 마지막 절을 올리고 자리에서 일어섰다. 벌판은 온통 꽃 천지였고 꽃잎처럼 보였던 수많은 나비가 날개를 펄럭였다. 그녀의 낡은 치마는 붉게 바람에 날렸다. 선하는 착잡하고 안타까운 눈빛으로 말없이 그녀의 어깨에 손을 올렸다. 그녀를 불효하게 만든 사람이 자신이라서, 재령의 아비를 끝까지 설득하지 못해서 미안하고 가슴 아팠다. 선하는 그래서 그녀에게 더 좋은 사람이 되겠다고, 다시는 그녀를 위험 속에 두지 않겠다고 다짐했다.

"괜찮겠소?"

재령은 눈물을 닦았다. 그리고 불어오는 바람을 마주했다. 풀향기가 섞인 푸른 바람이 숨결처럼 불어왔다.

"예, 가겠습니다. 도령과 함께."

한번 돌아선 재령은 더는 망설이지 않았다.

밥풀처럼 작고 하얀 싱아꽃과 보랏빛을 품은 석잠풀, 황금색으로 빛나는 금계국이 여기저기에서 바람에 흔들렸다. 이제는 이 벌판 모든 들꽃들의 이름을 알게 되다니. 그녀의 시선이 잠시 저 먼 하늘 구름에 가 닿았다. 재령은 숨을 크게 들이쉬더니 흔들리지 않는 발걸음을 옮겼다. 바람을 마주보았다.

'왜냐하면 선하 도령은 그 누구보다도 소녀를 용감하게 만드는 사람이니까요.'

상처가 욱신거렸다. 하지만 표정은 변하지 않았다. 통증은 두렵지 않았다. 살아있다는 신호였으니까. 심장은 아직 뛰고 있었고 자신은 숨을 쉬고 있다. 어쩌면 야스나리는 이 일이 있기 전까지 정말 죽을 수 있다는 생각은 한번도 제대로 해 본 적 없었는지도 몰랐다. 늘 무사했으니 이번에도 그럴 수 있을 거라 막연히 기대했는지도.

자신보다 더 자신만만했던 요시히데마저도 어느 날 주검이 되어 돌아왔다. 그것은 숨길 수 없는 두려움이었다. 그 일그러진 주검의 얼굴은 어쩌면 자신의 얼굴이었을 수도 있었다. 모두가 영광스럽다고 칭송하지만, 사실은 전혀 그렇지 않았던, 의미 없이 죽이고 약탈하고 유린했던 그 마지막 순간에 닥쳤던 죽음일 뿐. 야스나리는 그 주검의 얼굴을 보면서 생각했다. 만약 피할 수 없는 그 순간이 닥친다면 결코 요시히데처럼 죽고 싶지 않다고.

이제 그는 처음부터 다시 물을 수밖에 없었다. 왜 자신이 여기 있는지. 왜 싸워야 하는지. 지금 그 해답을 구하지 못한다면 더는 머무를 이유가 없었다.

'요시히데, 미안해. 난 부족했어. 네 복수, 끝까지 하지 못했어.'

젊은 피로 들끓기만 했던 무모한 요시히데를 지키기 위해 이곳에 함께 왔다. 절대 그리하고 싶지 않았던, 자신이 진심으로 동경하는 나라를 난도질하면서까지 반드시 그래야 하는 당위였다. 그것으로 이유는 충분했었다. 하지만 지켜야 할 사람을 잃은 지금 자신은 이 전쟁에서 무엇을 해야 할까.

복수에 눈이 멀어 불타는 칼을 휘두를 만큼 야스나리의 심장은 뜨겁지 않았다. 채홍이라는 이름을 적의 입에서 듣던 순간의 분노보다 강렬하지 않았다. 증오해 보려 했고 무시해 보려고도, 잊어 보려고도 했지만 어떻게 해도 그녀는 그의 심장에서 사라지지 않았다.

'후에, 난 이제 어찌해야 할지 모르겠다.'

죽기가 그리 쉬우냐고 되묻던 후에였다. 입으로 가볍게 내뱉던 죽음은 사실은 전혀 쉽지 않았다. 한없이 무겁고 두려운 일이었다. 그랬기에 그녀가 야스나리의 죽음을 자신의 목숨으로 막아야겠다고 택한 것은 그래야 할 만큼 가치 있는 일이었겠지.

그만큼, 사랑해서였을까.

'넌 그렇게 영영 내게서 잊힐 수가 없게 되었다….'

멀리서 길게 뻐꾸기가 울었다. 우거진 숲으로 메아리치는 그 소리가 서글펐다. 그가 누워있는 방, 문살을 쓰다듬으며 스며든 햇살은 슬프도록 아련하게 번졌다. 야스나리는 반으로 쪼개진 소금을 꼭 쥐었다. 깊은 통증과 함께 가을이 오고 있었다.

벌써 그렇게 되었나.

성천객사 앞을 휘돌아 흐르는 비류강은 맑고 윤택했다. 철썩철썩 바위를 치는 물결이 달그림자를 일렁이게 만들었다. 이곳의 은은한 달빛은 어디에 가도 그리워질 듯 깊고 청아했다. 깊은 청색의 구름은 쨍한 달의 얼굴을 씻기고 지나간다. 물결이 제 몸을 비비는 소리, 높낮이가 다른 귀뚜라미의 타령. 비릿한 물비린내와 점차 말라가는 풀냄새, 산에서 흘러내린 솔향 바람이 밤공기에 뒤섞였다.

달각달각 자갈이 구르는 소리. 곁에서 나란히 걷고 있는 그를 바라본다. 여전히 허리에 긴 칼을 찼고 내딛는 걸음마다 묵직한 철릭은 어둡게 펄럭였다. 전모의 너른 그늘에 얼굴이 가려졌지만 알 수 있다. 그는 옅은 미소를 짓고 있다는 것을. 선하는 한 손에 등불을 든 채로 그녀의 손을 고쳐 잡는다. 긴 꿈을 꾼 것일까, 아니면 지금이 꿈속일까. 깨어나면 왜군에게 감금되었던 그 방에서 눈을 뜨지 않을까. 그래서 그의 손을 더 단단히 쥔다.

꿈결처럼 몽환적인 달빛은 세상의 색을 투명한 백옥빛으로 녹여냈다.

강을 따라 펼쳐진 자갈길은 아쉽지만 이쯤에서 끝났다. 달 하늘을 어루만지는 갈대밭이 시작되는 곳이었다. 여기부터는 물결이 제법 깊게 휘몰아쳤다. 저기 물길이 서로 엉킨 자리에는 울렁거리는 흰 거품이 일었다. 길은 끝났지만, 이제부터의 길은 선하가 만들어야 했다.

선하는 재령을 바라보았다. 하마터면 영영 놓칠 뻔했던 이 여인이, 그가 죽음을 맞이할 그 순간을 가장 후회하게 만들 이유임을 뼛속까지 절절히 깨달았다. 하지만 그녀의 길게 땋은 머리끝에서 나풀거리는 하얀 댕기가 그를 막아선다.

다시 구름이 달을 빠르게 스치고 지나갔다. 어둠이 들었다가 다시 밝아지고, 또다시 어두워졌다. 선하는 자리에 등을 내려놓고 재령의 양손을 단단히 잡았다. 그의 손은 조금, 떨리고 있었다.

"상중(喪中)에 있는 그대에게 당장 혼인하자고 청했다면 미쳤다고 대답했겠소?"

"...틀림없이 그랬을 것이오."

역시나 훅, 들어오는 그의 마음.

재령은 싱겁게 웃었다. 그렇게 웃으려고 노력했다. 입술은 그렇게 웃을 수 있었지만, 눈빛은 점점 더 슬프게 짙어졌다. 자신뿐만이 아니라, 세상 모두가 그리 생각할 것이었다. 어쩐지 이 상황이 우습고도 아프게 여겨졌다. 아니 될 걸 잘 알면서 그런 이야기를 부러 입에 올린 선하가 조금은 미웠다. 그리 물으니 재령은 그런 대답밖에 할 수 없지 않은가.

삼 년의 끝이 언제쯤 다가올지 가늠조차 할 수 없을 만큼 먼 기다림의 시간. 그냥 이대로 하루하루 행복하게 모르는 척 흘러가는 척 지낼 수 있었을 텐데. 찰나조차 애달픈 전쟁 속 연인들에게는 잔인하겠지만.

"재령 낭자. 아직도 나를 잘 모르는구려."
자신의 대답을 단호한 거절이라 생각한다 하더라도, 그래서 선하가 그 섭섭함을 금치 못한다 해도 재령은 할 말이 없었다. 그들을 갈라놓으려 해도 절대 물러서지 않을 것이다. 절대로 그를 떠나지 않을 것이다. 그것만은 분명했다. 하지만 전쟁이 몰아쳐도 지켜야 할 법도는 예전 그대로였다. 참최복(斬衰服) 조차 구할 수 없어 평복에 흰 댕기뿐이지만.
"그대가 미쳤다고 욕해도 난, 해야겠소."
"선하... 도령?"
평소 장난기 어렸던 사랑오운 눈동자는 그 언젠가의 기억처럼 솔직하고 깊게 빛났다. 그는 철저하게 진심이었다. 허튼소리가 아니었다. 그의 진심을 부정하고 싶은 차가운 머릿속 이성이 재령을 흔들어 깨웠다. 하지만 그보다 더 빠르게 뜨거워지는 심장의 울림은 재령을 옴짝달싹 못 하게 사로잡았다. 그녀의 손을 잡고 있는 선하의 굳센 손처럼.
"세상이 미쳤다고 손가락질해도 난, 그리해야겠소. 그때까지 기다릴 수 없어. 전쟁 속에서 삼 년이라니! 기다리다 죽으란 말이군. 그동안 무슨 일이 일어날지 아무도 모르잖소. 이번처럼!"
이 일을 어떡하나. 어떡해야 하나.
그의 가슴에 담고 있던 분노, 두려움, 그리고 재령을 향한 뜨거운 사랑이 거침없이 뿜어져 나왔다. 하지만 그를 말릴 수 없었다. 그의 시퍼렇고 분명한 말 속에 담긴 두려움은 재령의 그것과 똑같았다. 오늘이 마지막일지, 내일이 마지막일지 선하도 재령도 알 수 없는 불안한 시간들. 전쟁도, 당쟁도 그들의 잘못이 아니지 않은가. 그들은 죽고 싶지도, 배척하고 등지고 싶지도 않았다. 연약한 이들의 절박함은 억지로 누르고 있는 힘의 바깥으로 비어져 나와 세상이 그은 선을 넘어 도망치고 싶게 만들었다.

“그러니 내가 하겠소. 그대를 보쌈이라도 할 것이오. 그 비난은 다 내가 받겠소.”

그의 눈빛은 거침없이 소용돌이치고 있었다. 모든 것을 각오한 사람처럼. 말도 안 되는 소리라고 그래서는 아니 된다고 대답해야 하는데 어째서 벌어진 입술에서는 가쁜 숨만 흘러나오는 걸까.

재령은 고개를 저었다. 계속 저었다. 그러다가 그만 그를 와락 끌어안고 말았다. 선하는 그런 그녀를 숨이 막힐 정도로 으스러지게 품에 안았다.

“재령 낭자, 나와 정혼해 주시오. 제발 정혼만이라도 해 주시오. 나 그대 없이는 죽을 것 같소.”

그의 마지막 말이 재령을 움직였다.

그래. 시작해 버린 사랑은 끝까지 가야 할 것 같았다. 언제가 마지막이 된다 해도 후회 없이. 그녀는 선택할 것이고, 그다음은 운명에 맡길 것이다.

“나도 미쳤나 보오… 그리하겠소. 그리하겠소!”

선하는 기쁨과 놀라움을 담은 눈으로 그녀를 바라보았다. 그녀는 진심이었고 모든 것을 각오하고 있었다. 믿기지 않는 대답을 한 재령과 그 대답을 들은 선하는 다시 서로를 보듬어 끌어안았다. 가슴이 벅찼다. 세상 그 무엇이라도 이제 두 사람을 갈라놓을 수 없었다. 선하는 재령의 목덜미를 끌어당겨 뜨겁게 입을 맞추었다. 그녀는 눈을 감고 그의 애틋한 입맞춤을 더 깊게, 더 아련하게 느꼈다. 강물이 흐르는 소리가 아득하게 멀어져갔다.

#40
내일이라는 꿈

"도련님! 선하 도련님!!! 아니, 부사직 나리!"

찬새는 저 멀리에서부터 선하를 알아보고서는 절뚝거리면서 손을 흔들었다. 막 문을 나서려던 선하는 같이 가던 이에게 먼저 가라 이르고 찬새에게 다가갔다.

고양이 손이라도 빌려야 할 만큼 장정이 한 사람이 아쉬웠던 군영은 다리가 성치 않은데도 망보는 일이라도 맡겨 달라고 우기는 찬새를 받아주지 않을 이유가 없었다. 그렇게 다시 군졸로 복귀한 찬새는 사수(射手:활을 쏘는 군졸)가 되어, 새로 받은 직령과 쾌자를 입고 내내 신이 나 있었다.

하지만 숨을 헐떡이며 다가오는 찬새의 얼굴은 이제껏 보지 못했던 것을 보게 된 양 몹시도 놀라고 당황한 듯 보였다. 덜컥 걱정스러운 마음이 일었다.

"찬새야, 무슨 일이냐?"

어색하게 선하에게 고개를 숙이며 예를 갖추는 척하더니 다짜고짜 설명은 나중으로 미룬 채 선하에게 불쑥 무언가를 내밀었다. 바람 냄새를 가득 묻혀서 온 아이는 여태 헐떡였다. 콧잔등에 더운 땀이 송골송골 맺혔다.

"이걸... 받았어요."

엉겁결에 찬새가 내민 그것을 받아들은 선하는 괜한 걱정을 불식시키며 빙그레 웃었다. 새로 깎아 반들반들한 나뭇결이 꼭 찬새처럼 야물었다. 위풍당당하게 낙인도 찍혀 있었다.

“이건 요패(腰牌:군에 속했음을 증명하는 신분증) 아니냐? 이걸 받았구나?”

“요패요? 받으라고 해서 받긴 받았는데 중요한 것이긴 한가 보네요.”

물어보고 싶은 것이 많았을 테지만 찬새는 의외로 참을성 있게 선하가 먼저 말해주기를 기다리며 침을 삼켰다. 그 두근거림과 설렘이 선하에게도 느껴질 정도였다. 익숙한 자들에게는 아무것도 아닌 표식일 뿐이고, 때로는 군역(軍役)을 짊어지게 된 짐이라 여겼을 테지만 아마 찬새에게는 다른 의미로 다가왔을지도 모르겠다. 어엿한 열여섯 장정, 양민 군졸이 되었음을 인정받는 것이니까. 선하는 엄금(嚴禁)이라 쓰인 요패를 뒤집어 보더니 가만히 미소 지었다.

“여기, 네 군영과 소속과 그리고 이름이 있구나.”

“이름이요?”

글자를 모르는 찬새는 그저 새겨진 것이 신기해서 선하가 돌려준 그 이상한 나무토막을 계속 바라보았다.

“그런데 착할 찬([illegible])에, 새끼 새(崽)를 썼구나.”

“뭐… 뭐시라고요? 착한 새, 새끼요?”

“~~푸후후후후훗~~.”

“아, 뭐 이름을 이따위로 써줬대요? 에잇! 고약하게!”

하지만 찬새는 화가 난 듯한 말투와는 다르게 한참이나 그것을 보다가 자신의 이름을 소중하게 어루만졌다.

“녀석. 이제, 정말 양인(良人)이 되었구나.”

“…….”

“좋으냐?”

찬새는 대답 대신 요패를 무슨 보물단지인 양 소중히 품 안쪽에 간직했다. 그리고 잠시 입을 다문 채 생각에 잠겨 쪽빛 하늘과 기와 지붕선을 바라보았다. 찬새는 결심한 듯 눈빛을 빛내며 당당히 어깨를 펴고 선하를 바라보았다. 포도알처럼 동그랗고 까만 눈동자가 반짝반짝했다.

"도련님! 저는 준비가 되었어요. 이제는 해주셔요!"

"녀석, 나한테 뭐 맡겨 놓았느냐? 다짜고짜 그게...."

"이제 함, 배워 볼라고요. 약조하셨잖아요."

생각났다. 언젠가 정음(正音)으로 적어주었던 이름을 보고 한참 동안 바라만 보고 있었던 찬새가.

글을 배워보겠느냐고 물었던 그때, 거지가 그런 거 배워서 뭐하겠냐고 손사래를 치며 꽁무니를 빼던 찬새에게 선하가 그랬던 적이 있었다. 글을 배우면 세상이 달리 보이고, 세상이 달리 보이면 달리 살게 된다고. 그러니 언제든 달리 살 마음의 준비가 되면 말하라고. 아마도 찬새는 이 지긋지긋한 전쟁이 끝나는 그 언젠가는 달리 살 수도 있겠다는 희망을 품게 된 것 같았다. 그래, 언젠가 이 전쟁도 끝나겠지. 지금은 꿈만 같은 소소한 일상을 다시 되찾을 수 있겠지. 찬새에게는 양인의 삶이고, 선하에게는 재령과 함께할 삶이 될 행복한 일상들.

"마음 단단히 먹어라. 일단 정음부터 배워보자."

"찬새 모르셔요? 재령 아기씨랑 맨날 꽁냥꽁냥 하실 요량에 대충 가르칠 생각은 마셔요."

"녀석, 내가 언제...."

"이 요패인가 뭔가에 적힌 내 이름, 새끼 새자가 아니라 다른 걸로 붙일 거예요. 다리가 날랜 찬새는 글렀으니 이젠 글 읽는 찬새가 되고 싶어요. 제 이름 같은 거 제 손으로 쓸 수 있는."

한숨 가라앉은 늦여름의 햇볕은 강의 푸른 수면에 걸려 금싸라기를 뿌려 놓은 것처럼 붉고 아름답게 빛났다. 하늘은 타오르는 붉은빛과 연보라빛으로 형형색색 물들어서, 군락을 이룬 소나무 숲의 푸름이 하얀 강모래의 빛깔에 어우러졌다. 나란한 발자국 두 개가 숲으로 길게 이어졌고 그 끝에는 다정하게 손을 잡고 걷는 두 남녀가 있었다. 농익은 노을빛은 단비처럼 그들에게 내렸다. 눈이 부셨다. 바람이 불자 두 사람의 옷자락이 살며시 날렸다. 뜨거운 햇볕에 그을리고 풍파에 시달린 선하의 푸른 철릭과 재령의 붉은 치마는 그럼에도 여전히 고왔고 단정했다. 날이 날이니만큼 비록 낡았지만 밤새 정성껏 손질하여 깨끗했고 재령은 말린 홍화 꽃잎 가루를 물에 개어 발라 입술과 뺨은 사랑스럽게 발그레했다. 선하는 재령에게서 한시도 눈을 떼지 못했다.

"왜, 그리 자꾸 보시오?"

"낭자는, 낭자가 선녀처럼 어여쁜 걸 알고 있소?"

"입에 발린 말이지만 듣기 좋구려."

"이런! 진담이오!"

재령은 눈을 깜박이며 손등으로 뺨을 가렸지만 선하의 흠뻑 반한 눈빛을 피하지는 않았다. 그가 심장을 부여잡고 뒤로 넘어가는 시늉을 하다가 장난스레 싱긋 웃었다. 선하는 처음 보았던 그때처럼, 눈 쌓인 오죽(烏竹)처럼 고아(高雅)했다. 마주 보는 두 사람의 눈빛은 별처럼 아름답게 반짝였다.

"손을 내밀어 보겠소?"

재령이 손을 내밀자 선하는 그녀의 손에 무언가를 쥐어 주었다. 앵두처럼 탐스럽게 붉고 노을처럼 아련하게 반짝이는 마노(瑪瑙) 관자(貫子) 한 쌍이었다. 선하의 망건에 달려있던 것이었다.

"가진 게 없어 정표(情表)로 삼을 것이 이것뿐이라오."

재령은 소매 안쪽에서 댕기를 꺼냈다. 모란과 나비가 수놓아진 아름다운 댕기는 이제 색이 바래져 버렸다. 댕기 끝에 수놓아져 있었던 기쁠 희(喜) 두 글자가 많이 닳아 있었다. 재령의 뒷모습에서 늘 함께 보아왔던, 선하에게 익숙한 그 댕기였다. 그녀는 선하의 손목에 그것을 정성스레 감아 묶어 주었다.

"어디에 있더라도 나인 양 여겨주시오."

"항상 몸에 지니고 그대를 생각하겠소."

"나도, 그리하겠소."

재령은 선하의 손바닥 위의 관자를 바라보다가 주먹을 꼭 쥐었다. 지금 이 순간 가족도, 그 누구도 없었지만 두 사람은 천지신명 앞에서 두 사람의 정혼을 약조했다. 선하는 재령을 따뜻하게 끌어안았다. 사그라지는 노을빛에 살며시 눈을 감고 몸을 담근다.

"이 정혼에 증인이 필요하지 않은가?"

두 사람은 깜짝 놀라 눈을 뜨고 그곳을 바라보았다.

"저, 저하!"

저 멀리 너머에 호위 무관은 뒤돌아 세워 남겨두고 혼은 뒷짐을 진 채로 두 사람을 향해 다가오고 있었다. 재령과 선하는 바닥에 무릎을 꿇었다.

"내게는 귀띔해줄 수도 있지 않았느냐? 이 정혼."

"저하께 어찌 이 정혼을 허락해 달라 청할 수 있겠사옵니까? 비난은 오직 소신이 다 짊어지겠사옵니다. 하오니 저하, 부디...."

"섭섭하군. 난 이미 약조했다. 네 증신을 서겠다고."

"저하...."

"녀석, 어디서 도둑정혼을 하려고."

혼은 바싹 긴장한 선하의 모습을 보며 빙그레 웃었다. 정말로 서재령, 저 여인에게 모든 걸 걸었나 보다. 지금은 재령이 상중(喪中)이니 이렇게밖에 해줄 수 없어 안타까웠지만, 혼은 결심했다. 두 사람과 두 가문의 온전한 결합을 꼭 이루어 주겠다고.

"언젠가 이 전쟁에서 승리하고 모든 것이 제자리로 돌아간다면 그때는 동인과 서인이 서로 화합할 수 있지 않겠느냐? 난 그리될 것이라 믿는다. 그리고 너희를 그 증표로 삼을 것이다. 내가 이 정혼의 증인이 되겠다."

"……."

재령과 선하는 혼의 말에 서로를 다시 한번 마주 보았다. 그럴 수 있을 것이다. 언젠가 올 그날에는 이 모든 일이 다 가능하게 될 것만 같았다.

"그러니 이 전쟁이 끝날 때까지 둘 다 무사해다오. 그것이 내 명(命)이다. 너희가 내 희망이니. 나의 소중한 벗과 생명의 은인(恩人)아."

붕대를 감은 채 겨우 사방침에 기대어 몸을 가누고 있는 야스나리에게 열린 저 문 너머 마당에서부터 갑옷을 입은 누군가가 휘적거리며 다가오는 것이 보였다. 숙부가 보낸 자였다. 야스나리는 곁의 부축을 받아 몸을 일으켰다. 세자빈으로 알고 있던 여인을 코앞에서 놓치고 막대한 인질값을 받으려 했던 계획까지 모조리 틀어졌다. 야스나리가 보냈어야 하는 서찰은 그에게 이 모든 일에 대한 책임과 용서를 구하는 것이어야 했다. 하지만 야스나리는 더 독한 복수를 다짐하는 대신 부장 자리에서 물러나겠다는 뜻을 마지막에 완곡하게 담았다.

하지만 숙부가 보낸 자는 단순한 전령이 아니었다. 그는 숙부의 오른팔이었던 부장 중 한 명이었다. 구로다 총대장은 이쯤에서 돌아가고 싶은 야스나리의 진짜 속마음을 눈치챈 것이 아닐까.

"야스나리 부장."

“겐조(源蔵) 부장.”

딱딱하고 굳은 표정의 겐조는 간단히 고개를 숙이고 자리에 앉아 야스나리의 상태를 살폈다.

“겐조 부장이 이곳까지 직접 오다니 뜻밖이오.”

“부상당한 야스나리 부장을 대신해 이곳 군사들의 전열을 재정비하라는 임무를 받았소.”

“그렇군요.”

“크게 다치지 않았군요. 다행이오.”

“면목없소.”

“구로다 총대장께서는 이미 너그러운 마음으로 용서하셨소. 야스나리 부장은 원래부터 무사가 아니었으니 한번 실수에 대해서는 더는 질책하지 않겠다고 하셨소. 그러니 어서 회복하여 돌아오시오.”

“난 총대장님의 기대에 부응하지 못했소. 실망만 드린 나는 부장의 자격이 없소.”

“자격이 있고 없고는 오직 총대장님께서 결정하시오.”

“.......”

그들은 야스나리를 보내주지 않을 생각이었다. 침묵으로 대답하는 듯 야스나리가 그 명령에 기꺼이 따르겠다는 즉답을 피하자 평정을 가장하던 겐조의 눈썹이 파르르 떨렸다.

“야스나리 부장은 구로다 총대장님이 아끼는 조카니 가문의 책임을 저버리는 일은 없겠지요. 지금은 몸도 마음도 지쳐있어 공연히 쓸데없는 생각이 들겠지만 말이오. 아, 그리고 총대장님께서 전하라 하시더군. 여동생 유키히메(雪姫)는 교토에서 잘 지내고 있다고 말이오. 아직까지는.”

생각지도 못했던 이름에 야스나리는 그를 똑바로 바라보았다. 경고였다.

겐조는 이제부터 일어나는 모든 일에 대한 책임은 그에게 달렸다는 듯 의미심장하게 옅은 미소를 지었다.

야스나리의 표정은 변하지 않았다. 다만 잠시 멈췄다가 묵묵히 겐조의 목례에 화답하며 일상적이지만 깍듯하게 고개를 숙였다. 그가 재령을 인질로 삼았던 것처럼, 요시히데와 야스나리의 하나뿐인 여동생도 어느덧 인질이 되어 있었다.

#41
나쁜 예감

혼은 복잡한 심경을 최대한 감추고 그를 맞이했다. 무사히 돌아온 형제의 모습은 천만다행이고 반가웠다. 동시에, 적에게 인질이 되었던 그를 외면했다는 사실은 엄중한 죄책감이 되었다. 더운 공기에 잠긴 깃발은 축 늘어져 있었고 지열은 금세 달아올라 어지러운 아지랑이를 피웠다.

초라한 행렬이 문을 통과했다. 군졸 하나가 말에서 내리려는 그의 발밑에 무릎 꿇고 발받침이 되었다. 그는 익숙하게 그 등을 밟고 바닥으로 내려왔다. 곁에 대기하고 있던 군졸 한 명이 허둥거리며 일산(日傘)을 씌워준다.

그는 하나도 변하지 않았다. 어찌하다가 적에게 사로잡히게 되었는지 그 이유조차 까맣게 잊은 듯했다. 의병 독려는커녕 온갖 패악질로 원성을 산 그를 붙잡아 적에게 넘겨준 자들은, 그 패악질을 고스란히 당하고 있던 바로 그 백성들이었다. 그리고 이곳까지 오는 동안에도 저런 일이 비일비재했겠지. 혼은 입술을 꾹 다물었다. 안쓰럽지만 절망적일 만큼 한심하고, 그렇다고 고개 돌려 외면할 수도 없는 그는 자신의 형제였다.

"아우님."

"형님. 무사하시니 참으로 다행입니다!"

임해군은 자신의 손을 잡으려는 혼의 손을 냉랭하게 뿌리쳤다. 그 대신 눈을 가늘게 뜨고 성천객사를 한 바퀴 빙 둘러보다가 피식 웃었다. 그는 자신의 의지로 조절이 되지 않는 듯 한쪽 눈을 반복적으로 찔끔거렸다. 그 모습은 기이하면서도 슬펐다.

"이런 좋은 데에서 좋은 음식 먹고 있으니 나 같은 거 구할 생각이나 하셨겠소? 뭐, 워낙 귀중한 몸이시니 이해는 합니다."

"……."

"내가 그동안 얼마나 개고생을 하고 모욕을 당했는지도 중요하지 않았겠지요."

그는 울분과 원망을 가득 담아 혼을 노려보았다. 고된 인질 생활에 전보다 더 이상해진 것도 같았다. 하지만 그는 매우 지쳐 보였고 마음은 깊게 상처 입은 듯했다. 비쩍 마르고 뒤틀린 얼굴과 움찔거리는 한쪽 눈에는 그가 겪은 고초가 역력히 남았다. 혼은 가슴이 찢어질 듯 아팠다. 그는 다시 손을 내밀어 형의 손을 부여잡았다.

"…안으로 드시지요."

"이거 변변치 못한 놈이 형이랍시고 민폐만 끼쳐 미안하오. 아우님, 아니지. 이젠 세자저하지. 내가 자꾸 잊어버린단 말이야."

비아냥거리는 말투에는 익숙했지만, 그 뒤에는 그가 감추고 싶어 했을, 버림받은 자의 쓸쓸한 애수(哀愁)가 담겨 있었다. 자신이 세자의 역할을 수행할 적임자라 생각하고 있지만, 그렇다고 형을 제치고 그 위에 선 자신이 쉬이 받아들여지지는 않았다. 그의 원망과 울분을 구차하다고 폄하할 수는 없었다. 그래서 혼은 지금 이 순간만큼은 형님의 그 상처만을 바라보기로 했다. 그것이 동생이자 세자로서 할 수 있는 도리이자 관용이었기 때문이었다.

"저 여인은 누구이기에 이곳에서 저런 일을 하고 있지?"

임해군을 수행하여 온 군사들은 객사 안쪽 뜰 그늘에 앉아 머물 곳이 정해지기를 기다리며 쉬고 있었다. 그들을 위로하기 위해 소주방 나인들이 개떡을 만들어 돌리고 있었고, 그들 가운데는 이런 일에는 전혀 어울릴 것 같지 않은 여인이 섞여 있었다. 흰 댕기를 드린 걸로 보아 상을 당한 것 같았고 나인들과 함께 이런 일을 하는 것을 보니 돌보아줄 가족과 의탁할 곳을 잃은 듯했다.

재령에 관해 물은 사내는 좀처럼 시선을 거두지 못했다. 그녀는 떡을 담은 대바구니를 옆구리에 끼고 그들에게 나누어주고 있었다. 햇빛이 그녀만을 화사하게 비추는 것 같았다. 병사들은 나인들 틈에 섞여 떡을 나누어 주는 재령에게 황송해하며 주춤주춤 떡을 받았다.

사내는 행랑 마루에 걸터앉아 그 광경을 지켜보았다. 곁에 있던 무관 하나가 그에게 표주박 물통을 내밀었다. 그는 목을 축이고도 다시 한참 동안 그녀를 지켜보았다. 이상하고도 설레는 광경이라 생각했다. 반가의 규수가 나인들과 함께 이런 하찮고도 민망한 일을 몸소 하다니. 심지어 그녀는 사내들 틈에서도 얼굴을 가릴 생각조차 하지 않는 것 같았다.

"저도 하도 궁금해서 지나던 나인한테 물었지요. 좌윤 서형남 영감의 영애라 하더이다."

"전사하신 좌윤 서형남 영감?"

그러는 동안 재령이 그들에게 다가오고 있었다.

"먼 길 오느라 수고가 많으셨습니다. 이걸로 요기라도 하시지요."

그녀가 눈을 마주치지 않으려 고개를 돌리며 떡을 내밀었지만 사내는 재령을 뚫어지게 바라볼 뿐이었다. 곁에 있던 다른 사내가 팔꿈치로 그를 툭 치자 그제야 재령에게 손을 내밀어 떡을 받았다.

"서경하의 누이요?"

그제야 재령은 그에게 눈길을 주었다. 볕에 그을리긴 했지만 본디 고운 피부 빛은 여전히 아름다웠고 말로 형언하지는 못하겠지만, 눈빛이 아주

도도하고 독특한 여인이었다. 이 여인이 서경하의 누이이자 서인 명문가 자제인 이온민의 정혼녀였군.

“저희 오라비를 아십니까?”

“한양에서 알고 지낸 적이 있었지. 이렇게 아는 이를 만나게 되었군. 경하 그 친구 소식은 들었소?”

재령은 고개를 저었지만, 혹시라도 오라비의 소식을 들을 수 있지 않을까 기대하는 절절한 눈빛으로 그를 마주했다. 그렇게 똑바로 마주 보니 더 아름다웠다.

“오라비의 행방을 아십니까? 혹시 들으신 것이 없으십니까?”

그는 잠시 뜸을 들였다. 그녀는 오라비의 비보(悲報)를 미처 듣지 못했군. 어찌 되었건 그녀에게 그 사실을 말해주고 싶지는 않았다, 당분간은.

“한 달 전쯤 북청 근처에서 보았다는 사람이 있었소.”

“북청이요?”

재령은 금방이라도 눈물을 쏟을 것 같은 눈으로 그를 애타게 바라보았다.

“다친 곳은 없답니까? 무사한 게지요?”

그는 눈을 천천히 깜박였다. 이렇게 어여쁜 여동생이 있다는 이야기는 듣지 못했는데. 그런데 이제 그녀는 혼자 남았군. 아비도, 오라비도, 그리고 그 잘났던 정혼자도 모두 죽고 없으니 그렇다면. 회심의 미소가 스며들었다. 남겨진 좋은 것은 결국 마지막까지 살아남은 자의 차지이다.

“무사한 것 같소. 그 사이 별일이 없었다면.”

“재령 아기씨, 빈궁 마노라께서 찾으십니다.”

나인 하나가 그녀에게 전갈을 전했다. 그녀는 곧 이 자리를 떠야 할 것이다.

“오라비의 소식을 전해주셔서 감사합니다.”

"난 좌랑(佐郎), 김승관(金承寬)이라 하오."

"서재령이라 합니다.

재령은 그에게 다시 한 번 깊게 허리를 숙이고 나인을 따라 저편으로 발길을 돌렸다. 그런 그녀의 뒷모습에 대고 그가 인증하듯 말했다.

"어찌 됐건 우린 같은 편인 것 같군."

그는 재령에게 이상한 느낌이 드는 미소를 지어 보였다. 같은 편이란 말에 담긴 뜻이 무엇인지 잘 알고 있었지만, 재령은 알아듣지 못한 척했다. 자신이 서인임을 강조하는 말이겠지. 하지만 그것이 지금 이 시점에서 그리 중요한 얘기일까. 그 말을 꺼낸 의도를 이해할 수 없었다. 오라비의 소식을 그에게서 듣게 되어 다행이라고 생각했지만, 노골적으로 바라보는, 선비답지 못한 그의 시선이 적잖이 거북했다. 같은 편이라 말하는 그의 뜻을 예단하고 싶지 않았지만 그렇다고 반갑게 장단을 맞추고 싶지도 않았다.

"아, 그리고 전해줄 소식이 하나 더 있는데. 이온민 그 친구는 안타깝게도 평양성 전투에서 목숨을 잃었소. 낭자의 정혼자였지 않소?"

재령이 뒤를 돌아보았다. 잊고 있었던 정혼자의 이름을 낯선 이에게서 듣게 되었다. 게다가 죽었다는 소식을. 슬픔은 마음 표면에서 겉돌다가 미끄러져 내렸다. 애틋한 슬픔보다는 옅은 안타까움이 흐린 안개처럼 끼었다. 그리고 설명할 수 없는 미안함도. 이 모든 불행은 전쟁 때문이었고, 선하를 다시 만나게 된 다행도 전쟁 때문이었다. 한때 정혼자였던 그의 명복을 빌었다.

"……."

"매우, 유감이오."

재령은 그에게 어색하게 목례를 하고 다시 걸어갔다.

“전쟁 중에 홀로 남은 가엾은 여인들이, 많지.”

그는 혼잣말인 듯 중얼거리며 그에게서 멀어지는 재령을 눈을 빛내며 지켜보았다. 그리고 손으로 자신의 거친 턱을 무심코 쓰다듬었다.

여름의 끝은 느린 강물처럼 유유히 흘러가고 있었다.

어느덧 그랬다.

하얗게 쏟아지던 강렬했던 빛은 옅은 황금빛으로 여물고 그 빛의 틈새로 청량한 바람이 불었다. 실낱같이 희미한 가을의 냄새를 품은 바람은 지나던 사람의 마음을 문득문득 흔들었다. 전쟁은 여전히 치열했고 사람들은 다치거나, 죽거나, 굶주렸다. 그럼에도 불구하고 그 맑은 바람은 사람의 마음을 그리움으로 채워 놓았다. 뜨거운 열기가 빠져나간 작은 빈자리에 돋아난 어떤 그리운 것들의 기억을 뒤돌아보게 만들었다. 그것은 어느 한순간의 장면들, 작은 물건, 냄새와 촉감, 목소리. 그런 것들이었다. 지금은 평범한 일상이지만 지나고 한참 지난 어느 날 이렇게 문득 또렷하게 떠오를지도 모를 그리움의 씨앗.

선하는 담장에 기대어 그녀를 기다린다.

그는 목화를 신은 발로 자갈을 툭툭 건드렸다. 그러다가 이따금 별이 쏟아져 내리는 밤하늘을 올려다보았다. 밤은 찬란했다. 그의 마음처럼. 하아, 하고 숨을 깊게 들이마시고 다시 내쉰다. 생각시 아이에게 몰래 그녀를 불러달라 청해놓고 기다리는 그 시간을 두근대는 가슴을 안고 기쁘게 즐긴다.

정혼했다고 하여 함께 지낼 수 있는 것은 아니었다. 사람들에게 드러내놓고 저 여인이 내 여인이라 말하지도 못했다. 사람들로 북적이는 객사는 분조의 대신들과 내관과 나인들로 가득했다. 그는 잠시의 짬도 마음대로 낼 수 없었다. 입맞춤조차 마음껏 하지 못하고 늘 아쉬운 마음에 손끝을 놓아야 했지만, 선하는 긴 기다림 끝에 짧은 만남의 이 시간조차 늘 행복했다.

드디어 저기 길목 끝에서 그녀가 어둠을 밟으며 다가온다. 자박거리는 발소리만 들어도 알 수 있다. 바람에 넓게 퍼진 긴 치마 양쪽을 말아 쥐고 잰걸음으로 발걸음을 재촉한다. 길게 땋아 내린 머리 뒤편으로 흰 댕기가 나부꼈다. 선하는 기대 있던 몸을 바로 하고 활짝 열린 어깨로 그녀에게 다가갔다. 양쪽 담을 따라 가득 이어진 대나무 숲이 두 사람의 마음을 재촉하듯 잎사귀를 흔들었다. 재령은 치마를 잡고 있던 손을 놓아 버리고 그에게 팔을 뻗는다. 와락, 안기는 그녀의 향기.

그리웠소. 그립고 또 그리웠소. 눈을 감는다.

선하는 참았던 숨을 내쉬듯 그녀에게 입 맞춘다. 이 입맞춤으로 그의 마음을 오롯이 담아낼 수 있을까. 얼마나 그녀를 사랑하는지.

생각시 하나가 손짓을 하기에 조심스레 뒤편으로 따라 나가자 귀엣말로 살며시 그의 전갈을 전한다. 재령은 번지는 미소를 애써 감추며 아이의 머리를 쓰다듬었다.

그에게 가는 길은 너무 길기도, 너무 짧기도 하다. 시간을 달려 붙잡을 수 있다면 그를 더 오래 볼 수 있을 텐데. 이제 이 길은 불빛 없이 걸어도 익숙한 길. 능숙하게 소나무 둥치를 넘어 건넌다. 누군가에게 속한다는 것이 이렇게 가슴 벅찬 행복일 줄이야. 바람에 대나무 가지가 흔들리며 파도처럼 소리를 낸다. 그 초록의 향기가 사방 가득 퍼지며 그녀를 감쌌다.

이제 조금만 더 가면 그를 만날 수 있겠지. 벌써부터 몸이 떨린다. 저기 길목 끝에 그가 서 있는 모습이 보인다. 그는 뒷짐을 진 채 하늘을 바라보고 있었다. 이마에 두른 말액(抹額:무관의 이마에 두르는 띠)의 끝이 바람에 흔들린다. 그림처럼 저 모습을 기억한다. 그가 재령을 보고 활짝 웃는다. 수없이 들었던 말들과 조신한 규수의 자세, 어떻게 보일지에 대한 염려, 그런 것들을 다 잊게 만든다. 재령의 눈에는 오직 선하, 그만이 보일 뿐이었다. 그에게 몸을 맡긴다. 그의 기분 좋은 땀 냄새. 그는 화덕처럼 뜨거운 입술로 재령의 입술을 찾는다. 갈비뼈가 으스러지도록 꽉 끌어안는 그의 팔 힘과 단단한 몸의 윤곽이 느껴졌다. 재령은 그의 곁에 있을 때야 비로소 살아있다는 것이 어떤 것인지 흠뻑 느낄 수 있었다.

그녀를 더 오래 안고 싶었지만 벌써 달은 강을 향해 기울기 시작했다. 달빛의 윤슬이 그들에게 파도처럼 번져왔다. 꿈결처럼 아름다웠다. 선하는 재령의 심장에 달보드레 입 맞추었다. 재령은 달콤한 신음과 탄식을 토해냈다. 그녀는 하얀 팔로 선하의 머리를 감쌌다. 어둠 속에서 서로의 눈을 마주치고 다시 입을 맞췄다. 선하는 그녀의 가슴에 귀를 가져다 대고 심장 소리를 들었다. 잔잔하게 밤을 밝히는 귀뚜라미 소리와 은은한 달빛이 숨죽인 그들과 함께였다. 재령의 가녀린 목에는 앵두처럼 붉은 선하의 관자 한 쌍이 목걸이처럼 걸려 있었다. 그의 여인이라는 표식. 선하는 다시 그녀의 목덜미에 깊게 입맞춤했다.

하늘에서 별똥별이 길게 떨어져 내렸다. 선하는 재령의 손을 잡았고 그녀는 선하의 어깨에 고개를 기댔다. 달빛이 짙어질수록 돌아가야 할 시간이 가까워진다. 그래서 물어야 할 것을 더는 미루지 못할 것 같았다.

"언제 가시오?"

"내일모레."

재령은 선하의 젖은 이마를 옷소매로 조심스럽게 닦아주었다.

"이번에는 어디로 가시오?"

"용강(龍江)이오. 적진을 뚫고 은밀히 가야 해서 오래 걸릴 것이오. 그곳 사정도 파악해야 하고."

"얼마나 걸리오?"

"한… 열흘 정도."

훨씬 더 걸릴 수도 있었다. 말끝을 흐린다. 선하는 늘 두 마음이 들었다. 그녀를 붙잡고 싶은 마음과 또한 놓아주고 싶은 모순되는 마음은 출정을 앞둔 날마다 선하를 뒤흔들었다. 재령은 그의 흔들리는 마음을 알고 있는지 선하의 손에 단단히 깍지를 낀다.

"세자빈께서는 저하를 위해서 매일 밤 정성껏 불공을 드리더이다. 이곳의 여인들은 모두 그러하오. 정화수를 떠놓거나 서낭당에 빌거나. 그네들이 빌 수 있는 모든 영험한 것들에 빌고 또 빌더이다."

재령은 선하의 얼굴을 쓰다듬었다.

"나도 그리할 것이오. 누구보다도 더 열심히 기도할 것이오. 그러니 반드시 무사할 것이오."

선하는 늘 그렇게 흔들릴 테지만 재령은 이런 식으로 그를 붙들 것이다. 선하는 고개를 끄덕이며 재령을 안았다. 그는 팔목을 들어 재령의 댕기를 보여주었다.

"이렇게 그대가 함께할 테니까."

"그렇소. 이렇게."

재령은 그의 양 뺨을 두 손으로 감싸고 부드럽게 입맞춤했다. 선하가 박하처럼 웃는다. 마냥 두려워해서는 아니 되었다. 그녀는 선하의 정혼녀였고, 이젠 그녀가 선하에게 용기를 불어넣어 줄 차례였다.

#42
등 뒤의 푸른 칼

새벽하늘은 금방이라도 비를 쏟아낼 듯 꾸물거렸고 습기를 가득 머금은 바람은 제법 싸늘했다. 날이 밝기도 전에 일어나 공들여 정갈하게 몸을 단장한 재령은 새벽을 지르밟고 천천히 서낭당으로 향했다. 전보다 동트는 시간은 늦어져 아직 어둠의 자취가 남아있는 길을 걷는다.

비류강 기슭, 형형색색의 천이 가득 둘러진 아주 커다란 느티나무 주변에는 소원을 기원하여 쌓은 크고 작은 돌탑들이 무수했다. 수많은 사람들의 바람과 기원을 들어주었을 나무는 조용히 그녀를 내려다보며 이제 그녀의 소원은 무엇이냐 묻고 있었다. 흐리고 어두운 하늘 아래 불을 밝힌 듯한 오색천들이 실바람에 나부꼈다. 재령은 두 손을 모으고 눈을 감았다.

어딘가에 살아있을 오라버니의 무사귀환과 돌아가신 아버지와 옛 정혼자의 극락왕생(極樂往生)을 빌었다. 그리고 지금과 앞으로의 모든 순간을 위해, 또한 선하와 자신을 위해 간절히 빌었다. 무엇보다도 이번 출정에서 무사하기를. 적을 만나지도 말고, 다치지도 말고 그저 온전히 돌아오기를. 소원을 빌수록 그 크기가 너무 큰 것이 아닌가 걱정되었고, 재령은 자꾸만 가지를 쳐내고 결국 이것만 남겼다. 부디, 그 사람이 무사히 돌아오게 해달라는 것만을.

“무엇을 빌고 있소?”

재령은 화들짝 놀라며 목소리가 들린 곳을 향해 날을 세워 뒤돌았다. 기척도 없었던 서낭당 나무 뒤에서 그 사내, 김승관이 모습을 드러냈다. 재령은 사방을 둘러보았지만 이른 새벽이라 지나는 사람 하나 보이지 않았다. 누구라도 지나가기를 바랐지만 밝아지려면 아직도 한참을 더 기다려야 했다. 그를 이 새벽에 이곳에서 만난 것은, 더도 덜도 아닌 그저 우연이겠지. 재령은 경계심과 당황함을 감추며 고개를 숙여 인사를 했다. 그는 산책을 나온 듯 가벼운 차림이었다.

"오라비가 무사하길 빈 것이오?"

"...때가 때인 만큼 여러 가지를 빌었습니다."

그녀는 몸을 돌렸지만, 그는 재령의 불편함을 눈치채지 못한 채 계속 대화하기를 원하며 발길을 붙잡는다.

"새벽 공기가 제법 싸늘한데 옷이 얇은 듯 보이오."

기어코 재령을 돌아서게 만들었다.

"좌랑 나리. 오라비의 소식을 전해주신 일은 감사하게 생각하고 있습니다."

승관은 어느샌가 그녀에게 가까워져 이제는 손을 뻗으면 닿을 만큼의 거리에 있었다. 그의 작은 눈동자가 기묘하게 빛나며 재령을 샅샅이 훑는 것만 같았다. 재령은 자신의 시선을 따라붙는 그의 눈동자를 피한다.

"부담스럽게 생각지 마오. 난 오라비의 벗이자 같은 서인으로서 홀로 남은 낭자를 챙겨줘야 할 의무가 있소."

그는 다소 과한 관심을 당연한 일이라는 듯 말하고 있었다. 지나치게 자신만만한 사내였다. 하지만 늘 그렇게 생각하고 살아온 사람이라면 이 상황을 당연하게 생각할 수도 있었다.

"나리의 고마운 마음은 받겠습니다만 도움은 정중히 거절하겠습니다. 좌랑 나리께 그런 의무도, 권리도 없으니까요. 오라비의 벗이라고 하셨으니 그래서 더욱 예를 지켜야 한다고 생각하옵니다."

하지만 그녀가 하는 말에 숨은 뜻을 그는 알아듣지 못했고 재령의 말을 귀담아듣지도 않았다.

"이렇게 만나게 된 것도 인연인데 앞으로도 종종 만나 얘기나 나눕시다."

이 사내가 원하는 것이 무엇인지 알 것 같아서 재령은 이 거북한 자리에서 빨리 벗어나고 싶었다.

"그만 서둘러 가봐야겠습니다. 빈궁 마노라께서 찾으실 테니까요."

세자빈을 핑계 삼지 않으면 절대로 놓아주지 않을 것 같았다. 뒤에서 그가 자신을 계속 지켜보고 있는 것 같아 뒤통수가 간지러웠다.

"다음에 꼭 다시 봅시다. 재령 낭자."

재령은 그의 목소리를 뒤로하고 결국 허둥지둥 자리를 벗어났다. 재령은 객사로 돌아오고 나서도 한참이 지나서야 손톱이 파고들만큼 세게 쥐고 있던 주먹을 폈다. 다시는 그런 식으로 마주치고 싶지 않은 사람이었다. 어서 빨리 선하가 돌아왔으면 좋겠다. 며칠밖에 지나지 않았는데 그의 빈자리가 너무 컸다.

구름이 낮게 깔린 그 위로 해가 지고 있었고 힘을 잃어가는 빛 속을 맴돌며 까마귀 떼가 길게 울었다. 깊은 산 속에 이런 마을이 있었다니. 화전민(火田民)이 밭을 가꾼 곳일 수도 있었다. 하지만 이상할 만큼 마을은 조용했다. 평양성이 함락되자 그곳에서 도망친 백성들, 혹은 소문을 듣고 겁에 질린 백성들은 왜군을 피해 산속 깊은 곳으로 피난을 갔을 것이다. 싸울 힘조차 없는 백성에게 닥친 결과는 셋 중 하나였을 것이다. 피난이 아니라면 납치, 혹은 몰살.

선하와 그의 일행은 긴장의 끈을 바싹 조이며 마을 입구로 들어섰다. 마을 앞 커다란 나무 위에는 아까 그 까마귀 떼들이 을씨년스럽게 앉아 있었고, 멀리서 보니 마치 목을 맨 시체 같은 소름 끼치는 형상들이 나무에 주렁주렁 달려있었다. 그런 것이 아니기를 빌었다.

“저게 도대체 뭐지? 혹시….”

“기분 참 더럽네. 그냥 돌아가시죠. 부사직 나리.”

“쉬잇.”

그들은 불안한 듯 품 안에서 천을 꺼내어 코와 입을 막아 머리 뒤로 묶었다. 저렇게 시신이 무참히 매달린 곳이라면 왜놈들이 휩쓸고 간 곳이 분명했다. 마을은 초토화되고 백성들은 저것보다 더 처참하게 죽어 있을 것이다. 더운 날이 이어졌으니 그 모습과 냄새는 더 끔찍할 것이었다. 선하와 부하들은 말에서 내려 검을 뽑았다. 다들 침을 꿀꺽 삼키며 앞으로 보게 될 장면에 무덤덤해지려 마음을 다잡았다. 하지만 한참을 간 것 같은데도 그들이 상상하는 장면은 나타나지 않았다. 마을은 죽음처럼 고요했다.

그렇게 막 모퉁이를 지나고 있을 때였다. 선하의 시야에 은밀한 움직임이 들어왔다. 그건 동물이 아니라 묵직한 것이, 마치 사람의 움직임 같았고 얼핏 치맛자락 같은 것이 날리는 것을 본 것 같았다.

“보았느냐?”

“예.”

“생존자일지 모른다.”

“적일지도 모릅니다.”

그들은 손짓을 하여 반으로 나뉘었고 선하는 아까 그 움직임이 있었던 빈 초가로 들어갔다. 방문은 모두 열려 있었고 아무도 없었다. 선하와 그의 부하는 조심스럽게 창고와 부엌으로 흩어져 들어갔다.

어두운 부엌은 문이 닫혀 있었다. 선하는 나무 틈새로 부엌의 안을 들여다보았다. 불이 꺼진 부뚜막과 커다란 솥이 덩그러니 남아 있었고 깨진 그릇

몇 개가 나뒹굴었다. 그 외에 별다른 움직임은 없어 보였다. 그때였다. 커다란 물 항아리 뒤로 삐져나온 옷자락. 선하는 조심스럽게 빗장을 풀었다.

"나오너라."

옷자락은 움찔대면서도 그의 부름에도 숨죽이고 있었다.

"거기 항아리 뒤에. 어서 나오너라."

선하가 그렇게 콕 집어 말하고 나서야 결국 물 항아리 뒤에서 누군가가 주춤거리며 일어섰다. 빛이 닿지 않는 어둠 속에서 천천히 걸어 나오기 시작했다. 먼지 가득한 빛줄기 안으로 바지를 입은 소년, 아니 얼굴이 까무잡잡하고 눈이 까만, 앳된 여인 하나가 들어섰다.

"근데 저기 걸린 저거. 뭔가 좀 이상해 보이지 않아요?"

일행들을 기다리던 선하의 부하들 셋 중 하나가 나무를 바라보며 말했다. 마을 안쪽으로 정탐하러 간 사람들을 기다리는 동안 남은 자들에게는 별일이 없었다. 마을은 쥐죽은 듯 조용했고 억새가 바람에 보슬거리며 움직이는 모양을 보자니 꽤 지루하기도 했다.

"야! 끔찍한 거 자꾸 쳐다보지 마. 나리 오시면 이곳을 퍼뜩 뜰 거니까."

"이상하잖아요. 까마귀들이 저렇게 많은데 왜 시체한테 관심도 안 보이죠? 신 났다고 뜯어먹을 놈들이."

그러고 보니 그랬다. 하지만 그것을 확인하기 위해 아무도 먼저 가까이 가고 싶지는 않았다.

"다 먹어 뼈만 남았나 보지."

그는 그렇게 말해놓고서 자신의 말에 소름이 돋았는지 진저리를 쳤다.

"안 되겠어요. 제가 보고 올게요."

"저 비위도 좋은 녀석."

결국 궁금한 것을 못 참는 한 명이 코와 입을 가렸던 천을 야무지게 고쳐 올리더니 슬금슬금 나무 아래로 다가갔다. 하지만 가까이 다가갈수록 매여 있는 형체들은 사람 같았다. 아니, 옷을 입고 있는 것으로 보아 정말 사람이었다. 더 다가갔다가는 못 볼 걸 보겠구나 싶은 그가 눈을 질끈 감고 막 돌아서려는 참이었다. 매어 달린 그것이 갑자기 후두둑 아래로 떨어지면서 그를 덮쳤다.

"아아아아악!"

그는 기겁을 하고 놀라 바닥에 드러누웠고 온 팔을 휘둘러 버둥대며 몸 위로 떨어진 그것을 옆으로 밀어냈다. 시체를 뒤집어쓰는 끔찍한 일을 당하다니. 발길질을 하며 뒤로 물러선 그의 시야에 들어온 것은 옷 사이로 삐죽이 나온 볏짚이었다.

"뭐, 뭐야? 이건?"

조심조심 다가가 뒤집은 그것은 사람 옷을 입혀 놓은 허수아비였다.

"허수아비잖아! 이런 망할!"

사내는 성질이 나서 칼을 뽑아 그것을 난도질했다. 허수아비는 몇 동강이 나 두툼한 볏짚 더미만 남았고 폴폴 날리는 볏짚 조각이 그의 머리 위로 내려앉았다.

"어떤 놈이 이런 못된 장난질을 한 거야? 이것들이 누굴 놀리려고? 어이, 이거 그냥 허수아비야!"

하지만 그가 뒤돌았을 때 이미 그의 동료들은 자리에 쓰러져 있었다. 그리고 그들을 공격한 듯한, 손에 도끼와 칼을 든 험상궂게 생긴 사람들이 이내 그를 에워쌌다.

조금씩 정신이 들었다. 선하는 뒷머리에 극심한 통증을 느끼며 눈을 떴다. 머리에 손을 가져가려 했지만, 손목은 꽁꽁 묶여 있었다. 선하는 어깨로 바닥을 버티며 자리에서 겨우 몸을 일으켰다.

"여기가 대체...."

"나리! 정신이 드십니까?"

어둠 속에서 부하들의 익숙한 목소리가 들리고 조금씩 암순응이 되자 그들의 모습이 하나둘 보였다.

"다들 무사한 것이냐?"

"예."

"대체 어찌 된 일이야?"

"순왜(順倭)들입니다. 그만 순진한 백성인 줄 알고... 방심했습니다."

"나리, 저희를 왜놈들에게 팔아넘긴다 합니다."

선하는 정신을 잃기 전 마지막 기억을 더듬었다. 소년으로 보였던 여인은 당돌한 눈으로 자신을 마주 보았다. 어째서 이런 곳에 남았느냐고 선하가 물었고, 안전한 곳으로 피신해야 한다고 했다. 여인은 묘한 눈빛으로 그를 바라보더니 피식하고 웃음을 터뜨렸다. 곧바로 선하는 머리를 세게 얻어맞고 정신을 잃었었다.

선하는 묶인 손을 들어 아직 아픔이 느껴지는 뒷머리를 쓰다듬었다. 혹이 난 것 같았다. 선하는 묶인 상태에서 팔을 머리 위로 들어 쭈욱 기지개를 피더니 고개를 양옆으로 움직였다.

"흥, 누구 마음대로."

선하는 묶인 다리로 움직이며 엉덩이를 밀어 문 앞까지 다가갔다. 바깥은 조용했고 저기 화톳불을 밝힌 곳에는 도끼를 든 장정들의 뒷모습이 보였다.

"자, 등을 맞대고 일어나 보자."

부하 한 명과 등을 맞대고 서로를 밀며 선하가 일어섰다. 선하는 어둠 속에서 벽을 짚어 보았다. 나무판자를 이어 붙여 만든 널벽이었다. 선하는 다시 지붕을 바라보았다. 지붕 기와의 작은 틈으로 밤하늘 조각이 조금씩 보였다. 아마도 두꺼운 나무껍질로 어설프게 지붕을 얹은 굴피집 같았고 지붕에서는 군데군데 나무 썩은 냄새가 흘러들었다. 선하의 눈빛이 어둠 속에서 반짝거렸다.

"우리 중 가장 가벼운 녀석이 누구냐?"

"삼태입니다."

"그래, 삼태를 먼저 지붕 위로 내보낸다. 그 사이 우리는 여기서 그들의 이목을 끌고 기회가 되면 탈출한다."

"하지만 나리, 이렇게 묶여있는 데다가 행전 아래 숨겨뒀던 칼도 죄다 빼앗겼습니다."

"이 목깃을 왜 칼깃이라 부르는지 아느냐?"

선하는 묶인 손을 들어 철릭의 하얀 깃을 뜯어냈다. 그리고 그 안에서 손잡이가 없는 세 치 가량의 예리한 도자(刀子)를 뽑아냈다.

"칼을 숨겨놔서 칼깃이라 부른 거 아니더냐."

#43
다가오지 마

나무 기둥에 묶인 팔 때문에 겨드랑이가 뻐근했다. 얻어맞은 얼굴은 퉁퉁 부었는지 눈꺼풀을 깜박이는 데 한참 걸렸다. 발로 채인 갈비뼈도 아파왔다. 그래도 그 사이 삼태를 비롯해 몇몇은 무사히 이곳을 빠져나갈 수 있었다. 탈출을 주도했던 선하는 창고에서 끌려 나와 잔뜩 분풀이를 당했다. 선하는 부은 얼굴로 씨익 미소를 지었다. 하지만 통증 때문에 금세 찡그리게 되었다. 잠이 쏟아지는데 기둥에 매달린 팔 때문에 앉지도 서지도 못했다. 선하는 고개를 들어 반달을 바라보았다. 달무리가 흐릿하게 번져있었다. 냉기가 밀려왔다. 이곳은 해가 지면 싸늘함이 뼛속까지 밀려오는 척박하고 추운 곳이었다. 선하는 통증이 섞인 한숨을 내쉬며 희나리만 남은 모닥불도 보았다.

'잘생긴 얼굴이 엉망이 되었겠군.'

재령이 이 모습을 보지 못하는 것이 그나마 다행이었다. 이 꼴을 하고 있지만, 그녀에게 영원히 돌아가지 못할 것이라고는 생각하지 않았다. 도망친 부하들이 곧 지원군을 데리고 올 테니까 조금만 버티면 된다. 도로 사로잡힌 몇몇은, 그래도 선하라는 존재가 보여주었던 기적들을 믿는 눈치였다. 그와 함께 있으면 절대로 죽지 않는다는. 그리고 선하 자신도 어느새 그런 믿음을 믿고 있었다.

그때 저쪽에서 이쪽으로 다가오는 인기척이 느껴졌다. 선하는 기절한 척

도로 눈을 감았다. 발걸음은 그의 앞에 우뚝 멈춰 섰다.

"아바이가 니 때문에 화가 많이 났어."

"……."

"그러니까 오지 말라고 시체처럼 허수아비꺼정 매달아 놨는데 굳이 왜 기어들어 와서."

여인의 목소리였다. 선하는 기절한 척했던 눈을 뜨고 그녀를 바라보았다. 선하가 여기 들어서서 처음 보았던 그 여인이었다. 여인은 선하의 앞에 무릎을 세우고 앉아 당돌하게도 그를 빤히 쳐다보았다. 그러다가 소매를 끌어 선하의 입술에 맺힌 피를 닦아주었다. 선하가 고개를 돌렸지만, 여인은 아랑곳하지 않고 손을 놀렸다.

"겁나 아프겠네. 잘생긴 얼굴이 이게 뭐네."

"너희는 순왜냐?"

"그게 뭔 말이네? 난 그런 어려운 말 몰라."

"어찌하여 조선 백성이 왜군을 돕는 것이냐?"

"보라우. 우린 그냥 백성이 아니라 산적이야. 하지만 왜놈들을 돕지는 않아."

"산적은 조선 백성이 아니더냐? 왜군을 돕는 것이 아니라면 우리를 풀어다오. 더는 분란을 만들지 마라."

"우린 백성…. 아니라니까. 산적이 관군 돕는 거 봤네?"

그러고선 여인은 그를 계속 바라보았다. 맞아서 부어오른 얼굴이었지만 정말 잘생긴 사내였다. 틈만 나면 엉덩이를 더듬을 줄만 아는 손버릇 나쁜 꾀죄죄한 이곳 녀석들만 보다가 이렇게 하얗고 번듯한 사내를 처음 보니 이상하게 심장이 나댔다. 그의 피부에서는 좋은 향기도 나는 것 같았다.

"……의병들을 산 채로 넘기면 비싸게 쳐준대. 아바이가 그러는데 그 돈으로 명나라에 가서 살 거래. 어차피 우린 조선에서 못살아."

"어찌 사람을 물건처럼 함부로 판단 말이냐?"

"……."

선하의 책망에 여인의 얼굴이 잠시 어두워졌다. 실낱같이 남은 죄책감 같은 것이 돋아나는 듯했다.

"넌 그런 나쁜 일에는 어울리지 않아 보이는데…."

선하가 그녀의 마음을 돌리기 위해 애원하는 눈빛으로 마주 보자 여인의 얼굴이 빨개졌다. 그녀를 칭찬하는 듯한 선하의 목소리가 해사한 봄바람 같다고 느껴졌다.

"난 아리라고 해."

"아리… 예쁜 이름이구나."

선하는 어쩐지 그 얼굴이 낯설지가 않았다. 아리는 그가 자신의 이름을 부르자 눈이 절로 사르르 감겼다. 근사하고 좋은 사내 같은데 일이 이렇게 되어 정말 마음이 좋지 않았다. 하긴 이런 일이 일어나지 않았다면 자신같이 천하고 못난 계집 주제에 그에게 말조차 걸 수 없었겠지. 선하의 시선이 자신의 오른손등에 있는 커다란 흉터 자국에 가 닿자 은근슬쩍 소매로 가렸다.

"이년아! 거기서 뭐하고 앉았어? 이리 안 와? 발랑 까져서 사내라면 환장을 해가지고, 원."

저쪽에서 그녀의 아비의 것인 듯한 벼락같은 목소리가 들리자 아리는 자리에서 벌떡 일어섰다. 그녀는 선하의 앞에서 지었던 여릿한 표정을 내다 버리고 이를 질끈 물며 표독스럽게 대답했다.

"아바이는 맨날 이년 저년 쌍욕지기야? 간다고! 가!"

그녀는 넓적한 나뭇잎으로 싸온 것을 들고 선하에게 불쑥 다가갔다.

"사실은 이거 주려고 왔어. 배고프지?"

나뭇잎을 펼치자 이미 식었지만 그래도 먹음직하게 찐 토란 두 알이 있었다. 급격히 배가 고파진 선하의 표정을 보더니 아리는 더러운 손가락을 옷에다 쓱쓱 닦고 토란 하나를 그의 입에 넣어주었다. 선하는 허겁지겁 그것을 받아 게눈 감추듯 먹었다. 다리 힘이 다 빠질 만큼 꿀맛이었다. 여인은 나머지 토란 하나를 그의 앞에 들어 보이며 줄 듯 말 듯하다가 냉큼 자신의 입에 물었다. 그리고 대담하게도 선하의 입술로 다가가 입으로 토란을 건네주었다.

'!!'

미처 피할 틈도 없이 미끈한 토란과 함께 여인의 입술과 혀의 감촉이 선하의 입안을 가득 채웠다. 여인의 체취가 강렬하게 남았다. 얼굴이 붉어질 대로 붉어진 아리는 입술을 떼고 가쁜 숨을 몰아쉬었다. 묶인 채로 그녀의 입맞춤을 고스란히 받은 선하의 당황한 표정을 보고 그녀는 핏, 하며 미소를 지었다.

"내일 다시 올게."

달무리가 잔뜩 끼었던 하늘은 이내 두툼한 구름으로 덮였는지 습기를 머금은 진한 공기냄새로 가득 찬 한밤중이었다. 작은 방에 병풍 하나를 두고 상궁 두 명과 함께 방을 쓰던 재령은 나인들이 쓰는 행랑 쪽에서 이상한 소리를 들었다. 분명 실랑이를 벌이는 소리였는데 여인은 소리가 새어나가지 않도록 숨죽여 비명을 참는 것 같았다. 재령은 그 거북한 소리에 깨어 결국 자리에서 일어나 앉았다. 병풍 너머의 상궁들은 숨소리조차 내지 않았다. 이 거슬리는 소리를 듣지 못할 리가 없을 텐데. 아마도 깊게 잠이 들었거나, 깨어있는데도 일부러 모른 척하는 것 같았다. 안 되겠다 싶었던 재령은 주섬주섬 겉옷을 입고 막 방문을 나서려 했다.

“낭자.”

역시 잠든 것이 아니었다. 상궁 한 명이 어둠 속에 앉아 그녀를 불러 세웠다.

“모른 척하십시오. 자칫 낭자까지 화를 당할까 두렵습니다.”

“대체 무슨 일입니까? 무슨 일인지 마마님은 아십니까?”

“…….”

상궁은 대답하지 않았다. 재령은 무언가 좋지 않은 일이 벌어지고 있음을 짐작했다. 하지만 발걸음을 거두지는 않았다. 그녀는 상궁의 말은 무시하고 그대로 바깥으로 나가 실랑이가 들리는 곳으로 다가갔다. 그곳은 나인들이 여럿이 함께 쓰는 행랑이었고 방문 하나가 반쯤 열려 있었다. 그 방의 주인으로 보이는 나인 둘은 속치마 차림으로 나와 바깥에서 발을 동동 구르며 안절부절못하고 있었다.

“무슨 일입니까?”

목소리를 잔뜩 낮춘 재령이 물었지만, 나인들은 그저 고개를 가로저으며 흐느낄 뿐이었다. 궁중 법도를 지켜야 하는 나인들에게 금기사항은 많았다. 그때 재령은 댓돌 위에 놓인 사내의 운혜를 보았다.

“!!!”

더 이상 생각하고 자시고 할 시간이 없었다. 재령은 급한 마음에 겁도 없이 부리나케 방 안으로 들어갔다. 어둠 속에서는 옷을 반쯤 풀어헤친 사내가 어린 나인 하나를 범하려 하고 있었다. 겁에 질린 나인은 소리도 제대로 내지 못하고 바들바들 떨며 흐느끼고 있었다. 재령은 방 한구석에 세워진 등잔걸이를 움켜쥐었다. 그리고 사내의 뒤통수를 향해 힘차게 휘둘렀다.

“으으윽.”

사내는 괴상한 신음소리를 내뱉으며 힘없이 꼬꾸라졌다. 재령은 가쁜 숨을 몰아쉬었다.

"괜찮소? 괜찮은 게요?"

하지만 나인은 충격이 가시지 않은 듯 손으로 입을 틀어막은 채 계속 덜덜 떨고 있었다. 바깥에서 발을 구르고 있던 나인 둘도 사내가 쓰러지는 소리를 듣고 부리나케 방안으로 들어왔다. 하지만 그들은 동료의 무사함보다 쓰러진 사내의 상태를 보고 더 놀랐다.

"낭… 낭자… 큰일났습니다…. 이를 어째. 우리는 모두 경을 칠 것입니다."

"도대체 뭐하는 것이오? 동무가 몹쓸 짓을 당하게 생겼는데 구경만 하다니! 괴한을 쓰러뜨렸소. 그런데 도리어 무얼 걱정하는 것이오?"

"흐흐흑… 낭자… 저분은… 임해군 대감이십니다."

그것이 어떤 의미인지 그 이후에 어떤 일이 일어나게 될지가 재령에게 서서히 깨달아지기 시작했다. 왕족의 몸에 상처를 입힌 자는, 모반죄(謀反罪)에 해당하였다. 머릿속이 하얘지려는 즈음 조족등을 든 누군가가 방 안으로 불쑥 들어왔다. 더 놀란 여인들이 황급히 두 손으로 입을 틀어막았다.

"임해군 대감!!!"

그는 다행인지 불행인지 바로 김승관이었다. 그는 한두 번 겪은 일은 아닌 듯 그다지 크게 놀라지도 않았다. 바닥에 엎어진 임해군을 뒤집어 살펴보더니 짧게 한숨을 쉬었다.

"맞아서 기절하신 건지, 술에 취해 잠이 드신 건지 구별이 되질 않는군. 한동안 주무실 것이오."

그러면서 재령을 바라보았다. 재령은 손에 들고 있던 등잔걸이를 얼른 치마 뒤로 숨겼다. 그는 바들바들 떨고 있는 여인들에게 차례차례 불을 비쳤다. 자다 일어난 차림의 나인들은 웃섶을 가리며 고개를 돌렸다. 바닥에 주저앉아 있는 나인도 살폈다.

“다들 입조심해야 한다. 임해군 대감은 내가 모셔갈 테니 오늘 일은 없었던 것이다. 그래야 너희도 낭자도 무사할 게야. 내 말 알아듣겠느냐?”

“예, 나리.”

그리고서는 재령을 보며 의미심장한 미소를 지었다.

“내가 말했잖소. 낭자를 챙겨주겠다고. 아직도 내 도움 따위 필요 없으시오?”

“.......”

더는 아무 대답도 하지 못하는 재령의 표정을 보고 그는 의기양양하게 말을 이었다.

“고맙다는 말은 다음에 듣겠소. 다음에 만날 때는 좀 더 길게 얘기합시다. 내 마음이 변하기 전에.”

#44
보이지 않는 길

객사는 꿈틀거리는 검은 무언가가 기와 사이, 서까래 사이에 숨어든 것처럼 음침하게 수군거리는 소리로 가득 찼다. 동명관 앞으로는 개미 새끼 한 마리 기어가지 않았다. 한쪽에서 들리는 고함소리는 멀리 숨어 있는 사람들마저 움츠러들게 만들었다. 그곳을 지켜야만 하는 숙위군들은 진땀을 흘리며 그 소리를 모른 척했다. 곧 비가 올 것처럼 텁텁하고 싸늘한 바람이 휘몰아쳤다.

"찾아내! 어서 그놈인지 년인지를 찾아내 오장육부를 도려내란 말이야!!!"

혼은 바깥에 서서 임해군이 있는 방문을 바라보기만 했다. 눈을 감고 싶었다. 이대로 모른 척하고 돌아가고 싶었다. 언제까지 이렇게 형의 뒤치다꺼리를 해야 하는 걸까. 도대체 언제까지 왕실의 추하고 부끄러운 모습을 백성들 앞에 보여주어야 하는가. 형이 미웠다. 목숨을 걸고 전쟁터에서 고군분투하며 겨우 쌓아올린 백성들의 신뢰는 형의 행패 한 번으로 쉽사리 무너져 내렸다. 어찌하여 아무도 도와주지 않는 건가. 사사건건 트집을 잡는 부왕도, 가는 곳마다 원성을 일으키는 형님도 마치 자신에게 일부러 그러는 것 같았다. 혼이 그들의 몫까지 짊어지고 전쟁터에서 어서 죽어줬으면 좋겠다는 듯.

혼은 결심하고 문 앞으로 다가갔다. 내관이 그가 당도했음을 큰 소리로 고했지만, 소란스러운 방안에서는 듣지 못한 것 같았다. 그는 조용히 방 안으로 들어섰다. 핏기가 사라지도록 주먹을 꽉 쥔 채였지만 그와는 어울리지 않도록 목소리를 차갑게 담금질했다. 그의 행패를 묵묵히 받아주고 있던 무관 하나가 혼에게 절을 하고 바깥으로 나갔다.

"형님."

분노로 이성을 잃은 채 일그러진 얼굴을 한 임해군이 혼을 노려보았다.

"그래, 너 잘 왔다."

"진정하시고 자리에 앉으시지요."

"진정? 네가 나더러 진정이라 말했느냐?"

그는 상투관도 쓰지 않고 정돈도 되지 않은 헝클어진 뒤통수를 혼에게 우악스럽게 들이밀었다.

"봐라! 이렇게 혹이 났어! 감히 왕족의 몸에 상처를 입혔단 말이야! 그런데 어찌 진정할 수가 있느냐?"

"......."

"그 계집들 일게야. 방 안에 있던 다른 계집들 말이다. 고얀 것들. 감히 누구를 속이려고?"

그는 분을 참지 못하고 이를 바드득 갈았다. 혼은 그런 그가 수치스러웠다.

"그만하시지요."

"너는 도대체 무얼 하는 것이냐? 내가 당한 모욕을 그냥 둘 것이야? 아니다. 내가 몸소 심문할 것이야. 고문을 하면 솔직히 다 털어놓을 것이다. 지들이 배기겠느냐?"

그의 발작적인 찡그림이 극에 달했다. 무시무시한 말투에 얹힌 그 우스운 얼굴은 더욱 기이해 보였다. 그는 실성한 것 같았다.

"어떻게 된 일인지 알아보고 있다 말씀드리지 않았습니까? 그러니 이제 그만 하시고 체통을 지키시지요."

"엄벌에 처해야 해! 엄벌!!!"

"형님!!!"

급기야 혼은 두 손으로 책상을 세게 내려쳤다. 그들을 가장 힘들게 하는 적은 항상 내부에, 그것도 가장 가까이에 있는 것인가.

"혼… 네가 감히, 책상을 내리쳐? 내가 우스운 게냐? 그리 만만해 보이더냐?"

임해군은 득달같이 혼에게 달려들어 멱살을 움켜쥐었다. 혼은 냉정한 눈동자로 시뻘겋게 달아오른 얼굴의 그를 마주 노려보았다.

"세자의 몸에 상처를 입히는 자는 어떤 엄벌에 처해야 할까요?"

낮은 소리로 읊조렸지만, 그 목소리에는 버석거리는 얼음이 배어있었다. 비록 동생이지만, 그는 엄연한 세자였다. 그리고 이런 행동은 역모로 보일 것이다. 임해군은 슬슬 손에서 힘을 빼냈다. 처음으로 동생에게서 두려움을 느꼈고 바싹 마른 소름이 돋았다.

"증거는 없어. 방에는 왕족을 밀어내지 못하고 두려움에 눈을 감은 어린 나인과 형님만이 있었지. 무기력하게 바깥에서 떨고만 있던 두 여인은 마치 아무것도 보지 못한 척 자리를 피해 있었고. 유일한 증인은 형님의 사람이오. 그런 일이 한두 번이 아니었다고 마지못해 실토했단 말이오. 그러니 형님은 그저 술김에 방을 잘못 찾았고 술이 과해 기절한 것뿐이야. 그것이 내가 내릴 수 있는 가장 합당한, 더럽지 않은 결론이고. 아니 그렇소?"

"……."

그동안의 인내와 분노를 한꺼번에 터뜨린 혼은 이제 예전으로 돌아갈 수 없음을 깨달았다. 형은 이제 자신을 진정으로 두려워하고 증오하게 될지도 모른다.

“잘 들으시오. 궁녀를 범하려는 그 어떠한 자도 엄벌을 피할 수 없소. 그러니 더는 일을 크게 만들지 마시오. 한 어미에게서 난 하나뿐인 혈육에게 벌을 내리는 상황을, 만들지 말라는 뜻이오.”

임해군은 한쪽 눈을 기형적으로 찡긋거리며 자신의 동생, 아니 세자를 바라보았다. 혼의 눈에는 눈물이 고여 있었지만, 또한 불꽃도 품고 있었다.

“너... 세자가 되더니 변했구나?”

“그래, 변했소. 변해야만 했소! 나는 세자고 더 많은 목숨을 책임져야 하니까. 이 지긋지긋한 전쟁을 끝내야 하니까!!! 내키는 대로 살아도 되는 형님처럼은 도저히 될 수 없소! 그리고 각오 단단히 하시오. 앞으로 더 많이 변할 테니까.”

나인들은 알아서 뒷길로 다녔다. 재령도 그랬다. 시간이 더 오래 걸리더라도 잰걸음으로 달려가는 것을 택했다. 망나니 임해군의 행패를 전쟁 중인데 설마, 라고 생각하며 낙관하고 안도했던 마음은 언제 어떻게 화를 당할지 모른다는 불안과 두려움으로 바뀌고 말았다. 모두는 입을 다물었지만 두려움마저 감출 수는 없었다. 어쩌면 왜놈들보다 더 피하기 어려운 곤경인지도 몰랐다.

세자빈은 어두운 얼굴로 재령에게 임해군을 조심하라 신신당부를 하며 당분간 동명관 출입을 금지시켰다. 무언가 더 할 말이 있는 듯 재령을 바라보며 입술을 다셨지만, 빈궁은 끝내 입을 다물었다. 빈궁에게 그날 일을 솔직하게 실토할 수 없는 재령이었기에 역으로 빈궁의 함구에 대해서도 물을 수 없었다.

어찌 되었건 그날의 일은 동명관 안에서 끝나려는 것 같았다. 하지만 임해군의 눈을 피했다고 해서 모든 것이 덮어지는 것이 아니라는 것을 잘 알고 있었다. 그 방에 함께 있었던 나인들은 정말로 아무 일도 없었던 것처럼 머릿속에서 그날 밤을 지웠다. 하지만 김승관은.

그가 무슨 마음을 먹고 자진해서 그녀를 도와주었는지 알 수 없었다. 그의 호의를 순수한 호의로 받아들일 수 있으면 좋으련만. 사람을 믿기보다 의심부터 하게 된 자신이 씁쓸했다. 하지만 그녀가 알고 싶지 않은 무언가를 더 감춰놓은 것 같은 승관의 눈빛이 불안했다.

좁은 뒷길, 더는 피할 수도 없는 담과 담 사이로 접어든지 얼마 되지 않아 그가 맞은편에서 다가왔다. 그의 얼굴에 반가움이 퍼지는 모습이 눈에 들어왔다.

"재령 낭자."

어찌 되었건 그의 도움을 받았다는 사실에만 집중하기로 했다. 그가 도와주지 않았다면 재령은 물론이고 그곳에 함께 있었던 나인들 모두 지금쯤 옥에 갇혀 있을 테니까. 재령은 공손히 허리를 굽히고 길 한쪽으로 몸을 비꼈다. 그는 미소를 지으며 먼저 입을 열었다.

"일은 잘 처리된 것 같소."

"김 좌랑 덕분입니다. 고맙습니다."

그는 고개를 숙인 재령의 깨끗한 가리마와 단정한 이마를 유심히 내려다보았다. 고개를 든 재령은 그의 눈과 마주쳤다. 늑대와 눈이 마주친 토끼처럼 몸이 굳어버리는 느낌이었다. 재령은 그의 기분이 상하지 않도록 점잖게 시선을 피했다. 하지만 그는 결코 점잖은 행동으로 답하지 않았다. 승관은 한쪽 팔로 담벼락을 짚으며 그녀가 가려는 앞길을 은근슬쩍 막아섰다. 재령의 핏속에 불안이 뒤섞이며 맥박이 빨라지기 시작했다.

"좌랑, 길을 비켜주십시오."

"난 나쁜 사내가 아니오."

"...좋은 분이라는 것 잘 알고 있습니다. 그러니 제가 쓸데없는 오해를 하지 않도록 삼가 주십시오."

"무릇 아름다운 꽃을 지나칠 수 없듯이, 아름다운 여인은 뭇 사내의 시선을 받기 마련이지요."

"......."

"하지만 내가 놈들에게서 지켜드리리다."

그는 그제야 노골적으로 사심을 드러내었다. 재령은 불에 댄 듯 화들짝 놀랐다. 그런 의도였어, 처음부터. 재령은 한 발 뒤로 물러섰다. 그녀의 품 안에 선하의 패도가 있었다. 그것을 쓸 일이 제발 일어나지 않기를 바랐다.

"분명히 말씀드리겠습니다. 좌랑. 제겐 엄연히 정혼자가 있습니다."

그가 재령을 비웃으며 큭큭 거렸다.

"이온민은 죽었다고 내가 말했잖소. 설마 죽은 정혼자를 따라 수절하겠다는 바보 같은 생각을 하는 건 아니겠지?"

승관은 두 팔로 벽을 짚으며 재령을 그 안에 가둬버렸다. 빠져나가려던 재령은 기어이 갇힌 채 그를 불같이 쏘아보며 어금니를 깨물었다. 그의 숨결이 느껴졌다. 하지만 침착해야 했다.

"소리를 지르겠소. 망신을 당하고 싶으시오?"

"좌윤 영감이 돌아가신 마당에 누가 낭자를 정혼시킨단 말이오? 체면 때문에 거짓으로 꾸며내지는 맙시다. 내 이해하오. 하지만 지금은 전쟁 중이고 여인 홀로 버티기에 참으로 끔찍하지. 앙탈 부리지 말고 대충 적당히 시늉만 합시다."

"윤선하! 그가 내 정혼자요."

"이런, 이런. 음전한 규수인 줄 알았는데, 그게 아니었던 모양이군. 게다가 윤선하라니. 설마 동인 윤인로 대감의 아들 윤선하를 말하는 건 아니겠지?"

"그가 맞소."

재령의 대답은 그를 잠깐 충격에 빠뜨린 것 같았다. 그의 표정은 웃음기를 잃었다가 곧 다시 피식거리며 빈정섞인 소리를 흘리기 시작했다.

"크크크크큭. 정말 우습군. 앗하하하."

"그러니 더는 선비답지 못한 행동을 삼가고 이제 나를 놔주시오."

하지만 그는 무엇이 그리 웃긴지 웃음을 멈추지 않았다.

"낭자를 비웃는 건 절대 아니오. 하지만... 행방불명된 사내를 정혼자라 우기는 것은 너무 하잖소?"

가슴속에서 무언가가 찌르르하고 떨렸다. 그의 말을 듣고 다시 되묻는 그 짧은 순간 많은 생각이 머릿속을 스쳤다. 그가 돌아오겠다고 했던 열흘이 오늘로 막 지나고 있었다. 승관이 빈정대며 내뱉는 값싼 저 말은 재령이 가장 두려워하는 것이었다. 어두운 표정으로 재령을 바라보던 빈궁의 얼굴이 떠올랐다. 그녀가 하지 못했던 말이, 재령이 몰랐으면 했었던 사실이, 그것이었을까.

"...행방불명이라니? 말도 안 되는 소리 하지 마시오."

"용강으로 떠난 선발대가 도착하지 않았다는 소식 못 들었군. 중간에 사라졌소. 아마도 왜놈들에게 잡혀있지 않겠소? 아니면,"

재령은 대답도 하지 못한 채 가쁜 숨만 어지럽게 내쉬었다. 사실이 아닐 거야. 사실이. 저 비열한 자의 말을 도저히 믿을 수 없어.

"그는 그렇게 약한 사람이 아니오!"

"그렇게 믿고 싶겠지."

"비키시오!!!"

승관은 그제야 선심 쓰듯 팔을 들어 그녀를 풀어주며 뒷짐을 지었다. 목이 조이는 느낌 그대로 그에게서 벗어난 재령은 떨고 있는 몸을 멈출 수 없었다.

"전쟁 중 행방불명이 무엇을 뜻하는 것 같소?"

"……."

흔들리는 모습을 보여주지 않으려 뚜벅뚜벅 발걸음을 옮겼지만 지금 있는 곳이 어디인지, 어디로 향하고 있는지 그녀의 머릿속은 텅 비어 있었다. 시야가 점점 좁아지며 색이 바래진다. 그가 그런 그녀의 뒤통수에 대고 덧붙였다.

"낭자가 마음이 바뀌어 내게 온다면 언제든지 환영이오. 난 아량이 굉장히 넓은 사내거든."

#45
믿고 싶은 것과 믿을 수 없는 것

매달렸던 팔이 그대로 굳어버린 듯 새로 뼈를 맞추는 것처럼 뻐근하게 고통스러웠다. 처음에 갇혔던 곳보다 더 비좁고 어두운 반지하, 맨 위로 작게 가로로 난 빛 구멍 사이로 사람들의 다리가 보였다. 좁고 더럽고 큼큼한 곰팡이 냄새가 났지만 그래도 서서 나무에 묶여 있던 것보다는 나았다. 선하는 겨우 다리를 뻗고 바닥에 누워 컴컴한 천장을 바라보았다. 벌써 성천에서 출발한 지 열흘이 넘어 흐르고 있었다. 하염없이 자신을 기다리고 있을 재령을 떠올린다. 그래서 낭비할 시간이 없었다. 그의 몸은 여유롭게 누워있었지만 실은 그 머릿속은 쉴 새 없이 한 방향으로 흐르고 있었다.

선하는 머릿속에 있는 지도를 떠올렸다. 이틀째 산을 타고 얼마 되지 않아 사로잡혔으니 이곳에서 가장 가까운 아군의 진영은 그들의 목적지였던 용강이다. 하지만 도망친 부하들이 만약 방향을 잘못 잡아 남쪽으로 방향으로 틀었다면 남강에 있는 명나라 군사들의 진영일 가능성도 있었다. 거리를 가늠한다. 양쪽 모두 대략 구십 리, 왕복으로 이틀 걸리고 도움을 요청하여 군사가 움직이는 데 하루. 사흘이면 충분하다. 그렇다면 넉넉잡아 모레까지 버티면 될 것이다. 하지만 이 모든 가정은 도망친 부하들이 무사히 살아 아군을 만나지 못한다면 불가능한 일이었다.

'기다리고 있을 수만은 없는데. 두목이란 놈이 꽤 똑똑하군. 이렇게 따로 떼어놓다니.'

선하는 여전히 그의 동료들이 갇힌 곳으로 돌아가지 못했다. 아리의 아비인 산적 두목은 갇혀 있어도 결코 만만하게 보아서는 안 될 선하를 그의 부하들에게서 분리해야 한다는 영리한 생각을 한 것 같았다. 그리고 호시탐탐 그와 함께할 기회를 노리고 있는 자신의 딸에게서도. 하지만 딸을 위해서였다면 선하를 다른 이들과 함께 두는 것이 그나마 나은 선택이라는 것을 알지 못한 것 같았다. 바깥에서 들리는 소리에 귀 기울이자니 그녀는 영 아비의 말을 듣지 않는 것 같았다.

"내 잠깐만 들어갔다 올게. 응? 삼돌 오라바이? 응? 응? 응?"

"아리 니 그러다가 두목한테 들키면 어드레 할라 기래?"

"오라바이가 입을 다물어 줄 건데 들키긴 와 들키네? 아잇! 그냥 얼굴만 좀 보고 온다는데 생난리들이야, 난리를? 그러지 말고 한 번만. 응?"

아리는 그를 어르고 달랬다. 안으로 들여보내 주기 전까지 절대 포기하지 않을 심산임이 선하에게까지 느껴졌다. 그걸 잘 알고 있는 문지기가 그녀의 앙탈에 두 손 들었는지 투덜거리며 문을 따는 소리가 들렸다.

"일각만이야. 묶인 걸 풀지는 말라우. 날랜 놈이니끼네. 쳇, 기생오라바이처럼 생겨 먹었드만. 사내는 자고로 나처럼 턱이 넙데데하고 듬직해야."

"주둥이 다물라우. 뜯어먹다 버린 곰 발바닥 같은 얼굴을 어디다 갖다 대네?"

마침내 원하는 것을 이룬 아리는 열린 문을 부여잡고 그에게 혀를 날름 내밀어 보인 후 후닥닥 안으로 들었다. 그리고 선하에게 다가서기 전 재빨리 머리와 목소리를 다듬었다.

"맞은 데는 안 아프네? 좀 어떠네? 일없네?"

"요양 온 것도 아닌데 편할 리가 있느냐?"

한쪽 무릎을 세우고 벽에 기대어 앉은 선하에게 아리가 다가왔다. 그녀는 먹을 것을 담은 소쿠리를 옆에 내려놓고 쪼그려 앉은 채 선하의 얼굴을 살폈다. 손가락으로 그의 얼굴 상처를 만지려 들자 선하가 고개를 돌린다. 하지만 그녀는 아랑곳하지 않았다. 부기가 많이 가라앉았고 그래서 점점 더 잘생겨지고 있었다. 터진 입술조차 근사해 보이면서 새삼스레 다시 가슴이 막 뛰었다. 아리는 도둑 입맞춤의 흔적이 남아있는 자신의 입술을 손으로 가리며 생긋 웃었다.

"근데 넌 이름이 뭐네?"

"안 가르쳐줄 것이다."

"나빴어. 난 가르쳐 줬잖네. 왜 넌 안 가르쳐주는데?"

"어차피 팔아넘길 자의 이름은 알아서 뭣 하려고?"

그녀는 그 말에 풀이 죽어 고개를 숙였다가 반짝 좋은 생각이 난 듯 그를 바라보았다.

"……너, 우리 편 안 할라네? 그럼 아바이가 용서해 줄 거야. 왜군한테 안 팔 거라구. 그리고 또…."

말끝을 흐리는 아리의 얼굴은 무슨 생각을 한 것인지 어느새 빨개져 있었다.

"관군더러 산적이 되라는 소리냐?"

그는 사뭇 진지하고 엄한 얼굴로 아리를 바라보았다. 아리는 알았다. 이 사내는 다른 이들처럼 쉽게 마음을 바꾸지 않을 것임을. 안타까움이 물밀 듯 밀려왔다.

"왜군들이 널 죽일지도 몰라. 아바이가 내일 너희들을 다 팔아버릴 거래."

"……."

아직은 안 된다. 어떻게 해서든지 지원군이 도착할 때까지 시간을 좀 더 끌어야 했다. 아니면 그전에 탈출할 계획을 세워야 한다. 둘 중 하나라도 이뤄야 했다. 선하는 곰곰이 생각에 잠겼고 아리는 선하의 그 모습을 쉽지 않은 고민에 빠진 것으로 여겼다. 결국 다시 그녀를 바라본다. 여인들이 자신에게 반한 표정이 어떤 것인지 그는 잘 알고 있었다. 그를 바라보는 아리의 동공은 커다래져 있었고 그에게 완전히 반한 발그레한 얼굴을 숨기지 않았다. 어떻게 해야 할까. 영악하면서도 순진한, 자신에게 잔뜩 마음을 기울인 이 여인을 이용하는 수밖에 없겠지.

"생각할 시간을 다오."

아리는 그 말에 눈을 동그랗게 반짝거리며 선하를 마주 보았다. 단지 생각할 시간을 달라고 한 것뿐이었건만 아리는 그가 반쯤 승낙이라도 한 듯 좋아했다.

"참말?"

"시간을 줄 수 있겠느냐?"

"아무렴! 당장 아바이한테 말할게. 네들이 우리 편이 되면 아바이도 좋아할 거이야."

"내 부하들도 설득해 보겠다. 그러니 그곳으로 나를 보내다오."

"그까짓 거. 어려운 것도 아닙네!"

아리는 뛸 듯이 기뻐하며 그렇게 숨기고 싶었던 손등의 흉터도 아랑곳하지 않고 그의 팔에 자신의 손을 얹었다. 그가 여기에 남아주기만 한다면 굳이 아바이를 따라 명나라로 가지 않아도 될 것 같았다. 하지만 한편으로는 어쩐지 이 상황이 믿기지 않았다. 조금 전까지만 해도 관군더러 산적이 되라는 소리냐며 정색을 하던 그였으니 말이었다.

"설마, 그래놓고 나를 속이는 거 아니네?"

하지만 선하는 아무런 동요도 하지 않았다. 아니라고 크게 손사래를 치거나 화를 내지도 않았다. 그냥 아리의 말에 살짝 코웃음을 치는 그의 눈빛에는 짙은 우수마저 스미는 것 같았다.

"……생각할 시간을 달라는 것뿐인데 그것마저 어려운 일이냐?"

"아니, 나는…."

"그럼, 할 수 없지. 내겐 더는 선택권이 없구나."

선하는 잠시 아리를 응시하다가 머리를 벽에 기대고 눈을 감아 버렸다. 아리는 덜컥 겁이 났다. 설마 자신 때문에 다시 마음을 바꿔버리면 어떡하나.

"아냐, 아냐! 아이구! 그냥 물어도 못하네?"

아리는 쪼르르 달려가 문을 두드렸다.

"삼돌 오라바이! 문 열라우! 날래!"

열린 문으로 나가면서 아리는 선하를 향해 생글생글 웃어 보였다. 까무잡잡한 얼굴에 반짝이는 눈동자가 마냥 천진해 보였다. 신이 나서 깡충깡충 달려나가는 아리의 발목이 보였다. 선하는 어쩐지 이 상황이 슬퍼졌다.

"저하!!! 저하!!!"

군사들이 그녀를 굳건히 막아섰다. 빠른 걸음으로 대신들과 함께 강선루로 가고 있던 흔은 목 놓아 그를 불러대는 재령을 보았다. 곧 쓰러질 것처럼 하얗게 탈색된 그녀의 모습을 외면할 수가 없었다. 그는 대신들을 두고 재령에게 다가갔다. 그녀를 막았던 군사들이 창을 거두자 재령은 쓰러지듯 바닥에 주저앉았다. 흔은 그녀에게 몸을 낮춰 손을 내밀었다.

"저하, 그것이 사실이옵니까? 소녀가 들은 것이… 사실이옵니까?"

재령은 그 와중에도 혼절하지 않으려 노력하고 있었다. 세자의 입을 통해 듣기 전까지는 그 어떤 유언비어도 믿지 않을 것이라 되뇌고 또 되뇌었다. 그녀가 어떤 마음으로 그를 찾아 이곳까지 왔는지 흔에게 깊게 느껴졌다. 그는 입술을 깨물었다.

"진정하여라. 반드시 그들을 구할 것이다."

"흐흑...."

그의 말을 듣고서야 선하가 행방불명되었다는 사실을 비로소 실감했다. 재령은 한꺼번에 쏟아져 나오는 흐느낌을 간신히 틀어막았다.

"저하, 부디... 그 사람을... 부디...."

혼은 재령의 손을 부여잡고 고개를 끄덕였다. 혼의 눈동자는 과로와 심려로 시뻘겋게 충혈되어 있었다. 더는 재령의 마음을 얹기가 두려울 정도였다.

"나를 믿고. 돌아가서 기다려라. 그리할 수 있겠느냐?"

"예... 저하."

세자마저 잘못될까 봐 재령은 겁이 났다. 지금 선하를 구해줄 사람은 오직 세자뿐이었다. 그는 재령을 안심시키고 다시 무거운 발걸음을 옮겼다. 이럴 때일수록 더 굳세져야 했지만, 그의 마음은 납덩이를 단 채 우물 속으로 가라앉고 있는 것 같았다. 의병들의 승전소식은 답보상태였고, 여기저기서 패전의 소식만을 전해왔다. 형님은 그에게 이를 갈고 있었고 부왕은 혼이 임명한 장수들에 대해 하나하나 꼬투리를 잡았다. 비참한 백성들의 소식은 물밀 듯 밀려왔고 여름이 지나면서 식량이 동나기 시작했다. 그리고 이젠 선하의 소식도 들을 수 없었다. 이 모든 일들을 해결하기 위해서는 자신이 힘을 낼 수밖에 없었다. 그러니 조금 더 힘을 내야 한다. 도망쳐 버리고 싶지만, 무너져 내릴 것 같지만 조금만 더. 그런데 왜 이렇게 어지러운 걸까. 왜 이렇게 세상이 깜깜하게 보이는 걸까.

"저하!!! 저하!!!"

강선루로 막 오르려는 순간 혼은 코피를 쏟으며 바닥에 쓰러지고 말았다. 그에게 달려오는 사람들의 움직임이 느리게 보였고 목소리는 점점 멀어져갔다.

'지금은... 이럴 시간이... 없는데....'

소혜는 단단히 입단속을 시켰다. 탕약도 철저히 아무도 모르게 달였다. 행여나 세자가 쓰러졌다는 얘기가 바깥으로 나도는 순간 백성들과 군의 사기는 바닥으로 떨어질 것이 자명했고 왜군들에게 그 소식을 전해줄 첩자는 어디에든 있을 것이다. 다행히도 며칠 편안하게 쉬면 회복될 거라는 어의의 말에 소혜는 안심했다. 그녀는 영의정과 다른 대신들에게 차질 없이 정무를 수행해 줄 것을 부탁했다.

모두가 빠져나가고 혼과 자신만 남은 방은 고요했다. 소혜는 그가 누워 있는 침상에 가만히 걸터앉았다. 오후의 햇살이 바닥에 그림자를 그리며 방 안으로 비쳐들었고 비류강의 묵직한 강물 소리가 창에 바른 미색의 문풍지에 잔잔하게 흡수되었다. 북쪽으로 올라갈수록 햇살이 닿는 거리는 짧아졌고 하루하루 차가운 기운이 짙어졌다. 창을 열자니 잠든 혼에게는 조금 서늘할 수도 있었다.

둘만 있는 것도, 시간이 멈춘 듯 이렇게 아무 일 없이 한가로운 낮도 너무나 오랜만이었다. 이 사내와 혼인한 이후 평생 두 사람의 마음만으로 살 수 없는 삶이란 것을 알지만 소혜는 지금만큼은 자신들만 생각하고 싶었다. 소혜는 젖은 수건으로 땀에 젖은 그의 이마를 정성스레 닦는다. 소년 테를 완전히 벗지 못해 솜털이 남은 입매. 자신이 기억하고 있는 그 부드러운 입술은 그대로였다.

'우리, 지금보다 더 나아질 수 있겠지요?'

소혜는 낭군의 잠든 얼굴을 그윽하게 바라보았다. 그는 편안하게 잠들지 못해 이따금 인상을 쓴다.

'당신은 꿈에서도 걱정뿐이군요.'

그를 사랑했었을까 아니면 그렇지 않았을까? 이제 그런 것을 묻는다는 것은 부질없었다. 여전히 그런 질문은 소혜에게는 사치였다. 다만 그가 위험한 상황에 부닥치지 않기를, 불안해하지 않고 예전처럼 미소 짓는 날들이 더 많았으면 좋겠다고 가만히 바란다. 그리고 덧붙일 수 있는 작은 소망이 있다면, 그 곁에 서서 그런 낭군의 모습을 눈부시게 바라봤으면 좋겠다고 생각했다.

끙끙거리던 혼이 힘겹게 눈을 떴다. 땀에 젖은 몸을 일으키려 하지만 천근만근 무거워진 몸은 버거웠다.

"저하."

"이… 이럴 시간이 없소. 일어나야 하오."

"저하, 쉬셔야 합니다."

"쉬는 것은 사치요."

그는 힘이 없어 떨리는 팔로 침상을 짚으며 일어나려 했다. 하지만 그런 몸으로는 또다시 쓰러질 것이었다.

"서방님! 제발!"

"……."

"그러다가 영영 일어나지 못하십니다. 제발, 조금이라도. 한 시진만이라도 쉬십시오. 나머지 일들은 대신들이 잘하고 있습니다. 그들을 믿으세요."

소혜는 그의 손을 잡고 손등을 자신의 쇄골에 가져가 대었다. 그녀의 눈에는 눈물이 그렁그렁 고여 있었다. 야윈 혼의 얼굴을 보는 것이 소혜는 너무나 괴로웠다. 그가 짊어진 짐이 너무 무거운데 덜어줄 수가 없어 안타까웠다.

"짧은 시간, 그 잠깐이라도 서방님과 저만을 생각하는 것이 죄가 됩니까? 서방님을 잃을까 봐 두렵습니다. 잠시만 제 낭군이 되어 주세요. 언제나 백성들의 저하이실 테지만 이 순간만이라도. 다른 평범한 아낙처럼 지친 당신을 돌보게 해주세요."

서방님. 아주 오랜만에 듣는 호칭이었다. 바깥은 고요했고 햇살은 꿈처럼 퍼져갔다. 머리도 몸도 너무 지쳐있음을 알고 있다. 혼은 아주 길게 숨을 뱉었고 걱정에 잠긴 자신의 여인을 바라보았다. 미안해. 오랫동안 혼자 두어서 미안해. 혼은 손을 들어 그녀의 뺨을 쓰다듬었다.

"소혜."

그리고 그녀의 팔을 당겨 부드러운 꽃잎처럼 입 맞추었다. 갑작스럽고 또한 너무나 오랜만이어서 소혜의 눈이 저절로 감겼다. 그녀의 입술은 그들의 첫 입맞춤처럼 바르르 떨렸다.

"잠시 눈을 붙이겠소. 곁에... 있어주겠소?"

"예, 소혜가 낭군 곁에 있겠습니다."

소혜는 이불을 그의 가슴께까지 끌어 덮어주었다. 혼은 그녀의 손을 붙잡고 다시 눈을 감으며 잠을 청했다. 소혜는 이 짧은 순간이 조금이라도 더 길었으면 하고 바랐다. 바람에 풍경이 울리는 소리가 들렸다.

#46
세상의 수많은 인연

강가는 텅 비어 있었다. 재령은 사람들을 피해 이곳까지 나왔다. 함부로 울 수도, 쉽게 절망할 수도 없었다. 그에게는 아무 일도 일어나지 않았어. 선하 도령은 무사해. 그래서 그를 잃은 것처럼 울어서는 안 돼. 재령은 눈물을 참으며 맞은편 산을 바라보았다. 중얼거리기라도 하지 않으면 미쳐버릴 것 같았다.

"선하 도령. 어서 돌아와요. 그럴 수 있잖아요."

재령은 강에 대고 말했다. 벌써 물이 들기 시작한 색색의 나뭇잎들. 시간은 벌써 저렇게 흘러가 버리고 있었다. 저도 모르게 눈물이 흘렀지만, 재령은 신음소리로 울음을 참았다.

"이번에 돌아오면, 내 다시는 그대를 보내지 않을 것이오. 각오하오!"

용감해져야 해. 그를 믿어야 해. 재령은 주먹을 쥐고 눈물을 닦았다. 저기 멀리서 그녀를 부르는 소리가 들리더니 점점 가까워졌다.

"아기씨! 재령 아기씨!"

관군 복장의 누군가가 절룩거리며 그녀에게 달려오고 있었다. 재령은 자리에서 벌떡 일어섰다. 선하에 대한 소식임이 분명했다. 그것이 좋은 소식인지, 나쁜 소식인지는 알 수 없었다. 숨이 턱 막혔다. 마음이 급해진 재령이 달려오는 그에게 마주 달려갔다. 달려오던 그는 하도 서두르다 자갈을 밟고 넘어졌다가 다시 일어났다. 찬새였다. 그는 까진 무릎 따위는 아랑곳하지 않았다.

"찬새야!!!"

"도련님 찾았어요."

찬새는 몰아쉬는 숨에 섞여 단숨에 말을 내뱉어냈다.

"어디에서?"

"후우, 후우. 용강으로 가는 길목에 후우, 후우. 안진산 이라는 험한 산이 있는데, 그곳 산적들한테."

"잡혀있단 뜻이냐?"

"예. 탈출한 사람 하나를 구했는데 그 집 주인이 관군에게 대신 그렇게 고했다고."

"그래서? 구하러 간 것이냐?"

찬새는 고개를 크게 끄덕였다. 하늘이 돕고 땅이 도운 일이었다. 긴장했던 다리가 그제야 풀리면서 재령은 자리에 털썩 주저앉았다. 그녀는 가슴을 쓸어내리며 눈을 감고 천지신명께 감사했다.

"근처에 있는 가장 가까운 명나라 군대가 갔대요. 대신들이 지나면서 하는 얘기를 들었어요."

재령은 안도감에 연신 눈물을 닦았다.

"재령 아씨. 걱정하지 마셔요. 무사하실 거여요. 우리 선하 도련님은 절대로 죽지 않는다니까요. 제가 잘 알아요. 그러니 기운 내고 일어나셔요."

말만이라도 참으로 고맙고 든든했다. 그리고 꼭 그렇게 될 것 같았다. 찬새는 재령을 일으키려 손을 내밀었다. 아까 넘어지면서 짚은 손바닥이 자갈에 심하게 까져서 피가 나고 있었다.

"어? 피나네?"

"상처부터 봐야겠구나."

찬새는 대수롭지 않은 듯 피가 맺힌 손을 쓱쓱 옷에다 닦으며 후우하고 입김을 불었다.

"괜찮아요. 이까짓 것."

문득 재령의 시선이 찬새의 왼손 손등에 머물렀다.

"그건 덴 상처 아니냐?"

"이거요? 지금은 안 아파요."

"저런, 어쩌다가."

"그건 기억이 잘.... 워낙 어릴 때라서요."

재령은 찬새의 팔을 잡고 자리에서 일어났다. 눈치 빠른 찬새는 그녀의 마음을 읽은 듯 말을 꺼냈다.

"아기씨, 오늘도 불공드리러 가실 거면 제가 암자까지 모셔다 드릴게요."

"괜찮겠느냐?"

"방금 전에 교대했구먼요. 요새 하도 그지 발싸개같이 흉흉한 놈들이 겁나 많아져서 위험하거든요."

그 흉흉한 놈 중의 하나가 재령의 뇌리에 떠올랐다. 다시는 마주치고 싶지 않은 승관. 만약 또다시 그런 말로 재령과 선하를 모욕한다면 그때는 정말 가만있지 않을 것이라 다짐했다. 재령은 품 안의 패도를 쉽게 손이 가는 곳에 차야겠다고 생각했다.

깊은 밤이었다. 번질나게 드나들던 아리도 이 시간에는 잠이 들었는지 조용했다. 별은 총총했지만 달은 없었다. 새우잠을 자던 선하는 다시 몸을 똑바로 눕혔다. 선하는 눈을 떴다. 어두운 창고 안보다 바깥이 차라리 밝았다. 하지만 무언가 서늘한 공기가 선하의 목덜미를 건드린 것처럼 더는 잠이 오지 않았다. 심상찮은 기운이 산채 전체를 감싸고 있었다.

선하는 몸을 일으켜 위쪽으로 난 좁은 공간으로 바깥을 살폈다. 바람이 불었다. 뭔가 낯선 냄새가 그 바람을 타고 이곳으로 실려 오는 것 같았다.

'뭐지?'

밤새조차 울지 않는 고요함은 기이한 수상함과 불길함을 실어왔다. 그때 저편에서 불빛이 움직였다. 그리고 불빛을 따라 산적들이 하나둘 모이기 시작했다. 그들은 최대한 소리를 죽인 채 창고에서 선하의 부하들을 차례차례 끌어냈다. 그들은 하나같이 재갈을 물고 있었고 굴비처럼 여럿이 하나로 묶였다.

'젠장, 오늘이군.'

선하는 묶인 주먹으로 벽을 쳤다. 산적 몇몇이 선하가 묶여있는 곳을 가리키며 무어라 하고 있었다. 아마도 아리의 애원은 실패한 것 같았다. 아리는 선하에게 시간을 주려 아비에게 갖은 부탁과 협박을 했겠지만, 그런 딸의 모습이 오히려 산적두목의 심기를 불편하게 한 듯 보였다. 양반네들을 믿지 않는 산적 두목에게 선하의 말은 턱도 없어 보였겠지. 그래서 아리가 모르게 한밤중에, 계획보다 먼저 그들을 왜군에게 넘기려 한 모양이었다.

'그렇다면 지금밖에 없군.'

두 손은 여전히 묶여 있었고 무기를 휘두를 수도 없었다. 하지만 시도는 해봐야 했다. 선하는 아리가 깜빡 잊고 남기고 간 소쿠리를 들었다. 문이 열리면 선하가 없는 것으로 착각한 자들이 안쪽으로 들어올 때까지 기다렸다가 소쿠리로 얼굴을 강타한 후 몸을 밀치며 나가야겠다. 선하는 문 뒤에 바싹 붙어서 그들이 문을 열기를 기다렸다. 저벅저벅 다가오는 발자국 소리가 들렸다. 선하는 입술을 깨물며 잔뜩 몸을 웅크렸다. 심장이 요동쳤다. 그때였다.

피잉, 피잉.

산적들이 화살을 맞고 하나둘 바닥으로 쓰러지더니 무서운 함성이 산채를 뒤덮었다. 갑작스러운 공격에 산채가 발칵 뒤집히며 산적들은 우왕좌왕했다. 선하의 부하들은 머리를 숙이고 바닥에 납작 엎드렸다.

"두목! 날래 나오기요!!!"

"진격(進擊)!"

그 말이 떨어짐과 동시에 생소한 군복을 입은 자들이 순식간에 산채로 쏟아져 들었다. 명나라 군대였다. 그들은 산적들을 닥치는 대로 베었다. 하지만 재빨리 전열을 가다듬은 산적들은 익숙한 지형을 활용하여 명나라 군사들에 대적했다. 여기저기에서 칼과 도끼가 맞부딪치며 불꽃이 튀었다. 어두웠던 산채는 명나라 군대가 쏜 불화살로 활활 타오르기 시작했다.

"불이야!!!"

바닥에 떨어진 칼을 주운 선하의 부하들은 밧줄을 끊어내고 산적들과 싸우는 데 힘을 보탰다. 산적들도 만만치 않게 버텼지만, 시간이 갈수록 명나라의 정규군을 당해낼 수는 없었다. 사방에서 피가 튀었고 산적들이 죽어나갔다. 명나라 군졸은 두려움에 칼을 버리고 항복한 산적마저도 사정없이 베어 버렸다. 아직 갇혀있는 선하는 그 광경을 보고 피가 거꾸로 솟아 소리를 질렀다.

"그만해!!! 항복한 자가 아니더냐?"

하지만 그의 외침은 공허하기만 했다. 살려달라고 비는 산적들도 시퍼런 칼날에 피를 토하며 쓰러졌다. 끝까지 칼을 휘두르던 두목마저 사방에서 화살을 맞아 고슴도치가 되어 바닥에 쓰러졌다.

"아바이!!!"

맨발로 뛰쳐나와 사방을 헤매던 아리가 죽은 아비의 시신을 부둥켜안았다. 선하의 눈이 휘둥그레졌고 그는 다급하게 바깥으로 손을 뻗었다.

"아리!!! 어서 도망쳐!!! 아리야!"

사방은 활활 불타오르고 있었다. 아비를 부둥켜안고 울던 아리는 이 미친 아비규환을 보고 별안간 일어나더니 발을 구르며 마구 소리를 지르기 시작했다. 그녀는 정신이 나간 것 같았다.

"아리야! 도망쳐!!!"

하지만 아리는 칼을 든 명나라 군사가 뒤에서 다가오는 것도 모른 채 불타는 산채를 보고 계속 울부짖었다.

"안 돼!!! 그 아인 아니다! 산적이 아니다!! 안 돼!!"

선하는 차마 그 모습을 볼 수가 없어 질끈 눈을 감았다. 그리고 조금 뒤 털썩하는 소리와 함께 칼을 맞은 아리가 바닥에 쓰러졌다. 아리의 고개는 선하를 향하고 있었다. 그리고 그녀의 눈에서 빛이 점점 사라지더니 영영 되돌아오지 못했다.

불은 꺼졌고 날은 밝았다. 매캐한 연기가 자욱했다.

그리고 이곳에서 살아남은 산적은 하나도 없었다. 일렬로 늘어놓은 산적들의 시체는 참혹하기 그지없었다. 그리고 그 가운데 산적 두목과 아리의 시체도 있었다. 선하는 씁쓸한 표정으로 그들을 내려다보았다. 그런 그의 곁으로 명나라 장수가 통사(通事)와 함께 다가와 대수롭지 않다는 듯 말을 뱉었다.

"골치 아픈 놈들이었지. 우리도 보급선을 몇 번 탈취당한 적이 있소."

"도와주어 감사하오. 허나… 어찌 항복한 자들까지 베었단 말이오? 그들은 조선 백성이오. 벌을 주어도 우리의 절차가 있소!"

복잡한 마음인 선하의 항의를 통사를 통해 들은 명의 장수는 불만 섞인 말투로 대답했다.

“적반하장(賊反荷杖). 세자까지 들먹이며 구해달라고 사정할 때는 언제고. 조선군은 정신을 못 차리는군. 일일이 그런 걸 따지며 어찌 전쟁에서 이긴단 말이오? 그들은 난폭한 산적 이상도 이하도 아니오. 관군을 만만히 본 산적들에게 어떤 결과가 닥치는지 엄격한 본보기를 보여야 하오.”

“…….”

“적은 다시는 일어서지 못하도록 꺾어야 하지. 내 말 명심하시오. 조만간 또 봅시다.”

그는 거만하게 수염을 쓰다듬으며 돌아갔다. 그의 말이 맞을 수도 있었다. 하지만 모두 옳지도 않았다. 선하는 한낱 산적의 시체라 하더라도 그 자리를 쉽게 뜰 수 없었다. 그는 길게 한숨을 내쉬었다. 눈도 감지 못하고 죽어 있는 아리의 눈을 감겼다. 그리고 그녀가 가리고 싶어 했던 손등의 흉터도 조심스럽게 가려주었다. 그때 문득 비슷한 상처를 가진 사람이 떠올랐다.

“설마….”

선하는 멀리서만 보던 두목의 얼굴을 다시 자세히 살폈다. 피와 상처로 얼룩진 얼굴과 수염. 하지만 어쩐지 콧날과 턱선이 눈에 익었다. 이 사내의 나이가 되었을 때, 비슷한 얼굴이 될 것 같은 사람 하나가 떠올랐다. 선하는 자신의 옷섶을 떨리는 손으로 움켜쥐었다.

‘아닐 거야. 찬새야… 아닐 거야.’

세상에는 수많은 인연이 있고, 혼란스런 전쟁 중에는 그 인연이 이상하게 얽히기도 풀리기도 했다. 하지만 지금의 이건 너무나 고통스러운 인연의 끈이었다. 선하는 이들이 제발 찬새가 잃어버린 가족들이 아니기를 빌었다. 그저 비슷한 사람들이기를. 하지만 가슴이 너무 아파 갈기갈기 찢어질 것 같았다.

#47

많고 많은 바람 중에서

땀이 흘렀다. 마지막 백팔 번째 배(拜)를 마치자 기진맥진한 온몸에서 열이 오르며 삽시간에 바들바들 떨려왔다. 하지만 곧 쓰러질 것 같았던 고된 몸에서 차라리 시원함마저 느껴졌다. 떨어진 땀방울이 바닥에 어지럽게 그림을 그렸다. 재령은 귀 옆으로 흐르는 땀을 닦는 것도 잊은 채 몸을 일으키고 두 손을 모으고 불상을 바라보았다. 송골송골 맺힌 땀이 그녀의 이마와 뺨에 흩어진 잔머리를 촉촉이 적셨다.

그녀의 모습은 예전과 달라져 있었다. 등 뒤로 곱게 내려 땋았던 그녀의 단아한 귀밑머리는 머리를 빙 둘러 정수리 위에 가지런히 얹혀 있었다. 이젠 누가 봐도 재령은 혼인한 여인이었다.

이 얹은머리가 뭇 사내들의 과도한 관심으로부터 얼마나 그녀를 지켜줄 것인지 알 수 없었다. 하지만 서재령은 윤선하의 여인이며 앞으로 그렇게 살고 그렇게 죽겠다는 그녀의 각오를 담은 무언의 선언이었다. 정수리를 누르는 얹은머리의 무게와 느낌이 자못 생소했다. 하지만 갓 혼인한 여인처럼 발그레한 붉은 뺨이 오히려 얼굴을 더욱 돋보이게 함을 그녀는 알지 못했다.

'제발 우리 선하 도령, 무사히 돌아오게 하여 주소서.'

얼마나 간절한 마음이어야 하늘까지 닿을 수 있을까. 이렇게 비는 여인네의 바람은 수없이 많을 텐데, 그중에는 적군 여인네들의 것도 섞여 있을 텐데. 하늘은 누구 편이라서 어떤 이의 것은 이뤄주고 또 이뤄주지 않을까.

짙은 향냄새가 그윽하게 경내로 퍼졌고 처마에 달린 풍경소리가 재령의 막막하고 두려운 마음을 달래주는 것 같았다. 재령은 길게 한숨을 내쉬고 곁에 놓아두었던 쓰개치마를 든 채 암자 바깥으로 나왔다.

어느새 잔뜩 어둠이 내려 있었다. 이렇게 시간이 오래 걸릴 줄도, 해가 이렇게 짧아진 줄도 미처 생각하지 못했는데. 재령은 잠깐 망설였다. 돌아가는 길은 잘 알고 있었고 이곳은 객사에서 그리 멀지 않았다. 하지만 인적이 드문 길에서 행여나 승관을 마주칠지도 모른다고 생각하니 겁이 났다. 다만 찬새가 곁에 있어주는 동안에 승관은 한 번도 나타나지 않았고, 그 후로도 계속 그녀의 눈에 띄지 않았다. 그 사이 아마 다른 일이 있거나 자신을 잊었을지도 모른다고 긍정적으로 생각하려 한다.

재령의 시선은 어두워진 저 아랫길을 따라가 그 끝에 닿아있는 불 밝힌 방선문에 가 닿았다. 빠른 걸음이라면 일각 정도 걸릴 가까운 거리였다. 재령은 감추어둔 패도를 단단히 허리에 옭아매고 그 위로 쓰개치마를 썼다. 불은 없어도 괜찮았다. 차라리 자신을 가릴 수 있도록 어둠 속에 스며들어 걷는 것이 더 안전할 것 같았다. 재령은 경사진 길을 따라 조용히 내려가기 시작했다.

자박 자박 자박.

조심스러운 자신의 발자국 소리만 들렸다. 차가워진 밤공기 사이로 귀뚜라미 소리가 쓸쓸하게 발자국 소리와 장단을 맞췄다. 마침 저 아래 불빛 하나가 올라온다. 재령은 잔뜩 긴장한 채 한 손을 칼자루에 올려놓는다. 불빛을 따라 올라오는 사람은 여인네 둘. 그녀를 지나쳐 갔다. 다행이었다. 재령은 다시 길을 따라 내려간다. 이제 이 담장을 따라 조금만 더 가면 객사에 도착할 것이다. 그렇게 막 안심하려는 차였다.

"불심(佛心)이 깊은 우리 재령 낭자. 오늘도 기도하고 오시나? 아... 정혼자의 무사귀환(無事歸還)을 비셨겠군."

그 소름 끼치는 소리에 우뚝 자리에 멈춰선 재령은 어지러운 담과 담, 길과 길이 만나 꺾어지는 곳에서 불쑥 모습을 드러낸 승관을 보았다. 그는 마치 그녀가 혼자 남는 순간을 이 길에서 숨죽여 기다린 것처럼 은밀하고 집요했다. 재령은 한 손으로 칼자루를 단단히 움켜쥐고 다른 한손으로는 쓰개치마를 바싹 당겼다. 모른 척하고 지나갈 것이다. 만약 몸에 손가락 하나라도 대려 했다가는 이 패도로 베어버릴 것이다. 하지만 그는 자신을 차갑게 지나쳐가는 그녀의 뒤를 일정한 간격을 두고 따라오며 비아냥거렸다.

"윤선하라니 기가 막혀서."

"……."

"한때 기녀들 사이에 꽤 유명한 한량이었지. 낭자도 입에 발린 그 말에 넘어간 것이오? 돌아가신 아버님이 참으로 자랑스러워하시겠군."

"……."

"정신 차리시오. 그는 동인이오. 죽을 때까지 가문에 발들이지 못하고 험하게 살고 싶소?"

재령은 그의 천박한 도발에 말려들지 않으려 입술을 꽉 깨물었다. 하지만 그녀의 냉정한 태도가 오히려 그의 뒤틀린 승부욕을 자극한 것 같았다.

"이온민이라면 내 이해하오. 헌데 서인 명문가 자제를 두고 철천지원수와 마음을 엮다니! 전쟁 때문에 온통 정신이 나갔거나, 혹시 할 수 없이 정혼해야 할… 그렇고 그런 이유가 있는 것이오?"

"그 역겨운 입 닥치시오!"

재령은 몸을 돌려 그의 뺨을 찰싹 세게 때렸다. 어찌나 세게 때렸던지 그의 얼굴이 옆으로 끝까지 돌아갔다. 한쪽 뺨을 맞은 승관은 벌게진 얼굴로 우악스럽게 재령의 손목을 낚아챘다. 상처 입은 자존심과 재령을 손에 넣고 싶은 욕망이 뒤섞인 번들거리는 눈빛으로 그녀를 노려보았다.

“불공을 드려도 소용없어. 이미 죽었을 테니. 행방불명된 지 이레나 지나서 소식이 전해졌으니 지금까지 무사하겠어? 왜군들에게 갈기갈기 찢긴 채로 발견될 것이오. 아니지. 과연 시체나 찾을 수 있을까?”

격분한 재령이 막 패도를 꺼내 들려는 찰나였다. 누군가가 번개처럼 담벼락을 훌쩍 넘더니 순식간에 승관과 재령 사이를 가로막아 섰다. 재령을 등 뒤로 감추며 어둠 속에서 나타난 그는 승관의 얼굴을 주먹으로 세게 갈겼다. 퍽, 하는 소리와 함께 승관의 몸이 휘청거렸다.

“누, 누구냐?”

대답 없이 다가오는 그 사내는 어둠처럼 검은 분노를 내뿜었다. 승관은 재빨리 검을 뽑으려 했지만 사내는 맨손으로 그를 단번에 제압했고 휘몰아치듯이 승관의 얼굴을 강타했다. 승관은 중심을 잃고 비틀거리며 코피로 범벅이 된 얼굴로 바닥을 짚었다. 사내는 버둥거리며 뒷걸음치는 승관에게 다가가 멱살을 틀어잡고 벽에 밀쳐 세웠다. 뿌리치려 했지만, 사내의 팔은 바위처럼 꿈쩍도 하지 않았다. 그리고 정신을 잃을 정도로 목이 세게 조여왔다. 그의 멱살을 잡은 사내의 팔이 부들부들 떨렸다.

“똑똑히 보아라. 내가 누군지.”

“캑... 캑....”

“내가 그 윤선하다.”

승관의 표정에 두려움이 일었다. 그의 목소리. 낮게 깔리는 그 목소리만으로도 승관은 온몸이 얼어붙었다. 어떻게 살아 돌아왔지.

“죽여 버리겠어!!!”

마치 저승사자처럼 선하의 불타오르는 눈빛에는 이미 검고 시퍼런 증오와 살기가 어려 있었다. 그는 진심으로 자신을 죽일 작정이다. 두려웠다.

무관 직급으로도, 무예로도, 사내로서도 자신은 결코 선하의 적수가 되지 못했다. 목을 조이는 무지막지한 힘이 점점 더 강해져 왔다. 숨이 막혔고 얼굴은 터질 것처럼 벌겋게 부풀어 올랐다. 정신이 아득해진다. 캑캑 내뱉는 소리조차 잦아들었다.

"선하 도령!!!"

재령이 와락 그의 등을 끌어안았다.

"아니 되오. 그럴 가치도 없는 자요! 선하 도령, 제발...."

선하의 몸이 부들부들 떨리고 있는 것이 느껴졌다. 재령은 그의 등을 단단히 안았다.

"나를 보시오. 그자가 아니라 나를! 제발 나를 보아주시오, 선하 도령!"

선하의 등에 머리를 묻은 재령의 목소리와 온기는 그의 분노를 서서히 잠재웠다. 선하가 승관의 목을 조르던 팔을 풀자 그는 휘파람 소리가 나는 거친 기침을 하며 벽을 타고 주저앉았다.

"선하 도령!"

재령은 선하의 품으로 곧장 파고들었다. 그의 품은 따뜻했고 그리워했던 그대로였지만 이 모든 것이 다 자기 때문인 것 같아 재령은 너무도 괴로웠다.

이런 흉한 상황을 겪게 해서 미안해요.

죽을 고비를 넘기고 힘들게 살아왔을 그대에게 이렇게 고통스러운 장면을 보게 해서 정말 미안해요. 죽이고 싶을 만큼 증오하는 사람을 만들어서 정말로. 미안해요.

그의 주먹은 아직도 떨고 있었지만 선하는 조금씩 제정신으로 돌아오는 듯 재령을 안은 팔에 힘을 주었다.

"가요. 여기가 아닌 어디든."

선하는 승관에게서 눈을 떼지 못한 채로 한참을 노려보다가 간신히 고개를 끄덕였다. 그리고 재령의 손을 잡고 참담한 어둠과 분노가 뒤섞인 그곳을 벗어났다.

비류강 강가에 있는 어느 외딴 집에 다다랐다. 어부의 집이었을까, 뱃사공의 집이었을까. 피난을 떠났는지 주인 없는 빈집은 우두커니 선 채 검은 강을 하염없이 바라보고 있었다. 텅 비어있는 그 적막한 어둠은 멀리 숨고 싶은 자들에게는 더할 나위 없는 안식처를 제공했다. 선하가 낡은 등잔에 불을 붙이자 파지직 하는 소리와 함께 오래 말라있던 심지에 불이 피어올랐다. 작은 불꽃이 만들어내는 작고 동그란 빛이 재령과 선하의 고단한 마음을 쓰다듬었다.

"무사했군요, 무사히 돌아와 주어 고마워요."

재령은 선하의 얼굴을 어루만졌다. 얼굴의 무수한 상처들과 아물지 않은 입술을 천천히 쓰다듬으며 결국은 흐느끼고 말았다. 그는 진정 죽음에서 살아온 것처럼 참담한 몰골이었다.

"나는 괜찮소. 낭자야말로 괜찮소? 다치지 않았소?"

재령은 고개를 저었고 선하는 그런 그녀를 품에 안았다. 이렇게 늦게 와서, 조바심으로 바싹바싹 말라가게 두어서, 하루하루 버텨야 했을 힘든 시간을 보내게 해서 선하는 재령에게 사무치도록 미안했다. 하마터면 돌아오지 못하고 그녀에게 영영 이런 고초를 겪게 할 뻔했다는 사실이 이제야 선하에게 뼈저리게 실감 났다.

선하는 재령의 손을 잡고 손바닥에 입 맞추었다. 그리고 그녀를 가만히 바라본다. 재령의 얹은머리와 허리에 찬 패도는 그녀가 얘기하지 않았던 더 많은 이야기를 선하에게 들려주었다. 그래서 오늘은, 오늘만큼은 웃고 싶지 않았다. 그를 버텨주던 무언가가 바싹 말라버린 것처럼 선하의 마음은 황폐했다.

그녀는 벌써 각오하고 있는지도 몰랐다. 그가 곁에 있거나 없어도, 돌아오거나 그렇지 않더라도 한결같이 기다릴 것임을. 그가 없는 세상을 재령이 어떻게 살아가게 될지를 아까 그 길에서 조금 엿본 것 같아 울고 싶었다. 이젠 그녀의 곁을 떠나고 싶지 않았다. 그녀를 괴로움 속에 버려두고 싶지 않았다.

하지만 이렇게 아프게 뒤엉킨 마음을 어떻게 해야 할지 몰랐다. 다리를 저는 찬새와 그 혈육이었을지도 모를 산적두목과 아리의 마지막 모습이 떠올랐다. 홀로 무거운 책임을 짊어지고 몸부림치는 세자, 목숨을 잃은 그의 부하들, 죽임을 당하거나 굶어 죽은 백성들. 수많은 얼굴들이 선하의 머릿속에서 어지럽게 나타났다 사라졌다. 머지않아 전쟁이 끝나면 오리라 생각했던 행복한 시절은 손이 닿지 않는 먼 곳으로 사라져버린 것 같았다. 다시는 돌아오지 않을 곳으로.

선하는 눈물이 흐르려는 얼굴을 그녀의 무릎에 묻어 감추었다. 재령은 말없이 그의 머리를 안은 채 조용히 쓰다듬었다. 선하는 그녀의 허리를 끌어안았다.

"너무 많은 일이 있었소...."

"알아요. 하지만 지금은, 아무 얘기 하지 말고 쉬어요."

재령이 속삭이는 소리에 선하는 피곤한 눈을 감았다. 언젠가 두려움에 떨던 재령이 그의 옷소매를 붙잡았던 밤처럼, 이제는 지친 선하가 그녀에게 기댔다. 상처 입고 긴장한 그의 몸과 마음에서 조금씩 힘이 빠져나갔다. 그녀의 작은 숨소리는 자장가처럼 그의 머리와 마음을 어루만졌다. 그러자 비로소 오랫동안 들 수 없었던 잠이 걷잡을 수 없이 쏟아졌다.

#48
당신이 어디에 있든

그곳에 가보는 것은 어쩌면 죽음보다 더 힘든 일일지도 몰랐다. 가장 마주치기 싫은, 가장 내밀하고 아픈 상처.

이 세상에 없는 사랑했던 여인의 기억을 참혹하게 드러내 줄 그곳. 야스나리는 이곳을 떠나기 전에 한 번쯤은 제대로 된 작별인사를 할 기회가 오지 않을까 생각한 적이 있었다. 하지만 절대로 이루어지지 못할, 그저 마음뿐인 일이라 치부해버렸다.

그랬기에 문득 저질러진 일이었다, 지금 그곳으로 걸어가고 있음은. 그녀가 존재한 가장 강렬했던 여름은 이제 없었다. 눈처럼 낙엽이 내리는 가을의 저 길목, 굽이굽이 성곽을 돌아내려 가는 그 끝에 그녀가 몸을 던져 떨어진 자리가 이어졌음을 깨달았다. 아래로 향한 그 숲은 야스나리에게 원한다면 바로 지금일 거라 속삭였다.

야스나리는 어느덧 그곳으로 향하고 있었다. 그녀는 아직 거기 있을까. 살은 썩어 문드러지고 뼈는 사방으로 부서졌겠지. 그 누구도 거두지 말라고 했던 자신의 냉정한 명령 때문에 유일하게 사랑했던 그녀는, 한낱 짐승들의 밥이 되어버렸겠지.

기억한다.

달도 별도 보이지 않았던 먹물처럼 어두운 밤이었던 것으로 기억한다. 그 밤 야스나리는 채홍이 흐느끼는 소리를 들었다. 잠결에 눈을 뜬 그는 등을 돌린 채 앉아있는 그녀의 뒷모습을 보았다. 울고 있는 모습은 처음이었다. 왜 울고 있는지 묻고 싶었지만 야스나리는 그냥 그 뒷모습을 바라보기만 했다. 자신의 처지가 기구해서 그랬겠지. 그때는 그런 생각이 먼저 들었고 자신의 탓인 것 같아 마음이 좋지 않았다.

한참을 울던 그녀가 고개를 돌리자 야스나리는 계속 자고 있었던 것처럼 눈을 감았다. 채홍은 우는 것을 들키기 싫었을지도 몰랐다. 그녀의 뺨에서 떨어진 눈물이 야스나리의 손등으로 떨어졌다. 뜨겁고 축축한 그 감촉은 그녀의 마음을 자신에게 전이시킨 듯 슬펐다.

"...당신을 어찌하면 좋소?"

그때는 그게 무슨 뜻인지 몰랐었다. 하지만 이제 와 생각해 보니, 그녀는 그날 어쩌면 자신을 죽이려다 마지막에 망설였을지도 몰랐다. 아무것도 모른 채 잠들어있는 적국의 장수이자 정인을 바라보며 채홍은 그 밤, 얼마나 울었을까.

그 흐느끼는 소리가 귓가에 들리는 듯했다. 야스나리는 넝쿨을 헤치고 길이 아닌 곳을 오른다. 그 중간쯤에서 그는 가쁜 숨을 몰아쉬며 성곽을 올려다보았다. 그녀가 몸을 던졌던 저 위가 아득하게 보였다. 이렇게 까마득한 곳으로 몸을 던졌단 말인가.

'넌 두렵지 않았는가?'

훌쩍 자란 울창한 풀숲을 헤치며 간다. 한 걸음, 걸음마다 그녀와의 시간들이 떠올랐다. 어떻게 웃었는지. 그녀의 따뜻한 가슴에서 어떤 향기가 났는지. 채홍의 눈동자를 마주 보았을 때 자신이 어떤 마음이었는지.

사무치도록 보고 싶었다. 살아남은 자신의 삶이 결코 다행이라 말할 수 없을 만큼. 그가 이곳에 태어났더라면, 채홍이 자신의 땅에서 태어났더라면, 적어도 서로가 적으로 만나지 않았다면, 두 사람은 오래오래 함께 살며

행복할 수 있었을까.

야스나리는 그녀가 누워 있을 곳을 향해 다가갔다. 조여드는 심장을 느끼며. 과연 담담할 수 있을까, 그녀에 대한 기억을 망치는 건 아닐까, 자신을 지금보다 더 증오하게 되지 않을까 걱정하며.

하지만 그곳에는 바람 외에는 아무것도 없었다. 채홍의 것이었을 커다란 핏자국이 너른 바위를 붉게 물들어 놓았지만, 시신은 보이지 않았다. 흔적조차 남기지 않고 세상에서 영원히 지워진 것처럼. 있을 거라 믿었지만 보고 싶지 않았던 상반된 마음의 부대낌은 끝내 허탈하게 부스러지고 말았다.

그녀는 존재했던 여인일까. 지독히도 가슴 아픈 꿈을 꾸었던 것은 아니었을까. 색색의 나뭇잎들이 현란하게 바람에 흩날렸고 쓸쓸하고 슬픈 그 자리에 야스나리 홀로 서 있었다.

다 지고 나서 바스러지는 꽃대만 남은 꽃밭에 때늦은 꽃송이 하나가 한들거렸다. 부용(芙蓉)이었다. 하얀 꽃잎 안에 핏자국처럼 붉은색이 물들어 있어 어쩐지 그녀를 떠오르게 했다. 말 없는 눈물만 후두둑 떨어져 내렸지만 그대로 두었다. 짧은 여름. 그보다 더 짧았던 사랑. 그럼에도 채홍은 그에게 평생 가장 강렬한 기억이 되어 버렸다. 사랑과 죄책감, 미움과 그리움이 뒤섞였기에 더욱 그랬다.

'보고 싶다.'

담담한 야스나리의 혼잣말은 양지바른 풀밭 한쪽에 쌓은 작은 돌무덤에 가 닿았다. 지나치면 영영 모를 정도로 작은 무덤은 이제야 그의 눈앞에 모습을 드러내기로 했는지도 몰랐다. 우거진 수풀 속에 가지런히 놓인 그녀의 붉은 비단 꽃신은 비(碑) 대신 그 무덤이 누구의 것인지 알려주었다.

그녀는 그곳에 있었다.

가엾은 그녀의 시신을 다행히도 누군가 거두어, 짐승들에게 물어 뜯기지도, 처참한 몰골로 방치되지도 않고, 온전히 편안하게 잠들어 있었다.

"후에."

가만히 불러보았다.

"선이 왔다. 나를 그리 부른 것 아직 기억... 하는가?"

마치 대답이라도 하듯 부용의 꽃송이가 실바람에 흔들리며 고개를 끄덕였다. 가슴속으로 물밀 듯 밀려오는 그리움에 목이 메었다. 야스나리는 그녀의 꽃신을 가슴에 품었다. 그리고 한참이나 아무 말 하지 못했다. 흐린 구름이 걷히며 붉은 노을과 엉켰고 바람은 쓸쓸한 벼랑을 따라 흩어졌다. 세상은 변함없이 아름다웠고 단지, 죽은 적국의 여인 하나가 여기 누워 있을 뿐이었다.

"미안하다, 후에. 아니, 채홍."

자신의 충성심을 증명하기 위해 이번 전투에는 선봉에 서야 할 것이고, 그래서 아마도 무사하지 못할 거란 얘기는 하고 싶지 않았다. 곧 따라갈 테지만 그녀는 야스나리가 가게 될 저승과는 다른 곳에 있을지도 몰랐다.

'죽어서도 만나지 못할까? 우리는.'

첫사랑이었다. 그리고 마지막 사랑이기도 했다. 그는 그녀에게 하지 못했던 작별인사를 이제야 정식으로 건넸다. 그리고 품에서 손때 묻은 자신의 부채를 꺼내 꽃신 곁에 가만히 내려놓았다.

'넌 이곳에 있어라. 나도 이곳에 남겠다.'

희미한 빛이 소색(素色)의 문풍지로 번져왔다. 고요한 어둠이자 빛이 이곳에 있었다. 선하는 살며시 눈을 떴다. 아직 다 피어나지 않은 푸르른 새벽이었고 비 내리는 소리가 잔잔한 파도소리처럼 들렸다. 그 빛과 소리는 깊고 아늑하여 마음을 편안하게 가라앉혔다. 재령은 그의 곁에 마주 누워 있었다. 그리고 그가 눈을 뜨자 아직 노곤함이 가시지 않은 검은 눈동자를 빛내며 부드럽게 웃어 주었다. 짙은 음영이 그 미소의 아름다움을 더욱 풍부하게 만들었다. 선하는 그녀의 이마와 눈동자에 닿은 빛을 바라보았다.

"잘 잤소?"

선하는 눈꺼풀을 느리게 깜박이며 그녀에게 고개를 끄덕였다.

"낭자는?"

"나도 잘 잤소."

밤을 지낸 사람의 느린 향기가 일렁거렸다. 선하는 재령의 손을 끌어당겨 품에 안았다. 그토록 그리워했던 그녀의 냄새가 났다. 그리움은 기억 속 냄새를 찾는 과정일지도 몰랐다. 말로는 도저히 설명할 수 없고 오직 곁에 있을 때에만 완벽해지는 것. 서로의 체취를 서로에게 각인시키는 것은 이토록 진한 기억을 위해서일 것이다.

돌아오는 길은 비로소 그에게 잃어서는 아니 될 것이 있다는 현실을 깨닫게 했다. 전쟁이 누군가에게서 무언가를 다 앗아간다 해도 마지막까지 지키고 싶은 것. 선하는 남쪽 의병들에게 가는 첩정(牒呈)에, 자신의 부친인 윤인로 대감에게 보내는 상서(上書)를 함께 딸려 보냈다. 재령의 부친처럼 선하의 부친 또한 그와 그녀를 반대할지도 모른다. 어쩌면 부친에게 보내는 마지막 상서가 될지도 모른다는 절박함을 담아 선하는 간절하고 솔직하게 재령을 부탁했다.

"머리를 올렸구려."

재령은 자신의 머리에 손을 가져갔다.

"이미 결심했으니까."

"……."

나뭇잎에도 강물에도 빗방울이 뿌려졌다. 그 빗소리를 밟으며 새벽은 조곤조곤 밟아온다. 빈 초가집은 오롯이 그 소리를 품에 안았다. 잠시 세상에서 이격된 것처럼 재령과 선하만이 남았다.

"...죽어야 할 순간이 오면 난 그래야 할 것이오."

"알고 있소."

재령은 담담하게 대답했다. 그녀의 눈동자에는 오직 선하가 가득했다. 그건 사랑이기도 했고, 슬픔이기도 용기이기도, 그 모든 것을 초월한 것이기도 했다.

"하지만 처음으로 난 죽음이 두려워졌소. 죽으면 그대에 대해 아무것도 기억나지 않을까 봐."

죽은 뒤에도 무언가를 기억할 수 있을까. 그가 겪은 수많은 죽음들을 보며 선하는 늘 생각했다. 그것으로 끝이라면, 살아 있었고 함께 했던 모든 기억이 죽음과 동시에 사라지게 된다면 그 얼마나 슬픈 일일까.

그 가을밤, 다시 만날 수 없을 거라고 생각하며 오랫동안 지켜보았던 그녀의 첫 뒷모습이 떠올랐다. 그 순간이 마지막일 거라는 아쉬움에 집에 돌아오는 길을 정처 없이 걸었던 그 날의 설렘과 쓸쓸함도. 그녀를 다시 만나고 운명처럼 사랑에 빠졌던 그 찬란했던 아름다운 여름도, 이렇게 마주 보고 있는 지금도, 흩어지는 눈송이처럼 모두 녹아 사라지는 걸까.

"아니오. 우리는 다시 만날 것이오. 이승이든, 저승이든. 그 어디에 있든. 그러니 외롭지도 두렵지도 않소."

다시 마주칠 일은 없겠지요.

그때 선하의 물음에 대한 재령의 대답은 수많은 시간을 거쳐 비로소 그에게 돌아왔다. 선하는 흔들림 없이 확신에 찬 재령에게 미소를 지었다. 재령도 그를 따라 미소를 지었다. 목이 메고 눈물이 고였지만 둘은 서로를 바라보며 미소를 잃지 않았다. 이렇게 매일 무언가를 각오해야 하는 사랑은 참으로 고달프고 슬펐지만.

"내 어디에 있든, 그대에게 반드시 돌아오겠소."

"...기다리겠소."

비는 숨 쉬는 것처럼 땅을 적셨고 시간은 강물처럼 흘러갔다. 붉게 물들어가는 나무들은 빗속에서 더 선명해졌고, 방안으로 스민 새벽의 어둠과 빛은 아름답게 어우러져 두 사람을 포근히 감쌌다.

선하는 재령의 얹은머리에서 천천히 비녀를 뺐다. 그리고 그녀의 긴 머리를 어깨에 내렸다. 혼인한 첫날처럼 그와 그녀의 모든 호흡과 손길은 느리고, 조심스럽고, 설렜다. 선하는 마치 의식을 치르듯 경건한 마음으로 순간순간을 기억하며 그녀를 안았다.

#49
어찌 몰랐을 때와 같을까

“실수를 만회할 기회는 자주 오는 것이 아니다.”

구로다는 애써 끓어오르는 화를 감추고 그에게 말했다. 언제 폭발할지 모르는 화산처럼, 우르릉하는 울림이 뱃속에서부터 일렁이는 것 같았다. 하지만 그는 고고한 야스나리를 어설프게 흉내 내며 설익은 품위를 가장한다. 다친 몸으로 긴 여정을 거쳐 이곳까지 군사를 이끌고 온 수고는 그에게 의미 없는 일이었다.

야스나리는 도착하자마자 죄인처럼 이 자리에 와있다. 도열해 앉은 다른 장수들의 차가운 시선이 그에게 꽂혔다. 그들의 기대에 기꺼이 부응하겠다는 듯 야스나리는 낮게 고개를 숙인 채 마룻바닥에 시선을 고정시켰다. 진심을 알 수 없는 그 숙인 모습조차 함부로 할 수 없는 기품과 우아함이 느껴졌다. 그런 모습을 겐조가 묘한 눈동자로 응시하고 있다.

“특히 네가 한 실수 같은 것 말이다.”

“잘 알고 있습니다.”

“하지만 난 네게 다시 한번 기회를 주겠다. 세자를 내 앞에 잡아와 공을 세워라. 우리는 성천을 공격할 것이고, 네가 그 선두에 서야겠다. 세자를 잡으면 조선은 우리 것이 되고, 이 전쟁도 끝이 날 것이다.”

“…….”

야스나리의 침묵은 언짢았고 찜찜한 죄책감을 느끼게 했다. 그래서 자신도 모르게 구로다는 그를 어르듯 목소리를 누그렸다. 이미 얼마 전 형제를 잃은 그였기에 한편으로는 약간의 동정심도 일었다. 하지만 고아가 되었던 세 남매를 거두어 황실에 바친 수고를 어떤 식으로든 보상받는 것이 당연하다 여겼다. 이건 자신에게 갚을 은혜였다. 자신이 아니었다면 감히 그런 삶을 살 수나 있었겠는가.

"어쩌면 네가 본국으로 가장 먼저 돌아갈 수 있겠지. 여동생 유키히메도 다시 만나고 말이야."

"타이코(太閤:도요토미 히데요시)께서 잘 돌보아 주고 계실 것이기에 저는 걱정하지 않습니다, 총대장님."

말이 좋아 돌보는 것일 뿐, 타이코가 붙들고 있는 여러 가문의 인질 중 하나.

"훗, 그래?"

야스나리는 절대로 진심으로 사정하지 않는다. 차라리 죽을지언정 그에게서 아쉬운 소리는 들을 수 없을 것 같았다.

"저 야스나리 구로다. 가문과 타이코 님을 위해 기꺼이 목숨을 바치겠습니다."

결국 그렇게 말해버리고 말았다. 또 하나의 죽음이, 과시적이고 의미 없는 무언가를 위해 이렇게 쉽게 결정되고 말았다. 마치 마음에서 우러나온 양 그런 입에 발린 말을 내뱉고 있는 자신이 참 뻔뻔하다고 느껴졌다. 하지만 그럴듯하게 포장하지 않고서는 스스로조차 이해할 수 없었기에 그는 최선을 다해 속이고자 한다, 타이코와 구로다 총대장과 이곳의 장수들과 자신마저도.

요시히데, 그리고 자신. 가문에서 둘이나 목숨을 바쳤으니 이제 마지막 남은 그 아이는 훌륭히 보호를 받을 것이다. 우리 남매 중 이제 어린 너 하나만 남았구나. 너만이라도 무사하길, 유키히메.

구로다는 만족한 표정을 보였다. 야스나리가 독하게 마음만 먹는다면 어렵지 않게 세자를 사로잡을 수 있을 것이다.

"네 충성심을 믿는다. 곧 출정을 준비해라."

임해군은 일부러 세자를 피해 다녔다. 그를 만날 일을 애초 만들지 않겠다는 작정인 것 같았다. 겉으로 보기에 그들에게는 아무 일도 일어나지 않은 것 같았다. 어떤 사람은 그래도 염치가 있으니 세자에게 짐이 되지 않으려 노력하는 모습일 것이라 말하기도 했다. 하지만 세자를 마주할 때마다 임해군의 표정을 보았다면 그 누구라도 그런 생각 따위 떠오르지 않았을 것이다. 그의 눈동자에는 살기가 스민 증오가 뱀처럼 꿈틀거렸다.

그는 이제 세자가 두려웠다. 그리고 두려움의 크기만큼 그를 증오했다. 지난번 자신에 대한 혼의 태도는, 그가 자신에게 가할지도 모를 위해(危害)를 여실히 증명한 것으로 생각했다. 지금까지 늘 그랬듯이, 왕이 되지 못하는 왕의 아들들은 비참하게 죽는다. 혼이 이 전쟁에서 살아남아 왕이 된다면 자신을 죽일지도 모른다.

이 수치스럽도록 열세인 전쟁에서 혼이 살아남을 것이라 아무도 생각하지 못했다. 세자가 죽는다면, 부왕은 그를 추서(追敍)하고 다른 아들을 세자로 삼을 계획이었다. 그에게 아들은 많았고 사랑하는 아들은 그 중 몇몇뿐이었다. 임해군도 세자도 사랑하는 아들 축에는 끼지도 못했다. 사랑하는 아들이었다면 죽을 자리에 그렇게 담담하게 보내지는 않았을 것이다.

혼은 알고 있었을까. 알고 있더라도 어쩔 수 없는 일이었을 것이다. 하지만 아무것도 모르는 체 무턱대고 나선 그 험난한 길에서 혼의 분조는 죽지 않았다. 몇 번의 죽을 고비에서도 절대로 죽지 않았다. 심지어 의병 독려는 커녕 왜군을 피해 숨어다니기만 했던 임해군 자신마저 사로잡혔건만, 혼은 그들과 맞서면서도 끈질기게 목숨을 이어갔다. 어떻게 그럴 수 있었을까. 지독히도 운이 좋았을 뿐이겠지. 하지만 분했다. 그리고 두려웠다.

'네가 아니라 내가 세자가 되었어야 했어. 어차피 둘 중 누가 죽건 상관없었다면, 맏이인 내가 되는 것이 순리였어!'

임해군은 열린 문으로 보이는, 대신들을 거느리고 앉은 세자를 노려본다. 그가 입은 융복, 그를 깍듯하게 대하는 대신들은 한낱 어린 사내였던 그를 진짜 세자로 보이게 하는 것 같았다. 그의 시선을 느꼈는지 혼이 임해군 쪽으로 시선을 돌렸다. 눈이 마주치자 잠시 멈췄다가 시선을 거두어 다시 대신들의 이야기에 몰입한다. 임해군은 자신을 무시하는 듯한 그의 모습에 입술을 깨물었다. 설마 처음부터 자신을 제치고 세자가 되려는 생각이었을까. 그렇게 하려고 음모를 꾸몄던 것은 아니었을까. 궁중에서 그런 일은 흔하지 않은가. 그는 설마가 확신이라고 생각하며 다시 한 번 혼을 노려보았다. 이제는 아무것도 믿을 수 없었다.

'네 하는 짓을 보니, 언젠가 나를 죽이겠구나. 내가 순순히 당하고 있을 줄로 아느냐, 혼.'

승관은 차가운 물에 얼굴을 담그고 숨을 멈췄다. 얼굴에서 느껴지는 화끈거림을 잠재우기 위해서는 이 방법뿐인 것 같았다. 맞아서 부은 광대뼈가 찌그러져 보여 흉했다. 그는 끝까지 숨을 참았다가 얼굴을 들었다. 차가운 물이 후두둑 바닥으로 떨어진다. 그는 참았던 숨을 거칠게 내쉬었다. 어딘가로 도망가 숨고 싶을 만큼 수치스러웠다. 윤선하와 대면한 그 밤은 기억에서 깡그리 지워버리고 싶었다. 이를 부드득 갈았다.

'윤선하!'

그는 대야를 던졌다. 사방으로 물이 쏟아졌고 나무로 만든 대야는 금이

간 채로 저만치 굴러갔다. 승관의 젖은 옷에서 물이 떨어졌다.

그는 윤선하가 어떤 사람인지 사실 관심도 없었다. 윤선하는 수많은 관리 중 한 사람이었고, 평화로운 시절이었다면 당파싸움에 얽혀 얼굴을 붉히기도 했을 테지만 지금은 그렇게 마주칠 일은 없을 거로 생각했었다.

하지만 그런 그가 동인 주제에 보란 듯 서인 여인을 가로채고, 자신에게 안겨준 치욕을 그대로 모른 척 삼킬 수 없었다. 그는 목에 손을 가져갔다. 손자국이 남은 목에는 아직도 그때의 뻐근함이 느껴지는 것 같았다. 두려움과 모욕감으로 범벅이 된다. 그가 버젓이 살아있는 한, 탐내던 여인 앞에서 무참히 짓밟힌 자신의 자존심은 영영 회복하지 못할 것 같았다.

복수할 것이다. 그러나 윤선하는 결코 함부로 할 수 있는 자가 아니었다. 세자의 전폭적인 신임과 전쟁이라는 상황, 그리고 그 무엇보다도 윤선하에게 복수하기에 그의 역량이 한참 부족했기 때문이었다. 승관은 잘 알고 있다, 지금은 납작하게 엎드릴 때라는 것을.

'언젠가는 그때의 일을 후회하게 해주마.'

승관은 마치 아무 일도 없었다는 듯이 옷매무시를 다시 가다듬었다. 윤선하가 다시 그를 위협한다면 재령을 임해군에게서 구해준 일을 대며 위기를 모면할 것이다. 무슨 수를 써서든 지금 이 상황이 더는 악화하지 않도록 잠시 자존심은 접어둘 것이다.

왜냐하면 지금의 윤선하는 자신보다 강한 자니까.

무어라 특별할 것도 없는 평범한 하루였다. 하지만 가장 특별한 하루이기도 했다. 비가 그치자 낙엽은 노랗고 붉은 눈처럼 하염없이 흩뿌려졌고 몸뚱이가 하얀 자작나무숲은 새벽에 내린 비로 젖어 있었다. 코끝을 파랗게 스치는 청량한 기운과 비 냄새가 숲에서부터 불어왔다. 아직 구름은 하늘에 머물러 있었고 바닥의 물웅덩이에 고인 흑백의 하늘이 정갈했다. 그 위로 배를 띄운 듯 색색의 나뭇잎이 작은 파장에 둥실거렸다.

이른 아침 그들이 머문 초가의 굴뚝에서는 밥 짓는 하얀 연기가 피어올랐다. 불을 피운 선하는 이제는 그만 부엌에서 나가라는 재령의 타박에도 천연덕스런 얼굴을 하고 태연히 부뚜막 위에 앉아 있다. 재령도 따뜻한 그 곁에 나란히 앉았다. 선하는 그런 재령을 끌어안고 어깨에 턱을 기댔다.

열린 부엌문 너머 보이는 산과 강의 풍경을 함께 바라본다. 북쪽 지방의 푸름은 짧았기에 더 애틋했다. 싸늘한 소슬바람이 잔잔하게 부엌 문지방을 넘었다. 빛바랜 그들의 얇은 옷은 차가워진 바람을 막지는 못했지만, 부뚜막의 온기와 서로의 체온 때문에 싸늘함은 그저 기분 좋은 신선함으로 머물렀다. 장작 타는 소리가 타닥타닥 공기에 물을 축이는 것 같았다.

재령은 선하의 팔을 끌어안았다. 함께 있는 것 그 하나만으로 더는 바랄 것이 없었다. 쌀독 바닥에 남은 수수를 겨우 긁어냈지만, 부엌에는 오래간만에 구수한 냄새가 가득했고, 불 떼는 아궁이가 따뜻했고, 사랑하는 선하가 그녀의 곁에 있다. 평온한 침묵이었다. 딱히 무슨 말도 필요치 않고 서로가 서로를 느끼면 그만인 시간이었다. 하지만 그는 다시 떠날 테고, 재령은 다시 남을 테지.

"……이번엔 언제 가시오?"

이렇게 솔직한 우려가 오히려 이 행복한 순간에 그늘을 드리우는 것이 아닌가 싶었다. 하지만 그런 재령의 노파심을 덜어주려는 듯 선하는 한결 가볍게 대답했다. 그의 숨결에서 솔바람이 불었다.

"당분간은 여기 있을 것이오."

놀란 눈을 크게 뜨고 자신을 바라보는 재령을 마주 보며 선하는 한쪽 눈을 찡긋했다.

“저하께 엄살을 좀 부렸다오. 당분간만이라도 부사직 윤선하는 잊어주시라고. 이러다 장가도 못 가보고 죽겠다고.”

재령은 너무 기뻐 덥석 그에게 몸을 던졌고 선하는 쪽방과 연결된 문지방 뒤로 그녀와 함께 넘어졌다.

“이거, 너무 좋아하는 거 아니오?”

그녀는 대답 없이 그를 꼭 안았다. 행복했다. 언제 건, 아마도 오래지 않아 저하께서 선하를 부를 날이 오겠지만 작별해야 할 먼 순간은 잠시 잊고 마냥 함께 있을 수 있는 것처럼 지내주리라. 재령은 마음속으로 속삭였다.

第一最好不相見 如此便可不相恋
만나지 않았다면 사랑하지 않았으리
第二最好不相知 如此便可不相思
알지 못했다면 그리워하지 않았으리
但曾相見便相知 相見何如不見时
이미 만나 사랑했으니 어찌 몰랐을 때와 같을까
安得与君相诀绝 免教生死作相思
어찌 그대와 이별할 수 있을까.
그리움에 살기도 죽기도 하거늘[2)]

두 사람은 손을 잡고 해지는 강가로 나갔다. 젖은 풀잎이 치마를 스쳐 물들였고 목화솜 같은 구름에 노을이 붉게 물들었다. 그 반대편 땅거미가 내린 자리에는 저녁 까치들이 울어댔고 갈대는 손을 흔들며 노을에 작별을

---

2) 창앙가조(倉央嘉措, 1683-1706) - 십계시

고했다. 쌀쌀해진 바람과 공기의 향기도 어깨를 움츠러들게 했다. 하지만 그토록 쓸쓸한 풍경도 둘이라서 마냥 따뜻했고, 맞잡은 손의 온기도 더 생생하게 느껴졌다.

긴 이야기를 하고, 그 사이사이를 부드러운 침묵으로 채웠다. 선하는 납작한 돌멩이를 집어 들더니 수면 위로 수제비를 띄웠다. 퐁퐁퐁 하고 물 위를 날던 작은 돌은 네다섯 번 무늬를 남기다가 찰방거리며 물속으로 사라졌다. 풍부한 강물 소리가 귓가를 가득 채웠다. 그들은 찬란한 빛으로 물든 얼굴의 서로를 바라보며 다시 사소한 이야기를 이어갔다. 어느 계절이 가장 좋은지, 어릴 적의 이야기와 배를 잡고 웃음을 터뜨릴 정도로 어리석고 우스운 이야기들.

"난 딱히 과거를 볼 생각은 없었다오."

처음에 만났을 때 그는 관직과 거리가 멀 거로 생각한 적이 있었던 재령은 그만 배시시 웃고 말았다.

"그런데 처음 만난 날, 과거 보러 간다고 하지 않았소?"

"부모님 성화에 할 수 없이 시늉만 할 참이었지."

그에게 융복은 지극히 잘 어울렸지만, 사모에 관복을 입은 모습은, 상상이 되지 않았다. 옷자락을 날리며 자유롭게 달려야 할 그를 억지로 땅에 붙여 걷게 만들 것 같긴 했다.

"왜 싫었던 것이오?"

"일종의 반항이었나 보오. 배운 대로 하지 않고 눈감고 귀 닫고 입 닫는 벼슬아치가 한없이 치졸해 보였으니까."

"그런데 무엇 때문에 맘이 변했소?"

"더러운 물이라도, 발을 담그고 나서야 바꿀 수 있지 않을까... 그랬소. 그리고 그런 결심을 한 건 그대를 만난 이후였던 것 같소."

재령은 호기심 어린 눈으로 선하에게 대답을 재촉했다. 선하는 재령의 손을 살며시 잡으며 뺨을 쓰다듬었다.

"어떤 서인 가문의 여인과 화해하고 싶었거든."

때론 중요한 결심은 아주 사소하고 알 수 없는 이유로 시작되는가 보다. 재령은 그를 향해 발그레한 미소를 지었다. 사소한 이유였지만 재령에게는 가장 마음에 드는 이유였기 때문이었다.

#50
그대와 함께한다면

저녁이 되어 집으로 돌아왔다. 저기 보이는 허름한 빈 초가는 이제 그들의 집이 되어 있었고 달빛은 은은하게 돌아오는 길을 밝혔다. 어둠 속에 검게 물든 채 주인 없는 집 안으로 들어가지도 못하고 기웃기웃하고 있던 찬새가 두 사람을 반갑게 맞았다.

"도련님! 아기씨!"

"찬새야!"

가득 찬 물그릇처럼 반가움과 미안함이 걸을 때마다 바닥으로 넘쳐흘렀다. 그 사이 훌쩍 커버린 소년의 얼굴에서 죽은 아리와 산적 두목의 얼굴이 겹쳐 보였다. 그래서 미안함과 씁쓸한 아픔으로 찬새의 눈을 마주 본다. 그리고 비로소 다시 유심히 보게 된 손등의 화상 자국도. 외면하고 싶었던 추측은 그렇게 점점 사실처럼 되어가고 있었다. 가장 소중한 벗의 가족을 죽도록 내버려둔 것이 된 걸까. 어떻게 이 모든 일을 없었던 것처럼 흘려보낼 수 있단 말인가. 마냥 천진한 찬새의 눈을 더는 바라볼 수 없을 것 같았다. 전쟁이 계속될수록 그가 지키지 못하는 사람은 자꾸만 늘어만 가고 있었다.

"……미안하다."

폭풍처럼 잔소리를 퍼부으려던 찬새는 그의 울컥하는 마음을 느끼고 입을 다물었다. 안다, 어떤 표정인지. 그게 무슨 느낌인지. 처음 선하와 만났을 때처럼 그의 눈빛은 아프고 슬퍼 보였다. 정말로 엄청나게 미안한, 어떤 일이 있었나 보다. 그냥 그렇게 생각할 뿐이었지만. 하지만 살아서 돌아왔으니 되었다. 선하 도령이 자신에게 가장 미안할 일은, 미안하다는 말을 못할 상태가 되어버리는 것이니까.

"미안한 줄은 알고 계시니 됐어요. 뭐, 사내들끼리 두 손 맞잡을 일도 없고… 재령 아기씨가 얼마나 마음고생을 했는데요. 당연히 아기씨 먼저죠."

"찬새 너도 소중한 사람이다."

부디 이 아이만은 무사해 주길. 지킬 수 있기를. 선하는 그런 마음으로 찬새를 바라보았다. 찬새는 선하의 그 말이 양민이 되었던 날보다 더 뿌듯하게 느껴졌다. 어쩐지 눈물이 핑 돌 것 같아 얼른 딴청을 부린다. 찬새는 빙긋 웃으며 그들에게 보따리 하나를 내밀었다.

"소주방(燒廚房) 나인이 줬어요. 저하께서 내리시는 음식과 옷감이라네요. 그리고 이렇게 전하라고 하셨대요. 벗의 방문은 미리 알려 주마, 방해꾼이 되고 싶지는 않느니라. 큭큭큭, 저하께서 엉큼하기도 하시지. 뭘 방해하신다고…."

찬새는 저 혼자 말하고 저 혼자 무슨 생각을 하는 건지 킥킥거렸다. 찬새가 흉내 낸 혼의 모습과 말투에 선하는 피식 웃었다. 선하가 구사일생으로 돌아와 알현했던 벗의 모습은 많이 야위어 있었다. 하지만 곁에 있던 세자빈을 물리지 않고 그를 반가이 맞이했던 혼의 모습은 보기 좋았다. 외롭지 않아 보여서 다행이었다. 세자빈은 아직 어색하지만, 예전보다는 한결 편안해진 얼굴로 오랜만에 선하를 맞이했다. 오래전 혼과 세자빈 사이를 멀어지게 만들었다는 선하의 죄책감도 그들이 함께 있는 그 모습으로 조금은 가벼워진 것 같았다.

재령은 찬새가 내민 보따리를 조심스럽게 받았다.

"찬새야, 저녁 먹고 가거라."

"아녀요. 가야죠. 제가 눈치 하나는 빠삭한 놈이에요."

“아니다. 늘 먹는 게 변변치 않을 텐데 함께 들자꾸나.”

재령이 재차 청하자 찬새는 슬쩍 선하의 눈치를 보더니 은근슬쩍 발걸음에 뜸을 들였다. 소주방에서 들고 오는 내내 입맛을 쩝쩝 다시긴 했었다. 안에 뭐가 들었는지 궁금했지만, 꾹 참고 왔다.

“뭐, 그럼 맛만… 보고 금방 갈게요.”

먹어도 먹어도 늘 배가 고픈 찬새라는 걸 재령이 알 턱이 없었고, 배부르게 먹으면 그 자리에 그대로 대자로 뻗어 잠든다는 사실을 선하는 잠시 잊고 있었다.

콩기름 적신 종이를 발라 나름 번듯한 바닥은 깨끗하게 닦아놓으니 제법 쓸 만했고 부엌을 밝힌 관솔불의 불빛이 방안을 희미하게 비췄다. 비어있어 을씨년스럽던 초가는 그렇게 사람이 들어와 둥지를 틀기 시작하자 어느덧 예전의 모습과 분위기를 되찾는 것 같았다. 열어놓은 높은 봉창에는 반달이 걸렸고 작은 마루 밑에서는 귀뚜라미가 또르르 울었다. 먼지를 털어내고 볕에 널어놓은 이불은 햇빛의 온기를 보듬어 안고 있었다. 그리고 그들의 방과 나란한 옆방에는 업어 가도 모를 만큼 깊게 잠이 든 찬새가 있었다.

푸슈, 하고 반복되는 숨소리가 벽 하나를 사이에 둔 선하와 재령의 방으로 신기할 정도로 아주 잘 들렸다. 눈을 질끈 감고 그대로 잠든 줄 알았던 선하가 갑자기 눈을 번쩍 떴다. 그리고 말없이 천장을 노려보았다.

“저 녀석을 여기서 재운 건… 잘못된 결정이었소.”

뭔가 굉장히 억울한 그의 중얼거림이 재령의 어스름했던 정신을 깨웠다. 찬새의 숨소리와 선하의 뒤척임을 모두 듣고 있던 재령은 결국 웃음을 터뜨리고 말았다.

“푸흐흐흐흐….”

선하는 웃음보가 터진 재령을 향해 돌아누웠다. 그는 정말로 세상을 다 잃은 표정이었다.

"지금 웃음이 나오?"

재령은 선하의 그 어이없어하는 얼굴을 보고 더 웃음이 나와 이불을 끌어당겨 입을 틀어막았다. 선하는 짓궂게 그녀의 머리를 꾸욱 눌러 안으며 간지럼을 태웠다.

"난 화가 나 죽겠는데, 각시가 되어서 웃기만 할 것이오?"

"하핫, 간지럽소!"

선하의 손을 버티는 그녀의 말소리에 새된 비명이 섞인 웃음이 얽혔다. 그들의 실랑이가 잠을 방해했는지 찬새가 뒤척이며 뭐라고 중얼거리는 소리가 들렸다. 두 사람은 잠시 멈추고 토끼처럼 옆방의 동향에 귀를 기울였다. 웃음 때문에 눈물이 고인 촉촉한 두 눈이 서로를 마주 보았다. 찬새는 다시 잠이 든 듯 조용했다. 아직 가시지 않은 웃음을 머금은 채 가쁜 숨을 내쉬는 재령에게서는 장난기가 뿜어져 나왔다. 선하는 그녀의 눈을 보고 따라 웃어버리고 말았다. 그리고 그녀의 입술에 쪽 입 맞추고 품에 꼭 끌어안았다.

"억울함은 좀 풀렸소?"

재령은 그의 팔을 가져다 베면서 아주 작게 속삭였다. 이부자리도 따뜻했고 그의 품과 숨결도 따뜻했다. 나무 향기 같은 그의 체취를 가득 들이쉬었다.

"아니."

그의 엉뚱한 대답에 재령은 빙그레 웃었다. 선하는 그녀의 코끝을 톡 건드리고는 다시 재령을 끌어안고 입 맞추었다. 재령은 두 팔을 뻗어 그를 끌어안았다.

이렇게 사랑해도 괜찮을까. 이렇게 사랑하다 바람이 되어도, 꽃이 되어도 좋을 만큼. 다시는 헤어지지 않도록 그대를 꼭 붙들고 밤새 입 맞추고 이야기하고. 수많은 시간과 별을 건너 아무 먼 훗날 서로의 흰머리를 보듬을 수 있는, 그런 날을 함께 맞을 수 있다면 얼마나 좋을까. 달리 특별할 것도 없어 비슷한 하루가 계속된다 하더라도 그대와 함께해서 좋았던 기억이 된다면 그것으로 충분한 날들. 그런 삶을 살고 싶다고.

이 달밤과 따뜻한 공기와 그의 가슴에서 웅웅거리며 들리는 목소리. 시간이 이대로 멈췄으면 좋을 만큼 너무나 완벽한 밤이었다.

새벽에 찬새가 옆방에서 살금살금 움직이는 소리가 들렸다. 잠귀가 밝은 선하는 그 얇은 벽을 타고 들리는 소리에 눈을 떴다. 짚신을 신고 있던 찬새가 방문을 열고 나오는 선하를 돌아보았다.

"도련님, 주무시지 왜 나오셨어요?"

"다 잤다. 넌 벌써 가느냐?"

"교대가 있어서 일찍 가야 해요."

"그럼 오랜만에 산책 삼아 나와 같이 걷겠느냐?"

찬새는 고개를 끄덕였다. 새벽안개가 뿌옇게 산과 강을 덮었고 특유의 안개 냄새가 그득했다. 안개 사이로 구불구불 얽힌 소나무의 기이한 몸통이 보였다. 두 사내는 낙엽이 내리는 길을 말없이 걸었다. 선하는 곁에서 걷고 있는 찬새를 바라보았다. 그 사이 키도 많이 자랐고 문득문득 어른의 모습도 보였다. 어제 미처 하지 못한 이야기를, 아리와 산적두목에 대한 이야기를 해주어야 하지 않을까 선하는 생각했다. 네게 가족이 있었고, 얼마 전까지 살아있었고, 어떤 사람이었고, 그리고 마지막에 어디에 묻혔는지를. 자랑스러운 가족은 아니었지만, 그래도 가족이니까.

"네 손… 어디서 그랬는지 기억하느냐?"

"이거요?"

찬새는 자신의 손을 들어 내려다보았다.

"집에 불이 났어요. 누가 제 손을 끌고 집 밖으로 나오다가 뜨거운 것이 손에 떨어졌던 건 기억나요."

아리의 화상 흉터는 오른손, 찬새는 왼손.

"혹시, 누이가 있었느냐?"

선하는 결국 아주 조심스럽게 묻고야 말았다. 만약 찬새가 그렇다고 대답하면 어떻게 그다음 말을 이어가야 할지 엄두가 나지 않았다. 찬새는 기억을 더듬는 것처럼 먼 곳을 바라보았다. 까마득한 기억, 단편적으로 떠오르는 희미한 장면들. 울면서 손을 잡아끌던 나풀대는 댕기머리만 기억이 났다.

"그게 누이였을까요? 그런 것도 같고...."

"이름은 기억나느냐?"

"아뇨, 누이는 늘 누이라고 부르니까."

"찾고 싶지는 않으냐?"

왜 그런 걸 물어보느냐는 듯 찬새는 선하를 빤히 보았다. 어제 보았던 선하의 무언가를 알고 있는 그 눈빛이 의미하는 진실을 어렴풋이 알 것도 같았다. 그렇지만 찬새는 고개를 저었다.

"찾아서 뭐하겠어요? 얼굴도 기억 안 나는데. 그리고 아마 죽었을 거여요."

선하는 정곡을 찌르는 찬새의 말에 우뚝 걸음을 멈췄다.

"만약 살았더라도 그리 무사하지는 못했을 거여요."

"어찌 그리 생각하느냐?"

"그때는 잘 몰랐는데, 지금 와서 생각해보니... 산적이었어요, 우리 아부지."

"......."

선하는 자신의 발끝을 내려다보았다. 목이 메어왔다. 아무것도 모른 채 담담하게 이야기하는 찬새라서 더 가슴이 아팠다. 아비와 누이가 지금껏 살아있었고, 며칠 전 선하의 눈앞에서 죽었다는 사실은 찬새에게 어떤 의미가 될까.

“내내 그리워하며 앓다가는 제대로 못 살아요. 산 사람은 살아야 해요. 그러니… 죽었을지도 모르지만, 그래도 다들 어딘가에서 잘살고 있겠지, 그렇게 믿어야 견딜 수 있어요.”

그러면서 찬새는 선하에게 빙긋 웃어 보였다. 그냥 아무것도 모르고 웃는 건지, 모든 것을 다 알고 웃는 것인지 헷갈리게 하는 미묘한 눈빛이었다. 어느새 찬새는 다 자란 것 같았다.

“아마 누이하고 아부지도 제가 죽지 않고 어딘가에서 잘살고 있을 거로 생각할 거여요.”

많은 것을 잃어버린 사람은 그 외로움과 그리움을 견디는 방법을 나름대로 체득하게 되는 걸까. 누가 가르쳐주지 않았는데도 찬새는 현명했다. 선하는 더는 그들의 이야기를 찬새에게 할 수가 없었다.

“그래, 네 말이 맞는 것 같구나.”

찬새는 절룩거리는 다리로 저만치 뛰어갔다. 이제는 그렇게 다니는 것도 제법 익숙해진 것 같았다.

“도련님, 어제 잘 먹었어요. 재령 아기씨한테도 고맙다고 전해주세요.”

“알았다.”

“아잇, 내가 그렇게 눈치 없는 녀석은 아닌데. 쩝.”

찬새는 머리를 쓱쓱 긁으며 그렇게 가다가 다시 뒤돌아본다.

“도련님!”

“응.”

“나한테는요 도련님하고 재령 아기씨가 가족이어요.”

그리고는 제가 한 말이 쑥스러운지 쏜살같이 고개 너머로 사라져 버렸다.

#51
남은 자의 속삭임

하늘은 쨍하니 맑았다. 눈부시게 푸른 하늘과 체에 곱게 거른 것처럼 맑은 햇살이 속눈썹 위로 쏟아져 내렸다. 재령과 선하는 백성들 몇몇이 성 밖 벌판에 아무렇게나 자라고 있는 그루콩 밭을 느릿느릿 매고 있는 먼 광경을 지나쳤다. 길게 늘어선 나무들은 비슷한 모양의 그림자를 연달아 만들고 있었다.

재령은 길가에 가득 피어난 들국화를 양손 가득 땄다. 선하는 뚜르르르 하는 울새 소리를 기가 막히게 흉내 내어 재령의 눈을 커다랗게 만들었다. 저 멀리 하얀 솜 같은 구름이 느릿느릿 지나갔고 고추잠자리가 어지럽게 구름에 수를 놓았다. 코끝에 쌓이는 햇살에 가만히 눈을 감았다. 그는 그런 재령을 보고 소리 내어 웃었다. 부사직 윤선하를 아무도 찾지 않으니 마치 세상은 아무 일도 일어나지 않는 것처럼 평화로웠다.

바람이 불었다.

그리고 잠시 무언가가 귀를 막은 듯 사방이 고요해졌다. 저 길 끝에서부터 일렁이며 풍경이 흔들리기 시작했다. 이상하지. 마치 무언가를 예감하는 것처럼 가슴이 철렁 내려앉는 느낌을 실감할 수 있다니. 선하와 재령의 시선이 그곳으로 동시에 향했다. 저기 들판을 거슬러 달려오는 사람의 모습이 점점 가까워졌다. 선하는 무관의 본능대로 아주 멀리서부터 그를 주시했다.

"!!!"

다가오는 그의 모습은 처참했다. 귓불은 떨어져 나가 피범벅이 되어 있었고 조총에 맞은 피 흘리는 팔을 동여맨 채 숨이 턱에 닿아 곧 쓰러져 버릴 것처럼 비틀거렸다. 선하는 그에게 마주 달려갔다. 재령도 뒤늦게 그의 뒤를 따라 달렸다. 사내는 선하의 품에 안기듯 쓰러졌다.

"무슨 일인가?"

"어서, 저하께... 고해야 합니다."

"난 부사직 윤선하일세. 내게 먼저 말하게!"

선하는 자신의 요패를 보여주었다. 그러자 사내도 피에 물든 손으로 자신의 요패를 꺼내 보였다.

"...왜군들이 성천으로 쳐들어오고 있습니다. 반나절이면 도착할 것입니다."

그는 피 묻은 지도를 꺼내 선하에게 넘겨주었다. 재령의 얼굴은 하얗게 빛을 잃어가고 선하의 눈빛은 어두워졌다. 결국 그날이 오고야 말았다.

"이 사내를 데리고 성안으로 대피하시오. 난 먼저 저하께 알려야겠소."

선하는 콩밭을 매고 있는 사람들을 큰 소리로 불렀다. 그들은 선하의 외침과 피 흘리는 사내의 모습을 보고 부리나케 이쪽으로 달려왔다.

"여기는 걱정하지 말고 어서 가시오! 어서!"

재령이 선하를 재촉하며 보냈다. 그는 고개를 한번 끄덕이고는 곧장 방선문을 향해 달려갔다. 순식간에 멀어져가는 그의 뒷모습은 어느새 아주 까만 점이 되어 보이지 않았다. 재령은 멀어져가는 그의 뒷모습을 보며 수많은 마음이 들었다. 이제 무엇이 어떻게 될는지 예측할 수조차 없었다. 적이 몰려오고 그들과 맞닥뜨려야 한다. 지난번 안협처럼. 치러본 전투에 대한 경험은 용기와 두려움을 동시에 안겨주었다. 어떤 일이 일어날지 알고 있었지만, 그래서 그것이 얼마나 끔찍할 것인지도 예측할 수 있으니.

재령은 총상을 입은 사내를 다른 이들에게 맡기고 서둘러 객사로 들어왔다. 성천객사 안은 그야말로 아수라장이었다. 나인들은 급하게 짐을 싸느라 난리법석이었고 군사들은 각자 투구와 갑옷을 갖춰 입으며 자신들이 맡은 곳으로 한데 달려갔다. 완전무장한 무관들은 바삐 지나다녔다. 한꺼번에 움직이는 수많은 사람 때문에 어지러웠다.

"재령 낭자! 어서 짐을 싸시오. 세자빈 마노라와 함께 안전한 곳으로 피신할 것이오. 시간이 없소!"

그녀를 알아본 상궁 하나가 재령에게 급하게 일러주고 사라졌다. 그녀에게 미처 대답할 겨를도 없었다. 하지만 재령은 그들을 따라 나서고 싶지 않았다. 이번에 또다시 선하와 이렇게 헤어진다면 어쩌면. 재령은 몸을 떨며 치마를 붙들었다. 바삐 움직이는 사람들 속에서 그녀 혼자 오도카니 서 있다. 그와 함께할 거야. 그가 남는다면 나도 여기에 함께 남겠어.

"재령!"

두정갑을 입은 선하가 재령을 돌려세웠다. 완전 무장하고 투구를 쓴 그의 모습을 보니 낯설고 두려웠다.

"세자빈 마노라와 함께 가시오. 아직 시간이 있소. 지금 떠나면 안전할 것이오."

선하는 재령을 보내려 그들 쪽을 바라보았다. 재령은 선하의 팔을 꽉 움켜쥐었다. 그리고 고개를 저었다.

"싫소. 난 가지 않겠소."

"재령! 가야 하오!"

재령은 그를 끌어안았다. 둔탁한 갑옷의 느낌이 재령의 절박함을 가로막는 것 같아 더 세게 끌어안았다.

“또다시 헤어지고 싶지 않소. 죽더라도, 이곳에서 함께 죽겠소!”

“위험하오. 제발 내 말 들으시오!”

“상관없소.”

“재령!!!”

“잘 들으시오. 선하 도령. 나는 내 의지대로 살고, 그리 죽을 것이오.”

재령은 흔들리지 않았다. 어떤 위험도 두렵지 않았다. 선하는 그 눈동자를 보았다. 그가 왜군들과 싸우겠다고 결심한 것처럼, 또한 재령도 그와 함께 있겠다고 결심했다. 그 결심의 무게와 의지의 강함이 어찌 선하의 그것과 다르다 말할 수 있을까. 재령만이라도 무사해 주었으면 했지만 억지로 그리할 수 없음을 선하는 깨달았다. 재령은 손을 뻗어 그의 뺨을 쓰다듬었다.

“그대를 사랑한 것이 내 의지였던 것처럼.”

선하는 재령을 깊게 껴안았다. 억지로라도 그녀를 보내지 않은 자신을 원망하지 않을 수 있을까.

“성안 가장 깊숙한 곳에 있으시오. 응?”

재령은 고개를 끄덕였다. 그리고 그를 다시 와락 껴안고 입을 맞추었다.

“그대와 함께라면 두렵지 않소.”

목이 잠겨 제대로 소리를 낼 수 없었지만, 재령은 힘겹게 속삭였다. 그는 재령의 입술에 짙은 온기를 남긴 채 다른 무관들에 섞여 빠른 걸음으로 멀어져 갔다.

소혜는 상궁과 나인들을 다 물리고 그에게 갑옷을 손수 입혀주었다. 공기는 무거웠지만 차분했다. 두 사람은 침묵 속에서 마음으로 대화를 나누었다. 늘 뒷모습만으로 보았던 갑옷 입은 이 모습을 이렇게 마주하기는 처음이었다. 그리고 이것이 마지막이 되지 않기를 바란다. 이미 피신했는지 보이지 않는 임해군 대신 그녀가 왕실의 신위(神位)를 모시고 안전한 곳으로 피신해야 하는 임무를 부여받았다. 그래서 곧 그와 헤어져 이곳을 떠나야 했다.

그녀의 여정 또한 쉽지 않겠지만 소혜는 마음을 단단히 먹었다. 지난번 안협에서 도망쳐 산을 헤맬 때보다 더 험난하고 많이 굶주리겠지만, 왕실의 막중한 사명을 짊어졌기에 이별을 슬퍼하거나 두려워할 여유조차 없었다. 그녀는 이번만큼은 세자빈으로서 다른 이들의 도움에 기대지 않고, 그들이 기댈 수 있는 존재가 되기로 마음을 다졌다.

그가 함께 갔으면 좋으련만 이 싸움에서 물러서지 않을 것을 알기에 소혜는 아무 말도 하지 않을 것이다. 그는 이 전투에 많은 것을 걸었다. 그는 끊임없이 세자인 자신을 증명해야 하고, 이 전쟁이 완전히 끝날 때까지 이 싸움을 계속 해야 한다. 어쩌면 전쟁이 끝나도 그의 외로운 싸움은 끝나지 않을지도 모른다.

"빈궁, 신위를 잘 부탁하오."

"예, 염려치 마시옵소서. 반드시 이기시옵소서, 저하."

세자와 세자빈은 서로를 마주 보았다. 그들이 짊어진 무게는 쉽게 울지도, 쉽게 도망치지도 못하도록 어깨를 짓눌렀지만 그래도 내려놓지는 않을 것이다.

"그리고 무사하시오."

"옥체 보전(保全)하십시오...."

소혜는 그에게 결연하게 절을 했고 그도 맞절을 했다. 어쩌면 마지막일지도 몰랐다. 이제는 떠나야 했다. 그는 자리에 우뚝 서서 허리에 찬 칼자루를 꼭 붙들고 있었다. 마음을 단단히 붙들고 있는 것처럼. 흔들려서는 아니 된다. 그는 혼이 아니라, 세자니까. 그녀가 막 문고리를 잡으려는 차에, 잊었던 말이 생각난 듯 혼이 그녀를 불렀다.

"소혜."

그녀가 뒤돌았다.

"꼭 돌아갈 테니 기다려주오."

그리고서는 환하게 미소를 지었다. 소혜도 고개를 끄덕이며 웃어주었다.

산의 능선은 고요했다. 끊이지 않는 곡선은 점점 어두워지고 있었고 바람에 불면 나무들이 흔들리는 소리가 들렸다. 비류강은 그 소리를 담아 유유히 흐르고 있었다. 눈부셨던 가을 햇살은 서쪽으로 기울어가며 조금씩 붉게 농익기 시작했다. 멀리 개 짖는 소리, 그리고 조금씩 귀뚜라미와 방울벌레들이 우는 소리도 들렸다. 너무 평화롭고 고요해서 사람들의 마음은 어쩐지 더 불안해졌다.

하지만 세자빈의 행렬을 따라나선 여인과 아이들, 몇몇 백성들과 그들을 호위하는 일부 관군들을 제외하고는 대부분이 이곳에 남은 것 같았다. 왕실을 상징하는 용의 깃발이 결연하게 바람에 펄럭였다. 그들이 이곳에 남아 싸울 각오를 한 이유는 저 깃발. 세자가 그들과 생사를 같이하기 때문인지도 몰랐다.

목책(木柵)은 여러 겹으로 성을 감쌌고 성 주변의 환호(環濠)에는 불이 잘 붙도록 기름을 부어 놓았다. 화전(火戰)에 대비하여 여러 군데에 분산하여 놓아둔 커다란 물동이들도 눈에 띄었다. 성 안쪽에서는 벽을 타고 올라오는 적들을 밀어낼 장창(長槍)과 뇌목을 마지막까지 만드느라 머리가 희끗희끗한 노인들이 쉴 새 없이 손을 놀렸다. 여인들은 화살을 막을 수 있도록 대나무를 엮거나, 던질 수 있는 모든 것을 들고 나와 한 켠에 쌓고 있었다.

눈을 반짝반짝 빛내며 벌판을 주시하던 찬새는 문득 자신이 맡은 화살문 주변을 둘러보았다. 싸울 수 있는 자들은 죄다 나와 있었다. 화포를 맡은 관군들, 의병과 승병들, 백성들은 각기 다른 복장과 무기를 들고 잔뜩 긴장한 채로 한 곳을 바라보고 있었다.

찬새는 바로 옆 화살문을 맡은 제 나이 또래의 소년을 보았다. 열너덧 살 정도 되었을까. 두 눈은 깜박도 하지 않고 적이 나타날 것 같은 저 벌판을 노려보았지만, 몸은 바들바들 떨고 있었다. 긴장한 아이는 땀이 차는지 계속해서 바지에 손을 닦았다. 그러던 그 아이가 찬새를 슬며시 바라본다. 저보다 한두 살 위인데 다리를 절면서도 그까짓 것 까딱도 하지 않았다. 게다가 갑옷에 투구를 쓰고 뭔가 있어 보이는 어엿한 관군인 찬새에게 은근슬쩍 관심을 보였다.

"임자는 왜놈들과 죽일내기[3] 해봤네?"

변성기 때문에 목소리가 형편없이 갈라졌다.

"많이 해봤지."

자신 있는 대답에 아이는 부러움과 존경이 섞인 눈으로 찬새를 보았다. 하긴 그러니 저 나이에 관군 아닌가 하는 눈으로.

"아뜩하지 않았네?"

찬새는 자신이 처음으로 왜군을 죽였던 날을 떠올렸다. 선하에게 배운 것은 하나도 생각나지 않고 그저 닥치는 대로 칼을 휘둘렀었지. 오줌을 싸지 않은 것이 다행이라고 기특하다고 했다, 산채 사람들이. 그때 찬새의 머릿속에 든 생각은 딱 하나였고 다른 것은 다 필요 없었다. 그것을 말해주면

3) 1. 마치 승부를 겨루듯이 사람을 마구 죽이는 일,
2. '전쟁'의 북한어.

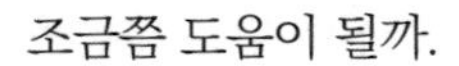

조금쯤 도움이 될까.

“내 앞, 딱 한 놈만 죽인다 생각하믄 된다.”

“그러기만 하면 되네?”

“응. 두 눈 똑바로 뜨고. 절대 눈감으면 안 돼.”

아이는 찬새의 말을 되새겼다.

“그놈이 우리 오마니를 죽인 놈이라 생각하믄 도움이 되갔구만?”

왜군들에게 가족을 잃었구나. 너도 나처럼 그렇게 홀로 남겨졌었구나. 오기가 가득한 눈빛만 살아남은, 까맣고 빼빼 마른 저 아이처럼 자신도 그랬을까. 어떻게든 마음을 독하게 먹지 않으면 이 전쟁에서 살아남을 수 없다. 찬새는 크게 고개를 끄덕였다. 그러자 아이는 눈을 빛내며 손에 침을 탁 뱉고 낫을 단단히 고쳐 잡았다. 이제 서서히 땅거미가 내리기 시작했다.

#52
심장이 터질 것 같아

"저하! 두려우십니까?"

"두렵지 않다."

선하가 그의 어깨를 잡았다. 길고 깊은 눈이 세자를 바라본다. 하지만 두렵다. 적을 마주하는 것 때문이 아니라 성천성과 이 많은 백성을 지켜낼 수 있을지 두려웠다. 저들은 자신을 바라보고 있다. 대신들도, 어린아이의 태를 벗지 못한 사내들도, 여인들도. 자신 안에 숨은 용기를 끄집어낼 수 있는 누군가를 바란다. 혼이 두려워하는 것은 그것이었다. 그들이 그리할 수 있도록 세자로서 마지막 순간까지 용맹할 수 있을까.

싸움을 독려하는 것과 직접 싸우는 것은 하늘과 땅의 차이처럼 달랐고, 홀로 싸우는 것과 다른 이들을 지키며 싸우는 것은 또한 명백히 달랐다. 처음으로 치르게 된 수성전(守城戰)이어서 더욱 그랬다.

이제 어둠이 내리면 적들이 올 것이다. 혼과 선하 두 사람은 나란히 서서 흐르는 강물을 바라보다가 서로를 마주 보았다. 두 사람은 적에게 혼란을 주기 위해서 비슷한 갑옷을 입고 있었다.

"네 옷을 입고 저잣거리 구경나갔던 옛날 같구나."

"그날 저는 종아리를 엄청나게 맞았지만요."

"그 빚 때문에 내가 이제껏 네게 꼼짝도 못 하는 것 아니더냐?"

"후후훗."

"언젠가 너와 함께 오늘의 이야기를 지난 기억으로 나눴으면 좋겠다."

"그때는 어사주(御賜酒)를 내려주시지요."

"그러마."

타닥타닥 화로에서는 관솔불이 타는 소리가 들린다. 적을 정탐하러 간 복로군(伏路軍)이 돌아와 알렸으니 머지않아 그들이 저 벌판에 도달할 것이다. 가까이에서 적의 출현을 알리는 북소리가 들렸다. 그리고 어두워지는 저편 멀리에서 검은 해무처럼 흑백으로 날리는 깃발의 무리가 다가오고 있었다. 심장이 뛰기 시작했다.

"이제 시간이 되었다."

"나흘입니다. 나흘 뒤에 지원군이 올 것이니 그때까지 잘 버티면."

혼은 선하를 바라보았다.

"마지막 계획을 쓸 일은, 없었으면 한다."

"저도 그러길 바라옵니다, 저하."

야스나리는 벌판에 진을 친 후 저기 대낮처럼 환하게 불 밝힌 성곽을 바라본다. 성안의 조선군 군사들은 그 짧은 시간 안에도 모든 역량을 다해 성을 지키기 위한 준비를 나름대로 해놓았다. 조선의 화포는 매우 위력적이지만 성천은 요충지가 아니었기에 왜군을 상대할 만큼의 많은 화포는 구비되지 않았을 것이다. 하지만 그들은 우습게 볼 상대가 아니었다. 세자는 영민했고 세를 규합하여 훌륭한 장수도 있을 것이다. 게다가 이곳은 그들이 잘 아는 지형이었다.

"시간 끌지 않고 바로 집중 공격할 것이오. 땅굴을 파서 내부를 기습하는 방법을 씁시다."

겐조가 허리에 손을 얹으며 위풍당당하게 말했다. 더는 생각할 것도 없는 상황이었다. 조선군은 명나라 군대에게 도움을 요청할 것이고 그전에 세자를 사로잡으려면 그 방법이 가장 합당했다. 하지만 야스나리는 그에게 동의하지 않았다.

"신중해야 하오. 한 번 쓴 방법을 다시 쓰는 것은 현명하지 못하오."

"저들이 원하는 것은 시간을 버는 것이오."

겐조는 야스나리의 그런 태도가 못마땅했다. 그리고 그가 구로다 총대장의 신임을 받는 것도 달갑지 않았다. 겐조가 보기에 야스나리는 검조차 제대로 들 줄 모르는, 한가하게 노래를 듣거나 글이나 쓰고 꽃이나 보는 연약한 사내였다. 게다가 조선인 기녀에게 마음을 빼앗겨 눈물을 흘리는 꼴이라니. 이런 자가 높은 신분을 발판으로 자신 같은 타고난 무사 위에 서려 하다니.

"월등히 높은 전력을 가진 우리가 세자를 사로잡는 것은 시간문제요."

"겐조 부장. 지도상으로 우리가 땅굴을 뚫는다고 하면 여기, 그리고 여기. 두 군데뿐이오. 하지만 성 앞에는 군사들이 주시하고 있으니 남는 건 이곳. 자세히 보시오, 가능하다 여기오?"

그의 설득력 있는 목소리는 모두를 집중시켰다. 그들은 겐조와 야스나리의 말을 저울질하며 미심쩍은 눈으로 지도를 자세히 들여다보았다. 겐조의 말이 맞았지만 야스나리의 염려도 무시할 수 없었다.

"땅굴을 팠다가는 모두 수장(水葬)될 것이오."

"짧은 시간에 그렇게 길고 깊은 수로를 팠을 리 없소. 우리는 여기서 왈가왈부하면서 그들에게 시간을 벌어주는 셈이오."

다른 장수들은 결국 겐조의 말에 고개를 끄덕였다. 의견이 겐조에게로 기울었다. 야스나리는 입을 닫았다. 야스나리에게 결정권을 주지 않은 것은 구로다 총대장이었다. 그것은 그가 야스나리를 완전히 믿지 못한다는 것을 방증했다. 겐조는 자신을 경쟁자라 여기고 있었고, 미묘한 열등감에 사로잡힌 채 자신을 반대하는 그를 더는 막을 수 없을 것 같았다.

겐조는 야스나리의 침묵이 자신의 의견에 동조한 것으로 생각했다. 어차피 그런 것이 아니어도 상관은 없었다.

"바로 정면 돌파한다."

꼼짝 않는 왜군들의 진영에서는 줄기차게 바람이 불어왔다. 높은 망루는 괴물처럼 어둠 속에 서 있었고 그림자 같은 깃발이 펄럭이는 광경은, 살아 있지만 한 번도 보지 못한 생물들이 꿈틀거리는 것처럼 기이하고 살벌했다. 팽팽한 긴장감이 두 진영 사이를 굳히고 있었다. 언제 닥칠지 모르는 적들을 기다리는 것은 견디기 어려운 일이었다. 밤은 깊어져 갔고 집중력은 흩어지기 시작했다. 어차피 시작하려면 빨리 시작하는 편이 나을 것 같았다.

그때 마치 천 년 묵은 지네의 음흉한 움직임처럼 왜군들의 깃발들이 점점 가까워지는 것 같았다. 성곽을 지키고 있던 병졸들은 침을 꿀꺽 삼켰다. 가까워지는 무리는 널따란 방패로 몸을 가린 조총부대였다. 여기저기에서 그들이 출몰하고 있었다.

"왜군이다!!!"

망을 보던 자가 긴급하게 북을 둥둥 울리자 모두가 화살을 팽팽하게 재고 명령이 떨어지기를 기다렸다. 숨조차 함부로 쉴 수 없었다. 굳게 입술을 다물었지만 거친 숨이 콧김을 타고 뿜어졌다. 화살을 최대한 아껴야 했다. 왜군들은 방패로 몸을 가리고 조총을 재었다. 그리고 점점 가까워졌다가 멈춘다.

"쏴라!!!"

화살을 쏘는 것과 동시에 땅과 하늘을 울리는 천둥소리처럼 왜군들의 조총부대가 한꺼번에 총을 쏘기 시작했다. 그들은 마치 금방이라도 맨 앞의 사수들을 다 쏘아 맞히고 성을 타고 올라올 것처럼 무섭게 총을 쏴댔다.

타다다당.

사수들은 화살문에 몸을 숨긴 채 그들에게 맞대응하는 불화살을 쏘았다. 불붙은 화살이 검은 밤하늘을 가르며 날아가는 모습은 장관이기도 했고 두렵기도 했다. 연달아 들리는 조총 소리에 귀가 따가웠고 생소하고 매캐한 화약 냄새가 바람을 타고 성까지 닿았다. 몇몇은 조총에 맞아 비명을 지르며 쓰러졌다. 아군에게 불리한 여건이었다. 바람을 정면으로 맞은 화살은 생각만큼 멀리 날아가지 못했다. 하지만 그들 모두는 그 바람을 가르고 화살을 더 멀리 보내려 안간힘을 다했다.

불화살이 날며 시야를 확보한 사수들이 이어서 편전을 쏘아댔다. 그중에는 찬새도 있었다. 대나무 잎처럼 파릿파릿한 화살들이 눈에 보이지 않는 빗방울처럼 날아 왜군들에게 가 박혔다. 불이 붙은 왜군의 방패 뒤에서는 몇몇이 불화살을 맞고 바닥에 쓰러졌다. 선하의 강력한 화살은 조총을 든 자들을 정확히 하나씩 쓰러뜨렸다. 그리고 그는 작심하고 무거운 쇠 화살을 꺼내어 활에 재었다. 팽팽한 핏줄이 바르르 떨었다.

푯슝.

둔탁하지만 무시무시한 소리를 내며 쇠 화살이 날아간다. 화살은 그들이 방패로 쓰고 있는 나무판자를 쪼개 놓을 만큼 강력했다. 선하는 손의 땀을 닦으며 다시 개중 우두머리인 자를 눈으로 훑는다. 그의 시야에 누군가가 들어왔다.

'그래, 너. 기다려라.'

다소 먼 거리였지만 선하는 심호흡을 하고 화살을 재었다. 마침 아군이 쏜 불화살이 그의 앞을 환하게 비췄고 선하는 때를 놓치지 않았다.

핏슝.

선하의 편전이 정확히 그의 목을 꿰뚫자 당황한 왜군들은 뒤로 물러서기 시작했다.

"나리!!! 이쪽에서 심상치 않은 소리가 들립니다!"

누군가가 허리를 바싹 낮추고 성곽에 올라와 선하를 찾았다. 선하는 그를 따라가 커다란 물독에 들어가 땅굴 파는 소리에 귀를 기울이고 있는 부하들에게 다가갔다. 그 안에 들어가 있으면 땅이 울리는 소리가 증폭되어 들렸다.

"동편 성벽 아래에서 이상한 소리가 들립니다."

그들은 안협에서 그랬던 것처럼 수로를 통해 땅굴로 이곳까지 올라올 계획이 분명했다. 예상한 대로였다. 선하는 부하에게 긴급히 당부했다.

"최대한 가까이 다가오면 그때 불을 붙여 던져라."

이미 수로에는 불을 붙이기 위해 기름을 충분히 부어놓은 상태였고 좁은 통로에 불이 붙으면 그 안으로 기어들어 오는 자들은 그 누구도 살아서 나가지 못할 것이다. 수상한 움직임의 소리가 점점 더 가까워졌다. 손에 땀이 주르륵 흘렀다.

"지금이다!!!"

군사들은 들고 있던 횃불을 좁은 통로로 던져 넣으며 몸을 피했다. 그러자 순식간에 불이 폭풍처럼 일면서 수로 안에서 끔찍한 비명소리가 들렸다. 군사들은 그 아비규환을 뒤로 한 채 커다란 바위로 수로를 막아버렸다.

적들은 물러갔다.

하지만 곧 다시 올 것이다. 화약 냄새와 불 냄새가 사방에 진동했고 새까맣게 짙어진 어둠으로 보아 곧 새벽이 올 것 같았다. 한 차례 전투가 끝났고, 그들의 공격을 잘 막아냈다는 사실은 자신감과 안도감을 심어 주었다. 두려움은 그것들로 인해 지금은 잠시 잊혔다. 교대를 마친 이들은 성벽에 기대어 지친 몸을 쉬었다. 긴장이 잠시 풀리자 급격히 잠이 쏟아졌다. 도망가지 않고 이곳에 남은 여인들은 다친 사람들을 치료하였고, 성안에 있는 먹을 수 있는 모든 것을 다 긁어모아 끼니를 만들어 군사들에게 나누어주었다.

"찬새야!"

"재령 아기씨! 아니 가셨어요? 왜 아직 여기 계셔요?"

잠시 눈을 붙이고 벽에 기대있던 찬새가 그녀의 목소리에 눈이 휘둥그레졌다. 곁에서 쉬고 있던 아이가 의아한 눈으로 찬새와 재령을 번갈아 바라보았다. 그녀는 대바구니에 온갖 천 조각들과 짓이긴 약초항아리를 담아 다니며 다친 이들을 돌보는 중이었다.

"다친 데는 없느냐? 넌 괜찮으냐?"

"예, 전 멀쩡하구만요."

찬새는 곁의 아이와 눈을 마주치고 서로 고개를 끄덕였다.

"혹시... 선하도령 어디 있는지 보았느냐?"

"저쪽에 계셔요... 다친 데 없이 무사하세요."

재령은 고개를 끄덕였다. 그녀의 눈동자에도 밤을 무사히 넘겼다는 안도감이 밀려들었다. 그녀는 찬새의 어깨를 두드렸다.

"몸조심하거라."

재령이 저쪽으로 멀어지자 쳐다만 보고 있던 아이가 기다렸다는 듯 찬새에게 물었다.

"뉘기네?"

“우리 도련님 각시.”

“와, 임자는 양반네하고도 친하네? 걱정도 해주고 대단하구나야. 난 함돌이라고 하는데, 임자는 이름이 뭐네?”

"착할 찬 자 알아?"

함돌이라 자신을 소개한 아이는 고개를 가로저었다.

“난 찬새. 착할 찬 자를 쓰는 찬새.”

찬새는 어깨를 으쓱하고는 뿌듯하게 뒤로 머리를 기댔다.

땅굴로 침입하는 데 실패했으니 적들은 다른 방도를 모색할 것이다. 장수들의 의견은 분분했지만, 결국 다음번에는 공성전을 벌일 것이라는데 결론을 내렸다. 그래서 그 전투는 더욱 치열하고 잔인할 것이다. 지난밤의 사상자는 그리 많지 않았고 아직까지는 많은 이들이 무사했다.

선하는 다른 장수와 교대하고 자신이 맡은 구역 아래로 내려와 성벽에 기대어 잠시 눈을 붙였다. 누군가가 그의 얼굴을 찬찬히 들여다보다가 곁에 기대어 앉는 것도 눈치채지 못했다.

그를 깨우기 싫었다. 그는 지친 듯 보였지만 상처 하나 없이 무사했다. 이렇게 곁에 있어서 무사한 모습을 볼 수 있으니 그저 다행이라 생각했다. 전투가 벌어지는 소리는 심장이 오그라들 만큼 두려웠지만 그래도 그를 두고 떠나지 않기를 잘했다. 함께 있어 좋았다.

재령은 지친 그의 곁에 나란히 앉은 채로 하늘을 바라보았다. 별은 무서울 정도로 크고 밝아서 벌판 위로 쏟아질 것 같았다. 이제 곧 새벽이 오겠지. 그 짧은 휴식 뒤에 다시 어떤 힘겨운 날들이 펼쳐질지 모르겠지만 지금 이 고요한 잠깐의, 살아있는 잠깐의 평화를 모두가 누리고 있었다.

#53
그들이 보는 세상

왜군이 성천으로 진격하고 있다는 소식이 전해지자마자 임해군은 그를 호위하는 군사들과 함께 은밀히 성을 빠져나왔다. 성은 온통 아수라장이었지만 역시나 혼은 몸을 피하지 않고 그곳에 남겠다고 결정했다지. 어리석은 놈. 부왕이 기대한 대로 그렇게 죽겠다고 안달이 난 자를 굳이 끌어내고 싶지 않았다.

세자빈이 신위를 모시고 몸을 피신한다고 들었다. 남아있었다면 그 일은 자신이 맡았어야 했지만 그렇게 했더라면 그의 피신은 더 느려질 수밖에 없었을 것이다. 신위 같은 것 지킨다고 해서 그것이 목숨을 부지해 주지는 않는다. 왕실 그 누구도 자신의 안위를 책임져 주지 않았는데 굳이 그렇게 할 필요는 없었다. 자신은 부왕에게서도 동생에게서도 버림받았다. 그런데 그것을 위해 희생할 필요가 있는가.

그리고 이 상황에서 전해 들은 은밀한 소식은 그의 뒤틀린 마음을 묘하게 자극하고 있었다. 자신의 피신을 명나라 부대에 은밀히 타진하러 보냈던 자가 물어온 진귀한 소식이었다.

"명나라군이 세자를 지원하지 않을 거라고?"

"그렇습니다. 지원군이 오지 않으면 결국 성이 함락될 것입니다."

"그래?"

혼은 왜군과 타협하지 않을 것이다. 그토록 백성을 위한다니 그들과 함께 도륙당해도 괜찮겠지. 결국 세자는 그곳에서 죽을 것이다. 그렇게 싸우다가 차라리 죽는 것이 나았다. 이제 혼은 자신의 목숨을 위협하는 존재일 뿐이니까.

그렇다면 그다음 세자는 누가 될 것인가.

전쟁이 끝날 때까지 부왕은 자신이 사랑하는 아들이 아닌 다른 이가 계속해서 세자 역할을 해주길 원하겠지. 그런데 만약 자신이 세자가 된다면, 왜군들과 협상을 하고 이 전쟁을 끝내면 어찌 되는 것인가. 혼의 죽음이 자신에게 새로운 기회가 된다면. 그는 눈을 움찔거린다. 결국은 한 어미에게서 난 동생의 죽음을 발판으로 삼아야 하는 것인가. 한편으로는 참담하면서도 다른 한편으로는 오기가 일었다. 자신의 동생이기보다 오롯이 세자만이 되기로 결심한 것은 혼이 먼저였다. 버린 건 자신이 아니라 혼이다.

'네가 나를 이렇게 만든 거다, 알고 있나?'

승관은 그런 임해군을 지켜보았다. 그가 무슨 생각을 하고 있는지 짐작하는 것은 어렵지 않았다. 그는 어리석고 포악하다. 그럼에도 그를 따라나선 것은 성천성에서 개죽음을 당하고 싶지 않았기 때문이었다. 그곳에서 허망하게 자신의 인생을 끝낼 수는 없었다. 모두가 죽어버리면 그 이후는 누가 이끌어간단 말인가.

언젠가 전쟁이 끝나면 살아남은 사람들이 남은 것을 차지할 것이다. 살아남는 것이 이기는 것이다. 그리고 자신은 끝까지 살아남을 것이다. 성천에 남은 윤선하는 죽게 되겠지. 그의 기개를 조롱하고 싶지는 않았다. 그것은 칭송받을 만한 훌륭한 무관의 자세였으니까. 하지만 어찌 되었건, 반드시 죽기를 바란다.

승관은 세자를 배신할 생각은 없었다. 도망친 것이 아니라 훗날을 도모하는 것이었다. 그저 자신은 임해군을 호위하기 위해 따라 나섰을 뿐이라

스스로에게 변명했다. 자신이 굳이 앞에 나서지 않아도 그렇게 될 상황이라면 어쩔 수 없이 그렇게 될 것이다. 그것을 누가 막을 수 있겠는가. 세자를 배신하지는 않겠지만, 자신이 어떻게 해야 살아남을 것인지 상황을 잘 읽어야 했다.

만약 세자가 성천성에서 붕어(崩御)한다면 그다음 세자는 누가 될 것인가를 승관은 저울질하고 있었다. 그리고 지금 임해군은 그와 같은 생각을 하고 있겠지. 세자가 죽기를 바라는 임해군과 윤선하가 죽기를 바라는 자신은 나름의 합당하고 솔직한 이유가 있는 것 아닌가.

"잘 보아야겠구나. 상황에 따라 내가, 성천으로 돌아갈 수도 있겠다."

임해군은 얼굴을 찡그리며 중얼거렸다. 불빛에 비친 그의 얼굴에 얼룩덜룩한 그림자가 드리워졌다.

자신의 몸에서 역한 화약 냄새와 피 냄새가 풍겼다. 야스나리는 말에서 내리자마자 쓰러지듯 자신의 천막으로 돌아왔다. 그리고 진저리를 치며 투구를 벗어버리고 가쁜 숨을 내쉬었다. 토할 것 같았다. 아니, 비명을 지르고 싶었다. 그는 식은땀을 흘리며 힘겹게 침상에 몸을 뉘었다. 목을 조이는 것 같은 갑옷의 끈을 자꾸만 미끄러지는 서툰 손놀림으로 급하게 풀어 제쳤다.

"하아... 하아...."

조선군이 발사한 탄환 파편에 맞을 뻔했던 아찔했던 순간은 지금의 야스나리에게는 아무 의미 없었다. 두려움에 대한 무감각이 그를 이 참혹한 전투에서 구원해주었지만, 파도처럼 연달아 밀려오는 역겨움은 더는 참을 수 없었다. 사방에서 흐르는 피비린내. 갑옷을 뚫고 살을 벨 때의 그 소름 끼치는 소리는 그의 목을 조여 왔다. 비명이 아직도 그의 머릿속에서 떠나지 않았다. 그는 이를 악물었다. 떠올리자. 다른 기억들. 좋은, 기억을.

바닥이 보일 정도로 맑은 물에 가득 고인 햇살, 푸른 여름. 자신을 향해 웃어 보이는 여인. 그 햇살이 자신의 얼굴을 간질이던 그때. 그래, 바로 그때.

그렇게 조금씩 구역질과 호흡이 진정된다. 언제쯤 끝이 날까. 어떻게든 어서 마지막에 도달했으면 좋겠다. 야스나리는 날아오는 화살을 피하고 싶지 않을 정도로 지쳐 있었다. 하지만 자신이 지친만큼 저 성안의 사람들도 지쳤을 것이고 겐조는 그 순간을 놓치지 않을 것이다. 그는 공을 세운다는 명백한 목표가 있었고 야스나리는 자신이 죽건, 그렇지 않건 상관없이 어떻게든 이 전쟁에서 벗어나고 싶었다. 그리고 머지않았다. 조선군은 맹렬히 싸우고 있었지만, 수세에 몰렸다. 점점 줄어드는 화살의 개수에서 어렵지 않게 알아챌 수 있었다.

"하지만 그들은 쉽게 항복하지 않는다."

야스나리는 중얼거렸다. 요시히데에게 늘 그렇게 얘기했듯이, 조선군은 한 번에 무너지지 않을 것이다.

"마지막까지 끝내지 않으면, 그들은 결코 끝나지 않아."

이 전투는 명백히 조선군에게 불리했다. 수적 열세를 극복할 수 없을 것이다. 명나라의 지원군이 도우러 오고 있을 거로 생각하겠지만, 그들은 자신들의 전투에 바빠 이곳을 도울 여력이 없었다.

야스나리가 조언한 대로 구로다 총대장은 적은 수의 군사로 명나라군 앞에 출몰하며 그들을 그곳에 묶어두는 데 성공하고 있었다. 저 안에 있는 자들은 그 사실을 모른 채 하루하루를 버티고 있다. 이제 화살도 탄환도 얼마 남지 않았을 테지. 시간은 자신들의 편이었다.

세자는 사로잡힐 것이다. 그리고 전쟁도 끝날 것이다. 그때까지 자신이 살아있을지 알 수 없지만. 다만 궁금했다. 저곳에 윤선하가 있을까. 그는 자신을 칼로도, 말로도 찌른 채 사라졌지만 어쩐지 그를 이곳에서 다시 만날 수 있을 것 같았다. 조선에 처음 왔을 때 자신을 맞아준 것처럼, 이곳을 떠나게 될 때 마지막으로 보게 될 사람이 그일까.

처음 만났던 기억은 뽀얀 눈구름으로 뒤덮인 겨울에서 시작되었다. 말에서 내린 야스나리를 맞이한 것은 새하얀 눈. 잔뜩 긴장했던 그의 어깨에 소복하게 쌓이는 눈의 느낌이 좋았다. 교토에 내리는 눈과 다를 리 있겠느냐마는 뭔가 더 향긋하고 신선했다. 꿈에도 그리던 성균관(成均館) 앞에서 잔뜩 흥분한 그의 볼은 발갛게 피어났다. 성리학(性理學)의 대가 윤인로 선생과 같은 훌륭한 학자에게 가르침을 받을 수 있다는 자체만으로도 이미 정신없이 흥분되었다. 고요한 파장으로 가득한 이 순간을 평생 잊지 않겠다고 다짐했다. 공기, 섬세한 눈송이, 건물과 기와의 모양, 느낌.

"이 먼 곳까지 온 것을 환영하오."

예상치 못한 그 한 마디 왜말을 속성으로 외워 자신을 맞이하던, 장난기를 담아 씨익 웃었던 사내는 그래, 그때는 웃는 얼굴이었지.

"환대해 주셔서 감사합니다."

그의 유창한 조선말 대답에 놀라고 재미있어하던 그.

처음 봤을 때 키 큰 대나무처럼 싱싱하고 수려하다는 생각이 들었던. 그 사내가 윤선하였고, 때는 전쟁이 일어나기 전 겨울이 막 시작되던 때였다. 이제는 슬프고 안타까운 기억이 되어 버렸지만.

무엇이 그들을 이렇게 참담한 인연으로 다시 만나게 했는지 원망스러웠다.

나흘이 지났지만, 지원군은 오지 않았다. 어스름하게 동이 터오고 있는 지금, 벌써 엿새째였다. 그리고 왜군들이 또다시 몰려오기 시작했다. 천여

명이 지키고 있던 성에는 이제 반으로 줄어 버린 사람들이 남아 있었다. 성을 함락하기 위해서 여전히 그들의 다섯 배가 넘어 보이는 왜군이 사방에서 밀려오고 있었다. 그들은 성안으로 진입하려던 여러 번의 시도가 번번이 실패하자 이번에는 끝장을 보겠다고 작심한 듯 보였다. 성을 지키고 있는 자신들도, 자신들을 함락시키기 위해 매번 시도하는 저들도 이 전투를 이어가는 것에 지쳐가고 있었다.

성 아래로부터 적들이 개미떼처럼 밀려오는 저 장면을 보면서도 차마 믿고 싶지 않았다. 길게 고심하여 화살을 아껴 쏠 겨를이 없었다. 정신없이 쏘아대지 않으면 맞춘 놈 뒤에서 다음 놈이 끈질기게 기어오른다. 왜군들이 쏜 화포가 날아와 성곽이 부서졌다. 순식간에 그 파편에 맞아 사람들이 쓰러졌다. 그들이 쓰러진 자리에는 피가 흥건했다.

펑, 퍼벙.

바퀴 달린 천자총통(天字銃筒)이 뒤로 밀리며 연속으로 토해낸 비격진천뢰(飛擊震天雷)가 하늘을 날아가 왜군 무리 깊숙한 곳까지 굴러갔다. 요란한 굉음과 함께 커다란 폭발이 일어나고 왜군들은 철심을 맞고 살이 찢겨 사방으로 쓰러졌다.

"발사!!!"

발사하고 나면 한동안은 아무 소리도 들을 수 없었다. 코를 찌르는 화약 냄새와 위이잉 하는 울리는 소리를 뚫고 무관들이 고하는 소리가 작게 들렸다.

"나리! 이제 천뢰가 얼마 남지 않았습니다!!!"

"탄환도 이게 마지막이옵니다!!!"

"계속 쏘아라! 올라오게 해서는 안 된다!!!"

가진 것을 다 쏟아 부을 수밖에 없었다. 혼은 입술을 깨물었다. 탄환이 떨어지기를 기다린 것인지 왜군들은 그 틈을 노리고 성 바로 아래까지 근접했다. 여기저기에서 사다리가 걸쳐지는 소리가 들린다.

"사다리다!!!"

그 소리를 듣고 성곽 아래에서 화살과 돌을 나르던 노인들까지 다 올라왔다. 병사들이 겨우 붙잡고 있는 장창과 뇌목을 넘겨받아 사다리를 밀어 젖힌다. 끔찍한 비명이 함께 사다리에 매달려 있던 왜군이 바닥으로 떨어졌다. 병사들은 아래를 향해 활을 쏘았다. 여인들은 던질 수 있는 모든 것을 던졌다. 얼마나 버틸 수 있을까. 적들은 조금씩 후퇴하고 있었다. 하지만 다음번에는 어찌 될지 아무도 장담할 수 없었다. 방패로 엄호하며 손에서 피가 나도록 활을 쏘아대던 혼에게 대장군이 자세를 낮춰 다가왔다.

"저하! 더 늦기 전에 마지막 방법을 써야겠습니다!"

"하지만 지원군이...."

"시간이 없사옵니다. 엿새째이옵니다. 지원군이 오지 않는다면 다음 공격에는 성이, 함락될 것입니다."

혼은 후퇴하고 있는 왜군들을 응시했다. 그들의 숫자는 아직도 많았다. 그리고 이제 화살도, 탄환도 거의 남아있지 않았다. 혼은 고개를 떨궜다. 지금 결단을 내리지 않으면 어쩌면 모두를 잃을 수도 있었다.

"마지막 방책을 쓴다. 윤선하를 불러오시오."

#54
뒤엉킨 운명

비슷한 옷. 비슷한 투구. 그들은 서로를 마주 보았다. 그렇게 하고 보니 비슷해 보이기도 했다. 선하는 애써 웃어 보이려 했지만, 혼은 굳게 입을 다물고 비장함을 삼키고 있었다.

비슷한 옷의 이유는 이것 때문이었다. 선하는 혼 대신 이 성을 빠져나가며 왜군들을 유인할 것이다. 그들이 원하는 것은 성을 함락하는 것이 아니라 세자를 사로잡는 것이니까. 그 위험하고 참담한 내용에도 불구하고 성 안에서 혈투를 벌이고 있는 사람들은 그들이 이 계략에 속아주기만을 바랄 뿐이었다.

가급적 멀리 도망치며 그들을 유인할 것이다. 성천성이 버틸 시간을 벌어주는 것이 선하의 임무였다. 하지만 누군가가 다른 누군가를 대신할 수 있을까. 죽을 자리인 줄 알면서도 그 자리를 대신할 수밖에 없는 자에게 선택권은 없었다. 자진해서 그리한다 해도, 만약 피할 수 있는 상황이 되었다면 아무도 그리하지는 않았겠지. 자신이 부왕을 대신하고, 선하가 자신을 대신하는 것처럼.

하지만 달랐다. 부왕에게는 자신을 대신할 왕자가 많이 있었지만, 자신에게 윤선하를 대신할 사람은 단 한 명도 없었다. 그는 단지 신하가 아닌 혼의 유일한 벗이었다. 이번에는 정말 죽을지도 모른다. 그리고 그 자리에 벗을 보내는 사람은 자신이었다. 그 고통은 어떠한 책임감보다 더 큰 무게였다. 혼은 평생 그 죄책감에서 벗어나지 못할 것 같았다. 그는 좋은 형제도, 좋은 낭군도 되지 못했고, 이제는 좋은 벗도 되지 못했다. 선하가 없으면 그다음은 어떻게 살아가야 할까. 어떻게 용기를 낼 수 있을까. 혼은 겁이 났다.

"네가 어떻게 된다면 나를 용서치 못할 거야. 나, 겁이 난다."

"저하, 염려 놓으소서. 소신, 윤선하이옵니다."

언제나 그랬듯이 선하는 옆 동네 마실 나가는 것처럼 가볍게 대답한다. 선하에게서는 이 혹독하고 시끄러운 세상과는 어울리지 않는 반짝이고 여유로운 공기가 흘렀다. 그래서 그를 보면 자신까지 마음이 편해졌다.

"왜 하필 너냐고 원망치 않느냐?"

"가장 친한 벗이 동궁 마마님이 되신 걸 어떡합니까. 저하를 벗으로 둔 소신의 죄지요."

선하는 농담을 하며 그를 바라본다. 혼은 쓰디쓴 눈동자로 선하를 마주 보았다. 그는 괜찮다고 말하고 있다. 선하는 절망에 빠지지 않은 단단한 마음을 투영하며 그의 벗을 달래고 있었다.

이 힘겨운 전쟁에서 하루아침에 세자가 되어 이곳에 버려지듯 남겨졌을 때 혼이 수도 없이 했을 생각들. 왜 하필 자신이었을까. 원망과 두려움을 외면하면서 스스로 계속 북돋을 수밖에 없었을 그의 시간을 선하는 찬찬히 되짚어본다. 속으로만 삭였던 그 갈등을 딛고 혼은 어떤 이유를 찾아내었기에 이 자리에 이토록 늠름하게 서게 되었을까.

선하는 빙긋 웃었다. 버티고 있는 혼에게 힘이 되어 줄 사람은, 죽을 자리라는 사실을 알면서도 기꺼이 앞서나갈 사람은 자신뿐이었다. 자신보다 더 많은 책임을 지고, 더 많은 일을 할 수 있는 세자 혼에게 백성들 사이에 뒤섞여 어떻게든 안간힘을 쓰는 그의 벗에게 자신의 그 이후를 믿고 맡겨보고자 한다. 혹시 선하가 돌아오지 못하더라도 여전히 포기하지 않고 싸우고 있을, 그 막중한 짐을 내던지지 않을 세자에게.

"저하, 그러니 저하의 어깨에 제 나머지를 얹겠습니다. 잘 버티실 수 있으시지요?"

"물론이다."

남은 자는 앞선 자의 짐을 지고 가야 한다. 한없이 슬프고 오래된 이야기를 둘은 그렇게 담담히 나누었다. 하지 못한 이야기는 침묵과 눈빛으로 대신했다. 이제 갈 시간이었다.

"저하의 뒷배만 믿고 갑니다. 망설이지 않고."

선하는 세자에게 마지막 절을 올렸고, 혼은 선하를 굳게 끌어안았다.

"선하야! 반드시 살아 돌아오너라. 어명(御命)이다."

여인들은 서로 기대거나 드러누워 잠시 쉬고 있었다. 머리는 온통 헝클어진 데다 까지고 멍들고 다친 사람들투성이였다. 돌을 나르느라 벗겨지고 찢어진 손톱에는 검게 피가 말라붙어 있었다. 그들은 치마를 찢어 손을 감쌌다.

기둥에 머리를 기대고 있던 재령은 저기 허리를 숙여 문으로 들어오는 장수를 보았다. 여인네들 마음속에 잔잔한 파장을 일으키는 그는 선하였다. 재령은 몸을 일으켰다. 그의 옷은 피와 얼룩으로 더러웠고 찢어진 소매가 움직일 때마다 나풀거렸다. 갑옷과 투구는 여기저기 상처로 가득했다. 그런 참담한 모습에도 그는 재령과 눈을 마주치며 잔잔히 웃고 있다

지금 그 어떤 것도 듣지 못했고 알지 못한 상태지만, 재령의 심장은 마치 무언가를 예감하는 것처럼 세차게 뛰기 시작했다. 그는 불안에 사로잡힌 재령에게 눈빛을 빛내며 다가온다.

"무슨 일 있소?"

우려 섞인 재령의 물음에 선하는 대답 대신 그녀의 손을 잡아 바깥으로 향한다. 인적이 드문 객사 건물 뒤편, 해가 지고 있었다. 하늘을 온통 붉게 적셨던 노을은 검은 지붕 위로 흩어지고 어둠이 점점 가까이 내려앉고 있었다. 선하는 재령의 양손을 더 애틋하게 잡는다. 그와 눈을 마주치자 그의 마음이 바깥으로 투명하게 비치는 것 같았다. 그가 어떤, 이번에는 아주 위험한 출정을 하려 한다는 것을 느낄 수 있었다. 입이 말랐다.

"내가 어디로 가고, 또 어떤 일을 하게 될는지 솔직하게 말하겠소. 내 아내니까."

선하가 하는 말의 무게는 참으로 무거웠다. 그녀가 어떠한 감정을 짊어지게 될는지도 깨닫게 해 주었다. 심장이 그토록 두근거린 건 감당할 수 없는 이후의 상황을 짐작했던 것이리라. 그가 채 시작도 하기 전에 성급한 눈물부터 눈에 가득 차올랐다.

"언제 적군들이 다시 성을 공격할지 모르고, 우리는 매우 힘든 상황이오. 그래서 내가 저하를 대신해서 그들의 시선을 다른 곳으로 돌릴 것이오."

"...그렇게 할 수밖에 없는, 마지막 방법이겠지요?"

"지금으로써는 최선의 방법이라오."

어쩌면 목숨을 잃을지도 모르는 위험한 임무. 그 얘기를 듣고만 있어야 하는 재령은 한없는 무력감에 잠겨간다. 아무리 몸부림쳐도 결국 제자리인가.

"재령, 울지 마시오."

선하는 떨리는 손으로 재령의 눈물을 닦아주었다. 이 사람을 붙잡을 수 있으면 좋으련만 그녀는 아무것도 할 수 없다. 그는 늘 떠날 테고 재령은 그의 빈자리를 떠안는다. 이 전쟁이 끝날 때까지. 혹은 그 이후까지도. 그럼에도 계속 바라고 손을 뻗어야 하는가.

그래, 그럴 것이다.

그를 보내는 것은 결코 순응도 포기도 아니었다. 그것은 그가 돌아오기를 바라는 재령의 가장 강력한 의지였으니까.

"기다려주오. 꼭 돌아오겠소."

재령은 선하의 목덜미를 끌어안았다. 그의 모든 것을 기억에 담는다. 지금 이 순간, 그의 땀 냄새와 숨소리까지도. 질끈 감은 눈에는 물기가 어렸고 그의 숨결을 기억하려 더 깊게 숨을 들이쉰다. 선하는 온몸에 그녀를 새겨 넣는다. 죽음이 닥쳐온다면 그 마지막 순간까지 잊지 않을 것이다.

그의 뒤편, 저 작은 문 너머에 묵묵히 그를 기다리는 부하의 모습이 보였다. 조용히 푸득거리는 말의 숨소리와 발굽 소리도 들렸다. 이제 곧 떠나야 하는가 보다. 바닥에 닿지 않는 초조함이 재령을 순식간에 삼키려 들었다. 어쩌면 이 모습이 자신들의 마지막은 아니겠지.

"사랑하오."

이별의 시간은 짧았다. 하지 못한 말, 하고 싶은 말을 다 할 수 없었다. 그저 애끓는 마음으로만 시간이 지난다. 선하는 이를 악문 채 그녀의 손을 놓았다. 놓고 싶지 않았다. 그럼에도 놓을 수밖에 없었다. 그녀에게 돌아오기 위해서 반드시 이기고, 반드시 무사해야겠다고 다짐했다. 울음을 참고 있는 그녀를 보고야 말았다. 선하는 칼자루를 꽉 쥐고 마지막까지 미소를 띄운 채 겨우 돌아섰다.

어둠이 눈처럼 내려앉기 시작한 저녁에, 그는. 재령의 낭군은, 뒷모습을 남기고 멀어져갔다. 다른 무관들에 섞여 말에 오르는 그 모습이 눈물에 섞여 자꾸만 흐릿해졌다. 재령은 울지 않으려 두 손으로 입을 틀어막았다.

그리고 혼자 남았다.

성은 포위되어 있었다. 하지만 성을 에워싼 자들 역시 지쳐 있었다. 쉽게 함락될 것 같았던 성천성은 의외로 긴 시간을 버티며 점점 그들의 사기를 흩어버렸다. 그랬기에 아무도 예상치 못했을 것이다. 성안에서 누군가가 나오리라는 것을.

말 위에 앉은 선하와 서른여 명의 무관들은 숨을 죽이고 가장 적당한 순간을 기다리고 있다. 밖을 염탐하던 자가 신호를 줄 것이다. 그들이 나가려는 반대편에서 왜군들의 시선을 끄는 동안 재빨리 바깥으로 나갈 것이다. 그들은 주먹을 쥐락펴락하고 잔뜩 숨을 들이켜며, 말라붙어 거의 나오지 않는 침을 삼킨다. 고삐를 쥔 사람들의 긴장한 맥박을 느꼈는지 말들도 잔뜩 흥분하여 앞발을 저으며 푸르륵 거렸다.

"준비되었느냐?"

"예."

"모두 쉬지 않고 달려야 한다. 그래야 우리를 세자저하라 생각할 것이다."

선하는 결연한 부하들의 얼굴을 하나하나 바라보았다.

"난 윤선하다. 그리고 우리는 결코 죽지 않는다."

삐이이익.

성곽 저편에서 효시(嚆矢)가 울렸고 아군들이 일제히 화살과 화포를 쏘기 시작했다. 그것이 신호였다. 선하가 고개를 끄덕이자 드디어 남쪽의 성문이 열렸다. 모두 검을 단단히 쥐었다.

"하아!"

선하와 그의 무리는 불빛 한 점조차 없는 어둠을 검을 휘두르며 쏜살같이 달려나갔다. 깃발이 세차게 바람에 날렸다.

"겐조 대장님! 세자가 도망치고 있습니다!!!

회의 중이던 천막에 긴급한 전갈이 들이닥쳤다. 겐조는 책상을 박차고 자리에서 일어섰다. 그의 표정은 순식간에 무섭도록 심하게 일그러졌다. 하루만 더 결전을 치르면 성을 함락시킬 수 있었다. 다 된 밥이었는데 세자가 도망쳐 버리면 지금까지의 노력이 모두 허사가 되어 버리는 것 아닌가. 그의 목표는 오직 세자였다. 그를 잡아 구로다 총대장에게 바쳐 만년 이인자에서 일인자로 오를 수 있는 찰나를 목전에 두고 있었는데.

"뭣들 하느냐? 어서 쫓아!"

"옛!!!"

하지만 동시에 야스나리가 자리에서 벌떡 일어서 그를 만류했다. 설명할 수 없는 무언가가 그의 마음에 걸렸다. 살아남으려면 지금 도망치는 것이 가장 합리적인 선택이겠지만 젊은 세자는 어쩐지 그리하지 않을 것 같았기 때문이었다.

"신중해야 하오. 세자가 아닐지도 모르오!"

"어찌하여 세자가 아니란 말인가?"

"그건…."

처음으로 야스나리는 대답할 수 없었다. 항상 모든 것을 알고 예측할 수 있다고 믿었는데 지금 이 순간은 그 어떤 것도 확신할 수 없었다. 함정일 수 있었다. 요시히데가 보고 싶은 것만 보았던 것처럼 겐조도 그런 선택일 수 있었다. 하지만 자신감을 잃고 대답하지 못하는 야스나리를 겐조는 경멸에 찬 눈으로 바라보았다.

"야스나리! 꾸물거리다가 바보같이 이번에도 놓칠 셈인가!!!"

겐조는 그를 뿌리치고 황급히 나섰다. 바깥에는 그의 말이 기다리고 있었고 겐조는 직접 자신의 말에 올랐다.

"세자를 잡는다!!! 제일 먼저 잡는 자에게 은 이백 냥과 조선 여인 세 명을 주겠다!"

그 말이 떨어지기가 무섭게 너도나도 말에 올랐다. 도망치는 자들을 쫓는 것은 시간문제였다. 그들이 거칠게 남기고 간 뿌연 먼지가 어둠에 가득 찼다. 천막에 남은 장수는 야스나리뿐이었다. 그는 불길함을 떨치지 못한 채 성천성을 바라보았다. 자신들의 시선을 끌기 위해 성안의 사람들은 여전히 열심히 불화살을 쏘아대고 있었다. 가히 필사적이었다. 하지만 성을 떠난 자들이 진정 세자였을까. 야스나리는 이번에는 자신의 직감이 틀렸으면 좋겠다고 생각했다.

#55
이유를 모르는 죽음은

귓가에는 빠르게 스치는 바람 소리만 들렸다. 말발굽 소리는 말이 땅을 박찰 때 온몸으로 전해지는 진동으로 느껴질 뿐이었다. 그 먹먹한 바람 소리 사이사이로 자신이 내뱉는 거친 숨소리가 파고들었다. 어둠에 물든 세상은 그림자처럼 형태만 남아 느리게 지나갔다. 마치 꿈을 꾸는 것 같았다.

뒤돌아보았다. 멀리서 깜빡였던 불빛들은 이제 제법 가까워지고 있다. 드디어 바라던 대로 왜군들이 그들을 뒤쫓기 시작했다. 더 많은 왜군들이 그들을 쫓을수록 성천성은 안전해질 것이다. 뒤쫓는 불빛들은 점점 더 많아졌고 선하는 회심의 미소를 지었다.

'그래, 다 오너라. 나를 잡으러 오너라!'

저 앞 검고 웅장한 자하산(紫霞山)이 그들을 기다리고 있었다. 그곳으로 숨어들 것이다. 그리고 될 수 있는 한 오래 버틸 것이다. 세자를 사로잡고자 하는 저들의 욕망을 끊임없이 자극하며.

그곳이 마지막 누울 자리가 될는지 승리의 자리가 될는지 알 수 없었지만, 운명을 걸게 되리라는 그 사실 하나만은 분명했다. 그는 입술을 깨물고 죽음의 입처럼 벌리고 있는 암흑의 산길로 접어들었다.

성은 조용했다. 불빛 한 점 보이지 않고 숨죽이며 어둠 속에 잠겨 있었다. 살아있는 생물이었다가 지금은 죽어버린 것처럼. 마지막 화살과 탄환을 온 힘을 다해 모조리 토해내고 기진맥진해 쓰러져 있는 것처럼.

야스나리는 고개를 들어 검은 구름이 유유히 흐르는 하늘을 바라보았다. 세상에서 소리를 지운 것처럼 비정상적으로 고요하다. 하지만 귀를 기울이면 말들이 야트막하게 우는 소리와 깃발이 펄럭이는 소리, 모닥불이 타는 소리가 들린다. 교대를 마친 지친 군사들은 불 앞에 넋을 놓고 앉아 있다. 내일 날이 밝으면 또다시 반복될 이 싸움을 무기력하게 기다릴 뿐이다. 제 이름조차 쓸 줄 모르는 저들은 이 전쟁이 왜 일어났는지 알고나 있을까. 이 역만리에서 자신의 목숨을 잃을지도 모르는데 그 이유도 모른다면 너무 슬픈 것 아닌가. 사는 이유에 대해서 모를 수 있어도, 적어도 자신이 왜 죽어야 하는지에 대해서는 알아야 하지 않을까.

전장에 뜬 달은 아래에 있는 자들을 더욱 고고하게 내려다본다. 더럽고 참혹한 진흙탕에 발 담그지 않고 그 잔인함과 어리석음이 부질없다고 탓하는 것 같았다. 저기 널린 수많은 시체들 위에도 공평하게 내리는 아름다운 달빛이 야스나리는 서글펐다.

바람이 불었고 그는 눈을 감았다.

어디선가에서, 아마도 성안에서 들려오는 소리인 것 같았다. 희미한 별빛처럼 피리 소리가 흘러들었다. 쓸쓸하고 처연했지만 좋은 시절을 기억나게 했다. 그 소리는 기약 없이 갇혀 있는 저 안의 사람들을 위로하기 위해서였을 것이다. 의도하지는 않았겠지만, 그 위로는 바깥에서 그들을 죽이기 위해 기다리고 있는 적에게까지 닿았다. 여기서 돌아설 수 있다면 다 내려놓고 집으로 돌아가고 싶다. 아무도 그리 말하지는 않았지만, 모닥불을 바라보는, 또는 삼엄하게 경계를 서는 자들의 마음속을 후벼 파고들었다. 한동안 그렇게 이곳이 어디인지를 잊고 있었다.

그리고 야스나리는 눈을 떴다.

멀리서 들려오는 울림이 땅을 통해 그에게 전해졌다. 그 불길한 울림에 피리 소리는 금세 묻혀버리고 말았다. 이곳은 전쟁터고 그런 어리석은 감상은 필요 없다는 듯. 겐조의 군대가 돌아오는 것인가. 아니다. 무언가 더 서늘하고 두려운 기운이 느껴진다. 망루에서 내려와 그에게 황급히 다가오는 발자국 소리는 그 불안함을 실현시키고 있었다.

"야스나리 님! 기습입니다!"

구로다 총대장에게 발이 묶인 명나라 군대가 아니라면, 어디에서 나타난 적군들일까. 자신이 미처 파악하지 못했던 다른 세력들이 있었단 말인가. 혹시 성을 빠져나온 자들은 도망친 것이 아니라 겐조를 유인한 것인가. 공격만 하다가 공격을 당하게 된 당혹감이 진영에 가득 퍼졌다. 그들의 뒤를 기습하다니.

"즉시 방어 대형을 갖춰라!!!"

야스나리는 급히 투구를 쓰고 말에 올랐다. 그리고 마지막으로 달을 한 번 바라보았다. 달은 여전히, 고요했다.

그들은 제대로 갑옷도 갖춰 입지 않은, 의병들이었다. 무기를 들기 전 아마도 괭이나 가래를 들거나 붓을 잡았던 평범한 사람들이었겠지. 말을 탄 사람은 극히 드물었고 오직 두 다리로 먼 길을 걷거나 뛰어 이곳까지 왔을 것이다. 하지만 남루한 옷차림과 무기라 할지라도 그들의 긍지와 사기는 결코 비루하지 않았다. 그들을 움직인 것이 무엇인지는 모르겠지만 어떤 마음으로 자신들과 맞붙고 있는지는 무섭도록 선명하게 느껴졌다.

"밀리지 마라! 어서 막아라!!"

야스나리는 안간힘을 썼다. 칼과 칼이 부딪치는 소리, 비명과 함성이 어지럽게 뒤엉켰다. 적군과 아군 할 것 없이 많은 이들이 피를 뿌리며 쓰러졌다. 하지만 자신들에게 점점 패색(敗色)이 짙어지고 있었고 밀리다 못해 결국 도망치는 자들이 수두룩했다. 무기를 내려놓고 엎드려 항복하는 자들도 부지기수였다.

멀리서 형체만 보이던 그들의 모습이 야스나리의 앞으로 점점 가까워진다. 의병장인 듯한 자가 말을 타고 그들을 지휘하고 있었다. 야스나리는 곁에 선 부관의 조총을 받아 그를 겨누었다. 하지만.

"화살이닷!!!"

퓨욱, 퓨븍.

그보다 먼저 자신들을 향해 화살이 비처럼 쏟아져 내렸다. 그를 지키는 군사들이 재빨리 방패를 들었지만 몇몇은 화살을 그대로 맞고 쓰러졌다.

"야스나리 님! 속히 피하셔야 합니다."

방패 아래에서 부관이 외쳤다. 알고 있었다. 피하려면 지금뿐이라는 것을. 이 기회를 놓치면 끝이라는 걸. 한 번 뚫리기 시작하자 여기저기에서 방어 대형이 속절없이 무너지고 있었다. 하지만 야스나리는 끝까지 손에서 검을 놓지 않았다. 질 것이 뻔했지만 할 수 없었다. 도망치고 싶지는 않았다. 그것은 지고 이기고의 문제가 아니라, 자존심의 문제였기 때문이었다.

결국 수많은 조선 의병들이 그가 탄 말 주위를 포위하고 나서야 야스나리는 비로소 아무것도 할 수 없다는 것을 깨달았다. 반으로 갈려 숫자가 줄어든, 반복되는 부침에 지치고 사기를 잃은 군대는 그렇게 무너질 수밖에 없었다. 항복하지 않으면 죽을 것이다. 하지만 항복해도 죽을 것이다. 적에게는 잔인함이 허락된다고 믿었던 야스나리였기에, 자신에게 가해질 죽음의 무게를 짐작할 수 있었다.

'차라리….'

적의 손에 죽는 것보다, 비굴하게 항복하는 것보다 스스로 목숨을 끊는 것이 명예로운 일이 아닐까. 그는 칼을 거꾸로 들어 결연하게 자신의 목을 향했다. 하지만 그 다짐을 조롱하듯이 칼을 잡은 손은 덜덜덜 떨렸다. 미칠 듯이 두려웠다. 전장에서 패배해 자결했던 그 많은 무사들은 어떻게 자신을 그리 쉽게 죽일 수 있었을까. 이 억누를 수 없는 두려움을 모른 척하고 어떻게 칼을 자신의 심장에 꽂아 넣을 수 있었을까. 마지막 순간에 진정 후회하지 않았을까.

"이제 그만 항복하라! 저들을 다 죽이고 싶은가?"

조선군의 누군가가 검으로 어딘가를 가리켰다. 야스나리는 눈만 움직여 그가 가리킨 곁을 돌아보았다. 무릎을 꿇은 채, 야스나리처럼 제 칼을 목에 대고 떨고 있는 그들은 자신을 지키던 부하들이었다. 그는 야스나리와 함께하기 위해 그의 결단을 기다리고 있었다. 그렇지만, 그들의 눈동자는. 눈동자에는 두려움과 슬픔이 있었다. 그들의 감춰진 진심이 야스나리의 머릿속까지 들어와 고동쳤다.

왜 이래야 하는 거지. 싫으면서도 왜 나를 따라 너희까지 죽어야 하는 거지. 왜 그렇게 해야 하는 거지. 그들은 죽을 준비를 하고 있었지만 실은 자신을 올려다보며 살려 달라고 애원하고 있었다. 집으로 돌아가고 싶어 했다.

갑자기 모든 것이 허탈해졌다. 그들도 죽고 싶지 않을 테지. 야스나리 또한 그랬다. 자신이 왜 목숨을 내놓아야 하는지 그 이유를 모르는 사람들에게, 이 전쟁은 아무 의미가 없었다.

결국 야스나리는 칼을 바닥에 던졌다. 바닥에 떨어지는 날카로운 금속의 소리가 마지막 남은 자존심마저 무참히 깨뜨렸다.

"모두 칼을 버려라. 투항한다."

"야스나리 님...."

그들이 울먹이기 시작했다. 야스나리는 자신을 마주한 의병장을 바라보며 또박또박 말했다.

“이들 모두를 살려주시오. 투항하겠소.”

그리고서는 먼 하늘을 바라보았다. 하늘 끝자락에 매달렸던 달이 바다으로 툭, 떨어지는 것 같았다. 이제야 이 지옥 같았던 괴로움도 끝이 나는구나.

차라리 다행이었다.

그랬다. 괴로웠다.

그는 이 전쟁이 너무나도 괴로웠다. 조선 백성을 죽이고 싶지도 않았고 그들의 학문과 긍지를 짓밟고 싶지도 않았다. 야스나리가 소중히 간직했었던 조선의 아름다운 기억과 동경이 이렇게 무참하게 망가지는 것을 맨정신으로는 볼 수가 없었다. 조선에서 만났던 벗들이 직접 그려 선물로 주었던 매화도와 시조 족자는 지금 이 순간에도 그의 다실(茶室)에 정갈하게 걸려 있겠지.

전쟁 전의 야스나리는.

이렇게 무의미하고 괴로운 전쟁에 동참하기 전 야스나리는, 유학자(儒學者)였다. 부모를 여의고 곧바로 아홉 살 때 교토(京都)에 있는 쇼코쿠지(相國寺 상국사)에 승려로 보내졌다. 그리고 그가 열일곱 되던 해 황궁(皇宮)으로 들어왔을 때는, 황족들에게 논어(論語)를 강의할 만큼 뛰어난 학자가 되어 있었다.

평화롭던 때였다. 비단 옷자락이 스치며 사그락 거리는 소리. 나무 바닥의 삐그덕 하는 소리. 황성에 울려 퍼지는 은은한 종소리. 푸른 하늘과 눈부셨던 햇살, 로지(露地:일본식 다도의 정원)의 작은 샘에서 솟아오르는 물의 느낌. 책 한 줄을 읽고 온종일 바깥을 바라만 봐도 행복했던 그런 날들이었다.

하지만 야스나리는 늘 무언가가 부족하다고 느꼈고 더 깊은 학문에 목말랐다. 이곳에서는 알 수 없는 더 높은 지식을 보고, 듣고, 배우고 싶었다.

결국 그는 몇 년 뒤 열망으로 가득한 눈동자를 빛내며 조선으로 가는 사신단과 함께 배에 올랐다. 그 배가 동래(東萊)에 도착하던 그날이 야스나리 인생에서 가장 짜릿하고 행복했던 시간이었다.

그리고 얼마 뒤, 야스나리에게 매화를 그려주었던 잘 웃고 유쾌했던 그 벗은 동래성(東萊城) 함락 때 요시히데에게 목을 베이고 말았다. 마치 자신이 그를 벤 것처럼 종일 떨리는 손만 바라보다가 치밀어오는 역겨움에 구토를 했었다. 그 순간에 깨달았다. 자신이 이곳에 무슨 짓을 하러 온 것인지, 앞으로 어떤 끔찍한 일들이 일어날 것인지.

야스나리는 학자였다. 학문을 좋아하고 그것에만 몰두하고 싶었던.

#56

고요한 밤

달을 바라본다. 커다란 가문비나무가 달의 모양을 이지러뜨린다. 선하는 숨소리조차 조심스러운 이 순간 그의 시야에 닿은 달을 문득 바라보았다. 무사히 숨었을까. 모두 사로잡혔을까. 아니면 죽었을까. 함께 성을 나왔던 서른 남짓한 부하들은 반으로 나뉘어 적들을 유인하고, 또다시 반으로 나뉘어 흩어지기를 반복했다. 그리고 이제 그의 곁에는 네 명이 남았다.

산은 고요했다. 밤이었고 험준했다. 이 산을 다 뒤질 수는 없을 테니 자신들을 찾는 데 시간은 오래 걸릴 것이다. 하지만 산 밑에서부터 시작된 어지러운 불빛은 그들이 기어이 산을 포위하고 있음을 알려주었다. 이렇게 숨어 아침까지 버티면 지원군이 성천에 도달할 수 있을까. 더 오래 버텨야 할까.

선하는 마지막으로 자신이 붙잡히게 될 순간까지 염두에 두고 있었다. 그렇게 된다면 그것으로 모든 것이 끝이 나는 걸까. 곁에 함께 몸을 숨긴 자들은 아주 작은 소리에도 눈을 치켜뜨며 긴장한다. 그런 이 순간에 선하는 참으로 느긋하고 어울리지 않게 달을 바라본다.

'그대는 무사하오? 나는 아직 견딜 만하오....'

용의 몸통처럼 이어진 불빛들이 저쪽 아래에서 다시 깜박거리는 것이 보였다. 그들이 점점 가까이 다가온다.

"부사직 나리, 점점 좁혀오고 있습니다."

"움직이자."

선하는 그들과 함께 칠흑같이 어두운 숲 속으로 더 깊이 들어갔다. 얼굴을 스치는 날카로운 나뭇가지들을 헤치며 길도 아닌 곳으로 한 걸음 한 걸음 더 깊게 숨어든다.

'재령, 내 이름을 불러주겠소? 내가 힘을 내어 계속 걸을 수 있도록.'

오랫동안 계속된 치열하고 무서웠던 전투의 끝에 누군가가 진격하라, 라고 반복해서 외치는 함성이 가느다랗게 들렸다. 지원군이 왔다고 외치는 소리도 함께 들렸다. 머리를 감싸 쥐고 성의 가장 아래 바닥에 숨어 있던 여인네들조차 자리에서 일어서지 않고는 못 배길 만큼 두근대는 소식이었다. 술렁이는 사람들 중에 나가보자는 누군가의 제안에 재령은 여인들과 함께 조심스럽게 바깥으로 나갔다.

사방에 가득 찬 연기를 헤치고 다가가자 성곽에 빼곡하게 붙어 있는 사람들이 보였다. 그들은 지원군을 돕기 위해 남은 화살을 날리고 있었다. 재령은 성곽으로 올라갔다. 다행히도 여태껏 무사한 찬새와 함돌은 나란히 서서 허공에 대고 열심히 주먹을 휘두르고 있었다. 탄환도 화살도 다 써버렸는지 그들의 곁에는 그것들을 대신했을 돌무더기가 한가득 쌓여 있었다. 그을리고 더러운 옷에 봉두난발(蓬頭亂髮)을 하고 있었지만, 눈빛만큼은 독이 오른 오소리처럼 반짝였다.

"찬새야!!!"

"아씨! 보세요! 지원군이에요! 우리가 이기고 있어요!!!"

"그게 참말이냐?"

찬새의 말을 듣고 성곽 아래서 머뭇거리던 여인들이 조르르 달려 올라왔다. 재령은 찬새가 가리키는 곳을 바라보았다. 어두운 밤이라서 명확히 보이지는 않았다. 하지만 그곳은 치열한 소리로 가득 차 있었다. 자세히 보니 조금씩 그들의 윤곽이 드러났다. 이곳을 지키고 있었을 군사들, 그리고 지원군으로 보이는 또 다른 군사들이 반대 방향에서부터 밀려와 양쪽에서 왜군들을 포위하여 싸우고 있었다. 점점 포위망은 좁혀지고 있었고 재령도 그 모습을 보며 발을 동동 굴렀다.

그리고 얼마 지나지 않아 한꺼번에 함성을 지르는 소리와 함께 저 먼 곳 어딘가에서 커다란 깃발이 양쪽으로 흔들리는 것이 보였다. 무슨 뜻인가. 좋은 뜻이겠지. 찬새가 눈을 가느다랗게 뜨고 깃발의 신호를 살폈다.

"왜군이 항복했대!"

"이겼다!!! 우린 살았어!!!"

성곽에 있던 사람들은 서로를 얼싸안고 살아남았음을 기뻐하며 울음을 터뜨렸다. 찬새는 절름거리며 함돌과 부둥켜안고 제자리에서 펄쩍펄쩍 뛰었다. 피를 흘리며 벽에 기대어 있던 부상자들도 신음과 함께 굵은 눈물을 머금으며 기뻐했다. 이레 만이었다. 나흘밖에 버티지 못할 거라 했는데 기적처럼 이렇게 오랫동안 버텼던 것이다.

내내 그녀를 부여잡고 있었던 긴장이 풀리자 온몸이 흔들린다. 재령은 휘청거리는 다리와 허리를 꼿꼿하게 세웠다. 모르는 여인네가 지나며 재령의 어깨를 끌어안았다. 지나가던 사내가 손을 흔들었다. 재령은 그네들에게 겨우 희미한 미소를 지어 보이며 화답한다. 모두가 기뻐함이 마땅한 이 순간에도 그녀는 마음껏 기뻐할 수가 없었다. 도저히 그래지지 않았다.

'그도 무사하겠지? 그곳으로도 지원군이 갔겠지?'

사람들의 함성은 재령의 귓가를 스쳐 지나갔고 그녀가 올려다본 하늘에는 빛바랜 용의 깃발이 펄럭이고 있었다. 그 위로 푸른 달. 재령은 두 손을 꼭 쥐고 간절히 그의 이름을 불렀다.

"선하 도령. 여긴 무사하오. 그러니 대답해 주시오. 그대는 무사하오? 무사한 것이오?"

도망친 임해군이 간신히 몸을 의탁한 의병 부대는 그에게 자하산으로 움직인 왜군들을 소탕하러 간다고 고했다. 성을 빠져나온 세자가 그곳으로 몸을 피신했고, 왜군들이 그를 턱밑까지 쫓고 있다는 전갈이었기에 의병들의 마음은 무척 급했다. 그들은 임해군에게 여기에서 조금 떨어진 산에 또 다른 의병 군영이 있다고 말해주며 그곳으로 몸을 피하시라 간언했다. 그들에게 중요한 사람은 임해군이 아니라 당연히 세자였기 때문이었다.

그때 그들의 말과 태도가 임해군을 묘하게 자극했던 것 같다. 어쩌면 처음 마음먹었던 것보다 더 많은 것을 결심하게 했는지도 몰랐다. 임해군은 잠시 고민하는 듯하더니 뜻밖의 결정을 내린다.

"나도 너희와 함께 세자 저하를 구하러 갈 것이다. 내가 앞장서겠다!!!"

그리고 한 번도 보지 못했던 결연한 태도로 검을 뽑았다. 행패를 부리기 위해서가 아닌 상황에서 그가 검을 뽑는 장면은 처음이었다. 모두가 놀랐고 개중 순진한 자들은 뭉클해 하기까지 했다.

하지만 승관을 비롯한 임해군 가까이 있는 사람들은 내내 어두운 표정이었다. 그가 과연 세자를 구하러 가는 것일까. 임해군은 해서는 아니 되는 위험하고 불경한 생각을 하는 듯 위태롭게 보였다.

그들은 무엇도 확신할 수 없었기에 이 긴박한 순간에도 어떤 줄을 잡아야 할지 끊임없이 양쪽을 저울질하고 있었다.

"전장에서는 별별 일이 다 일어나지. 아니 그러냐?"

그 별별 일이라는 것이 우연하게 일어나 주었으면 하고 바라는 것인지, 자신이 그 일을 저지르겠다는 것인지는 알 수 없었다. 하지만 그 광기에 물든 눈빛은 불안했고 그는 내내 이상한 망상에 사로잡혀 있었다.

자신들이 동참하게 되는 것이 역모(逆謀)일지, 아니면 어쩌다 닥친 행운일지 둘 다 두려웠다. 그래서 그들은 입을 닫고 모른 척했다. 임해군이 저지르는 모든 일에 대한 책임은 그들에게 없다. 그들은 그저 시키는 대로 했을 뿐이니까.

"말 탄 자들은 먼저 움직여 세자 저하를 구하러 간다! 나머지 보병들은 속히 자하산으로 진격하라! 가자!!!"

임해군과 함께 선두를 이루어 의병장과 무리가 어둠 속으로 달려갔다. 승관은 멀어져가는 그들의 모습을 물끄러미 바라본다.

그날 승관은 유난히 말수가 적었다. 탈 말이 없다는 핑계를 대었지만, 그것은 승관이 내리기로 한 배신의 결단을 의미하는 것이었다. 그러한 부류의 사람이 그러하듯 그는 어떤 미묘한 기류 같은 것을 정확히 읽어내는 재주가 있었고, 그 촉은 임해군에게서 점점 멀어지고 있었다. 게다가 그가 그런 결정을 내리기로 한 계기는 따로 있었다.

승관이 중간에서 가로챈 척후병의 전갈에 따르면, 세자는 성천에 남았고 곧 그곳에 지원군이 도착할 예정이었다. 비록 명나라 군대는 지원이 불가능했지만, 세자의 소식을 들은 다른 의병들이 그를 지원하기 위해서 사방에서 분기탱천하여 성천으로 모여들고 있다는 것이다.

그는 임해군과 의병장에게 고해졌어야 할 이 전갈을 누구에게도 알리지 않았다. 이것은 그의 인생에서 아주 중요한 갈림길이 될 수 있었기 때문이었다.

'임해군은 세자조차도 될 수 없어. 된다고 하더라도 전하께서는 마지막에 쳐 내시겠지. 그렇다면 적어도 지금 세자가 더 승산이 있지.'

그의 촉이 맞는다면 이것은 승관에게 절호의 기회, 세자의 목숨을 구하는 공을 세울 기회였다. 엄밀히 말하면 세자의 목숨을 구하는 척하는 것일 뿐이지만.

모두가 서둘러 집결하여 자하산으로 갈 준비를 하는 동안 승관은 은밀히 어둠 속으로 몸을 돌렸다. 그리고 척후병의 마지막 말을 떠올렸다.

'그럼, 저하로 변복(變服)한 이가 따로 있단 말이냐?'

'예, 부사직 윤선하가 명을 받들었습니다.'

부사직 윤선하라. 그 이름을 되뇌며 그는 어둠 속에서, 찡그리는 것도 아니고 웃는 것도 아닌 기묘한 표정을 지었다. 이것이 그가 기다리던 그 복수의 기회란 말이다.

"윤선하, 넌 나를 그리 막 대해서는 아니 되었었어. 네 운이 어디까지인지 한번 보자꾸나."

그들은 점점 더 높은 산으로 올라갔다. 뒤쫓는 자들의 집요한 외침은 가까워지고, 그만큼 돌아갈 길은 더 멀어졌다. 빠른 걸음으로 말없이 산길을 헤치며 걷는 자들은 팽팽하게 당겨진 근육의 뻐근함과 거친 숨소리만을 느꼈다. 산을 오를수록 키가 작아지는 나무들과 흰 억새가 펼쳐진 너른 산등성이 벌판에 무수히 많은 별들이 쏟아졌다. 참, 기가 막히게 안 어울리는 이 상황과 이 풍경이라고 선하는 생각했다.

이젠 숨을 곳은 없었고 멈출 수도 없는 고된 길을 그저 이 마지막이 어떻게 끝날지 물으며 걷는다. 그러니 목숨이 경각에 달린 이 순간에 아무것도 눈에 들어오지 않아야 정상일 텐데 끊임없이 다른 생각들이 비집고 들어온다. 아주 짧은 순간 재령의 웃는 모습이라든지, 그녀가 했던 말들이 단편적으로 섬광처럼 번쩍 떠오른다. 어둠은 기억을 생생하게 만들어 주었고 그 기억들은 평소보다 더 아름답게 빛났다.

"나리!"

앞서가던 자가 그를 멈춰 세운다. 선하와 뒤따르던 무리는 억새 사이로 몸을 숙였다. 그가 귀를 기울이라 손짓했고 바람에 실려 오는 아득한 소리 끝에 종류가 다른 소리가 섞여왔다. 그것은 금속과 금속이 강렬하게 부딪치는 소리였다. 간간이 조총 소리도 희미하게 들렸다.

"이 소리는?"

"왜군들이 다른 누군가와 맞붙었습니다."

"……."

"흩어진 우리 일행일까?"

"아닌 것 같습니다. 더 많은 인원입니다."

멀리서 함성이 들렸다. 그리고 잇따라 귀에 익은 효시(嚆矢)가 울린다. 그들은 지원군이었다. 선하의 얼굴이 환해졌다. 자신들이 있는 곳을 알고 이곳까지 도우러 온 것을 보면 성천은 이미 무사해졌겠지. 마주 보는 이들의 눈동자에도 밝은 별빛이 떠올랐다.

"작전은 성공한 것 같으니, 아군이라면 이제 우리도 저들에 합류한다!"

승관은 과장된 몸짓으로 몸을 굽히며 거친 숨을 뱉어냈다. 야위고 거칠어진 얼굴의 세자는 여느 무관들 사이에 섞여도 쉽게 구분할 수 없을 만큼 비슷했고, 힘을 합쳐 싸워 이 지옥에서 살아남았다. 승관이 성안으로 들어오며 보았던 참혹한 광경은 그들이 버틴 그 시간이 얼마나 치열했는지를 보여주었다.

그래서 적어도 어느 쪽에 붙어야 하는지는 잘 선택한 것 같았다. 이런 상황에서도 살아남는 자가 진정으로 강한 자다. 최후까지 살아남는 자는 지금 자신의 앞에 있는 이 세자가 될 것이라는 확신이 들었다. 자신의 기가 막힌 선택에 탄복을 금치 못하면서 승관은 세자의 앞에 무릎을 꿇었다. 그리고 부르르 몸을 떨며 눈물을 뚝뚝 흘렸다.

“소신, 임해군을 모시던 좌랑 김승관이라 하옵니다. 세자 저하께서 옥체 무사하신 것을 직접 두 눈으로 뵈오니 눈물이 앞을 가리옵니다.”

“대체 무슨 일이냐?”

승관은 가식적인 울음을 터뜨리며 연신 머리를 조아렸다.

“차마… 입에 담지 못할 참담한 소식을 어찌 저하께 고해야 할지… 흑흑흑….”

“진정하고 어서 고하여라.”

“저하, 임해군께서….”

“형님께서 무슨 변고라도 당하셨단 말이냐?”

세자의 목소리는 떨렸다. 그에게는 아직도 임해군이 형제겠지. 안타깝게도 임해군에게는 이젠 아니지만.

“아뢰옵기 너무나 황망하여 몸 둘 바를 모르겠사오나 세자 저하께서 자하산에서 왜군들에 포위되셨다는 소식을 들은 임해군이….”

그는 말을 멈추고 뜸을 들였다. 어떻게 하면 더 극적으로 이 소식을 내뱉어야 할까. 그리고 세자는 이에 어떤 반응을 보일까.

“임해군이 혼란을 틈타 저하를 시해(弑害)하겠다며 따르던 무리와 작당하여 자하산으로 갔나이다. 여, 역모(逆謀)를 도모(圖謀)하였사옵니다!”

세자는 자리를 떨치고 벌떡 일어섰다. 서늘한 기운이 바닥으로 뚝뚝 떨어졌다. 역모라는 말을 듣고서는 경악을 금치 못하는 대신들의 목소리가 들린다. 부서진 동명각의 처참한 광경을 배경으로 그들의 참담한 심경이 어지럽게 겹쳐진다. 그 가운데 있는 세자의 표정을 감히 상상하게 되지는 않았지만 무겁고 두려운 기운은 소름 끼치게 명확히 느낄 수 있었다.

“다시 고하여라.”

그는 침착했다. 덮어 놓고 당장 죽여 버리겠다고 난동을 부렸을 임해군과는 확연히 달랐다.

“역모입니다, 저하. 하여 소신은 이 긴박한 상황에서 오직 저하의 안위를 지키고자 성천으로 급히 말을 달렸습니다.”

“좌랑 김승관. 네가 지금 무슨 말을 하고 있는지 아느냐? 거짓일 경우 내 형님을 모함한 죄로 참형을 면치 못할 것이다!”

“소신의 목숨, 저하를 위해 바치겠다고 맹세하였습니다. 사안의 엄중함을 아온데 어찌 감히 거짓을 고할 것이며, 어찌 목숨을 걸고 이곳까지 왔겠나이까? 임해군을 따른 역적의 무리를 잡아 추궁하면 역모를 실토할 것이옵니다.”

“…….”

“저하께서 이토록 무사하시니 소신, 여한이 없사옵니다. 다만 저하로 변복한 이가 아무쪼록 무사하기를 바랄 뿐이옵니다.”

혼은 입을 닫았다. 그리고 다시 의자에 조심스럽게 앉았다. 팔걸이를 잡은 손이 덜덜덜 떨렸다. 저자의 말이 사실일까. 믿고 싶지 않지만, 자신을 노려보던 형님의 얼굴이 눈앞에 어지러이 떠다녔다. 어떻게 그럴 수 있지. 형님은 얼마나 자신을 증오하는 걸까. 자신을 죽이고 싶을 만큼 그토록 미웠을까, 아니면 그만큼 세자 자리가 탐이 났을까. 무엇이 그를 그렇게 만들었단 말인가.

그 말을 들었던 귀를 잘라내고 싶을 만큼 괴로웠고, 화가 났고, 심장을 도려내는 것처럼 슬펐다. 어디서부터 잘못되었는지, 이 세상 하나 있는 형제는 그렇게 원수가 되어 버렸다. 이런 고통마저 짊어지고 가야 하는 것이 세자이고, 군주란 말인가.

혼은 벗을 떠올렸다. 어찌하여 선하의 무사함이 그의 안위뿐만 아니라 임해군의 진심을 보여주는 것이 되어 버렸단 말인가. 자신 때문에 선하가 해를 입게 될까 봐 두려웠다. 세자 자리를 박차고 당장 그에게 달려가고 싶을 만큼 두려웠다.

'무사하여라, 선하야. 반드시 무사해야 한다.'

#57
선하

그들을 쫓던 횃불들을 향해 이젠 마주 달려간다. 선하의 무리를 구하러 온 지원군이 쏘아대는 수많은 화살들이 적들에게 쏟아졌고 왜군들은 무더기로 바닥에 쓰러졌다. 이곳 지리를 잘 아는 의병들은 우왕좌왕하는 왜군의 저항에 맞서 능숙하게 몸을 숨기며 그들을 기습했고 어둠 속에서 그 작전은 왜군들을 뿌리째 흔들었다.

선하 또한 그 언젠가처럼 풀밭을 헤치며 곧장 적진으로 달려간다. 빛은 완전히 어둠에 잠겼고, 그 완벽한 어둠 바로 뒤에 새로운 빛이 시작될 것이다. 자하산에는 바닥에 떨어져 흔들리는 불빛과 사람들의 함성, 칼이 부딪치는 소리가 어둠을 가득 채웠다.

왜군들은 어깨에 비표를 달았고 아군은 이마에 흰 띠를 둘렀다. 선하와 그 무리는 옷자락을 잘라 그들처럼 이마에 띠를 둘렀다. 하지만 서로가 적인지, 아군인지 명확하게 알고 싸우는 것인지, 단지 자신에게 칼을 휘두르는 자들에게 무조건 맞서는 것인지 아무도 알 수 없었다. 그것은 서로가 서로를 가까이 마주해봐야 알 수 있는 것이었다. 칼을 섞고 말을 섞고 땀 냄새가 서로의 코를 찌르는 그 정도의 거리. 어둠 속에서 바로 곁에 섰거나 등 뒤에 있던 자가 적이라는 것을 깨닫게 되는 순간은 얼마나 아찔한지.

이제 곧 동이 터오겠지. 적과 아군은 점점 명확해질 것이고 왜군들은 자신의 주변에 동료들이 얼마 남지 않았다는 것을 알게 될 것이다. 분명히 이

길 것이다. 선하는 수없는 전투를 치른 감각으로 알 수 있었다. 그리고 미시(未時)쯤이면 성천으로 돌아가 재령을 다시 만날 수 있겠지. 이 전투의 끝에, 드디어 그녀에게 돌아갈 수 있다. 이것이 마지막이다.

그 생각을 하며 선하는 입술을 깨물었다. 남아있는 온 힘을 끌어내려 크게 기합을 넣었고 검을 단단히 다시 쥐어 왜군들을 베었다. 쌍검을 든 왜군들이 사방에서 그를 공격했지만 무자비하게 내리치는 선하의 강한 검에 목숨을 잃었다. 비호(飛虎)처럼 용맹하게 검을 휘두르는 선하의 모습을 보고 지원군 중 누군가가 큰소리로 외쳤다.

"저하시다! 저하께서 우리와 함께 싸우신다!"

그 소리가 어디까지 퍼져 나갔는지 알 수 없었다. 하지만 그로 인해 지원군의 사기는 하늘을 찌를 듯 치솟았고 왜군들은 그 기세에 눌려 서서히 뒤로 밀려나기 시작했다. 전투는 치열했다. 하지만 곁에는 점점 아군들이 많아졌고, 바닥으로 쓰러지는 왜군들이 많아졌다. 토끼몰이하듯 선하와 그 일행을 사로잡기 직전의 기세등등했던 왜군들은 결정적인 순간에 허무하게 무너지고 있었다. 전쟁이란 그래서 끝날 때까지 알 수가 없는 것이다.

"퇴각하라!!! 퇴각하라!!!"

왜군들 사이로 긴 퇴각 신호가 울려 퍼지자 간신히 버티던 그들은 기다렸다는 듯 마침내 도망치기 시작했다. 어둠 속에서 왜군들이 찬 하얀 비표(祕標)가 포말(泡沫)처럼 뒤섞여 몸부림치다가 빠져나가는 것이 보였다. 아군들은 퇴각에 쐐기를 박듯 때를 놓치지 않고 한꺼번에 그들을 향해 화살을 쏘아댔다. 비처럼 내리꽂히는 화살에 왜군들은 조총마저 산길에 버리고 썰물처럼 산 아래로 밀려 나가 사방으로 흩어져 버렸다. 살아남아 그렇게 도망친 자들조차 얼마 되지 않았다.

이겼다. 대승(大勝)이었다.

승리한 자들의 함성이 온 산을 뒤흔들었고 저마다 감격에 겨워 서로를 끌어안거나 칼을 들고 흔들었다. 선하는 여드레 가까이 풀지 못했던 긴장이 비로소 한꺼번에 풀리는 것 같았다.

"하아…."

멀어져 가는 왜군들의 무리를 보며 참아왔던 숨을 내뱉었다. 고개를 하늘로 올리고 잠시 눈을 감았다. 승리의 기쁨보다 드디어 끝을 보았다는 안도감이 더 컸다. 손끝 하나도 들 수 없을 정도로 지쳤다. 선하는 온 힘을 다했다. 성천과 저하, 재령도 지켰고, 그와 함께 이곳까지 왔던 부하들도 잃지 않았다.

끝났다. 이제 쉴 수 있어.

돌아가면 당분간 아무것도 하지 않을 것이다. 다만 재령의 곁에서 오래오래 머물 것이다. 그들의 보금자리가 되어준 비류강의 허름한 초가집으로 돌아갈 것이다. 재령을 품 안에 가득 안아주어야지. 함성 사이로 선하는 자신만 들을 수 있을 만큼 작게 속삭인다. 그것은 그녀에게 보내는 전갈이었다.

"재령, 나 이겼소. 이제 곧 돌아가겠소."

죽고 다친 자들을 수습하는 시간에는 언제나 묵직한 침묵이 흐른다. 무기와 유품을 수습하며 죽은 자들을 애도하고 다친 자들을 치료하고 위로했다. 그리고 그 과정을 거치며 각자는 살아있는 시간의 소중함을 만끽한다.

선하는 검을 세게 쥐느라 지금껏 잘 펴지지 않는 손으로 품 안에서 재령의 붉은 댕기를 꺼냈다. 손은 아직도 떨렸다. 그녀의 체취를 찾는다. 자신의 땀 냄새 너머에 희미하게 그녀의 향기가 느껴졌다. 안도감과 그리움이 함께 밀려왔다. 멀리 산과 구름 사이로 조금씩 빛의 향기가 퍼져오기 시작했고 그 반대편으로는 고단하고 적막한 어둠이 아직 깊게 잠겨있었다. 억새풀이 바람에 쏴아아 하고 흔들리는 하얗고 고요한 소리에 집중한다. 낙엽냄새와 마른 풀냄새가 진했다.

"저하!"

누군가가 조용히 그를 불렀다. 정확히 말하자면 세자를 부른 것이었다. 하지만 선하는 뒤돌았다. 자신을 부른 것은 아니지만, 자신을 부르지 않은 것도 아니었기 때문이었다. 바람 소리였을까. 다시 사방은 고요해졌다. 그리고 선하는 뒤쪽을 가득 채운 빽빽한 가문비나무 숲, 농도 짙은 어둠 속에서 있는 한 사람을 보았다. 뒷짐 진 그 모습은 선하의 자리에서는 잘 보이지 않았고 다만 목소리만이 어디에선가 들어본 듯 익숙했다.

"뉘시오?"

대답은 없었다. 잘못 본 걸까. 저편에 있는 사내는 마치 선하가 다가오기를 기다리는 것처럼 미동도 하지 않고 그대로 자리에 서 있었다. 결국 선하는 그쪽으로 다가갔다. 가문비나무 숲은 심연(深淵)처럼 어두웠다.

"저하?"

그는 확인하듯 재차 물었다. 이제 맡은 바 임무를 다하였으니 자신이 세자가 아니라는 비밀을 더 이상 지키지 않아도 되었다. 세자의 신분을 확인하는 저 사내는 중요한 전갈을 가지고 왔을 수도 있었고, 그들을 도와 이곳까지 와준 의병장일 수도 있었다. 세자가 이곳에 왔다고 알고 있을 지위의 사람이라면 이제 말해줘도 될 것이다.

여전히 어둠에 가려져 얼굴이 드러나지 않았지만, 선하는 더 안쪽으로 발걸음을 떼었다.

"그리 부르지 마시오. 실은 나는,"

채 완성하지 못한 그 말을 대답으로 들었던 걸까. 아니면 처음부터 대답을 원했던 것이 아니라 이 상황, 이 장소를 원했던 걸까. 더 짙은 어둠 속

선하의 뒤쪽에서 무엇인가가 휘파람 소리를 내며 그에게 날아온다. 선하는 반사적으로 뒤로 돌았다. 하지만 한발 늦었다. 늦었다고 생각한 건 아주 짧은 찰나였다.

퍼억. 가슴을 때리는 둔탁한 느낌.

마치 커다란 바위로 얻어맞은 것처럼 숨이 막혔다. 그것이 무엇인지 고개를 숙이고 살폈다. 화살이었다. 선하는 갑옷을 뚫고 가슴에 박힌 화살을 두 손으로 붙잡았다. 충격과 함께, 말로 다 할 수 없는 고통이 화살이 박힌 그곳으로부터 온몸으로 퍼져갔다.

화살. 어찌하여.

아니야. 이건. 이래서는.

잠시 후 또 한 발이 와 박혔다. 그 충격으로 선하의 몸이 휘청거렸다. 쓰러지고 싶지 않았다. 선하는 몸을 지탱하려 했지만 숨을 쉴 때마다 입으로 피가 주르륵 흘러내렸다. 가슴 안쪽에 인두를 박은 것처럼 뜨거웠다. 하지만 이 끔찍한 고통보다 두려움이 더욱 컸다. 이대로 쓰러지면 영영 일어나지 못할 것 같았다.

왜군인가.

선하는 남아 있는 온 힘을 쏟아 부으며 화살이 날아온 방향으로 힘껏 활을 되쏘았다. 울컥하고 가슴에서 피가 흘러내렸다. 그의 화살을 맞은 자가 어두운 수풀 속에서 바깥을 향해 쓰러졌다.

한쪽 무릎을 꿇었던 선하는 결국 바닥으로 쓰러졌다. 차가운 바닥은 피 흘리는 그의 몸을 받아 안았다. 온몸으로 냉기가 퍼지고 심장은 힘겹게 피를 쥐어짜고 있었다. 숨을 쉬어야 해. 숨을, 쉬어야. 공기 한 줌을 부여잡는다. 겨우.

선하를 세자로 불렀던 미지의 사내가 저벅저벅 발소리와 함께 그에게 다가왔다. 선하가 도움을 청하려 피 묻은 손을 뻗었지만, 그는 냉정하게 내려다볼 뿐이었다.

누구. 당신은 누구.

그의 한쪽 눈이 이상하게 찡긋거렸다. 임해군이었다. 그는 선하의 얼굴을 확인하고는 당황한 나머지 인상을 심하게 찌푸렸다.

"너는 혼, 혼이 아니잖아? 빌어먹을… 빌어먹을!"

그는 칼을 뽑아든 채 허공을 향해 마구 휘둘렀다. 분이 풀리지 않았는지 발로 땅을 굴렀다. 한참 뒤에야 조금 진정이 된 듯 그가 다가와 죽어가는 선하를 발끝으로 툭툭 건드렸다. 그리고 혹시라도 본 사람이 있는지 두리번거리며 주위를 살폈다. 사방은 여전히 고요했고 구르르르 하는 산비둘기 소리만 들릴 뿐이었다.

"저자의 입막음까지 네가 해주었군. 이번에는 참으로 운이 좋았다, 혼."

자신의 손에 직접 피를 묻히기는 싫었는지 임해군은 선하를 남겨둔 채 서둘러 자리를 떠났다.

크흑.

숨을 쉴 때마다 핏방울이 튀었다.

세자를 시해(弑害)하려 했던 것인가. 친형제를 이런 식으로 죽이려 했단 말인가. 지금 이 화살은 세자를 대신해 맞은 것인가. 어서 이 위급한 사실을 알려야 할 텐데. 그래야 할 텐데. 하지만 그의 몸은 점점 감각을 잃어갔다.

가엾은 혼. 나의 소중한 벗. 이 사실을 알게 되면 얼마나 고통스러워할까. 얼마나 깊은 죄책감에 시달릴까. 저하의 잘못이 아니었다고 얘기해주고 싶은데. 훌륭한 임금이 되는 것을 보고 싶었는데.

흐흐흑.

이겼는데. 사랑하는 재령에게 돌아가려 했는데. 흐느끼는 그의 곁에서 낮은 귀뚜라미 소리가 들렸다. 억새가 몸을 부딪치며 바람에 우는 소리, 가문비나무 끝이 흔들리는 소리도 들렸다. 이렇게 사소하고 아름다운 느낌들도 이제 마지막이다. 선하는 항상 궁금했었다. 목숨을 잃은 사람들은 어떤 기억을 가진 채로 저세상으로 갔는지. 죽은 뒤에도 무언가를 기억할 수 있다면 말이다.

동쪽 하늘부터 서서히 금빛으로 밝아오고 있었다. 찬란하게 빛나는 날이 다시 시작되고 있었지만, 자신은 결국 그 날을 맞이하지 못할 것이다. 흐려져 가는 그의 눈동자에서 눈물이 흘러내렸지만, 선하는 느낄 수가 없었다. 이것이 생의 끝이라면 떠나기 전에 한 번만이라도 보고 싶었다.

"재령!!!"

선하는 마지막 힘을 쥐어짜 그녀의 이름을 불렀다. 그의 목소리가 숲으로 메아리쳤고 숨어 있던 산새들이 사방으로 날아올랐다. 선하는 필사적으로 그녀를 떠올렸다. 잠에서 깨어나 꿈을 기억해 내려 하는 것처럼 안간힘을 썼다. 하늘이 밝아온다. 빛으로 가득한 날이 밝아오지만 선하가 바라보는 하늘은 점점 색이 바래졌다. 그리고 마지막 빛이 사라지기 바로 직전, 그녀와 함께했던 모든 시간이 물처럼 흘러갔다.

처음 만났을 때의 표정.

그녀의 향긋한 체취, 입맞춤, 미소.

이름을 부르는 목소리.

자신을 마주 보는 그녀의 눈동자.

선하는 허공으로 손을 뻗어 그녀의 뺨을 어루만졌다.

부디 슬퍼하지 말기를. 나를 위해 너무 많이 울지 않기를. 나의 죽음을 원통하다 여기지 말기를.

나는 그대를 만나 행복했소.

그녀가 눈을 빛내며 자신에게 무어라 말하고 있다.

'재령... 안 들리오.'

선하는 귀를 기울였지만, 재령의 모습은 점점 흐려졌다. 그녀가 완전히 사라지기 전에 마지막 말을 전한다.

'사랑하오, 선하 도령.'

"나도... 사... 랑... 하오."

식어가는 그의 뺨에서 한줄기 눈물이 흘러내렸고, 선하의 마지막 숨결은 바람 속으로 흩어져 버렸다.

다시 바람이 불었다.

온통 검은빛이었던 가문비 숲은 선명한 녹색과 금빛으로 빛났고 그 끝에 구름과 샛별과 지다만 하얀 달 조각이 그를 내려다보고 있었다. 힘없이 바닥에 떨어진 피 묻은 그의 손에는 붉은 댕기가 쥐어져 있었다.

#58
재령

함께 성을 빠져나갔던 어떤 이는 그가 성천으로 먼저 출발했다고 말했다. 또 다른 어떤 이는 그가 맨 마지막 줄에서 따라오는 것을 보았다고도 했다. 선하를 마지막으로 보았다고 한 순간과 장소는 다 달랐지만, 그들은 하나같이 선하가 용맹했고 당당했으며 그런 그에게서 용기를 얻었다며 재령에게 고개를 숙여 경의를 표했다. 그들은 그가 돌아오면 꼭 알려 달라고 그녀에게 부탁했다.

성천성으로 들어오는 의병들과 군사들은 수없이 많았다. 이번 전투를 승리로 이끈 사람들과 세자가 이곳에 있다는 소식을 들은 사람들이 계속해서 몰려들었다. 백성들은 감격에 겨워 그들을 환영했고, 때로는 그 행렬 속에서 기적처럼 자신의 가족을 찾아내고 부둥켜안았다.

재령은 그런 그들을 부러운 눈으로 하염없이 바라보며 언젠가 다가올 자신의 그 순간을 기다렸다. 어디에선가 그가 도깨비처럼 불쑥 나타날지도 몰랐다. 뒤에서 그녀의 허리를 감으며 많이 기다리게 해서 미안하오, 하며 장난스럽게 웃을지도 몰랐다.

그 순간은 오늘일까, 아니면 내일일까.

재령은 매일 성문 앞을 서성인다. 선하가 입었던 갑옷은 눈감고도 기억해낼 수 있다. 조금이라도 그와 비슷한 사내가 멀리서 보이기만 해도 심장이 쿵쾅거리고 머리가 아찔해졌다. 마음 졸이는 시간이 너무 힘들어, 왜 이렇게 늦게 왔느냐고 독하게 투정이라도 부려보리라. 아니 그냥 그를 꼭 안아주리라. 수만 가지 생각을 가득 담고 달려가지만 늘 다른 사람이었다. 하지만 실망하지 않았다. 오늘이 아니라면 내일, 내일이 아니라면 모레, 그는 돌아올 테니까. 조금 늦어질 뿐이었다. 재령은 빛이 스며들기 전 깨어나 성문 앞으로 나가기를 멈추지 않을 것이다. 그가 돌아왔을 때 가장 먼저 마중할 사람은 바로 자신이었으니까.

"모두 물러가거라."

혼은 어둠 속에 우두커니 앉아 있었다. 계속 이 어둠 속에 남고 싶다. 이대로 없어져 버리고 싶었다. 왜군들과 싸우는 것만으로도 죽을 것처럼 힘이 드는데, 더 추악하고 더 잔혹한 운명이 그의 목을 조르고 있었다. 누가 더 위험한 적일까. 왜군은 무찌르면 그만이지만, 형제가 적이 된다면 어찌해야 하는가. 함께 보냈던 어린 시절이 살갑지는 않았지만, 그는 자신의 형이었다.

임해군은 마치 모든 의혹에서 도망치듯 부왕이 머물고 있는 의주로 숨어버렸다. 하지만 잊지 않으리라. 언젠가 때가 오면 이 모든 음모를 반드시 증명해 보이고 말리라. 혼은 주먹을 세게 쥐고 몸을 떨었다. 역모를 알게 된 세자로서의 냉정한 분노가 자신을 휘감길 바랐지만 흐느끼는 슬픔. 끝이 보이지 않는 깊은 슬픔만이 그에게 남았다.

"선하야."

모든 것은 시치미를 뗀 듯 변치 않았다.

하지만 오직 선하만은 돌아오지 않았다. 혼은 두 손으로 얼굴을 감쌌다. 어디에서도 선하를 찾을 수가 없었다. 생사조차 알 수 없었다. 전쟁 중이었기에 그를 찾는 데 여력을 쏟을 수조차 없었다.

그렇게 죽은 것도 아니고 산 것도 아닌 채로 선하는 하염없는 기다림의 곁에 혼을 남겨 두었다. 하지만 이미 알고 있었다. 윤선하가 지금까지 돌아오지 않았다는 것의 의미를. 전쟁에서 목숨을 잃은 사람은 셀 수도 없이 많았으니까.

혼은 기어이 손으로 입을 틀어막았다. 홀로 어둠 속에 남고서야 선하가 더 이상 없다는 사실이 실감 났다. 바깥으로 새어나가지 않게 소리를 삭이며 울음을 터뜨렸다. 선하에게 미안하고, 미안하고, 또 미안했다. 자신을 대신할 사람으로 선하를 택하지 않았다면, 형님이 그런 마음을 먹지 않도록 자신이 조금만 더 자중했더라면, 선하는 지금 살아서 곁에 있을 수 있었을까.

'미안하다. 선하야. 모두 나 때문이다.'

사내의 굵은 눈물이 발등으로 뚝뚝 떨어졌다. 유일하게 기댔던 벗을 위해서조차도 마음껏 울어줄 수 없는 세자라는 신분이 원망스러웠다. 가슴에 사무치도록 서러웠다. 언제나 자신의 죽음 이후를 부탁했던 선하였지만, 한 번도 이렇게 되리라고 생각해본 적 없었다. 그리하마, 하고 대답은 그렇게 했지만, 마지막 순간에는 항상 그가 돌아올 것을 믿었기에 이렇게 그를 그리며 통곡하게 될 줄은 미처 몰랐었다.

"아기씨, 깜깜해져서 그런지 더 이상 오는 사람이 없네요. 이제 그만 들어가셔요."

찬새는 재령의 곁에서 함께 기다리다가 혼잣말처럼 풀이 죽은 목소리로 말했다. 하얀 입김이 공기 중으로 퍼졌다. 북쪽의 가을은 짧았고 낮은 더더욱 짧아 금세 추위가 밀려왔다. 나뭇잎은 다 떨어져 바닥을 굴렀고 빈 가지는 쓸쓸하게 헐벗었다. 해가 지면 견디기 힘든 냉기가 뼛속으로 파고들었다. 하지만 재령은 아무것도 느낄 수 없었다.

"괜찮다. 조금만 더 있다 갈 테니 먼저 들어가거라."

하지만 찬새는 계속 곁에 남아 재령이 보고 있는 곳을 하염없이 바라보았다. 안다. 그녀가 보지 않을 때 찬새가 몰래 눈물을 닦곤 한다는 걸. 차마 입 밖으로 꺼내지는 못했지만, 그가 돌아오지 못할 거라 생각하는 걸까. 그럴 리 없잖아. 그는 윤선하, 어떤 순간에서도 살아남았던 사람이잖아.

파르르 떨리는 별이 검은 산 위로 떠올랐다. 아직 겨울은 멀었지만 조금씩 가까워지고 있었고, 그만큼 지난여름에서도 멀어졌다. 그가 함께했던 뜨겁고 푸르른 여름은 영원히 돌아오지 않을 것처럼 아득했다. 어둡고 차가운 바람 속에 서서 지난여름을 떠올린다. 참으로 아름다운 여름이었다. 그 날의 뜨거운 열기. 꽃과 들판, 벌레 소리 모두 생생한데, 지금껏 돌아오지 않는 선하처럼 그 여름의 것들은 꽁꽁 숨은 채로 어디로 가버린 걸까.

찬새는 불빛 하나 보이지 않는 성문 밖 저 길을 오랫동안 바라다본다. 그러다가 더는 견디지 못하고 세상이 무너지듯 털썩 흙바닥에 주저앉고 말았다.

"아기씨, 아무래도 우리 도련님... 우리 선하 도련님...."

그러더니 채 말을 잇지 못하고 결국 꾹꾹 눌러왔던 울음을 터뜨렸다.

"흐흐흐흑. 도련님!!! 왜 안 오셔요? 도련님!!!"

서럽게 목 놓아 통곡하는 소리는 차가운 초겨울 벌판으로 흩어졌다. 깃발은 말없이 바람에 흔들리고 마른 먼지 냄새가 쓸쓸하게 불어왔다. 이젠 견딜 수가 없을 것 같았다. 이런 삶을, 슬픔을. 하지만 재령은 놓아 버리고 싶었던 마음을 부여잡고 다시 끌어안는다. 하루에도 몇 번씩 비류강에 몸을 던지고 싶은 마음을, 죽는 것보다 사는 것이 더 힘겨운 기다림의 하루하루를 포기해버리고 싶은 마음을.

"찬새야."

"예... 아기씨...."

"선하 도령은 올 것이다. 꼭 돌아올 것이다. 그러니 아직 아무것도 모르면서... 그가 돌아올지도 모르는데, 미리 슬퍼하지는 말자꾸나."

찬새는 눈물 콧물이 범벅이 된 얼굴을 들어 재령을 바라보았다. 재령의 눈에도 눈물이 고여 있었지만, 눈동자는 흔들리지 않았다. 찬새에게 손을 내밀었던 예전의 선하가 그랬던 것처럼, 그녀는 한없이 크고 강해 보였다.

"우리 도련님, 아마 금방 오지 못하게 된 무슨 사연이 있는 거겠죠? 조만간 세자 저하께 연통하시겠죠?"

재령은 고개를 끄덕였다.

"오늘은 이만 들어가자꾸나. 들어가서 쉬고, 내일 다시 나오면 되지."

찬새는 고개를 끄덕이며 자리에서 일어섰다. 그녀가 그리 말하니 정말로 내일은 선하가 저 길을 따라 손을 흔들며 돌아올 것 같았다. 찬새는 얼룩덜룩해진 얼굴을 더러운 소매로 쓱쓱 닦았다. 선하 도령이 돌아올 때까지, 재령 아기씨에게 큰 도움은 못 될망정 걱정을 끼쳐서는 안 된다고 다짐한다. 펑펑 울었다는 사실을 선하 도령이 알게 되면 얼마나 놀려댈 것인가. 이건 끝까지 비밀로 해두어야지.

"쇤네가 앞장설게요. 가셔요, 아기씨."

깜박이는 등불을 밝힌 채 어두운 밤길을 걸어간다. 저 하늘 너머로 길게 줄지어 가는 기러기 떼가 보였다. 재령은 모퉁이를 돌기 전 마지막으로 뒤를 돌아다보았다.

'기다려주오. 꼭 돌아오겠소.'

그의 목소리가 귓가에 들리는 것 같았다.

그랬잖소. 그대가 내게 그렇게 다짐했잖소.

재령은 고개를 끄덕이며 슬픔을 삼켰다. 그가 남기고 간 말처럼, 언제나 그리했듯이 선하는 재령에게 돌아올 것이다. 그러니 기다릴 것이다. 그가 돌아올 때까지, 언제까지나.

결국 전쟁은 끝났다.

땅에는 아무것도 남은 것이 없었다. 이기고 지는 것은, 이토록 수많은 죽음을 딛고 선 자리에서는 아무 의미도 없었다. 전쟁이 끝났어도 많은 사람들이 끝끝내 돌아오지 못했다. 행여 무사히 돌아왔다 하더라도 폐허가 되어버린 고향집에는 더는 기다리는 사람이 없었다. 그들에게 익숙한 세상은 존재하지 않았다. 사랑했던 사람도, 장소도, 행복했던 시절도 깡그리 사라져서 살아남은 사람들은 돌아갈 곳을 잃었다.

그 모든 것들은 기억 속에만 존재했다. 죽은 자는 과거에 머물렀고 산 자는 끊임없이 과거 속으로 되돌아가 그들을 만나야 했다. 기억조차 흐릿해져 그들의 얼굴조차 한낱 꿈처럼 느껴지는 순간, 그 순간이 가장 슬펐다.

오직 한 사람에 대한 재령의 기다림은 죽음이 흔한 시절에 참으로 보잘것없고 부질없어 보였다. 하지만 그녀는 이 사랑이, 이 기다림이 결코 어리석다고 생각하지 않았다. 선하는 돌아올 것이고 그 기다림으로 지금껏 슬픈 삶을 버텨왔으니까.

그리고 기다림이 일상이 되어버릴 만큼 오랜 시간이 지난 어느 날 선하는 약조한 대로 그녀에게 돌아왔다. 비록 볕과 바람에 흩어지고 바스러진 비통한 주검이었지만 선하는 돌아오겠다는 약조를 끝내 지켰다.

세월은 흘러 선하의 벗, 훈은 이제 젊은 임금이 되었다. 그리고 임금은 재령의 그 오래된 기다림을 끝낼 수 있는 슬픈 귀환 소식을 가장 먼저 몸소 알려주었다. 어찰이 도착했던 그날, 그것을 읽기도 전에 재령은 설명할 수 없는 무언가를 알 수 있었다.

알 수 있었다.

임금의 글에는 감출 수 없는 애통함과 그리움이 깊게 새겨져 있었지만, 겉으로는 담담히 그녀에게 소식을 전한다. 하지만 마지막 글씨 위로 떨어져 번진 자국들.

재령은 울지 않았다. 다만 떨리는 손으로 목에 걸고 있던 선하의 관자를 움켜쥘 뿐이었다.

선하는 자하산 깊은 곳 가문비나무 숲 외진 곳에 고요히 누워 있었다고 했다. 그가 누운 자리에는 하얀 들꽃이 가득 피어나 그를 지켜주었다고 했다. 하늘에 별과 달이 뜨면 그 빛이 아름답게 내려앉는 곳이었다고 했다. 그리고 선하가 끝끝내 손에 고이 쥐고 있던 것은, 비바람과 햇볕에 색이 바랬지만 여전히 붉고 아름다웠던 여인의 댕기였다고.

휘이이.

뭉게구름은 하얗게 피어났고 어느덧 세상은 또다시 빛나는 초록빛으로 물들었다. 담장에 가득한 배롱나무꽃의 절절한 진홍색이 푸른 하늘을 어루만졌다. 그리고 바람 속으로 그의 숨결이 퍼져 오는 것 같았다. 어디선가에서 선하가 부는 휘파람 소리가 들리는 것도 같았다. 그가 늘 흉내 내곤 했던 새소리일까.

재령은 그가 남긴 붉은 관자를 손에 쥐고 눈을 감았다. 너른 벌판에서 푸른 향내가 파도처럼 밀려들었다. 그에게서 나던 그윽한 나무 향기처럼 재령을 하염없이 그립게 만든다.

그의 이름은 선하. 아름다운 여름이었다.

해마다 새로운 여름이 돌아왔지만 선하와 함께했던 그 여름처럼 찬란하게 빛나지 않았다. 햇빛으로 가득했던 시절이었다. 그리고 선하는 그 여름에 멈춰 살아있는 것처럼 빛 속에서 재령을 향해 환하게 웃고 있다. 눈을 감으면 모든 것이 선명해지고, 재령은 기억 속 그를 향해 웃어 보인다. 그가 죽어도 여전히 아름다운 세상이라면 너무나 억울해 견딜 수 없을 것 같았는데. 이젠 그 울분조차 다 잊었다.

선하는 여름의 모든 곳에 있었다. 따갑게 내리쬐는 햇볕에도, 푸르게 자라나는 나무와 풀잎에도, 들판과 새들과 벌레들, 싱그러운 열매와 물소리에도 선하는 어디에나 있었다. 재령은 일상처럼 여전히 그를 기다린다. 어느 날 재령이 이 세상을 떠날 때 그가 마중 나올 것이라 믿으며. 너무 오래 기다리게 해서 미안하다고 장난 가득한 눈동자를 빛내며. 그 눈빛은 여전히 생생했다. 눈뜰 때마다, 숨 쉴 때마다 그가 너무나 그립다. 이 지독한 그리움은 시간이 아무리 흘러도 나아지지 않았다.

"형수님. 오늘도 나와 계십니까?"

여릿한 목소리가 그녀를 뒤돌려 세웠다. 재령은 복건을 쓰고 고운 뺨을 한 소년을 바라보고 미소를 지었다. 화살을 빼곡하게 채운 동개를 차고 어깨에는 활을 매고 있다. 미소 짓는 입매가 선하와 많이 닮았다.

"선용 도련님은 오늘도 활터에 가십니까?"

"예."

소년은 남몰래 눈물을 훔치는 재령의 안색을 살핀다. 처음 만났을 때처럼 진지하고 사려 깊은 눈동자로.

선하를 땅에 묻던 날 소복을 입은 그녀 앞에 선 윤인로 대감은, 흰 수염과 흰 눈썹을 했지만 한눈에 보아도 선하의 부친임을 알아볼 수 있었다. 재령은 그에게 큰절을 올렸고 그는 아들이 유언처럼 남긴 절절한 편지를 재령에게 말없이 건네주었다.

종이에 가득한 선하의 서체.

그의 말투가, 목소리가 들리는 듯했다. 예상치 못했던 그의 흔적을 보고 떨리는 손으로 쓰다듬으며 재령은 와락 눈물을 쏟아냈다. 선하가 지금 이 순간을 함께했다면 얼마나 좋았을까.

물기 어린 윤인로 대감의 눈동자에는 아들을 잃은 슬픔과 함께, 아들이 그토록 사랑했고 지키고 싶어 했던 서인 가문의 여인을 보는 안타까움이 가득했다. 그때 대감을 따라온 얼굴이 맑은 소년. 아마도 선하가 어렸을 적에 이런 모습이었지 않았을까 싶었던.

활터 방향으로 향하며 그녀의 곁에서 걷던 소년은 조심스럽지만 다정하게 재령에게 말을 붙인다.

"큰 형님께서 활을 잘 쏘셨다 들었습니다."

나이에 어울리지 않게 과묵한 그의 어린 형제는 늘 재령에게 마음을 써주었고, 재령은 자신이 기억하고 있는 선하의 모습을 소년에게 얘기해주곤 했다. 그러다 보면 그의 모습이 더 생생하게 기억되었다. 마치 어제 일처럼. 옷자락을 날리며 재령에게 다가오던 그 모습도, 휘파람 소리가 나던 그의 활 솜씨도.

"예, 아주 잘 쏘셨답니다. 아름다울 정도로."

그녀는 그를 떠올리며 미소를 지었다.

선하를 사랑했던 것을, 그리고 이렇게 혼자 남겨졌음을 후회하지 않는다. 전쟁 중이었지만 참으로 행복했던 시절이었으니까. 선하도 마지막까지 행복했을 거라 믿는다. 그래서 자신도 마지막까지 최선을 다해 행복하리라.

견딜 수 없는 그리움 때문에 그를 서둘러 만나고 싶다 할지라도, 끝내 생의 마지막을 지키리라.

왜냐하면.

왜냐하면 그 여름의 선하를 기억해줄 사람은 재령뿐이니까. 그가 얼마나 찬란했는지, 자신이 선하를 얼마나 사랑했고, 그가 자신을 얼마나 사랑했는지를. 멀리서 소쩍새 우는 소리가 들렸고 들판도 하늘도 온통 푸름으로 가득했다. 너른 들판을 가득 채운 수많은 들꽃들이 한꺼번에 춤을 추기 시작했다.

그렇게 다시 여름이 시작되고 있었다.

그토록 아름다운 여름이.

외전

다시 만날 인연

꽃이 흐드러지게 핀 날이었다. 하늘은 새파란 쪽빛이었고 구름은 타락처럼 하얗고 부드러웠다. 별채에서는 여인들의 웃음소리가 만개한 꽃잎처럼 흩날렸다. 재령은 그녀들을 따라 웃으며 창밖으로 시선을 돌렸다. 결국 정혼을 했다. 그는 아비가 말한 대로 점잖고 준수한 사내였고 여기 있는 모든 벗들이 부러워할 만큼 좋은 집안이었다. 혼처가 정해진 여느 여인들처럼 재령은 새로운 삶을 앞두고 설레기도 했고 약간의 두려움도 일었다. 돌아갈 수 없는 곳으로 향하는 문 앞에 선 것처럼 숨을 다독여야 할 때다. 여러 가지 생각이 들었고 누구든, 그럴 것이다.

바람은 청량했고 마침 작은 연못 수면 위로 단풍잎 하나가 살포시 내려앉았다. 푸르른 하늘을 품은 연못에 잔잔한 파장이 일었다. 열어놓은 둥근 월문(月門)으로 햇빛이 그윽하게 스며들었다. 푸르른 나뭇가지가 그리는 그림자가 재령의 뺨을 어루만진다. 재령은 잠시 눈을 감고 느긋하게 익어가고 있는 햇살을 만끽했다. 맑고 따뜻한 다향은 이 고즈넉하고 빛나는 정취에 지극히 잘 어울렸다.

"서 소저, 참으로 축하하오. 혼인 날짜는 잡았소?"

재령은 담담하게 고개를 끄덕였다. 호들갑을 섞어 묻는 여인들에게 적당히 수줍은 척하며 대꾸해주면 그만이지만, 어쩐지 그렇게 들떠 보이고 싶지 않았다. 여기 있는 벗들이 무엇을 기대하는지 모르겠지만, 재령은 아니었다.

“누구와 혼인하나 했더니 결국 이온민 도령이랑 하는구려. 부러워라.”

“출셋길도 훤하고 그리 꿀처럼 달달하게 생긴 도령이니 참으로 복 받았소.”

“후훗… 그렇소?”

누구나 부러워할 사내임은 분명하지.

“꿀처럼 달달한 것도 좋지만, 담백하고 차가운 생김이 더 사내답지 않소?”

“푸후후후, 그 사내처럼?”

그 사내라 뱉어놓고 여인들은 손가락을 입술에 올리며 한참을 키득거린다.

“나 어제 가마 타고 가다가 몰래 그 사내를 보았소.”

“그이인 줄 어떻게 알고?”

“삼월이가 가마 옆에서 따라가다가 오매, 참말로 잘생긴 그 도련님이네, 하는 소리를 들었지 않겠소? 가마가 멈춰있는 동안 실컷 구경했소.”

“참말이오? 어땠소? 소문만큼 그렇게 잘생긴 게 사실이오?”

“도대체 그 동인 사내가 얼마나 잘생겼기에?”

그렇게 묻고 답하는 여인들의 목소리에는 동인이라는 말 뒤에 응당 따라야 할 빈정거림이나 경멸이 아니라 야릇한 설렘마저 묻어있는 것처럼 들떠있었다.

“소문이 틀렸소.”

“틀렸소? 말짱 헛소문이오?”

“소문은 그 반의반도 아니었소. 실제로 보니 왜 그리 유난스럽게 떠드는지 실감이 나더이다. 얼굴은 눈 내린 것처럼 깨끗하고 눈초리가 크고 길게 뻗은 데다 우뚝한 코에….”

재령의 귓가에 그녀들이 속닥거리는 소리가 유난히 또박또박 들렸다. 동인 가문의 사내가 한둘이겠느냐마는 설마. 그녀의 기억에 떠오르는 이는 한 사내뿐이었고, 사실 그녀가 아는 동인 사내도 오직 한 명뿐이었다.

"누구를 말하는 것이오?"

"누구겠소, 윤선하 그 작자지."

그 이름. 어떻게 잊을 수 있단 말인가. 그 무례한, 그래서 잊히지 않는.

"서 소저는 본 적 있소?"

본 적이 있는 정도가 아니라, 그의 품에 안겼었지. 그에게서 나던 나무 향기조차 생생할 정도로. 재령은 마지못해 고개를 끄덕였다. 복잡해진 눈빛을 들키지 않으려 눈을 내리깔았다.

"소저들이 감탄하는 것처럼… 그렇게 수려하였는지는 잘 모르겠소. 설사 그렇다 하더라도 그는 무례하고 건방진 동인에 불과하오."

철없는 자신들을 책망하는 듯한 그녀의 단호한 대답에, 그를 처음 본 순간 다리가 풀려 주저앉을 정도로 신선처럼 잘생겼다는 약간의 과장을 섞은 말들은 차마 꺼내지 못했다.

"에이, 그냥 하는 말이오. 우리가 동인들과 어찌 해보자는 것도 아니고. 말은 못하겠소? 잘 생겼다, 그게 다지."

"하긴, 서 소저는 이온민 도령과 정혼하였으니 다른 사내가 눈에 들어올 리가 있소? 후후훗"

"그 말이 맞소, 푸후후훗."

"서 소저가 들고 있는 그 부채, 이온민 도령이 직접 그림을 그리고 글을 써주었다는 그것이오?"

호기심이 잔뜩 어린 눈동자로 여인이 물었다. 붉은 나무 손잡이에 꽃과 새가 그려진 재령의 둥근 부채에 여인들의 시선이 집중됐다.

"어머나… 자상하기도 하지!"

여인들은 그녀에게서 부채를 받아 들고 서로 구경하느라 야단법석이었다. 재령은 흐릿하게 미소를 지었다. 잘하는 혼인이겠지. 훌륭한 가문인 데

다가 그는 여인에게 근사하게 마음을 써주는, 더할 나위 없이 좋은 사내인 게지. 이렇게 훌륭한 그림 솜씨라면 분명 성품도 고상한 사람일 것이다. 여인을 희롱이나 하는 동인 사내 윤선하와는 격조가 다른 사람. 그렇게 여인에게 곰살맞게 눈웃음이나 치는 그런 부류와는 비교도 되지 않는.

"아기씨, 칠성암(七星庵)에서 이제 막 도착했는데, 어떻게... 바로 안으로 들일깝쇼?"

"그래! 어서 안으로!"

대 여섯 모인 규수들이 갑자기 술렁술렁하기 시작했다.

"칠성암이라면, 그 용하다는 점쟁이 아니오?"

"와! 김 소저! 정말 대단하오!"

"쉬잇! 부모님 몰래 들였으니 모두 조용히 합시다."

문이 열리자 행랑어멈의 손을 잡고 앞을 보지 못하는 노파가 더듬거리며 안으로 들었다. 규수들은 흥분과 약간의 두려움으로 들떠있었지만, 체면이 있는 터라 들썩이는 엉덩이를 바닥에 붙였다. 희끗희끗한 머리와 대조되는 팽팽한 얼굴의 점치는 노파는 규방 규수들에게 허리를 굽혀 절을 하고 그들을 차례차례 훑어보았다. 희어진 눈동자로는 아무것도 보지 못할 테지만 어쩐지 그녀들의 마음속을 한눈에 꿰뚫는 것 같아 등골이 오싹해졌다. 여인들은 그 기묘한 기세에 약간 주춤거렸다.

"네가 용하다는 소문이 자자하니 어디, 여기 있는 규수들의 앞날이 어떨지 점괘를 한번 잘 뽑아보아라."

"나부터 봐주게. 내 낭군 될 사람은 어떤 사람인가?"

여인들의 호기심 어린 눈이 온통 노파에게 쏠렸고 까만 눈동자들이 기대에 차 반짝반짝했다. 재령은 그런 그녀들에게 애정을 담은 실소를 보내고 창가에서 늘어지게 낮잠을 자고 있던 고양이에게 관심을 돌렸다. 방울이 달린 목덜미를 쓰다듬자 그르릉 대며 좋아한다. 햇살은 따사로웠고 고양이 같이 얌전한 봄이었다.

무슨 얘기를 하는 건지 감탄이 섞인 목소리와 웃음소리가 이어졌다. 다 부질없는 장난이다. 미래를 알 수도 없고, 설사 알게 된들 무엇을 할 수 있단 말인가. 그저 기분만 좋아졌다 나빠질 뿐이지.

"서 소저! 서 소저도 해보시오. 정말 용하다오."

"난 별로...."

"에이, 그러지 말고 재미삼아 한번 해보시오!"

"소저와 정혼한 이온민 도령을 맞추면 진짜 용한 점쟁이 아니겠소? 맞추나 한번 봅시다."

별채의 주인이자 모임을 주도한 김 소저가 그녀에게 작은 귀엣말로 속삭였다. 그 말은 재령에게도 야릇한 호기심을 자아냈다. 조금 꺼려졌지만, 재령은 마지못해 하며 손을 내밀었고 노파는 재령의 손을 조심스럽게 부여잡고 눈을 희번덕거리며 한참을 깜박인다.

이런 미신 같은 것 믿지 않지만, 기분이 이상했다. 노파의 기괴한 눈동자 때문에 그럴 수도 있었다. 그녀는 그 이상한 분위기에 휩쓸리지 않으려 마음을 다잡았다. 무슨 얘기를 할지 모두가 숨을 죽이고 있던 차에 결국 김 소저가 궁금함을 참지 못하고 재령 대신 치고 들어갔다.

"어떠하냐? 어떤 사람이냐?"

"......아기씨께는 새소리가 들리는군요. 예, 분명 아름다운 새. 새와 연관된 분입니다."

"새?"

일제히 모두가 입을 가리고 놀라움을 참으며 새 그림이 그려진 재령의 부채를 가리켰다.

“좋은 분이군요. 참으로 잘 생기셨고....”
“꺄악, 어머나. 맞아 맞아.”
“죽을 때까지 아기씨를 은애하는 분이겠네요. 두 분은 무엇으로도 갈라놓을 수 없답니다. 그 무엇으로도요....”
다들 눈을 동그랗게 뜨고 그들이 원했던 이 낭만적인 점괘에 환성과 한숨을 뒤섞으며 좋아했다. 그리고 정말 용한 점쟁이임이 틀림없다고 서로 눈을 맞추며 고개를 끄덕였다.
“네 점괘를 믿지 않으나 기분이 나쁘지는 않구나.”
무엇으로도 갈라놓을 수 없는 인연이라니. 사실, 기분이 나쁘지 않은 수준이 아니라 제법 좋아지기까지 했다. 반쯤 미심쩍었던 마음도 좋은 사람이라는 말에 조금씩 풀리기 시작했다. 비록 사람의 마음을 현혹하는 엉터리라고 해도 굳이 그 말을 폄하하거나 부정할 필요까지는 없다고 재령은 생각했다.
“다시, 만나게 될 것입니다. 그리고 그때는 운명이 바뀌게 되겠지요.”
수수께끼 같은 말을 하는 노파의 눈은 마치 재령을 제대로 바라보고 있는 것처럼 빛이 어렸다. 그리고 이상하게도 재령의 기억 속에서 무언가가 불쑥 떠올랐다. 마치 보자기 속에 감추어두었던 물건이 드러나듯이 그녀에게 사내의 얼굴과 눈동자가 생생하게 떠올랐다. 일부러 그런 것도 아니고 그럴 리도 없는데 정답처럼 문득. 그 얼굴은 재령이 생각하고 있던, 당연하다고 여겼던 이온민 도령이 아니었다. 새소리가 재령의 귓가를 스친다. 그리고 슬그머니 짓는 그 미소. 그의 품에서 나던 향기가 화악 피어오른다.
망측해라.
재령은 자신의 속마음을 들여다볼 것 같은 노파에게서 얼른 손을 빼냈고 다른 이들이 볼까 봐 부채로 얼굴을 가렸다. 너무나 당황스러워 순식간에 얼굴이 붉어졌다. 정혼자가 아니라 어째서 다른 사내의 얼굴이 떠오르는 게지. 노파가 말하는 그 사람이. 새와 연관된 그 사람이. 설마 이 사내, 윤선하는 아니겠지.

그런 사내가 무엇으로도 갈라놓을 수 없는 사람, 운명이 바뀌게 될 인연일 리가 있는가.

말도 안 돼.

❀❀❀

그가 그리했던 이유

농익은 꽃잎은 눈송이처럼 푸른 봄밤 아래로 후두둑 떨어져 내렸다. 달밤은 그윽한 술 냄새에 취해갔다. 대사례(大射禮)가 끝나고 주연(主演)을 주관하는 광해군은 자리에 모인 젊은이들에게 차례차례 술을 내렸다.

어찌된 일인지 허구한 날 싸움만 해대던 동인과 서인이 한자리에 앉아 얌전히 연회에 임하고 있는 터라 광해군은 기분이 매우 좋았다. 실은 대사례 시작 전날에 이미 전초전을 치렀고 대사례가 끝난 후에도 분풀이 주먹질을 실컷 해대서 이제는 더는 싸울 힘이 없다는 뒷이야기를 그가 모르고 있을 뿐이었지만.

오늘 홍군(紅軍)의 승리에 지대한 공을 세운 사람은 누가 뭐라 해도 선하였다. 그의 그림 같은 활솜씨에 견줄만한 경쟁자는 없었다. 서인인 백군(白軍)에 홍군이 밀릴 때마다 선하는 늘 짜릿한 역전을 안겨 주었다. 홍군의 영웅인 선하에게 서로 잔을 주려는 동인 사내들이 계속 다가왔고, 그 잘난 얼굴을 훔쳐보며 저들끼리 속삭이는 기녀들에게도 후끈 인기가 달아올랐다. 이미 선하도 그걸 알고 있는 터라 저쪽에 있는 기녀에게 눈을 찡긋거리고 다시 이쪽에 있는 기녀에게는 미소를 던졌다. 긴 한삼자락으로 입을 가리며 자지러지는 여인들의 모습이 여기저기에서 눈에 띄었다. 저편에 앉아 있던 선하의 동료가 잔을 들고선 옆자리에 앉는다.

"마지막 화살, 진짜 통쾌했네."

"후훗. 고맙네."

동료는 그의 어깨를 두드리다가 턱으로 은근슬쩍 건너편에 앉은 서인의 자리를 가리키며 말을 이었다.

"백군의 마지막 사수(射手)가 이온민이라는 거 알고 일부러 그랬지? 완전 납작하게 눌러 버렸더군. 그쪽에서 꽤 실력이 좋은 녀석이었는데."

선하는 그가 가리킨 저편에 앉은 사내와 눈이 마주쳤다. 아까의 패배에 아직도 분을 다 풀지 못하고 선하를 노려보는 사내는 턱이 곱상하게 빠져 그럭저럭 잘생긴 얼굴에 제법 공들여 고른 듯한 근사한 옷을 입고 있었다. 선하는 한쪽 입술을 올리며 보란 듯 그에게 비웃음을 날려주었다.

"누군들 어떠한가? 이겼다는 것이 중요하지."

"아닐세. 더 통쾌한 이유가 있다네. 왜 있잖은가. 자네 취향의 그, 지난번에 뱃놀이하다가 보았던 그 미모의 서인 규수. 서재령이었던가?"

예상치 못한 순간에 그녀의 이름을 듣는다. 마음속 작은 샘에 꽃잎이 떨어진 것처럼 동그라미를 그리며 일렁인다.

"정혼자가 바로 저자일세."

비웃음이 가득했던 선하의 눈동자가 점점 짙어졌다. 이번에는 정신 차리고 다시 제대로 그를 바라본다. 저자가, 그녀의. 뒤돌아 걸어가던 그녀의 뒷모습과 은은한 달빛이 떠올랐다. 그때의 씁쓸했던 그 마음도.

짙어진 눈동자만큼이나 선하의 얼굴에서는 웃음기가 사라졌다. 저자가 그녀의 낭군이 된단 말이지. 상관없는 여인의 일에 과도하게 마음이 비틀리는 이 느낌은 뭐지. 활쏘기에서 저자를 말끔하게 이겨버렸는데 어찌하여 처참하게 패한 것 마냥 속이 쓰라릴까.

저편에 앉아있던 이온민이 지그시 쏘아보던 시선을 거두더니 기어이 술병을 들고 선하에게 다가온다. 지는 것을 죽어도 싫어하는 부류인가 보다. 보나 마나 어떤 식으로든 아까의 패배를 만회하려 들겠지. 선하의 동료가 그 작정한 모습을 보고 귀엣말로 속삭인다.

"적당히 피하게. 술은 내가 받을 테니."

"말로만 듣던 선사자(善射者:활을 잘 쏘는 사람) 윤선하에게 패하다니, 졌지만 영광인걸?"

"……."

"한 잔 받으시게. 설마 거절하여 이 손을 민망하게 하진 않겠지?"

분명 어디서 들었음이 틀림없다. 선하가 유일하게 약한 것이 술이라는 걸. 세 잔, 거기까지가 한계였다. 그러니 이 다분히 의도된 술잔을 적당한 변명으로 둘러대고 자리를 피하면 그만이었다. 하지만 술잔을 내밀며 도발하는 이온민을 마주 본 선하에게 오늘따라 묘한 마음이 들었다. 아주 이상하고 강렬한.

선하는 잠시 그를 노려보다가 모두의 예상을 깨고 흔쾌히 그의 잔을 받았다. 그 모습에 깜짝 놀란 동료가 선하를 서둘러 막아서며 이를 물고 속삭였다.

"어쩌려고?"

하지만 이미 선하의 눈동자에는 돌이킬 수 없는 강렬한 불꽃이 활활 피어오르고 있었다.

"내 잔으로 패배의 쓰라림이 치유가 된다면야, 얼마든지 받아주지!"

의외의 수락에 잠깐 당황했던 이온민은 요것 봐라, 너 잘 걸렸다, 하는 표정을 지었다. 지난가을 채홍을 두고 내기를 했던 일도, 이번 대사례도, 언제고 윤선하의 코를 납작하게 해주려고 서인 젊은이들이 내내 벼르고 있던 참이었다.

고대하던 그 광경을 지켜보고 싶은 서인들과 무모한 도발을 받아들인 선하를 걱정하는 동인들의 시선이 복잡하게 얽혔다. 상석에 앉아 있는 광해군의 눈치를 보느라 다들 제 자리에 앉아 모르는 척하고 기녀들의 연주나 서로의 이야기에 집중하고 있는 듯 보였지만 말이었다.

"그 작은 잔으로 되겠나? 이 정도는 되어야 대장부지."

이온민은 누군가가 옆에서 냉큼 건네준 커다란 국그릇을 선하에게 내밀었다. 황금빛 곡주(穀酒)가 그릇의 끝까지 가득 채워지는 모습을 주변 사람들이 침을 삼키며 지켜보았다. 저 양이라면 한 번에 석 잔을 마시는 셈이겠군. 아니, 더 되겠어. 곧 술상 위로 엎어질 가엾은 윤선하는 괜한 객기를 부렸다고 후회하게 될 것이다.

"내 술도 받게나."

선하가 술병을 받아들며 이온민의 잔을 채웠다. 무시무시한 잔의 크기에 비해 가볍고 경쾌한 소리를 내며 술이 채워진다. 술이 가득 찬 국그릇을 들고 둘은 서로를 마주 보았다. 정말 멍청한 짓임은 틀림없었다.

"한 번에 들이키세. 사내답게."

"기꺼이."

선하는 숨을 들이쉬더니 그릇에 입술을 가져갔다. 누가 먼저랄 것도 없이 잔을 든 각도가 점점 가팔라진다. 술을 들이키는 울대가 도드라져 보였다. 지켜보던 사람들에게서 다양한 반응들이 표정과 탄식으로 우러났다. 먼저 잔을 깨끗하게 비운 선하가 상에 잔을 호기롭게 내려놓으며 입술을 닦았다. 이어서 이온민도 잔을 내려놨다. 바보 같은 사내들이 얼이 빠진 손뼉을 쳐댔다.

상석에 앉은 혼이 개입할 만한 일은 아니었지만, 그는 염려와 책망과 한편으로는 약간의 기대가 섞인 눈으로 멀리서 선하를 바라보았다. 광해군의 표정에서는 어쩌려고 저런 무모한 짓을. 쯧쯧쯧. 하는 소리가 들리는 것 같았다.

이런. 술기운이 올라온다.

오기가 생겼다고 갑자기 술에 강해지는 것은 아니었다. 뱃속을 타고 뜨끈뜨끈하게 흘러들어 간 술이 부글부글 끓는 것 같다가 슬슬 얼굴과 귀에서 열기를 뿜으며 올라오기 시작했다. 선하는 무작정 버텼다. 이온민에게 약한 모습을 보여주고 싶지 않았다. 얄미운 녀석. 부럽기도 하고 얄밉기도 하고 복잡한 마음이 한꺼번에 밀려왔다. 이전까지 그에 대해 별 감정 없었는데 이온민의 웃는 얼굴을 오늘만큼은 별로 보고 싶지 않았다. 이게 도대체 무슨 마음이란 말인가.

"하하하, 생각보다 술이 세군. 그럼 한 잔 더?"

취기가 오르기 시작한 이온민은 점점 벌게지는 얼굴로 다시 선하의 잔에 술을 따랐다. 선하가 기어이 바닥에 쓰러지는 꼴을 보고 싶은 것이다. 아니면 스스로 꽁무니를 빼는 비겁한 모습을 보고 싶거나. 신 나게 술을 따르던 이온민이 갑자기 정색을 하며 선하를 바라보았다.

"아, 자신 없으면 마시지 않아도 이해하겠네. 술을 잘 못 마신다고 들었네만 이렇게 성의를 표해주었으니 아까 마신 술로 충분하네. 강요할 생각은 없으니."

서인들이 피식거리며 웃기 시작했다. 이온민도 너그러운 척 빙긋 웃었다. 선하는 그와 술잔을 번갈아 마주 보았다. 뜨끈해지는 자신의 얼굴보다, 저자의 얼굴이 더 보기 싫었다. 선하는 입술을 깨물었다.

"내가 이 잔을 다 마시면 어떡할 텐가?"

“이 잔을 다 마시고 열 보를 걷는다면… 뭐, 그럴 리는 없겠지만.”

“만약 걷는다면?”

의외의 태도에 이온민이 조금 당황했다. 저렇게 치기를 부리지만 술이 한순간에 느는 것도 아니니 당황할 필요는 없어 보였다.

“…자네가 원하는 것 한 가지 들어주지.”

“약조한 걸세.”

선하는 무슨 생각을 한 걸까. 자신도 정확히 무엇을 달라고 할지 모르는 상태에서 무작정 뱉은 말이었다. 달라고 해서 줄 리도 없었고, 달라고 할 마음도 없었다. 하지만 이온민의 말이 떨어지자마자 선하는 눈빛을 빛내며 국그릇을 들었다. 그리고 다른 이들이 만류할 사이도 없이, 혹은 이온민이 약조를 철회할 새를 주지 않으려는 듯이 꿀꺽꿀꺽 잔을 비우기 시작했다.

“어… 저, 저, 어!”

열 보를 걷기는커녕 마시던 중간에 바닥으로 쓰러질 수도 있다는 걸 알기에 이미 선하의 동료들은 긴장하여 곁에서 그를 받을 준비를 하고 있었다. 무모해. 도대체 윤선하 이 친구가 왜 이러는 걸까.

선하는 멈추지 않았다. 그리고 그가 비운 잔이 탁, 소리와 함께 술상에 내려졌다. 선하는 술 범벅이 된 입술을 소매로 거칠게 닦으며 비틀비틀 자리에서 일어섰다. 아까 마셨던 술기운과 지금의 술기운이 더해져 마구 소용돌이치는 것 같았다.

“어어어, 조심하게!”

선하는 부축하려는 사람들의 손을 뿌리치며 똑바로 몸을 가눴다. 세상이 빙글빙글 돌기 시작한다. 이를 악문다.

‘열 보. 딱 열 보만 걷자.’

선하가 걸음마 하듯 걷기 시작하자 사람들이 소리 내어 그의 걸음을 세었다. 둘러싸고 있던 사람들도 얼른 자리를 터주었다. 그리고 어느덧 혼도 그들과 함께 주시하며 선하의 발걸음을 따라 세었다.

한 보, 두 보, 세 보....

중간에 한번 비틀거리자 여러 가지 탄식이 쏟아졌지만, 선하는 꿋꿋하게 몸을 세우고 쓰러질 듯 쓰러지지 않으며 천천히 이어서 걸었다. 그리고 드디어 아홉 보. 서인들의 얼굴에 설마, 하는 그늘이 드리워졌다.

"열 보!"

숨죽이고 지켜보고 있던 동인 청년들이 환호를 내지름과 동시에 선하는 그만 바닥으로 꼬꾸라졌다. 세상이 돈다. 연회장에 친 채붕과 화려하게 빛나는 걸등 사이로 별 하늘이 보였다. 별이 우수수 떨어진다. 그의 동료들이 그를 부축하며 반은 걱정, 반은 웃음을 담아 그의 뺨을 톡톡 때렸다.

"이보게! 정신이 드나?"

선하는 거의 정신을 잃어가고 있었다. 하지만 그 와중에도 혀 꼬부라진 채로 마지막 당부는 잊지 않았다.

"이온민! 자네... 약조는... 꼭 지키게. 약조했네!"

그리고 만족했는지 씨익 웃으며 정신을 잃었다.

❀❀❀

그리고 세 번째 밤

선하는 크기가 줄어든 모닥불에 나뭇가지를 던져 넣고 숨을 불어넣었다. 황금빛의 불꽃이 다시 살아나 피어오른다. 그녀를 다시 만난 후 산속에서의 세 번째 밤. 그리고 어쩌면 그녀를 볼 수 있는 마지막이 될지도 모르는 밤. 동굴은 아늑했고 빗소리는 여전히 밤을 적셨다. 선하는 평화롭게 잠든 재령의 얼굴을 들여다보았다. 불빛에 흔들리는 그림자가 그녀의 뺨을 어루만졌다. 그녀의 머리맡에는 낮에 따온 갖가지 산열매들이 가득 놓여 있었다. 복숭아를 베어 물던 그녀의 모습이 떠올라 선하는 저도 모르게 미소를 지었다.

술김과 오기에 가득 차 이온민에게 약조를 강요했던 그때 그 마음이 실은 자신도 알지 못했던 진심이었을지도 모른다는 생각이 들었다. 그때의 마음은, 질투였다. 마치 자신의 여인을 다른 사내에게 빼앗긴 것처럼 어둡고 처참했었다. 그래서 그런 말도 안 되는 약조라도 해서 할 수만 있다면 그에게서 재령을 앗아 오고 싶었으니까.

'자네의 그 약조, 이제 지켜 달라고 하면 들어주겠나?'

그녀를 사랑하게 되리라. 어쩌면 예전부터 그리될 줄 알고 있었을지도 몰랐다. 아니, 지금 벌써 시작되었을까. 마음속으로 따뜻한 바람이 불었다.

재령이 한기를 느낀 듯 몸을 웅크리자 선하는 잘 마른 겉옷을 나뭇가지에서 내려 조심스레 덮어주었다. 그리고 다시 그녀의 곁에 다정히 마주 누웠다. 작은 한숨과 함께 팔을 접어 베고 그녀를 바라본다. 그저 찬찬히 바라보기만 한다. 어여쁜 속눈썹, 고운 얼굴선, 붉은 입술. 선하는 한참이나 눈을 뗄 수 없었다.

내가 그랬었다오. 그리 어리석은 질투를 했다오.

그대는 알지 못할 테지만.

속으로 되뇌는 선하의 말을 들은 듯 재령이 그림처럼 눈을 떴다. 따뜻하게 몸을 감싸는 옷의 온기를 느낀 순간, 그녀는 그의 숨결도 함께 느꼈다. 선하는 고요하게 자신을 바라보고 있었다. 재령도 아직 잠이 다 깨지 않은 눈으로 꿈결처럼 그를 마주 보았다. 불빛을 등진 그의 얼굴은 설명할 수 없는 애틋함으로 가득했다.

왜 그런 아련한 눈으로 보고 있느냐고 묻고 싶었지만, 재령은 그의 눈빛을 통해 이미 그 마음을 알 수 있었다. 그렇다면 자신의 마음은 어떤 것일까. 이렇게 아무 말도 없이 마주 보기만 해도 그를 오래전부터 알아온 것처럼 가득 찬 마음은 어떤 종류의 것인지 스스로에게 묻고 싶었다. 모든 것이 확실하지 않지만, 단 하나. 그와 함께했던 이 며칠이 인생에서 가장 선명한 기억이 될 것만은 확신할 수 있었다. 화창한 봄날 어느 땐가 눈먼 노파가 했던 예언처럼, 그를 만나고 새로운 운명의 문이 열린 것만 같았다.

다시 만나게 될 그 사람이 그대였나 보오.

그대는 알지 못할 테지만.

지나가는 이 밤을 붙잡을 수 없는 것처럼, 우리는 헤어지겠지. 세상에 영원한 것은 없으니 지금 이 마음도 사라지고 마는 걸까. 그렇게 생각하니 모든 것이 아쉽고 서운해졌다. 시간은 너무 빨리 지나갔고 모닥불과 빗방울은 타닥타닥 흘러가는 밤에 작은 소리를 남겼다.

두 사람은 눈빛만으로 서로에게 묻는다.

지금 내 앞에 있는 그대는 꿈인지도 모르겠소.

우리는, 서로를 우리라고 불러도 된다면, 우리 두 사람의 꿈같은 인연은 앞으로 어떻게 될 것 같소.

멀리서 늑대 우는 소리가 들렸다. 그녀의 눈동자가 흔들리자 선하가 가까이 다가와 팔을 뻗어 그녀를 감쌌다. 그의 품 안은 따뜻했다. 그는 당연히 그래야 하는 것처럼 너무도 자연스러웠고, 다가오는 그를 거부하지 않는 재령도 그랬다.

"늑대 때문에...."

선하의 속삭이는 낮은 목소리가 울렸다.

"늑대…."

재령이 더 작게 속삭이며 고개를 끄덕였다. 선하는 반짝이는 눈동자에 그녀의 모습을 가득 담았다. 그리고 자신도 모르게 그녀의 뺨으로 손을 뻗었다. 바로 뺨 앞에서 멈칫하는 손가락이 떨리는 그의 마음을 보여주고 있었다. 그의 손가락은 뺨 위에 흐트러진 그녀의 머리카락을 한 올 한 올 정성스럽게 넘겼다. 재령은 가쁜 숨을 다독이며 눈을 감았다가 천천히 다시 떴다. 심장이 저릿저릿했다.

선하가 더 가까이 다가온다.

이래서는 아니 되는데, 하는 마음이 잠시 피어났다가 봄눈처럼 흔적도 없이 사라졌다. 그의 입술은 어떤 느낌일까, 했던 마음도 아침 안개처럼 흩어졌다. 두근대는 자신의 심장 소리만이 가득 들렸다.

그녀에게 다가간다. 입을 맞추고 싶었다. 무엇에 홀린 것처럼 그렇게 해야 했다. 재령이 거부하지 않을까, 하는 마음이 바람처럼 잠시 들었다가 흘러나갔다. 입맞춤 다음은 어떡해야 할까, 했던 마음도 구름처럼 흘러갔다. 심장이 터져버릴 것 같았다. 그녀의 입술은 붉고 윤이 났다.

알싸한 향기와 꽃잎처럼 부드러운 감촉이 서로의 입술에 조심스럽게 머물렀다. 짧다면 짧고, 길다면 긴 순간이었다. 첫 입맞춤의 생소하고 강렬한 기억은 따뜻한 피를 타고 온몸으로 퍼져나갔다. 서로의 풋풋한 입맞춤만으로 모든 것이 완벽해진 밤이었다. 재령과 선하는 저절로 감겼던 눈을 조심스레 떴다. 두 사람 모두 볼이 발그레했고 수줍어서 서로를 제대로 바라보지도 못했다. 숨결이 파르르 떨린다.

여전히 늑대가 울었다.

선하는 그 소리에 다시 재령을 조심스레 감쌌다. 그에게 안긴 재령도, 그녀를 안은 선하도 너무나 따뜻했다. 이후로 두 사람은 아무 말도 하지 않았다. 아무 말 하지 않아도 이 마음이 무엇인지 알고 있었기 때문이었다. 모닥불이 타닥거리며 불꽃을 피워 올리는 소리만이 들린다. 이전과는 다른 무언가가 이제 막 싹트기 시작했음을 느낄 수 있었다.

숲을 가득 채우는 빗소리는 여전했고, 앞으로의 일은 운명에 맡긴 채로 밤은 점점 더 깊어져 갔다. 영영 잠이 오지 않을 것 같았던, 이 순간에 영원히 머무를 것 같았던, 서로를 만난 후 세 번째 밤이었다.

그토록 아름다운 여름

지 은 이 리혜

1판 1쇄 발행 2021년 3월 15일
1판 2쇄 발행 2021년 5월 4일

저작권자 리혜
편 집 유별리
발 행 처 하움출판사
발 행 인 문현광
주 소 전라북도 군산시 수송로 315 MJ 하움출판사
I S B N 979-11-6440-758-3 (03800)

홈페이지 http://haum.kr/
이 메 일 haum1000@naver.com

좋은 책을 만들겠습니다.
하움출판사는 독자 여러분의 의견에 항상 귀 기울이고 있습니다.

· 값은 표지에 있습니다.
· 파본은 구입처에서 교환해 드립니다.